KB116746

Matsuie Masashi　松家仁之　　光 の 犬　우리는 모두 집으로 돌아간다

우리는 모두 집으로 돌아간다

일러두기

· 소설 속 인용된 성경은 공동번역판을 기준하여 우리말로 옮겼습니다.
· 이 책의 지명 및 인명 등 외국어는 외래어표기법에 준하여 표기하되, 일부 어휘는
  예외적으로 의미 전달을 우선하여 표기하였습니다.
· 모든 주는 옮긴이주입니다.

우리는 모두
집으로 光の犬
돌아간다

마쓰이에 마사시
Matsuie Masashi

송태욱 옮김

비채

소에지마 하지메는 소실점을 등지고 있었다.

약간 구부정한 등, 견갑골 사이에서 5미터쯤 뒤로 보이지 않는 직선을 그으면 그 끝 허공에 소실점이 떠 있다.

잘 때는 침대 매트리스를 지나 마루 밑을 꿰뚫고, 지렁이도 두더지도 없는 축축한 간토 롬층*으로 가라앉는다. 등을 기점으로 한 소실점은 무의식중에 몸을 뒤치는 것에 맞춰 진자 같은 포물선을 그리다가 멈추고, 코 고는 소리의 파형으로 흔들린다.

목요일 아침, 소에지마 하지메는 재직중인 대학으로 가는 도카이도 선 전철을 타고 있었다. 좌석이 여덟 개 있는 특별 객차에서 진행 방향으로 오른쪽, 해가 들지 않는 자리를 골라 앉아 아이팟에 이어폰을 꽂고 음악을 듣기 시작한다. 등 뒤의 벽을 사

---

* 간토 평야를 뒤덮고 있는 화산재층.

이에 두고 건너편에 있는 좁은 칸의 금속성 변기의 30센티미터쯤 위에 소실점이 떠 있다. 하지만 소에지마 하지메는 자기 뒤에 소실점이 다가와 있다는 사실을 모른다.

'맥스웰스 실버 해머Maxwell's Silver Hammer'의 흔들리는 신시사이저 소리를 듣다 보니 이 LP 앨범을 산 사십 년쯤 전의 어렴풋한 불안이 되살아난다.

초등학교에서 중학교로 올라갈 무렵, 하지메의 불안은 앞에서 기다리고 있는 뭔가가 아니라 바로 그때의 **자신**이었다.

수명이 다하는 순간을 상상하는 것은, 눈으로 우주의 끝을 보려는 것과 비슷했다. 그것은 아득히 먼 알 수 없는 사건이었다. 언젠가는 닿을 소실점보다는 자의식의 실마리일 자신의 윤곽이 일그러지거나 번지고, 중심에 있어야 할 축도 정해지지 않고 내려야 할 닻도 없어 정처 없이 떠도는 감각이 더 절실하고 현실감 있었다. 자신의 몸이 잠겨 있는 곳은 투명하고 차가운 계곡물도 아니고 깊디깊은 대해도 아니었다. 담수와 해수가 섞이는 얇고 평퍼짐하며 산소가 부족한 채 괴어 있는 기수역汽水域이었다.

낮이나 밤이나 입 밖에 낼 수 없는 망상이 떠올랐다 사라지고, 다시 떠올랐다. 음악을 듣고 있을 때만 그런 몽롱함이 소리의 막 너머로 숨어 보이지 않는다. 사신은 그저 귀가 된다. 음악이 한숨을 돌리게 하고 눈가리개가 된다. 그러나 음악의 시간이 끝나면 다시 미지근한 기수역의 수면에서 빠끔빠끔 입을 벌렸다 다무는 자신을, 누군가가 가만히 지켜보고 있다. 하지메는 종종 이렇게 느끼고, 말도 몸짓도 한층 어색해졌다.

코밑이나 턱 끝에는 안타깝게 늘어난 남성 호르몬이 가냘픈 수염이 되어 모습을 드러냈다. 마치 악행이나 비밀을 알리는 **표시** 같았다. 세면대에서 몰래 아버지의 전기면도기를 대보지만 가느다란 수염은 탄력이 전혀 없어 깎을 수도 없고, 코밑만 얼얼할 뿐이었다.

중학교 2학년 가을, 처음으로 데이트를 했다. 키가 크고 머리와 눈의 색이 옅고 어른스러운 동급생이었다. 하코다테에 사는 외가 쪽 증조부가 러시아 혁명으로 인해 도망쳐온 백계 러시아인이라는 걸 얼마 후에야 알았다. '백계白系'라는 말의 의미도 모른 채 팔분의 일의 혈연관계가 있는 러시아에 가보고 싶다는 생각을 할까. 하지메는 수업 중에 감색 세일러복을 입은 그녀의 등을 뒤에서 비스듬히 바라보며 멍하니 생각했다.

데이트라고 해도 에다루의 레코드점인 명향당에 가거나 읍내 도서관에서 나란히 앉아 책을 읽는 정도였다. 명향당에서 그녀는 별로 망설이지 않고 '새터데이 인 더 파크Saturday In The Park'가 수록된 '시카고'의 새 앨범을 골라 계산했다. 가게를 나서자마자 그녀가 물었다. "왜 비틀스의 레코드 라벨은 푸른 사과야?" "르네 마그리트의 그림인 푸른 사과가 힌트가 된 모양이야." 얼마 전 음악 잡지에서 읽은 이야기를 그대로 전했다. 며칠 뒤 도서관에서 마그리트의 화집을 꺼내 그녀에게 보여주었다. 너는 뭐든지 아는구나, 하고 감탄한 건지 아닌지 알 수 없는 목소리로 그녀가 말했다.

둘이서 몇 번인가 지캬쿠이와에도 올랐다. 산책로를 걷는 동
안에도, 정상에서도 주위에는 아무도 없었지만 한 번도 손을 잡
은 적은 없었다. 둘 사이에는 늘 30센티미터 자만큼의 거리가
유지되었다. 정상에 도착하자 에다루 읍내를 잠시 내려다보며
밑도 끝도 없는 이야기를 했다. 장난감처럼 작은 디젤 자동차가
역으로 들어와 멈췄다가 다시 나가는 것을 보았다. 유베쓰가와
의 빛나는 수면은 흐르고 있는 것처럼 보이지 않았다. 소리도 들
리지 않았다.

매일 편지를 주고받았다. 손바닥에 들어올 정도로 작은 봉투
에 잘 접은 편지지가 들어 있었는데, 우에노 동물원에 들어온 판
다 이야기나 자신을 잘 따라 집에 드나들게 된 길고양이 이야기
등 싱거운 잡담이 쓰여 있었다.

파란색 만년필로 가붓하고 꼼꼼하게 쓴 편지의 문장은 차분
하고 유머가 있으며 상쾌했다. 그녀 자체가 그런 사람이어서라
고, 자신은 도저히 그렇게 쓸 수 없다고 하지메는 생각했다. 졸
업하자 그녀는 아버지가 전근한 삿포로의 고등학교로 진학했고
곧 연락이 끊겼다. 이제 수가 늘어나지 않는 편지 다발은, 아무
도 없을 때 집 마당에서 태워버렸다. 홋카이도견 지로만이 미심
쩍은 얼굴로 불꽃을 보고 있었다. 펼쳐진 편지는 검게 타다 말아
글자를 그대로 읽을 수 있었지만 물을 붓자 흐트러져 흔적도 없
이 사라졌다.

중학생이던 하지메는 오십을 넘긴 자신의 모습을 상상조차
할 수 없었다. 불안을 떨쳐버릴 수 있는 지혜는 생겼을지 모른

다. 그러나 지금 이곳이 안전지대라는 보장이 하나도 없다는 걸 하지메는 알고 있었다. 언제 어디서 세게 밟아 마루청을 뚫을지 알 수 없다. 오십대 중반의 불안이 평소의 신중함과 이어져 있었다. 이런 겁 많은 자신에게 다소 넌더리가 나기도 했다.

강의를 마친 하지메는 대형 강의실 교단 앞에서 몸을 구부려 웅크리듯 하고선, 화장기 없고 자세가 좋은 여학생의 질문을 듣고 있었다. 조용하지만 알아듣기 쉬운 목소리였다. "저, 활판인쇄가 발명된 결과 종이도 양피지에서 평범한 종이로 이행했다고 말씀하셨는데, 그러면 양피지 장인은 일거리가 없어져 실직하거나 폐업한 건가요?"

"직접 보고 온 것이 아니라도 주저하지 않고 막힘없이 대답하는 게 좋네. 그로 인해 학생에게 의문이나 반발, 이론異論이 생긴다면 그거야말로 교육이겠지." 이 대학으로 하지메를 불러준 은사는 이렇게 말했다. 하지만 아직도 주저하는 하지메는 조사해 온 이야기를 조심스러운 억양으로 정확히 전달하려 했다.

"활판인쇄로 만들어진 책은 수도원의 서사書士, écrivain가 한 글자씩 양피지에 쓴 이른바 사본寫本과 흡사합니다. 서체도 장정도 모범으로 삼은 사본을 그대로 흉내 낸 복제품이지요. 그래서 나중에 발명된 종이도 당초에는 양피지 이하의 이등품 취급을 받았습니다. 그 후에도 한동안 공문서는 양피지가 제일로 여겨졌고, 본격적으로 종이로 대체되기까지는 나름의 시간이 걸렸겠지요. 양피지는 책 외에도 화재畫材나 악기, 장신구에 사용되었으니까 단숨에 폐업의 쓰라림을 당하진 않았을 겁니다. 지금도 제작되고 있고요."

양의 태아나 태어난 지 얼마 안 된 새끼 양의 가죽으로 만드는 최고급 양피지, 즉 우터린 벨럼uterine vellum처럼 얇고 하얀 볼을 가진 여학생의 눈을 하지메는 똑바로 쳐다보지 않았다. 뒤쪽 문으로 연이어 나가는 학생들의 흐름을 별 생각 없이 바라보았다. 순간 하지메의 뇌리에 양피지 공방의 내부를 그린 《백과전서》에 실린 동판화가 떠올랐다. 역할을 분담한 장인들이 현대에는 볼 수 없게 된 도구를 사용하여 감흥과는 무관한 표정으로 양피지를 만드는 작업 공정을 그린 것이다.

하지메는 질문에 대한 답을 마쳤다는 매듭을 짓듯 굽히고 있던 등을 편 뒤 "됐나?" 하고 물으며 시선을 똑바로 맞추었다. "정말 감사합니다" 하는 학생의 목소리보다는 표정에 당황했다. 주위에 미치기 시작한, 생각지도 못한 영향을 알아차리고 그걸 남의 일처럼 즐기는 얼굴이었다. 타인에게서 쏟아지는 관심을 계기로 자신의 가치를 깨닫는 것은 이십대의 특권일지도 모른다. 그녀는 그런 새로운 사태를 은밀히 걱정하는 것 같기도 하다. 두 개의 감정이 안팎으로 겹쳐져 있다. 그것이 확실히 보이는 것은 그녀가 아직 어른이 아니기 때문이다.

몸을 돌려 등을 보이며 나가는 아주 성실한 뒷모습을 좇지 않고 하지메는 노트북의 하얀 전원 코드를 둘둘 감았다. 출석 카드 다발을 평소보다 세게 책상에 탁탁 쳐서 모서리를 맞추고 담당 학생에게 건넸다. 닫으면 책보다 얇은 맥북 에어를 가방 안쪽에 밀어넣고 밴드로 고정한다. 목요일 마지막 강의가 끝나면 두 다리가 바닥에서 떠 있는 듯한 감각에 사로잡힌다. 사람들 앞에서 이야기를 계속하며 생긴 침전물이 어느새 등뼈 안에 가득 차, 떠오르는 몸이 무겁다.

하지메는 강의실 차광 블라인드의 승강 스위치를 눌렀다. 천장까지 이어진 창으로 들어온 늦은 오후의 엷은 오렌지색 햇빛이 계단식 강의실을 채워간다. 군데군데 남아 있던 몇몇 학생의 옆얼굴에 일제히 빛이 비친다. 눈이 부신 듯 창을 올려다보고 그것을 신호 삼아 일어나는 학생도 있다. 그림 같다고 생각한다. 《백과전서》의 동판화 속 양피지 공방의 장인들이 되살아난다. 크고 밝은 창으로 쏟아지는 햇빛 속에서 그들은 익숙한 작업을 하던 손을 멈추고 꼼짝도 하지 않는다.

단상에서 불과 세 개의 계단을 내려가는 발밑이 둥둥 뜨는 듯 불안할 만큼 하지메는 지쳐 있었다. 얼굴을 아는 학생과 마주치더라도 멈출 필요가 없도록 눈을 자주 내리깔면서 연구실로 돌아갔다. 그러는 동안 머릿속 흑백 동판화는 다른 동판화로 바뀌었다. 큼직한 물고기에게 머리부터 삼켜져 엉덩이와 두 다리만 입에서 삐져나온 인간. 처음 본 것은 역시 사십 년쯤 전, 미술 교과서에서였다. 자신 안의 강한 움직임을 느낀 중학생 하지메는 그날 바로 학교 도서실에서 화집을 찾았다. 화집이 보이지 않아 낙담했지만 하굣길에 멀리 돌아 읍내 도서관에 들렀고, 책 냄새 자욱한 관내에 쭉 꽂힌 미술 전집 한 권에서 그 이름을 찾아냈다.

대형 판형의 묵직한 책을 꺼내보니 대출 카드에는 '구도 이치이'라는 이름 한 줄만 연필로 쓰여 있었다. 에다루 교회 바로 뒤편의 사택에 사는 목사 아들이다. 이치이가 나무와 관련된 이름이라는 이야기를 누나 아유미에게서 들은 적이 있다. 아유미와 이치이는 동급생이었다. '이치이'는 홋카이도에서 온코라고 부르는 주목朱木인데 빨갛고 달짝지근한 열매가 열린다. 나무처럼 키가 크고 조용한 구도 이치이의 모습이 이름과 세트가 되어 인상에 남아 있었다.

매일같이 공부방 나무 책상에 브뤼헐의 화집을 펼쳤다. 그러는 중에 물고기가 얼빠진 눈으로 이것저것 삼키고 있는 동판화보다는 다양한 사람의 모습이나 일상이 아주 자세하게, 어리석음까지도 그대로 그려진 유채화에 더 끌렸다. 특히 눈 쌓인 경치를 그린 그림이 마음에 들었다. 지친 모습으로 등을 보이는 사냥꾼보다는 원경의 빙판 위에서 얼음을 지치며 놀고 있는 사람들에게 흥미와 친밀감이 솟아났다. 이따금 작은 환성이 들려오는 고요한 북국의 경치.

홋카이도 동부에서 나고 자란 하지메에게 스케이트는 넓은 하늘 아래 차갑고 마른 공기에 뺨을 찔리며 미끄러지는 일이었다. 도쿄의 대학에 들어가 처음으로 실내 아이스링크에서 스케이트를 탄 하지메는 머리 위 덮개가 덮여 있다는 답답함에 경악했다.

브뤼헐의 커다란 물고기 그림이나 풍경화에서는 비린내 같은, 눈내 같은, 기름에 찌든 피혁 제품의 냄새가 떠도는 듯했다. 거웃이나 겨드랑이의 털이 자라난 자기 몸에서도 그런 냄새가 날지 모른다. 욕실에 들어갈 때마다 거품을 내서 꼼꼼히 몸을 씻게 되었다.

중학생 무렵 반복해서 꾼 꿈은, 생각해보면 브뤼헐의 그림이 계기가 되었던 게 아닐까. 이제 당시의 부모보다 훨씬 나이가 많아진 하지메는, 뒤늦게나마 하늘의 해답을 받은 것처럼 사십 년쯤 전 기묘한 꿈의 인과관계를 깨달았다.

브러시 노즐을 떼어낸 대형 청소기의 둥근 통에 하지메의 하반신이 쏙 들어가 있는 꿈이다. 먼지 많고 미지근한 공기가 아래로 아래로 빨려드는데, 통 테두리에 두 팔을 걸고 견디려니 혈액이 발밑으로 모여 욱신욱신 무겁고 느른하게 맥이 뛰기 시작한다. 그리고 몇 번씩이나 같은 패턴으로 디테일이 다른 꿈을 꿨다. 낮의 야구장 외야 깊숙한 곳으로 타구가 굴러간다. 타자인 하지메는 공의 행방을 보고 2루를 박차 3루(때로는 홈)를 향해 전력으로 달려간다. 미끄러져 들어오는 순간, 그라운드가 동물처럼 입을 벌리더니 이빨 없는 턱 모양의 어둠이 하반신을 물고 천천히 삼키려 한다.

어떤 꿈이든 꿈 쪽에서 별안간 찾아왔다. 원해서 꾼 것이 아니다. 하지만 일단 머릿속에 두 이미지가 눌러앉고 밤이 이슥해지자 하지메는 파자마로 갈아입고 이불을 뒤집어쓴 채 잠을 청했다. 어두운 방 안에서 일부러 그 이미지를 불러내 청소기의 미지근한 공기나 축축한 그라운드의 감촉을 되살려 맛보려 했다. 빨려들어 삼켜지는 것에 대한 두려움과 기대. 하지메는 그 이미지에 휩싸인 채 살그머니 소름이 돋았다.

"넌 역아逆兒였어. 그때는 할머니가 돌아가신 뒤라 널 받아주지 못했지만 말이야."

조산사였던 시어머니를 둘러싼 기억을 말할 때 하지메의 어머니의 목소리는 늘 의외일 만큼 태평했다. 고부갈등 같은 에피소드를 들은 적도 없다. 가을 햇살이 비쳐드는 거실에서 어머니는 햇볕 쬔 냄새가 나는 빨래를 개는 손을 멈추지 않은 채 아직 초등학생이던 하지메에게 홀가분한 목소리로 이야기를 이어갔다.

"아유미도 역아였어. 하지만 할머니가 두 손을 배에 댄 다음 '그쪽이 아니야. 자, 애야 이쪽이야' 하고 배를 슬슬 어루만지며 천천히 돌게 하니까, 그 말이 들리는지 자기가 휙 움직이더니 머리를 아래쪽으로 똑바로 돌리더라고. 할머니가 하는 말을 제대로 알아듣고 움직인 거야."

어머니는 거기서 킥킥 웃었다.

"하지만 아유미는 어느새 다시 역아로 돌아갔어. 그때마다 할머니가 똑같은 일을 해주셨고, 그 덕에 순산했지."

할머니는 큰손녀인 아유미를 받고 나서 대략 삼 년 후에 돌아가셨다. 뇌내출혈이었다고 한다. 누나와 네 살 터울인 하지메는 아직 그림자도 없던 무렵이다.

"그러니까 너는 에다루 중앙병원 산부인과에서 태어났어. 집에서 낳는 것하고는 상황이 많이 달랐지. 남자 선생님이었고 침대 같은 데에 올려갔거든. 하지만 해산할 때까지 계속 눈을 감고 있었으니까 뭐가 어떻게 되었는지 전혀 몰라." 어머니는 다시 똑같이 웃었다. "너는 나와서도 곧장 울지 않아서 선생님이 엉덩이를 탁탁 때리니까 그제야 주뼛주뼛 **응애** 하고 울었지."

역아의 의미를 확실히 안 것은 하지메가 6학년 때쯤이었을까. 저학년일 때는 막연히 어머니의 배가 복숭아처럼 갈라져 태어난 건가, 하고 생각했다. 아직 목욕을 같이할 때는 어머니 배에 세로로 남겨진 임신선이 예전에 출산 때문에 입구를 벌린 **상처** 자리일까 생각하면서도 어쩐지 아닌 것 같기도 했다.

초등학생 남자아이에게 제대로 된 성교육 따위는 거의 하지 않던 시절이었다. 게다가 어머니가 어떤 기회에 '배가 갈라져서' 라는 임시방편의 설명을 했는지도 모른다. 황당무계한 설명을 속담이라도 말하듯 명랑하게 입에 담는 걸 꺼리지 않던 어머니였다.

할머니를 모르는 하지메에게 할머니의 망령이 붙어 다닌 일도 있었다.

초등학생일 때 에다루 읍내를 걷고 있으면 "안녕" 하고 어디선가 누가 말을 건다. "하지메, 많이 컸구나." 누구인지 확실히는 모르지만, 안면이 있는 듯한 아주머니가 스스럼없이 웃는 얼굴로 하지메를 본다. 나중에 알았지만 말을 건 사람들은 거의 소에지마 조산원에서 출산한 사람이거나 그들의 어머니였다. 하지메는 자기가 모르는 데서 '소에지마 씨 댁 손자'였다. 할머니의 보호를 받는다기보다는 보이지 않는 유영遺影을 짊어진 것 같았다.

누나인 아유미는, 오도 가도 못하고 쩔쩔매는 동생을 여러 번

봤다. 집에 돌아오면 "하지메는 말을 걸어보고 싶어지는 얼굴 아닐까?" 하고 놀리듯 말했다. "그렇지 않아" 하며 벌게진 얼굴로 응수할 뿐 하지메는 반격할 수 없었다. 지나가는 길에 말을 건 정도로 끝나면 몰라도, 멈춰 서서 부르는 것이 너무 싫었다. 다소 시간을 들여서라도 이야기를 하려는 의사 표시이기 때문이다. 하지메는 말없이 재빨리 고개 숙여 인사하고 허둥지둥 물러갔다. 중학생이 된 뒤로는 밖에 나갈 때 걷는 것을 그만두고 오로지 자전거를 탔다. 멀리서 이쪽을 보며 다가오는 어른을 발견하면 곧바로 핸들을 꺾어 가장 가까운 골목으로 들어가 그들과의 근접 조우를 피했다.

그때마다 에다루의 샛길로 들어가 달렸다.

하지메는 부모와는 걸어본 적 없는 거리를 발견해나갔다. 폭이 좁은 헌책방 앞길을 지나 담배 냄새가 나는, 가게 안에 한가득 포스터를 붙인 록과 재즈 레코드점 명향당, 사이폰과 융 필터가 색다른 커피 전문점, 간판 글자나 배색이 어딘가 수상한데 낮이라 인기척이 없는 바 앞을 곁눈질하며 지나쳤다. 이윽고 자전거를 멈추고 헌책방이나 명향당에 혼자 들어가게 되었고, 곧 뻔질나게 들락거렸다.

초등학교 6학년 때 아버지가 별안간 스테레오를 사서 거실에 놓았다. 테크닉스의 프리앰프와 튜너. 빅터 레코드플레이어. 다이아톤 스피커. 계곡 낚시와 홋카이도견이 취미였을 텐데 무슨 계기로, 그것도 제조사가 다른 조합까지 생각해서 스테레오 컴포넌트를 갖추려 했을까. 당시에는 아무런 의심도 품지 않았지만, 지금 생각하면 아버지답지 않은 행동이었다. 게다가 아버지가 산 LP는 이무지치 합주단이 연주한 비발디의 〈사계〉 한 장뿐으로, 몇 번 들은 후에는 선반에 꽂혀만 있었다. 스테레오를 듣는 것은 큰비가 내려 낚시를 갈 수 없는 일요일 오후로 한정되었다. 막 송출을 시작한 FM 방송 프로그램 편성표에 '立'이라는 사각 마크가 달린 스테레오 방송을 골라, 어머니가 끓여온 홍차에 브랜디를 몇 방울 떨어뜨리고 묵묵히 입으로 가져가며 육성보다 낮게 울리는 아나운서의 목소리를 들었다.

스테레오의 등장에 흥분한 것은 아이들이었다. 고등학교 1학년이던 누나 아유미는 마일스 데이비스의 〈세븐 스텝스 투 헤븐 Seven Steps To Heaven〉을 샀다. "하지메, 그거 알아? 마일스는 아버지와 나이가 같다는 거 말이야. 믿어져?" 아유미는 몇 번이나 말했다.

하지메가 산 음반은 비틀스의 〈애비 로드 Abbey Road〉였다. 들어본 적이 있는 곡만 수록된 베스트 음반 〈올디스 Oldies〉를 사려고 했는데 명향당에 같이 간 아유미가 "살 거라면 〈애비 로드〉지"라고 말해 잘 알지도 못한 채 그대로 따랐던 것이다. 중학교에 입학하여 용돈이 늘어날 때까지 하지메는 두 장을 번갈아 턴테이블에 올려 되풀이해서 들으면서도 싫증 내지 않았다.

1957년 여름, 할머니가 돌아가셨다. 집에는 아직 흑백텔레비전도 없을 때였다. 스위치를 켜서 따뜻해지면 콘덴서에서 금속성의 달콤한 냄새가 나는 낡아빠진 라디오가 찻장 위에 있었다. 그 외에 소리를 내는 것이라면 겨울의 석탄 스토브 정도였으리

라. 큼직한 주전자가 부글부글 픽픽 소리를 내고, 아궁이 뚜껑을 열면 시뻘건 석탄 불꽃이 고오오 하고 낮은 소리를 낸다. 조용한 듯 시끄러운 겨울 소리. 지금도 〈애비 로드〉를 들으면 스토브의 불꽃과 소리, 눈빛으로 새하얗게 눈부신 현관 앞 광경이 되살아난다.

에다루 서쪽에 사는 여성은 소에지마 조산원에서 아기를 낳거나 할머니가 임부의 집에 가서 출산을 돕는 것이 당연하던 시대였다. 할머니의 죽음은 조산부의 역할이나 입장에 불어닥친 변화의 징조였을지도 모른다. 훗날 그런 생각이 든 하지메는 대학 도서관에서 조산사의 역사 관련 도서를 빌려 본 적이 있다.

쇼와昭和 30년대 중반, 즉 1960년대에 들어서자 조산원은 출산의 중심에서 주변부로 밀려나고 병원 산부인과와의 제휴 또는 그 산하라는 위치를 받아들여야만 했다. 조산원과 조산사는 어디까지나 정상적인 분만을 돕는 장소이자 역할이고, 산모나 태아가 조금이라도 위험할 수 있으면 의사가 분만에 입회하고 조산사는 보조하는 존재로 여겨졌다.

하지메는 '역아'라는 말도 의학 용어로는 '골반위骨盤位'라고 한다는 사실을 알았다. 경험이 풍부한 조산사에게는 솜씨를 보여줄 만한 장면이지만 산부인과에서는 사산이나 뇌성마비로 이어질 수 있는 '이상 분만'의 범주에 들어간다. 실제로 제왕절개를 선택하는 경우도 적지 않았다.

역아였던 하지메는 어떻게 태어났을까. 분만대 위에서 출산할 때까지 계속 눈을 감고 있었다는 어머니는 아무것도 보지 못했다. 엉덩이부터 나왔는지, 발부터 나왔는지. 어쨌든 머리부터 나온 것이 아니라 맨 마지막에 나온 것이 머리인 걸까.

역아로 태어난 것이 자신에게 어떤 흔적을 남겼는지 하지메는 생각해본 적도 없었다. 유치원 때부터 초등학교 4학년 때까지 시달린 소아천식이 나은 지 십 년 남짓 되었을 무렵, 하지메는 뜻밖의 인연으로 천식과 역아의 상관관계를 알게 된다.

헌책방에서 우연히 집어든 잡지에 〈기관지 천식론〉이라는 제목의 이상한 논문이 실려 있었다. '논論'이라는 의미대로 기관지 천식의 의학적 소견과 치료법이라기보다는 사상이나 문학에 중점을 두는 듯한 의사의 독특한 가설 같았다. 그러나 몇 줄만 읽었는데도 임상 경험에서 도출된 의사의 확신 같은 것이 분명히 전해져 설득력이 있었다.

그 '논'은 하지메에게 뜻밖의 경험이었다. 읽어 내려가는 동안 마치 하얀 망아지가 서서히 까만 망아지로 변해가는 모습을 보는 듯, 내내 닫혀 있던 창이 열려 신선한 공기를 들이켜는 듯, 상쾌하고 신비로운 느낌이었다.

유치원에 다니기 시작한 무렵 소아천식 진단을 받았다. 어머니가 천식 치료를 위해 무슨 주문인지 기도인지를 부탁한 결과 앉은뱅이책상에 놓인 부적 앞에 무릎을 꿇고 앉아 물 한 사발을 마신 적도 있었다. 효과가 없자 기차를 타고 이웃 읍내의 병원에 다니며 주사를 맞고 포도당을 마시는 치료를 몇 년에 걸쳐 계속했다. 집에서 발작이 일어나면 한밤중에 유리로 만든 흡입기를 물고 보스민액을 흡입하여 고비를 넘긴다. 그러나 **진짜 원인**을 보면 해결과는 상당히 먼 대증요법이었던 것이 아닐까. 논문을 읽은 하지메는 일주일에 한 번 엉덩이에 맞았던 굵은 주사의 통증이 아무 소용이 없었던 게 아닐까 의심했다.

〈기관지 천식론〉이 실린 잡지는 도쿄 도내를 이리저리 이사하는 동안 사라지고 말았지만 하지메의 기억에 따르면 대충 이런 내용이었다.

태아에서 갓난아기가 될 때의 최대 난관은 출산과 동시에 시작되는 폐호흡으로의 전환이다. 양수로 가득 찬 태내에서는 태반을 통해 산소와 이산화탄소의 교환이 이루어진다. 폐는 아직 본격적으로 기능하지 않고 자궁 안에서는 폐호흡이 불가능하다. 그러나 출산이 시작되어 자궁 밖으로 나가 바깥 공기에 닿으면 신속히 폐호흡을 시작해야 한다. 갓난아기가 출산 직후 큰 소리로 우는 것은 본격적인 폐호흡의 시작을 의미한다. 양수가 사라진 환경, 폐에 마른 공기가 급격하게 들어오는 폐호흡에는 울음소리를 낼 정도의 신체적인 놀람이 있을 것이다.

그런데 역아처럼 특정 이유로 어쩔 수 없이 난산을 하게 되면 '호흡에 이르는 과정은 길고 괴롭고 어려운 것'이라는 원초적인 두려움이 베이에게 각인되고 만다.

또한 출산은 태아에게 기온과 습도의 급격한 변화를 안긴다. 난산으로 태어난 유아는 기온이나 습도의 급격한 변화를 느낄 때마다 체감했던 기억이 되살아나 호흡에 어려움을 느끼는 천식 발작이라는 신체 현상을 겪게 된다. 다시 말해 천식은 때로 출산 시 어려움에서 유래한다는 것이다.

확실히 하지메의 천식 발작은 저녁이 되어 기온이 급격히 내려가거나 가을이나 겨울 공기의 극단적인 건조함이 계기였다. 깊은 호흡을 할 때마다 기도가 그렁그렁 울리다가 이내 괴로운 발작으로 넘어가는 데는 긴 시간이 걸리지 않는다. 하지메는 기도가 좁아지거나 호흡을 제대로 할 수 없을 때의 공포를 지금도 생생하게 기억한다.

연구실 창으로 아래를 내려다보니 다음 수업이 시작된 모양인지 학생들의 모습은 드문드문해졌다. 가을 저녁의 공기가 건조해졌다.

책상에 앉아 컴퓨터를 켠다. 창밖에 설치된 에어컨 실외기 소리와 건물 외벽 틈새의 양비둘기 울음이 들린다. 좀처럼 창문을 열지 않고 블라인드도 올리지 않아서인지 일 년에 두세 번 양비둘기가 실외기 뒤에 둥지를 튼다. 번식력은 왕성하다. 하지메는 무리를 짓는 양비둘기보다 한 쌍으로 행동하며 경계심이 강한 멧비둘기를 더 좋아한다. 하지만 멧비둘기는 나무 위에 집을 짓기 때문에 창가에 나타나 알을 품는 일이 없다.

새로 도착한 메일을 확인하자 창밖에서 묘하게 흥분된 새소리가 들려온다. 학생이 보낸 메일 세 통이 와 있다. 열어볼 기력이 없어 제목만 체크하고 본문은 뒷전으로 미룬다. 컴퓨터를 종료하고 화면이 꺼지기를 기다린다. 화면 중앙에서 시계 방향으로 빙빙 도는 마크가 암전과 동시에 사라진다.

이렇게 연구실에 앉아 있는 동안에도 하지메의 소실점은 문 너머, 어둑어둑한 복도의 공중에 떠 있다. 소실점에서 하지메의 연구실을 내려다보면 좌우로 늘어선 책장에는 책이 거의 없다. 아무것도 들어 있지 않는 미닫이 장도 보일 것이다. 책상 서랍에는 티슈 박스와 새 나무젓가락, 동전 몇 개, 안약, 인주와 인감뿐이다. 작은 냉장고도 텅 빈 채 하얀 서리 덩어리만 남아 있다.

하지메는 머지않아 연구실을 비운다. 양비둘기가 지금까지처럼 집을 철거당하지 않고 알을 품을 수 있을지 어떨지는 다음에 들어오는 교원의 관심 유무와 관용에 달려 있을 것이다.

대학을 그만두고 홋카이도의 에다루로 돌아가겠다고 아내 구미코에게 말했을 때 자신의 제안이 뜻밖이라는 걸 하지메는 잘 알았다. 하지만 의논도 하지 않고 혼자 귀향할 수는 없다. 구미코가 어떤 반응을 보일지는 군이 확인할 필요도 없었다. 동행 가능성은 없었다. 그 의사를 말로 하여 서로 확인하는 절차가 필요할 뿐이었다.

구미코의 대답은 예상보다 훨씬 짧고 싱거웠다.

"난 못 가. 촬영이 있어서."

구미코는 몇 년 전 영상제작회사의 제작 부문 책임자가 되었다. 구미코가 자원해서 현장 담당까지 겸하게 된 이번 촬영은 북알프스*에 서식하는 뇌조의 생태를 좇는 일이었다. 촬영은 앞으로도 계속된다고 한다. 구미코는 하지메의 이야기를 별로 중요하게 받아들이지 않는 태도로 마침 좋은 기회라는 듯 뇌조 촬영

---

* 도야마 현, 니가타 현, 기후 현, 나가노 현에 걸쳐 이어진 산맥인 히다 산을 부르는 다른 명칭이다.

에 대해 막힘없이 설명하기 시작했다.

계절마다 며칠간 북알프스에 체재하는 사람은 카메라맨, 보조 두 명, 구미코, 이렇게 네 명이다. 특별 천연기념물인 뇌조의 보호 및 연구 활동을 하는 NPO 법인이 전면적으로 지원할뿐더러 뇌조가 경계심이 강하지 않아 촬영은 현재 지극히 순조롭다고 한다.

아이폰의 잠금 화면에 설정한, 작은 메추라기처럼 보이는 갈색 새끼가 어미 새의 등에 탄 사진을 구미코가 보여주었다. 좀처럼 동물에게 귀엽다는 반응을 보이지 않는 구미코로서는 드문 일이었다. 눈잣나무 사이로 어미와 새끼의 모습이 나타났다 사라지는 동영상이나 둥지에 늘어선 갈색 알 사진 위를 구미코의 검지가 오른쪽, 오른쪽으로 화면을 치우듯이 움직였다. 손끝에도 손등에도 자잘한 주름이 늘었고 푸석해 보였다. 구미코의 손을 가까이서 본 것이 언제였을까. 구미코에게도 하지메에게도 시간이 흘렀다.

언제부터인지 구미코도 하지메도 서로 일에는 최소한의 관심밖에 보이지 않았다. 구미코가 북알프스에 오간다는 것을 하지메는 알고 있었다. 하지만 피사체가 뇌조인지는 몰랐다.

설산에서의 촬영을 위해 장비와 일정 조정이 막 시작되었다고 한다. 하지메가 홋카이도로 돌아간다고 하면 빨라도 내년 5월이나 6월 이후가 된다. 뇌조 관련 일이 매듭지어졌다 해도 구미코에게는 아직 병행하고 있는 일이 몇 가지 있을 것이다.

본가에 들어가지 않고 에다루에 따로 집을 구할 생각이었다.

그러나 구미코가 함께 가지 않는 것이 확정되면 한동안은 본가 2층에 그대로 남아 있는 옛날 공부방으로도 충분하다. 방대한 책과 CD는 당분간 도쿄 집에 놔두면 된다.

"게다가 몇 번이나 말해서 미안하지만."

구미코가 드물게 '미안하다'라고 한 말에 하지메는 허를 찔려 그 뒷말을 잘 못 들을 뻔했다. "나 고양이랑 개 털 알레르기가 있잖아. 애초에 같이 살기는 어려울 거라 생각해."

처음 에다루의 집에 묵었을 때 어머니 도요코가 쇠약해진 까만 길고양이 새끼를 데려와 집 안에서 키우고 있었다. 첫째 날 밤 구미코는 갑자기 목에서 쌕쌕거리는 소리를 내더니 순식간에 낯빛이 변했다. 구미코도 초등학교 시절 소아천식 환자였다. 마침 자동차 배기가스에 의한 공해 문제가 정점에 달한 무렵이었고, 구미코가 사는 도쿄의 아파트는, 간선도로가 교차하는 내리막 교차로에서 100미터도 떨어져 있지 않았다. 의사가 "가능하다면 이사를 가는 것이 좋겠다"라고 해서 교외의 공단 주택으로 이사했고, 반년도 안 되어 천식 발작이 그쳤다고 한다. 그러나 서른을 넘기고 나서, 실내에 고양이나 개가 있으면 다시 발작을 일으켰다.

에다루의 집은 아버지 신지로가 부지런히 청소기를 돌려 깨끗이 유지하고 있지만, 가늘고 부드러운 고양이 털은 여기저기 틈새에 끼어 있을 것이다.

구미코는 역아가 아니었다. 결혼하고 얼마 지나지 않아 "난 역아였어. 당신은 어땠지?" 하고 하지메가 물었다. 구미코의 답은 무정했다.

"응, 쑥 나왔대."

연구실 문을 노크하는 소리가 들렸다.

"네."

반사적으로 대답한 하지메는 자신의 목소리가 커서 살짝 놀란다.

반쯤 벗어 발끝으로 흔들고 있던 구두를 다시 신고, 소실점이 떠올라 있을 복도에 등장한 갑작스러운 방문자에게 말을 건다.

"들어오세요."

열린 문 너머에, 강의실에서 질문했던 학생이 서 있었다. 우터린 벨럼 같은 하얀 볼을 가진 학생. 하지메는 수상쩍은 표정을 짓는다. 연구실을 방문할 때는 사전에 메일로 승낙을 얻어야 한다고 교원 페이지에 주의 사항을 써두었기 때문이다.

"저기, 한 가지만 더 여쭤보고 싶은데, 괜찮을까요…… 조금 전에 메일을 드렸는데요."

하지메는 메일을 안 읽었다고 말하지 않고 연구실 시계를 올려다보았다. 굳이 볼 필요는 없었다. 시간은 충분하다. 애써 무표정하게 "괜찮아요" 하고 대답했다. 하지메 안에서 작은 경보가 울렸다. 학생은 왼쪽 어깨에 가벼워 보이는 배낭을 걸치고 천으로 만든 손가방을 들고 있었다. 별로 꺼리지 않는 목소리로 "실례하겠습니다" 하며 연구실 안으로 들어왔다. 실내에서 이야기하는 것이 당연하다는 표정이었다.

하지메는 평소처럼 문을 열어둔다. 학생은 그걸 신경 쓰는 것 같지 않다. 하지메는 자신의 의자로 돌아가고, 학생에게는 조금 떨어진 네 명이 앉는 테이블 자리를 권했다. 질문은 17세기 유럽에서 서적 운반에 사용된 통에 대한 것이었다.

"세세한 거라서 죄송합니다. 제본하지 않고 인쇄만 한 상태로 운반할 때는 그냥 짐을 꾸렸는데, 왜 제본한 책만 굳이 통에 넣어 운반했을까요? 네모난 책이 통에 곱게 들어갈까 하는 생각이 들어서요."

"제본하고 장정한 책은 고가의 물건이라서 젖어 못 쓰게 되면 안 되니까요. 그냥 종이는 양피지보다 훨씬 더 물기를 싫어하거든요. 통은 와인 같은 액체를 새지 않게 보관할 수 있잖아요. 다시 말해 통에 넣어 밀폐하면 안에 있는 물건이 젖지 않지요. 먼 나라의 서적상에게는 배로 운반하는 일이 많았으니까요. ······아, 책을 넣는 방법은 찾아보지 않았네요."

질문에 답할 수 없는 부분이 있어 오히려 편한 기분이 된 하지메는 농담한다는 생각으로 말을 이었다.

"통을 열면 잉크와 종이, 가죽, 나무통 냄새가 섞여 있어 뭐라 말할 수 없이 좋은 냄새가 납니다."

"맡아본 적이 있으세요?"

학생은 진지한 얼굴로 물었다.

"설마요." 지나치게 착실한 학생다운 반응에 하지메는 웃는 얼굴로 말을 이었다. "하지만, 예를 들어 오크 통 같은 건 정말 냄새가 좋지요. 운반되는 동안 오크 향기가 책에 스며들었을 테니 그 냄새까지 포함한 것이 책의 매력이 아니었을까요."

대화를 끝내자 학생은 재촉받기 전에 자리에서 일어나 가볍게 고개를 숙이며 고맙다고 말한 뒤 연구실을 나갔다. 닫은 문 너머에서 들려오는 발소리에는 아무런 주저함도 없다. 오동작을 일으킨 경보는 재빨리 해제되었다.

하지메는 모노드라마 같은 기침을 하고 티슈 두 장을 뽑아 코를 풀었다. 쓰레기가 거의 없는 원통의 쓰레기통을 연구실 밖에 내놓은 다음 문을 닫고는 자물쇠를 걸었다.

어두운 복도 안쪽으로 뻗어 있는 소실점에서 하지메까지의 거리가 아주 짧아져 있었다.

1

뒤뜰의 단풍나무 그늘에 하루가 있었다.

하루는 어느새 노견의 기색을 띠었다. 털은 윤기를 잃었고 뒷
다리는 탄력이 떨어졌다.

식욕은 있다. 코도 귀도 쇠하지 않은 것은 보기만 해도 알 수
있다. 냄새나 소리를 동반하는 동물의 낌새를 느끼면 주의 깊고
아리송해 보이기도 하는 얼굴로 조그맣게 콜록거리듯 짖는다.
그래도 이해가 되지 않는지 한동안 혼잣말을 하듯 코로 킁킁거
린다.

작년까지는 이름을 부르면 바로 일어나 신지로에게 다가왔
다. 지금은 형식적으로 고개만 쳐들기도 한다. 예전과 다르지 않
은 것은 뭔가를 묻고 전하려는 까만 눈이 똑바로 신지로를 올려
다보는 점이었다.

신지로는 하루 옆을 지나가며 "산책 갈까?" 하고 묻는다. 진

심도 아닌 제안보다는 당장 턱이나 미간, 귀 뒤를 쓰다듬어주면 좋겠는데, 하루의 눈을 보면 이렇게 말하는 걸 알 수 있지만 신지로는 일부러 모르는 척하며 지나쳐버린다. 쭈그리기만 해도 허리가 아프기 때문이다.

꼬리를 힘없이 탁 하고 한 번 친 하루는 건조한 기미의 코와 턱을 앞발 위에 얹고 코로 조그맣게 한숨을 내쉰다. 한숨은 귀가 먼 신지로에게 들리지 않고 비가 올 기색이 떠도는 하늘로 사라진다.

신지로는 안채 부엌문에 인접한 가건물 안으로 들어간다. 하루가 눈으로 그 등을 좇는다.

바닥을 회삼물로 마감한 한 평쯤 되는 입구는 여름 동안 여닫이문을 열어둔다. 삼나무 판자벽에는 오랫동안 소중히 다뤄온 것이 걸려 있다. 망치, 가래, 삽, 갈퀴, 전지가위, 호스, 접이식 사다리, 모자, 로프. 선반에는 하루의 털을 빗는 금속제 브러시. 그 아래 바닥에는 그다지 크지 않은 아이스박스가 놓여 있다. 안은 비었다. 가끔은 신지로의 의자가 된다.

안쪽 문을 열면 선실처럼 간결한 원룸이다. 천장에 가까운 벽에 가로로 긴 새시 창이 늘어서 있다. 낮 동안은 안채보다 훨씬 밝다.

방 막다른 곳에 설치된 체스트 형 냉동고의 윗덮개를 열면 산천어, 홍송어, 무지개송어, 곤들매기 그리고 연어알로 가득 찬 지퍼백이 정리 정돈되어 있다. 냉동고 위의 벽을 따라 스테인리스 개수대, 조리대, 가스풍로 하나가 늘어서 있다. 낚아온 물고기 손질을 끝낼 때마다 신지로는 더러운 것을 부지런히 씻어내고 세제로 닦고 마른행주로 마무리하고 개수대 안의 물기까지 닦아낸다. 신지로는 매끈매끈한 표면을 바라보며 마음이 편해지는 사람이었다.

고급 초밥집처럼 청결한 개수대, 조리대, 가스레인지를 각각 **세 누이**에 비긴 것은 말주변 없는 신지로의 혼잣말 같은 앙갚음이었다. 누님인 가즈에와 여동생인 도모요가 신지로에게 의논도 하지 않고 묘를 산 것이 발단이었다. "언니하고 묘를 샀으니까 이제 누구한테도 신세 지지 않고 저세상으로 갈 수 있어요" 하고 신지로가 없는 시간을 가늠했다는 듯이 일부러 찾아온 도모요가 도요코에게 말했다고 한다. 그날 밤 설명을 들으려고 신지로는 옆집으로 찾아갔지만 오히려 두 사람에게 반론은커녕 끽소리도 못하고 돌아왔다. 다음 날 가건물에서 훈제 연어를 만들 사전 준비를 하며 누님과 동생의 주장을 반추하는 사이에 떠오른 연상이었다.

진흙과 모래, 비늘, 물고기 피 등 흘러나오는 것을 수상히 여기지 않고 그대로 신속하게 배수구로 옮기는 개수대는 대범하고 자기 방식대로 사는 첫째 가즈에. 날을 하지 않는 조리대는 얌전한 둘째 에미코. 부우 하는 소리와 함께 파란 불꽃을 올리며 주전자 소리를 시끄럽게 내는 가스레인지는 셋째 도모요. 훌륭한 역할 배분이라고 생각하지만 찬동해주는 누군가가 옆에 있는 것은 아니다. 도요코에게 말해봤자 노여움만 살 뿐이다. 하물며 본인들에게 대놓고 말할 수도 없다.

그렇다면, 뒤가 구린 기분으로 신지로는 생각한다. 나는 무엇과 닮았을까. 물고기 손질은 잘하지만 날붙이는 아닐 것이다. 사물을 선뜻 판가름하거나 거절하는 것은 서툴다. 그보다는 날붙이를 받아내 자잘한 상처를 입는 도마가 더 어울린다. 또 하나 문득 생각나는 것은 가스레인지 위에서 끓어오르는 원통형 냄비. 하지만 도모요를 가스레인지에 비겼으니 그러면 말이 안 된다.

아무튼 직접 활동하는 능력이나 기능이 없고 궁리나 조정의 여지가 없는 부엌살림만 떠오른다. 장소를 잡아먹고 무거우며 사용하지 않을 때는 방해되는 것. 아무래도 자신은 세 누이 중에서 '말없는 조리대'인 둘째 에미코와 가까울지도 모르겠다.

에미코는 일 년 전 세상을 떠났다.

가엾다고 생각했지만 에미코가 특별 양로원에 들어가고 나서는 자신이 할 수 있는 일이 아무것도 없었다. 가즈에와 도모요는 교대로 버스를 타고 양로원을 오갔다. 혹여 도와달라는 요청을 받았다 해도 이젠 제 몸뚱아리 하나 건사하기도 버겁다. 반응도 움직임도 늦어져 일상의 잡무를 처리하다 보면 하루가 지난다. 여든을 넘긴 자신에게는 이제 누군가를 위해 시간을 쓸 기력도 체력도 남아 있지 않은 것 같았다.

에미코가 세상을 떠나자 늙은 세 자매는 둘이 되었다. 조리대 없이 개수대와 가스레인지만 있는 부엌이 된 셈이다. 이어주는 면이 사라져 일단 보류해두는 공간도 없어졌다. 분명히 답답한 풍경이다. 도요코가 꾸미지 않고 대화를 나눌 수 있는 상대는 에미코뿐이었다. 그러므로 가즈에, 도모요 이 두 사람과 도요코 사이의 쿠션도 사라졌다. 에미코에게도 나름의 역할이 있었던 것이다.

에미코가 특별 양로원에 들어가고 몇 년 후 가즈에와 도모요가 신지로와 의논도 없이 구입하기로 결정한 영대공양묘永代供養墓는 읍내 외곽의 절에 새로 조성된 것이었다. 그 절의 데릴사위인 후계자 주지의 아이디어라고 한다. 가즈에에게 건네받은 반으로 접힌 팸플릿 표지에는 "언제까지나 이어지는 안심을"이라는 문장과 함께 절의 본당에 인접한 장례식장처럼 보이는 콘크리트 건물이 있었다. 영대공양의 납골당인 듯했다.

에미코 한 사람의 뼈가 담긴 하얀색의 아주 새것인 납골 항아리 옆에는 아직 다른 항아리가 없다. 에미코다운 적적한 광경이 아닐까. 마지막까지 에미코를 걱정했던 부모님의 납골 항아리도 거기에 없다. 아무튼 가즈에와 도모요의 납골 항아리가 옆에 나란히 놓인다고 해도 언제가 될지는 아무도 모른다. 세 자매의 납골 항아리가 나란히 놓이면 그 뒤에는 더 늘어날 수 없다. 마지막 납골을 지켜보는 사람은 누가 될까. 신지로는 자신이 아닐 것 같았다.

누님도 동생도 말이 없어서 에미코의 납골에는 아직 성묘를 못 하고 있다. 열기를 띤 뼈를 화장장에서 수습하여 납골 항아리에 넣은 것이 마지막이었다. 담당자는 자석이 붙은 기구로 뼈에 섞여 있는 금속류(관에 사용된 나사와 못 같다)를 모으고 나서 파편이나 가루가 된 뼈와 재를 전용 브러시와 쓰레받기로 깨끗이 모아 납골 항아리에 정성껏 담았다. 신지로는 담당자의 익숙한 손놀림을 가만히 지켜보았다.

"우리는 스님한테서 소에지마 가의 묘에 들어갈 수 없다는 얘기를 들었으니까 어쩔 수 없잖아요?"

신지로가 캐물은 영대공양묘의 구입에 대해 도모요는 여느 때처럼 시비조로 되받았다. 신지로는 어느새 수세에 몰렸다. 가즈에나 에미코와 달리 능변인 도모요는 낭랑한 목소리로 도도하게 자기 생각을 말했는데, 고집이 세서 한 발짝도 물러서지 않는다. 백발이 되고 주름이 늘어도 원만해질 기색은 보이지 않는다.

"나는 아무것도 못 들었어. 그럼 절에서 그런 이야기를 들었을 때 나한테 말해주면 좋았잖아."

도모요의 도발에 걸려들지 않으려고 신지로는 애써 감정을 누르며 말했다.

"그럼 오라버니한테 말하면 우리도 소에지마 가의 묘에 들어갈 수 있어요? 앞으로 누가 소에지마 가의 묘를 지켜줄지 제대로 생각해본 적 있어요? 도쿄에 있는 하지메는 후사가 없으니까 어떻게 될지 알 수 없는 거 아니에요?"

어디 반론할 수 있으면 해봐, 하고 말하는 듯 도모요는 어미語尾를 웃음소리로 감쌌다. 이 역시 평소 그녀의 화술이다. 신지로는 말없이 팔짱을 끼고 눈을 감았다. 수십 년간 변하지 않는 친숙한 대화. 심판이 있다면 신지로가 말없이 눈을 감은 순간, 빨간 깃발을 휙 들었을 것이다. 도모요의 판정승.

신지로 안에는 입 밖에 내지 않은 대답이 있었다. 자신이 죽으면 뒷일은 남은 사람이 어떻게든 하면 된다. 풀로 뒤덮이고 묘석이 쓰러지고 이끼가 끼는 건 상관없다. 언젠가 묘가 처분된다 해도 알 바 아니다. 죽으면 그것으로 끝이다. 그저 그것을 누군가에게 소리 높여 주장할 생각은 없다. 묘를 둘러싸고 도모요와 입씨름을 하는 건 질색이다. 머리에 떠오른 생각이 모두 옳다는 듯 다음 생각으로 재빨리 옮겨가며 그것을 내뱉는 사이에 도모요는 스스로 자신의 목을 조르고 있다. 기둥에 묶인 개가 흥분하여 뛰어다니다 보면 꼼짝도 할 수 없게 되는 것과 같다. 그래도 자기가 이겼다고 하고 싶다면 그러라지.

가즈에와 도모요의 얼굴을 보고 있는 동안, 아무래도 여자 쪽이 묘에 더 휘둘리는 모양이라고 신지로는 생각했다. 결혼한 상대가 맏아들이라면 만난 적도 없는 낯선 조상과 같은 묘에 들어가게 된다. 여자는 독경, 장례식, 재齋 같은 관습도 익숙지 않은 방식으로 늘 조정해나가야 한다. 가즈에와 도모요는 그 경험을 하지 않아도 된다고 할 수 있다. 그러나 자신들이 들어갈 묘는 스스로 준비할 수밖에 없었다. 두 사람의 납골 항아리를 소에지마 가의 묘에 넣으려면 신지로가 보리사와 교섭하고 언젠가 도요코의 허락도 얻어야 했을 것이다. 그런 상상을 하자 자신은 양측에서 지펴지는 불에 어쩔 도리도 없이 끓어 넘치는 평범한 냄비다. 사태를 냉정하게 파악하자 가즈에와 도모요가 멋대로 한 행동에 결과적으로 구원받은 기분이 든다.

아사히카와 시에서 나고 자랐고 에다루로 와서 일하게 되었으며 소에지마 신지로와 만나 결혼한 도요코는 오 남매 중 막내였다. 만족스럽게 할 수 있는 것은 바느질과 주산 정도라고 본 시어머니 요네는 의식주에서 관혼상제에 이르기까지 자신만의 방식을 철저히 가르치려고 했다. 그런데 조산사 일은 항상 수동적인 임전 태세이다 보니 차분히 가르칠 시간 따위는 있어도 없는 것이나 마찬가지였다. 애초에 요네 자신이 침착하게 가사를 할 시간도 여유도 없이 네 아이를 낳고 키우며 살아온 것이다. 요리라고 하면 생선구이에 생선조림, 채소 절임에 된장국, 큰 냄비에 듬뿍 넣고 끓인 음식 등 손이 많이 가지 않는 것뿐이었다.

손이 많이 가지 않는다 해도 익숙지 않은 도요코에게는 어려운 문제였다. 부엌에서 시어머니 옆에 서서 열심히 배우려 해도 요네는 부르는 소리가 들리자마자 설명도 대충하고는 출산 현장으로 달려가버린다. 그렇지 않아도 이해가 늦은 도요코는 더욱 혼란스러워 쩔쩔맨다. 언제부터인지 도요코는 조그만 수첩을 몰래 들고 다니며 단편적으로 배운 것을 연필로 적었다. 신지로는 이따금 그 노트를 펼치고 말없이 허공을 노려보는 듯한 도요코의 모습을 봤다. 하지만 뭔가 도와준다는 것은 생각도 해보지 않았다. 가사에 서툰 도요코가 순간순간 가여웠지만, 참 곤란한 일이군, 하는 쓸쓸함이 더 컸다.

도요코의 생모 기미에는 다섯 형제의 막내 도요코를 업신여겼다. 첫째 딸이나 둘째 딸보다 맹한 데다 용모도 빠진다고 본인에게도 거리낌 없이 말했다. 도요코는 무슨 일이 있을 때마다 어머니가 자신을 야단친 것도, 교육 측면에서가 아니라 감정의 배설이며 어깃장이라고 생각했다.

회계사 사무소를 운영하는 아버지 하야시 미키오는 도요코에게 주산과 장부 작성법을 가르쳤다. 도요코는 여학교 졸업 직전에 종업원 숙소가 딸린 에다루 박하주식회사가 여사원을 모집한다는 것을 친구 언니에게서 듣고 별로 망설이지도 않고 홀로 에다루에 왔다. 유베쓰가와가 흐르고 오호츠크해에서 그리 멀지 않은 에다루는 분지인 아사히카와 시보다 시원하게 확 트인 곳 같았다. 외로움이나 불안함보다는 잔소리가 심한 어머니에게서 벗어날 수 있다는 기쁨이 더 컸다.

어머니의 질책에서 벗어나기 위해 아사히카와를 떠나는 것이 낫겠다고 생각한 것은 도요코만이 아니라 아버지 미키오도 마찬가지였다. 대놓고 감싸주지는 못했지만 어머니에게 호되게 야단맞은 도요코에게 다른 화제를 찾아내 부드러운 목소리로 말을 걸어주는 것이 미키오의 에두른 위로였다.

'에다루 박하'라는 회사 이름을 듣자마자 어머니는 "그 회사는 평판도 좋으니 좋은 신랑감을 찾을 수 있을지도 몰라"라고 말하며 드물게도 웃는 얼굴로 도요코를 쳐다보았다. 전전戰前 홋카이도 동쪽 지역의 박하 생산은 세계 시장의 칠십 퍼센트 이상을 차지하여 증산 태세를 갖춰도 따라가지 못하는 활황세였다. 전시에 강제로 생산량을 절반으로 줄이는 정책을 거치며 사세는 대폭 축소되었다. 전쟁이 반년만 더 지속되었다면 회사는 사실상 도산했을 것이다. 전후에는 정지되어 있던 기계를 차례로 점검·수리하고, 보존되어 있던 씨앗을 심거나 품종 개량한 종자를 육성해 박하 밭을 다시 일구며, 생산 라인을 정비하고 인원을 배치하여 에다루의 기간산업으로 다시 출발시켰다. 읍내에 활기가 돌아오고 에다루의 인구도 점진적으로 회복되었다. 다른 지역에서 유입된 인구 중 한 사람이 도요코였다. 에다루의 출산 건수도 점차 늘어 시어머니의 분주함에도 박차가 가해졌다.

신지로는 에다루 박하의 전기 기사로 일하고 있었다. 총무 담당자로 일하던 도요코는 주산 능력을 인정받아 일 년 후 경리과로 이동했다. 같은 건물의 같은 2층에서 일하던 두 사람은 거기서 만났다.

그로부터 사십 년 남짓의 시간이 흘렀다.

결혼을 앞둔 맏아들 하지메가 약혼자인 구미코와 에다루의 본가로 돌아왔을 때 저녁식사 자리에서 혼자 묘하게 기분이 좋았던 도요코는 뜬금없이 자신의 '연애결혼'에 대해 이야기하며 "그 무렵에는 오락 같은 건 없는 시대였으니까…… 연애가 유일한 오락이었지"라고 말했다. 하지메와 구미코는 바로 반응할 수 없었고, 신지로는 얼버무리듯이 짧게 웃었다. 하지메는 이후 한동안 위악적으로 어머니의 말을 농담 소재로 삼았다. "아무튼 나는 오락의 산물이니까."

가건물을 나온 신지로는 자물쇠를 잠갔다. 여기저기에서 벌레 우는 소리가 들려온다. 얼마 후에는 그 울음소리도 뜸해질 것이고 겨울바람이 불면 벌레는 죽어 없어질 것이며 오색딱따구리나 어치의 아주 요란한 울음이 울려 퍼질 것이다.

세 누이가 결혼을 했다면 지금쯤 어떻게 되었을까, 하고 신지로는 한없이 되풀이해온 가정을 다시 머릿속에서 끄집어낸다. 도요코가 그랬던 것처럼 가즈에에게도 도모요에게도 낯선 일족의 묘에 이르는 길이 준비되었을 것이다. 그러나 가즈에도 도모요도 미혼인 채이고, 에미코만 한 번 짧은 결혼생활을 했지만 곧 이혼하고 돌아왔다.

신지로를 비롯한 네 남매는 태어날 때의 성 그대로 나고 자란 집과 동네에 살며 수십 년이나 함께 재를 올리는 자리에 나란히 앉아왔다. 가즈에와 도모요만이 아니라 신지로 역시, 누이들도 부모님과 같은 묘에 들어갈 거라고 막연히 생각하고 있었다. 누님과 동생은 주지와 대체 어떤 이야기를 주고받은 걸까. 그 자리에 없었던 신지로는 이야기를 해볼 수는 있었을 텐데 하고 생각한다. 도모요가 주지의 심기를 거슬리게 하진 않았을까. 그 탓에 미미한 가능성을 스스로 끊어버린 것이 아닐까. 애초에 묘에 들어갈 사람은 주지가 정하는 것일까. 하지만 이제 와서 그 말을 해도 별수 없었다. 영대공양의 새로운 묘가 준비되고 한 사람 분의 뼈가 안치되어 있으니까.

신지로가 하루를 데리고 가까운 산을 걷지 않은 지는 이 년쯤 된다. 하루가 산길을 좋아하지 않게 되었기 때문이다. 이전에는 산나물을 캐는 데도 데려갔다. 산길을 벗어나 완만한 골짜기를 내려갈 때면 하루는 활기차게 앞으로 내달린다. 10미터도 떨어지지 않은 데서 일단 멈추고 신지로를 돌아본다. 신지로는 "곰은 없나 보다" 하고 하루에게 말을 건다. 하루는 풀 냄새, 돌 냄새를 맡으며 앞으로 나아간다. 신지로는 산에 들어갈 때면 반드시 허리에 방울을 달았다. 멀리서 인기척이 들리면 곰은 도망간다. 그래도 하루가 옆에 있어주면 분명 안심이 되었다.

소에지마 가의 역대 홋카이도견 중 곰에게 가장 용감한 것은 4대 하루가 아니라 2대 에스였다. 홋카이도견의 수렵경기대회에 출장할 때마다 우리 안의 큰 곰에게 잇몸을 드러내고 으르렁거리며 한 발짝도 물러서지 않았다. 큰 곰이 기세에 눌려 뒷걸음질 치는 모습을 보는 것이 신지로의 은밀한 즐거움이었다. 하루도 젊었을 때는 우리 안의 곰에게 으르렁거리기는 했지만 에스만큼은 아니었다. 하루가 너무 영리한 탓일지도 모른다. 곰은 우리 안에 있고 어차피 이쪽으로 나올 수 없다, 하고 말하는 듯한 얼굴이었기 때문이다. 성격 차이도 있을 것이다. 그러나 산을 거의 달리듯 오르던 젊은 시절과 천천히 산나물을 캐는 것이 고작인 늙어버린 지금, 주인의 그런 모습을 보고 개도 거기에 맞춰주는 걸지도 모른다고 신지로는 생각한다.

내년부터는 이제 강에도 들어가지 않을 것이다. 지난주 바람이 급격히 차가워진 날, 해 질 무렵 가까운 강의 바위너설에서 발이 미끄러져 넘어졌기 때문이다. 다행히 팔이 까지고 넓적다리에 멍이 든 정도였지만 수백 번, 아니 수천 번이나 왕복하던 익숙한 강에서 일어난 실수였다. 지금까지 나이를 생각해 주의 깊게 행동했지만 미끄러진 순간 그저 무력하게 나자빠질 수밖에 없었다. 얕은 여울이어도 나자빠져 움직이지 못하면 그대로 죽을 수도 있다. 기세 좋게 흐르는 강 수면이 바로 눈앞과 코앞에 있었다.

겁 많고 신중한 신지로는 아침저녁으로 혈압을 잰다. 미세하게 떨리는 손으로 수첩에 숫자를 적어 넣는다. 복용하는 약도 많다. 약해진 곳, 상태가 안 좋은 곳이 발견되면 일주일에 한 번 다니는 에다루 중앙병원의 원장에게 알려 나쁜 병의 징후가 아닌지 확인하지 않고는 배길 수 없었다. 은퇴가 가까운 듯한 원장은 늘 "특별히 나쁜 건 아니니까 찬찬히 상태를 봅시다" 하고 말한다. 근본적인 대책을 내놓지도 않고 새로운 약도 필요 없다는 표정이다. 귀가 후 도요코 앞에서는 신지로가 언짢은 기분을 드러낸다. 병원이 왜 병을 인정하려 하지 않느냐고 말하려는 듯하다. 도요코는 "약만 주는 의사는 돌팔이라고 어머님이 말씀하셨어요"라며 원장 편을 들지만, 신지로는 이미 많은 약을 처방받았다. 그렇다면 역시 원장은 돌팔이가 아닌가.

산속 계곡 낚시는 그만뒀지만 집에서 걸어갈 수 있는 유베쓰가와 어딘가의 포인트에서 낚시를 계속했다. 그다지 빠르지 않은 흐름에서도 물이 밀려오는 힘은 묵직하고 강하다. 무릎 아래의 수위에서도 사람은 빠져 죽는 경우가 있다. 자갈을 밟는 발밑이 기우뚱 흔들리게 되는 것은 자갈이 불안정해서가 아니라 자신이 육감과 근력이 떨어져 균형 감각이 악해진 탓이라는 걸 알고 있었다. 그때는 그때라며 각오하고 낚시를 계속할 배짱은 없다. 올여름만 하고 낚시는 그만둘 것이다. 신지로는 간단히 결론을 내렸다.

도요코에게 이 말을 하면 안심할 것이다. 그런데 이렇게 결정했다는 사실을 곧바로 도요코에게 말하지 않는 것이 신지로의 나쁜 버릇이었다. '말할 수 없다는' 편이 더 정확할지도 모른다.

할 말을 미룰 때 신지로는 신문이나 찻종에 눈을 떨어뜨리고 되도록 도요코가 시야에 들어오지 않도록 했다. 그래서 좋지 않은 일이 생겨 행동에 드러나진 않는지, 도요코는 신지로의 일거수일투족, 신문을 접는 소리나 자리에서 일어나는 소리, 기침 소리, 코 푸는 소리까지 하나하나 신경을 기울였다. 그렇다고 해도 도요코는 "무슨 일이에요?"라고 묻지 않는다. 본인들은 모를 뿐, 신지로와 도요코는 비슷한 점이 있다. 둘은 아무 말도 하지 않은 채 해가 기우는 것처럼 기분이 어두워진다.

도쿄에서 일하는 하지메는 점차 날이 저무는 시간이 늦어지고 있는 것을 알지 못했다. 집이 조용해진 것은, 자식들이 없어서 그런지 부모가 늙으면서 저절로 그렇게 된 건지, 일 년에 한두 번의 귀성으로는 짐작도 할 수 없었다. 누나 아유미는 이 집이 삼십 년 후, 사십 년 후에 언짢은 기색과 함께 어둑어둑해질 것을 어딘가에서 느꼈던 것이 아닐까. 물어서 확인할 수 없는 물가에 선 하지메는 눈앞의 광활한 바다 깊숙이 가라앉은 기억에 시선을 집중하고 귀를 기울인다.

삿포로의 국립대학에 재학중이던 아유미는 여름방학에 일주일쯤 귀향했다. 삿포로로 돌아가는 날, 아유미는 산책 삼아 역까지 배웅 나온 고등학교 1학년인 하지메에게 말했다. "난 아버지와 어머니를 돌볼 수 없으니까, 하지메, 잘 부탁해." 갑자기 무슨 말을 하는 건가, 하지메는 의아했다. 뭐라고도 대답하지 못한 고등학교 1학년이었지만 그때 '왜 그런 말을 해?'라고 되물었다면 어땠을까. 아유미는 얼버무리듯 '그냥'이라고만 대답했을까.

아유미에게는 있고 하지메에게 없는 것. 그 생각을 하면 너무 많아서 울적해진다. 그러나 아유미에게는 있고 소에지마 가 사람들에게 없는 것이라고 관점을 바꿔보면, 하지메 혼자만의 약점은 아니어서 마음이 좀 편해진다. 먼저 떠오르는 것은 강한 의지다. 혼자 뭔가를 대담하게 결정하면 곧바로 계획을 세워 실행한다. 웃는 얼굴이 늘 상쾌해서 기분이 좋다. 사진 속 자신의 웃는 얼굴을 보면 누나처럼 환하지 않다. 어딘가 일그러져 마음 깊이 웃는 모습이 아니다.

또 하나, 하늘이 아유미에게만 준 것은 개처럼 민감하면서도 알레르기 하나 없는 코였다. 옆집에 사는 가즈에 고모가 잠깐 집에서 차를 마시고 가면, 학교에서 돌아오자마자 "가즈에 고모 왔었어?"라고 할 정도로 냄새를 잘 맡았다. 중학교 3학년이던 하지메가 심야에 2층 자기 방 창문을 열고 담배 한 대를 피운 이튿날에는 어머니가 부엌에서 설거지하는 틈을 타 "피웠지?" 하고 속삭였다.

눈이 내리기 전 먼저 냄새를 맡고 누구에게랄 것도 없이 "눈 냄새"라고 말한다. 한 시간도 지니지 않아 눈이 내리기 시작한다. 지로의 식욕이 떨어지면 아유미는 두 귀밑을 쓰다듬으며 냄새를 맡고 지로에게 무슨 말을 한다. 어떤 냄새를 맡은 걸까. 의사에게 데려가는 것이 좋겠어, 라고 말하는 사람은 대체로 신지로나 아유미였다.

하지메는 냄새를 잘 맡지 못했다. 소아천식이 낫고 조금 지나자 심한 비염에 시달렸다. 점비약이나 먹는 약으로 견뎌도 그 반동으로 양쪽 코가 막혀 입으로 숨을 쉬어야 할 정도였다. 악화할 때마다 다닌 이비인후과에서는 알레르기성 비염이라고 진단했다. 소아천식 치료로 일주일에 한 번씩 엉덩이에 주사를 맞고 그 후에는 포도당 한 컵을 마셔야 했는데, 심한 비염은 주사나 발작 때 흡입하는 약의 부작용이 아닐까, 하고 하지메는 의심했다. 고등학교에 들어갈 무렵 한방약으로 바꿔 몇 년을 계속 복용하자 만성적인 코 막힘에서 해방되었다. 그래도 먼지나 꽃가루에는 민감해서 곧바로 콧물이 나왔고, 냄새에 둔감한 것은 그대로였다.

아버지 신지로도 냄새를 잘 맡지 못했다. 이따금 코를 푸는 것으로 상태가 안 좋은 코가 거기에 있다는 사실을 일부러 확인하는 듯이, 포탄이 없는데도 공포를 쏘는 듯이 수선스럽게 풀었다. "신짱은 정말 코만 풀었다니까, 수험공부를 할 때도 책상 주위에 코를 푼 휴지뿐이었어." 그 자리에 없는 동생을 업신여기는 듯이 웃으며 가즈에 고모가 말했다. 신지로를 '신짱'이라고 부르는 것은 가즈에뿐, 에미코도 도모요도 '오라버니'라고 불렀다.

긴 방학 때마다 삿포로에서 에다루로 돌아왔지만 아유미는 점차 부모와 이야기를 나누지 않게 되었다. 딱 잘라 거부하는 것이 아니라 대학 이야기를 해도 별 소용없다고 생각했을지 모른다. 아유미는 단명한 에스 다음으로 온 3대 홋카이도견 지로를 산책시킬 겸 에다루 교회에 얼굴을 내밀거나 고등학교 시절의 친구와 만나는 등 낮에는 이래저래 기분 좋게 외출했다. 신지로도 도요코도 꼬치꼬치 캐묻는 부모는 아니었다. 얼굴을 보면 대체로 알 수 있다는 듯한 태도였다.

몇 달 만에 아유미를 만난 기쁨을 어울리지 않게 온몸으로 드러내는 것은 흰 털의 지로뿐이었다. 아니, 지로만이 아니다. 키우던 홋카이도견은 모두 다른 누구보다 아유미를 잘 따랐다.

아유미가 초등학생 때부터 중학생 시절까지 삼 년만 키웠던 2대째 에스도 그랬다. 거무스름한 황색 몸통에 굵고 검은 줄무늬, 다리가 근사했던 에스는 강아지 때부터 가슴을 펴고 세모난 두툼한 귀를 똑바로 세웠다. 이는 에스의 특별한 풍모로, 아유미 앞에서는 그 늠름함에 어리광 섞인 표정과 몸짓이 더해졌다.

에스에게 아유미는 누나 같은 존재였다. 함께 산책을 나가면 신지로와의 정해진 코스를 벗어나 훨씬 멀리까지 가준다. 기분이 내키면 유베쓰가와를 따라 난 길을 종종걸음으로 가기도 한다. 사람이 안 보이면 강가의 광장에서 잠깐 목줄을 풀어주어 마음껏 놀게 해주기도 한다. 목 주위나 앞쪽을 충분히 쓰다듬어준다. 발톱이나 눈, 귀를 체크하고 상태가 안 좋은 곳이 없는지 살펴주는 것도 장기였다.

아직 두 달도 안 된 강아지 에스가 집에 왔을 때 한동안 가만히 지켜보던 아유미는 "이 개는 왜 이렇게 괴롭고 슬픈 얼굴을 하고 있죠?" 하고 도요코에게 물었다.

"그러게. 역시 엄마, 아빠, 형제들과 헤어져서가 아닐까. 그러면 어찌할 바를 모르겠지."

"어찌할 바를 모르겠다는 건 뭐야?"

"어디로 가면 좋을지, 어떻게 하면 좋을지 모르는 거? 한 번도 가본 적 없는 낯선 데서 날이 저물고 주위가 깜깜해지면 어떻게 해야 좋을지 모르겠지."

아유미는 어딘가 알 수 없는 깜깜한 곳에 서 있는 자신을 상상했다.

"혼자 끌려나왔더니 주위에서 부모와 형제 냄새가 나지 않고, 냄새가 안 나면 불안해지겠지."

도요코는 울 것 같은 아유미의 얼굴을 보고 환한 목소리로 바꿔 말했다.

"그러니까 네 냄새를 잔뜩 맡게 해주면 좋지 않을까. 네가 에스의 누나가 되면 되잖아."

아유미는 그날부터 에스를 많이 만지고 쓰다듬고 얼굴을 가까이 대고 되도록 함께 있으려 했다. 너무 귀여워한 나머지 남동생 하지메가 점차 심사가 뒤틀려 싸움이 늘어났을 정도였다. 도요코는 그걸 눈치챘지만 아무 말도 하지 않았다.

순조롭게 성장한 에스가 전람회에 출전해 높은 평가를 받자 신지로에게 교배 문의가 빈번하게 들어왔다. 신지로는 그 자리를 어물어물 넘기듯 웃으며, 달려드는 상대를 피했다.

전람회에 출전한 에스에게 약점이 있다면 표정이었다. 임전 태세에서 해방되어 잠시 숨을 돌리며 대기할 때면 어찌할 바를 모르는 눈이 된다. 에스의 가장 좋은 성적이 준우승에 그친 것도 근심이 담긴 눈매가 한몫했을 것이다. 심사 항목 중 하나인 '얼굴 생김새'에는 눈의 표정도 포함되기 때문이다. 뛰어난 홋카이도견의 눈은 '발랄하고 주의 깊으며 대담'해야만 했다.

전람회에 여러 번 출전하는 중에 생각지 못한 사람이 에스에게 반해버리고 말았다. 이름난 홋카이도 꽃사슴 사냥의 명수이자 인정받는 계곡 낚시꾼 이와무라 시게오가 자신에게 에스를 꼭 넘겨달라고 조른 것이다.

신지로도 이와무라를 잘 알았다. 계곡 낚시 솜씨도 일품인 데다 동료에게도 호평받는 인물이었다. 읍내의 몇 군데 레스토랑을 단골로 두고 있는 솜씨였지만, 사슴 사냥을 생업으로 하는 이유는 돈벌이라기보다는 사슴 사냥 자체를 좋아해서라고 한다. 듬직한 체격과 과묵함이 수련을 거듭해온 신체 능력과 판단력, 사람 됨됨이를 그대로 전해준다. 에스에게는 이와무라가 홀딱 반하고 열의를 쏟을 만한 특별한 자질이 있었던 것이다.

처음에 신지로는 그의 요청을 거절했지만 이와무라는 단념하지 않았다. 단골 가게에서 보내왔다며 쿠키 바구니나 초콜릿을 들고 에스를 보러 왔다. 신지로도 에스를 자랑스럽게 생각했으므로 두세 번의 방문에도 싫은 내색을 하지 않았다. 사슴 사냥 현장에서 홋카이도견이 얼마나 필수불가결한 존재인지, 설득이라기보디는 혼잣말에 가까운 이와무라의 더듬거리는 이야기를 듣다 보니 에스의 자질을 더욱 크게 꽃피우려면 이 사슴 사냥꾼에게 보내는 것이 행복할지도 모른다고 생각하게 되었다. 우리 집에서 계속 키운다면 보물을 썩히게 된다, 재능을 최대한 발휘하게 하는 게 좋다, 개도 사람도 마찬가지다. 신지로는 이렇게 생각했다.

신지로의 이런 판단은 아유미의 맹렬한 반발을 샀다.

집에서 한가롭게 사는 게 왜 나빠, 개는 사람하고 같이 있는 것만으로도 행복해, 사슴 사냥이란 사람이 자기 좋을 대로 일을 시키는 것뿐이잖아, 에스가 기뻐할지 어떨지 아버지가 어떻게 알아, 하며 강한 어조로 반대했다.

아유미는 흥분을 진정하고 말을 이었다. "이와무라 씨가 오면 에스가 불안한 표정을 짓는 걸 알 수 있어. 싫어하니까 그만둬."

이미 결정해버린 신지로는 팔짱을 끼고 눈을 감는다.

"대체 왜 에스를 남한테 넘겨야 해? 에스는 우리 개잖아. 에스가 불쌍해. 무슨 일이 있어도 그럴 거라면 에스가 새끼를 낳을 때까지만 기다려줘."

아유미의 주장에는 늘 귀를 기울이는 신지로가 어쩐 일인지 에스의 일에는 요지부동이었다. 하지메는 누나의 기분을 헤아려서인지, 에스를 불쌍하게 여겨서인지 말다툼하는 옆에서 그저 하염없이 울기만 했다. 도요코도 실은 양도에 반대했지만 남편이 한번 정하면 절대 바꾸지 않는 걸 잘 알고 있었다. 여기서 아유미 편을 들어도 수습이 안 될 뿐이라고 생각하고 눈살을 찌푸린 채 입을 다물고 있었다.

처음 집에 왔을 때의 에스는 어린 아유미의 손으로도 거뜬히 안을 수 있을 만큼 작았다. 현관 바닥 위를 마구 뛰어다니는 모습이 옆구리를 슬쩍 밀면 금세 데구루루 구를 것 같았지만 발톱이 보일 듯 말 듯한 다리는 단단하고 두툼하며 황색에 굵고 검은 줄무늬가 있는 털은 아주 촘촘하여 늠름한 홋카이도견의 풍모가 이미 엿보였다.

부모를 찾는지 현관 유리문의 작은 틈새에 코를 대고 킁킁 냄새를 맡았다.

"에스! 에스!"

아유미는 현관으로 내려가 아버지의 큼직한 샌들을 아무렇게나 걸쳐 신은 뒤 에스를 향해 쭈그리고 앉았다.

"에스! 에스!"

에스의 꼬리는 삼각추처럼 밑동이 두툼하다. 아유미는 에스의 몸통을 천천히 두 손으로 감싸 그대로 무릎에 안았다.

"너는 오늘부터 우리 집 아이야. 밥 많이 먹고 같이 놀자."

아유미는 에스의 목과 얼굴 주위에 코를 묻었다. 에스에게서는 달콤한 젖내가 났다. 자신보다 따뜻한 개의 체온. 에스가 아유미의 손 냄새를 맡는 걸 신지로는 뒤에서 지켜보았다.

"누나, 나도 만져볼래."

좀 떨어져서 보고 있던 하지메가 다가와 손을 뻗었다. 아유미는 하지메 쪽으로 에스를 내밀었다. 에스가 손을 순간적으로 살짝 물려고 하자 깜짝 놀란 하지메는 손을 뺐다.

신지로가 웃었디.

"물어뜯지 않으니까 괜찮아. 강아지들끼리 서로 장난치며 무는 것과 같으니까 안 아파."

하지메는 반신반의한 채 다시 한 번 손을 내밀었다.

에스는 하지메의 손을 살짝 물었다. 따뜻하고 축축한 입이 하지메의 검지와 엄지 사이를 물었다. 두껍지만 아직 짧은 꼬리가 끊어질 듯 움직이고 있었다.

에스가 소에지마 가의 두 번째 홋카이도견이 된 첫날의 광경을 아유미는 내내 잊을 수 없었다. 신지로도 하지메도 도요코도 마찬가지였다.

에스는 사 년 만에 죽었다.

이와무라가 데려간 지 딱 일 년이 지났을 무렵, 입에 거품을 물고 집 현관 앞에 쓰러져 있었다고 한다. 이와무라가 발견했을 때는 이미 숨이 끊어진 상태였다. 어떻게든 집까지 돌아왔으나 에스는 들개를 잡기 위해 산기슭에 뿌려놓은 독 만주를 먹은 것이었다.

신지로 혼자, 죽은 에스를 보러 갔다.

이와무라와 교대로 묘를 파고 검은 흙바닥에 뉘었다. 신지로는 집 뜰에서 꺾어온 큰구슬붕이 꽃 한 다발을 그 위에 얹었다. 호주머니에 몰래 넣어온, 강아지 때 에스가 자주 갖고 놀던 공도 입가에 놓았다.

잠깐 손을 모아 합장한 후 신지로는 검은 흙을 덮었다.

2

멀리서 소리가 들려온다.

무슨 소리인지 모르지만 아유미는 알고 있었다.

밤이었다. 잡초 하나 없을 만큼 잘 가꿔진 뜰을 큰 달이 비추고 있었다. 옆집의 경사가 급한 빨간 지붕도 달빛에 떠올라 있었다. 눈을 크게 뜬 두 살의 아유미는 어두운 천장과 벽의 고르지 않은 무늬를 바라보고 있었다. 옆의 어머니도 그 너머에 있는 아버지도 산더미 같은 이불 아래서 숨소리를 내며 자고 있다.

부모가 살아있는 것은 분명헤도 의식을 잃은 듯 자고 있으면 살아있지 않은 것과 비슷하다. 딸인 아유미가 바로 지금 옆에서 자고 있다는 것은 허공으로 사라지고, 아버지인 신지로도 어머니인 도요코도 단지 신지로와 도요코로 돌아와 있다. 자신의 딸이 깨어 있다는 것은 물론이고 잠든 자신이 지금 어떤 상태인지도 모른다.

아유미는 혼자 눈을 뜨고 있었다. 살짝 부풀어 올랐나 싶다가 천천히 꺼지는 이불 산 너머에서 한껏 당겨진 실처럼 가늘고 길며 분명한 목소리가 들려온다. 그것을 듣고 있는 사람은 아유미만이 아니었다. 할머니 요네와 **낯선 여인**은 지금 그 소리의 한복판에 있다.

평소의 아유미라면 그 소리를 듣자마자 반사적으로 눈물을 흘렸겠지만 보름달이 뜬 오늘 밤에는 울고 싶지 않았다. 울면 눈을 꾹 감아버리는데 울지 않으니 눈을 뜨고 있었다. 크게 뜬 눈 속 파르께하고 반지르르하게 젖은 안구의, 외계와 주고받기 위해 준비된 동공은 어슴푸레한 어둠 속에 가라앉아 있는 모든 것을 포착하려고 잔뜩 열려 있었다. 눈동자가 소리도 포착하고, 눈동자 자체가 뭔가를 생각하며 호흡하고 있는 것 같았다.

어슴푸레한 어둠 속에서 갓난아기의 울음소리가 들려온다. 들어본 적 있는 울음소리가 점차 커지고 낯선 여인의 새된 목소리가 사라진다. 아기 울음에 섞인, 흐릿하고 낮은 할머니의 목소리는 나지막하면서도 밝고 들떠 있다. 다다미방과 판자를 깐 마루를 삐걱거리며 오가는 소리.

"오늘은 보름달이 떠서 태어나는 거예요."

쉰 듯한 할머니의 목소리는 아유미의 기억이 만들어낸 환상일까. 보름달이나 만조가 출산과 어떤 관련이 있는지 안 것은 훨씬 나중의 일이었다. 그래도 아유미의 귀는 어느 날 저물녘에 요네가 누구에게랄 것도 없이 던진 말을 들었던 것 같다.

달빛에 비친 뜰 구석에서 홋카이도건 이요도 깬 모양이다. 드르르륵 쇠줄 끄는 소리가 들렸다. 아유미와 마찬가지로 갓난아기의 울음 때문에 깨서 개집 밖으로 나와 귀를 기울이고 있을 것이다. 이요는 짖지 않는다. 원래 어지간한 일이 있지 않는 한 조용하다. 사냥개로 생각하면 단점인 이요의 성격을 아버지는 개의치 않는다. 이요를 사냥개로 키우는 것이 아니었기 때문이다.

이요의 조용한 낌새에 보호를 받듯이 아유미는 다시 잠 속으로 돌아간다.

과묵한 아버지가 과묵한 이요를 좋아한 이유는 성격이 잘 맞아서이기도 했을 것이다. 그러고 나서 십 년, 이십 년의 시간이 흘러 이요 다음에 온 홋카이도견들을 각각 소중히 키우며 무슨 일이 있을 때마다 "이요는 짖지 않았지" 하고 그리움을 숨기지 않는 목소리로 떠올리는 말을 아유미는 여러 번 들었다.

이요는 짖지 않는 대신 소리에 대한 감도가 엄청나게 높았다. '귀가 너무 좋은 나머지 자신의 짖는 소리가 시끄러워 견딜 수 없었는지도 몰라.' 훗날 아유미가 이렇게 생각하고 싶어질 만큼 이요의 귀는 가까운 곳보다 먼 곳을 향해 있었다. 빽빽한 붉은 털로 뒤덮인 세모난 귀는 700미터 앞의 에다루 고등학교의 운동장 모퉁이를 도는 신지로의 자동차 소리를 포착했고, 유베쓰가와의 둑 위에서 친구와 잡담하는 초등학교 3학년 아유미의 웃음소리를 들으면 일어나 등 전체를 긴장하며 꼬리를 여러 차례 강하게 흔들었다.

어머니 도요코는 이따금 그런 이요를 보았다. 물론 도요코에게는 아유미의 웃음소리가 들리지 않는다. "아유미의 소리인지 알고 있는 표정을 짓고 있었으니까" 하고 아주 진지한 표정으로 아유미에게 설명한다. 순간 아유미는 어머니에게 말하려다 입을 다물었다. 이요라면 뭘 들어도 괜찮아, 혹시 할 수만 있다면 이요에게 내 마음을 다 들려주고 싶어, 라는 말이었다.

에다루 초등학교에 다니는 아홉 살의 아유미는 방과 후 사이 좋은 후미코와 유베쓰가와까지 걸어갔다. 후미코는 허들이 특기인 빠른 발을 갖고 있고 머리가 좋은 아이였다. 내내 짧은 머리를 했고 남자에게도 아무렇지 않게 분명한 말을 하는 담박한 성격이다. 아유미와 후미코는 강물 소리와 강바람을 느끼며 종잡을 수 없는 이야기에 몰두했다. 이야기에 기세가 오르면 후미코의 턱이 올라가고 말이 빨라지며 눈이 반짝인다. 자신이야말로 반에서 가장 공부를 잘하고 체육도 뛰어나 여자아이들에게도 인기 있다고 자부하는 남자아이의 입버릇을 후미코가 과장되게 흉내 내자 아유미는 큰 소리로 웃었다. 그 입버릇은 본인도 깨닫지 못하는 것이었다. 집까지 서둘러 걸어도 오 분은 걸리고, 두 사람에게서 조금이라도 떨어지면 강물 소리에 막혀 이야기가 잘 들리지 않는다. 그런데 이요의 귀에는 들리는 것이다. 냄새는 잘 맡아도 청력은 특별하지 않은 아유미는 순순히 놀라 이요에게 다가가 쪼그리고 앉으며 "이요, 장하구나, 이요"라고 말하고는 귀밑 언저리를 쓰다듬었다. 이요의 입이 조금 옆으로 벌어져 웃는 듯한 얼굴이 된다.

강을 따라 난 길에서 자신의 웃음소리는 거리낌 없이 컸다. 같은 반 친구를 바보로 만드는 대화에 열중한 것이 약간 께름칙하지만, 그래도 어머니에게 그 이야기를 들으니 자신의 목소리를 들으려고 귀를 기울이는 이요의 모습이 떠올라 가슴이 벅차오른다. 집에 이요가 있다는 것은 얼마나 안심되는 일인가. 아유미는 그렇게 생각했다.

이요는 할머니 요네에게도 행운을 가져다주는 개였다.

이요를 키우면서 '개가 지켜주는 소에지마 조산원은 안산安産'이라는 말을 자주 들었다. 이런 평판이 싫지 않은 요네는, 별채에 있는 조산원의 분만실에 종이 개 인형을 장식했다. 동글동글한 눈과 똑바로 선 빨간 귀. 방울 달린 작은 북을 짊어지고 웃는 듯한 얼굴이 임부를 맞이하고 산모와 갓난아기를 배웅했다. 요네가 갑작스럽게 세상을 떠나 조산원 문을 닫은 후 도요코는 그 인형을 자신의 집에 장식했다. "처음에는 개가 아니라 고양이라고 생각했어"라고 웃으며 한 말을 듣고 아유미는 그제야 그게 개였구나, 하고 알았다.

보름달이 뜬 밤.

아버지도 어머니도 동생도 잠이 든 후 열다섯 살의 아유미는 혼자 세면대 앞에 섰다. 진짜인지 어면지 모르는 두 살 무렵의 기억을 떠올리며 시간을 들여 이를 닦았다.

두 살 때 나란히 난 유치가 빠지고, 영구치가 난 지 오래되었다. 거울 속의 자신이 유아였던 사실은 어디서도 찾아볼 수 없는 용모인지, 아니면 어른이라고 하기에는 아직 먼 앳된 모습인지 가만히 들여다봐도 전혀 알 수 없다. 초등학교 6학년인 하지메는 변성기가 지나 늘 기분이 좋지 않다. 동생의 성장과 변화는 잘 보인다. 자신은 두 살부터 지금까지 끊어지지 않고 이어져 있으며 한 번도 몸 밖으로 나가본 적이 없기에 오히려 알 수가 없다. 확실한 것은 이를 닦고 있을 때면 동생도 자신도 어린애 같은 얼굴이 된다는 사실이었다.

여러 번 입을 헹구고 칫솔을 깨끗이 씻고 세수를 하고 수건으로 잘 닦은 후 준비해둔 휴지로 거울에 튄 물방울을 닦았다. 막 태어난 무렵부터 이요는 계속 유치원, 초등학교로 점차 성장해가는 아유미를 보고 있었다. 아유미가 4학년 때 이요는 병으로 죽었다. 아버지가 곧 데려온 에스는 사냥꾼이 데려갔고 독 만주를 잘못 먹어서 죽었다. 둘 다 암컷이었다. 지금 집에서 키우고 있는 수컷 홋카이도견 지로는 어렸을 때의 아유미를 모른다.

두 살 때의 기억은 단편적이지만 지금도 확실히 남아 있다. 오버코트 앞에 한 쌍으로 늘어뜨려져 있던 동그란 술의 싸늘한 촉감. 이요가 묶여 있던 쇠줄의 감촉. 낡은 단층집 유리문과 문틀의 비바람에 드러난 나뭇결. 부엌 식탁에 깔려 있던 깅엄체크의 비닐천. 세모난 귀를 당겨도 싫어하지 않던 이요의 냄새.

아유미가 세 살도 되기 전에 요네는 뇌내출혈로 세상을 떠났다. 마지막 조산을 마친 한나절 후의 일이었다. 요네가 어떤 수순으로 출산을 도왔는지를 본 기억은 물론 없다. 아마 어린애는 들어오지 못하도록 엄하게 말해두었을 테고, 아버지와 어머니가 조산원으로 가는 뒷모습조차 본 적이 없다. 꾸중을 듣거나 쫓겨난 기억도 없다. 다만 다가가기 힘든 분위기가 조산원 한 모퉁이에 떠돌고 있었다. 조산원 바로 앞 기둥에 '정리, 청결, 정심整心'이라고 손으로 쓴 종이가 붙어 있었다. 집이 헐릴 때까지 그대로 있었던, 요네가 쓴 먹글씨.

분만실은 단층집 동쪽의 별채에 있었다. 안채의 부엌과는 별도로 작은 취사장 같은 판자를 댄 방이 단층집 쪽에 있고, 요네는 거기서 물을 쓰고 뜨거운 물을 끓였다. 커다란 법랑 대야나 물주전자, 탯줄을 자르는 가위 등을 끓이는 냄비. 요네가 뒤처리를 할 때 딸그락딸그락하고 딱딱한 것들이 부딪치는 소리가 여기까지 자주 들렸다. 유리가 달린 흰 선반에는 청진기 등이 나란히 놓여 있었다. 그 밖에 어떤 기구가 있었던가. 하얀 작업복, 하얀 모자 같은 것. 큼직한 붕대.

냄새에 대한 기억이 가장 분명하다. 소독약 냄새. 뜨거운 물을 끓이는 가스 냄새. 임산부의 이마를 적시고 머리를 적시고 여기저기에서 배어나오는 땀이나 상기되어 피어오르는 환영 같은 기억의 냄새. 냄새의 낱알에 형태가 있다면 세모나 네모가 아닌 동그라미였다. 그것이 무수히 떠올라 조산원 천장과 바닥 사이를 병원과는 다른 달짝지근한 느낌으로 감싸고 있었다.

아유미가 지금 살고 있는 집은 할아버지 신조가 돌아가신 후 조산원이 있던 옛날 단층집을 헐고 다시 지은 새 이층집이다. 신지로와 도요코 일가가 사는 집과 신지로의 세 누이가 사는 집이 정확히 절반씩의 크기로 이어진 한 건물이었다. 2층 건물 한 채를 벽으로 칸막이하여 여러 가구가 살게 한 연립주택 같은 구조였다. 가즈에, 에미코, 도모요 세 자매가 사는 집이 동쪽이고, 신지로, 도요코, 아유미, 하지메의 가족이 사는 집은 서쪽이었다.

2층으로 올라가면 계단 좌우로 공간이 나뉘고 하나씩 방이 있는 구조는 양쪽이 같았다. 서쪽이 아유미, 동쪽이 하지메의 방. 옆집의 2층 방은 동쪽이 맏딸 가즈에와 막내 도모요, 서쪽은 둘째 딸 에미코가 혼자 기거하는 방이었다.

예전에 조산원이 있던 1층의 동쪽은 도모요의 희망으로 방바닥에 네모난 화로인 이로리를 설치한 다실로 만들었다. 신축하자마자 충동적으로 시작한 다도 교실에는 일주일에 며칠 '수강생'이 모였는데, 머지않아 다실은 그 역할을 끝내고 '삿포로까지 가서 입수해온' 옻칠을 한 좌탁이 이로리 위에 놓였다. 다실에 딸린 차 그릇을 씻는 곳은 손님이 있을 때만 키가 큰 꽃을 큰 화병에 꽂는 데 사용되었다.

신지로는 매일 아침 이 집에서 에다루 박하주식회사로 출근한다. 가즈에는 읍내 외곽에 막 생긴 양로원 '하마나스원'으로 일하러 나간다. 도모요도 회사에 다녔지만 고작 이 년 만에 그만두고 다른 회사에 들어가기를 되풀이하고 있다. 도요코는 전업주부였다.

한 번도 취직한 적 없는 에미코는 한 번 결혼했다. 설날 남편과 함께 집에 온 일을 아유미는 기억한다. 전통 옷을 입은 남자는 술에 약한지 벌건 눈에 불콰한 얼굴로 "아아, 네가 아유미로구나" 하고 개개풀린 목소리로 친한 듯 말을 걸었다. 아유미는 무서운 것이라도 본 것처럼 거실에 가지 않고 뒷걸음질쳐서 어머니가 있는 부엌으로 서둘러 돌아갔다. 등 뒤에서 웃음소리와

"부끄러워서 그래요"라는 도모요의 낭랑한 목소리가 들렸다. 고모부를 본 것은 그때가 처음이자 마지막이었다. 에미코는 머지않아 이혼하고 돌아왔다. 그러고 나서는 하루 종일 집 안에서 지내며 일하러 나가지도 않았다. 이따금 보면 따분한 듯 멍한 얼굴을 하고 있었다.

조산부를 어머니로 둔 세 자매는 아무도 아이를 낳지 않았다. 결혼도 하지 않았다. 아유미가 초등학생에서 중학생, 고등학생으로 성장하는 동안 세 자매는 조금씩 나이를 먹어갔다.

에다루 교회 목사의 큰아들 구도 이치이는 초등학생 무렵부터 안면이 있는 사이였다. 그런데도 같은 중학교나 고등학교에서 지나칠 때 모르는 사이처럼 지낸 것은 소꿉친구로서의 쑥스러움만이 아닌 감정이 부풀어 있었기 때문인지도 모른다.

아유미가 에다루 교회의 주일학교에 다닌 것은 초등학교 4학년 봄부터였다. 고모 가즈에가 여러 번 같이 가자고 권했지만 처음에는 내키지 않았다. 학교라는 말에는 늘 공부나 숙제가 따라붙는다. 출석을 부르거나 성적을 매기거나 장시간 의자에 가만히 앉아 있는 일이 싫었다. 그런데 일요일까지 '학교'에 가다니.

아유미는 공부를 잘했다. 친구들과 다투는 일도 없고 여자 담임도 노골적으로 예뻐했다. 그렇다고 친구들에게 대놓고 질투를 사는 일도 없었다. 학기마다 통신표 평가란에는 "협동심이 있고" "급우에 대한 배려심이 많으며" "세심한 부분까지 배려할 줄 알고 종합적인 판단을 할 수 있다" 같은 내용이 네모 칸 안에 가득 쓰여 있었다. 그래도 아유미 자신은 선생의 총애까지 포함하여 학교에서 보내는 시간을 진심으로 즐기지는 않았다.

처음 에다루 교회에 간 때는 3학년 크리스마스 예배였다. 이틀 연속 내리던 눈이 그치고 두꺼운 구름이 동쪽으로 완전히 물러나 거짓말처럼 활짝 갠 날이었다.

저녁이 가까워오자 기온이 쑥쑥 내려갔다. 현관 앞 길에 쌓인 눈을 치우는 작업을 대빗자루로 마무리한 아버지가 "차고 온도계가 영하 10도다"라고 말하며 엄청나게 차가운 공기를 걸치고 방으로 들어왔다. 아버지 자신이 냉기 덩어리가 된 것처럼 코도 볼도 여느 때보다 붉다.

"크리스마스트리가 말이야, 정말 예쁘단다" 하고 악의 없는 웃음을 띤 얼굴로 가즈에 고모가 말을 걸어온 것은 지난주의 일이었다. 작년에도 그렇게 같이 가자고 했지만 역시 오후부터 눈보라가 쳐서 아버지가 "그만둬"라고 말해 결국 못 갔던 것이다.

어제까지의 날씨를 보고 어머니는 "눈도 계속 내리니 무리하지 않는 게 좋지 않을까" 하고 말했지만 이렇게 화창해졌으니 눈을 핑계 삼을 수도 없었다. "크리스마스트리, 보고 싶어"라고 아유미가 다시 조르자 어머니는 마지못해 "갈 거면 하지메도 데려가"라고 말했다. 아버지는 묵묵히 신문을 보고 있었다.

가즈에를 조수석에, 아유미와 하지메 둘을 뒷좌석에 태우고 아버지는 교회까지 데려다주었다. 혹시라도 하지메가 천식 발작을 일으키면 어떡하지, 하며 아유미는 제정신이 아니었다. 가을 겨울에 발작을 일으키기 쉽다는 걸 알고 있었기 때문이다. 그래도 불안한 모습은 보이지 않고 하지메에게 "기대된다"며 웃는 얼굴로 말했다. 차에서 내린 하지메는 똑바로 교회 입구로 향한다. 작은 장화로 뽀드득뽀드득 눈을 밟으며 하얀 입김을 불고 누나 앞을 걸어간다.

하지메는 예배당에 장식된 커다란 크리스마스트리를 올려다보고는 한동안 입을 벌린 채 꼼짝하지 않았다. 옆에 선 아유미는 뭔가에 빨려들듯한 하지메의 얼굴을 보자 웃음이 나올 것 같았다. 하지메의 눈에 트리의 불빛이 비치고 있었다.

진짜 가문비나무로 만든 트리에서는 코를 찌르는 풋풋한 냄새가 떠돌았다. 제일 꼭대기에 있는 금색 별, 여기저기에 달려 있는 빨간 공, 하얀 드레스에 은가루를 뿌린 천사, 전기 불꽃이 켜진 초, 트리를 나선 모양으로 두르고 있는 각양각색의 전구…… 모든 것이 여기가 아닌 어딘가 다른 세계에서 찾아온 것 같았다.

"이 아가씨와 도련님이 소에지마 씨의 조카들이지요?"

머리 위쪽에서 목소리가 들려와 돌아보니 뒤에 있던 가즈에가 "그렇습니다" 하고 목소리의 주인을 향해 웃는 얼굴로 대답했다.

"아유미, 하지메, 목사님이셔."

아유미는 곧바로 "안녕하세요" 하고 인사했다. 하지메는 아무 말도 하지 않았다. 목사는 낭랑한 목소리로 "자, 들어오세요. 이치이가 안내할 겁니다"라고 말했다.

다가온 소년에게 "몇 학년이었더라?" 하고 가즈에가 묻자 가늘고 내성적인 목소리로 "3학년입니다"라는 대답이 돌아왔다. "어머, 우리 아유미하고 같네. 사이좋게 지내."

구도 이치이는 수줍어하는 얼굴로 고개를 끄덕인다. 짙은 감색 스웨터의 양팔 끝으로 흰 셔츠의 소매가 엿보인다. 검은색 바지 자락도 짤막하다. 두툼한 회색 털양말. 연약하게 뻗은 손발을 주체스러워하는 듯한 차림새였다. 같은 반의 남자아이들과 인상이 다른 것은 겉모습만이 아니었다. 소년은 일변하여 어른스러운 얼굴로 아유미를 향하고는 "이쪽으로 와요"라고 말했다. 하지메는 크리스마스트리에 시선을 빼앗겨 이치이를 제대로 보지 않았다.

주일학교의 아이들은 벌써 예배당의 나무 의자에 앞줄부터 빽빽이 앉아 있었다. 얌전히 앉아 있는 아이도 있고 친구를 쿡쿡 찌르며 웃는 아이도 있다. 그 한 줄 뒤의 긴 의자 사이를 옆으로 걸어서 들어간다. 끝자리에 얌전해 보이는 한 여자아이가 앉아 있었다. "안녕" 하고 서로 인사한다. 살짝 긴장하며 앉은 눈앞에 편지꽂이 같은 우묵한 곳이 있고 크리스마스 예배 안내서가 꽂혀 있다.

이치이는 두 사람 옆자리에 앉지 않고 맨 앞자리의 왼쪽 끝에 앉았다. 성냥개비 대가리 같은 검은 머리와 가는 목, 작은 귀를 아유미는 물끄러미 바라보았다. 에다루에 있는 세 초등학교 중에서 아유미와는 다른 학군인 에다루미나미 초등학교에 다니고 있다는 걸 나중에 알았다. 작년에 도쿄에서 전학 왔다는 것도.

집으로 돌아와 이불을 뒤집어쓰고 눈을 감자 눈앞에 트리의 장식이 빛났다. 배 속까지 부드럽게 울리는 오르간 소리도 되살아났다. 아유미는 처음 들은 찬송가에 귀를 빼앗겼다. 갱지에 등사판으로 인쇄된 파란색 손 글씨를 눈으로 좇으며 2절부터 조그만 목소리로 따라 불렀다. 노래를 부르는 누나를 본 하지메는 불안한 목소리로 속삭였다. "나도 불러야 해?" 아유미는 일부러 동생을 보지 않고 살짝 고개를 끄덕였다. 그러자 하지메는 얼떨결에 나름대로 노래를 부르기 시작했다. 아유미의 얼굴이 자연스럽게 편안해진다.

학교 의자보다 더 딱딱한 교회 의자에 앉아 목사의 이야기를 듣는 것이 생각만큼 지루하지는 않았다. 이따금 모르는 단어가 나와 아리송한 부분도 있었지만 막 태어난 예수님이 천으로 싸인 채 침대 대신 구유에 눕혀졌다는 이야기를 들었을 때 구유라면 알고 있다, 하고 아유미는 생각했다. 아버지를 따라간 목장에 구유가 있고 큰 소가 젖은 코를 들이대고 목초를 먹고 있었다. 아유미의 코 안쪽에 구수한 냄새가 되살아난다. 갓난아기라면 그렇게 좁은 구유도 침대가 되겠구나 하고 생각하며, 혹시 자신이 갓난아기로 돌아간다면 구유의 마른 목초 위에서 천에 싸인 채 자고 싶다고도 생각했다.

'세 명의 동방박사'가 갓난아기를 경배하러 왔다는 것, 그 셋이 바친 예물이 '황금'과 '유향'과 '몰약'이라는 말을 들었지만 무엇 하나 본 적은 없다.

"유향도 몰약도 특유의 좋은 냄새가 납니다. 약으로도 쓸 수 있을 만큼 무척 귀중한 것이지요. 그리고 황금 냄새는" 하고 목사는 거기서 일단 말을 끊고 "유감스럽게도 맡아본 적이 없어서 모릅니다"라고 말하며 웃었다. 교회의 분위기가 조심스러운 웃음소리로 누그러졌다. 목사가 농담을 한 것이 아유미는 기뻤다. 진지한 얼굴의 하지메는 꼼짝도 하지 않는다.

유향과 몰약은 일본에서 자라지 않는 수목에서 얻을 수 있는 것이라는 사실, 예수의 책형 장면, 예수가 매장되는 장면에서도 몰약이 나온다는 사실을 알게 된 것은 아유미가 중학생이 되고 나서의 일이었다. 그리고 실제로 아유미가 그 냄새를 맡은 것은 더욱 오랜 세월이 지난 후의 일이다.

"예수님을 지키기 위해 뭔가 도움이 되리라고 생각해서 건넨 것이 이 세 가지 물건이었습니다. 어머니가 아기를 낳는 것은, 지금도 그렇지만" 하고 말하며 목사는 헛기침을 했다. "……옛날에는 목숨이 걸린, 지금보다 훨씬 큰일이었습니다. 예수님의 어머니 마리아는 출산이 처음이라 심신의 기력이 크게 소진되었을 겁니다. 세 가지 예물은 예수님께 바친 것이라 하더라도, 유향의 경우 이를 피우면 마리아도 심신의 피로를 풀 수 있습니다. 그러므로 저는 마리아에 대한 배려, 선물이기도 했다고 생각합니다.

오늘 여기에 모이신 여러분도 어머니가 낳아주셔서 이 세상에서의 삶을 얻었습니다. 이런 말을 들어도 기억하지 못하는 사람이 대부분일지도 모릅니다. 사실 저도 기억하지 못합니다."

아유미의 뒷자리에 앉아 있는 노파가 호호호 하고 웃었다.

"이 세상에서의 삶을 얻은 것이 모든 사람에게 큰 축복이라고, 바로 오늘 새삼스럽게 생각이 미친다면 예수님의 탄생일을 크게 기뻐하며 축하할 수 있겠지요."

아유미는 목사의 말을 듣는 중에 자신이 아직 무척 어렸을 때 별채의 조산원에서 들려온 임산부의 새된 외침 소리가 귓속에 되살아났다. 마리아에게는 산파가 있었을까. 갓난아기를 씻길 더운물을 끓여준 사람이 있었을까. 아기를 구유에 뉘었으니 산파는 없었을 것이고 더운물도 없었을지 모른다, 하고 아유미는 상상했다.

"오늘 여기에 모인 어린이들은 크리스마스 선물을 기대하고 있을 겁니다. 세 동방박사의 선물을 생각해보면 받을 사람이 사실은 뭘 필요로 하는지, 그리고 이 앞에 있다면 도움이 되는 것은 무엇인지, 우선 그걸 잘 생각해서 골라야 좋은 선물이 됩니다. 여러분이 선물을 열어보고 공부에 관한 것만 들어 있다면 어떨까요? 그것이 여러분에게 지금 가장 필요한 것이라는 누군가의 깊은 배려일지도 모릅니다."

주일학교 어린이들이 느릿느릿 움직이며 술렁거렸다. "쉿" 하고 지적하는 작은 목소리도 새어나온다. 목사님은 진지한 얼굴로 재미있는 말을 한다. 아유미는 그 얼굴을 가만히 보고 있었다.

이야기를 끝내고 머리를 수그린 목사의, 어딘지 모르게 딱딱하게 느껴지는 움직임은 이치이와 많이 닮았다.

다시 일어나 찬송가를 부르기 시작했을 때 아유미 안에는 조용한 놀라움이 가득 찼다. 지금까지 아유미 안에서 숨을 죽인 채 움직인 적 없던 세포가, 보이지 않는 손가락에 눌려 돌연 움직이기 시작한 것 같았다.

교회 전체에 에워싸이는 감각이 퍼져간다. 맡아본 적 없는 유향이나 몰약 냄새가 났다. 문득 눈물이 나올 것 같은 기분이었다. 목사의 재미있었던 이야기가 왠지 급속하게 의미를 잃고, 목사의 입에서 흘러나온 말이 안개처럼 공중으로 떠올라 사라졌다. 예배당 벽에 늘어선 세로로 긴 창을 허옇게 흐리게 하는 것들 안에 작은 흔적이 남아 있을 뿐이었다.

교회 밖으로 나가자 아버지가 와 있었다. 아버지의 차를 선두로 여러 대의 자동차가 대기하고 있었다. 아버지의 차 뒤에서 구름처럼 하얀 배기가스가 피어올랐다. 밖으로 나가자마자 볼과 귀가 냉기에 얼얼했다.

가즈에가 조수석에 앉아 "그래, 고맙다" 하고 말했다. 하지메와 뒷좌석에 앉은 아유미는 하지메의 목에서 희미하지만 확실하게 휴우휴우 하고 그르렁거리는 소리가 나는 걸 알았다. 아유미는 "괜찮아?" 하고 작은 목소리로 하지메에게 물었다. 하지메는 말없이 고개만 끄덕였다. 난방을 최대로 틀어 따뜻한 공기가 기세 좋게 뿜어져 나왔다. 아버지와 가즈에는 오랜만에 만난 누군가에 대해 아주 기분 좋은 목소리로 이야기하고 있었다. 아유미는 지금 아버지가 아니라 집에 도착한 후 어머니에게 하지메의 상태를 말하는 게 낫겠다고 생각했다.

흔들리는 차 안에서, 동생을 걱정하고 있는 자신은 언제 어느 때나 누나이고, 자신은 걱정을 사는 게 아니라 걱정을 하는 입장이라는 걸 지금까지 항상 느껴왔다. 소아천식이 악화된 하지메는 이따금 유치원을 쉬고 어머니와 함께 기차를 타고 병원에 다녔다. 그러자 어머니의 시간, 어머니의 눈, 어머니의 말은 점점 하지메를 향했다. 쓸쓸해도 그것은 어쩔 수 없었다.

방과 후에는 학교 도서관에 남았다가 돌아갈 때 몇 권을 빌려 집으로 가져와 차례로 읽었다.《러시아의 동물기》《키다리 아저씨》《파브르 곤충기》《작은 아씨들》《아서 랜섬 전집》《소년탐정 칼레》《퀴리 부인 전기》…… 맥락 없이 책장에 늘어선 책을 아무렇게나 집어 들고 팔랑팔랑 넘기며 자기만의 직감으로 읽어나갔다.

아버지는 집에서 거의 아무 말도 하지 않았다. 저녁 6시의 어린이 뉴스 시간까지는 회사에서 퇴근하여 작업복을 평상복으로 갈아입고는 먼저 개집으로 간다. 이요의 털을 빗어주고 사료를 주고 물을 갈아준다. 한두 마디 말을 거는 소리가 들려온다. 집 안으로 들어오면 잠자코 밥을 먹고 어머니가 일방적으로 그날 있었던 일을 전하는 소리를 듣기만 한다. 다 먹으면 잠시 드러누워 텔레비전을 보다 목욕을 한다. 늘 어딘지 모르게 마음이 여기에 없는 듯한 얼굴이었다. 이른 아침에 이요를 산책시키는 것이 일과였지만, 그 시간은 아유미도 하지메도 깊이 잠들어 있을 때라 아버지가 어떤 얼굴로 이요를 데리고 걷는지 모른다.

아버지의 표정이 확실히 바뀌는 것은 휴일에 옆집의 누이들 집으로 가서 이야기를 나눌 때였다. 자기 집에 있을 때보다 훨씬 쾌활한 태도에 웃는 얼굴일 때가 많다. 도요코에게는 잠깐 의논하고 오겠다며 가서는 한 시간이 지나도 돌아오지 않을 때도 있다. 아유미는 어머니의 심부름으로 옆집에 간다. "아버지, 점심 드시래요" 하고 현관에서 말한다. 그때 일어나며 자매에게 말하는 아버지의 모습이 집에서 늘 입을 다물고 있던 아버지와 다른 것에 놀라며 다소 불합리하다는 기분이 들었다.

집에서는 심사가 불편하고 옆집에 있으면 즐거워 보이는 것은 어째서일까, 하고 아유미는 생각했다. 어머니가 불쌍한 것 같았다. 아버지에게도, 어머니에게도 아무 말 하지 않은 채 계속 그렇게 생각했다.

아버지가 기분 좋게 열중해서 움직이는 것은 홋카이도견의 전람회나 낚시를 준비할 때다. 낚시 전날에는 저녁도 대충 먹고 가건물로 들어가 낚싯줄, 낚싯바늘, 낚싯대를 들고 뭔가 작업을 한다. 라디오를 작게 틀어놓고 풍력이니 밀리바니 하는 것을 단조롭게 읽어대는 기상 정보를 듣는다. 준비가 끝났나 싶으면 목욕하고 자버린다. 이튿날 아침에 빨리 일어나야 해서였다.

아유미가 주일학교에 다닌 지 반년쯤 지난 무렵이었다.

주일학교가 끝나고 집으로 돌아와 점심을 먹은 후에야 교회 2층 방에 지갑을 넣은 파우치를 두고 왔다는 사실을 깨달았다.

아유미는 다시 자전거를 타고 교회로 갔다. 교회 입구에 서자 아침과는 전혀 달라 아무도 없이 휑뎅그렁한 예배당에 심장이 조그맣게 쿵쾅거리는 긴장감을 느꼈다. 교회의 나무 냄새. 뒤쪽의 목사님 사택에 가서 말하려다가, 일부러 나오게 할 정도의 일은 아니라는 생각에 아유미는 말없이 그대로 교회로 들어갔다.

목사님은 "교회에는 언제든 누구나 들어올 수 있습니다"라고 말했으니까. 주일학교의 그룹 활동에 사용하는 2층 계단으로 올라가려고 했다.

코를 훌쩍이는 소리가 들렸다.

아유미는 발을 멈췄다.

누군가 울고 있다.

3학년인 레이코일까. 어쩐지 오늘은 힘이 없었다. 말수도 적었다. 아버지에게 꾸중을 들어 집에 돌아가는 것이 싫은 걸까. 그럼 같이 가줘도 된다. 레이코가 원한다면.

"레이코?"

의자를 끄는 소리가 났다.

"미안. 나, 놓고 온 게 있어서 가지러 왔는데, 올라가도 될까?"

밝은 목소리를 내봤다. 대답이 없었다. 의자에서 일어나는 듯한 소리가 들리고 다시 코를 훌쩍이는 소리.

"괜찮아?"

이렇게 말하며 슬쩍 계단을 다 올라가자 2층 방의 반대쪽 구석이 눈에 들어왔다.

이치이가 서 있었다.

한동안 울고 있다가 지금은 간신히 참으려 한다. 아유미는 그저 서 있기만 했다. 겨우 말이 나왔다.

"……미안."

아유미의 작은 목소리에 이치이는 희미하게 고개를 끄덕이고는 서둘러 손등으로 눈 주위를 훔쳤다.

다음 주 주일학교에서 이치이는 봉투를 건네주었다.

왜 도쿄에서 홋카이도로 이사를 오게 되었는지, 충분하지 못하지만 아유미에게 전하려는 필사적인 모습으로 가득 차 있었다. 아유미에게는 무거운 짐과 같은 편지였다. 그래도 읽을 수 있어서 다행이라고 생각하며 그 편지에 대해 아버지는 물론 어머니에게도 말하지 않고 자신만 아는 것으로 하자고 아유미는 생각했다.

자신의 어머니가 갑자기 죽어버린 일을 대체 어떻게 하면 받아들일 수 있을지, 아유미는 도저히 상상할 수 없었다. 하지만 이치이에게 실제로 일어난 일이다. 새로운 사태 앞에서 그저 꼼짝도 못하고 있을 때 "홋카이도의 교회로 옮기게 되었다"는 아버지의 말을 들은 것이다. 이치이는 도쿄를 떠나고 싶지 않았다.

어머니가 잠들어 있는 곳에서 1000킬로미터 넘게 떨어진 지역에서 아직 현실이 아닌 듯한 일상을 아버지와 둘이서만 보내는 일을 아유미는 되풀이해서 상상해봤다. 지금까지 읽어온 책에도 그것에 도움이 될 만한 내용은 없는 것 같았다.

편지를 읽은 날 밤, 지난주 주일학교에서 본 그림 연극이 떠올랐다. 에다루 고등학교 미술부 학생이 만든 것이었다.

열두 살이던 예수님은 부모와 함께 나사렛의 집을 뒤로하고 예루살렘의 '유월절 축제'를 보러 가서 그대로 자취를 감춘다. 목사님이 이야기를 읽어나가고 열두 살 예수님의 대사는 이치이가 읽었다. 부모가 드디어 예수님을 발견했을 때 예수님은 신전에서 학자들에 둘러싸여 차례차례 쏟아지는 질문에 막힘없이 대답하고 있었다. 어머니가 달려가 얼마나 걱정했는지 절절하게 말한다. 이치이가 예수님의 대사를 읽는다.

"저를 찾으셨나요? 제가 여기에 있는 것은 당연합니다. 왜냐하면 이곳은 제 아버지의 집이니까요."

차분하고 조용한 목소리로 이치이는 이렇게 말했다.

3

　5남 4녀의 막내딸로 신슈의 오이와케슈쿠*에서 태어난 나카
무라 요네는 만 한 살이 되려는 메이지 35년(1902년) 1월, 자신
도 모르는 사이에 수양딸로 보내졌다. 양부모가 될 니혼바시 가
키가라초의 개업의開業醫 요시다 구와타로에게는 적자도 서자도
없었다. 구와타로는 요네의 아버지 미치야스의 의학교 시절부
터의 오랜 벗이었다.

　출발하는 날 아침, 요시다 구와타로는 진료소를 사흘간 닫고
이발에다 정성껏 면도까지 하고 단벌인 트위드 양복을 입었다.
아내 미스즈는 따뜻하고 두꺼운 옷감의 오글오글한 비단을 입
게 했다. 부부는 하녀 시호와 함께 기차에 올라 가루이자와 역에
서 오이와케의 나카무라 가까지 마차를 타고 요네를 데리러 갔

---

*　에도 시대에 번성한 오가도伍街道의 하나인 나카센도에 설치된 역참 중 하나. 현재의 가루이자와
　오이와케에 해당한다.

다. 도착한 날 밤에는 온천여관에 묵었다.

전날부터 요네는 비틀거리면서도 뭔가를 붙잡고 겨우 일어나기 시작했다. 여덟 명째라 박수도 응원도 없었지만 맏아들 쓰네요시는 밥상 옆에 엎드려 팔꿈치를 괴고 열두 살 넘게 아래인 요네를 잠자코 지켜보았다.

이튿날 아침 오이와케는 동트기 전부터 눈이 올 기미였다. 무겁고 축축한 도쿄의 함박눈과는 달리 가늘고 가벼운 눈이 바슬바슬 내렸다. 이른 아침에는 뜰의 나무나 문기둥 아래에 보이는 검은 땅바닥도 하얗게 덮였다.

데리러 온 요시다 부부를 봐도 요네는 울지 않았다. 현관 앞에서 전송하는 요네의 부모님도 눈물을 보이지 않았다. 요네를 안은 요시다 부부와 하녀 시호를 태운 마차는 하얀 길에 끊임없는 긴 바퀴 자국을 남기며 멀어져갔다. 싱거운 이별이었다.

요네는 말이 달리면서 똥을 싸고 거기서 김이 피어오르던 순간을 **기억하고 있다**. 그 광경은 간혹 아무 맥락도 없이 기억 속에 되살아났다. 도쿄에서 소에지마 신조와 만나 결혼하고, 가즈에를 낳고 홋카이도로 이사하고 나서는 신지로, 에미코, 도모요를 낳아 길렀다. 그사이에도 아무런 전조 없이 하얀 김이 뇌리에 떠올랐다. 오십대 후반, 뇌내출혈로 쓰러진 날 아침에도 같은 것을 봤다. 바로 지금 마차에 흔들리고 있는 것 같은 현기증을 느끼며 볼을 찌르는 냉기, 말 냄새, 목에 감긴 머플러와 모자의 감촉, 줄로 간 듯한 양부의 목소리, 김이 피어오르는 말똥. 만 한 살이 되려는 요네의, 사실인지 아닌지 알 수 없는 겨울 기억이었다.

메이지 35년 1월, 계속 내리는 눈으로 쥐 죽은 듯 고요해진 가루이자와 역에서 나무와 철과 기름 냄새가 나는 기차를 탄 네 사람은 한나절 가까이 걸려 도쿄로 향했다. 요네의 기억은 여기서 끊기고 공백이 된다. 온화하게 시작된 니혼바시 가키가라초에서의 생활은 큰 사건 없이 평온하게 지속되었다.

그러나 오 년 후 요네는 집으로 돌아왔다. 수양딸로 보내진 사정은 물론 돌려보내진 이유도 요네는 알지 못했다. '오이와케의 집'으로 돌아가게 되있단다, 하는 양부의 말을 들었을 때 요네가 가장 먼저 한 생각은 오이와케에 있다는 **진짜** 부모님을 만나는 게 무섭다는 사실이었다. '오이와케'라는 지명도 두렵게 들렸다.

그러나 생가로 돌아오고 얼마 지나지 않아 요네는 친부모 밑에서 사는 것에 익숙해졌다. 큰오라버니는 벌써 스무 살이고 가장 어린 넷째 오라버니조차 요네와 네 살 터울이었다. 언니들은 열여섯과 열네 살. 요네는 '따돌림당하는 아이'에 지나지 않고 그들을 위협하는 일은 없을 거라고 여겨졌다. 요네가 나카무라가에 재빨리 녹아든 것은 오라버니나 언니들의 관대한 행동과 쓸데없이 남을 자극하지 않는 요네의 천성 덕분이었다.

생가에 익숙해지자 돌아오게 된 이유를 이리저리 생각할 마음은 거의 사라지고, 관심이 생기는 일이 있어도 눈을 딱 감고 뚜껑을 덮기로 했다. 풀리지 않은 수수께끼는 다가가기 힘든 검은 구멍으로 변해갔다.

가키가라초의 집에 대한 애착은 사라지지 않고 남았다. 양부모에 대한 그리움은 물론, 살았던 가옥에 대한 기억도 간단히 사라지진 않았다. 그리 넓지 않은 안뜰을 에워싼 잘 닦인 복도에서 느껴지던 봄의 온기와 겨울의 냉기. 한 마디씩 뽑으며 놀다가 결국 야단맞은 속새의 감촉. 연못 속 비단잉어의 뻐끔거리던 입. 세 송이의 꽃무릇. 검은 끈의 큼직한 나막신이 놓여 있는 섬돌. 먼지 하나 떨어져 있지 않은 다다미. 더덕더덕하지 않고 아주 새것인 장지. 기척을 내지 않고 걷는 검은 고양이 '실크'의 반들반들하게 빛나는 털과 푸르스름한 녹색 눈동자.

오이와케로 돌아올 때 들려 보낸, 늘 써서 익숙한 밥공기와 젓가락 그리고 기모노는 "이건 중요한 거니까 넣어두자" 하고 어머니가 부드럽게 말하며 세간을 넣어두는 방에 한데 모아 간수해두었다. "쓰고 싶을 땐 언제든지 말해"라고 했지만 미리 준비되어 있던 밥공기와 젓가락의 무늬나 두께, 촉감과 입에 넣었을 때의 감촉이 요네의 새로운 일상이었다. 두 언니가 함께 사용하는 빗은 양모가 요네에게 들려 보낸 박달나무 빗보다 빗살 수가 적고, 이도 몇 개 빠져 있었다. 어쩐 일인지 어머니는 양모가 들려 보낸 빗을 사용하는 건 묵인했다. 그래도 평소에는 주머니에 넣어두고 언니들 앞에서는 되도록 꺼내지 않았다. 언니들은 알고 있었지만 아무 말도 하지 않았다. 십 몇 년 후 도쿄에서 신조와 결혼하게 되었을 때 요네는 남에게 넘길 수 없는 작은 것 세 가지를 지참하고 시집을 갔다. 오이와케로 돌아오기 전 양부모와 셋이서 니혼바시의 사진관에서 찍은 가족사진, 박달나무 빗, 글자가 빼곡히 적힌 녹색 수첩.

오이와케로 돌아와 반년쯤 지나자 발바닥에 자잘한 흙먼지가 느껴지는 새까만 판자를 댄 복도나 잘 닫히지 않는 덧문이 요네에게는 친숙한 조망과 감촉이 되었다. 다 먹은 밥공기에 당연한 듯 뜨거운 물을 붓고 밥풀이나 약간의 된장국이 풀린 물을 마시는 습관에 처음에는 기겁했지만 이제는 맛있다고 생각하게 되었다. 요네는 요시다 가에서 살 때보다 말수가 훨씬 줄었다. 자신에게만 시선이 집중되지 않는, 아이 많은 집의 쓸쓸함 속에 혼자 있을 수 있는 마음 편함이 있다는 것을 어린 요네는 아직 알지 못했다.

처음에는 서먹서먹했던 오라버니들과 언니들도 친숙해지자 이것저것 바지런히 보살펴주었고, 중요한 일에서 사소한 일까지 친절하게 가르쳐주려 했다. 눈치 빠른 요네는 요시다 요네 위에 차례로 나카무라 요네의 행동을 덧붙여 나갔다.

개업의인 아버지는 머지않아 언니들보다 요네를 예뻐하게 되었다. 언니들에 비해 특별히 용모가 뛰어나진 않았다. 요네는 말수가 적고 무뚝뚝했다. 부모나 오라버니, 언니 들의 말을 주의 깊게 듣고 납득할 때까지 입을 한일자―로 다물고 건성으로 대답하지 않았다. 개미굴 앞에 쭈그리고 앉아 개미가 들락거리는 모습을 가만히 지켜보기 시작하면 누가 말을 걸 때까지 움직이지 않았다. 다리 위에서 강의 수면을 내려다보고 있을 때도 마찬가지였다. 어딘가 모자란 게 아닐까 걱정하는 친척도 있었지만 눈을 보면 분명 총명한 아이라는 걸 알 수 있었다.

아버지는 넷째 딸 요네가 자신의 기질을 물려받았다고 느꼈다. 요시다 구와타로처럼 농담이나 재치 있는 말은 못한다. 다만 눈앞에 있는 것을 빈틈없이 확인하는 성격이다. 둘째 딸 센은 낙천적인 어머니의 기질을 물려받아 언행이 명료하고 쾌활하며 얼굴에 기분이 그대로 드러난다. 시노는 맏딸답게 아주 느긋한 성격이지만 바쁜 어머니의 눈이 닿지 않은 곳에서 이모저모 요네를 보살폈다. 시노는 막내 여동생에게 쏟아지는 애정을 수양딸로 보냈다는 아버지의 미안함과 죄책감이라고 논리로 이해하려 했다.

요네가 막 열 살이 되었을 무렵, 아버지는 "어른이 되면 아버지를 부양해주겠니?" 하고 수양딸로 보낸 일이 전혀 없는 사람처럼 요네의 아직 작은 머리에 부드럽게 손을 올리고 말을 걸었다. 마침 혼처가 막 정해진 시노는 그 모습을 보고는 무심코 눈물을 글썽였다. 자신은 이제 아버지를 보살펴드릴 수 없다. 어렸을 때부터 지금까지 아버지가 머리에 손을 얹어준 적은 한 번도 없었다.

요네는 20세기가 된 해에 태어났다. 사산이 드물지 않은 시대였다. 무사히 태어나도 다양한 병이 도사리고 있다가 유아를 솎아냈다. 최초의 시치고산七五三*을 축하할 수 있었을 때 부모가 느끼는 안도감은 이루 헤아릴 수 없었다. 그 뒤의 무사함도 거의 신의 가호를 비는 일이었다.

요네가 돌아오기 전해에 두 살 위 언니인 셋째 딸 미치가 파

---

* 아이들의 성장을 축하하는 행사로, 남자는 3세와 5세, 여자는 3세와 7세가 되는 해 11월 15일에 빔을 입고 마을을 지키는 신에 참배한다.

상풍으로 죽었다. 그 전에는 둘째 아들 노부야스가 결핵으로, 다섯째 아들 다모쓰가 장중적증*으로 각각 죽었다. 아홉 남매 중 셋이 죽어 요네가 돌아왔을 때는 여섯 남매였다.

"왜 그렇게 죽었어요?"

맏딸 가즈에가 에다루의 심상소학교**에 다니던 무렵 어머니의 추억담을 들으며 물었다. 나카무라 가와 연을 끊지 않았는데도 요네는 오이와케의 집에 관한 이야기는 좀처럼 하지 않았다. 평소 요네의 아이들은 부모가 어린 시절이나 조부모에 대해 이것저것 이야기해주지 않는 점을 별로 의아하게 생각하지 않았다.

그런데 무슨 바람이 불어서인지 가즈에에게 이때 딱 한 번 오라버니나 언니, 남동생의 죽음에 대해 입에 담은 것이다. 며칠 전 "의사가 되려면 어떻게 해야 해요?"라는 가즈에의 갑작스러운 질문이 오이와케의 집을 떠올리게 하는 마중물이 되었는지도 모른다. 어머니가 아홉 형제의 막내딸이라는 사실이 가즈에에게는 애초부터 놀라운 일이었고, 게다가 그중 네 명이 이미 세상을 떠났다는 사실을 알지 못했기 때문에 틀림없이 특별한 비극이 나카무라 가를 덮쳤다고 생각한 것이다. 동급생의 형제가 위패를 모시는 방에 어린 유영이 되어 놓여 있는 모습이 드물지 않은 시대였지만 가즈에의 형제는 한 명도 죽지 않았다. 요네는

---

* 장의 일부가 인접한 장에 함입하는 장폐색증의 하나로 유아에게 많이 나타난다.
** 메이지 유신에서 제2차 세계대전 발발 전까지 존재했던 초등교육 기관의 명칭. 1941년 국민학교, 1947년 소학교로 이름이 바뀌었다.

쉰 목소리로 웃었다.

"옛날에는 형제의 절반 정도가 죽어도 별로 드문 일이 아니었어. 지금보다 사산이 훨씬 흔했고, 태어났다고 해도 병이 아주 많았으니까."

"사산이 뭐예요?"

"태어날 때 이미 죽어 있는 거야. 하지만 무사히 태어났어도 갓난아기가 중병에 걸리면 옛날에는 일단 살아나지 못했지."

"할아버지가 고치면 되었을 텐데. 의사 선생님이잖아요."

요네는 난감한 얼굴로 말했다.

"지금처럼 좋은 약이 없었고 할아버지는 수술 전문이 아니었으니까. 여차하면 도미오카나 다카사키의 병원으로 옮겨서 진찰을 받았지. 아기들 병은 진행이 빠르니까 아차 하는 순간에 이미 손쓸 수 없게 되거든."

집으로 돌아온 요네가 처음 앉은 방에는 커다란 불단이 있었다. 본 적이 있는 오라버니와 언니, 남동생의 사진이 그 안에 있었다. 자신이 이렇게 죽지 않고 산 것은 한동안 오이와케의 나카무라 가를 떠나 가키가라초의 요시다 가에서 자란 덕분일지도 모른다. 이렇게 생각하게 된 것은 요네가 산파가 되고 나서였다.

심상소학교 5학년이 된 요네는 아버지 같은 의사가 되고 싶었다. 요네가 가장 좋아했던 국어과의 오야 나호 선생은 여성도 농업이나 가사만이 아니라 교육이나 의학 등 다양한 분야에서 일할 수 있다, 앞으로의 세상은 점점 그렇게 될 것이라고 교과서에서 벗어난 이야기를 해주었다. 오야 선생이 이혼하고 세 아이를 혼자 키우고 있다는 사실을 어머니에게 들었다. 요네는 어머니가 그 사실을 전해준 방식이 마음에 들지 않았다. 언젠가 우연히 자신도 집을 나가게 될지도 모른다, 그러니 현명해져야 한다, 스스로 일해서 생활을 꾸려나가야 한다, 하고 생각한 요네는 열심히 공부했다. 성적은 생각대로 올랐고, 만약 자기 혼자 살아가게 된다고 해도 아버지 같은 의사가 되면 어떻게든 해나갈 수 있을 거라고 나름으로 인생의 방침을 정해두었다.

요네는 고등여학교를 수석으로 졸업했시만 의학도의 길은 단념했다. 나카무라 가의 큰아들이 의학을, 셋째 아들이 토목공학을, 넷째 아들이 법률을 공부하는 동안에는 요네를 여자의전에 진학시킬 경제적 여유가 없었다. 쉰이 넘은 아버지는 중병에서 회복한 직후로, 체력도 기력도 부쩍 떨어져 있었다. 진료소는 사실상 큰아들 쓰네요시가 이어받았다. 아버지는 무슨 일이 있어도 봐달라는, 옛날부터 봐온 환자를 진찰하는 것 외에는 볼거리나 홍역에 걸린 아이의 왕진을 가거나 자신의 책상과 의자를 옮겨놓은 제2 진료실에 틀어박혀 오랫동안 미루었던 한문서적을 읽으며 한의학을 독학하기 시작했다.

맏딸과 둘째 딸은 각각 현 내의 지역으로 시집을 갔다. 셋째 아들과 넷째 아들은 도쿄와 요코하마에서 살림을 차렸다. 나카무라 가에는 쓰네요시 일가 다섯 명과 부모, 요네가 살고, 요네는 진료소 일을 돕게 되었다. 마음이 맞는 요네를 옆에 둔 것은 늙은 아버지의 기쁨인 동시에 진학시키지 못한 속죄의 마음도 있었을 것이다.

한동안 진료소 일을 돕다가 요네는 산파가 될 생각을 했다. 인근의 산파에게 제자로 들어가 배우기는 쉽지 않다는 사실을 알고는 아버지의 의견을 구했다. 아버지는 요시다 구와타로에게 의논했다. 구와타로는 기뻐했고, 며칠 후 대학부속병원에 설치된 산파 강습소에 이야기해 양해를 얻었다. 상경한 요네는 시험을 보고 곧 입학 허가를 받았다. 아버지와 구와타로는 아주 스스럼없는 사이였기 때문에 가키가라초 구와타로의 집에 하숙하기로 일찌감치 정해졌고, 요네는 산파 강습소에 다니기 시작했다.

다시 돌아간 가키가라초의 집은 기억보다 한결 작았다. 밥공기나 젓가락의 감촉이나 입에 닿는 느낌에서 그리움이 되살아나지 않았지만, 요네에 대한 양부모의 애정 어린 태도는 옛날과 다르지 않았다. 자신이 왜 귀향하게 되었는지는 여전히 모르는 상태였다. 아버지와 양부 사이에 아무런 응어리도 남아 있지 않다는 사실만 알았을 뿐이었다.

요네가 태어나기 조금 전인 메이지 시대 후기에 이르자 옛날부터 전통적으로 이어져온 '산파' 기술은 일단 비공식적인 것이 되었고 서양의학에 기초한 교육제도가 정비되었다. 산파는 그 제도 안에서 새로운 역할을 부여받았는데 요네는 그 최첨단에 뛰어들었다.

산파 강습소에서는 인체의 구조, 임신과 분만의 전반, 진단법을 가르친 다음, 서양의학의 관점에서 봐도 문제가 없는, 에도시대에 완성되었던 실제적인 기술은 '산파술'이라는 틀에 넣어 실습에 편입시켰다. 관제官製의 화혼양재* 교육이 산파 세계도 뒤덮은 것이다.

면허증을 받자 또 한 사람, "이 선생께 가서 공부하여라"라는 구와타로의 지시대로 요네는 야나카의 단독주택을 찾아갔다. "속지 않도록 조심하고 싶어지는 일이 있을지도 몰라. 하지만 그 선생은 진짜야. 천재라는 말은 그 사람을 위해 있는 거지. 내가 제자로 들어갈 수는 없지만 너는 할 수 있을 거야. 선생한테는 미리 말해두었으니 속는 셈 치고 한번 가봐라."

그러고 나서 약 일 년 동안, 요네는 야나카의 이와사키 가즈야 선생의 집을 다니면서 지시받은 잡일을 처리하며 그의 진단이나 처치를 가까이서 보았다. 같이 사는 네 명의 제자는 모두 남자였다. 선생에게는 처자가 있었지만 부지 내에 있는 별동에 살고 있어서 거의 얼굴을 마주치지 않았다. 제자로 받아주진 않았지만 매일 다니며 돕는 것은 허락받았다. 이를테면 특별한 손님에 지나지 않았지만 제자들과 같은 대우를 받고 있음을 피부로 느꼈다. 긴장감은 사라지지 않았지만 이상하게 편안해서 요네는 만족했다.

'정심정구整心整軀 연구소'라는 작은 표찰이 기둥에 걸린 지붕 없는 대문으로 들어가 완만한 곡선을 그리는 징검돌을 따라 나아가면 단층 일본 가옥이 있다. 여닫이 유리문을 열면 왼쪽 신발장 위의 벽에 작은 꽃병, 정면의 벽 끝에는 하얀 벽과 대조적으로 짙은 갈색빛을 띤 가지색 같은 커다란 남색 차 단지가 놓여

---

* 전통의 정신과 서양의 기술의 접목을 의미하는 일본 근대화 구호.

있다. 접수대도 없고 대합실도 없으며 종이쪼가리 하나 붙어 있지 않은 회반죽을 칠한 하얀 벽과 마루방은 시원한 고요함과 농밀한 분위기를 연출했다. 거기에 흐르는 공기는 달콤한 느낌이었다. 공기가 달콤하게 느껴지는 이유는 무엇일까, 요네는 신기했다.

동쪽으로 똑바로 뻗은 복도 오른쪽은 정성 들인 뜰, 왼쪽은 미닫이문으로 구획된 세 개의 방이 있다. 미닫이문을 열면 다다미가 깔려 있을 뿐 방석도 앉은뱅이책상도 없는 휑뎅그렁한 방이었다. 가장 안쪽의 다다미방에는 병원용 하얀 침대가 놓여 있었는데, 요네는 이 방이 사용될 때만 선생을 도왔다.

그 방에 선생이 들어가는 것은 임부가 찾아올 때였다. 하루에 반드시 한 사람은 찾아온다. 아직 배가 눈에 띄지 않는 사람도 있고 산달인 사람도 있다. 선생은 임부를 침대 위에 천장을 보고 눕히기도 하고 옆으로 눕히기도 하며 등뼈를 따라 천천히 손바닥이나 손가락 끝을 대고, 발목이나 복사뼈를 쥐고 손가락으로 누르고 상대의 미약한 신호에 귀를 기울이듯이 뭔가를 진찰한다. 두 다리 안쪽을 천천히 누르며 탄력을 본다. 팔에 손을 대고 귀를 기울이듯이 가만히 맥을 잰다. 후두부나 목에도 꼼꼼히 대 본다.

"태아는 좋은 상태네요. 다만 임부의 몸이 좀 둔해져 있어요. 앞으로 석 달이니까 너무 몸 사리지 말고 좀 더 움직이고 걷는 게 좋아요. 장을 보러 가는 것과는 별도로 목적을 갖지 말고 짐 없이 그냥 산책을 하세요. 자신에게 기분 좋은 속도면 좋아요.

서두르려고 하지 않아도 돼요. 그냥 멍하니 걸으세요. 갔다가 돌아오는 것을 합쳐 삼십 분 정도라면 상관없어요. 사십 분, 한 시간을 걷고 싶다면 그렇게 해도 괜찮아요. 다만 다른 사람과 함께 걷지는 말아야 해요. 걸음걸이가 흐트러지고 옆을 향하고 말하며 걸으면 건성으로 걷게 되거든요. 넘어지거나 부딪치는 일은 건성으로 걸을 때 일어나요. 개는 걸어도 기둥에 부딪치거나 하지 않아요. 기둥에 부딪치는 것은 사람뿐이지요. 기분 내키는 대로 혼자 걷는 게 중요해요."

청진기도 대지 않고 배도 만져보지 않는다. 임부 안에 있는 태아가 직접 닿을 수 없는 광맥이라도 되는 것처럼 그곳에 다다르는 길을 살피는 기색이었다.

요네가 처음으로 꾸중을 들은 원인은 동작 때문이었다.

"사람 체온 정도로 덥힌 물 한 컵을 가져와. 그리고 세면기도."

선생의 명령을 듣고 서둘러 옆의 부엌으로 가서 소량의 물을 끓여 컵에 담고, 거기에 찬물을 섞으며 온도를 조절한 후 방으로 돌아갔다. 선생은 건네받은 컵을 두 손으로 쥐고 고개를 끄덕이더니 임부에게 건넸다. "먼저 이 미지근한 물로 입을 천천히 헹구세요. 헹구면 세면기에 뱉으세요. 다시 한 번 똑같이 헹궈내세요. 그러고는 나머지 물을 마시세요. 이렇게 하면 몸의 갈증이 뼛속까지 적셔져 해소됩니다. 갑자기 물을 벌컥벌컥 마시면 위가 쿨럭쿨럭 소리만 낼 뿐 충분히 스며들지 않습니다."

임부가 돌아간 후 선생이 돌아보며 말했다.

"넌 완전히 틀렸어."

요네는 흠칫하며 다다미에 선 채 몸을 움츠렸다.

"뭐가 틀렸는지 알겠어?"

물의 온도가 알맞지 않았나. 컵이 좀 젖어 있었나. 그 이상은 생각나지 않는다. 선생은 화내지도, 웃지도 않았다. 깨진 그릇의 파편을 주워들고 보는 듯한 얼굴이었다.

"속도야."

선생은 그 말만 하고 입을 다물었다. 고개를 끄덕일 수도 없어 요네는 가만히 선생을 보았다.

"분만에 가장 어울리지 않는 것이 **속도**야. 물론 분만만 그런 건 아니지. 아마 네가 열고 닫으며 나간 발소리 그리고 미닫이문 소리. 소리가 뭔지 생각해본 적 있어?"

요네는 잠자코 희미하게 고개를 갸웃했다.

"소리는 **속도**야. 속도가 소리가 된다고 해도 좋겠지. 미닫이를 빨리 닫는 소리는 빨라. 천천히 닫는 소리는 느리고."

선생은 미닫이문 앞에 서서 오른손으로 휙 열고 휙 닫았다. 직선 같은 소리가 공기를 가른다. 이번에는 천천히 열고 천천히 닫는다. 다다미 위를 기는 듯이 곧 가라앉는 소리.

"서두르든 서두르지 않든 결국 걸리는 시간은 이 초 차이도 안 나. 그런데도 서둘러 열고 닫지. 서두르고 있다고 자기주장을 하는 것에 불과해."

잠들어 있는 아기를 깨우려면 창문이나 미닫이문을 재빨리 열고 닫는 것만으로 충분하다. 갓난아기한테는 빠른 소리가 불편하다. 빨리, 하는 생각은 출산을 늦추기 위한 주문에 불과하다. 출산이 가까워졌을 때 산파가 이제나저제나 하고 애타게 기다리는 것은 백해무익하다. 육친이 옆에 있는 것도 쓸데없는 일이다. 야생동물의 암컷은 무리에서 떨어져 혼자 새끼를 낳는다. 소나 말이 난산을 겪는 것은 가축화했기 때문이다. 남에게 알리고 싶지 않은 출산을 혼자 하면 난산이 거의 없는 이유도 마찬가지다. 산파의 일은 그냥 혼자 낳는 사람 옆에 있으면서 알맞은 때를 기다리는 것이다. 타인의 참견, 자, 힘내, 하는 간섭이야말로 순산의 큰 적이다. 선생은 이렇게 말했다.

선생은 금욕적이지 않았다.

4시에 일을 마치고 옷을 갈아입으면 유일한 서양식 방의 소파에서 파이프에 불을 붙이고 영국에서 수입한 큼직한 축음기로 저녁식사 시간 때까지 음악을 들었다. 요네는 난생처음 클래식과 샹송을 들었다. 부지의 북쪽 차고에는 수입차 시트로엥이 대기하고 있다. 때로는 이삼일 휴진을 하고 가족과 함께 하코네나 닛코까지 드라이브를 즐겼다. 소고기와 양고기를 좋아하고, 전통 옷이나 양복에도 돈을 아끼지 않았다. 그렇다고 해서 재산가의 풍모는 찾아볼 수 없다. "자, 들어봐. 부지런히 모아봐야 좋을 게 전혀 없어. 기분이든 돈이든 곧바로 내고 곧바로 써야 해. 먹고 싶을 때 먹고 싶은 것을 먹는 게 좋지. 말 나온 김에 말하자면, 음식을 잘 씹어 먹어야 한다는 건 틀린 얘기야. 풀만 먹는 소가 아니니까. 너무 씹어서 먹으면 위의 힘이 약해지거든."

연구소에는 옷차림이 좋고 보기만 해도 유복한 상류층 사람들이 많이 모여들지만, 같은 요금을 낼 수 있을 것 같지 않은 환자도 종종 나타났다. 그들에게는 별도의 요금표로 응대하는 모양이라고 요네는 어렴풋이 짐작했다.

요네는 선생에게 들은 말을 녹색 수첩에 적었다.

생리나 출산과 연동하여 좌우 골반이 열리고 닫히는 방식. 발목이나 발뒤꿈치의 움직임, 유연성 그리고 골반의 호응 관계. 여성의 위통은 생식기에서 비롯되는 경우가 있다. 임신 사실을 알게 되면 남편이나 시어머니의 말에 귀를 기울여서는 안 된다. 자신의 마음과 몸에 귀를 기울여야 한다. 자신이 원하는 것에 순순히 따라야 한다. 필요 없는 게 버리고 싶어지면 버려야 한다. 어두운 데서 자고 싶으면 어두운 데서 자야 한다. 신 것이 먹고 싶으면 물릴 때까지 신 것을 먹어도 된다(신 것을 원하는 것은 칼슘 부족이 원인인데, 영양은 머리로 생각하는 것이 아니라 어디까지나 몸의 요구에 따를 일이다). 요리나 음료, 과자에는 흰 설탕을 피하고 벌꿀이나 흑설탕을 쓸 것.

식욕이 없어지면 무리해서 먹지 않아도 된다. 때로는 영양 섭취를 줄이기도 해야 한다. 개는 털갈이 시기에는 식욕이 떨어져 다시 털이 나는 것을 촉진하지만 자신을 인간의 동료라고 생각하는 개는 인간과 마찬가지로 너무 많이 먹는다. 영양 과다가 되면 새로운 털이 늦게 자라 피부병에 걸리기 쉽다.

입덧은 골반과 요추의 조정으로 가라앉는 일이 있다. 출산까지 석 달이 남았다면 원하는 대로 몸을 움직일 것. 특히 걷는 것이 바람직하다. 손발이 차갑다고 느낄 때는 더운물에 발을 담그거나 팔꿈치를 담글 것. 도중에 더운물을 보충하여 물이 식지 않도록 할 것. 임신중에는 신장이 많이 움직이기 때문에 등이나 허리를 차게 하지 말고 신장이 피로해지면 허벅지 안쪽이나 옆구리 밑을 천천히 문지르고 손으로 따뜻하게 할 것. 출산이 가까워지면 등과는 반대로 배 표면을 이따금 공기에 드러내 너무 따뜻해지지 않도록 할 것. 기분이 좋을 때까지는 배를 드러내고 있어도 상관없다. 신문이나 잡지 등 작은 문자를 장시간 계속 읽지 말 것. 자수 등 바느질도 마찬가지. 무슨 일이 있어도 눈을 써야만 할 경우에는 삶은 수건으로 따뜻하게 하고 귓불을 주물러 풀어줄 것.

출산이 막바지에 접어들면 산파는 항문을 눌러 직장이 빠지지 않도록 주의한다. 갓난아기는 시계방향으로 회전하며 나온다. 똑바로 잡아당기는 것이 아니라 시계방향으로 돌리며 시중을 들 것. 출산 후 숨을 쉬지 않는 경우에는 갓난아기를 거꾸로 들고 가슴뼈를 가볍게 두드리면 삼킨 양수를 토해내고 호흡을 시작한다. 탯줄은 손으로 가볍게 잡고 맥동을 느끼는 동안에는 자르지 말고 기다릴 것.

산파 강습소에서 배운 것과 겹치는 내용은 갓난아기가 시계방향으로 회전하며 나온다는 것뿐이었다.

수첩에는 다시 출산 후의 골반 조정 방법, 초유, 모유 수유법, 이유離乳 시기, 유아의 설사나 변비의 원인과 조정 방법 등 산파의 일은 탄생으로 끝나는 게 아니라 그 후에도 한동안 계속되는 법이라는 선생의 가르침이 적혀 있었다.

서양의학 산부인과의 지식이 아니며 오랫동안 축적되어온 산파의 지혜 체계와도 다른 것. 자신의 눈으로 보고 접촉하며 관찰하고 그 현상을 분석하고 각각의 부분에서 일어나는 것과 전체와의 관련성을 유기적으로 관련시켜 깊이 생각한 체계가 선생 안에 형성되어 있었다. 서양식 방의 책장을 보면 분명 서양의학도 참조하고 있지만, "서양의학은 꽤나 야만적이야. 피를 뽑는 것이 치료라고 믿었던 사람들이 주류였던 시대도 있었지. 외적을 배제하면 해결된다는 발상은 지금도 근본에 남아 있어. 그건 틀렸어. 인간의 몸은 적과 아군이 매일 역할을 바꿔 서로 다투는 복잡한 균형을 유지하며 성립되어 있다고 생각하는 게 좋아. 예를 들어 고열은 증상임과 동시에 치료의 효과이기도 하거든. 상태가 나빠지면 좋아질 기회, 좋아지기 위한 현상이라고 파악하는 생각이 더 현실의 몸에 가깝지."

그렇다면 오라버니나 언니나 남동생은 왜 좋아지지 않고 죽은 건가요? 요네는 선생에게 물으려고 했지만 목소리가 나오지 않았다. 돌이킬 수 없는 병은 있다. 조산원을 열고 나서도 그 생각은 변하지 않았다.

요네는 연구소에서 몇 차례 출산에 입회했다. 그리고 열 명이 있다면 열 가지의 출산이 있다는 건 알았지만, 선생의 도움으로 태어나는 갓난아기에게는 분명한 경향이 하나 있었다. 탄생 직후에 심하게 울지 않는다는 것이다. 선생의 도움은 산모에게도 아기에게도 부담이 적다. 저절로 태어나기 위한 흐름이나 물결을 유도하는 것처럼 보인다. 말을 거는 일도 적다. 자신이 산파가 되고 나서, 선생이 지켜보며 진행하는 평온한 출산, 모자 모두 아주 만족하는 출산에 입회한 것은 손꼽을 수 있는 정도에 불과하다고 요네는 생각했다.

연구소에서 처음 출산에 입회했던 갓난아기가 일 년 후에 어머니와 함께 찾아왔을 때 요네는 자신 안에서 잊어버렸다고 생각했던 유아기의 기억이 갑자기 눈앞에 나타난 것 같아 마음 깊은 곳이 흔들렸다. 매월 정기적으로 선생을 찾아왔기 때문에 성장하는 모습을 이따금 봤는데도 곧 물건을 잡고 일어서려는 아기를 보고 요네는 허를 찔린 기분이었다.

태어나고 나서 일 년, 자신은 과부족 없이 행복하게 자랐다. 낳아준 어머니를 떠나 양부모 밑에서 자란 오 년은 도쿄라는 새로운 환경에서 역시 큰 어려움 없이 자랐고 이렇게 이와사키 선생을 만나는 것으로 이어졌다. 이는 낳아준 부모만이 아니라 양부모 덕분이기도 했다. 낳아준 부모와 길러준 부모 모두 자신에게는 빼놓을 수 없는 존재였다. 그리고 자신은 다시 오이와케로 돌아갔다. 바뀌었기에 오히려 둘도 없는 존재가 된다. 요네는 자신에게 네 명의 부모가 있다는 것을 받아들이고 감사하며 누구로부터도 멀리 떨어진 쓸쓸함을 처음으로 느꼈다.

그날 밤, 요네는 요시다 가의 지붕 아래의 자신에게 할당된 방에서 이불을 뒤집어쓰고 몸속 깊은 데시 기억하고 있는 그 냄새에 휩싸인 채 흘러나오는 눈물을 그저 내버려두고 있었다.

선생과 한 약속 기간이 끝나는 날이 돌아왔다. 요네는 네 명의 제자와 함께 테이블을 둘러싸고 저녁식사를 함께했다. 선생이

젓가락을 놓고 말했다.

"인간이 보통 의식에 떠올릴 수 있는 기억은 대체로 세 살 이후의 일이다. 몸이 그러는 것과 마찬가지로 뇌도 성장하지. 머릿속에 있던 기억이 그때 상자 같은 것에 넣어져 일단 밀폐되는 모양이야. 너무 큰 것이 포함되어 있어서 일단 덮개를 씌우고 보관해두는 게 좋겠다고 몸이 판단하는 건지도 몰라. 실제로 친자관계가 뒤틀려 단단히 묶이는 일이 있지. 그것은 대체로 세 살이 될 때까지의 시간 안에 뒤틀림의 원인이 숨어 있는 경우가 많아. 게다가 생각해낼 수 있다고 해서 해결할 수 있는 일도 아니고."

"사산이나 유아 질병이 점차 줄어들면서 앞으로 출산율은 오히려 떨어지겠지. 애초에 인간의 몸에는 두 개인 유두 외에 퇴화한 여섯 개의 유두 흔적이 있어. 인간에게는 개와 마찬가지로 여덟 개의 유두가 있었지. 임신하면 보이지 않게 된 그 여섯 부분의 반응이 민감해지지. 유두가 왜 사라졌을까. 사라졌는데 왜 사라지지 않고 남아 있는 걸까. 인간의 몸은 아주 합리적이야. 먼 미래에도 인간이 존재한다면 여섯 개의 유두가 되살아날지도 모르지. 그렇게 생각해도 좋을 정도로 인간의 몸은 가변적이야."

"핏줄이 이어진 부모 자식은 사실 성가셔. 핏줄이 이어지지 않은 타인에게 사랑받으며 자란다면 오히려 진정한 신뢰를 키울 수 있을지 모르지. 아이를 진정한 의미에서 자유롭게 하는 것이 무엇인지, 정답이 없다고 생각하는 게 좋아."

제자들에게 이야기하지만 실은 자신에게 해주는 이야기가 아닐까, 요네는 그렇게 생각했다.

마침 그 무렵, 요네는 요시다 구와타로의 소개로 당시 내무성 위생시험소 기사였던 소에지마 신조와 만나 결혼했다. 이듬해에 가즈에가 태어났다. 선생이 쑥 나오는 가즈에를 받아주었다.

같은 해 9월, 간토 대지진이 도쿄 전역을 덮쳤다.

요시다 가는 전소하고 양부모는 세상을 떠났다. 이와사키 선생의 연구소는 기와가 떨어지고 유리문이 깨지고 지붕 없는 대문이 열리지 않게 되었지만 모두 무사했다. 오이와케의 부모, 형제 중 내무성 토목국에 근무하던 셋째 아들이 큰 부상을 입고 이 주 후 세상을 떠났다. 이제 요네의 형제자매는 다섯 명이 되었다.

대지진이 있고 한 달 후, 다시 문을 연 연구소로 불려간 요네에게, 평소의 몇 배나 되는 환자를 떠맡고 있던 선생은 드물게도 지쳐 물기어린 눈을 하고선 갑자기 결단을 촉구하는 목소리로 말했다.

"홋카이도로 가거라. 산파가 갑자기 죽어 어려움을 겪는 마을이 있다. 너는 도쿄보다는 북쪽 지역에서 좋은 일을 할 수 있을 거야. 너의 오이와케 피도 쭉쭉 뻗어나가게 되겠지. 애초에 인간에게 잠재된 능력은 북쪽으로 갈수록 더욱 뻗어나갈 거야. 겨울에 태어난 너 같은 경우는 특히 그렇겠지. 찾아가야 할 사람은 여기에 적어놨다. 그 사람한테 이걸 전해라."

요네는 봉투 한 통을 건네받았다.

선생은 헤어지기 직전에 요네의 등에 대고 말했다.

"앞으로 좀 더 많은 아기를 낳는 게 좋아."

4

낮과 밤의 구별이 모호해졌다.

혈압이나 심장 박동 수, 혈중 산소 농도를 재는 기계류에서 단속적인 소리가 들려온다. 정신이 들고 보니 어느새 코와 입을 덮는 투명한 산소마스크가 씌워져 있다. 플라스틱으로 만든 가벼운 덮개로, 코와 입 옆에서 산소가 슈우슈우 새고 있다. 이래도 괜찮은 건가, 의사에게 묻고 싶지만 소리를 낼 기력도 없고 간호사 호출 버튼을 누를 힘도 남아 있지 않다. 머리 뒤의 벽 언저리에서 보글보글 거품 이는 소리가 난다. 텔레비전 소리도, 자동차 소리도, 거리의 소음도 들려오지 않는 병원 일인실에 과묵하고 고지식한 작은 동물이 살고 있는 것 같다. 뭔가에 반응하고 그것을 재고 연결하여 기록하는 기계음. 아직 의식이 있는 아유미의 몸에 몇 개의 선과 관이 연결되어 있었다.

오른쪽 다리 대퇴부가 많이 부어올라 열이 나고 있었다. 왼쪽 눈의 시야가 절반쯤 가려져 있다. 호흡은 얕게만 할 수 있다. 항상 산소가 부족하면 몸이 호소한다. 통증은 없었다. 몸이 가뿐하게 가벼워졌나 싶으면 현기증 같은 수마가 밀려올 때가 있다. 링거에 모르핀 같은 것이 더해지고 있다는 걸 아유미는 알고 있었다.

나는 곧 죽을 것이다. 곧이 하루가 될지 이틀이 될지, 일주일이 될지 한 달이 될지 알 수 없다. 애초에 하루도 일주일도 지금은 거의 같았다. 시간의 흐름을 알 수 없다. 간호사의 서두르는 발소리, 침대를 둘러싼 커튼을 열거나 닫는 샤샥 하는 소리, 느릿느릿 떨어지는 소리 없는 링거의 리듬만이 병실 안의 변화였다. 시계는 없었다.

곧 죽을 걸 안 것은 **아마** 어제였을까. 동생 하지메가 혼자 문병을 왔다. 의사가 평소보다 시간을 들여 진찰하고 있을 때 간호사가 병실로 들어왔고 문 너머의 복도에 하지메가 서 있는 모습을 보았다. 이쪽을 보고 있는 하지메와 눈이 마주쳤다. 하지메의 그런 눈은 처음이었다. 하지메는 내가 곧 죽는다는 걸 알고 있는 눈으로 나를 보고 있었다.

페이지를 넘기면 팔랑팔랑 소리가 나는 새 교과서 냄새. 몸에 익숙하지 않은 세일러복, 아직 길들여지지 않은 단화. 반들반들 딱딱한 상태인 책가방이 묵직하다. 학교 계단을 올라 책상 위에 놓을 무렵에는 가방을 들고 있던 아유미의 손은 혈색을 잃고 하얘져 있었다.

입학한 고등학교에 특별한 것을 기대하진 않았다. 그래도 5월의 연휴가 끝나면 조수가 차오르듯 언짢은 기분이 물밀듯이 밀려온다. "가토는 벌써 여자친구가 있대. 후시코 중학교의 동급생." ……"럭비부 12번. 안 봤어? 진짜 멋져." ……"이번 일요일에, 삿포로로 전학 간 남자친구가 말이야." ……뒷자리에서, 쉬는 시간 화장실에서, 복도를 지나칠 때, 작은 소리로 들려오는 열정적인 이야기들에 아유미는 귀가 밝았다. 자신과는 관계없는 먼 이야기만 잘 들린다.

초등학교, 중학교, 고등학교로 진학하는 동안 수업은 점점 더 전문적이 되어갔다. 그것에 반비례하여 학생에 대한 교사의 열정은 잦아들었다. 공부를 하는 것도 안 하는 것도 학생에게 달렸다는 덤덤한 느낌은 어느 교사에게서나 공통되었다. 학생도 교사와 거리를 두게 되어 아무도 '××선생'이라고 하지 않았다. 심약해 보이는 아이까지 포함하여 남학생은 다들 뒤에서 교사를 성으로 막 불러댔다. 어른이 된다는 것은 부모나 교사와 자신 사이에 있는 거리를 점점 넓혀가는 거라고 아유미는 고지식하게 생각했다.

어머니가 매일 싸주는 도시락은 맛있었다. 머윗대나 조릿대 죽순, 닭고기 조림, 청나래고사리 깨소금 무침, 아스파라거스, 계란말이. 아버지가 훈제한 연어. 물통에는 호지차가 들어 있었다.

에다루에서 살고 있는 것은 부모 슬하에 있기 때문이고, 학비를 대주어 학교에서 공부하고 있는 것은 자신이 바란 일이라기보다 부모의 바람을 무자각하게 따르려는 것일 뿐인지도 몰랐다. 세일러복을 입고 있는 것은, 눈에 보이지 않는 누군가에게 그것을 잊지 않도록 주어진 표시 같다.

불만이 있는 것은 아니었다. 아유미에게는 소에지마 신지로와 도요코의 딸이라는 사실이 무엇보다 우선했다. 그런 식으로 생각하는 자신은 조금 색다를지도 모른다. 언제까지고 딸로 있을 수는 없겠지만, 결혼하지 않으면 혹 영원히 그대로일지도 모른다. 자신 안에 그렇게 바라는 마음이 없다고는 말할 수 없다. 아유미는 자기 얼굴 안의 막연한 혼돈에서 천천히 뒷걸음질하듯 일단 생각을 멈춘다.

아유미는 에다루가 좋았다. 부모님은 앞으로도 이곳을 떠나지 않을 것이다. 그렇기에 자신은 한번 에다루를 떠나 다른 고장으로 가서 그 공기를 마시고 싶다. 낯선 지역을 상상한다. 어치가 끼야끼야 울며 날지 않는 하늘. 곰을 쫓는 방울도 달지 않고 어디든 갈 수 있는, 큰 곰이 없는 숲. 연어가 없는 강에는 연어 대신 본 적도 없는 조그만 은색 물고기 무리가 소리도 없이 헤엄치고 있다. 아니, 물고기 따위는 살 수 없는 강일지도 모른다. 빛을 받아 누렇게 물든 미루나무도, 세스나기의 엔진 소리가 들려오는 건조한 하늘도 아마 거기에는 없을 것이다. 1층의 창문이 덮일 만큼의 눈도, 초봄의 질퍽거리는 길도 없는 콘크리트뿐인 동네.

강변길이 없는 생활도, 밤이 되어도 깜깜해지지 않는 생활도 아마 틀림없이 다른 재미가 있을 것이다. 사람이 많이 모이는 이유는 그곳이 재미있기 때문이다. 고등학교 미술실에 붙어 있는 각양각색의 가느다란 줄무늬만으로 구성된 포스터는 뉴욕이나 파리나 도쿄의 공기를 마시는 사람이 그리는 그림이라고 아유미는 생각한다. 브리짓 라일리라는 화가가 어디서 태어난 사람이고 어디서 그런 그림을 그렸는지 아유미는 모른다. 학교 도서실에도, 읍내 도서관에도 그녀의 화집은 없었다. 기하학적이고 단조로운 것 같지만 언제 봐도 마음이 술렁이는 그림이었다. 강하게 끌리며 보는 중에 자신의 가슴 안에 작은 가시 같은 반발노 생겨난다. 아유미는 이따금 거의 꿈처럼 외국에 사는 자신을 상상하고는 했다.

여러 번 해외여행을 다녀온 옆집 고모들은 에다루를 어떻게 생각하고 있을까. 뭘 보려고 비행기를 타는 걸까. 외국에서 에다루로 돌아오면 무슨 생각을 할까. 이리저리 생각해봐도 아유미는 제대로 상상할 수 없었다.

독신인 고모들은 아이가 둘인 신지로와 도요코보다 생활에 여유가 있었다. 가즈에와 도모요 둘이서 해외 패키지여행을 즐길 동안 늘 혼자 집을 지키는 사람은 둘째 고모 에미코였다. 본인이 가고 싶지 않은 건지, 자신은 나가서 일하지 않는 사람이라 가계를 떠받치는 언니와 동생을 생각해서 집을 지킬 수밖에 없었는지, 그 이유는 잘 모른다. 항상 야간 졸린 눈으로 나른하고 느린 목소리로 "비행기는 무서워"라고 말하는 것을 들은 적이 있을 뿐, 혼자 집을 보는 일을 어떻게 생각하는지는 알 수 없었다.

아버지의 지시로 어머니가 넉넉하게 만든 반찬이나 먹기 좋게 자른 과일, 간단한 간식을 옆집으로 가져다주는 일이 자주 있었다.

　"집으로 불러서 같이 먹어도 되잖아" 하고 아버지가 말하면 "갖다드릴게요. 우리 집에 와도 마음 편히 있지 못하잖아요. 에미코 씨는 평소에도 평온하게 지내고 있어요" 하는 어머니의 단호한 대답이 돌아왔다. 그 말 속에 여행을 떠난 고모들에 대한 간접적인 비판이 포함되어 있다는 것은 금방 알 수 있었다.

　도모요는 귀국하면 피곤한 기색도 없이 매우 기분이 좋았다. 현관에서 "오라버니" 하고 한 번 부르기는 하지만 대답도 기다리지 않고 서슴없이 집으로 들어와 "자, 선물. 올케언니는 버킹엄 궁전의 근위병" 하며 성급하게 말하고는 해러즈 백화점의 포장지 그대로 도요코에게 툭 건넨다. 도요코는 "뭐, 이런 걸 다" 하고 고마움을 표시하지만 그다지 기뻐하는 것 같지 않다. '고마워요'라고 말하지 않는 어머니에게 아유미는 살짝 당황한다. 늘 어린이용 선물을 건네받는 어머니가 어딘가 무시받는 것 같아 가엾다고 생각한다. 어머니에게 그런 감상을 전한 적은 없다. 유리문이 달린 거실의 장식장에 어머니가 자신이 구입한 작은 인형과 고모들의 선물을 진열한 이유는 신지로의 체면 때문만이 아니라 나름 마음에 들었기 때문인지도 모른다. 아유미는 어머니의 그런 마음을 다 이해할 수는 없었다. 도요코는 분한 마음이 있어도 술술 빠져나가는 구석이 있었다. 단지 경솔한 성격에서 유래하는 장점인지 신지로와 살면서 몸에 밴 지혜인지 아유미는 알 수 없었다. 자신에게는 아유미와 하지메라는 아이들이 있고 고모들에게는 없다. 결코 입에 담지는 않지만 그것이 눈에 보이지 않는, 믿고 의지하는 것일지도 모른다.

아유미에게 주는 런던 선물은 테디베어, 하지메에게는 롤스
로이스 미니카, 신지로에게는 '조니워커 블랙라벨'이었다. 선물
의 유래를 설명하는 도모요의 연극 같은 목소리는 언제까지고
계속되었지만, 언니인 가즈에는 "그렇게 대단한 건 아니니까"
하며 수습하는 듯한 미소로 부드럽게 말하고 "이제 가자" 하며
도모요를 재촉하여 옆집으로 돌아간다.

'우리는 떠나고 싶으면 언제 어디는 갈 수 있어.' 고모들은 이
렇게 생각하는 걸까. 양로원 부원장으로 일하는 가즈에와 무슨
회사에서 경리로 일하는 도모요의 급여만으로 일 년에 한 번은
해외여행을 하고 계절마다 삿포로에 가고 단골 양품점에서 블
라우스나 스커트를 사고 레스토랑에서 코스 요리를 먹을 수 있
는 걸까. 이런 점을 의심할 만큼 아유미는 경제관념이 아직 생기
지 않았다. 신문을 열심히 읽고 기사를 잘라 스크랩북에 붙이고,
〈부인공론〉이나 〈생활 수첩〉을 애독하고, 신지로보다 몇 년이나
앞서 스테레오를 사고 까만 상자에 든 클래식 전집을 즐비하게
갖추고 있는 고모들이 모든 점에서 신지로의 집보다는 여유가
있고 지적으로 보이는 것은 분명했다.

신지로의 집에는 있고 고모의 집에는 없는 것이 하나 있다면
바로 개였다. 개는커녕 작은 새도 금붕어도 화초 화분도 없다.
고모들 집에는 생물의 자취가 없다. 가즈에도 도모요도 신기할
정도로 지로에게 무관심했다. 지로와 산책하다가 길에서 고모
들을 마주치면 아유미의 얼굴을 보며 싱글벙글 이런저런 말을

하면서도, 마치 지로 따위는 거기에 없는 것처럼 시선을 내리지 않는다.

에미코만은 달랐다. 이따금 샌들을 꿰고 뜰로 나와 개집 옆으로 다가와서는 쭈그리고 앉아 알아듣기 힘든 쉰 목소리로 지로에게 뭔가 묻는다. 지로는 살짝 꼬리를 흔들고 당황한 듯한 얼굴로 에미코를 올려다본다.

아유미 반의 사분의 일은 같은 중학교 졸업생이었다. 다른 교복을 입자마자 이전보다 왠지 서먹서먹해진 친구가 없진 않았다. 하지만 양쪽 귀가 보이는 쇼트 머리도, 웃게 해주는 신랄한 농담도 초등학교, 중학교 때와 거의 다르지 않은 후미코와는 여전히 스스럼없는 사이여서 유베쓰가와의 강변길을 나란히 걸으며 잡담을 나눴다.

후미코는 망설이지 않고 클럽활동으로 테니스부를 선택했다. 아유미에게도 테니스부에 체험 가입을 해볼까 싶은 동기가 있기는 했다. 텔레비전에서 본 이본 굴라공이라는 오스트레일리아의 테니스 선수였다.

굴라공은 몸집이 작았다. 재빠르게 휘두르는 멋진 백핸드 스트로크를 비롯하여 코트를 민첩하고 가볍게 움직이고, 군더더기 없는 스트로크로 멋지게 결판낸다. 용모도 플레이도 빌리 진 킹이나 마거릿 코트와는 전혀 달랐다. 있는 힘을 다해 압도하는 플레이가 아니라 다람쥐 같은 작은 동물을 연상시키는 플레이. 힘에 부치는 면이 있다고 해도, 확실한 반사신경으로 커버하는 것처럼 보였다. 그리고 무엇보다 끌리는 것은 플레이 이외의 모습이었다. 코트를 체인지할 때 휴식하는 벤치에서 음료수를 마시고 오렌지 같은 것을 먹기도 하고(아무 일 없다는 듯 입가를 가린다), 수건을 쓰거나 하는 동작이 나이 어린 자신이 봐도 귀여웠다. 그래서 아유미는 플레이할 때보다 오히려 코트 옆 벤치에 앉아 있을 때의 굴라공에 주목했다. 하얀 운동복도 양말도 청결 그자체였다. 후미코에게 물으니 "귀엽지, 굴라공. 아마 선천적으로 테니스를 잘하는 걸 거야. 다람쥐가 나무를 오르거나 뛰어 다른데로 옮겨 다니는 것처럼 본능적이지. 천재라고 생각해. 빌리 진킹은 노력, 노력이잖아. 이루 말할 수 없이 촌스러워. 아무나 할수 없는 굉장한 노력이지만 말이야" 하고 말했다. 고등학생이된 후미코의 관찰력은 더욱 예리해졌다.

그런데 테니스부에 체험 가입을 해보니 생각보다 훨씬 오랜 시간 달리기와 근력 트레이닝을 해야 해서 숨이 차오르고 마지막에는 구역질이 날 정도였다. 끝나서 옷을 갈아입고 돌아가는 길에 후미코는 "힘들지?" 하며 아유미를 위로했지만, 중학 시절 육상부였던 후미코에게는 예상 수준의 트레이닝인 듯했다. 게다가 공을 치는 것도 여름방학이 끝날 때까지는 도저히 가능해 보이지 않았다. 3학년 여학생의 팔 두께는 분명히 좌우가 달랐다. 라켓을 쥐는 손도 조금 부은 듯 두꺼운 것을 알 수 있었다. 일찌감치 포기한 아유미는 "미안, 나는 도저히 따라갈 수 없을 것 같아" 하고 후미코에게 말했다.

가입 희망서의 제출 기한 전날, 아유미의 머리에 갑자기 미술실의 어둑한 방과 벽에 붙어 있는 브리짓 라일리의 포스터가 떠올랐다. 할 마음이 없는 얼굴을 보이는 것에 주저함이 없고, 원래 그런 표정인 건지, 학생 앞에서만 그렇게 행동하는 건지 알 수 없는 미술 교사 소다 다쓰야의 얼굴도 떠올랐다. 일부 학생에게 성이 아니라 소타쓰라고 불리는 대로 내버려두는 것도 다른 교사와는 달랐다. 첫 수업에서 무료한 얼굴을 한 소타쓰가 조곤조곤 이야기한 내용도 아유미의 마음에 남았다.

"그림에 뛰어나고 서툴고 하는 건 없어. 자신은 그림이 서툴다고 생각하는 놈이 있다면 그건 제대로 보고 그리지 않았을 뿐이야. 알겠어? 제대로 안 보는 놈은 아무리 시간이 지나도 제대로 안 봐. 보고 싶지 않은 거지, 아마도. 그 기분은 나도 알아. 보이지 않는 게 더 편하니까. 바라보는 모든 것이 다 핀트가 딱 맞으면 머리가 이상해지는 게 당연해. 인간은 적당히 솎아낸 것밖에 보지 않거든. 그럭저럭 살아갈 수 있는 것은 그 덕분이기도 해."

미술실에 가면 2학년이나 3학년이나 구별 없이 적당히 흩어져서 각자 멋대로 그림을 그리거나 작업을 했다. 열린 창 너머에서 축구부가 연습하는 소리가 들려온다. 추상화 같은 것을 유화로 그리는 학생이 있다. 영어가 들어간 포스터 같은 것을 그리는 학생이 있다. 토르소 앞에서 데생하는 학생도 있다. 둘로 접은 도화지를 펼치면 접힌 입체가 드러나는 장치를 툭툭 움직이며 소타쓰에게 의견을 듣는 학생도 있다. 전혀 웃지 않는 소타쓰가 "거길 고치면 매끄러워지겠지만 시시해지겠다" 하고 쌀쌀맞은 목소리로 말하는 게 들렸다.

다들 뿔뿔이 흩어져 제멋대로 하고 있는 것처럼 보였다. 간섭받지 않고 좋아하는 것을 해도 되는 이런 분위기라면 나도 할 수 있겠다, 하지만 뭘 그릴까 하고 생각했다.

등 뒤에서 인기척을 느끼고 돌아보니 창가에 구도 이치이가 앉아 있었다. 이치이는 진작 알아챘을 텐데도 아유미에게 말을 걸지 않고 스케치북을 향한 채 그저 묵묵히 손을 움직이고 있었다. 이미 미술부원의 얼굴을 하고 있는 것이 어딘지 모르게 우스워서 아유미의 볼이 자연스럽게 누그러진다.

이치이 앞에는 선인장 화분이 놓여 있었다. 전체에 하얗고 가느다란 가시가 퍼져 있는 선인장이었다. 짧게 깎은 백발의 머리 같기도 하고, 하얀 곰팡이가 핀 커다란 치즈처럼 보이기도 했다.

아유미는 거리낌 없이 이치이에게 다가가 물었다. "봐도 돼?"

"응. 아직 전혀 완성되지 않았지만."

이치이의 뒤로 돌아간 아유미는 깜짝 놀랐다. 가는 연필로 그린 선인장은 눈앞에 있는 선인장 그 자체로 보였다. 빛을 받아 밝게 보이는 부분과 그늘져 어둡게 보이는 부분, 그 중간의 그러데이션도 보이는 그대로였다. 연필 하나만으로 그린 거라면 밝은 부분은 대체 어떻게 표현하는 것일까.

"잘 그린다…… 옛날부터 그림 그렸어?"

말을 걸어오면 그만둘 수밖에 없다는 얼굴로 이치이는 연필을 책상 위에 놓고 스케치북을 덮었다. 이런 때도 이치이는 물건을 소리가 나지 않도록 다룬다. 골이 들어갔는지, 이 고요함을 깨기라도 하듯이 운동장에서는 몇 명의 환성이 다발이 되어 들려왔다.

"공작 시간에 그렸을 뿐이야."

"굉장히 정확히 보고 그리는구나."

이치이는 잠자코 있었다. 소타쓰의 말이 머리에 남아 있어 그렇게 말했지만, 이치이가 어떻게 받아들였는지는 알 수 없었다. 그리고 돌연 어떤 것이 생각나 아유미의 목소리는 저절로 커졌다.

"교회 소식지의 그림도 그리는 거야?"

예배당 입구 옆에는 매주 에다루 교회의 '알림' 도화지가 붙는다. 아유미는 늘 알림 내용보다 아래 여백의 그림에 먼저 눈이 갔다. 이치이가 고지식한 얼굴과 손놀림으로 기울어지지 않게 다시 붙이는 것은 몇 번이나 봤지만, 정작 그림 그리는 당사자라고는 생각도 못 했다. 목사님이 그렸거나 윤독회에 그림을 잘 그리는 누군가가 있을 거라고만 생각했다. 붓으로 쓴 글자는 구도 목사의 필적이었다.

신기한 것은 성경과 관계있는 그림처럼 보이지 않았다는 점이다. 도토리, 물주전자, 일부에 선명한 파란색을 띠는 어치의 깃털, 강변의 둥근 돌, 잠자리의 날개 등 정물이 배경도 없이 그대로 세밀하게 그려져 있었다. 흠이 있는 까만 가죽 커버의 오래된 성경이 그려진 적도 있었지만 나머지는 늘 단순한 정물이었다. 성경도 정물의 하나로 그려진 게 아닐까.

이치이와는 중학교 때부터 함께였지만 같은 반인 적이 없어서 그림을 뛰어나게 잘 그리는 줄은 몰랐다. 주일학교에서 일주일에 한 번 얼굴을 마주했지만 이치이는 말이 없고 아유미는 이치이에게 허물없이 대하지 않으려고 조심했던 것 같다. 주일학교에 다니기 시작한 무렵 이치이에게 받은 편지가 두 사람을 미묘하게 멀어지게 하는 결과를 낳았는지도 모른다.

아유미는 이전보다 더욱 스스럼없는 목소리로 이치이에게 물었다.

"왜 늘 그런 그림을 그리는 거야?"

이치이는 팔짱을 끼고 대답했다.

"근처에 떨어져 있는 것을 주워 와서 그렸을 뿐인데."

이렇게 말하고 일단 입을 다물었다가 더 작은 목소리로 덧붙였다. "……예쁜 것 같아서."

아유미가 알림 그림을 보고 있었다는 것을 알게 된 이치이의 표정이 살짝 누그러진 듯했다.

그날 아유미는 미술부에 들어가기로 마음먹었다. 미술부에서 데생을 해보고 싶다고 생각한 것이다.

매주 소타쓰의 허락을 받고 밖에서 데생을 했다. 학교 계단의 낡은 난간, 신발장 덮개, 뜀틀, 수도꼭지, 잡역부 아저씨가 타는 낡은 자전거의 가죽 안장 등을 그렸다. 이치이의 그림을 흉내 내어 여러 가지 것을 그렸더니 점점 더 재미있었다.

미술부원 중 이치이와 아유미만 오로지 데생을 계속했다. 추상화나 포스터를 그리는 다른 부원들에게는 **얼빠지게** 보였을지도 모르지만, 아유미는 그런 건 아무래도 좋다고 생각했다. 보여주고 싶은 것을 그리는 것이 아니라 그리고 싶은 것을 그리는 거니까.

여름방학이 끝나고 처음 클럽활동을 하는 날이었다. 끝나기 직전에 소타쓰가 돌연 이치이와 아유미를 자신의 책상으로 불렀다.

"너희의 데생 솜씨가 좋은 건 확실해. 그건 인정하겠는데 사진으로 찍는 것이 더 비슷하지 않겠느냐고 하면 뭐라고 대답할 거야?"

아유미는 '너희'라는 말에 약간 발끈하여 이본 굴라공의 백핸드처럼 즉각적으로 라켓을 휘둘러 소타쓰에게 공을 되받아쳤다.

"사진은 전부 찍지만 그림은 아주 일부밖에 그리지 않고, 전혀 다르다고 생각합니다."

아유미는 이렇게 대답하고 나서 소타쓰의 질문에 답이 되지 않는다는 걸 알았지만 그냥 내버려두었다. 이치이도 입을 다문 채였다.

"이치이, 너는 어떻게 생각하지?"

이치이는 팔짱을 끼었다. 뭔가를 생각하는 것 같았다. 소타쓰는 곧장 답을 요구하는 교사가 아니어서 이치이가 뭔가 말할 때까지 고개를 빙글빙글 돌리기도 하고 머리를 긁기도 하고 다른 학생에게 "토르소, 반드시 원래 위치에 가져다 놔!" 하고 소리치기도 했다. 드디어 이치이가 입을 열었다.

"겉보기에는 확실히 사진이 현물에 더 가깝습니다. 하지만 엄밀하게 말하면 사진의 핀트는 한 군데밖에 맞지 않습니다. 조리

개를 조이지 않고 개방해서 찍으면 윤곽까지 흐려집니다. 저의 그림도 아유미의 그림도 모두 핀트가 맞는다는 의미에서 카메라로는 결코 할 수 없는 것을 구현하고 있다고 생각합니다."

소타쓰는 이치이를 가만히 보며 낮게 중얼거리듯 말했다.

"그래, 맞아. ……그럼 다음 주에 보자."

소타쓰는 서둘러 책상에서 물러나 미술실의 커튼을 닫기 시작했다. 스케치북과 연필과 지우개를 천천히 손가방에 넣는 이치이의 손놀림을, 아유미 자신도 정리하는 손을 움직이며 보고 있었다. 이치이의 귓바퀴가 희미하게 불그스름해졌다.

교문 앞에 있는 자전거 주차장까지 함께 걸었다. 자전거로 집에 돌아가는 길은 유베쓰가와에 걸쳐진 큰 다리 앞에서 갈라진다. 아유미가 가방을 짐칸에 올리자 이치이가 말했다.

"그럼 잘 가."

아유미가 "응, 내일 봐" 하고 답하자마자 이치이는 곧장 페달을 밟아 속도를 올리며 쭉쭉 멀어져갔다. 아유미는 잠시 자전거에 걸터앉아 그의 뒷모습을 바라보았다.

다음 주 금요일, 오후부터 대기가 마르기 시작하더니 하늘에는 넋을 잃을 만큼 예쁜 구름이 떠 있었다. 클럽활동 시간이 되기 전에 아유미는 하늘을 그리기로 마음먹었다. 미술실에서 만난 이치이에게 말하자 "나도 그럴까" 하고 꾸밈없는 톤의 목소리가 돌아왔다.

이치이의 눈을 들여다보며 아유미가 물었다.

"구름 그려본 적 있어?"

이치이는 순간 의외라는 듯한 얼굴로 아유미를 봤다. 뭐에 반응하여 그런 얼굴이 되었는지는 모르지만, 이치이치고는 무방비하게 당황한 얼굴을 바꾸지 않고 그대로 있었다.

정신을 가다듬은 듯 이치이가 입을 열었다.

"아니. ……구름은 없어."

스케치북을 안고 학교 옥상으로 향하는 계단을 둘이서 올라갔다.

홋카이도의 가을이라고 해도 햇볕에 따뜻해진 학교 건물의 온기가 옥상으로 향하는 계단실에서 갈 곳을 잃고 잔뜩 팽창한 채 괴어 있었다.

철제문을 연다. 계단실의 온기가 기다렸다는 듯 두 사람 사이를 빠져나가 옥상의 공중으로 도망친다. 옥상은 훨씬 시원하고 대기도 건조했다.

옥상의 가장 먼 쪽 끝에 인기척이 있었다. 여학생이 혼자 철망에 왼손을 걸친 채 밖을 바라보고 있었다. 오른발을 발돋움하여 이쪽에서는 실내화의 바닥이 보인다. 심각한 사태는 아닌 것 같았지만, 안 보이는 얼굴이 울상이라고 해도 이상하지 않았다. 머리 모양으로 보아 같은 반의 아이는 아닌 것 같았다. 문이 열리는 소리가 들렸는지도 모른다. 그래도 이쪽을 돌아보지 않았다. 돌아볼 수 없는 건지도 모른다.

아유미는 소리를 내지 않고 이치이의 교복 소매를 살짝 당겨 그녀에게 등을 보이며 반대쪽 옥상으로 가자는 신호를 했다. 이치이는 순순히 따랐다. 덜렁대는 남자들과 달리 소리를 내지 않는 이치이여서 다행이라고 아유미는 생각한다.

계단실의 출구를 경계로 L자 모양의 옥상은 직각으로 구부러져 있기 때문에 건너편의 짧은 직선 부분으로 가면 두 사람의 모습은 그녀에게 보이지 않을 것이다.

계단실 건너편으로 돌아가자 펜스보다 가늘고 긴 벤치 같은 것이 버려져 있었다. 녹색 페인트가 거의 벗겨져 있다. 체육 시간에 사용된 초심자용의 낮은 평균대였다.

아유미와 이치이는 잠자코 시소의 끝에 앉듯 좌우로 각각 앉았다.

아유미는 스케치북을 무릎에 올리고 하늘을 올려다보았다.

온통 파랬을 하늘은 이미 석양의 붉은빛에 가까워져 있었다. 하얀 구름도 서쪽으로 향하며 점점 오렌지색을 띠어간다. 멀리서 끼악끼악 하는 어치의 울음소리가 들렸다. 어치가 도토리를 줍기에는 아직 계절이 좀 이르다.

뚝 멈춰 떠 있는 듯이 보이는 구름도 자세히 보고 있으면 서서히 움직여 모양을 바꾸고 있는 것을 알 수 있다. 여느 때처럼 본 대로 그릴 수 없다는 것을 알고 아유미는 당황했다. 그래도 본 순간의 구름 모양은 그릴 수 있다고 생각하고 그대로 그려나갔다. 구름은 서쪽에서 동쪽으로, 저무는 태양에서 조금씩 멀어지려 했다. 아유미가 그리는 구름은 시시각각 변하는 구름의 단편을 잇는 패치워크 같은 것이었다. 펼쳐놓은 스케치북 전체에 오십 분 동안의 구름의 변화가 그려져 있었다.

건너편에 이치이의 기색을 느끼며 아유미는 구름을 그리는

데 집중했다. 시간이 지나는 것을 잊은 참에 느닷없이 발밑 근처
에서 솟아나듯이 수업 종소리가 울려 퍼졌다.

"끝."

아유미가 포기한 듯이 중얼거리고 스케치북을 덮었다.

이치이는 아직 등을 보인 채 팔을 움직이고 있는 것 같았다.
옆으로 간 아유미는 뒤에서 엿보듯이 들여다보았다.

이치이의 스케치북에는 구름이 없었다.

바로 코앞에 있는 옥상의 펜스 철망이 특유의 정성스러운 터
치로 그려져 있었다. 여자아이가 손을 걸치고 있었던 바로 그 철
망. 마름모꼴이 교차하여 서로 맞물리는 부분, 코팅이 벗겨져 살
짝 녹슬어 있는 부분 등 여느 때보다 섬세하고 입체감 있는 디
테일이었다.

아유미는 데생에 대해서는 아무 말도 하지 않고 "갈까?" 하고
만 말했다.

이치이는 드물게도 탁 하고 소리를 내며 스케치북을 덮고는
말없이 일어났다.

계단실 문 앞에 섰을 때는 건너편 펜스 옆에 서 있던 여학생
의 모습은 이미 없었다. 공기는 완전히 차가워져 계단실에 들어
선 순간 따뜻한 공기가 아유미를 감쌌다. 몸이 안도하며 누그러
지는 깃 같았다. 이치이는 미술실로 돌아갈 때까지 한마디도 하
지 않았다.

2학년이 되자 이치이는 기다렸다는 듯 오토바이 운전면허증
을 땄다. 중고로 오토바이를 구입하더니 그렇게 열심히 활동했

던 미술부까지 금세 그만두었다. 약 일 년에 걸쳐 그린 스물 몇 장의 데생은 미술부를 그만두는 것을 허락하는 **조건**으로 달마다 바꿔 붙여두게 되었다. 맨 처음으로 선택된 것은 철망 데생이었다. 아유미는 옆에 나란히 있는 브리짓 라일리의 포스터에 이치이의 데생이 결코 뒤지지 않는다고 생각했다. 소타쓰도 틀림없이 그렇게 생각했을 것이다.

이치이가 그만두어도 아유미는 미술부를 그만두지 않았다.

질리지도 않고 혼자 데생을 계속했다. 구름을 그린 뒤로 움식이는 것을 그리는 게 재미있었다. 소타쓰의 허락을 받아 클럽활동 시간이 될 때마다 서둘러 집으로 가 지로를 그리기로 했다.

3대째 홋카이도견 지로는 하얀 털이었다. 처음으로 수컷이었는데 성격은 온순했다. 귀가 크고 선 자세가 안정되어 있으며 가슴 언저리의 탄력도 훌륭했다. "수컷다움이 넘쳐흐르지"라는 아버지의 말이 무슨 뜻인가 했는데 두 팔로 안으면 뼈와 근육의 강력함이 전해진다. 이런 게 수컷다움인가, 하고 아유미는 만져본 감촉으로 비로소 알 것 같았다. 강가를 산책할 때도 지로는 팽팽하게 당겨진 활처럼 등에 긴장을 품은 채 앞을 똑바로 보며 당당하게 달렸다.

시로를 그린 데생이 멈춰 있었다. 정면에서, 바로 옆에서, 거의 배를 깔고 엎드릴 것 같은 낮은 위치에서 올려다보듯이 그리며 아버지가 말하는 홋카이도견의 세세한 심사 기준을 조금씩 알게 되었다. 어머니는 "지로는 좋겠다, 그림도 그려주고" 하고 말했다. 데생을 본 소타쓰는 "미술부를 그만두면 액자에 넣어줄

게"라고 말했다. 잘 그렸다고도, 이 부분을 이렇게 하라는 비평 같은 말도 전혀 없었다.

아유미의 양팔이 이치이의 등을 감쌌다. 늦은 봄의 토요일 저녁이었다. 갈색 가죽점퍼를 입은 이치이의 몸통 둘레는 에다루 고등학교의 산벚나무 줄기와 같은 정도였다. 뼈와 근육이 느껴졌다. 들리는 것은 오토바이의 배기음뿐, 코에는 가죽점퍼 냄새만 느껴졌다. 바람을 가르며 달리는 것은 스릴 넘쳤지만 배기음만은 도저히 좋아지지 않았다.

이치이의 오토바이 안장에 앞뒤로 걸터앉은 것은 이번이 두 번째였다. 헬멧을 쓰고 똑같이 가죽점퍼를 입고 이인승 오토바이를 타고 있으면 연인 사이로밖에 보이지 않을 것이었다. 에다루의 누군가에게는 아마 이인승 오토바이에 탄 사람이 누구누구인지 이미 화제가 되었을 것이다. 아유미는 아직 자신이 이치이의 연인이라고는 생각하지 않았지만, 남들이 그렇게 생각해도 별 상관없다고 반쯤 대담하게 나왔다.

이치이는 아유미의 부탁 때문에 어쩔 수 없이 오토바이를 타고 있다고 생각했다. 사실 머릿속에는 저녁노을로 온통 금빛인 목장이 있었지만, 목적지는 그 반대쪽인 에다루 읍내 변두리에 있는 농장학교였다.

농장학교에 가보고 싶다는 아유미에게 "둘이서 타고 갈 만한 곳은 아니니까" 하고 이치이는 일단 거절했다.

농장학교는 전국에서 모여든 비행 소년의 갱생 교육을 위해

설립된 사설 학교였다. 아유미의 아버지가 태어나기 전부터 농장학교는 에다루에 있었다. 산을 뒤로하고 그 품에 안긴 것처럼 펼쳐진 130만 평이나 되는 부지에는 기숙사와 농장이 있고 예배당, 교실, 작업장, 박물관, 버터 공장 등이 여기저기에 세워져 있다. 초등학교 3학년 소풍으로 처음 갔을 때는 그곳이 그런 시설이라고는 생각도 하지 않았다. 그저 깨끗하게 정돈된 예배당 앞 잔디밭에서 도시락을 먹은 기억뿐이다. 그때는 아마 거기서 배우며 일하는 학생들을 만나지 않았을 것이다. 소년원이 아니었기 때문에 기숙사에도 학교 건물에도 기숙사 도우미와 교사만 있고 간수 같은 감시인은 없었으며 소년이 만약 학교에서 도망치려 한다면 밖으로 나가는 것은 언제든지 가능했다. 에다루 초등학교도 틀림없이 그런 시설이라는 것의 의의를 인정하고 그 역사에 경의를 표하며 소풍 장소로 택했을 것이다.

구도 목사는 농장학교 안에 있는 예배당의 운영과 농장학교의 기둥인 기독교 교육에 협력자로서 관련이 있었다. 고등학생이 된 이치이는 목사를 돕는 일과는 별개로 혼자서도 농장학교에 드나들게 되었는데, 뭔가 도움이 되는 일을 시작한 것 같았다. 오토바이를 산 것도 미술부를 그만둔 것도 그와 관련 있을지 모르지만 이치이는 아무 말도 하지 않았다.

주위는 완전히 석양으로 뒤덮여 아직 잎이 뻗지 않은 숲의 표면을 환하게 비추고 있었다. 농장학교의 정문 앞에서 오토바이를 멈춘 이치이는 바로 시동을 껐다.

교문 앞으로 똑바로 이어진 길은 완만한 오르막이었다. 산속 여기저기에 흩어진 몇몇 건물이 보였다. 아마 몇 동으로 나눠진 기숙사일 것이다. 아유미의 코가 장작 난로의 연기 같은 희미한 냄새를 감지했다. 사람의 모습은 보이지 않고 목소리도 들리지 않는다. 아유미는 한동안 이치이의 등에 몸을 기댄 채 그 광경을 바라보았다.

5

　이시카와 다케시의 얼굴에는 흉터가 많았다.

　우연히 읍내에서 스쳐 지나다가 문득 보게 되면 반사적으로 시선을 피할 것 같은 흉터였다. 알아채지 못한 척한다고 해도 오히려 상대에게 들키는 게 아닐까 싶어 이중으로 당황한 열여섯 살의 구도 이치이는, 밝은 데선 모세혈관이 들여다보일 만큼 하얀 얼굴에 부자연스러운 홍조를 띠며 지나칠 것이다. 실제로 이시카와 다케시를 만난 것은 우연이 아니었기 때문에 이치이는 그 얼굴을 정면으로 보았다.

　"버터를 교회에서 팔아보고 싶으면 우선 농장학교에 가서 물어봐."

　아버지인 구도 목사에게 이 말을 들은 것은 금요일 밤이었다. 이틀 후 농장학교의 예배가 끝나고 이치이는 곧바로 낙농부의 부장 나기노에게 말을 걸었다. 오동통한 체격의 나기노는 예배당에서 바리톤 가수처럼 자유롭고 기분 좋게 찬송가를 부르기 때문에 처음부터 인상에 남아 있었다. 찬송가를 부르는 것에 저항감을 느끼는 학생이 있었다고 해도 나기노의 목소리는 천진난만하게 커튼을 열어젖히고 주위를 환하게 하는 힘이 있었다. 내성적인 이치이도 스스럼없이 "나기노 선생님" 하고 말을 걸 수 있었다.

농장학교의 학생들이 만드는 업무용 버터는 품질이 좋기로 유명했다. 목장에서 사육하는 저지 소의 유질이 버터에 적합한 것이 무엇보다 컸지만, '농장 버터'에 대한 평가가 좋게 나오자 교내에서 낙농부의 지위가 높아졌고 학생의 성실함이라 할 수 있는 수작업을 격려하여 품질과 생산량의 향상으로 이어졌다.

저지 소가 도입된 것은 농장학교의 창립자가 메이지 시대에 유학한 미국 동부에서 친숙해진 젖소였기 때문이다. 갈색 몸은 탄탄하고 홀스타인보다는 몸집이 작은데, 사슴처럼 동그랗고 귀여운 눈 덕분에 보살피는 남학생들의 갈 곳 없는 애정을 말없이 받는 역할도 겸했다.

저지 소는 약간 신경질적인 데가 있어서 저절로 정성껏 보살피게 된다. 폭발할 기회를 엿보는 학생들의 공격성이 소 앞에서는 완전히 무력해졌다. 소를 보살피는 일은 느긋하고 인내심이 필요해서 그 일을 하는 소년들의 날카로운 신경도 어쩔 수 없이 부드러워진다. 그 인과관계를 깨달은 교사들은 학생 전원이 소를 돌보도록 계획을 재검토했다.

이와는 대조적으로 승마와 말을 보살피는 일은 공격성을 조장할 수 있다는 결과가 나왔다. 말을 타고 그대로 탈주하는 학생이 발생하는 것도 연례행사이다시피 했다. 그러나 바깥에서는 먹이를 얻을 수 없다는 것을 알고 있는 말은 반드시 돌아왔다. 말 사육과 승마 수업은 서서히 축소되는 방향으로 전환되었다. 농장학교를 시찰하러 나온 교육 관계자에게 갱생 교육에서 낙농의 효과를 설명하는 대목에 이르면 교원의 목소리는 한층 생기를 띠었다.

농장 버터 전체 생산량의 팔십 퍼센트 정도는 거액 기부자이자 몇 명의 졸업생을 받아들인 기타미의 과자 제조사 마루키타 제과의 간판 상품인 버터쿠키의 원재료로 사용되었다. 농장 버터는 학교에서도 안정된 수입을 가져다주는 주요 품목이기 때문에 새로운 방법이 환영받을 여지는 거의 없었다. 이미 호평받는 버터를 군이 가정용 사이즈로 포장하여 에다루 교회에서 판매하겠다는 이치이의 고독한 아이디어를 누군가가 찬성하여 실현시켜줄 가능성은 매우 낮았다.

이치이는 혼자 고민하고 혼자 내몰려 있었다. 앞으로 이 년만 있으면 신학부가 있는 대학에 진학하여 개신교 교회의 목사가 될 것이다. 이것이 정말 자신이 가야 할 길일까. 성경 안에는 분명 자신을 이끄는 무엇이 있고 그걸 의심한 적은 없었다. 그러나 성경 전체를 뒤덮고 있는 신을 아직은 실감하지 못하고 있었다. 무슨 일이 있어도 흔들리지 않는 신앙 같은 게 자신에게는 없었다. 그렇기에 신학부에 진학한다는 선택지도 있을 것이다. 초등학생이었던 자신이 도쿄를 떠나 에다루로 오게 된 경위도, 농장학교로 찾아오는 소년들이 떠안고 있는 다양한 배경도, 예컨대 주일 예배라는 한 시간 남짓의 형식이나 말로 구원할 수 있다고는 도저히 생각되지 않는다.

혼자 묵묵히 읽는 성경이 목사인 아버지의 목소리로 전달될 때 유지방이 빠진 우유처럼 밍밍하고 맥 빠지게 들릴 때가 있다. 조용히 고개를 숙이는 신자에게도 그런 의심이 떠오르는 일이 있을 것이다. 그렇다면 교회나 목사로부터 떨어져 혼자 마주함으로써 신앙을 지키는 것이 훨씬 신 가까이에 있다고 말할 수 있지 않을까.

세면대에서 시간을 들여 코털을 깎고 거실 바닥에 신문지를 깐 뒤 헐렁한 잠방이만 걸친 채 발톱을 자르고 현관 앞에서 구두약을 묻혀 가죽구두를 닦는 아버지는 목사인 아버지보다 훨씬 아버지 같다. 목사인 아버지에게 한 숟가락만큼의 신앙밖에 남아 있지 않다는 걸 알아도 자신은 놀라지 않을 것이다. 이치이는 악의가 아니라 진심으로 그렇게 느꼈다.

그래도 아버지를 도우러 농장학교에 가는 것을 그만두지 않는 이유는 농장학교 예배당의 분위기가 특별하게 느껴지기 때문이다. 학생, 교원, 직원, 기숙사 도우미의 찬송가 소리가 자신이 치는 파이프오르간 소리에 겹쳐 깊이를 더하며 교회의 천장을 빠져나가는 것 같다. 그것은 예배중에 아주 짧은 순간에만 깃드는 특별한 감각이었다. 에다루 교회의 예배와는 뭔가 달랐다.

예배를 돕는 일을 계속해도 농장학교의 학생과 직접 말을 주고받는 일은 거의 없었다. 다른 환경에서 자랐고 각자 어딘가 비슷한 죄를 범한 소년들이 고향에서 멀리 떨어져 이곳에서 공동생활을 하고 있는 것에 대한 십대 나름의 위태로운 의협심도 작용하고 있었을지도 모른다. 대다수가 홋카이도 동쪽에서 태어나지 않은 그들이 한겨울의 대설에 격리된 듯이 몇 달을 보내는 것도 에다루의 숲으로 둘러싸인 학교가 아니고서는 볼 수 없는 광경이었다. 에다루에서 맞은 첫 겨울, 이치이도 도쿄에서는 본 적 없는 대설을 보고 커다란 뭔가에 감싸인 느낌을 기억하고 있다.

북방 지역에 어울리는 버터가 농장학교의 상징이 된다면? 에다루 사람들이 일상적으로 사용하면 농장학교와의 거리도 가까워진다. 아버지와 둘만의 거북한 저녁식사 자리에서 농장 버터의 교회 판매를 제안한 것은 당돌하게 들렸을 것이다. 그러나 이치이에게는 이치에 맞는 일이었다.

말이 거의 없는 아버지와의 저녁식사 시간은 점점 고통스러워졌다. 공복을 채울 뿐인 부자의 식사는 남자만 사냥하러 나가 기온이 쭉쭉 내려가는 숲속에서 서둘러 텐트를 치고 어둠 속에서 등을 구부려 코펠을 들여다보며 이어지는 저녁식사 같았다. 일 년에 몇 번인 예외적인 식사라면 그것도 재밌을지 몰라도 매일 그렇다면 허둥지둥 먹고 마는 맛없는 식사일 수밖에 없다.

이치이는 브뤼헐의 화집에 실린 그림 속의 식사 광경을 떠올린다. 구약성경에 등장하는 바벨탑을 세밀하게 그린 그림이 있다는 아버지의 이야기를 듣고 도서관에서 빌려온 것이다. 거기에 그려진 식사는 메워야 할 공복이라는 검은 구멍으로, 음식물 주변에서 발생하는 잡음이나 동물, 곡물이 뒤섞여 정체된 냄새가 그저 빨려 들어가기만 하는 것 같았다. 따뜻한 것을 먹이려는 자애나 먹는 모습을 보며 짓는 미소 같은 건 어디에도 보이지 않는다.

만약 어머니가 건강하게 살아있었다면 식탁에서의 모습이 귀찮게 느꼈을지도 모르지만 그것을 이미 빼앗겨버린 탓에 정처 없는 꿈은 오히려 이치이를 괴롭혔다. '빵만으로 살 수 없다'란 이치이에게 그런 의미였다.

누구보다 빨리 오토바이를 손에 넣은 것은 언제든지 교회에서, 에다루에서 또는 홋카이도에서 탈출하기 위한 준비이자 **예고**의 의미였다. 그러면서도 농장 버터의 판매가 자신을 교회에 붙들어 매는 원인이 될지도 모른다는 것 따위는 전혀 생각하지 않는 것이 이치이다운 점이기도 했다.

성급하고 외곬인 이치이의 버터 계획을 들은 나기노는 반들반들한 미소를 띠며 말했다. "낙농부의 이시카와와 먼저 얘기해 보는 게 어떨까? 버터 공장에 있을 거야." 그 말이나 표정 어디에도 이치이에게 미리 뭔가를 경계하게 만드는 요소는 없었다.

한 번 가르쳐준 것을 나중에까지 하나하나 자상하게 가르쳐주는 일은 없다. 모든 장면에서 자립을 촉구하는 농장학교의 학생인 것처럼 이치이는 툭 내팽개쳐졌다. 그런 느낌이 나쁘지 않았다. 할 수 있는 데까지 스스로 해보라, 그래도 할 수 없으면 옆 사람에게 물어보라, 옆 사람도 모르면 둘이서 의논하고 생각하

라. 생각해도 모르겠으면 일단 해보는 게 좋다.

교사를 나온 이치이는 북쪽으로 오 분쯤 걸어 부지 내의 버터 공장으로 향했다. 거무스름해진 눈덩이는 이미 사라졌고 봄 햇살이 발밑의 검은 땅을 따스하게 했다. 내딛는 발에 느껴지는 땅바닥이 부드럽다. 겨울의 끝을 체감한 나무들은 서리가 내리면 여지없이 빛바랠 어린잎을 가지 끝에 실룩실룩 달기 시작하고 있었다. 햇빛에 잎맥이 비쳐 보인다. 햇살에 누그러진 풋풋한 냄새가 부드러운 바람을 타고 오후의 농장학교를 감싸고 있었다.

낡은 목조 단층집을 개축한 공장은 창과 문이 새시로 되어 있었다. 노크를 하고 나서 은색 문을 열자 유제품의 하얀 냄새가 코로 날아들었다. 예배 분위기 따위는 조금도 남기지 않은 다케시는 이미 하얀 작업복을 걸치고 하얀 모자와 마스크를 쓰고 있었다. 버터를 제조하는 기계의 내부를 확인하는 듯 몸을 구부려 웅크리고 있다. 이치이의 모습을 알아차리자 일단 손을 멈추고 기계의 덮개를 덮고 나서 일어섰다. 이치이가 서 있는 입구로 다가오며 시원하게 마스크를 벗는 동시에 의심쩍은 목소리로 물었다. "무슨 일인가요?"

햇볕에 탄 얼굴을 몇 군데나 가로지르는 켈로이드 흉터가 보였다. 순간 이지이는 작업중 뭔가가 얼굴로 날아와 붙은 것으로 착각했다. 흉터라고 여겨지지 않을 만큼 많았다. 오른쪽 턱 아래와 왼쪽 광대뼈 언저리의 흉터가 안쪽으로 함몰된 것을 본 이치이는, 보이지 않는 날붙이가 나타나 좌우를 심하게 공격하는 모습을 본 듯해 숨을 삼켰다.

이치이는 다케시의 흉터 따위는 하나도 눈에 들어오지 않고 알아채지도 못했다는 태도로 인사했다. "안녕하세요."

다케시는 혀 차는 소리로 오해할 만큼 짧고 작게 "안녕하세요"라고 말했다.

이치이와 같은 나잇대겠지만 훨씬 연상 같았다. 뭔가를 포기한 끝에 오는 침착성일까, 누가 어떻게 할 수도 없는 엄혹한 곳으로 내몰렸을 때의 태도가 몸에 밴 걸까. 흉터에 대해 언급하지 않아도 된다면 무슨 일이라도 할 수 있을 것 같은 이치이는 자신이 에다루 교회에서 왔다, 이따금 예배에서 파이프오르간을 친다, 에다루 교회에서 농장학교의 버터를 판매하면 어떨까 생각한다, 그러려면 가정용 사이즈로 해서, 라고 말하자마자 지금 자신이 이 자리에 어울리지 않는 말을 입 밖에 냈을지도 모른다는 걸 깨닫고 머리가 하얘졌다.

"우선 이걸 써주세요."

이치이의 말에 동요하는 기색도 없이 다케시는 하얀 마스크를 건넸다. 그것을 받아든 이치이가 양 귀에 끈을 걸기를 기다렸다가 다케시도 마스크를 썼다. 마스크를 쓰자 흉터는 거의 보이지 않았다. 마스크를 쓴 채 응대해도 좋았을 텐데 굳이 마스크를 벗었을지도 모른다. 이치이는 그렇게 느꼈다.

"착유에서 시작해서 버터를 만드는 공정, 상자에 채우는 것까지를 일단 견학했으면 합니다." 한숨 돌린 듯한 이치이는 마스크 너머로 다케시에게 말했다.

그다음 주에 이치이는 고등학교 미술부를 그만두었다.

다케시에게 상황을 물으며 빈번하게 농장학교로 다니기 시작했다. 광대한 목장에서 방목되는 저지 젖소 견학을 시작으로, 잘 청소된 우사의 계절별 관리 전반, 착유 방법, 원심분리기를 사용한 생크림 제조와 살균 공정, 생크림을 거르는 공정, 교유기攪乳器로 휘저어 섞는 중에 버터가 만들어지고 모양을 만들어 포장하고 상자에 넣는 공정, 그 모든 것을 다케시의 설명과 함께 견학했다. 다케시가 나타나면 다른 학생의 표정과 행동에서 긴장이 느껴진다. 낙농부의 조정자로서 힘을 발휘하여 존경받고 있는 듯했다.

아버지를 따라 처음 농장학교에 왔을 때 밭농사를 견학한 적이 있다. 겨울 한 철 동안 잠들어 있던 밭을 일구고 닭똥과 퇴비를 뿌려 씨감자를 심는 날이었다. 만져보라는 채소부 담당 교원의 말을 듣고 손을 넣은 흙 속은 도쿄 집의 뜰에서 놀던 땅과는 완전히 달랐다. 부드럽고 말랑말랑한 살아있는 흙의 촉감. 그때 등에 뭔가가 맞았다. 뒤돌아보니 모든 학생이 밭의 흙에 두 손이 붙잡힌 듯 몸을 앞으로 구부리고 있었다. 어떤 표정으로 일하는지조차 보이지 않았다. 이 안의 누군가가 이치이의 등을 노린 것은 분명했다. 마찬가지로 이번에는 반대쪽에서 날아왔다. 다치지 않을 정도의 작은 돌이 이치이의 넓적다리를 맞추고 부드러운 흙 위에 소리 없이 그대로 떨어졌다.

곁에 있던 교원도 아버지도 이치이에게 돌이 날아온 것을 알지 못했다. 이치이는 그대로 밭에서 하는 작업을 말없이 지켜보았지만, 단순한 장난인지 악의의 전조인지 짐작도 못 한 채 부드러운 흙 위에 선 불안까지 더해져 울고 싶은 기분이었다.

이후 한동안 이치이는 예배당에서 파이프오르간을 치면서도 언제 뭐가 등으로 날아올지 몰라 항상 경계하며 어깨와 팔에 힘을 주고 있었다. 물론 그럴 리 없었기 때문에 그 강박관념은 곧 진정되었다. 그러나 예배당에 모이는 농장학교 학생 한 명 한 명의 얼굴을 볼 수 없는 것은 변함이 없었다. 그때 다케시도 예배당에 있었을 것이고, 무서워하는 이치이의 등을 틀림없이 보았을 것이다.

버터 만드는 공정을 견학하는 동안 어딘가에서 날아온 돌 세 례를 받지 않은 것은 다케시 덕분이리라.

낙농부의 일에 그치지 않고 봄부터 가을에 걸친 농사일은 물론 목장갑 만들기, 밀짚모자 만들기, 숲속 나무의 가지치기, 잡초 뽑기, 목수 일 등 다케시는 온갖 작업을 해치웠다.

다케시의 얼굴은 분노할 때보다 담담하면 할수록 훨씬 강한 인상을 준다. 뚜껑을 꽉 잠근 잼 병처럼 안쪽의 부드러운 것은 꼼짝달싹 못 한 채 담겨 있다. 빽빽이 들어찬 잼 병이 아무런 냄새도 나지 않듯이 자연 그대로의 감정을 봉인한 다케시는 주어진 일에만 충실하게 집중했다.

머리카락에 가려 잘 보이지 않지만 다케시의 머리에는 긴 흉터가 있다. 왼쪽 귓바퀴 안쪽에도 귀를 잘라내려 한 것 같은 흉터가, 오른쪽 손등에도 두 개의 흉터가 있다. 그것을 알아챌 때마다 가슴이 덜컥 내려앉았지만 여러 차례 만나며 흉터가 이치이를 위협하는 일은 없어졌다.

생각해보면 다케시가 이치이에 대해 아는 것은 목사의 아들이라는 사실뿐일 것이다. 도쿄에서 왔다는 것도 굳이 말하지 않았다. 가족, 고향, 무슨 생각을 하는지를 말하지 않고 어울릴 수 있는 관계는 오히려 매우 새로운 자유를 느끼게 해준다. 다케시는 자신이 어디서 왔는지 말하지 않는다. 가족에 대해서도 말하지 않는다. 이치이에게도 묻지 않는다. 서로에 대해 잘 모르는 다케시와 있는 시간이 점차 무척 기다려졌다.

반년이 지났을 무렵, 학교에서 시제품을 만들라는 허락을 받은 이치이는 산림부가 솎아서 베어낸 나무를 사용해 목공부 공장에서 얇게 제재해 나무상자를 만들었다. 거기에 갈색의 두툼한 화도롱지를 감싸 완성한 견본을 다케시에게 보여주었다. 삿포로에서 입수한 하도롱지는 주름이 들어간 서양풍의 종이였다. 그 위에는 큼지막한 고무인으로 소의 귀여운 얼굴과 'edaru farm butter'라는 영어 로고가 찍혀 있다. 나무 덮개를 열면 저지 소에 대한 소개와 버터의 간단한 제조 순서, 농장학교의 학생이 만들었다는 것을 설명하는 문장을 인쇄한 카드 한 장이 들어 있다. 글은 여러 번 고쳐 써서 최종안을 만들었고, 소에지마 아유미에게 첨삭을 받아 수정판을 만들었다. 인쇄는 농장학교에 출입하는 인쇄회사에 부탁했다.

"이거 누가 디자인했어?"

"내가."

약간 부끄러워서 대답이 쌀쌀맞게 튀어나왔다.

"정말 잘 그리는데."

다케시는 솔직한 목소리로 감탄했다.

"일주일에 세 개가 팔리면 일 년에 백오십 개가 넘어."

"뭐야, 그 정도야?"

이치이는 살짝 정색하고 말했다.

"괜찮아. 많이 팔리면 기쁘기야 하겠지만, 만약 첫해에 그만 큼 팔리면 입소문이 퍼져나가 이 년째, 삼 년째에는 더 많이 팔 리게 될 테니까."

"그거야 모르는 일이지."

"알아. 왜냐하면 이렇게 맛있는 버터는 없으니까."

"그럼 계획이 안 서. 백 개나 이백 개라면 전체에 영향을 주진 않아. 하지만 천 개나 이천 개쯤 팔리게 되면 마루키타 제과에 납품하는 양을 조절할 필요가 생겨."

이치이는 도중부터 웃어댔다.

"왜 웃어?"

"하지만 아직 한 개도 팔리지 않았잖아."

이치이는 반년 만에 처음으로 소리내어 웃는 다케시를 봤다.

이제 막 중학교 1학년이 된 하지메는 학교에서 돌아오면 매 일 거실의 스테레오를 독점했다. 문도 창문도 닫고 비틀스의 레 코드만 크게 틀었다. 맨 처음 〈애비 로드〉를 들은 하지메는 순식 간에 비틀스에 빠져들었다. 매달 받는 용돈을 몽땅 레코드 구입 에 썼는데, 한 달에 한 장 정도로 〈애비 로드〉 이전의 앨범들을 거슬러 올라가 입수했다. 헌터 데이비스가 쓴 비틀스의 평전을 늘 갖고 다녔다. 삿포로에서 〈렛 잇 비Let it be〉가 상영된다는 이 야기를 듣고 한겨울 아침에 집을 나가 삿포로로 향했고, 만원 영화관에 빨려 들어가듯 버티고 앉아서 두 번째 상영이 끝날 때까지 자리를 뜨지 않았다. 눈앞에 비틀스가 있고 멤버들끼리 나눈 험악한 대화도 그대로 비추었다. 슬픈 기분이 들었다. 잡지에 실린 지도를 한 손에 들고 다누키코지 상점가를 걸어 롯쿠깃사*를 찾아 안으로 들어갔다. 신청곡 '아이브 갓 어 필링I've Got a Feeling'을 엄청난 음량으로 듣고 나서 마지막 열차에 올랐다. 쥐 죽은 듯 조용해진 에다루로, 건전지가 닳기 직전인 인형처럼 축 늘어져 돌아온 것은 10시 전이었다. 윙 하는 이명이 이튿날 아침까지 사라지지 않았다.

삿포로 거리의 냄새와 담배 냄새와 열차 냄새를 온몸에 두르고 돌아온 하지메를 아유미가 혼자 맞이했다. 일찍 잠자리에 드는 부모는 이미 자고 있었다. 창백한 얼굴의 하지메에게 따끈한 것을 마시게 하려고 인스턴트커피를 스푼으로 떠서 머그컵에 넣고 난로 위에서 부글부글 끓고 있는 주전자의 물을 부었다. 하지메는 찬장에 딱 하나 남아 있는 크림빵을 찾아내서는 묵묵히 우적우적 먹었다. "비틀스, 어땠어?" 하고 묻자 하지메는 서둘러 빵을 삼켰다. "옥상에서"라고 밀하자마자 목이 멨다. "······옥상에서 연주하는 장면이 멋있었어. 런던도 추운가봐. 다만 멤버의 대화가 왠지"라고 말하다 말고는 머그컵을 후후 불며 말끝을 흐

* 록(롯쿠)을 전문으로 틀어주는 카페(깃사).

렸다. "밴드라는 건 힘든 모양이야." 누나에게 말한다기보다는 자신에게 중얼거리는 듯한 작은 소리였다.

〈헬프!〉가 텔레비전에서 방영되었을 때도 대단했다. 일본어로 더빙한 소리까지 그대로 녹음하려고 하지메는 오픈릴의 테이프레코더를 텔레비전 앞에 두고 방송 시작 한 시간 전부터 마이크 설정과 녹음 테스트를 되풀이했다. 조니워커 블랙라벨 상자에 동여맨 마이크를 텔레비전 스피커에서 가까운 가장 적당한 위치에 대고 광고가 나올 때마다 녹음을 중지하는 하지메의 부지런한 움직임에 감탄하기도 하고 질리기도 하면서 아유미도 점차 화면에서 눈을 뗄 수 없었다.

아주 젊고 연기 경험이 없어서인지 사이좋은 네 명의 맨 얼굴이 비쳐 보인다. 하지메 말대로라면 〈헬프!〉의 삼 년 남짓 후에는 런던의 추운 빌딩 옥상에서 '여러 가지 사정이 있는' 복잡한 얼굴로 연주하게 된다. 유명해지거나 계속 유명한 것은 아주 힘든 일일 것이다. 삼 년 후의 자신을 생각해보면 너무 먼 미래라 상상도 안 된다. 아마 에다루에는 없을 것이다. 삿포로나 도쿄의 대학에 있을지도 모른다. 대학을 졸업하면 곧장 그 도시에서 일할 수도 있을까. 애초에 일을 한다는 것도 상상이 되지 않는다. 상상할 수 없으니 구체적인 불안도 없다.

바로 얼마 선 이치이에게 졸업하면 어떻게 할 거야, 하고 아무렇지 않게 물어봤다. 삿포로나 도쿄로의 진학을 생각한다면 되도록 같은 도시로 가고 싶다. 둘은 급속하게 친해졌기 때문에 자연스럽게 묻고 싶었다. 하지만 이치이는 어두운 표정을 짓고는

"그런 건 아직 몰라"라고 의외일 만큼 정색하고 말했다. 순간 놀랐지만 목사의 아들에게는 여러 가지 제약이 있겠다 싶어 이야기를 더 잇지 않았다.

남자는 복잡하고 무르다. 사소한 일로 감정을 곤두세우며 정색을 하고, 뒤로 물러설 수 없는 데까지 일부러 자신의 발을 차내며 얇은 판을 밟아 구멍을 내버린다. 남자 동급생들처럼 이치이에게도 그런 점이 있다는 사실을 안 것은 달갑지 않은 발견이었다. 하지만 왜 그런 걸까.

아버지도 평소에는 온화하지만 어떤 계기로 화를 내면 손을 댈 수 없을 때가 있다. 아버지가 몰두하는 낚시와 지로를 보살피는 일에 어머니가 거의 참견하지 않는 것은, 아무 생각이 없어서라기보다는 남매가 철들기 전부터의 말다툼이 쌓여서 아예 포기해버린 것이 아닐까. 아유미는 어렴풋이 그렇게 느꼈다.

평소라면 회사에서 돌아와 언짢은 일이 있어도 말없이 술을 마시기 시작하고 저녁을 먹는 중에 곧 얼굴이 풀어진다. 그런데 홋카이도견 전람회에 지로를 출장시키는 무렵이 되면 아버지의 태도는 여느 때와 확실히 달라 말 걸기도 어려웠다.

긴장하며 따라간 홋카이도견 전람회에서 아버지는 아유미에게 심사 결과의 발표 녹음을 맡겼다. 소니 테이프레코더를 텐트 아래 늘어선 긴 탁자 위에 놓아둔 아유미는 경기가 잘 보이지 않는 안쪽 자리에 앉아 계속 대기했다. 전람회장에 테이프레코더를 가지고 들어오는 사람은 없었기 때문에 모르는 아저씨가 멈춰 서서 들여다보거나 말을 걸어오는 것이 싫었다.

아버지는 첫 우승을 확신하고 있었다. 그러니 지로에 대한 강평을 녹음해서 남길 가치가 있다고 생각한 것이다. '미성견 부문'에 출장한 지로는 아버지의 지시에 따라 몇 가지 심사와 경기를 해나갔다. 지로는 당당하고 민첩하게 움직여 관람객의 시선을 모았다. 그래도 결과는 한 발짝 미치지 못한 준우승이었다. 딸 앞이기도 해서인지 그다지 낙담한 모습을 보이지 않고 깨끗이 승복한 표정의 아버지와 함께 집으로 돌아왔다. 집에서 저녁 준비를 하던 어머니에게 아버지는 테이프레코드 앞에 앉으라고 하고 녹음을 재생했다. 보라고, 이걸 들으면 말이지, 지로가 우승하지 못한 것이 이상할 정도야, 하고 아버지가 말했다. 역시 분함을 지울 수 없었던 모양이다.

"체구의 구성에 균형이 잡혀 있고 얼굴 생김새도 뛰어나며 귀도 아주 쫑긋하고 예리하게 서 있으며 흉곽의 탄력도 좋고……."

억양 없는 주문 같은 강평을 다 듣자 어머니는 보기 드물게 눈물을 글썽이며 "지로, 힘들었겠구나"하며 자리에서 일어났다. 뭔가에 끌려가듯 뜰로 내려가 개집 앞에 쭈그리고 앉아 지로에게 오랫동안 말을 하며 머리를 쓰다듬는 듯했다. 차르르차르르 쇠줄 끌리는 소리가 났다. 지로는 짖지 않았다. 아버지는 테이프를 다시 한번 되감아 재생하며 어머니 쪽은 쳐다보지 않고 강평의 한 글자 한 글자를 수첩에 적어 넣었다.

심사회에서 개의 목줄을 잡고 있는 사람은 젊은 사람부터 노인까지 대부분 남자였다. 여느 때보다 엄격하고, 사람에 따라서는 여느 때보다 다정한 목소리로 어르고 달래 개의 능력을 최대한 발휘하게 하려고 기를 썼다. 애초에 개의 우열을 다투고 채점한다는 것도 남자나 생각할 법한 일이 아닐까, 아유미는 생각했다. 여자만의 세계가 있다면 우승이니 준우승이니 하는 결말을 짓는 경기는 하지 않을 것이다. 타인에게 가치를 정하도록 하기 위해 노력한다는 건 상당히 이상한 절차다. 지로의 가치를 정하는 것은 누구보다도 우리 가족이다. 누구도 거기에 참견할 수 없다. 어머니가 지로를 생각하는 마음을 이기는 사람은 아무도 없다. 지로가 트로피나 상장을 받는대봤자 기뻐하는 것은 그것을 바라는 인간일 뿐, 지로가 대체 뭘 알 수 있겠는가. 어머니의 등을 보며 그렇게 생각한 아유미는 점점 더 분노가 치밀었다.

식사를 마치고 위스키를 마시기 시작하여 취한 아버지는 드물게도 달변이었다.

"홋카이도견은 오로지 혈통이야. 다른 개하고는 섞이지 않고 지금까지 홋카이도 사람과 함께 살아온 특별한 동물이지. 그래서 어떤 상대와 교배하느냐에 따라 새끼의 소질이 정해지는 거야. 오늘 새삼 그렇게 생각했어. 부모 개를 아는 강아지가 몇 마리나 출장했더라. 부모의 형질을 물려받아 웃음이 나올 정도로 많이 닮았어. 아무리 노력한다고 해도 좋은 혈통의 조합이 아니면 전람회 우승은 불가능할 거야. 지로는 좋은 혈통을 타고 났어. 정말 좋은 개와 만난 거지. 오늘도 몇 사람이 말을 걸어왔는데, 우리 개는 아직 어리다며 거절했어."

하지메는 드물게도 아버지가 이야기하는 중에 자리에서 일어나 화장실로 갔다. 화장실에서 나와 문을 난폭하게 닫는 소리가 들리더니 곧장 2층으로 올라가버린다. 발소리도 귀에 거슬릴 만큼 크다. 아유미는 얼굴을 들어 벽 너머로 계단을 올라가는 하지메의 움직임을 눈으로 좇았다.

어머니의 설거지를 도운 후 아유미는 평소보다 긴 시간을 들여 지로를 산책시켰다. 지로는 전람회를 기억하고 있을까. 유베쓰가와를 따라 난 길로 접어들자 강물 소리를 들으며 우승하든 안 하든 지로가 최고, 하고 소리 내어 말했다. 지로는 짖지도 않고, 아유미를 올려다보지도 않는다. 그저 익숙한 유베쓰가와를 따라 난 길을, 고지식한 등을 보이며 걸어간다.

하지메와 자신에게는 아버지와 어머니의 피가 흐른다. 하지메에게는 누구보다 가까운 친밀함이 있다. 귀엽다고도 생각한다. 그런데도 성별뿐 아니라 뭔가 결정적으로 다른 것 같다. 하지메가 조금씩 어른이 되어감에 따라 자신과의 차이가 점점 더 커졌다. 동생과 자신은 피로 이어져 있어도 어떻게 생각하든 다른 인간이다. 타인이 겉으로 보면 아주 닮았다고 해도.

바로 최근까지는 동생이 생각하는 것이 손에 잡힐 듯 알 수 있었는데, 지금은 식사를 마치고 혼자 방에 틀어박혀 있는 하지메가 무슨 생각을 하는지 전혀 모르겠다. 하지메는 어느새 아이가 아니었다. 입 주변에는 엷은 수염도 자라고 '아담스 애플'이라고 하는 목젖도 생겼다. 키도 진작 아유미를 넘었고, 이제 곧 아버지보다 커지려 한다. 이대로 가면 180센티미터 가까이 될지도 모른다. 최근에는 식탁에서의 사소한 대화에도 끼지 않고, 식사를 마치면 텔레비전도 안 보고 2층으로 올라가버린다. 하지메의 공부방 침대 옆의 벽에는 요코오 다다노리가 그린 〈애비 로드〉 당시의 비틀스 대형 포스터가, 공부하는 책상 앞에는 〈화이트 앨범〉에 들어 있던 네 명의 브로마이드가 붙어 있었다. "방에 들어올 때는 노크 좀 해줄래?"라는 말을 들었지만 깜빡 잊고 문손잡이를 돌렸더니 잠겨 있던 적도 있다.

지로의 전람회가 있고 며칠 지난 후 하지메가 아유미의 방문을 노크하고는 "잠깐 괜찮아?" 하며 들어왔다.

특별히 의논할 일이나 부탁할 일이 있는 건 아닌 것 같았다. 창틀에 걸터앉아 이따금 뜰을 내려다보며 하지메는 비틀스 이야기를 했다. 존은 친아버지로부터도 친어머니로부터도 떨어져 이모 부부 밑에서 자랐다는 것, 친어머니는 존이 열일곱 살 때 교통사고로 세상을 떠났다는 것, 음악을 통해 막 알게 된 폴도 어머니를 병으로 잃었다는 것.

"두 사람을 이어준 것은 음악만이 아니라 어머니를 잃은 공통의 체험이 있었다는 거야."

하지메의 이야기가 이어진다.

"피가 이어진 어머니가 없다는 것이 두 사람을 힘들게 했다고 생각해. 거기서 벗어나기 위해서 밴드 활동에 열중했는지도 모르고. 하지만 말이야, 존의 아버지는 상선의 선원으로, 음악과는 인연이 없었어. 폴의 아버지도 재즈를 연주했지만 프로 뮤지션은 아니었고. 물론 폴의 재능에는 백분의 일도 안 되지."

아일랜드인인 존의 할아버지가 미국으로 건너가 프로 가수가 되었다는 사실을 아유미는 전기를 읽어 알고 있었다. 아버지도 노래를 좋아했을 것이다. 하지만 그런 이야기는 하지 않았다.

"그 연주, 들어본 적 있어?"

"아니. 레코드로 된 것은 하나도 없으니까. 영향이 있다고 한다면 폴의 음악에 록이 아닌 요소가 있다는 것 정도일까. 하지만 그건 피라든가 그런 게 아니야. 집에서 되풀이해서 걸어둔 레코드를 폴의 귀가 기억하고 있었을 뿐이지. 폴의 재능도 존의 재능도 부모의 피와는 전혀 관계없어."

존은 세계에서 가장 유명한 뮤지션이 되었어도 죽은 어머니로부터 벗어날 수 없었다. 〈화이트 앨범〉에 들어 있는 기타를 치며 노래하는 '줄리아'는 죽은 어머니의 이름이고, 당시에 막 사귀기 시작한 오노 요코의 이미지와 겹쳐졌다. 비틀스 해산 후에 발표한 솔로 앨범의 한 곡은 '어머니'였다. 서른 살의 존이 "엄마, 가지 말아요!"라고 외치듯이 노래한다. 마지막 곡은 '어머니의 죽음'이다. "괴로운 노래로 시작해서 절망적인 기억으로 끝나는 레코드는 존밖에 만들 수 없어."

하지메는 언제부터 그런 생각을 하게 되었을까. 되풀이해서 읽고 있던 평전의 영향을 받은 것일까.

"폴이 더 밝고 유들유들해. 존의 시가 심오하고 예술적인 것은 그가 약하기 때문이야."

하지메는 창밖을 바라보며 말했다.

"그런 존과 폴의 조합이 있었기에 비틀스는 그렇게까지 될 수 있었던 거지. 운명이고 조합이고 노력이야. 인간은 절대 피가 아니라고."

하지메가 온 것은 홋카이도견의 혈통에 대한 아버지의 주장에 대한 이의를 전하고 싶었기 때문이다. 아버지는 틀렸다. **자신은 아버지처럼 되지 않겠다.**

하지메의 강한 어조를 들으며 아유미는 그 건너편에 이치이가 오버랩되었다. 아버지에 대한 이치이의 저항은 하지메처럼 분명하진 않다. 하지메보다 네 살 많고 성격도 다르다. 목사 아들이니 명백한 반항을 할 수 없을 것이다. 그렇다면 괴로움이 가득 찰 뿐이지 않을까. 이치이가 오토바이로 농장학교에 다니는 것은 성경이나 교회에서 잠시나마 도망치기 위해서일까.

혈통으로 정해진다는 홋카이도견은 생물학적 부자 사이에 접촉도 없고 갈등도 없다. 아버지 개에게는 자신에게 새끼가 있다는 인식조차 없을 것이다. 부자를 잇는 것은 인간이 만든 혈통서라는 덧없는 종이쪼가리뿐이다.

아버지는 아버지대로 최근 하지메에 대한 불만이 나날이 심해져 험악한 표정을 보였다. 아유미는 불쾌한 냄새를 찾아내는 것처럼 아버지의 감정 변화와 압력이 점점 높아지는 것을 느끼고 있었다. 비틀스의 레코드만 듣고 공부를 소홀히 한다. 초등학교 4, 5학년 때까지는 계곡 낚시도 함께 갔는데 6학년이 되자 완전히 흥미를 잃은 듯 계곡에 가지도 않고, 중학생이 된 지금은 나간다고 하면 레코드점뿐이다. 레코드를 크게 트는 것 외에는 대부분 2층의 자기 방에 틀어박혀 있고 집안일도 거들지 않는다. 제대로 말도 하지 않는다.

늦은 봄 어느 일요일 오후, 아버지 신지로는 계곡 낚시 시즌에 대비하여 도구들을 간수해둔 가건물을 청소했다. 전용 냉동고 안을 점검하고 물고기를 손질할 식칼을 갈고 낚시 도구를 손질하는데 가건물 안에까지 비틀스 노래가 크게 들려온다. 한번 주의를 받고 나서 창문을 닫고 커튼까지 치는 등 하지메 나름의 궁리는 했지만 아무리 해도 소리는 새어나간다.

저녁이 되어 집에 돌아온 신지로는 갑자기 청소기를 꺼냈다. 현관이나 복도에 의미 없이 청소기를 돌리더니 마지막에 하지메가 있는 거실 문을 열었다.

"야, 잠깐 청소할 테니까 레코드 좀 꺼."

하지메는 성가시다는 얼굴로 신지로를 올려다봤다.

"일요일이잖아. 레코드 정도는 듣게 해줘."

"그러니까 청소기를 돌리는 동안만."

하지메는 들리지 않을 정도의 작은 목소리로 아, 귀찮게, 하고 말했다.

신지로는 안색을 바꿨다. "지금 뭐라고 했어?"

"귀찮다고 했어."

신지로는 청소기의 파이프를 떼서 치켜들고 하지메를 내리치려고 했다. 치켜들기는 했지만 그대로 꼼짝도 하지 못하고 떨리는 듯한 표정으로 청소기를 걷어찼다. 파이프를 바닥에 내동댕이치고 거실에서 나가려고 하다가 뒤로 돌며 파이프를 집어 들더니 테이블 위의 〈애비 로드〉 재킷을 힘껏 내리쳤다. 두 번, 재킷에 파이프가 닿았다. 재킷은 깨지지도, 부서지지도 않았지만 두 군데가 움푹 팼다.

하지메는 스테레오를 끄고 움푹 팬 재킷에 레코드를 넣고 2층 방으로 올라갔다. 밤이 되어도 하지메는 내려오지 않았다. 어머니가 준비한 주먹밥과 차를 아유미가 방으로 가져다주었다.

신지로와 하지메는 한 달 넘도록 서로 말을 하지 않았다.

농장 버터를 에다루 교회에서 시판하는 것에 대해서는 시험 판매라는 조건을 붙여 학교의 낙농부와 이사장의 양해를 얻었다.

첫 번째 판매 때 준비한 열 개가 모두 팔렸고 다음 주의 예약이 여덟 개였다. 다음 주에는 예약을 포함하여 스무 개가 다 나갔고 교회에도 문의 전화가 들어왔다. 시작은 예상을 훨씬 뛰어넘어 순조로웠다.

몇 달 지나자 열 개를 준비해도 절반이 남는 주가 나오게 되었다. 당초 이치이의 예상에 가까운 숫자는 팔렸지만 판매가 특별히 늘어날 기미는 보이지 않았다.

신자가 돌아간 후 예배당에서 버터 판매 대금을 다시 계산하고 봉투에 넣는 이치이에게 아버지가 말을 걸었다.

"앞으로도 버터 판매를 계속할 거냐?"

목사의 얼굴이 아니라 이치이 아버지의 얼굴이었다.

"물론이죠."

아버지의 얼굴이 흐려졌다.

"너는 교회 일과 버터를 판매하는 일 중 뭐가 더 중요하다고 생각하지?"

이치이는 아버지의 의외의 말에 깜짝 놀랐다. 대답을 못 하고 그냥 선 채 아버지를 보았다.

"버터는 버터다. 교회 일도 성경 공부도 이제 막 시작한 참이야. 더 이상 버터에 관계한다면 뭐가 제일 중요한지 모르게 된다."

이치이 안에서 돌연 말이 터져 나왔다. 그건 오랜 시간을 들여 되풀이해서 생각해온 말이었다. 설마 이런 타이밍에 자신의 입에서 나올 줄은 생각도 못 했다. 그것도 이렇게 강한 어조로 격하게 말할 생각은 없었다.

"저는 목사가 되지 않겠어요. 된다고 하면 인생의 최후의 최후에, 목사가 되겠다고 결심했을 때예요. 저는 그때까지 평범한 세상에서 일반 사람들과 마찬가지로 공부하고 일할 생각이에요. 그저 정해진 대로 목사가 된다면 하느님의 음성이 들려올 리 없어요."

아버지는 가만히 이치이의 눈을 보고 있었다. 어머니를 잃은 후 아버지의 얼굴을 정면으로 본 적이 없다는 것을 깨달은 이치이도 그대로 아버지의 눈을 계속 쳐다보았다. 아버지의 눈은 급속하게 힘을 잃고 내리깔렸다. 말없이 등을 돌린 아버지는 문을 조용히 열고 예배당으로 갔다.

6

4인용 방의 오른쪽 구석에서 이시카와 다케시가 소리를 내지 않고 정리를 하고 있었다. 다다미 두 장 정도로 한 단 위에 만들어진 공간에는 공부 책상, 서랍, 옷장, 물건 넣는 곳 등 필요한 최소한의 도구가 붙박이로 만들어져 있다. 밤에는 다다미 바닥에 이불을 깔고 잔다. 커튼이나 칸막이가 없는 집단생활이라고는 해도 이층침대는 아니기 때문에 위에서 내려다보거나 방해를 받는 일 없이 소등 시간까지 혼자 책을 읽고 숙제를 끝내고 편지를 쓰기에는 충분한 공간이었다.

농징학교의 기숙사에서 주어진 공간을 기대하는 대로 쓰는 사람은 거의 없다. 자신의 거처가 이곳이라는 체감을 주는 것이 기숙사 생활의 첫 번째 목적이어서 정리정돈이나 책상의 활용에 대해서는 그다지 까다롭게 굴지 않는다. 각 기숙사에는 입주 도우미가 있어 부모 대신 일상생활 전반을 보살펴주지만 모든 일에 규율이 우선하진 않는다. 가정적이라는 데에 중점이 두어진 기숙사 도우미의 역할에 간수와 같은 요소는 없었다.

낙농부에서 버터 만들기의 중심이 되어 일하고 자유 시간이 되면 묵묵히 책상 앞에 앉는 다케시는 농장학교의 이념인 '집단 생활 안에서의 자립'을 체현하는 모범생이라고 할 수 있었다. 같은 방의 학생들은 연상에다 과묵한 다케시가 조심스럽고 거북하기도 해서 다른 방으로 가 잡담을 하고 놀기 때문에 방 안은 더욱 조용했다.

농장학교에 들어와 처음으로 이시카와 다케시는 자신의 공부 책상과 스탠드를 가질 수 있었다. 다다미 여섯 장짜리 방 하나와 마루방인 부엌이 딸린 조후 시의 공동주택에서 아버지와 둘이서 살았다. 밤에 잘 때 이외에는 텔레비전이 켜져 있었고 고타쓰* 겸용의 탁자 주변에는 일상의 잡다한 물건이 여기저기 쌓이고 무너지고 흩어져 있었다. 아마 한 번도 닦은 적 없는 탁자 위에는 빈 맥주병, 배달시킨 라면 사발, 담배꽁초가 흘러넘친 재떨이, 조미료와 소금, 소스 병, 말라비틀어진 행주, 바짝 마른 귤껍질, 두세 개나 되는 병따개와 녹슨 깡통 따개, 동전, 나무젓가락, 휴지 등 온갖 것들이 뒤범벅이었다. 숙제를 하려고 해도 노트와 교과서를 펼칠 장소가 없었다.

밤이 되면 아버지는 술 마시러 어딘가로 나가버렸다. 혼자 텔레비전을 보다가 잠이 들고, 깨면 아침일 때가 종종 있었다. 기

---

* 실내에서 열원 위에 탁자 같은 것을 놓고 그 위에 이불을 덮는 난방 기구.

름기 많은 빵을 우유와 함께 목으로 쑤셔 넣듯 먹고는 "다녀오겠습니다"라고 인사할 사람도 없이 묵묵히 학교에 갔다. 문에 자물쇠를 채운 적도, 문이 열리지 않은 적도 없다.

고등학교에 보낼 돈도 없고 갈 필요도 없다는 아버지의 통고를 받았지만 다케시는 무슨 일이 있어도 고등학교는 가겠다고 주장했다. 아버지와 어울리는 연하의 친구가 다케시의 나이를 속이고 야간 도로공사나 건물 청소 아르바이트를 소개해주었다. 일주일에 이틀, 밤부터 새벽까지 일하며 공업고등학교의 학비를 스스로 벌었다. 일솜씨를 인정받은 다케시는 더 많은 돈을 벌 수 있다는 말을 듣고 자기도 모르는 사이에 수상한 세계에 발을 들였다. 학비를 넘는 돈이 모이자 직장 선배에게 이끌려 밤놀이를 배운 열다섯 살 소년은 너무 자극적이고 달콤한 경험에 빠지고 말았다. 정작 중요한 학교는 무단결석이 늘어 생활지도 선생이 전화를 해도 아무도 없는 집의 방석 아래서 질식한 듯한 소리만 울릴 뿐이었다. 집에 찾아온 선생은 잠겨 있지 않은 문을 열어 눈앞에 펼쳐진 방의 참상을 보고선 금세 단념했다. 공업고등학교는 일 년 만에 중퇴했다.

다케시가 초등학교에 입학하기 전에 이혼한 어머니는 집을 나가 친정이 있는 나고야에서 살다가 몇 년 후 재혼했다. 어머니는 가끔 편지를 보냈지만 공동주택 문에는 자물쇠를 채우지 않는 아버지가 우편함에는 자물쇠를 달아 전 부인이 아들에게 보낸 편지를 발견하면 봉투도 뜯지 않고 역 쓰레기통에 버렸다. 하지만 어느 날 바닥에 흩어진 전단지 틈에서 '이시카와 다케시귀하'라고 적힌 엽서가 다케시의 눈에 띄었다. 다 읽고 나니 아버지의 숨은 행동이 생생하게 들여다보였다. "다케시, 너한테 한 번도 답장이 없지만 반드시 읽어줄 거라고 생각해. 또 쓸게." 다케시는 전단지 위에 얼굴을 묻고 소리 없이 울었다. 눈물이 말랐을 즈음에는 감정이 돌처럼 단단해져 있는 것을 알 수 있었다.

다케시는 그날 새벽까지 이제 막 배운 위스키를 마시며 기다렸다. 취한 상태로 돌아온 아버지가 방으로 들어온 순간 굳게 쥔 오른손을 세게 휘둘렀다. 맥없이 쓰러진 아버지는 고타쓰 모서리에 머리를 심하게 부딪쳐 그대로 움직이지 않았다. 쓰러진 아버지의 가슴을 발로 걷어차자 갈비뼈가 부러지는 감촉이 전해졌다. 잠시 멍하니 있던 다케시는 아버지 머리에서 흐르는 피를 보고 119에 전화했다.

구급차에 실려간 아버지는 목숨은 부지했지만 술 취한 상태에서 얻은 두개골 골절과 뇌내 출혈로 인해 실어증에 빠졌다. 다케시는 불량소년이었지만 폭력을 휘두른 것은 그때가 처음이었다. 미성년이고 초범이며, 취한 상태였고 아버지가 보호자로서의 책무를 포기한 상황 등이 참작되어 소년원 대신 보호관찰 처분을 받았다.

규슈의 본가에서 농가를 이어받은 숙부가 실어증인 아버지를 맡기로 했다. 시숙을 거두자고 남편에게 권한 아내는 기독교인이었다. 숙모가 다니던 교회의 목사가 사건의 전말을 듣고는 홋카이도에 있는 농장학교에 다케시를 보내자고 제안했다. 농장학교에서 입교 허가를 얻은 숙모는 다케시의 생모에게 연락했다. 전화 너머의 어머니는 그렇게 하는 게 좋을 것 같습니다, 정말 죄송합니다, 하고 울며 말했다. 보호관찰관은, 본인이 반성하고 있다, 공사 현장에서도 성실하게 일해서 평판이 좋다, 잠시 상황을 지켜본 후 결정하는 게 어떻겠느냐, 하고 말했다. 숙부와 숙모는 그 말을 따르기로 했다. 자신들에게는 다케시를 농장학교에 넣을 권한이 없고, 애초에 다케시를 설득할 자신도 없었다.

형을 데려가려고 온 숙부는 퇴원 절차를 밟기 전날, 이제는 다케시 혼자 지내는 공동주택을 찾았다.

공동주택의 방은 잘못 본 것처럼 깨끗했다. 아버지가 있을 때와는 정반대로 쓸데없는 것은 하나도 없었다. 널찍해 보이는 다다미방은 거듭 닦아 반들거렸다. 다케시는 아버지의 흔적이 있는 물건은 모조리 버렸다. 텔레비전도 고타쓰도 없고 낡은 에어컨도 떼어냈으며 말 없는 파트너나 고지식한 감시인 같은 새 선풍기만 방구석에 덩그러니 놓여 있었다.

예전의 방을 본 적 없는 숙부는 밥상 하나 없이 휑뎅그렁한 방을 보고 실어증의 원인 같은 건 머리에 떠올리지도 못하고 남자 둘만의 생활이란 이렇게 살풍경한가, 하고 소박하게 놀랐을 뿐이다.

다케시가 마지막으로 작은아버지를 만난 것은 대체 언제였을까. 몸집이 작고 백발이 섞인 짧은 머리, 처진 눈썹, 햇볕에 그을린 얼굴, 꾸밈없는 말투. 반면 기름기가 번질거리는 허연 얼굴, 시퍼런 면도 자국, 난폭하고 무식한 대화밖에 못하는 아버지. 웃는 얼굴은 거의 보인 적이 없는 아버지와 온화한 표정의 작은아버지가 같은 피를 나눈 형제라고는 도저히 믿기 어려웠다. 그런 사건을 일으킨 자신과 그 현장에 둘뿐인데도 경계하는 모습은 없다.

"미치요 씨는 병으로 입원했던 모양이더라. 막 퇴원한 참이라 아무것도 할 수 없지만 잘 부탁한다고 말하더구나. 곧 너한테도 연락이 있을 거야. 아무튼 열심히 일해서 어머니를 안심시켜 드려."

다케시는 눈을 내리깔았다. 다다미가 부예지더니 보이지 않게 되고 얼굴을 들 수 없었다. 작은아버지도 입을 다물고 있었다.

다케시는 정성껏 묶어 서랍 안에 간수해두었던 어머니의 편지 다발을 꺼내 보자기에 쌌다. 이 편지들과 어머니가 썼던 작은 손수건 외에 기숙사 생활에서 결코 떼어놓을 수 없는 것은 없었다.

애초에 다케시에게는 물건에 대한 소유욕 자체가 없었다. 기숙사생들이 은밀하게 돌려보고 소등 후 서랍에서 슬쩍 꺼내는 여자들 사진에도 관심이 없었다. 다케시에게 여자란 옆에 있고 좋은 냄새가 나며 손을 뻗으면 만질 수 있고 만지면 목소리나 태도로 반응하고 이쪽으로도 손을 뻗어주는 존재였다. 반응 없는 평평한 종이쪼가리를 보며 기뻐하는 마음을 전혀 이해할 수 없었다. 여자를 빨리 알아버린 다케시에게는 기숙사생들이 아이들처럼 우스꽝스럽게 보였다.

다케시의 어머니는 깨끗한 걸 좋아했다. 모든 것을 어질러 놓는 아버지와는 도무지 함께할 수 없는 성격이었다. 어머니를 닮아 깨끗한 것을 좋아하는 다케시는 그것을 모르고 자랐다.

사라지지 않고 남아 있는 어머니에 대한 기억은 아주 조금이었다. 그것조차 앞뒤는 끊어지고 돌연 시작되어 돌연 끝났다.

아침에 유치원 갈 시간이 되면 "안 갈래" 하며 매일 우는 다케시 앞에 어머니가 쭈그리고 앉아 눈을 들여다본다. "유치원 가면 토끼 볼 수 있잖아? 토끼도 다케시가 보고 싶대." 분홍색 자수로 꼼꼼하게 가선이 둘러진 하얀 손수건으로 흐르는 눈물을 빨아들이듯이 닦은 후 어머니는 다케시의 손에 그것을 쥐여주었다. 그리고 웃는 얼굴이 되면 다시 한번 어떻게 할래, 하고 물으며 다케시의 얼굴을 들여다보았다. 어머니가 집을 나간 지 꽤 오랜 후 옷장 서랍 안쪽에서 그 손수건을 우연히 발견한 다케시는 자신의 호주머니에 넣고 다녔다.

또 하나의 광경은 한밤중이었다.

옆에서 자고 있을 어머니가 훌쩍였다. 방에는 다케시와 어머니만 있었다. 훌쩍임으로 진정되지 못한 오열이 시작되자 갑자기 무서워진 다케시는 어머니 옆구리 아래에 몸을 바짝 대며 파자마를 붙들고 늘어졌다. 어머니는 다케시를 끌어당겨 안았다. 그 가슴 안에서 우물거리던 오열이 들려왔다.

역시 아버지가 없는 방의 광경이 또 하나 있다. 저물녘, 방에는 크림스튜 냄새가 떠돌고 있었다. 어머니가 고타쓰 겸용 탁자에서 다케시에게 등을 돌리고 뭔가를 쓰고 있었다. 다케시가 거기에 있는 것을 잊어먹은 듯한 등이었다.

어머니는 집을 나갈 때 다케시에게 편지를 남기지 않았다. 아버지가 버렸는지도 모른다. 그날 저물녘의 편지는 누군가 모르는 사람에게 서둘러 쓴 것일까. 그 누군가는 아버지도 다케시도 모르는 남자였던 것은 아닐까. 나중에야 다케시는 그렇게 생각했다.

어머니가 어떻게 집을 나갔는지, 다섯 살이던 다케시는 기억하지 못한다. "네 어머니는 너를 버리고 나갔어" 하고 아버지는 말했다. 난폭한 거짓말이라고 생각했지만, 그날부터 어머니가 집에 돌아오지 않은 것은 사실이었다.

다케시는 저녁을 먹은 후 기숙사 도우미에게 감기 기운이 있어 목욕은 안 하겠다고 말한 후 방에 돌아오자마자 이불 속으로 기어들었다. 목욕은 방 단위로 한다. 룸메이트 세 명이 목욕탕으로 가자 이불에서 나온 다케시는 기둥 고리에 걸린 후드 코트와 털모자, 목도리를 집어 들었다. 편지지에는 네 장에 걸쳐 나고야의 병원에 다시 입원한 일, 이제 병원을 나갈 수 없을 것 같다는 것, 만나지도 못하고 인생을 끝내는 걸 사과하는 글이 쓰여 있었다. 봉투에는 병원 주소와 병실 번호가 적혀 있었다.

서랍에서 일지를 꺼내 책상 위에 놓았다. 오늘 일지의 마지막에 기숙사 도우미에게 보내는 편지를 썼다. 내일 아침, 자신이 없는 것을 알았을 때 읽게 되리라.

담요 두 장을 원통 모양으로 감아 이불 안쪽에 넣었다. 베개 위에는 신문지를 뭉쳐 넣은 털모자를 올리고 이불을 덮었다. 같은 방 학생이 알아챘다고 해도 기숙사 도우미에게 알려지는 않을 것이다. 농장학교에서의 탈주는 '끌어들이지 마라, 알리지 마라'는 것이 오랜 시간 학생들이 지켜온 불문율이기 때문이다.

농장학교에서 한 시간만 걸으면 에다루 역에 도착할 것이다. 역에서 교회까지 걸어서 얼마나 걸리는지 이치이에게 물어본 적이 있다. 교회와 역이 그다지 떨어져 있지 않다는 것은 알고 있었다. 간선도로에서 국도로 나가는 옛날부터의 루트가 아니라 농장학교와 역 사이에 있는 야트막한 언덕을 빠져나가는 새로운 길을 택했다. 에다루의 초등학생이 봄 소풍으로 농장학교까지 걸어올 때 이용하는 길이었다. 고저차가 있어서 운동량은 많아지지만 다리 힘은 자신 있었다. 밤이 되면, 더구나 겨울밤에는 일부러 그 길을 걷는 사람은 물론이고 자동차로 가는 사람도 거의 없을 터였다. 지난 며칠 눈에 띄지 않게 최단 거리로 역까지 가는 길을 걷는 자신의 모습을 몇 번이고 상상하는 가운데 역에 도착하기까지의 도피행이 왠지 즐거운 일이 되기도 했다.

기숙사 현관에서 기숙사 도우미 아주머니와 딱 마주쳤다.

"어머, 어떻게 된 거야? 감기 기운이 있다면서?"

"교유기 전원 끄는 걸 깜빡한 것 같아서요. 잠깐 보고 오겠습니다."

"그래? 꽤 많이 내려. 조심해."

"예. 끄고 바로 돌아오겠습니다."

장화를 신고 입과 코를 목도리로 덮고 장갑을 끼고 털모자를 쓰고 그 위에 후드를 걸친 다케시는 기숙사의 유리문을 열었다. 텔레비전의 일기예보대로 밖에는 세찬 눈이 쏟아지고 있었다. 눈이 내리는 편이 도움이 된다고 다케시는 생각했다.

급속도로 발달한 저기압이 홋카이도의 동쪽 상공으로 접근하고 있었다. 다케시는 두통을 느꼈지만 저기압 때문이라고는 생각하지 못했다. 바람이 강해서 방한 코트의 지퍼를 맨 위까지 올려 입가를 덮었다. 정문에 다다를 때까지 평소의 두 배나 되는 시간이 걸렸다. 어느 정도 시간의 여유를 부리고는 있었지만 눈보라가 이 정도로 강할지는 예상하지 못했다. 정문 밖으로 나가 간선도로를 걷기 시작했을 때는 코트의 앞쪽과 장화가 이미 새하얬다.

트럭 한 대도 지나가지 않는 간선도로를 잠시 서쪽으로 나아갔다. 교차점에 이르러 왼쪽으로 꺾었다. 야트막한 언덕으로 가는 새로운 길이 이어져 있었다. 자동차가 지나간 자국은 없었다. 갓길 표지판만이 표식이 되었다. 이따금 회중전등으로 위쪽을 비추며 걸었지만 눈이 더 많이 내리자 시야는 새하얗게 뒤덮여 2미터 앞의 갓길 표지도 보이지 않았다. 눈은 이미 무릎까지 쌓여 있었다. 갓길에 제설작업으로 쌓인 눈 장벽은 다케시의 키만 했다. 다케시는 차선 한가운데 주변의 깊이 쌓인 새로운 눈을 한 발짝, 한 발짝 힘껏 밟으며 걸어갔다. 걸음이 점점 느려진다. 머리가 아프다.

따뜻한 것을 떠올리려고 생각했다. 선배와 다녔던 조후 역 앞 스낵바의 핫위스키, 기름에 살짝 튀긴 두부. 나나코가 만든 독일식 감자볶음이 맛있었다. 나나코는 다케시를 어린애 취급하면서도 점차 마음이 강하게 기울자 뭐든지 보살펴주려 하고 계속 둘이서만 있고 싶어했다. 열두 살이나 많은 데도 관계가 깊어지자 다케시에게 애교를 부리고 몇 번째인가의 러브호텔에서는 집에 안 가, 여기서 잘 거야, 하며 막무가내였다. 토요일 한밤중이고 다음 날은 일도 없고 학교도 안 가도 되었으며 아버지도 없었다. 다케시는 나나코와 밤을 보내고 아침을 맞았다.

다음 주에 만났을 때 나나코는 오른손 손등에 붕대를 하고 왼쪽 옆구리에 시퍼런 멍이 들어 있었다. 스낵바의 폐점을 기다리지 못한 둘은 가게를 나와 러브호텔로 갔다. 나나코는 평소와 달리 웃지 않고 표정과 행동이 매우 다급했다. 난폭한 움직임이 진정되고 씌었던 귀신이 떨어져나간 듯 둘이서 천장을 보고 있을 때 나나코가 말했다. "우리, 이 동네를 떠나야 해." 드라마에서나 들을 법한 대사에 어떻게 대답해야 좋을지 알 수 없어 다케시는 잠자코 있었다. "같이 살래?" 나나코는 결혼이라고는 말하지 않았지만 아직 결혼할 수 있는 나이도 아니었다. 둘이서 동네를 떠나면 어딘가에서 둘이 산다는 것일까. 대체 어디서, 어떻게.

"오늘은 들어갈게. 하지만 다케시, 생각해봐."

집으로 돌아가는 길에 다케시는 수면 부족과 취기 때문에 멍한 머리로 나나코와 같이 사는 것을 생각했다. 아버지가 어머니와 결혼할 때 열여덟 살이었다고 들었다. 열여덟 살이 되면 결혼할 수 있나. 그때 나나코는 서른 실이다. 이렇게 나이 차가 많이 나는 남자와 결혼하지 않아도 되지 않나. 나나코는 결혼해도 이상하지 않은 다른 남자가 틀림없이 있을 것이다. 이미 같이 살고 있는지도 모른다. 관자놀이의 멍도 손의 붕대도 다케시와의 일을 알게 된 그 남자에게 폭력을 당했기 때문이 아닐까, 여기까지 생각이 미치자 별안간 찬 덩어리를 삼킨 듯 다케시의 휘청거리던 다리가 멈추고 말았다.

나나코에게서는 늘 달콤한 향기가 났다. 달콤한 향기가 다가오는 것만으로 다케시의 감정 스위치가 켜졌다. 향수 이름을 들었지만 금방 잊어버렸다. 한창 도로공사를 하고 있을 때 어디선가 그 냄새가 감돌자 삽을 든 손을 멈추고 지상으로 눈을 집중했다. 나나코는 아니었다. 공사판 감독이 "어이, 성에 눈을 떴구나. 그러다 다친다" 하고 웃음 섞인 소리로 나무랐다. 아버지와 같이 살고 있었다면 다케시에게 밴 냄새를 대번에 알아채고 틀림없이 뭐라 했을 것이다. 아버지는 이제 여기에 없다. 다케시는 떳떳하게 혼자였다. 나나코와 둘이서 있을 때는 진지해도 헤어지고 잠시 시간이 지나면 이대로도 좋다는 편한 마음이 고개를 쳐든다. 어쩌면 나나코는 세상 물정 모르는 다케시를 갖고 놀 뿐인지도 모른다. 달콤한 향기의 나나코에게서 멀어져 혼자가 되면 점차 냉정해졌다.

혼자 생활하는 공동주택을 올려다보자 불이 켜진 곳은 단 두 집뿐이었다. 다케시의 집 이외의 다섯 가구는 어떻게 된 걸까. 벌써 잠자리에 든 걸까, 나갔다가 아직 돌아오지 않은 걸까.

우편함을 보려는 참에 누군가가 뒤에서 겨드랑이 밑으로 양팔을 넣어 목 뒤로 꽉 죄었고 장갑을 낀 손이 입을 막았다. 그대로 벌렁 나자빠진 다케시는 공동주택 안쪽에 있는 자전거 거치대까지 질질 끌려갔다. 여러 명의 발소리가 들렸다. 콘크리트의 높낮이 차에 허리뼈가 심하게 부딪쳤다. 신음이 흘러나왔다.

"조용히 해." 숨죽인 소리가 위에서 들렸다. 순간 아버지일지도 모른다고 생각했지만 목소리의 기색은 날카롭고 들어본 적 없는 살기로 가득했다. 아버지 목소리는 여기에 비하면 느긋하고 사람 좋은 말투로 들릴 정도였다. 엄청난 살기가 목소리 주변에 충만했다.

땅바닥에 벌러덩 누워 있는 다케시의 머리카락을 누군가가 움켜잡았다. 점착테이프가 입에 붙여졌다. 뜨거운 실 같은 것이 강하고 빠르게 다케시의 얼굴을 몇 번이나 그어댔다. '앗 뜨거!' 소리치려고 했지만 할 수 없었다. 눈을 뜨자 둔하게 빛나는 것이 보였다. 귀도 뜨거웠다. 얼굴 전체가 아팠다. 남자들은 말없이 다케시를 놓고는 발소리 하나 내지 않고 서둘러 떠났다. 다케시는 자유로워진 손으로 얼굴을 만지고 점착테이프를 떼어냈다. 끈적끈적하게 젖어 있다. 손을 눈앞에 가져오자 검게 보였다. 자신에게 일어난 일을 대충 이해한 순간 공포와 불쾌감에 소리를 내며 토했다. 체온이 쑥쑥 내려갔다. 몸 안쪽부터 떨리기 시작해 전체가 와들와들 흔들렸다. 그대로 기어서 우편함 있는 데에 다다르자 귀에 윙 하는 소리가 크게 들리고 그 순간 깜깜한 터널로 들어가는 듯 정신을 잃었다.

눈은 점점 더 심하게 내렸다. 한 시간 넘게 걸었는데도 역까지는 아마 중간조차도 한참 못 갔을 것이다. 돌아갈 선택지는 없다. 열차 시간에 맞춰 갈 수 있을지 어떨지는 알 수 없었다. 역에 도착하면 어떻게든 될 거라고만 자신에게 타일렀다. 풍압 때문에 걸음이 느렸다. 눈은 앞에서 세차게 불어와 뒤쪽의 어둠 속으로 날아간다. 반대 방향으로 나아가려는 것은 다케시뿐이었다.

바람은 생각대로 분다. 당신은 그 소리를 듣지만 그것이 어디서 와 어디로 가는지는 모른다. 지난주 농장학교에서의 예배 시간에 이치이의 아버지인 구도 목사가 읽은 신약성경의 한 구절이다. 예수가 그렇게 말했다고 한다. "바람은 하느님이 나타날 징조입니다." 구도 목사는 설명했다. "바람을 맞는 것은 새롭게 다시 태어날 때의 표지입니다." 구도 목사는 한 번 숨을 삼키듯이 하고는 말을 이었다. "바람을 두려워할 필요는 없습니다. 바람을 맞을 때 작업하는 손을 멈추고 눈을 감고 지금까지의 자신과 앞으로의 자신을 상상해보세요. 인생에는 때로 뭔가에 크게 마음이 움직여 새로운 길이 열리는 일이 있습니다. 그것은 누구에게나 설명이 안 되는 타이밍에 찾아옵니다. 그걸 위해서는 매일이 같다고 단정할 것이 아니라 새로운 바람에 뭔가를 느끼고 새로운 바람에 귀를 기울이세요."

세찬 눈송이가 다케시의 뭔가를 억지로 열려고 하는 것 같았다. 눈을 뜨고 있을 수 없었다. 아버지를 때려눕혔을 때도 자신이 어떤 놈들에게 얼굴이 그어질 때도, 나나코와 둘이서 있을 때도 이런 바람은 불지 않았다. 신은 그때 틀림없이 자신을 보고 있지 않았을 것이다. 지금은 이 정도의 바람과 눈을 내뿜어 자신을 보고 있다. 바로 지금 처음으로 신이 여기에 있다고 느낀다.

이제 다케시는 무서울 정도의 눈보라 속에서 앞으로 가는지, 제자리걸음을 하는지 알 수 없었다. 자신을 상공에서 보고 있는 듯이 느끼며 웃고 싶은 기분이 복받친다. 이제 뭔가 두려워할 일도 없다. 어머니에게 흉터투성이의 얼굴을 보이는 것도 무섭지 않다. 병원에서 어머니는 닥쳐올 죽음을 각오하고 있다. 그런 사람이 아들 얼굴의 흉터를 무서워하랴. 게다가 지금 자신의 얼굴은 눈에 뒤덮여 흉터 따위 하나도 안 보일 것이다. 다케시는 콜록거리듯이 소리 내어 웃었다. 그러나 곧 목이 메어 눈물이 나왔다. 흘러내리는 곳에서 눈물이 얼어가는 것조차 다케시는 느끼지 못했다. 손끝도 발끝도 얼굴도 모두 감각이 사라졌다. 영하 20도를 밑도는 기온과 강풍이 체감온도를 현저히 떨어뜨리고 있었다.

야트막한 언덕 정상에 다다르기 직전에 다케시는 천천히 앞으로 쓰러졌다. 쓰러지는 소리는 눈보라가 날려버리고 눈이 빨아들였다. 쓰러졌을 때 이미 의식은 없었다. 금세 눈보라가 밀려오자 이미 새하얘진 몸은 눈밭의 조그마한 융기에 불과해지고 말았다. 그조차도 곧 바람과 눈이 매만져 평평해졌다.

언덕 건너편에서 한 줄기 빛이 뻗어온다. 작은 점 같은 빛은 평평해진 눈밭을 핥듯이 비추기 시작하며 눈 밑에 누워 있는 다케시를 향해 다가오려 한다. 하얀빛의 점은 두 개였다. 그 하얀빛 위에서 노란 금속성 빛이 심하게 회전하고 있었다. 제설차가 반대 차선의 눈을 뿜어 올리며 언덕 정상에 다다른다. 눈에 완전히 뒤덮여 보이지 않게 된 다케시 옆을 제설차는 같은 속도를 유지하며 지나쳐간다.

농장학교의 기숙사 도우미는 이시카와 다케시가 공장에서 돌아오지 않은 것을 내선 전화로 교장에게 알리고 곧바로 분담해서 구내 건물을 찾아나서려고 했지만 맹렬한 눈보라에 막혔다. 나갈 때의 다케시 얼굴을 떠올리고 어이없는 직감이 '이제 여기에는 없어'라고 짧게 고하자 그녀는 잰걸음으로 다케시의 방으로 갔다. 이불이 걷히고 사태는 명확해졌다. 교장은 에다루 경찰서에 행방불명이 된 다케시의 수색원을 제출했다.

다케시가 타려고 했던 야간열차는 조금 전까지 폭설 때문에 운행을 보류하고 에다루 역에 정차해 있었는데, 제설 작업과 선로 점검을 끝내고 한 시간 늦게 삿포로를 향해 출발했다. 바깥세상과는 무관한 따뜻함에 열차 승객은 대부분 졸거나 잠들어 있었다.

에다루 교회에서는 저녁부터 피아노 발표회를 하고 있었다. 교회가 특별히 주문해서 설치한 주물로 만든 대형 석탄 난로에 이른 아침부터 끊임없이 불을 때고 있어서(불의 상태를 보고 석탄을 지피는 일은 이치이의 역할이었다) 예배당 구석구석까지 따뜻해 순서를 기다리는 학생들도 손가락 끝을 일부러 덥힐 필요가 없었다. 따뜻해진 나무 바닥이나 나무 기둥, 나무 벤치에서 긴 시간이 경과한 깨끗한 나무의 약간 매캐하고 구수한 냄새가 피어올랐다. 예배당 안에 제각각 앉아 있는 가족이나 친구들은 그 따뜻함에 졸음기를 느끼고, 연주자가 실망하지 않도록 자신의 손등을 꼬집거나 눈을 힘껏 떠보기도 하고 때때로 예배당 밖으로 나가 몸에 달라붙은 온기를 완전히 쫓아버리고 자리로 돌아오기도 하는 등 각자 궁리를 하며 참고 견뎌야 했다. 그러나 오늘처럼 특별히 한기가 강한 날은 난로의 불이 조금이라도 약해지면 순식간에 바닥 아래나 창틈에서 냉기가 기어들 것이다.

아유미의 연주는 마지막에서 네 번째였으므로 한동안 관객의 마음으로 창가 자리에 앉아 연주자의 손 움직임을 보거나 창으로 휘몰아치는 세찬 눈을 바라보며 흥뚱항뚱 피아노 소리를 들을 수 있었다.

에다루는 시베리아에서 동쪽으로 이동하는 강한 한랭 기단에 휩쓸려 있었다. 정오 뉴스에서는 기록적인 폭설이 내릴 거라고 했다. 아버지가 교회까지 차로 데려다주었다. 초등학생일 때는 아버지도 어머니도 피아노 발표회에는 빼놓지 않고 와주었다. 중학교에 들어가 일단 피아노를 그만두었고, 고등학교에 들어가 다시 시작한 후 첫 발표회 때는 아버지도 어머니도 오지 않았다.

두 사람 다 아유미가 열중하는 것에는 늘 간섭하지 않으려는 듯했다. 스테레오를 독차지하는 동생 하지메에게는 불쾌함을 감추지 않는 아버지도 스테레오가 있는 거실에서 아유미가 피아노를 치고 있으면 가건물에서 작업하던 손을 잠시 멈추고 피아노 소리를 들었다. 감상은 말하지 않는다. 그래도 오늘 아침, 아유미가 지로 산책을 시키려 하자 "넌 피아노 발표회가 있으니까 내가 갈게" 하며 줄을 거의 낚아채듯이 잡고는 그대로 강 쪽으로 가버렸다. 어머니는 좀 더 엉뚱해서 지로가 아유미의 피아노 소리를 좋아한다고 말한다. "지로는 말이야, 네가 치는 피아노 소리를 듣고 있어. 딱 앉아서 귀를 쫑긋하고. 저녁에 피아노를 차분히 들은 날은 밥도 잘 먹어." 아유미가 웃자 어머니는 진지한 얼굴로 말했다. "진짜야. 이요도 에스도 피아노에는 관심이 없었지만 지로는 달라."

어머니에게 피아노가 이십만 엔이나 한다는 이야기를 들은 아유미는 그 돈이 자신의 집에 얼마만큼의 거금인지는 몰랐지만 당연히 안 사줄 거라고 생각했다. 가격 이야기가 나오면 조건반사처럼 "그거 참 비싸군" 하고 말하는 아버지였다. 캐러멜이나 초콜릿의 가격까지 일일이 확인했기 때문에 어린 마음에도 아버지의 검소함을 체감하고 있었다. 그런데 어느새 기타미의 피아노점으로 피아노를 보러 가게 되었고, 시험 삼아 몇 대를 쳐본 아유미가 "이 소리가 좋아"라고 말하자 아버지는 그 야마하 업라이트피아노를 사주었던 것이다. 아유미가 초등학교 2학년 때의 일이었다.

일주일에 하루 피아노 레슨을 받았다. 도쿄의 음대에서 피아노를 전공한 모리 유리코 선생은 농담이나 군말을 하지 않고 오직 피아노만 가르치는 성실한 사람이었다. 오랫동안 배우는 중에 자연스럽게 스스럼없어지는 일조차 없었다. 아유미가 가진 왼손의 약점을 극복하기 위해 연습곡을 골라 레슨을 시작할 때마다 그 곡을 치게 했다. 아유미는 자신이 치는 소리를 귀로 듣고 오늘은 잘 쳤는지 어떤지를 알 수 있었다. 집에서도 같은 연습곡을 쳤다. 중학생이 되자 피아노를 그만두었다. 무슨 일이 있어도 그만두겠다는 것은 아니었지만 모리 선생의 레슨을 받고 있으면 자신이 재봉틀이라도 된 것처럼 정해진 바느질과 속도가 아니면 가치가 없다는 것 같아 불편해져 피아노와 멀어진 것이다.

고등학교에 들어가 이치이와 어울리면서 그가 치는 파이프오르간 소리를 의식을 집중하여 들었다. 이치이의 머리나 마음속에 있는 음악이 이치이의 팔과 손과 손가락의 움직임으로 재현된다. 이치이가 치는 파이프오르간은 이치이 자신의 소리로 들렸다. 같은 파이프오르간이라도 연주자가 바뀌면 소리도 달라진다. 당연한 일인데도 아유미에게는 놀랄 만한 발견 같았다. 이치이가 연주하는 음악은 아유미가 아직 모르는 이치이의 마음 어딘가와 연결되어 있었다. 그것이 손도 안 댄 무구한 상태로, 소리가 되어 밖으로 드러났다. 아유미는 이치이가 그리는 그림과도 비슷한 말랑고 가는 선을 느꼈다.

그러는 사이에 아유미는 피아노를 다시 치고 싶어졌다. 자신 안에서 삼 년 이상 움직이지 않고 잠든 채로 있는 것을 움직여보고 싶었다. 모리 선생에게 다시 부탁하여 매주 일요일 오후에 배우러 다녔다. 모리 선생은 약간 더 나이를 먹었지만 레슨 방법도, 사이를 두는 방식도 이전과 같았다. 첫 한 달 동안 아유미의 손가락은 거의 생각대로 움직이지 않았다.

초등학교 6학년 때 마지막으로 연습한 곡이 모차르트의 피아노 소나타 11번 A장조였다. 모리 선생도 그것을 기억하고 있었다. 연습은 같은 11번부터 시작했다. 도중부터 슈베르트의 '즉흥곡' 작품 90의 2번도 병행하여 연습했다. 둘 다 교회의 파이프오르간으로 연주하는 곡은 아니다. 이치이에게 처음 들려주었을 때 "바흐는 안 쳐?"라고 물었다. "바흐는 네 연주로 들으면 되니까." 아유미가 대답했다.

발표회는 순조롭게 진행되어 아유미의 차례가 왔다. 모차르트의 피아노 소나타에 이어 슈베르트의 '즉흥곡'을 치기 시작하자 교회 밖은 에다루에서 나고 자란 아유미도 본 적이 없는 맹렬한 눈보라가 몰아쳤다. 새까만 하늘에서 보이지 않는 눈이 세차게 내리자 교회의 창으로 새어나간 빛이 닿는 부분에만 눈이 모습을 드러낸다. 이치이는 아유미의 피아노 소리를 가만히 듣고 있었다. 자신이 치는 소리와는 조금도 비슷하지 않다. 선율은 눈보라처럼 한없이 이어져 있다. 연주가 끝난 아유미의 손이 건반의 조금 위에서 멈췄을 때 이치이는 박수를 치기보다 먼저 밖을 온통 뒤덮고 있는 눈보라를 올려다봤다. 교회에서 나갈 수 없게 되는 건 아닐까 하는 불안이 꿈틀거렸다. 혹시라도 그렇게 되면 아유미도 계속 교회에 있게 된다. 그러면 좋을 텐데, 하고 생각하자 불안이 기대로 바뀌었다.

눈은 발표회가 끝나기를 기다렸다는 듯이 뚝 그쳤다. 교회 밖에 늘어선 자가용이나 택시가 학생들을 차례로 데려가는 사이 밤하늘에는 이미 별이 나타나 있었다. 이치이는 데리러 온 아유미의 아버지에게 어색한 인사를 하며 전송했다.

이시카와 다케시의 시신은 이틀 후 경찰에게 발견되었다. 장례는 농장학교의 교회에서 치러졌다. 구도 목사가 기도를 올리

고 이치이가 파이프오르간을 연주했다. 장례식을 끝내고 화장
장에서 돌아온 기숙사 도우미 아주머니는 하얀 유골 항아리를
자신들 방의 서랍장 위에 놓았다. 비행기 결항 때문에 규슈의 숙
부는 장례식에 맞춰 오지 못했고 이튿날이 되어서야 농장학교
로 찾아왔다.

　도우미 아주머니는 이시카와 다케시가 남긴 신변의 유품들
중 지급된 것을 제외한 사적인 물건을 한데 모아 골판지 상자에
담았다. 다케시가 마지막으로 만든 교회용의 농장 버터를, 두 장
을 겹친 신문지로 상자째 싸서 발포 스티롤 케이스에 넣었다. 마
지막으로 다케시의 책상에 놓여 있던 일지를 방으로 가져왔다.
일지는 그 외에 다섯 권 분량이 남아 있었는데, 거의 매일 빼놓
지 않고 적혀 있었다. 아주머니는 맨 마지막의 좌우 페이지만 읽
었다.

1월 30일(일요일)
　맑음. 예배. 구도 목사. 바람이 불고 다시 태어나다. 교유기 소
독. 마루 닦기 청소. 이치이, 교회의 그림. 라디오. 슈만. 어린이
의 정경. 저녁밥. 햄버그스테이크. 야채샐러드. 매시트포테이토.
귤. 어머니. 편지. 병원. 307호실.

1월 31일(월요일)
　맑음. 나중에 흐림. 저녁, 눈. 버터, 노란색이 조금 강함. 목표
수 달성. 국어, 수학 시험 불합격. 한자 숙제. 저녁밥, 카레라이

스. 구운 사과.

2월 1일(화요일)

오전, 눈. 오후, 흐림. 버터, 노란색이 강함. 목표 수 달성 +4. 덴쇼天正 소년사절단.* 영어 의문문. 수학 인수분해. 옷, 구멍, 단추, 터진 곳, 기미코 씨, 가르쳐주다. 저녁밥, 어묵. 귤. 라디오, 이어폰. 도쿄 조후 화재. 라쿠고**.

2월 2일(수요일)

맑음. 아침, 영하 22도. 버터, 노란색 강함. 목표 수 달성 +1. 영어 의문문, 과거형. 수학, 인수분해. 다키자와 사감 감기. 취직에 대하여.

2월 3일(목요일)

흐림. 영하 18도. 버터, 노란색 강함. 목표 수 미달. 교유기 이상한 소리. 시설 기계부, 다니구치 선생님. 조정, 복구. 수업 부진. 졺. 저녁밥, 캐비지롤. 라디오, 나른함.

---

* 덴쇼 10년(1582년) 교황을 알현하기 위해 로마로 파견된 사절단. 네 명의 소년을 중심으로 구성되었다.
** 관객 앞의 무대 위에 한 사람의 화자가 앉아 목소리의 톤과 몸짓, 손짓을 이용하여 이야기를 하는 만담 같은 전통 예능.

2월 5일(토요일)

흐린 후 눈. 영하 20도. 두통, 노신*. 저녁밥, 크림스튜. 구운 사과. 안녕.

다키자와 고지 님, 미키코 님께

오랫동안 신세 많았습니다. 농장학교에서 배운 일은 잊지 않겠습니다. 매일 맛있는 밥을 먹었습니다. 사죄드려야 하는 것은, 에다루 교회에서 농장 버터를 판 대금을 가져가는 일입니다. 기차를 타고 세이칸靑函 연락선**을 타고 숙소에 머무르기 위해, 죄송합니다만 그 돈을 빌리겠습니다. 다음에 꼭 갚겠습니다. 부디 이번만은 용서해주십시오. 반드시 이곳으로 돌아와 사죄드리겠습니다. 여러분 모두 건강하십시오. 낙농부의 버터 담당은 다나카 고지가 좋을 거라고 생각합니다. 저만의 생각일지 모르겠습니다만 다나카는 계산이 서툰 반면 꼼꼼하고 청결합니다. 돌아오면 다시 버터를 만들 수 있게 해주십시오. 그럼 안녕히 계십시오.

이시카와 다케시

---

* 두통약 이름.
** 혼슈의 아오모리靑森와 홋카이도의 하코다테函館를 오가는 페리.

7

삿포로의 대학에 진학한 아유미는 여름방학이 시작되어도 곧바로 돌아오지 않고 우란분재 휴일 무렵이 되고 나서야 에다루에 왔다. 세련된 것이 무엇인지 모르는 하지메도 누나가 지금까지와는 확실히 다른 화려함을 몸에 두르고 있다는 걸 알 수 있었다. 부모님을 대하는 태도도, 자신을 대하는 태도도 특별히 달라지지 않았다는 점이 오히려 누나 주위에 보이지 않는 엷은 막을 쳐 눈가리개가 된 것 같았다.

아버지도 어머니도 어렸을 때부터 아유미에게는 별로 간섭하지 않았으므로 무슨 말을 해서 슬쩍 속을 떠보려 하진 않는다. 그래도 하지메는 부모님이 가느다란 안테나를 조용히 뻗어 귀를 기울이고 있다는 건 알 수 있었다. 누나가 돌아오고 나서 한참동안 하지메는 **덜컹거리는** 의자에 앉은 듯 거북했다.

일 년쯤 전, 여름방학이 끝날 무렵 아유미는 고등학교에 제출하는 진로 희망 조사 용지를 어머니에게 보이며 "삿포로만이 아니라 교토의 대학에도 원서를 내기로 했어요"라고 담박하게 지나치듯이 말했다. 놀란 얼굴을 감추지 못한 도요코는 "어머, 그러니?" 하고 말하는 게 고작이었다. 어떻게 판단해야 좋을지 순간적으로 가늠하지 못한 도요코는 옆에 신지로가 있는 저녁식사 시간에도 그 말을 꺼내지 않았다.

하지메가 지로를 산책시키러 나간 후에도 아유미는 식탁 위에 신문지를 펼치고 잠자코 읽고 있었다. 아버지도 대화에 낄 생각이라면 언제든지 그러라는 듯 말 걸어오기를 기다리는 것처럼 보이는 아유미는 "목욕하지 그러니" 하는 도요코의 재촉에 신문을 천천히 접고 식탁을 벗어나 목욕탕으로 향했다. 문 너머로 목욕하는 소리가 들려오는 것을 신호로 도요코는 신지로에게 아유미 이야기를 전했다.

평소 아유미가 산책하던 코스를 멀리 우회한 하지메는 에다루 교회 너머에 있는 강가의 공원까지 가서 지로를 마음껏 달리게 하려고 했다. 지로는 내키지 않는지 공원에 들어가는 것조차 꺼리며 얼른 돌아가자고 말하는 듯이 집 방향으로 눈을 돌리며 앞에서 끌듯이 걸어가기 시작했다. 평소에는 집에 돌아오면 나름 만족한 표정으로 하지메의 얼굴을 올려다보는데 이날은 하지메를 돌아보지도 않고 가건물 주위를 왔다 갔다 하며 진득하니 있지를 못했다.

기분이 안 좋은 날도 있겠지 싶어 억지로 개집으로 들어가게 하자 지로는 곧바로 물을 먹기 시작했다. 목이 말랐었나. 다 먹고는 몸을 부르르 떨고 나서 귀를 쫑긋하며 뭔가를 찾고 있는 표정이었다. 물을 마셔도 지로는 차분해지지 않았다.

하지메는 물그릇을 끄집어내 새 물을 따라 개집 안에 넣어주었다. 지로는 개집의 정해진 자리에 옆으로 앉더니 몸을 바닥에 붙이고 앞발을 앞으로 뻗었다. 드디어 자세를 정한 지로는 조그맣게 한숨을 내쉬었다. 개집에 자물쇠를 채울 때 등 뒤에서 신지로의 언짢은 듯한 목소리가 들려왔다. 거실 창문이 반쯤 열려 있었다.

"도쿄든 교토든 상관없지만 뭘 공부하려고? 이학부를 지망하는 건 맞지?"

상관없다지만 신지로의 음색은 살짝 어둡고 낮다. 전기공학을 전공한 신지로는 아유미가 이학부 진학을 희망하는 것이 내심 기뻤다. 공학부와 이학부는 성격이 꽤 다르지만 맏딸이 자신과 같은 이과 계열을 지망하는 것은 중심점을 공유하는 커다란 원 안에 두 사람이 들어 있는 것과 같다고 생각하는 모양이었다. 그것만으로 충분하지 않은가. 신지로는 지금까지의 진행에 만족했다.

지망하는 삿포로의 국립대학 이학부에 합격하면 주말마다 귀가하기도 별로 어렵지 않다. 교토로 가면 기껏해야 우란분재 휴일에나 올 수 있을 것이다. 아직 스무 살도 안 되었는데 공기도 물도 기후도 음식도 접하는 인간의 기질도 홋카이도와는 전혀 다른 도시에서 혼자 해나갈 수 있을까. 도요코의 이야기를 듣자마자 신지로는 기분이 언짢아졌다.

끝없이 이어지는 세 누이 걱정에 아유미까지 더하려는 것 같았다. 이 세상에서 신지로의 존재 가치는 걱정거리를 짊어지는 분량에 비례하기라도 하다는 듯이.

신지로는 바람을 안고 나아가는 배의 하얀 돛대와 비슷하다. 여객선도 아니고 보트도 아니고 대형 요트 정도 되는 크기의 배에 각자 다른 방향을 보고 있는 가족과 형제가 함께 타고 있다. 돛대가 신지로라고 한다면, 걸려 있는 돛은 세 누이와 아내, 딸과 아들이 두 팔 두 다리를 벌린 채 패치워크처럼 서로 이어져 만들어져 있다. 한 사람 한 사람이 안고 있는 바람으로, 돛이 펼쳐진 정도가 변해간다. 그러나 돛 기둥인 신지로는 돛이 세찬 바람을 맞고 부풀어 올라 동력으로 변해가는 감촉이 질색이었다. 강한 바람일수록 돛대는 삐걱거리고 휘어진다. 스트레스가 많아진다. 키를 잡은 사람도 없을 뿐 아니라 행선지도 모르고 바람에 내맡겨진 배의 돛대는 바람을 강하게 느끼자마자 돛을 내리려고 한다. 지금은 움직이지 말라고 하는 것처럼. 하지만 배에는 엔진이 없다. 바람이 멎어버리면 멈춰서 떠돌 뿐이다. 나름 오랜 세월에 단련된 배는 돛을 접은 채 올리지 않고 물결 사이에 떠돌며 시꺼멓고 깊은 바닷물에 떠내려가기 시작한다.

선원들은 신지로를 선장으로 믿고 있지 않았다. 애초에 신지로는 선장도 아니다. 그것만으로는 도움이 안 되는 하나의 돛대에 지나지 않는다. 그리고 신지로 외에 남자는 중학생인 하지메뿐 나머지는 모두 여자다. 게다가 하지메는 앞으로 어떤 어른이 될지 짐작도 안 되고 믿음도 안 간다. 아무튼 이 배를 하지메에게 맡길 수는 없다. 본인에게 알릴 생각은 없지만 신지로는 이미 그렇게 느끼고 있었다.

아유미에게는 수학이나 물리를 전혀 싫어하지 않는 이과 쪽 머리가 있었다. 신지로는 그것이 자신의 유전자 때문이라고 생각했다. 당시 아유미는 아버지에게 물려받은 거라고 생각한 적이 없었다. 해석이나 상상의 여지가 없는, 정답이 확실한 문제를 최단 거리로 푸는 재미에 끌렸을 뿐이다. 빨랫줄에 건 빨래가 햇볕과 바람을 맞고 바싹 마르면 해가 중천에 떠 있을 때 거둬들여 하나하나 가지런히 개어서 서랍 안에 착착 넣어둔다. 그것은 아유미가 싫어하지 않는 가사와 약간 비슷했다.

신지로와 같은 이과 계열이라 해도 아유미가 지망하는 곳은 공학부가 아닌 이학부였다. 게다가 가고 싶은 학과는 생물학과 뿐이었다. 최단 거리로 푸는 것은 가능할 것 같지 않은 생물 자체의 생태를 현장에 나가 관찰하고 연구한다. 아유미에게는 아직 그 정도의 이미지밖에 없었지만 생물을 가만히 들여다보는 것만큼 자신에게 맞는 일은 없다고 생각했다. 미술부에서 지로를 데생할 때도 그 시간이 영원히 계속되어도 상관없다고 여길 정도였다. 가지런히 나 있는 털이나 귀의 모양, 다리의 힘줄, 콧날을 보고 하나하나 가는 선을 조금씩 겹쳐가며 종이 위에 지로의 모습이 드러나게 하는 일에 이상할 정도로 집중했다.

관찰하고 싶은 것은 자신이 나고 자란 홋카이도 동부의 동물이었다. 다이세쓰 산의 바위너설 틈에 집을 짓고 한겨울에도 겨울잠을 자지 않는 우는토끼. 마찬가지로 작은 몸이지만 같은 지

역에 서식하고 일 년 중 절반 이상 겨울잠을 자는 에조줄무늬다
람쥐. 잠을 선택하는 동물과 자지 않는 것을 선택하는 동물이 있
다. 그 경계는 대체 어디에 있을까.

이미 답이 있다면 그걸 알고 싶다. 그 끝에 아직 답이 보이지
않는 문제가 있다면 풀어보고 싶다.

바위너설을 지나치는 바람을 맞으며 개나 고양이보다 훨씬
작은 동물을 가만히 보고 있다. 자신의 그 모습을 마음속에 그릴
때 아유미는 늘 혼자였다. 작은 동물을 상대한다면 되도록 주위
에 아무도 없는 일대일의 대화를 나누고 싶다. 파브르도 시턴도
비안키도 혼자 쭈그리고 앉아 가만히 기다리고 있었던 게 아닐
까, 하고 아유미는 생각한다.

풀리는 대상조차 되지 않고 눈에 띄지도 않은 채 태곳적부터
이어지고 있는 생태나 현상, 기능이나 구조는 아직 얼마든지 있
을 것이다. 이 생각만으로 아유미의 가슴속 깊은 곳에 뭔가가 반
짝 켜지고 심근에 미약한 전류가 흐르며 고동이 세지고 빨라진
다. 세포가 싱싱하게 기뻐하는 것을 느낀다.

과학실에 놓여 있는 유전자의 이중나선 구조 모형을 보는 것
도 좋아했다. 자신이 이 세상에 태어나기 위한 은밀한 각인이 찍
혔을 무렵, 제임스 왓슨과 프랜시스 크릭이 이중나선 구조설을
발표한 것도, 아무리 우연이라 하더라도 특별히 친밀한 느낌이
었다. 생명이 모양을 갖춰가는 과정, 생명이 이어지기 위한 설계
도가 이렇게 준비되고 잘라지고 이어져 바통이 넘겨지다니, 이
얼마나 단순하고 아름다운 구조인가. 이중나선의 구조와 작용

을 처음 알았을 때 이렇게 깨끗한 구조를 **누가** 어떻게 구체화했을까, 신기하게 생각했다.

누나인 아유미와 유전자의 생김새나 배열이 남보다 훨씬 비슷할 하지메는 수학, 물리, 화학 등 이과계 과목은 한결같이 잘하지 못했다. 초등학교 4학년 무렵, 하지메에게 산수 문제를 풀게 한 신지로는 '이놈은 틀림없이 어머니 쪽 핏줄을 물려받았다'고 일찌감치 판단했다. 도요코가 잘하는 것은 주산이고, 수학 머리는 전혀 없다. 하지메에게 문제를 풀게 할 때마다 신지로는 내심 한숨을 내쉬고 하늘을 올려다보았다. 누나가 술술 푸는 문제도 두툼한 벽인 듯 왜 동생은 눈을 감고 쩔쩔매는 걸까.

하지메는 사물을 직감만으로 판단하고 근거도 분석도 소홀히 한다. 숫자는 질색하고 이겨보려 하지도 않는다. 기초는 간신히 이해해도 응용문제가 나오는 순간 얼간이 같은 얼굴이 된다. 처음부터 할 수 없다고 단정해버려, 달려들면 풀 수 있을 것도 풀지 못한다. 모르는지 어떤지 해봐야 아는데도 처음부터 모른다고 아무렇지 않게 말하는 태도를 신지로는 사실 상당히 불손하다고 생각해왔다.

숫자에 약한데도, 아니 약해서 그러는지 나중을 생각하지 않고 충동적으로 쇼핑하는 것도 제 어미를 닮았다. 한 달 이천 엔의 용돈을 곧바로 레코드 구입에 써버리는 것도 도요코의 "이걸 사고 싶다, 이걸 고치고 싶다"와 마찬가지 아닐까.

옆집에 사는 신지로의 세 누이가 스테레오도 컬러텔레비전도 탈수조가 딸린 세탁기도 항상 자기네보다 먼저 구입한 것, 낡은 부엌을 최신식으로 싹 교체한 것을 알면서도 신지로는 도요코 앞에서 모르는 척했다. 여동생 도모요가 도요코를 붙잡고 "세탁기를 새로 샀는데 역시 좋아요" 하고 뻔한 자랑을 늘어놓는 모습을 보고도 못 본 척, 못 들은 척한다. 신지로의 그런 태도를 용납할 수 없었던 도요코는 무슨 일이 있을 때마다 가전제품을 새로 장만하자고 호소했다. 결국 삼 년 늦게, 오 년 늦게 사기는 했지만, 기다려야 했던 감정의 응어리가 가시지 않다 보니 물건 구입과 관련된 다툼거리는 끊이지 않았고 해소되지도 않았다.

실내에서 들려오는 신지로의 목소리와 도요코의 목소리 외에 주위에는 성마른 벌레 소리와 개구리 울음소리가 울리고 있었다.

"학부는 못 물어봤는데요."

"학부를 묻지 않으면 소용없지."

하지메가 집 안으로 들어가 부엌에서 손을 씻고 있으니 누나가 목욕을 하고 나왔다. 앞으로 시작될 일을 예상하고 있는 얼굴이었다. 신지로는 이미 팔짱을 끼고 있다.

"잠깐 좀 볼까."

수건으로 머리를 닦던 아유미는 잠깐 멈추더니, 머리 좀 말릴 테니 기다려요, 하며 세면대 쪽으로 돌아갔다. 드라이어의 시끄러운 소리가 들린다. 삼사코 2층으로 올라간 하지메는 방으로 들어가 문을 닫지 않은 채 입구 앞에 앉았다. 드라이어 소리가 멈추고 곧 아유미가 거실로 갈 기미가 보였다. 하지메는 아래층 소리에 귀를 기울였다.

신지로의 목소리는 분명치 않아 거의 들리지 않았지만 '대학'

과 '간사이'*는 들렸다. 아유미의 목소리는 낭랑해서 거의 다 알아들을 수 있었다.

희망하는 것에 맞는 이학부가 어디에나 있는 건 아니다…… 국립대학에 떨어지면 삿포로에는 갈 만한 대학이 없다…… 도쿄의 대학은 내키지 않는다…… 생활비나 학비가 부족하면 아르바이트를 할 테니까 걱정할 필요 없다. 아버지에 대한 반론은 강한 어조가 아니라 담담하고 이치에 맞았다. 다만 왜 교토인지에 대한 설명은 없었다. 신지로의 목소리는 점차 낮아져 잘 알아들을 수 없었다.

어둑한 계단을 따라 울려오는 아유미의 차분한 목소리를 들으며 자신은 도저히 저렇게 반론할 수 없을 거라고 하지메는 생각했다. 아유미가 거실을 나와 평소보다 빠른 발걸음으로 가볍게 계단을 오르자 하지메는 열어둔 문에서 황급히 뒷걸음질해서 침대에 드러누워 눈을 감았다. 아유미가 옆방 문을 닫는 소리가 들렸다.

어두운 방의 침대 위에서 눈을 감자 창 너머의 밤하늘에서 일제히 개구리 울음소리가 들어온다. 아유미의 방은 달그락 소리 하나 나지 않고 쥐 죽은 듯 조용하다. 하지메는 눈을 감고 생각했다.

아유미가 선택한 교토의 대학에 신학부가 있다는 것을 하지메는 모른다. 그러나 하지메는 누나가 에다루 교회의 이치이와

---

* 교토와 오사카를 중심으로 한 지역.

170

친해져서 같은 대학에 가려는 게 아닐까 의심하고 있었다. 구도 이치이가 모는 오토바이 뒷자리에 앉은 아유미를 여러 번 목격하기도 했다. 아유미는 강 앞에서 내려 집까지 걸어오기 때문에 부모님은 전혀 모르고 있을 것이다. 부모란 참, 하고 하지메는 생각했다. 자식이 무슨 생각을 하는지 전혀 모른다. 언제까지고 아이는 아이라고만 생각한다.

아유미는 물론 중학교 2학년인 하지메조차 부모가 생각하는 수준의 아이가 아니었다.

신학부 학생 중에 별난 사람은 없다. 이치이와 친해진 다섯 명 중 한 사람을 제외하면 모두 교회나 교단과 어떤 형태로든 관계가 있었다. 아버지가 목사인 사람은 이치이를 포함해 세 명이었다. 강의를 듣고 있는 모습만으로는 어떤 학부인지 알아맞히기 어려울 것이다.

학부 내에서는 신학부 학생이라는 것을 특별히 의식하지 않아도 되었다. 그러나 타 학부생은 눈앞에 있는 사람이 신학부 학생임을 안 순간 허어 하는 얼굴이 된다. 안 그런 경우가 드물다. 하지만 대부분의 경우, 그 너머까지 파고들어 꼬치꼬치 캐묻는 일은 일단 없었다.

대학의 연혁을 어느 정도 안다면 신학부 학생에게 건학 이래의 전통을 느낄지도 모른다. 물론 정반대의 경우도 있었다. 청바지에 티셔츠 차림의 학생이 갑자기 강의실로 들어와 긴 머리를 쓸어 올리며 등사한 파란 유인물을 나눠주더니 빠른 말투로 짧은 연설을 시작한다. "요즘 세상에 기독교를 믿는 자네들의 순수함에 쾌히 경의를 표하지만, 그건 눈을 감고, 눈을 뜨지도 않고 잠든 채 지성을 내팽개치고 정체되어 있는 것과 마찬가지다. 그렇게 자기비판도 하지 않고 유유낙낙 사는 동안, 다시 말해 기도만 올리고 있는 동안 자본주의, 나아가서는 미제국주의의 선봉에 서게 된다. 자네들이 그대로 괜찮다고 할 리가 없지 않은가. 컵라면도 삼 분이 지나면 먹어야 한다. 언제까지고 우물우물 기도만 하고 있다면 세계는 불어터져 전혀 먹을 수 없게 된다." 상황을 얌전히 지켜보고 있던 신학부 학생 몇 명이 이 대목에서 킥킥 웃었다. "아니, 웃을 일이 아니다. 사태는 절박한 단계에 이르렀다. 지금 당장이라도 신앙을 버리고 우리의 투쟁에 연대했으면 한다. 벌써 삼 분이 지났다. 우리는 학생회관 B-5에 있다. 언제든지 찾아오면 환영하겠다." 지나치게 성실한 신칸센의 청소부 혹은 나갈 차례가 된 배우처럼 그는 총총히 왼쪽으로 퇴장하여 옆 강의실로 옮겨갔다.

연설자도 연설의 효과 같은 건 믿지 않는 것 같았다. 그렇다면 뭘 위해서일까, 하고 생각하며 이치이는 학생의 뒷모습을 지켜보았다. 예수도 말하자면 과격파였다. 그가 남긴 말에는 선동적인 울림이 있다. 그런데 예수에게는 있고 지금의 학생에게는 없는 것이 확실히 있다. 기도다. 기도 없이 과연 사물을 바꿀 수 있을까. 삼 분이 이미 지났다고 해도 기도를 그만두면 거기서 모든 건 끝나지 않을까. 하지만 이치이는 신기하게도 "지금 당장 신앙을 버려"라는 대목의 억양에서 어쩐지 고향의 경치나 부모님의 말투가 들리는 것 같아 묘하게 마음에 들었다. 한동안 이따금 그 말이 머리에 스칠 때마다 이치이는 저절로 웃는 얼굴이 되었다.

신학부에는 학생운동에는 냉담하지만 마르크스의 자본론은 물론 다양한 철학서, 인문서까지 닥치는 대로 읽으며 본래의 인간성을 되찾기 위해 신학부 학생도 할 수 있는 싸움이 있을 거라고 주장하는 동급생도 있었다. 교수진의 강의를 누구 할 것 없이 미적지근하다고 비판하며 마르크스주의를 표방하는 학생과 논쟁하는 것도 마다하지 않는 그는 강의실에는 거의 모습을 드러내지 않고 도서관과 학내 어딘가에 있는 동료와의 거점 사이를 오가는 듯했다.

이치이는 대학을 지루한 곳이라고 생각했다. 간사이를 중심으로 전국에서 모여든 학생들의, 뭐라 설명하긴 어려운 각 지역의 분위기가 처음에는 신기했다. 하지만 그것은 서쪽과 동쪽에서 먹는 설날 떡국의 차이점을 알고 놀라는 것과 큰 차이가 없지 않을까, 하고 생각하게 되었다. 초등학교 저학년 때까지 도쿄에 있었고, 그러고 나서 북쪽 변두리에서 자란 사람에게 놀랄 만한 차이는 거의 없었다. 차이라고 하면 그건 지역이 아니라 성장 방식이었다.

아이에게는 어떻게 해볼 수 없는 시기에 부모에게서 받은 것. 그것이 아무리 기울어 있어도 그 새장에서, 아니 그 우리에서 자력으로 나가려면 상당한 의지와 사고가 필요하다. 게다가 나오자마자 살아갈 방도를 잃고 큰 손상을 입을지도 모른다. 아무리가혹한 처사를 당하더라도 정작 거기서 벗어나자마자 안정을 잃고 동서남북 아무 데도 모르는 곳에 떨어지는 일도 있을 것이다. 예수가 가족과 고향을 떠나겠다고 선언한 이유는, 혈연이 신앙과 사역에 방해가 된다고 생각했기 때문이다. 이런 해석은 아버지의 가르침과 맞지 않을지도 모른다. 이렇게 생각하며 이치이는 머릿속으로만 중얼거릴 뿐 아버지에게 말하는 일은 없었다.

성장 방식의 차이는 교제가 깊어져 상대가 눈앞에 세워둔 간판을 옆으로 치운 뒤 부드럽고 약한 부분을 보여주었을 때 아주 조금 엿볼 수 있다. 마치 개가 벌렁 드러누워 부드러운 배를 보여줄 때와 같다. 지금까지 구도 이치이에게 그런 상대는 소에지마 아유미와 이시카와 다케시밖에 없었다. 그리고 이시카와 다케시는 갑작스럽게 세상을 떠났다. 이치이가 일단 교회에서 떠나려고 결심하려는 참에 겪은, 발밑이 꺼지는 듯한 사건이었다. 이치이에게 이시카와 다케시의 조난은, 신학은 하지 않겠다는 완강한 생각을 완전히 뒤바꾼 힘으로 다가왔다. 아버지에게는 일체 설명하지 않은 채 이치이는 도쿄 이외의 신학부가 있는 대학 세 군데에 원서를 넣고, 가장 가기 힘들었던 대학에 다니게 되었다.

아유미는 이치이 곁에서 떠난 것이 아니었다. 이치이와 같은 대학에 합격했지만 합격이 어려울 거라고 생각한 삿포로의 국립대학에도 붙어 그쪽을 선택했다. 아유미가 먼저 같은 대학에 다닐까 하는 말을 꺼냈으면서 정작 자신이 철회한 것이다.

이치이는 매일 아유미의 얼굴을 마주했다면 어떻게 되었을까, 하고 생각할 때가 있다. 매주 월요일이나 화요일에 반드시 도착하는 아유미의 편지를 읽으면, 가정한 이야기를 상상하는 것에는 아무런 의미도, 현실미도 없다는 걸 통감하고야 만다. 얇은 크림색 편지지에 파란색 잉크의 만년필로 쓴 단정한 글자가 이치이에게는 기쁨보다 오히려 괴로움을 주었다.

이치이는 편지에 뭘 쓰면 좋을지 몰랐다. 대학의 생활협동조합에서 파는 켄트지를 들고 4B 연필로 교내의 계수나무를 그리고 매일 연주할 수 있게 된 업라이트피아노의 건반이나 페달을 그렸다. 그것이 자신에게 어떤 의미인지 짧은 설명을 덧붙여 삿포로의 아유미 하숙집으로 보냈다. 아유미는 매번 편지의 첫머리에 그림에 대한 감상을 적었다.

업라이트피아노는 학내에서 새로운 인간관계의 장이 된, 설립된 지 십 년쯤 되는 음악비평연구회 동아리방에 있었다. 비평 공부에는 관심이 없었다. 신입생을 대상으로 한 전단지의 피아노 사진에 "뵈젠도르퍼를 쳐볼 수 있습니다"라는 말풍선의 대사가 튀어나오듯 적혀 있는 것을 우연히 봤기 때문이다. 뵈젠도르퍼를 쳐보기는커녕 본 적도 없던 이치이는 전단지에 실린 간단한 안내도를 보고 동아리방으로 찾아갔다.

다다미 여덟 장 크기의 방에 오래된 나뭇결의 업라이트피아노가 놓여 있었다. 조율사가 된 졸업생이 반년에 한 번 일부러 찾아와 조율해준다고 한다. 그 자리에 있던 부원의 권유대로 이치이는 마음의 준비를 할 겨를도 없이 피아노 앞에 앉았다. 연습 때마다 지긋지긋하게 쳤던 바흐의 '인벤션'이 저절로 떠올라 건반에 손가락을 얹고 조심스러움도 겸손도 없이 마음껏 쳤다. 건반의 터치에 독특한 온화함이 있었고, 피아노 소리는 지금까지 들어본 적 없는 우아한 음색이었다. 자신이 치면서도 소리 자체에 귀가 이끌렸다.

의례만이 아닌 박수를 받자 이치이는 돌아볼 일이 부끄러웠다. 피아노 의자에 앉은 채 건반을 향해 꾸벅 고개를 숙였다.

"좋네."

유독 눈에 띄는, 웃는 얼굴의 사람 좋아 보이는 남학생이 입을 열었다. 그는 어떤 비평가를 좋아하는지 묻고선 잠자코 있는 이치이에게 몇 명의 이름을 들려주었지만 이치이는 그중 누구도 알지 못했다. 비평을 쓸 생각은 애초에 해본 적도 없었다. 비평에는 관심 없고 피아노에 이끌려 찾아왔을 뿐이라고 솔직히 말했다. 그러자 회장이라는, 검은 테 안경을 쓴 어른스러운 학생이 진지한 얼굴로 말했다. "자넨 뭘 해도 좋으니까 여기서 실컷 피아노를 치면 돼. 아니, 아무것도 안 써도 좋아. 피아노 연주도 훌륭한 비평이니까. 무슨 학부지?"

"신학부입니다."

"아, 그렇군. 그럼 파이프오르간도 칠 수 있나?"

"예."

"그거 잘 됐군. 다음에 들려줄 수 있어? 예배당 목사님을 잘 알고 있거든."

교토로 와 파이프오르간을 접할 일이 거의 없어지자 이렇게도 뭔가 빠진 듯 부족하고 아쉬운 생활이 될지 이전엔 미처 몰랐다. 그런데 우연에 가까운 기회를 얻어 이치이의 눈앞에 뵈젠도르퍼가 나타난 것이다. 동아리에서 돌아가는 길에 대학 구내의 예배당에 들른 이치이는 아무도 없는 의자에 잠시 앉아 양손을 깍지 끼고 눈을 감았다. 이 대학에 들어온 것에 대한 감사를 조그맣게 입속으로 말하며 고개를 숙이자 농장학교의 숲속 예배당에서 여러 번 느꼈던 기운이 한순간 주위에 피어오른 것 같았다. 이치이는 눈을 떴다. 쥐 죽은 듯 조용한 예배당 안 파이프 오르간의 파이프가 둔한 빛을 쏘며 이치이의 시선을 받아들이고 있었다.

아유미가 삿포로에서 하숙하며 대학 생활을 시작한 것을 경계로 신지로의 집과 세 누이의 집 사이의 미묘한 균형이 살짝 흐트러졌다.

눈에 띄게 분명한 차이는 첫째 가즈에와 셋째 도모요가 이전보다 빈번하게 신지로의 집에 들락거리는 일이다. 그들이 아유미를 어려워했던 것은 아니다. 아유미는 한 번도 세 고모와 대립한 적이 없다. 고모들도 아유미를 어렸을 때부터 예뻐했다. 성적이 우수하고 교사에게 깊이 신뢰받는 아유미가 신지로의 자랑스러운 맏딸임을 인정하고 있었고, 국립대학의 이학부에 합격했을 때는 세 고모의 이름으로 신지로도 놀랄 만큼 많은 액수의 축하금을 건네주었다.

균형을 깨뜨릴 만한 금액에 다른 역할이 포함되어 있다면 가즈에보다는 도모요에게 그 동기가 숨어 있었을 것이다. 여느 때처럼 도모요는 아유미에게 봉투를 건넬 때 야들야들하게 노래하는 듯한 억양으로 "아유미는 소에지마 가의 명예를 도맡아 그렇게 어려운 국립대학에 합격하여 명석한 두뇌를 훌륭하게 증명했기에 정말 자랑스러워. 해줄 수 있는 일은 아무것도 없지만 삿포로 생활에 보태준다면 얼마나 기쁘고 고마울지" 하고 막힘없이 말을 이어갔다.

그러나 동시에 거금을 건넴으로써 도요코는 물론 아유미에게도 심리적으로 우위에 서고 싶다는 의도가 전혀 없다고는 할 수 없을 것이다. 지금까지 고모들에게 받은 세뱃돈과 축하금이 부모에게 받은 것보다 늘 많았던 것도 같은 이유이리라. 컬러텔레비전이나 스테레오를 누이들이 신지로보다 먼저 구입한 것과도 어딘가 비슷했다.

하지메는 고모들의 모습을 보면 즉시 자기 방으로 올라가버리고 1층에는 내려오지 않았다. 도요코는 가즈에가 나타나면 차만 내놓고서는 부엌이나 목욕탕에서 설거지나 청소를 시작하여 이야기에 끼지 않으려 했다. 그런데 도모요가 나타나면 차를 낸 후에도 그 자리에 함께 앉아 도모요의 말이나 태도를 잘 듣거나 볼 뿐 아니라 신지로의 말에 부족한 부분을 짧게 보충하기도 하며 긴장한 가운데서도 일가 가장의 아내라는 입장을 지키려고 했다.

가즈에는 도요코 앞에서도 신지로를 '신짱'이라 부르며 연하의 동생 취급을 계속했다. 평소 도모요는 집으로 찾아오는 신지로를 '오라버니'라고 부르면서도, 얼굴을 맞대고 아무렇지 않게 미움받을 말을 지껄이며 불만을 털어놓는 상대로 삼고 있었다. 그러나 그것은 신지로가 누이들의 집으로 찾아갔을 때로 한정된다. 도요코가 동석하는 신지로의 집에서는 신지로를 깔보는 듯한 말은 한마디도 하지 않았다.

"오라버니와 의논 좀 하려고"라며 자기를 낮추고 "오라버니는 바쁘고 힘드니까"라고 걱정한다. "오라버니가 정해주면 난 거기에 따를 테니까" 하며 세 누이의 집에서는 들어본 적 없는 순종적인 대사를 나긋나긋한 목소리로 기분 좋은 듯 말한다. 마음에 없는 말을 한 것은 아니다. 입에서 먼저 말이 주르르 나오고 도모요 자신이 그 말에 도취되어서 좌우된다. 설령 마음에 없는 말을 했다고 해도 말한 순간부터 그것이 자신의 본심인 것처럼 자기 암시를 거는 결과가 된다. 도요코가 동석한 자리에서는 신지로를 그런 오라버니로서 생각할 수 있고 그렇게 존중하는 말씨를 쓰고 싶어지는 것에 지나지 않는다. 평소의 얕보는 듯한 태도와는 큰 차이가 있는데도 정작 본인은 자각하지 못했다.

어느 집에 있을 때나 도모요는 신지로에게 응석을 부렸다. 가즈에는 누구에게도 응석을 부린 적이 없었다. 신지로가 의논을 해오면 설령 이렇게 하는 게 좋다고 말하고 싶어도 "글쎄, 어떨까, 그렇게 간단하지 않구나" 하고 단정하는 말투를 피했다.

언젠가 교회에서 돌아오는 길에 아유미와 동행한 가즈에가 신지로 이야기를 꺼냈다. 대체로 믿음직스럽지 못한 남동생이라는 가벼운 어조의 내용이었다. "신짱은 어렸을 때부터 코가 안 좋았는데, 겨울이 되면 아침부터 밤까지 코를 풀어 책상 주위에 하얀 꽃이 핀 것 같았어"라고 이미 아유미가 몇 번은 들은 이야기를 우습다는 듯이 말하고, 아유미는 처음 듣는다는 듯 웃었다.

가즈에에 따르면 전시중 신지로는 공습 소문이 도는 삿포로까지 기차를 타고 가서 은행의 대여금고에 맡겨둔 금품을 찾아 보자기에 싸서 에다루로 가져오려 했다. 당시는 그 사정을 제대로 아는 사람이 없었지만, 신지로는 부친 신조가 삿포로에서 부업을 시작하려던 때에 모아둔 것이라고 알고 있었다. 삿포로에 여자를 둔 시기도 있었다. 이 경위에 대해서 아유미는 훗날 어머니에게서 들었다.

금고는 오랫동안 손을 대지 않은 상태였지만 공습이 임박했다는 말을 들은 신조는 은행과 함께 모든 게 잿더미로 변할까봐 두려웠다. 허리가 무척 안 좋은 신조는 드러누운 채, 큰아들 신지로에게 위임장과 인감증명서를 주고 금품을 찾아오라고 보냈다. 이유는 몰랐지만 아내 요네에게 알려지기 전에 정리하려는 것 같았다. 신지로는 불쾌한 예감이 들었다. 운반은 차치하고 찾아온 금품은 에다루의 집 어디에 보관할 것인가. 신조는 아무 말도 안 했지만 신지로는 그것이 걱정스러웠다.

무사히 금품을 찾아 열차를 탄 신지로는 흔들리는 기차 안에서 꾸벅꾸벅 졸았다. 퍼뜩 눈을 떴을 때 무릎 위에 있어야 할 보자기 꾸러미가 통째로 사라지고 없었다. 피가 거꾸로 솟은 신지로는 펄쩍 뛰듯이 차장을 붙들고 사정을 말하여 아사히카와 역한 정거장 앞에서 긴급 정차시켰다. 열차 안으로 경찰이 들어와 차내를 구석구석 수색했지만 보자기 꾸러미는 끝내 어디에서도 나오지 않았다. 목격자도 찾을 수 없어 신지로는 창백한 얼굴로 집에 돌아왔다.

금품이 든 나름 묵직한 보자기 꾸러미를 위에서 뻗어온 손이 끌어올리면 보통은 반드시 눈을 뜨게 되잖아, 하고 가즈에가 말했다. "그렇게 예민한 사람이 알아채지 못했다고 하더라니까" 하고 소리 내어 웃었다. "만원인 승객 중에 한 사람도 알아채지 못했다니, 그런 일이 어디 있겠느냐, 주변 사람들도 한패였던 게 아니겠느냐, 하고 몇 넌이나 계속 말했는데, 도요코 씨하고 결혼하더니 그 얘기는 뚝 그치고 말았어."

신지로의 인색함이 확실한 경향으로 정착한 것은 틀림없이 그 사건이 계기였다고 가즈에는 진단했다.

아유미가 삿포로의 대학에 가고 가즈에와 도모요가 빈번히 집에 드나들자 하지메는 이전보다 더욱 2층에 틀어박혀 사람 만나기를 피하고 차라리 혼자 있는 것을 택했다. 나가는 곳은 레코드점이나 헌책방이고, 친구를 만나는 것도 극구 피하려 했다. 하지메는 사람의 눈을 보고 이야기하는 것이 힘들었다. 왜 남의 두 눈을 보며 이야기해야 하나. 보거나 보이는 것 자체가 괴롭다. 눈은 자신의 내부에 감추고 있는 것을 그대로 드러내는 구멍 같았다. 사람들은 그 구멍을 통해 자신을 엿보려 한다. 그리고 자신의 눈은 구멍이 아니라 상대를 긴장시키는 정체 모를 수상한 것이 된다. 하지메의 내리뜬 눈의 각도는 점차 커졌다.

우란분재에 고향으로 돌아온 아유미는 하지메의 그런 모습이 마음에 걸렸지만 "지금은 그런 시기야"라는 도요코의 말에 일단 내버려두는 게 좋겠다고 생각을 고쳐먹었다. 하지메의 주위에는 투명하고 단단한 담이 둘러쳐져 있었다. 담장은 바깥에서 무너뜨리는 것이 아니다. 음악을 듣고 책을 읽는 기력은 있으니까, 한동안 담장 안쪽에서 느긋하게 지내면 되겠지. 살아가는 데는 괴로운 일도 있지만 세포 하나하나가 들끓는 기쁨도 있다. 그런 것을 도저히 말로 전할 수는 없지만 말이다.

아유미는 먼지를 뒤집어쓴 자전거의 안장을 털어내고 힘껏 페달을 밟았다. 에다루 교회에 돌아와 있는 이치이를 만나러 간다. 이치이에게 지금의 자신에 대해 어디서부터 이야기할까. 아유미 안에서 온갖 말들이 나타났다 사라지고, 사라졌다 다시 나타났다.

8

　도모요는 언제부터인가 부부라는 것에 생리적인 거부감을 갖
게 되었다. 부모님은 물론이고, 특히 오라버니인 신지로, 도요코
부부에게는 사소한 계기로 말로 할 수 없는 불쾌감이 생겼다. 자
신에게 들러붙으려는, 눈에 보이지 않는 뭔가를 두 손으로 뿌리
치고 싶은 기분이었다. 옷장에서 오버코트를 꺼내자마자 장뇌
유 냄새가 염치없이 떠돌기 시작하는 것처럼, 한동안 닦지 않은
찻잔 안쪽에 먼지가 거슬거슬 들러붙은 것처럼, 시간이 지날수
록 간단히는 사라지지 않는 무엇이 어느새 달갑지 않게 거기에
있다. 그게 당연하고 네가 이상한 거라고 말하는 듯이.

　원래 어렴풋한 의문에 지나지 않던 그 작고 까만 씨앗은, 아내
나 어머니 노릇보다 늘 산파 역할이 먼저였던 어머니, 평소 과묵
하고 무슨 생각을 하는지 모르겠는 아버지, 부부인데도 서로 얼
굴을 보며 대화하는 일이 거의 없는 부모의 모습을 보고 자라는

중에 도모요 안에서 싹을 틔우고 뿌리를 뻗었는지도 모른다.

아버지는 늘 뭔가에 화가 난 사람처럼 보였다. 아침 식탁에서의 무뚝뚝한 얼굴도, 언제 어느 때 시작될지 모르는 시퍼런 서슬도 '공격은 최선의 방어'라는 생각에서 나왔는지도 모른다는 사실을 안 것은 상당히 나중의 일이었다. 아버지가 오랫동안 비밀을 숨기고 있었다는 사실을 알았을 때, 그 무렵의 과묵하고 언짢아하는 태도는 어머니의 감정에 눈을 감고 귀 막고 추궁의 창 끝을 사전에 물리치기 위한 방어책이었음을 납득했다. 물론 어렸을 때는 그런 무대 뒷이야기 따위는 상상도 할 수 없었다. 일곱 살 위인 가즈에 언니는 어디까지 뭘 알았을까. 아직껏 그것조차 모르는 도모요에게는, 아버지란 무서운 사람이라고만 각인되었고 그다음은 없었다.

도모요가 철들기 전에 아버지 신조와의 대화를 일찌감치 단념한 것처럼, 조산원에서 분주한 어머니 요네는 아들딸에게만 말을 걸었다. 같은 방에 신조가 있으면 굳이 말을 걸지 않아도 얼굴을 보고 전하고 싶은 것은 전할 수 있다. 마음의 진폭이 큰 임산부를 다루며 자연스럽게 몸에 밴 요네의 지혜이자 합리성이었다.

신조가 언짢은 이유는 자기 신변의 일 때문만이 아니었다.

미국과 일본 간 충돌 기색이 두툼한 비구름처럼 머리 위에 낮게 드리우고, 그것이 어떻게 할 도리가 없는 무게가 되어 더는 견디지 못하고 언제 굵은 빗줄기를 뿌릴지, 신문을 읽어도 일본 측의 용맹스러운 논조밖에 알 수 없었다. 중개인인 일본계 미국인에게 듣는 미국의 경기나 생활 모습에서 짐작해보면 미국의 물량, 병기, 병사 수는 일본과 비교가 안 될 정도로 많았다. 자신들의 제품도 미국과 영국이라는 시장이 있으니 이렇게까지 생산량을 늘려온 것이었다. 공장 책임자로서 느끼는 불안과 초조함은 나날이 커지기만 했다.

진주만에 대한 기습 작전을 보도하는 신문 기사를 읽었을 때 신조는 머리 위의 두툼한 구름 너머에서 우울한 저음의 천둥소리가 울리는 것을 분명히 들었다. 배 속 깊숙이 울리는 소리. 이튿날 공장 식당에서 기습 작전의 전과에 대해 잔뜩 흥분하여 소리 지르듯 이야기하는 사원들을 보고, 우리 제품을 대체 누가 사고 있는지 자네들은 아는가, 하는 생각에 화가 치밀었다. 그러나 신조는 잠자코 그 앞을 지나갔다.

미국과의 전쟁이 시작되기 몇 주 전 폭설이 내린 날, 열한 살이던 도모요는 신조에게 박하와 관련된 이야기를 들었다.

"박하는 말이야, 이집트의 미라 아래에도 깔려 있었어. 살균이나 제충제도 되는 귀중한 약이니까. 그것만이 아니야. 왕도 왕비도 박하를 넣은 욕조에 들어갔지. 지금은 모르지만 옛날 이집트에는 여기저기에 박하 냄새가 떠돌았던 거야. 그만큼의 역사가 있어. 그만큼 귀중한 것이지."

아버지가 자신의 일에 대해 들려준 것은 그때의 기억이 유일하다. 그 이전에도 이후에도 없었다. 전쟁이 시작되자 아버지는 경영상 대응해야 하는 일이 늘어나 자주 회사에서 잤다. 회사 그리고 아버지가 전쟁에 위협받고 있음을 도모요는 피부로 느졌다.

에다루 박하 공장에서 생산되는 박하뇌Menthol와 박하유는 대부분이 수출용이고 행선지는 런던, 뉴욕이 구십 퍼센트를 차지했다. 진통제, 위장약, 살균제 등의 의약품 외에 비누나 치약, 껌, 음료수, 아이스크림, 초콜릿, 담배 등에 첨가되는 원료로 많은 수요가 있었다. 19세기 말의 메이지 시대, 홋카이도에서 재배가 시작된 무렵에는 유럽과 미국에서 용도가 다종다양하게 점차 확대되어 다이쇼大正 시대* 말기에 설립된 에다루 박하주식회사에 주문하는 양은 생산이 쫓아가지 못할 만큼 늘어갔다. 에다루 주변의 농지나 목초지가 카드를 뒤집듯이 박하 밭으로 바뀌기 시작했고, 갑작스럽게 기술자를 불러들이고 기계를 들여놓은 조그만 공장이 여기저기에 생겨났다. 어느새 '박하 벼락부자'라는 말까지 에다루 사람들의 입에 오르게 되었다.

내무성에서 홋카이도 농사시험장으로 파견하는 형태로 에다루 박하주식회사의 창립 후견인이 되어 일한 신조가 이윽고 퇴로를 끊고 홋카이도에 뼈를 묻겠다는 각오로 경영에 참여하여 마음먹고 일한 결과이기도 했다.

홋카이도의 박하 산업은 만주사변, 루거우차오 사건으로 이어지는 불온한 정세 속에서 세계 제일의 생산량을 자랑했다. 그러나 대평양전쟁에 돌입하고 얼마 지나지 않아 수출은 정지되었다.

전쟁이 장기화되자 정부의 식량증산 방침에 따라 작물 재배

* 1912년에서 1926년까지.

186

제한이 강화되어 박하는 불요불급한 농작물로 지정되었다. 재배지를 절반으로 줄일 수밖에 없게 되었고, 그 결과 박하 밭의 재배 면적은 전성기의 삼분의 일까지 줄어들었다.

전황이 악화되어 남방의 수출 선박의 루트가 차례로 차단되자 원유 부족 사태가 심각해졌다. 부족해진 항공기 연료의 대용품으로서 송근유松根油를 원료로 하는 휘발유의 정제가 급선무였다. 박하 공장의 증류기가 항공기 연료용의 증류기로 전용되어 박하의 생산은 간신히 기계를 멈추지 않을 정도까지 줄어들었다. 아무도 입에 담지는 않았지만 이미 박하 산업은 바람 앞의 등불이었다.

박하 재배에 최적화된 기후와 농지를 가진 에다루의 지역 경제를 견인하던 에다루 박하주식회사는 창업한 지 십 년이 지나 향후 더욱 성장하려던 참에 존속의 위기에 직면하고 만 것이다.

신조는 그런 시련을 겪고 있을 때 뇌졸중으로 급사한 임원의 후임으로 상무이사에 취임했다. 세상을 떠난 임원이 보유한 주식을 유족으로부터 그대로 떠맡았지만, 이 역시 모두 휴지쪼가리나 마찬가지가 될지도 모른다. 신조는 은밀히 각오했다.

전쟁 말기, 아주 둔감한 종업원조차 회사의 앞날을 걱정하기에 이르렀다. 그러나 신조는 호경기에 비축해둔 자금을 풀어 급료 지불을 밀리게 하지도 않고 공장장이나 부장, 과장에게는 "걱정하지 말게. 이걸 견디면 반드시 증산하던 때로 돌아갈 거네" 하고 강한 어조로 말했다. 회사에서라면 신기하게도 집에서는 내본 적이 없는 배 속 깊은 데서 목소리가 나왔다. 그러나 진심으로 그렇게 되리라 믿고 한 말은 아니었다.

도쿄 대공습 소식이 전해지자 에다루의 기관구*도 폭격당하는 거 아니냐는 소문이 급속도로 퍼져나갔다. 에다루 박하 공장은 우송편도 있어 에다루 역 근처 선로변에 있다. 기관구가 표적이라면 공장도 알맞은 표적이 된다. 전쟁의 장기화와 함께 부품 조달도 어려워졌기 때문에 일단 설비가 파괴되면 수리할 엄두가 나지 않는다. 그렇지 않아도 사업이 기울고 있는데 공습으로 공장까지 잃게 되면 회사의 존속은 불가능하다.

공습경보는 여러 번 울렸지만 폭격기는 모습을 드러내지 않았다. 처음에는 기계를 멈췄지만 정지시키든 안 시키든 폭격을 당하면 마찬가지라는 판단에 따라 다시 가동했다.

가정에서는 밥을 지을 때 넣는 감자의 양이 늘어났다. 식량 사정은 조금씩, 그러나 명백하게 나빠져갔다. 요네는 신세를 진 '산파 선생'으로서 전부터 아는 농가에서 채소나 곡물을 받는 경우가 적지 않았다. 그러나 쌀만은 여유분을 확보할 수 없었고, 들어왔다고 해도 요네는 그 대부분을 임산부나 수유중인 산모에게 내주었다. 집 부엌의 뒤주는 늘 부족한 상태였다.

도쿄의 대학에 다니던 맏아들 신지로는 나이로 보면 학도병 입대 대상이었지만 공학부 학생은 제외되었기 때문에 소집을 면했다. 드물게도 딱 한 번 신시보가 도모요에게 보낸 엽서에는 대학의 크고 넓은 교정의 둑에 드러누워 책을 읽고 있는데 공습

---

* 기관차의 운전, 운용, 정비, 보수에 종사하는 철도의 현장 기관.

경보가 울리기 시작했고 남쪽 하늘에 미군기가 날고 있는 모습이 육안으로 보였다, 하는 한가한 이야기가 쓰여 있었다. 도모요가 그 엽서를 보여주자 요네는 어처구니없어하면서도 동요하여 "후방을 지켜라, 방심하지 말거라, 엄마"라고 곧장 신지로에게 전보를 쳤다. 답장은 오지 않았다.

공습 피해가 없던 에다루에서 남몰래 희생된 존재는 개였다. 애초에는 병사의 방한구 소재로 사육된 토끼의 가죽이 사용되었지만 그것도 점차 부족해지자 산토끼나 들개가 사냥을 당하게 되었다. 전쟁 말기 군수성이 개 가죽 헌납 활동의 선도적인 역할을 하기 시작하자 군용견으로 활용할 수 있는 셰퍼드나 도베르만 그리고 천연기념물로 지정되어 있던 홋카이도견 등은 대상에서 제외했지만 기르는 개들의 자발적인 제공을 요구했던 것이다. 남이 하니 덩달아 따라하는, 개를 싫어하는 사람들이 "비상시에 개를 계속 키우다니, 무슨 생각인지" 하고 들으란 듯 험담을 해대기도 했다. 공습이 있다는 소문이 끊이지 않아서 개를 키우는 사람들의 불안은 한층 구체적이게 되었다. 식량 사정의 악화도 박차를 가했다. 신문이나 라디오에서 '일억 옥쇄*'라는 말을 보고 듣게 되니 개를 넘기는 것에 대한 저항이 체념으로 바뀌는 것도 어쩌면 자연스러웠다.

한 집 한 집 조용히 깃발을 내리듯이 개를 내놓았다. 신변의 위험을 느끼면서도 저항도 할 수 없어 모습을 감추고 있던 홋카이

---

* 옥처럼 부서져 죽는다는 의미로 공명, 충절을 위한 죽음.

도견은 홋카이도 전역에 있었다. 전쟁이 더 오래 계속되었다면 순혈 홋카이도견은 격감하고 멸종 가능성까지 있었다고 한다.

신지로가 홋카이도견을 키우게 된 것은 도요코와 살림을 차린 후였기 때문에 전쟁중에 있었던 개의 비극을 목격해서는 아니었다. 그러나 보존회의 동료들로부터 계속 당시 이야기를 들었다. 처음 키웠던 홋카이도견 이요의 '조부모'를 키운 주인은 산과 목장을 소유하며 소똥 퇴비를 연구하던 모범 농부로, 전황이 악화되자 산속의 숯막으로 개를 옮겨놓고 아침저녁으로 먹이와 물을 나르며 계속 숨겨서 키웠던 모양이다.

등화관제로 전등을 차폐한 검은 천이 치워진 것은 8월 15일 밤이었다.

뜰에 파놓은 방공호는 패전한 다음 주에 트럭으로 강모래를 실어온 신조가 눈 깜짝할 사이에 메워버렸다. 특별히 철판을 가공해서 만든 방화문을 열고 강모래의 상태를 점검했다. 강모래는 조금씩 침하하여 한 달이 지나자 문과의 사이에 조그만 공간이 생겼다. 지긋지긋하다는 듯이 모래를 더 넣고 두 발로 밟아다진 후 소리를 내며 철문을 닫는 아버지의 뒷모습을 도모요는 잠자코 지켜보았다.

공습을 받지 않아 전혀 피해가 없었던 공장은 한동안 내수에 한한 제조와 판매를 재개했다. 전쟁이 끝나고 이 년이 지나자 연합국 최고사령관 총사령부GHQ에 의한 경제 봉쇄가 완화되어 민간 무역이 재개되었다. 에다루 박하주식회사에서도 즉시 런던과 뉴욕을 향해 출하를 시작했다. 삼 년 전에는 도산을 각오한 채 꽉 막힌 어둠에 희망을 잃고 웅크리고 있던 신조의 미래가 봇물 터지듯이 환하게 열렸다.

"이걸 견디면 반드시 증산하던 때로 돌아갈 거네."

전시 중 신조가 했던 말을 기억하고 있는 종업원은 적지 않았다. 증산 체제하에서 사원들의 신조에 대한 신뢰와 회사에 대한 충성심이 커지는 것을 피부로 느꼈다. 박하의 품질은 더욱 향상되어 해외에서의 호평도 천정부지로 치솟았다. 신조의 미간에 잡힌 주름이 천천히 펴지고 피부에도 기름기가 돌았으며 목소리에도 윤기가 흘렀다. 집에서 신조의 웃음소리까지 들을 수 있었다.

그런 점진적인 호황이 적절한 고도를 유지할 무렵, 도모요에게 아버지와의 예기치 않은 여행이 갑자기 대두했다.

토요일 저녁밥을 먹고 나서 마음이 딴 데 있는 듯한 아버지가 돌연 말했다. "내일 삿포로로 영화나 보러 가자. 아침 첫 기차로 갈 거니까 늦잠 자지 마."

일요일 아침, 도모요는 동이 트자마자 일어났다. 아버지는 떠나기 전에 화장품 회사와 제휴하여 시험 제작중인 헤어스타일링 제품을 머리에 뿌리고 삿포로의 양복점에서 맞춘 양복을 차려입었다. 회사 중역이라는 의미가 무엇인지 알 것 같은 기분이었다. 열차 옆에 앉은 아버지에게 박하 향이 풍겨왔다. 이상하게도 아버지가 무섭지 않았다.

영화관에서 본 것은 미국 영화였다. 전쟁에서 기억상실증에 걸린 남자가 병원에서 도망쳤다가 우연히 만난 무희의 동정을 받아 결혼한다. 그러나 남자는 여행지에서 교통사고를 당해 다시 기억을 잃는다. 자신이 무희와 결혼한 일, 그사이에 아기가 태어난 일을 잊어버린 것이다. 반대로 전쟁 전의 기억만 되살아나, 실업가였던 아버지의 집으로 가서 돌아가신 아버지의 사업을 이어받는다. 남자는 성공 가도를 밟는다. 실종된 남편이 돌아오지 않아 실의에 빠진 무희는 자립하기 위해 비서 공부를 시작한다. 그러다 성공한 실업가가 된 남편을 신문기사에서 찾아내고 그의 회사에서 모집하는 비서 자리에 응모하여 채용된다. 그러나 남편은 비서가 아내였다는 사실을 전혀 모른다.

도모요의 마음이 차디차게 식은 부분은, 서로 사랑했다고 생각하는 아내여도 일단 기억을 잃으면 단지 낯선 비서에 불과하다는 점이었다. 서로 사랑했던 일은 연기처럼 사라지고 만다. 사람들은 왜 그렇게 덧없는 것에 의지할까. 영화 마지막에 남편의 기억이 되살아나 둘은 다시 사랑하게 된다. 하지만 기억이 되살아나지 않았다면 무희의 헌신적인 행동은 무의미하게 끝나고 말았을 것이다. 남자에게만 유리한 이런 이야기가 대체 어딨단 말인가.

신조는 영화 말미에 도모요 몰래 몇 번이나 눈물을 훔쳤지만 도모요는 전혀 감동하지 않았을 뿐 아니라 끓어오르는 분노를 참을 수 없었다. 괴로움을 당하는 것은 여자다. 남자는 자기가 원하는 대로만 여자를 찾으려 한다. 결혼 같은 건 하지 않아도 된다, 아니 난 절대로 안 할 것이다. 영화 관람 직후에는 그렇게 다짐할 정도였다.

극장을 나서자 눈이 살짝 붉어진 신조는 도모요를 삿포로 역까지 데려다주었다. "이제 거래처와 회식이 있어. 늦어질 테니까 삿포로에서 자고 갈 거야. 너도 이제 어린애가 아니니까 혼자 갈 수 있지?" 하며 에다루행 표를 사서 도모요에게 건넸다. 여전히 분노중이던 도모요는 "문제없어요" 하고 강하게 말하고는 신조에게 손을 흔들며 지체 없이 열차가 들어와 있는 플랫폼으로 걸어갔다.

그 후 아버지는 가족 아무도 모르는 여자와 만났다. 도모요가 그렇게 생각하게 되기까지는 아직 몇 년의 시간이 필요했다.

신조는 도모요가 스무 살이 되자 에다루 박하주식회사에서 일하게 했다. 입사 얼마 후 몇 명의 남성이 말을 걸어와 같이 식사를 하거나 영화를 보러 갔다. 처음으로 회사 동료인 남성과 영화를 보러 갔을 때 아버지와 본 영화가 기억났다. 먼지 냄새가 나는 영화관에서 아버지와 본 처음이자 마지막 영화.

남성과 식사를 하고 나란히 앉아 영화를 봐도 도모요의 마음이 열려 좋아하게 되는 일은 없었다. 도모요는 결혼 같은 건 덧없는 결합에 불과하다고 생각했다. 아버지와 어머니만 봐도, 둘 사이에 애정이 있다고는 도저히 생각할 수 없었다. 예전에 있었다고 해도 지금은 없어졌으니 없는 거나 마찬가지다.

애당초 남자의 마음을 도저히 이해할 수 없다. 남자는 정말 여자를 소중히 여기는 걸까. 평소 숨겨둔 본색을 갑자기 드러내며 제멋대로 뭔가를 밀어붙이려고 할 뿐인 게 아닐까. 아버지와 어머니 사이에 네 아이가 태어났지만 그 결합은 사랑이나 신뢰나 자애와는 다른 게 아니었을까. 부부라는 관계는 좀 더 동물적이고 불합리한 뭔가가 아닐까.

오빠 신지로는 아사히카와 출신의 도요코와 결혼했다. 도요코는 요리도 못하고 영리하지도 않다. 단지 웃는 얼굴이 귀엽다는 이유만으로 순식간에 그녀와 결혼하고 말았다. "오라버니, 도요코 씨 어디가 그렇게 마음에 들었어?" 하고 최대한 웃는 얼굴로 물어도 뭘, 그런 걸 물어봐, 하며 난처한 듯 눈을 내리깔 뿐 아내가 된 여자의 장점 하나 말하지 못한다.

일면식도 없던 타인이 우연히 알게 되어 친해지고 동물처럼 들러붙으면 아기가 생긴다. 어머니의 시중으로 아기가 태어난다. 아기가 운다. 기저귀를 하고 젖을 먹고 땀을 흘리며 운다. 울음소리는 실컷 들었다. 새끼 고양이도 강아지도 그렇게 큰 소리로 울지 않는다. 아기는 대체 뭐가 귀여운 건가.

어머니가 나가노에서 도쿄로 올라와 산파가 된 이유를 도모요는 알지 못한다. 가즈에 언니도 모를 것이다. 어머니는 아기를 낳는 것은 무서운 게 아니라고 말했다. 그리고 목소리를 낮춰 말을 이었다. "임부에게는 이런 말을 할 수 없지만, 굵고 큰 변을 보는 정도야. 아야, 아야, 하고 떠드니까 쓸데없이 아픈 거지. 사실은 쑤욱 나오는 거거든. 결혼도 출산도 머리로 생각하면 할 수 없어. 머리로 이리저리 생각하니까 어려워지는 거지. 누군가하고 부딪쳤다고 생각했더니 결혼을 하고, 정신을 차리고 보니 아기가 생겼다, 하는 정도가 딱 좋아. 물론 부딪친 상대는 잘 봐야지."

하지만 출산을 하는 소리는 진짜 아픈 것 같고 점점 비명이
된다. 어머니가 말하는 것처럼 쑤욱 낳는 사람이 정말 있을까,
아무래도 의심스럽다.

남자는 호의적인 얼굴과 부드러운 목소리로 말을 걸어온다.
목적은 다른 데 있다. 그걸 숨기고 싶어서 호의적인 얼굴을 한
다. 남자가 요구하는 것은 식사, 취사, 빨래, 밤일이다. 슈진主人*
이라고 할 정도니, 주종관계의 주인은 남자이고 여자는 따르게
되어 있다. 결혼하면 성이 바뀌고, 무덤도 남편 집안에 들어간
다. 그렇게 생각하면 노예 같은 것인데도 도요코 씨는 실실거리
며 믿음직스럽지 못한 느낌으로 집안일을 하고 있다. 저러고도
어엿한 부인이라고 생각하는 걸까.

그리고 곧 신지로와 도요코 사이에 딸 아유미가 태어났다. 받
아낸 사람은 요네였다. 가슴이 불어난 도요코는 집안일과 육아
에 쫓겼다. 도모요에게는 자신에게 없는 것을 눈앞에 늘어놓고
내보이는 듯 보였다. 이 무렵부터 도모요는 얌전한 둘째 언니 에
미코에게 사소한 일로 엉뚱한 화풀이를 했다.

신조의 첫 손녀가 태어난 해, 에다루 박하주식회사는 역대 최
고의 이익을 올려 주가가 급등했다. 신조는 윤기가 번들번들 흐
르는 얼굴로 빈번히 삿포로로 '출장'을 갔다. 주말에는 집에 없
는 것이 보통이 되었고, 곧 일주일 내내 집을 비우는 데까지 나

---

* 일본어의 남편이라는 뜻.

아갔다.

아유미가 세 살이 되려고 할 때 요네가 뇌내출혈로 급사했다. 쉰여섯 살이었다. 신조는 그 일을 경계로 몸 상태가 나빠져 임원 직을 내려놓았다. 가즈에가 요네 대신 가사를 맡았다. 아내도 일도 한꺼번에 잃은 신조는 차축이 빠진 자동차처럼 움직이지 않게 되었다. 그렇게나 바느질이 잘된 양복을 갖추고 있는데도 입는 것에 완전히 무관심해졌다.

신조를 대하기 힘들어하는 신지로는 제대로 말도 걸지 않았다. 가즈에도 도모요도 바쁘게 일하고, 낮에는 얌전한 에미코, 도요코와 어린애 둘뿐이어서 신조의 말 상대가 될 사람은 없었다. 신조는 아침부터 밤까지 누구와도 말 한마디 하지 않고 모르는 사이에 근처로 훌쩍 나갔다가 저녁때가 되어서야 돌아오는 일이 잦아졌다.

신조의 표정이 사라진 것을 가즈에가 알아챘을 때는 이미 치매가 시작되어 있었다.

신조는 아직 군데군데 눈이 남아 있는 유베쓰가와의 둑을 정처 없이 걷다가 쓰러졌고 그대로 숨을 거두었다. 이요가 갑자기 짖기 시작하더니 쇠줄을 당기며 소란을 피운 날이었다. 산책용 줄로 바꿔 맨 도요코가 이요에게 끌려가듯 당도한 곳에 신조가 쓰러져 있었다. 도요코는 신조에게 손도 못 댄 채 이요와 집으로 달려와 전화로 구급차를 불렀다.

요네의 사후에 태어난 맏아들 하지메가 유치원 들어가기 직전의 일이었다. 신조의 장례식 날 하지메는 심한 천식 발작을 일으켜 상복을 입은 도요코에게 업혀 집 밖으로 나갔다. 하지메는 그렁그렁 숨을 쉬며, 연이어 집으로 들어가는 조문객을 보고 있었다. 하지메는 어른이 되어서도 그 광경을 선명히 기억했다.

"하지메, 내일 드라이브 안 갈래?"

토요일 저녁, 하지메가 에스와 산책을 나가려고 개집 앞에 쭈그리고 앉아 있으니 뜰 너머에서 도모요가 웃는 얼굴로 다가왔다. 평소보다 새되고 일부러 꾸민 듯한 연극조의 목소리였다. 드라이브는 특별한 일이고 틀림없이 즐거울 테니까 당연히 가겠지, 하고 말하는 듯했다. 신지로와 도요코의 허락을 미리 받았다는 것을 몰랐던 초등학교 2학년 하지메는 갑작스러운 제안에 어떻게 답해야 좋을지 몰라 그저 멍하니 도모요를 올려다봤다.

"드라이브?"

"그래, 드라이브."

도모요가 미용실에 막 다녀왔고 평소보다 흥겨운 표정이라는 것은 하지메도 알 수 있었다. 초여름의 에다루는 나날이 신록이 짙어지고 바람에 나뭇잎 스치는 소리가 들려왔다. 기온은 아직 그렇게 오르지 않았지만 햇빛은 강하고 눈부시다. 뜰의 흙 위를 개미가 걸어가고 있었다.

하지메는 엄마를 따라 일주일에 한 번 천식 치료를 위해 병원에 다녔다. 기차에서 내려 버스로 갈아탈 때는 반드시 운전기사 왼쪽의 맨 앞자리 일인용 자리에 앉는다. 버스가 움직이기 시작하면 자신이 핸들을 돌려 운전하는 기분이었다. 브레이크도 밟는다. 정류장 이름도 모두 외웠다. 드라이브? 누구 차로?

하지메는 미니카를 모으고 있었다. 가장 좋아하는 차는 롤스로이스였다. 미니카치고는 큼직하고 중량감도 있으며 짙은 회색 도장이 금속적인 빛을 띠었다. 차 지붕을 잡고 움직일 때도 머릿속으로 핸들을 쥐고 있었다. 거실 탁자나 현관을 올라가 복도 위를 조용조용 달리게 한다. 조그만 타이어에 코를 갖다 대면 까만 고무 냄새가 났다.

"사로마 호수의 원생화원까지 드라이브 가는 거야. 하지메, 꽃 좋아하잖아. 지금쯤이면 여러 가지 꽃이 잔뜩 피어 있을 거야."

꽃보다는 분재를 더 좋아했다. 줄기도 잎도 가지도 모두 진짜인데 진짜 같지 않게 작아서 미니카와 비슷했다. 하지만 꽃도 좋아했다. 드라이브를 갈 수 있는 것은 기쁘다. 하지메는 도모요를 올려다보며 가볍게 고개를 끄덕였다. "갈게."

이튿날 언제 닷산 블루버드가 왔고 어떻게 뒷자리에 탔는지, 운전석에 앉은 남자가 어떤 표정이었고 무슨 말을 했는지, 나중에 하지메는 하나도 떠올릴 수 없었다.

정신을 차리고 보니 하지메와 도모요는 닷산 블루버드의 뒷자리에 앉아 있었다. 향수를 뿌린 도모요의 말투는 여느 때보다 조심스럽고 조용했다.

"예쁜 차네요, 신차예요?"

"아니, 아사히카와에서 우연히 신차나 마찬가지인 차를 찾았거든."

"에다루에서 또 블루버드를 모는 사람이 있어요?"

"있을걸. 지나친 적은 없지만."

운전하는 남자는 그 후로 한동안 입을 다물고 있었다. 아버지가 운전하는 도요펫 크라운보다 스마트하고 미래적이었다. 닷산 블루버드에서는 아주 새 차 냄새가 났다. 하지메는 뒷자리에 기대서 앉지 않고 몸을 앞으로 내밀어 대시보드를 주시했다. 남자가 핸들을 어떻게 잡고 좌우로 움직이는지 관찰했다. 정지했다가 다시 출발할 때는 기어 변속기를 움직이는 왼쪽 손등을 가만히 보았다. 아버지보다 운전을 잘했다.

도모요는 창을 절반쯤 열고 차 밖을 보고 있었다.

휙휙 바람 소리가 났다.

그 드라이브로부터 십 년 남짓 지나 도모요는 이미 사십대 중반이었다. 가즈에와 에미코를 포함한 세 자매는 이제 누구와도 결혼하지 않을 거라고 다들 생각했다. 그 무렵 고등학교 3학년이 된 하지메는 별안간 그날의 기묘한 드라이브를 떠올렸다. 자신은 분명 초대받지 않은 손님이었다. 고모는 중요한 데이트에 자신을 왜 데려갔을까.

대학생이 되어 여자애와 처음으로 식사하러 갔을 때, 하지메는 초등학생이었던 자신이 고모에게 방충제나 비상벨 같은 존재였음을 깨달았다. 데이트에서 돌아오는 길, 인기척 없는 곳에 자동차를 세우고 어두운 차 안에서 뭔가를 속삭이거나 어깨에 팔을 두르거나 그 이상의 행동을 하려는 배짱이 있다 해도 초등학생인 조카가 동승하고 있다면 그러기 어렵다. 놀다 지쳐서 푹 잠들어버리면 꼭 불가능한 일이 아니었을지도 모르지만.

작고 힘없는 번견이었던 자신이 처음부터 없었다면, 전혀 기억에 없는 블루버드의 남자와 고모는 결혼에 이를 가능성이 있었을까.

무의미한 가정이라고 여긴 하지메는 생각을 멈췄다.

뒷좌석의 창으로 들어오는 바람을 맞으며 도모요는 나무 냄새를 느끼고 있었다. 야마우치 노리타카가 자신에게 호의를 갖고 있다는 것은 알고 있었다. 그래도 야마우치와 교제를 계속하며 거리를 좁힌다든지 관계를 돈독히 하며 결혼을 전제로 사귀려는 마음은 도저히 들지 않았다. 근무 태도도 좋고 동료에게도 친절하다. 유복한 재목상 집안에서 자랐고 입고 있는 옷도, 신고 있는 구두도 삿포로의 백화점에서도 입수할 수 없는 것뿐이었다. 에다루 박하주식회사에서 일하는 것은 본인의 희망으로, 해외 거래가 중심인 회사를 고른 모양이다. 배속된 곳은 경리부였다. 꼼꼼한 성격에 맞는 부서였다. 한 번 이혼하고 재혼하지 않는 것도 본인의 문제라기보다는 아직도 영향력을 행사하는 어머니 탓일 거라고들 했다. 이대로 가면 경리부장이 될 테고 그다음에는 경리 담당 임원이 될 거라고 평가하는 목소리도 들렸다.

그런데 가업을 이을 예정이던 두 살 터울의 형이 난치병에 걸려 곧 에다루의 병원에서 삿포로의 대학병원으로 옮겨간다고 했다. 내년에는 둘째 아들인 야마우치 노리타카가 에다루 박하주식회사를 그만두고 야마우치 목재에 들어가기로 했다는 소문이 돌았다. 본인에게서는 아무 이야기도 듣지 못했다. 그러나 만

아들의 병세에 따라서는 언젠가 가업인 야마우치 목재를 잇게 되지 않을까.

자기 확신이 강한 도모요는 망상으로 가는 나선계단을 뛰어올라간다.

딱한 이야기이긴 하지만 야마우치 목재의 며느리로 살기는 싫었다. 딱 한 번 야마우치의 어머니를 언뜻 본 적이 있다. 자신도 외부에서 왔으면서 아주 옛날부터 야마우치 가에서 살아온 사람 같은 얼굴을 하고 있었다. 젊은 종업원을 부를 때의 목소리도 차가웠다. 그런 사람과는 한 지붕 아래서 살 수 없다. 병든 맏아들에게는 하지메 정도의 아들 둘이 있을 뿐이었다. 도쿄 출신인 부인은 대학 후배인 모양이다. 만약 병이 지지부진하게 되면 맏아들의 가족은 어떻게 될까.

자신은 이제 아기를 낳을 수 있는 나이가 아니다. 야마우치도 그것을 알고 접근했는지도 모른다. 경리부에는 더 젊고 귀여운 여사원도 있다. 언젠가는 맏아들의 아들에게 가업을 물려주기 위해 둘째 아들의 아내 자리에는 아기를 낳지 못할 나 같은 여자가 적합하다는 게 아닐까. 도모요는 곧바로 불필요할 만큼 머리를 굴려 일을 나쁜 쪽으로만 생각했다.

병으로 쓰러진 형은 도쿄의 대학에서 럭비부 주전 선수였다고 들은 적이 있다. 선이 가늘고 전혀 닮지 않은 동생은 대학에서 오케스트라에 속해 있었다고 한다. 굳이 비교하자면 도모요는 스포츠가 능한 사람을 좋아했다. 럭비든 야구든 흙투성이가 되어 웃는 얼굴로 있을 수 있는 사람이 좋았다.

가끔 회사 복도에서 지나칠 때 야마우치가 생긋 웃는 것은 결코 기분 나쁘지 않았다. 하지만 그 이상 다가와 팔짱을 끼거나 포옹하는 상상을 하니 싫을 것 같았다. 그래도 드라이브를 가자는 제안은 받아들이기로 했다. 나쁜 사람은 아니니 거절은 실례라고 생각해서다. 하지메를 데려가면 된다. 초등학생인 남자아이가 같이 가면 어색하지 않을 것이다. 도모요는 야마우치가 어떻게 여길지는 생각도 하지 않았다.

사로마 호수에 도착하자 세 사람은 차에서 내려 일본에서 세 번째로 넓은 호수를 멀리까지 조망할 수 있는 고지대로 걸어갔다. 사로마 호수는 조용했다. 하지메는 유치원에 다닐 무렵 아버지를 따라 빙어 낚시를 하러 온 적이 한 번 있었지만 햇빛이 눈부실 만큼 빛나는 수면을 바라보는 것은 처음이었다.

전망이 좋은 평평한 곳을 찾아 시트를 깔고 도모요가 가져온 도시락 삼인분을 펼쳤다. 사실 반찬은 대부분 가즈에가 만든 것이다. 닭고기 완자, 감자 샐러드, 하지메가 좋아하는 계란말이와 문어 모양의 비엔나소시지, 볏섬 모양의 조그마한 주먹밥, 한창 나오기 시작한 딸기. 보온병에는 호지차를 가득 담아왔다. 간식은 팥소를 넣은 둥근 찹쌀떡인 다이후쿠였다.

하지메는 재빨리 도시락을 먹어치우고 두 사람에게서 떨어져 꽃을 보거나 곤충을 보거나 하늘의 구름을 올려다봤다. 하지메가 이때 이름을 배운 꽃은 해당화, 큰구슬붕이, 갯활량나물, 갯별꽃, 하늘나리, 이질풀, 벌노랑이 등 헤아릴 수 없을 정도였다. 어머니가 들려 보낸 스케치북에 마음에 든 꽃을 스케치했다. 그러고 나서 하지메는 한동안 자신의 스케치를 식물도감에서 확인했다. 머릿속으로 이름을 몇 번이나 되풀이한 뒤 이번에는 도감의 그림을 그 옆에 베껴 그리는 일을 싫증도 내지 않고 반복했다.

사로마 호수는 석양이 수면을 빛나게 할 때가 가장 아름다워, 하고 야마우치가 말하고 해가 질 때까지의 시간을 이용해 아바시리까지 차를 달렸다. 조금 떨어진 데서 아바시리 형무소를 봤다. 야마우치는 "좀 더 가까운 데서 볼 수 있어"라고 말했지만 도모요가 "하지만 하지메한테 보여줄 말한 곳은 아니에요"라고 해서 가까이까지 가는 것은 그만두었다. 하지메는 아바시리 형무소의 벽돌로 만든 문이 멋지다고 생각했다. 그림을 그리고 싶었지만 말을 꺼내지 못한 채 거기서 멀어졌다.

기온이 떨어지기 시작했다. 사로마 호수로 돌아올 무렵 도모요가 차창을 닫았다.

거의 새 차나 마찬가지인 자동차의 냄새 속에 야마우치의 헤어스타일링 냄새와 도모요의 향수 냄새가 섞여 있다. 하지메는 답답해졌다. 그러나 원생화원에 도착해 차에서 내려 바람도 시원하고 전망도 훌륭한 장소에 서자 다시 기분이 느긋하게 풀어졌다. 차가운 공기가 상쾌했다. 낮에도 올라갔던 전망 좋은 고지대에서 내려다보자 호수 전체가 석양빛으로 물들었다. 하늘도 구름도 끝없이 붉었다.

"아, 예쁘다."

"예쁘네요."

하지메는, 이렇게 말하며 도모요를 보고 있는 야마우치의 얼굴을 쳐다봤다. 가족이 아닌 어른의 얼굴을 처음으로 가만히 쳐다본 기억은 두고두고 남았다. 하지만 야마우치의 얼굴은 나중에 생각해내려고 해도 석양에 빛나는 사로마 호수의 역광 뒤로 가라앉아 윤곽조차 떠오르지 않았다.

기온이 쑥쑥 내려갔다.

닷산 블루버드를 타고 에다루로 향했다. 사로마 호수에서 떠날 때는 이미 사위가 깜깜했다. 야마우치도 도모요도 피곤해졌는지 말수가 적어졌다.

"차가 어두워. 불 좀 켜줘."

꾸벅꾸벅 졸고 있던 도모요의 팔을 밀며 하지메가 말했다. 호흡이 점차 힘들어졌다. 천식 발작이었다.

"어? 뭐?"

"어두우니까 불 좀 켜줘."

"야마우치 씨, 불 켤 수 있어요?"

야마우치는 도모요가 아닌 하지메에게 말했다.

"저기 말이야, 자동차는 밤에 달릴 때 안의 불은 켤 수 없어. 밖으로 향한 라이트는 켤 수 있어도 말이야."

하지메는 이상하다고 생각했다. 어두운 방에는 불을 켤 수 있는데.

"밝게 해줘."

이렇게 말하려고 해도 기관지가 좁아져 목소리가 나오지 않았다. 도모요가 "어머, 왜 그래?" 하고 물었다.

"답답해."

운전석에도 들릴 만큼 그렁그렁 목이 울리고 괴로운 듯한 호흡 소리가 커진다.

"이 애, 상태가 안 좋은 것 같아요. 병원에 좀 가줄 수 있어요?"

"알았어."

하지메는 앉아 있을 수 없어 뒷좌석에서 무너지듯이 옆으로 누웠다. 그래도 호흡이 편해지지 않는다. 어머니가 있으면 흡입기를 준비하여 발작용 약을 흡입하게 해주었을 것이다. 도모요가 아무것도 할 수 없다는 걸 하지메는 알고 있었다. 힘들어져 턱으로 호흡하고 있는 사이에 스케치북이 발밑으로 떨어지는 소리가 났다. "답답해, 답답해." 하지메는 소리를 짜내어 말했다. 이대로 숨을 쉴 수 없게 되어 죽을지도 모른다고 생각했다.

"어쩌지. 이제 병원에 갈 테니까 조금만 참아. 괜찮아, 하지메. 힘내."

정신을 차리고 보니 하지메는 모르는 병원 안에 있었다. 진료실은 어두웠고, 묘하게 높은 천장에 있는 얼룩이 하지메를 묵묵히 내려다보고 있었다.

언짢아 보이는 의사가 청진기를 벗고 도모요에게 말했다. "심장에 잡음이 들리네요. 오늘은 천식 발작을 억제하는 약을 주겠지만 큰 병원에 가서 심장 정밀 검사를 받아보는 게 좋겠습니다."

도모요는 "알겠습니다" 하고만 말하고 고개를 숙였다.

하지메는 큼직한 컵에 물을 받아 한 번만 복용하는 발작용 가루약을 먹었다. 잠시 진찰대에 드러누워 있는 사이에 하지메는 잠이 들었다. 이후 어떻게 집으로 돌아왔는지는 기억이 없다. "심장에 대해서는 걱정할 것이 전혀 없고 문제도 없습니다." 단골 의사는 미지의 의사의 진단을 가볍게 받아넘겼다. 하지메는 음침한 진찰실의 썰렁한 공기와 침대의 딱딱한 베개를 떠올렸다. 그 후에도 어머니를 따라 일주일에 한 번 병원을 계속 다니면서 하지메의 천식은 썰물 빠지듯이 진정되었다.

도모요와 야마우치 노리타카가 그 후로 드라이브를 했는지 안 했는지 하지메는 모른다. 도모요는 독신인 채였다. 야마우치 목재의 후계자였던 맏아들은 삿포로의 병원에서 세상을 떠났다. 둘째 아들인 노리타카는 곧 퇴사하고 일족의 회사를 이어받았다. 남편을 잃은 형수와 조카들은 도쿄의 친정으로 돌아간 듯했다.

하지메가 막 중학생이 되었을 무렵이었다. 집 앞에서 자전거를 내려 어두워진 현관 옆에 세우려고 할 때 일을 마치고 귀가한 도모요가 자매들과 사는 집 현관으로 들어가려 하는 모습이 보였다.

"와아."

남자의 목소리가 들렸다. 도모요가 "으악" 하며 뒷걸음질쳤다. "미안, 미안" 하고 말하며 두 남자가 벽돌담 뒤에서 모습을 드러냈다. 도모요보다 어려 보였다.

"어머, 놀래라! 당신들이었어?"

도모요는 일변하여 들뜬 목소리로 웃기 시작했다.

아마 회사 동료일 것이다.

어쩐지 거북해져 얼굴을 숙인 하지메는 남자들에게 들킬까 두려워하는 것처럼 슬쩍 현관문을 열고 안으로 들어갔다. 건너편 현관 앞에서는 아직도 흥분된 목소리가 들렸다. 본 적 없는 고모의 모습이라고 생각했다. 하지메는 소리를 내지 않으려고 숨을 죽여 문을 닫았다.

9

자전거의 무거운 페달을 밟는다. 타이어는 아스팔트의 굴곡
을 그대로 더듬어간다. 핸들과 안장이 떨린다. 자전거 페달을 밟
는 동안 아유미는 살짝 지상에서 떨어진다.

초등학교 2학년 무렵 유베쓰가와 강변에 있는 공원에서 아버
지가 잡아주지 않고도 자전거를 탈 수 있을 게 되었을 때 두 발
이 지면에서 떨어진 사실에 전율과 기쁨을 느꼈다. 언제까지고
땅에 발이 닿지 않는 원운동. 자전거가 몸의 일부가 되고 가벼운
마음으로 타고 돌아다닐 수 있게 되어도 그 감각이 완전히 사라
진 것은 아니었다. 커브를 크게 그릴 때, 긴 언덕길을 내려갈 때
지금 **떠 있다**고 느낀다.

떠 있을 때의 기쁨과 두려움은 자신이 혼자라고 느끼는 것과
비슷했다. 신지로와 도요코의 맏딸에서 벗어나고, 하지메의 누
나에서 벗어나고, 구도 이치이에게서도 벗어난다. 타이어의 진

동이나 핸들의 떨림을 느끼는 것은 나 혼자다. 자신은 누구로부터도 멀리 떨어진 혼자라고 생각한다. 이 세상에 태어날 때 할머니 요네가 받아준, 이미 기억에도 없는 기억에서도 아주 멀리 떨어지고 말았다. 아기가 아닌 열여덟 살의 내가 자전거를 타고 있다.

요네로부터 물려받은 유전자가 아유미의 어떤 부분에서 작용하고 있다 해도 요네가 목격한 것이나 손으로 닿은 것, 잠자코 생각했던 것들은 아유미 안에 하나도 남아 있지 않다. 붉은빛을 많이 띤 자주색 피부에 하얀 베일 같은 얇은 태지胎脂를 뒤집어 쓰고 이 세상에 태어난 아유미를 두 손으로 받아내고 처음 말을 건 사람은 요네였지만, 아유미는 그저 울고 있었을 뿐이다. 철이 들기 전에 요네가 세상을 떠났기 때문에 할머니의 목소리도, 이야기하는 표정도, 걷는 모습도 기억에 없다. 어렴풋이 기억하는 것은 돌아가신 후에도 한동안 그대로 있었던 산원 앞의 기둥에 '정리, 청결, 정심'이라고 써서 붙인 종이였다. 어떻게 읽는지도 의미가 무엇인지도 모른 채 햇볕에 바래고 구겨진 종이에 쓰인 요네의 붓글씨를 유아인 아유미는 여러 번 올려다보았다. 그리고 원래는 산원에 장식되어 있던 종이로 만든 개가 자신들의 집에 오랫동안 먼지를 뒤집어쓴 채 무료하게 장식되어 있었던 것도 기억한다.

완만한 내리막길에 이르러 발을 멈춘 아유미는, 페달을 밟지 않아도 돌아가는 바퀴 소리를 듣고 있었다. 맨홀 위를 지나자 높낮이 차가 없는데도 쿵덕 하는 소리가 났다. 개었다가 흐렸다가

하는 여름 하늘 아래 아유미에게 다가오는 광경은 좌우로 갈라지며 뒤로 물러난다. 바람이 머리카락을 들어 올리며 귀 뒤로 술술 지나간다. 별이 보이지 않는 낮인 지금도 하늘 가득 별이 펼쳐져 있다. 지구나 태양을 포함한 원반 모양의 은하계 소용돌이가 천천히 소리 없이 돌고 있다. 그 은하계의 중심에서 커다란 폭발이 일어나고 있는 듯하다. 태양이 탄생하여 소멸하기까지 사용하는 에너지를 단 일 년에 방출해버릴 만큼의 대규모 폭발.

대학의 가장 큰 계단식 강의실에서 듣는 '천문학개론'은 망원경의 역사를 더듬으며 인간이 우주를 어떻게 파악하고 기술해왔는지를 돌아보고 물리학의 진전을 확인해가는 강의였다. 과제도 없고 출석을 부르지 않아 교양 과정에서는 가장 마음 편히 학점을 딸 수 있다는 평판이었다. 아유미는 강의 내용뿐 아니라 멋진 백발에 마른 멸치 같은 모습의 오가사와라 다카시 교수가 칠판에 쓰는 글씨에 시선을 빼앗겼다. 검지와 중지에 가볍게 끼운 하얀 분필을 엄지로 살짝 누르듯이 거침없이 써나간다. 거의 힘을 주지 않는 것처럼 보이는 손의 움직임에 흥미가 끌려 아유미는 일부러 강의실 맨 앞줄 왼쪽에 앉아 확인했다. 엷고 하얀 글자와 그림은 한 번에 쓴 것처럼 느슨한데도 기품 있고 읽기 쉽다. 태양이나 지구나 달 등의 구체도, 궤도의 타원도 마치 재서 그린 듯 균형이 잘 잡혀 있다. 그림 그리기를 좋아하는 아유미는 오가사와라 교수에게 재능이 있다는 것을 금방 알 수 있었다. 맨 앞줄에 앉아 또 한 가지 알게 된 것은 강의가 시작되면 교수의 두 귀가 붉은 기를 띠어간다는 사실이었다. 사소한 일에도 금세 볼이나 귀가 빨개지는 하지메를 가까이에서 봐왔기에 붉어지는 남의 귀에 곧바로 시선이 가고 만다. 초연하고 여유 있어 보이지만 이 노교수는 사실 지금도 사람들 앞에서 말하는 것이 고역인 게 아닐까. 단상을 올려다보며 쓸데없는 상상을 한다.

어려운 말을 하나도 사용하지 않는 오가사와라 교수는 갈릴레오나 뉴턴을 먼 친척처럼 말하고 각자가 자기 의견 속의 조리가 맞지 않는 부분을 어떻게 발뺌했는지, 천재들의 인간다운 수법까지 마치 보고 온 것처럼 말했다. 그래도 여전히 갈릴레오와 뉴턴이 물리학에서 거둔 엄청나게 큰 성취가 확실히 전해졌다.

"우주는 수학이라는 보편적이고 절대적인 언어로 파악되고 글로 나타낼 수 있습니다. 이 강의실에 앉아 있는 여러분 중에 수학을 비할 바 없이 아름답다고 느끼는 사람이 있다고 한다면 그것은 하늘 가득한 별을 바라보며 아름답다고 느끼는 것과 사실 어딘가에서 이어져 있는 것입니다.

인간의 마음은 도저히 수식이나 글로 다 나타낼 수 없습니다. 하지만 무한하다고 생각되는 우주에 대해서라면 수학으로 나타낼 수 있습니다. 물론 아인슈타인의 상대성 이론도 관측할 수 있는 현상으로서 구석구석까지 확인되려면 아직 시간이 걸리겠지요. 아무리 이론이 아름다워도 최종적으로 관측되기까지는 그 이론을 증명했다고 할 수 없습니다. 다시 말해 우주에는 글로 나타내지기를 기다리고 있는 것이 있다는 사실입니다. 수학이라는 장갑을 끼면 우리는 우주 전체를 두 손으로 붙잡을 수 있는 것입니다.

그럼 수업 등록을 마친 여러분과는 다음 주에 또 만납시다."

오가사와라 교수의 강의를 듣는 중에 생물학과에 진학하려
했던 마음이 인력의 영향을 받은 듯 커다란 커브를 그리기 시작
한 것을 알 수 있었다. 맨 앞줄의 왼쪽은 아유미의 지정석이 되
었다.

문으로 들어가면 곧장 나오는 잔디밭에 자전거를 세우고 아
유미는 교회로 들어갔다. 교회는 노크할 필요가 없어서 오히려
들어가기 힘든 느낌이 있다. 주일학교에 다닐 때는 그런 적이 없
었다. 교회에 들어가기를 주저하게 된 것은 이치이와 사귀고 나
서부터다. 그러나 여름 동안은 여기저기의 창이 열려 있었기 때
문에 마음이 제법 편했다. 성미 급한 가을이 찾아오면 곧바로 창
문이 탁탁 닫혀 아유미의 망설임이 다시 작동하기 시작한다. 하
지만 지금은 아직 한창 여름이다. 콘크리트 건물인 대학에 매일
드나들다 보니 목조 교회가 지금까지보다 더 낡고 그리운 장소
로 느껴진다.

아직 목사가 아닌 이치이에게는 교회 안에 정해진 위치가 없
다. 굳이 말하면 파이프오르간 앞이지만, 그것도 예배를 보는 아
주 짧은 시간에 지나지 않는다. 파이프오르간을 친 후 이치이는
이따금 몸 둘 곳이 없는 듯한 얼굴이었다.

예배당에 늘어선 의자 한가운데쯤에 서 있던 이치이는 실내
로 들어온 아유미를 똑바로 보았다. 웃는 얼굴이기보다는 곤혹
이나 불안이 먼저 비치는 어중간한 미소였다. 두 손에는 긴 빗자

루가 들려 있다. 교회 안에서 청소기가 소리를 내는 일은 없다. 지금도 빗자루와 쓰레받기를 사용하고 있다. 이치이는 전과 마찬가지로 의자와 의자 사이에 끼이듯이 서서 빗자루를 천천히 움직이고 있었을 것이다. 건반을 향할 때와 같은 정도로 이치이가 이치이답게 보이는 순간이었다.

"오랜만이야."

아유미가 말을 걸자 이치이는 한 손만 빗자루에서 떼고 가볍게 손을 들었다.

"오늘, 돌아온 거야?"

"응. 너는 언제 왔어?"

"난 7월 말부터 계속 여기 있었어."

이 말만 하면 다음에 무슨 말을 해야 좋을지 알 수 없었다. 아유미는 예배당의 맨 뒷줄에 앉았다.

이치이는 천천히 비질을 시작한다. 아유미는 그 옆얼굴이나 팔, 등, 머리 뒤를 거리낌 없이 가만히 봤다. 이치이가 모는 오토바이를 타고 그의 몸에 두 팔을 두른 채 달리는 일이 또 있을까, 하고 생각한다.

"어때, 대학은?"

빗자루를 움직이는 쪽에 시선을 둔 채 이치이가 묻는다.

"음, 재미있는 수업도 있지만 대개는 따분해."

"그래, 같구나."

"교토는 재미있는 곳 아냐?"

"신기한 것은 첫 이삼 주뿐이야. 뭐랄까, 여기보다 까다로운

점도 있고."

"까다롭구나."

"상대한테 어떻게 전하면 좋을지 망설이는 일도 있고, 어떻게 해석하면 좋을지 모를 때도 있어."

아유미는 자리에서 일어나 이치이가 있는 곳으로 다가갔다. 바닥에 놓여 있던 쓰레받기를 들고 쭈그리고 앉아 이치이가 슬쩍 옮기는 듯 쓸어내는 먼지를 받을 자세를 취했다.

"흐음, 여기 있을 때보다 신경을 써야 하는 거야?"

"그건 그렇지. 하지만 매일 뵈젠도르퍼를 칠 수 있어."

"아, 편지에 썼던 그 피아노."

"응."

쓰레받기를 든 아유미가 일어나 쓰레기통으로 갔다. 작년 여름, 이와 똑같은 일을 했을 때 아유미는 쓰레받기를 바닥에 놓고 이치이를 살짝 안았다. 당황해서 몸이 굳어진 이치이는 여기서는 안 돼, 하며 떨어지려고 했다. 아유미는 킥킥 웃으며 팔에 힘을 주었다가 탁 푸는 순간 이치이의 볼에 입술을 댔다. 이치이도 그것을 떠올리고 있을 거라고 아유미는 생각한다.

"바흐만 쳐?"

"대개는 그렇지만, 지금은 악보를 빌려 하이든의 소나타를 연습하고 있어."

삿포로에 급속도로 친해진 선배가 있다는 말을 어떻게 꺼내야 좋을지 망설이던 아유미는, 지금은 전하는 걸 그만두자고 문득 생각했다. 뭐가 어떻게 진행되어갈지, 상대가 사실은 뭘 요구

하는지 자신도 아직 모른다. 망설임이나 거리낌 없는 태도를 오히려 좋게 생각하는 자신에게 반쯤 놀랐다. 행동한 뒤 마음이 나중에 따라가는 일도 있을 정도였다. 그렇게 정리되지 않은 상태에서 일단 벗어나고자 한숨 돌리는 타이밍에 에다루로 돌아오게 되었다. 이 사태를 대체 어떻게 이치이에게 전할 수 있을까.

"점심, 여기서 먹고 갈래?"

빗자루의 움직임을 멈추고 이치이가 물었다.

"오늘은 목사님이 저녁때까지 농장학교에 계시니까 집에는 아무도 없어. 히야시추카* 만들게. 농장학교에서 어제 골판지 상자에 잔뜩 채소를 받아왔거든. 옥수수, 토마토, 오이, 계란말이, 햄, 이런 것들을 올려서."

이치이가 드디어 웃는 얼굴이 되었다. 아버지를 '목사님'이라고 부르는 것을 처음 들었다.

"그럼 어디 대접 좀 받아볼까."

교회 뒤에 세운 조그마한 독채가 사택이었다. 꾸민다는 생각이 집 어디에서도 보이지 않는 것은 남자 둘이서 살고 있는 탓일지도 모른다. 검게 빛나는 마룻바닥, 아무것도 놓여 있지 않은 탁자, 필요한 최소한의 것이 있어야 할 곳에 정리되어 있다. 교회의 연장 같은 실내였다. 아유미는 늘 이 집에 들어올 때 썰렁한 이치이의 고독을 느꼈다.

아유미는 히야시추카를 먹으며 이만큼 싱싱하고 맛이 진한

---

* 면 위에 오이, 숙주나물 등의 야채와 가늘게 채 친 돼지고기, 달걀지단 등을 올려 소스와 함께 비벼 먹는 냉국수.

채소는 오랜만에 먹는다고 생각했다. 면을 후루룩거리는 서로의 소리만 들린다. 다 먹자 이치이는 냉장고에서 사발 가득 앵두를 가져왔다. 요이치로 전근을 간 성도가 보내주었다는 단맛이 강한 앵두를 둘이서 말없이 먹었다. 자신은 그다지 거북하지 않은 침묵을 이치이는 어떻게 느끼고 있을까.

"하느님은 왜 처음에 '빛이 있으라'고 했을까?"

"……왜, 갑자기?"

"땅은 모양이 없고 휑뎅그렁했다는 것도 우주의 탄생 이야기처럼 들려. 갑자기 거기서 시작하는 것은 왜일까?"

이치이는 앵두를 입에 넣고 씨를 뱉은 뒤 잠시 생각하는 듯입을 다물었다.

"이삼천 년 전에는 지금보다 훨씬 빛이 소중했으니까 그런 거 아닐까? 밤이 되면 불을 피우지 않는 한 어둠이 지배했을 거고, 낮과는 달리 엄청나게 차가워졌을 테니까. 농작물을 키우는 것도 태양이고 말이야. ……커피 마실래?"

이치이에게 말하려고 했던 것을 그만둔 탓에 마음이 조금 편해진 한편 꺼림칙하기도 했다. 아유미는 커피를 마시며 자신도 놀랄 만큼의 달변으로 오가사와라 교수의 강의 이야기를 시작했다.

밀리파망원경이라는 최신 전파망원경은 은하의 일생을 해명하기 위해 만들어졌다. 태양이나 별의 빛을 프리즘으로 분해하면 무지개와 같은 일곱 가지 색의 스펙트럼이 되는데 별에서 방출되는 스펙트럼을 밀리파망원경으로 관측하면 별이 어떤 물질에서 나왔는지, 온도는 어느 정도인지를 알 수 있다. 그리고 우주에 어떤 원소가 존재하는지도 시시각각 해명되었다. 특히 이제 막 탄생한 별의 주위에는 새롭고 복잡한 원소가 집중적으로 관측된다는 것을 알 수 있었다. 생명의 탄생은 지금까지 탄소, 질소, 수소를 주요 성분으로 한 복잡한 원소가 원시 바다에서 합성되고 거기에서 단순한 단백질 같은 것이 생겨나고 얼마 후 생물로 진화했다고 생각되었다. 그런데 최근 밀리파망원경의 관측으로 별이 탄생하는 가스 구름 속에 이미 생명의 징후, 생명의 실마리가 될 복잡한 원소가 포함되어 있다는 것을 알게 되었다.

시험 때문에 외운 내용을 거의 그대로 술술 설명할 수 있었다. 잠자코 듣고 있는 이치이의 얼굴을 보면서 이치이는 별이 총총한 하늘을 올려다보는 건 좋아해도 천체망원경으로 관측하는 것은 좋아하지 않을지도 모른다고 생각했다.

에다루 역을 내려다보는 위치에 홀연히 우뚝 솟은 표고 80미터쯤 되는 바위산 지캬쿠이와가 있다. 주변 일대를 조망하는 형상으로 구석기시대에 이미 성채 같은 역할을 한 듯하다. 수목에 가려져 잘 안 보이지만 중턱에 작은 동굴이 있다. 불을 피운 흔적이나 석기도 발굴되었다.

아유미가 초등학교 저학년일 때 지캬쿠이와에 천문대가 설치되었다. 고등학교 시절, 천문부 친구들을 따라가 계절마다 천체망원경을 들여다보았다. 거문고자리의 직녀성(베가), 백조자리의 알파성(데네브), 독수리자리의 견우성(알타이르)을 잇는 '여름의 대삼각형', 가을에는 '페가수스의 대사각형'을, 겨울에는 큰

개자리의 시리우스, 작은개자리의 프로키온, 오리온자리의 베텔게우스로 형성되는 '대삼각형'을 보았다. 무엇보다 겨울의 은하수가 엄청나게 예뻤다. 아유미는 그림으로 똑같이 그리는 건 도저히 불가능하다고 생각했다.

이치이와 함께 별이 총총한 하늘을 올려다본 일은 몇 번쯤 있었다. 둘이 오토바이를 타고 읍내 변두리 구릉지대에 있는 광대한 목장으로 가서 라이트를 끄고 하늘을 올려다보았다. 별이 총총한 삼백육십 도의 하늘은 빛이나 전파만이 아니라 **무음의 소리**가 내려오는 것 같았다. 그러나 가을의 관측회에 가자고 했을 때 이치이는 드물게도 언짢은 목소리로 "나는 됐어" 하고는 거절했다. 아유미 외에도 천체 관측 동료가 있어서였는지도 모른다. 아유미는 그 뒤에도 이치이에게는 권하지 않고 친구와 관측회에 갔다.

"언제까지 있을 거야?"

이치이는 접시를 씻으며 물었다.

"다음 주까지는 있을 것 같아."

이치이는 한동안 조용히 있었다. 육감이 빠른 이치이가 짧은 시간에 뭔가를 판단하고 있는 것을 알 수 있었다.

"나는 8월 말까지 여기에 있다가 9월이 되면 교토로 돌아가. 괜찮으면 내일 예배에 올래?"

"응, 알았어."

아유미는 설거지를 돕고 원래처럼 아무것도 올려 있지 않은 탁자를 확인하고 나서 사택을 뒤로했다. 아유미는 이치이가 억지로 붙잡는 상상을 잠시 하고는, 그러지 않는 사람이 이치이라고 생각한다. 이치이는 작은 목소리로 그럼 잘 가, 라고만 말하며 아유미를 배웅했다. 아유미는 자전거 페달을 세게 밟았다. 한번쯤 돌아보려 했지만 그러지 못했다.

아유미는 이튿날 예배에 가지 않았다.

아침을 먹고 지로 산책을 시킨 다음 자전거를 타고 농장학교까지 가기로 했다. 선크림 바르는 것을 잊어 팔이 따가워지기 시작할 무렵 드디어 문 앞에 당도했다. 부지 내에는 들어가지 않았다. 밀짚모자를 벗자 땀에 젖은 머리가 서늘했다. 문에서 예배당 쪽을 봤지만 잎이 무성한 여름 숲에 가려 건물은 하나도 보이지 않았다. 거기서 다시 자전거를 타고 이시카와 다케시가 죽은 언덕길로 향했다. 오르막길이 시작되자 엉덩이를 들고 페달을 밟았으나 곧 내려 자전거를 밀며 올라갔다. 길 양쪽 숲에서는 깽깽매미가 쉬지 않고 울었다. 깽깽매미의 울음소리를 들으면 에다루에 돌아왔다는 것이 실감난다. 아유미는 숲의 난쟁이가 드릴로 공사를 하고 있는 듯한 깽깽매미의 음색이 좋았다.

다케시가 죽은 곳은 금방 알 수 있었다. 농장학교의 누군가가 이따금 꽃을 두는 듯 시든 꽃다발이 놓여 있었다. 갓길에 자전거를 세우고 쭈그리고 앉아 합장을 했다. 신에게 기도하는 것이 아니라 죽어 재기 되어 어딘가의 묘에 들어 있을 다케시를 생각하며 손을 모았다.

사별과 생이별은 차이가 있다. 어머니가 없어졌다는 점에서는 이치이도 다케시도 같은 처지였다. 이치이에게 다케시의 갑작스러운 죽음은 아유미의 상상을 넘어선 큰 사건이었을 것이다. 다케시가 죽지 않았다면 이치이는 신학부를 택하지 않았을지 모른다. 목사인 아버지에게 반발하여 자신의 인생은 스스로 결정하겠다고 말한 뒤였으니 더욱 그랬다. 신학부에 진학하지 않았다면 이치이는 삿포로의 대학을 선택하여 아유미와 더욱 깊어졌을지도 모른다.

헤어진다는 것 안에는 멀어지는 힘과 함께 돌아오는 힘이 작용하는 것 같다. 아유미는 정신이 아찔해질 것 같은 타원을 그리는 혜성의 궤적을 좋아했다. 혜성 중에는 두 번 다시 돌아오지 않는 것도 있다. 이백 년이 걸려 돌아오는 것도 있다. 태양에 다가갈수록 꼬리를 길게 끌고 빛나며 태양으로 얼굴을 향하는 혜성. 어떤 인력의 영향을 받지 않고 그저 똑바로 나아가는 혜성은 하나도 없다. 자기 뒤에 꼬리가 뻗어 있는 것을 상상했다. 이치이와 지금 헤어지게 되어도 그것은 헤어짐이 아닐지도 모른다. 이런 식으로 생각하는 것도 아유미 안에 천문학이 자리 잡았기 때문이다.

오가사와라 교수는 특히 뉴턴을 좋아했다. 뉴턴의 에피소드를 말하기 시작하면 목소리에 한층 열기를 띤다. 귀도 더 심하게 붉어진다.

아이작 뉴턴은 1642년 12월 25일에 태어났다. 아버지는 석 달 전에 세상을 떠났다. 미숙아여서 살기 어려울 거라고 산파는 예상했지만 기적적으로 목숨을 부지했다. 어머니는 아이작이 세 살 때 목사와 재혼했다. 아이작은 할머니가 거뒀다. 여전히 몸이 작고 가끔 동급생에게 괴롭힘을 당했지만 학업 재능을 인정받아 결국 케임브리지 대학에 진학했다.

뉴턴은 다양한 실험 및 관찰을 하면서 천문학, 물리학, 광학, 수학의 새로운 영역을 개척했다. 케플러, 갈릴레오에 이어 '창세기'에 그려진 이 세상의 시작과는 다른 세계의 성립을 차례로 밝혀나갔다. 그러나 뉴턴은 무신론자가 아니었다. 역학 연구를 집대성한 주요 저서 《프린피키아(자연철학의 수학적 원리)》에서 이렇게 썼다.

"태양, 행성, 혜성의 웅장하고 화려하기 그지없는 체계는 전지전능한 존재의 깊은 생각과 지배에 의해 생겨난 게 아니라면 달리 있을 수 없습니다. 또한 항성이 다른 동일한 체계의 중심이라고 한다면 그것들도 같은 전지전능한 존재의 의도 아래 만들어져 모든 게 '유일자'의 지배에 복종하는 것이어야만 합니다. 그중에서도 특히 항성의 빛은 태양의 빛과 동일한 본성을 가지며 온갖 체계는 온갖 체계에 서로 빛을 돌려보내기 때문입니다. 게다가 이 항성을 중심으로 하는 여러 체계가 그것들 자신의 중력에 의해 서로에게 낙하하지 않도록 이것들을 서로 무한한 간격으로 놓아둔 것입니다."

뉴턴은 만년에 성경 연구에 몰두했다. 그중에서도 '다니엘서'와 '요한계시록'에 대해서는 천문학과 수학에 의한 분석을 더하며 성경에는 세계의 시작부터 종말에 대한 예언이 포함되어 있다고 믿었다.

"뉴턴의 오컬트라고 정리해버리는 사람이 많습니다만, 현재의 우주물리학은 겨우 대해의 파문에 한순간 떠오른 작은 거품 안쪽을 연구하고 있는 것에 지나지 않습니다. 조류도 해구도 대해 위로 퍼지는 대기도 전혀 시야에 들어 있지 않습니다. 뉴턴이 말한 것은, 백 년 후에 다른 형태로 증명되는 경우가 있을지도 모릅니다. 아무튼 뉴턴만큼의 두뇌를 가진 인간도 거의 없으니까요. 오컬트라며 정리해버리는 연구자는 갈릴레오 이전의 세계에서 천동설을 믿었던 것과 같을지도 모릅니다. 조소하는 태도만큼 비학문적인 것은 없다는 사실을 잘 기억해두세요"

아유미가 뉴턴의 연구에서 가장 마음에 들었던 것은, 빛은 미립자로 만들어져 있다고 처음으로 주장한 점과 그것이 이백 년 동안 누구에게도 지지받지 못하고 보강도 되지 않은 채 그대로였다는 점이다. 그 후 뉴턴의 가설은, 빛이 파동이라는 설이 굳어져감에 따라 일단 잊힌다. 그런데 20세기에 들어 곧 아인슈타인의 광양자 가설이 등장함으로써 갑작스럽게 되살아난다. 현재 과학계에서는 광입자설을 이끌어내는 뉴턴의 이론에는 오류가 있었지만 결론은 옳았다고 해도 좋다는 사실이 분명해졌다.

빛의 입자는 소리를 낸다.

오가사와라 교수는 광전자 증배관을 설명하며 미소를 지었다.

"여러분의 망막도 광전자 증배관 같은 것입니다. 단 다섯 개나 여섯 개의 빛 입자가 망막에 닿는 것만으로 여러분의 신경세포가 활동하여 뇌에 신호를 보냅니다. 다만 광전자 증배관은 더 정밀하고 민감합니다. 단 하나의 빛 입자에도 반응하니까요."

광전자 증배관 안에 있는 금속판의 원자에 빛 입자 하나가 부딪침으로써 원자는 하나의 전자를 튕겨낸다. 그 전자를 받아 반응하는 다른 금속판에 전자가 부딪치면 이번에는 복수의 전자가 튀어나온다. 이것을 몇 번이고 되풀이하는 구조가 만들어져 있는 것이 광전자 증배관이다. 튕겨나오는 전자가 전류가 되기까지 전자를 증배시키고 거기서 발생한 전류를 증폭기를 통해 스피커로 연결하면 빛의 입자 하나가 부딪치기만 해도 탁 하고 소리가 난다.

"아무리 약한 빛이라도 빛인 한 똑같이 탁 하는 소리가 납니다."

오가사와라 교수는 준비한 녹음테이프에 담긴 그 소리를 강의실에 틀어주었다.

덧없는 듯한, 그런데도 딱딱한 것이 딱딱한 것에 부딪치는 분명한 소리였다.

"수백억 광년이라는 정신이 아찔해질 만큼 멀리 떨어진 별에서 온 약한 빛도, 조금 전에 태양에서 튀어나온 빛도 광전자 증배관이 포착하는 물질로서는 완전히 같다 해도 좋습니다. 빛은 미립자라고 한 뉴턴의 생각은 완벽히 옳았던 것입니다."

아유미는 입학한 지 삼 개월쯤 지난 여름방학 무렵에만 해도 교양 과정을 끝내면 물리학을 전공하려고 마음먹었다. 그렇게 정하자 잠자리에 들기 전에도, 아침에 눈을 뜬 후에도 우주 안에서 빛의 입자를 받으며 태양계 그리고 은하계의 소용돌이 속을 천천히 회전하며 살고 있는 자신이 상상되었다. 소에지마 아유미라는 존재는, 우주의 시간 안에서 보면 눈 한 번 깜박이는 순간도 안 되는 덧없는 꿈같은 것에 불과했다.

자신은 빛을 발하지 않는다. 죽어서 재가 되면 아무것도 남지 않는다. 아니, 그렇지 않을지도 모른다. 죽어서 남는 것이 있다면 그것은 말이 아닐까, 하고 아유미는 생각한다. 내가 아버지에게 했던 말, 어머니에게 했던 말은 한순간 공기를 진동시키고 차례로 사라진다. 그래도 부모님의 기억 속에 몇몇 말의 단편은 남을지도 모른다. 내 입에서 나온 말이 그 사람이 죽을 때까지 귓속에 머무는 기억으로 남는 일이 있지 않을까.

아유미는 봄에 에다루의 집을 나설 때 삿포로행 짐에는 넣지 않은 신약성경을 책장에서 꺼냈다. 적갈색 표지의 조그만 책을 팔랑팔랑 넘기면 교회 냄새가 난다. 요한복음 첫머리는 "한 처음, 천지가 창조되기 전부터 말씀이 계셨다"다. 처음에 말이 있었다면 끝에도 말이 있을 것이다. 내가 이치이로부터 멀어진다고 해도 이치이는 내 말을 기억해줄까. 내 말이 빛의 입자가 되어 이치이의 기억 증배관에 부딪혀 탁 소리를 낸다. 그 소리를 듣는 것은 내가 아니라 이치이다.

하지메는 코를 풀었다.

코를 풀자 자극을 받은 코가 더욱 근질거린다. 그러면 또 풀지 않을 수 없다. 가즈에 고모는 아버지 신지로도 젊을 때 비염에 시달렸다고 자주 말하는데, 하지메는 그런 기억이 전혀 없었다. 신지로가 자신과는 정반대인 인간이라고만 생각했다.

코 때문에 너무 고통스러워 침대 위에 벌러덩 눕는다. 하지메는 삿포로에서 돌아온 누나에게서 위태로움을 느꼈다. 뭔지는 모른다. 동생의 직감이었다.

이치이와 사귀기 시작한 무렵에도 말로는 설명할 수 없는 누나의 변화를 가장 먼저 느꼈다. 누나는 무슨 일에나 금방 몰두한다. 자신에게도 그런 경향이 있어서 누나의 감정 변화를 더욱 피부로 느낀다. 이치이라서 위험하다고 생각하진 않는다. 그러나 농장학교에서 탈주한 학생이 눈보라 속에서 동사한 사건에 가장 가까운 곳에 있었던 사람은 이치이였다.

이치이에게는 닫아둔 채 열리지 않는 문 같은 것이 있다. 문이쪽은 조용해서 남에게 경계심을 주는 것이 전혀 없다. 그런데 문 너머에는 맨손으로는 도저히 닿을 수 없는 것이 낮게 으르렁거리며 연기를 피우고 있는 것 같다. 그것을 가장 잘 알고 있는 것은 본인일지도 모른다. 엄중하게 자물쇠를 걸었다고 해도 소리를 내며 연기를 피우고 있는 뭔가가 진정되는 것은 아니다. 자물쇠가 걸린 것은 문뿐이다. 안쪽에 있는 형체 없는 것에는 자물쇠가 채워져 있지 않다.

자신도 자물쇠를 채우고 있다. 안쪽의 격렬한 뭔가를 억제하기 위해서가 아니다. 안쪽은 그저 텅 비었을지도 모른다. 그래도 바깥에서 들어오려는 것을 무슨 일이 있어도 막고 싶은 마음은 아주 강하다. 아버지도 어머니도 누나도 안 들어왔으면 좋겠다.

바깥이 어두워질 무렵 아유미가 돌아왔다. 곧 2층으로 척척 올라왔다고 생각했는데 아유미는 자기 방이 아닌 하지메의 방으로 들어와 아무 맥락도 없이 이렇게 물었다.

"저기, 유리는 빛을 어느 정도 통과시키고 어느 정도 통과시키지 않는지 알아?"

"뭐야, 갑자기."

"됐으니까, 유리를 통과하지 않는 빛은 어느 정도일 거라고 생각해?"

"투명한 유리 말이야?"

"물론이지, 반짝반짝 닦은 투명한 유리."

"그럼 전부 통과하는 거 아냐?"

아유미는 우위에 섰다는 표정을 지었다.

"전부라는 건 백 퍼센트 빛을 통과시킨다는 거야?"

"그래."

"틀렸어. 일부는 유리 표면에서 반사된대. 그럼 그 일부란 대충 어느 정도일 거라고 생각해?"

"몰라, 그런 건."

"그냥 떠오르는 대로도 좋으니까, 몇 퍼센트 정도라고 생각해?"

"으음, ……그럼 일 퍼센트?"

"그게 말이야, 평균 사 퍼센트야. 몇 번을 반복해서 실험해도 사 퍼센트래."

"흐음."

아유미는 심드렁한 하지메의 대응에 약간 불만스럽다는 듯 말을 받는다.

"신기하다고 생각하지 않아? 왜 사 퍼센트인가 하고 말이야. 왜냐하면 빛은 모두 같은 입자니까. 유리를 빠져나가는 입자와 그렇지 못하고 반사되는 입자가 있다는 게 이상하지 않아? 거기에 있는 차이가 뭐라고 생각해?"

"내가 어떻게 알아."

하지메는 분개한 듯이 말했다.

아유미는 하지메의 분개를 무시하며 말했다.

"당연히 유리 쪽에 빛을 반사하는 원인, 그러니까 특별한 점이나 구멍 같은 게 있지 않을까, 하는 설을 주창한 사람도 있었어. 하지만 그건 틀렸어."

하지메는 이미 누나의 이야기를 귀 담아 듣지 않으려는 표정이었다. 누나는 자기 바로 앞에 유리판이 떠올라 있기라도 한 것처럼 하지메의 눈이 아니라 하지메와 자신 사이에 있는 것에 시선을 맞추고 있었다.

"하지만 말이야, 뉴턴은 자기 손으로 정성껏 렌즈를 갈아 망원경을 만든 사람이었으니까 물론 그런 주장은 거들떠보지도 않았어. 경험적으로 그게 틀렸다는 것을 알았거든."

하지메는 누나가 무엇에 감탄하고 있는지 알 수 없었다. 아유미는 그제야 동생의 눈에 흥미로움이 전혀 깃들지 않았다는 것을 알아채고 입을 다물었다.

아유미는 오가사와라 교수가 강의 시간에 언급한 최신 밀리파망원경을 자신의 눈으로 보고 싶었다.

광학망원경으로는 수십억 광년보다 멀리 있는 천체를 보는 것이 어렵다. 우주의 끝을 알기 위해서는 빛의 힘으로는 도저히 미치지 않는 부분이 있다. 거기서부터는 전파망원경의 일이다.

밀리파망원경은 미타카의 도쿄 천문대에 있다고 한다.

캘리포니아의 팔로마 천문대에 있는 세계 최대의 반사망원경보다 구경이 1미터 큰 지름 6미터의 망원경.

에다루만큼은 별이 보이지 않을 도쿄에 최신 전파망원경이 있다는 게 의외였다. 빛보다 약하고 미미한 전파를 관측하는 망원경이라서 인구가 밀집된 평지보다는 인공물이 없는 고지대에 있는 편이 환경적인 면에서 좋지 않을까, 하고 아유미는 생각한다. 강의가 끝나면 그것에 대해 질문하려 했지만 결국 아유미는 손을 들지 못하고 강의실 계단을 제일 뒤까지 올라 문 밖으로 나갔다.

아유미가 에다루로 돌아온 날 밤은 쾌청했다.

아유미는 창문을 열어젖히고 불을 끈 방에서 창가 침대에 드러누웠다. 에다루가 아니면 볼 수 없는, 별이 흘러넘치는 듯한 밤하늘을 바라보았다. 헤아릴 수 없는 빛의 입자가 소리 없이 아유미에게 떨어진다.

이런 시간에 어딘가의 집에서 옥수수를 굽는 모양이다. 달콤하게 구워지는 노란 냄새가 아유미의 깜깜한 방으로 바람을 타고 들어왔다.

10

신지로는 늘 마른 손바닥에 불안의 씨앗을 쥐고 있었다. 이른 아침, 잊어버린 것을 생각해내기라도 한 것처럼 뭔가에 마음을 빼앗긴 얼굴로 일어나면 매일 같은 순서로 이불을 개며 자신의 건강 상태를 잠자코 자문했다. 허리가 어쩐지 무겁거나 뻐근하지 않은지, 목에 통증은 없는지, 두통의 징후는 없는지, 식욕은 있는지, 조금이라도 어제와 다른 점은 없는지.

어젯밤에는 세 번, 화장실에 가려고 일어났다. 저녁에 된장국을 먹은 것 외에는 맥주도 차도 물조차 마시지 않았는데 왜 먹은 수분보다 많은 소변이 모이는 걸까. 전립선 비대증은 아닐까.

사십대에 들어서자 당뇨병에 걸려 식이요법을 시작한 이래 담배를 끊고 "적당히만 마시면 됩니다"라고 의사가 말할 때까지 술은 한 방울도 마시지 않았다. 요컨대 고지식하고 사소한 일까지 걱정하는 데다 융통성이 없는 성격이다. 조금이라도 목이 아프면 스스로 편도선 약인 루골액을 바르고 누구보다 빨리 잠자리에 든다.

대학 동창회에 보내는 답신, 고정자산세의 납입, 화재보험, 생명보험, 자동차보험의 갱신 절차가 있고 잔액이 시시각각 변화하여 잠시도 안심할 수 없는 은행과 우체국저금 통장이 있다. 회사에서 받은 건강진단에서 정밀검사가 필요하다고 한 이래 날짜가 지나버린 간 기능 검사에 대해 에다루 중앙병원에서 검진을 재촉하는 통지가 왔다. 다다미 넉 장이 깔린 방의 옷장 서랍에는 늘 서류가 쌓여 있어 신지로를 불안하게 만들었다.

아유미는 언제까지 독신으로 있을 생각인가. 하지메의 취직은 어떻게 될까. 애초에 문학부 따위를 졸업한 하지메가 무슨 일자리를 얻을 수 있을까. 신지로는 짐작도 할 수 없었다. 그러나 언젠가 두 사람은 각자의 가정을 꾸릴 것이다. 에다루의 집에 머물며 여기서 죽어가는 사람은 자신이고 도요코이며 가즈에, 에미코, 도모요 세 누이인 것이다. 어떤 순서로 각자 어떤 병을 얻어 죽어갈까.

홋카이도견도 암컷 이요에서 시작하여 마찬가지로 암컷인 에스, 3대째에 처음으로 수컷 지로를 키웠다. 이요와 에스는 진작 죽었고 사진과 혈통서만 남아 있다. 지금 개집에 있는 것은 상당히 나이 든 지로였다. 허얗고 털의 윤기도 좋아서 노견으로 보이지 않지만 아유미가 일 년에 한두 번밖에 돌아오지 않게 되자 분위기가 쓸쓸해진 듯하다. 지로는 아유미를 부모나 연인처럼 생각하는 게 아닐까. 지금은 어딘가로 가버려 안 보이지만 오직 돌아오기만을 기다리는 듯한 얼굴. 원래 망연자실한 표정의 개였지만 산책하고 있을 때 문득 멈추면 귀나 코로 아유미의 기미를 찾아내려는 얼굴이 된다. 아유미는 지로의 사진을 수첩에 넣고 다니는 모양인데, 지로에게는 그런 것이 없다.

도요코는 십 년쯤 전에 자궁근종 수술을 받은 이래 오랫동안 몸 상태가 좋지 못했다. 화끈 달아오른 얼굴을 하고 있나 싶으면 쌀쌀한 날에도 갑자기 이마에 땀방울이 맺히고, 말하고 싶은 것이 있어도 잠자코 있을 수밖에 없다는 표정으로 손 타월로 자꾸만 얼굴을 닦는다. 얼굴에서 웃음이 확연히 줄었다.

침실을 따로 쓰는 이유는 신지로의 코골이가 시끄럽다, 한 번 깨면 아침까지 잠들지 못한다며 자꾸 한탄하던 도요코가 먼저 제안해서였는데, 다다미 넉 장이 깔린 방에서 혼자 자게 된 신지로는 오히려 날밤을 새우게 되어 낮의 선하품이 늘었다.

바로 아래 동생인 에미코는 어느 사이에 우울증을 앓게 되었다. 몇 년쯤 전 초봄의 어느 날 도요코가 혼자 집에 있으니 옆집에서 훌쩍거리는 울음소리가 들려왔다. 언제까지고 그치지 않아 걱정이 된 도요코가 뜰을 따라 가즈에의 집을 살피러 갔더니 에미코가 소파 팔걸이에 어깨를 밀어붙이듯이 쓰러진 자세로 울고 있었다.

에미코는 이혼하고 집으로 돌아온 후에도 일하러 나간 적이 한 번도 없었다. 가즈에는 양로원에서 관리직으로 일하고 있다. 도모요는 직장을 전전하기는 했지만 항상 경리나 세무 관계 일을 하고 있기 때문에 평일 낮에는 에미코 혼자 있다. 여름휴가나

설 연휴가 되면 가즈에와 도모요는 자주 둘이서 해외여행을 가고 에미코는 그때마다 집을 지켰다.

말도 동작도 굼뜬 에미코에게 도모요는 여러 모로 심하게 굴었다. 집안일을 할 때도 "느리잖아. 그러다가 날이 저물겠다. 이제 됐으니까 다른 일 해"라는 말을 들었고, 빨래를 널거나 정성껏 개어 옷장에 넣는, 자기가 좋아하는 일까지 빼앗기고 말았다. 요리는 도모요도 서투르다. 〈생활의 수첩〉 같은 잡지에서 얻은 레시피를 기초로 재빨리 맛있는 요리를 만드는 일은 가즈에 담당이었다. 도모요는 세 자매의 가계부를 쓰고, 저금을 하고, 원래 아버지로부터 물려받은 에다루 박하주식회사 주식의 매각익을 운용하고, 증권회사와 빈번히 거래해서 약간의 목돈을 만들고, 그것을 밑천으로 해외여행 계획을 짜고, 삿포로에서 수입 옷을 사들이고, 레스토랑에서 식사를 즐겼다. 에미코는 그 모든 일에서 제외되었다.

도모요는 "오라버니는 혼자 벌어 두 아이를 키우니까 좀 더 잘 꾸려나가지 않으면 안 돼요" 하고 말하며 아유미가 대학에 들어간 무렵부터 신지로의 급여나 예금, 의료비를 캐물어 마치 제 집인 양 가계에 간섭했다. 도모요의 말투에서 사태를 파악한 도요코는 맹렬히 반발했지만 신지로는 "그럼 의료비가 늘어나면 당신이 확정신고를 할 거야?" 하며 할 줄 모른다는 사실을 확언하듯 호통을 쳤다. 에미코와 마찬가지로 돈을 벌지 않을 뿐 아니라 세금에 대한 지식도 없는 도요코는 자신을 저주할 수밖에 없었다.

에미코의 우울한 상태는 여름에 들어서도 전혀 개선될 조짐이 안 보였다. 도요코는 에미코의 상태가 나쁜 것이 가즈에와 도모요 탓이라고 생각하고 신지로에게 그 말을 하려고 했지만 처음부터 부정당하고 호통만 들을 게 뻔하기 때문에 아무 말도 하지 않고 삼켰다. 그 대신 도요코는 지로의 먹이를 에미코에게도 건네며 같이 돌봐주자고 권해보았다. 에미코가 어색한 모습으로 지로에게 말을 걸자 처음에는 경계하며 먹으려 들지 않던 지로도 점차 도요코의 얼굴을 확인하듯이 쳐다보며 주뼛주뼛 먹이를 먹게 되었다. 지로 앞에서는 가끔 웃는 얼굴을 보였지만 에미코의 우울증은 그 후로도 계속되었고 심한 날에는 침대에서 일어날 수도 없게 되었다. 단골 병원에서 처방 약을 바꾸자 심한 우울 상태는 진정되는 것 같았지만 말은 더욱 느려지고 반응도 둔해졌다.

왜 이렇게나 다를까, 하고 신지로는 생각한다. 가즈에도 에미코도 도모요도 그리고 자신도 외모는 신조나 요네와 닮은 데가 있다. 그러나 네 명은 모두 지능도 성격도 전혀 다르다.

도모요의 첫 시치고산 날 촬영한 사진 한 장이 있다. 오십 년도 더 된, 부모님도 함께 찍은 드문 가족사진이다. 신조가 오른쪽 끝, 그 옆에 가즈에, 신지로, 에미코, 도모요기 나란히, 왼쪽 끝에 요네가 있다. 신지로의 눈에는 세 누이의 기질이 이미 얼굴에 나타나 보였다. 자신의 불안한 듯한 표정도 스스로 생각해도 자기답다고 생각한다. 에미코의 용모는 어딘가 가엾다. 가즈에는 총명한 얼굴이고 도모요의 기승스러움은 눈과 볼 언저리에 드러난다. 이때 이미 소에지마 일가를 태운 보이지 않는 배는 밑바닥 언저리에서부터 서서히 바닷물의 침수가 시작되어 사고나 조난과는 또 다른, 시간이 걸리는 침몰을 향해 가고 있었다고 신지로는 생각한다.

홋카이도견을 키우게 된 계기는 우연한 일이었다. 태어난 지 아직 한 달밖에 안 된, 둥실둥실 구르듯이 걷는 암컷 이요를 신지로가 근무하는 에다루 박하주식회사의 상사 다니다 고키치에게서 넘겨받은 것이다.

다니다는 이사, 신지로는 그 밑에서 일하는 부공장장이었다. 이사라고 해도 다니다는 기계를 유지하고 정비하는 현장 주임으로서 매일 작업복을 입고 공장에 들어갔다. 장부를 정밀 심사할 때보다 계기의 눈금 바늘의 움직임을 읽고 밸브의 이음매를 점검하고 기계 고유의 진동음에 이상이 없는지 귀를 기울일 때 다니다의 눈빛은 강하고 생기에 넘쳤다. 고장은 반드시 작은 전조가 있다. 기계도 인간도 건성으로 흘려 보고 듣는 것이 가장 큰 고장의 원인이 된다. 이것이 다니다의 지론이었다.

그렇다고 그저 현장을 신경질적으로 관리하고 있지만은 않았다. 작업자에게 소탈하게 말을 걸고 농담을 하며 어깨나 등을 두드리는 모습을 흔히 볼 수 있었다. 어딘가 떠들썩하고 밝다는 의미에서는 묵묵히 전기 설비를 점검하고 조정하기만 하는 신지로와는 대조적이었지만, 다니다가 열두 살이나 많고 서로의 기질도 아주 달라서 오히려 어렵지 않게 다가가고 마음 편히 대화할 수 있었을지도 모른다. 자신들의 눈과 귀와 손이 공장을 유지, 점검, 정비하고 품질 좋은 박하뇌와 박하유를 만들고 있다는 자부심은 꼭 겹쳐 있었다. 그것이 서로를 신뢰하는 토대가 되어 주고받는 말을 대신하기도 했다.

경영진의 한 사람인 소에지마 신조의 맏아들이라서가 아니라 다니다의 확신에 기초한 후원이 있었기 때문에 신지로는 젊은 나이에 부공장장이 되었다. 공장 근무자 중에서는 드물게 대학을 졸업한 경력과 전기 기사 자격증 덕분에 표면상 이의를 제기하는 사람은 없었다. 신지로의 착실하고 과묵한 활약이 적을 만들지 않기도 했다. 신지로에게는 노골적인 출세욕도 느껴지지 않았다.

부공장장이 된 신지로는 다니다의 권유로 술을 마시러 다녔다. 신지로의 취미가 자신과 같은 계곡 낚시라는 것을 안 다니다는 오래된 친구처럼 신지로를 대하기 시작했다. 낚시 이야기로 다니다를 더욱 가깝게 느낀 신지로는 기계를 다루는 다니다의 표정이나 동작까지 납득할 수 있을 것 같았다.

그래도 둘이서 낚시를 간 것은 손으로 꼽을 수 있는 정도였다. 둘 다 낚시는 혼자 하는 것이라고 생각하기 때문이다. 다니다는 그날 낚은 산천어를 안주로, 신지로를 자기 집으로 불러서는 낚은 물고기보다는 놓친 물고기의 전말을 열심히 이야기하며 먹고 마시기를 즐겼다. 다니다의 이야기를 듣는 신지로의 머릿속에는 계곡물의 바위 뒤에서 어두운 소용돌이를 치는 물의 흐름, 수면에 덮이는 물참나무의 어린잎을 젖히는 바람, 반짝반

짝 빛나는 산천어의 몸통, 지느러미의 민첩한 움직임, 사나운 입
가가 생생하게 떠올랐다.

신지로는 툇마루에 준비된 방석에 앉아 밥상을 사이에 두고
다니다와 마주 앉아 술을 마시고 생선을 먹었다. 그저 고개만 끄
덕이고 있어도 좋았다. 맨 처음에 방문했을 때 다니다는 환한 목
소리로 "아내는 사촌누이라네"라고 말했다. 신지로는 약간 동요
했지만 원래 표정이 딱딱해서 안색의 변화는 없었다.

두 사람에게 아이는 없었다. 다니다의 아내는 부엌에서 척척
안주를 준비하여 상으로 날랐다. 봄에는 두릅 초된장 무침이나
두릅 싹 튀김, 머위나 청나래고사리 등의 산채 요리가 맛있었다.
맥주를 마신 뒤에는 술을 따뜻하게 데워 다니다와 신지로가
주고받는 술잔에 기분 좋은 얼굴을 보여줄 뿐, 이야기에 끼어들
지 않았기 때문에 상사의 아내라며 마음 쓰지 않아도 되었다. 사
촌지간이라 사이가 좋은 건지 어떤 건지 신지로는 알 수 없었다.

도요코가 손님에게 이 정도로 솜씨 좋게, 마음 편히 대접할 수
있다면, 하고 신지로는 생각했다. 도요코는 요리도 손님 접대도
서툴렀다. 두세 번 동료나 부하를 집에 초대했지만 도요코는 물
론 신지로도 완전히 두 손 들고 말았다. 애초에 자신도 손님을
어떻게 대접해야 좋을지 몰랐다. 이런 것을 잘하는 집과 그렇지
않은 집이 있는데, 다니다의 집에 있으면 흉내를 내보려 해도 우
리는 안 된다는 사실을 체념하는 동시에 납득했다.

다니다의 집을 방문하는 즐거움은 또 있었다.

현관 왼쪽에 있는 부엌문 근처 개집에 홋카이도견 한 마리가

있었다. 주인 이외의 인간에게는 붙임성이 없는 개였기 때문에 손을 뻗거나 말을 걸지는 않았지만 감정을 드러내지 않고 가만히 뭔가를 기다리는 모습에 금세 끌렸다.

어느 날 오랜만에 다니다의 저녁식사 초대를 받고 그 집에 갔는데 개가 없었다. 의아해하며 현관으로 들어서자 봉당 구석에 칸막이가 있고 태어난 지 한 달도 채 안 된 강아지 네 마리가 어미 개의 배에 우르르 몰려들어 젖을 빨고 있었다. 현관에 짐승의 달콤한 냄새가 떠돌았다. 어미 개는 어찌할 바를 모르는 듯한 얼굴이었지만 강아지들은 제 마음대로 움직이고 있었다. 어지간히 젖을 먹었는지 동글동글한 몸과 더부룩한 털에는 방약무인한 기세가 있었다. 밑동이 두꺼운 원추 모양 꼬리는 우산 초콜릿 같았다.

다니다는 칸막이 앞에 쭈그리고 앉아 설명했다.

"이번에 처음으로 암컷을 길렀다네. 새끼를 낳게 하고 싶었거든. 낳긴 했는데 누구한테 어떻게 분양할지가 골치 아파. 혈통서도 있으니 원하는 사람은 있지만 아내가 보내고 싶어하지 않거든. 젖을 뗄 때까지는 정해야 하는데 말이지."

신지로는 어미 개와 네 마리 강아지 덩어리에서 떨어진 곳에 낡은 천이 뭉쳐 생긴 작은 언덕을 베개 삼아 정신없이 자고 있는 강아지를 보고 있었다.

"그놈은 느긋하고 귀엽긴 한데 약간 행동이 굼뜨다고 할까 움직임이 둔하다고 할까. 엉덩이 폭이 좀 넓을지도 모르겠네. 수컷도 아니고, 전람회 출전이 능사는 아니니까 아무 문제 없긴

한데.”

신지로는 완전히 무방비하게 자는 얼굴이 귀엽다고 생각했다. 입 밖에 내지는 않았다. 어미 개의 가슴에 돌진하여 얼굴도 보이지 않는 다른 네 마리는 같은 털이 꿈틀거리는 덩어리로만 보였다. 엉덩이 폭이 심사에 어떤 영향을 주는지, 넓으면 왜 안 좋은지 전혀 몰랐지만 다니다는 자세히 설명하지 않았다. 물어볼 필요도 없을 것 같아 신지로는 아무것도 묻지 않았다. 말 한마디 한마디에서 다니다가 지금까지 여러 차례 홋카이도견 전람회에 출전해 실적도 올렸나보다 짐작할 수 있었다.

“다른 놈들보다 젖도 잘 안 먹어. 하지만 튼튼하게 자라서 체격에 손색은 없지. 털 모양도 좋고. 병은 아닐 거야. 암컷이고 게걸스럽지 않아. 성격이 원래 그런지도 모르겠네. 열효율이 좋은 보일러 같다고나 할까.”

다니다는 이렇게 말하며 쑥스러운 듯 조그맣게 소리 내어 웃었다.

이미 신지로는 호의적인 눈으로 잠든 한 마리를 차분히 지켜보기 시작했다. 암컷이라고 하니 암컷으로 보인다. 다른 네 마리는 봐도 성별을 알 수 없다.

신지로는 도요코와 의논도 하지 않고 젖떼기를 기다렸다가 다니다에게서 강아지를 받아왔다. 이렇게 해서 집에 온 개가 첫 홋카이도견 이요였다.

이요를 돌발적으로 데려온 이유는 귀여워서만은 아니었다. 신지로는 이요에게 작은 희망을 걸고 있었다. 신지로와 도요코가 소에지마 가에서 지내게 되면서 오래된 집 안에 불온한 공기가 일기 시작하여 조용히 압력이 높아져갔다. 도요코가 시누이들의 눈치를 살피며 느낄 위화감을 어떻게 하면 줄여줄 수 있을까. 천진난만한 개가 감압기가 되어주지 않을까 하는 희미한 기대가 있었다.

결혼하고 한동안 신지로와 도요코는 공장에서 도보로 십 분쯤 걸리는 가족 기숙사에서 살았다. 방 하나와 마루뿐인 좁은 단층집이었지만 신혼부부에게는 적당했다. 도요코는 어려운 시누이들과 떨어져 살 수 있다는 점이 무엇보다 좋았고, 무심코 있다가는 시어머니의 조산원을 돕게 되지 않을까 경계하고 있었기 때문에 함께 살지 않아도 되어서 내심 매우 기뻤다.

그런 나날이 어이없이 끝났다. 신지로는 도요코에게 어떤 의논도 없이 본가로 돌아간다고 선언하여 두 세대 일곱 명이 같이 살게 되었다.

그 무렵에는 이미 신조가 집을 비울 때가 많았다. 삿포로의 영업소에 담당 임원으로서의 자리가 준비되어, 일주일에 한 번은 임원회의에 출석하기 위해 에다루 본사로 돌아왔지만 어느새 삿포로가 중심이 되었다. 종일 공장에 있는 신지로는 아버지의 얼굴을 볼 기회가 줄었다. 신조는 맏아들 신지로가 아닌 막내딸 도모요를 불러내 생활비를 넣은 갈색 봉투를 건네는 모양이었다. 신조가 왜 삿포로에 가 있는지 신지로는 말을 얼버무리며 불편한 심사를 드러낼 뿐 도요코에게 그 이상의 설명은 하지 않았다.

조산원을 도우며 더부살이를 하는 노다 기누코를 포함하여 남자가 한 명도 없는 본가를 그대로 둘 수는 없다. 신지로에게 이런 마음도 있었을 것이다.

신지로가 본가에서 살기로 결심한 데는 또 하나의 이유가 있었다. 도요코가 첫 아이를 가진 것이다. 그렇게 되면 당연히 조산부인 시어머니가 받아주게 된다. 출산은 자택이나 조산원에서 산파가 시중을 드는 게 당연한 시대로, 거기에는 도요코도 이의가 없었다.

맏아들인 신지로에게 시집을 간다는 의미는 그 부모와 함께 사는 것이기 때문에 가족 기숙사에서 지낸 시간은 특별한 신혼 생활이었고, 집행유예가 지난 이상 어쩔 수 없다고 도요코는 마음을 고쳐먹었다.

그러나 도요코의 예상과 달리 시누이들은 도무지 시집을 가지 않았다.

맏딸 가즈에는 에다루에 새로 생긴 양로원에서 근무했다. 말도 동작도 느긋한 편인 둘째 딸 에미코는 세 자매 중 가장 편한 상대였지만 결혼은 좀처럼 힘들 것 같았다.

셋째 딸 도모요는 에다루 박하주식회사 경리과에서 일했다. 누구보다 강한 성격에 한 살 아래인 도요코에게는 노골적일 정도로 대항 의식이 있었다. 세 자매 중에서 제일 예쁘고 머리 회전도 빠르며 사교적이고 애교도 있기 때문에 틀림없이 곧 결혼할 거라고 도요코는 마음대로 생각하고 있었다. 그런데 신지로가 본가로 돌아올 때가 되어도 아직 결혼할 기미조차 없고 본가의 막내라는 위치를 최대한 살린, 여봐란듯이 응석부리는 목소리로 신지로 부부를 노골적으로 손님 취급하며 심리적으로 우위에 서려고 했다. 도요코는 자기 나름대로 필요하다면 가즈에나 에미코에게는 보여주지 않는 태도로 의연하게 반론하며 자신의 진지를 지켰다.

그러나 신지로는 누나인 가즈에에게 여전히 '신짱'이고, 두 누이에게 오빠다운 태도로 임하지 않으며, 아내와 시누이 사이의 조정자 역할도 하려 하지 않았다.

그저 수동적으로 있던 도요코는 세 자매에게 지는 일은 없을 거라는 그녀답지 않은 **자신감**을 갖고 있었다. 그 근거는 배 속에 있는 아기였다.

남자아이라는 확신이 있었다. 배를 찰 때의 강력함, 배가 불러오는 모양, 사람들에게 "남자아이 엄마의 얼굴이 되었다"는 말도 들었다. 신지로의 후계자는 자신이 낳는다. 마지막까지 소에지마라는 성을 쓰는 것은 남편과 자신의 아이들이다. 언젠가 도모요도 다른 성을 쓸 것이고, 기껏해야 일 년에 서너 번 손님 같은 얼굴로 찾아오게 되리라.

여덟 살이나 나이 차가 나는 가즈에는 이대로 집에 남을지도 모른다. 에미코의 결혼은 틀림없이 어려울 것이다. 그러나 도모요가 결혼하면 가즈에는 에미코와 함께 어딘가 다른 데서 조그만 집을 얻어 둘이 살지 않을까. 시부모가 건재한 동안에는 잠시 참을 수밖에 없다. 가족 기숙사에서 혼자 아이를 키우는 것보다는, 시어머니는 물론 시누이들이 있어 도움이 될지도 모른다.

신지로는 도요코보다 비관적이었다.

가즈에나 에미코는 물론 도모요조차 도저히 결혼할 것 같지 않았다. 외향적으로 보이는 도모요는 이따금 들어오는 혼담을 사진이나 신상명세서조차 안 보고 거절했다. 회사에서는 경리 담당자로 활발하게 일하는 것 같지만 뒤집어 생각하면 성격이 강해 대하기 힘든 여직원일 것이 분명하고, 어쨌든 결혼과는 인연이 먼 상태라고밖에 생각되지 않았다. 삼사 년 선배 직원을 주산이 느리다느니 장부의 숫자가 작다느니 펜촉을 낭비한다느니 차례차례 흠을 찾아내 신지로에게까지 열을 올려 말한다.

내심으로는 회사니까 타협점을 찾아라, 너의 약점을 다른 직원이 보완해주고 있는지도 모른다 등의 말을 해주고 싶지만, 그 몇 배의 힘으로 되받아치듯 오라버니는 아무것도 모른다니까, 하는 말을 들을 게 뻔해서 그저 입을 다물고 있었다.

요네는 그런 딸들에게도, 맏아들인 신지로 부부에게도 별 관심이 없는 모양으로, 조산부로서 매일같이 일에 쫓기고 있었다. 신조가 있었을 때도 집에서 떠난 뒤에도 어머니에게서 심경의 변화를 찾아볼 수 없어 아들로서 놀랄 수밖에 없었다. 어쩌면 신조가 없어져서 반쯤 기뻐하고 있는 걸까 싶기도 한다. 그렇다고 해서 요네가 밝아졌다는 뜻은 아니다. 산원에서 이따금 들려오는 생기 있는 목소리에는 집에서는 전혀 들을 수 없는 울림이 있었다.

신조가 없는 집에 신지로와 도요코가 들어오고 곧 이요가 들어왔다.

어미 개를 찾아 돌아다니며 히잉거리는 행동은 사흘도 지나지 않아 진정되고 신지로의 손을 살짝 깨물기도 하고 밥 달라고 조르며 몸을 비벼댔다.

신지로는 다니다에게 배운 대로 삶아 말린 생선의 찌꺼기를 잘게 잘라 밥에 얹고 된장국을 끼얹어 식힌 다음에 이요에게 주었다. 때로는 도요코에게 소 내장을 사오게 해서 밥에 섞어 주기도 했다. 아침저녁의 기온이 10도 가까이 오르게 되자 신지로는 뜰 앞에 개집을 지었다.

가즈에도 도모요도 개에게는 처음부터 무관심하고 에미코만 이요 앞에 쭈그리고 앉아 쭈뻣쭈뻣 말을 걸었다. 이요는 참 귀여워요, 하고 옆에 있는 도요코에게 에미코가 말하면 맞아요, 정말 귀여워요, 하고 도요코가 말을 받았다. 이요의 걸음걸이가 점차 견실해지자 신지로는 아침저녁으로 긴 산책을 데리고 나갔다.

도요코는 한동안 입덧이 심했지만 배가 불러오면서 식욕이 돌아왔다. 체중이 너무 늘지 않도록 요네는 도요코에게 걸으라고 권했지만 기껏해야 식료품을 사러 나갔다가 돌아오는 데 그쳤다.

"이 아이는 역아구나." 요네는 분만실 침대 위에서 도요코의 배에 두 손을 내어 평소에는 들어본 적 없는 부드러운 목소리로 말했다. "그쪽이 아니야, 머리는, 이쪽으로 해. 이쪽, 이쪽. 응, 그래그래, 응, 됐어, 됐어. 좀 더 움직여봐. 그래, 좋아. 응, 됐어. 여기 있으면 편하게 나올 수 있단다."

두 손을 천천히 돌리며 배 속 아기에게 말을 걸었다. 도요코는 요네의 손이 평소보다 따뜻해지는 것을 느꼈다. 시어머니의 손이라는 느낌이 가시고 배 속 아기도 그 따뜻함을 느끼고 있음을 알 수 있었다. 삼십 분이나 그렇게 있으니 "봐, 이제 제대로 돌아왔어. 착한 아기구나" 하고 요네는 웃는 얼굴로 도요코의 배를 향해 말했다. 집에서는 본 적 없는 얼굴이었다. 요네에게 도요코는 갓난아기를 가진 한 명의 임부일 뿐 며느리라는 의식은 어딘가에 두고 온 듯했다.

요네는 "말을 걸어줘. 배 안에도 들리니까" 하고 되풀이해서 말했다. 몇 번이나 침대에 눕는 동안 도요코는 요네가 자신의 이름을 한 번도 부르지 않았다는 사실을 알아차렸다. 아직 이름이 없는 아기를 가진 임부. 어머니와 아기가 서로에게 이름을 댈 필요가 없는 시간 안에 요네도 있었다.

임부와 태아가 시간의 흐름 앞에서 기다리고 있는 분만의 순간을 향할 때 요네에게 세상의 온갖 사건은 하찮기만 했다. 그렇게 주고받는 일을 매일 계속하는 중에 임산부와 마주하는 시간에만 자신이 싱싱하게 살아있다고 실감했다. 요네는 점차 남편 신조는 물론, 아들과 딸에게도 관심이 사라져갔고 그 사실을 알아채지도 못하고 있었다. 그만큼 그녀는 타인의 배에 있는 아기의 상태를 아느라 바쁘고, 그 아기를 무사히 받아내느라 바쁘고, 출산 직후의 산모와 아기의 처치와 지도에 바빴다. 그러나 요네는 자신이 바쁘다고 느끼지 않을 만큼 조산이라는 일에 깊이 빠져 있었다. 이렇게 해서 요네의 수명은 조산부 일에 의해 말 그대로 매일 조금씩 깎여나갔다.

　임신중인 상황에 부부가 익숙해지자 신지로는 도요코를 집에
둔 채 주말마다 계곡으로 향했다. 바위 위나 물속을 한 발 한 발
힘껏 밟듯이 거슬러 올라가 눈을 가늘게 뜨고 강의 어두운 수면
을 들여다보았다. 발 디딜 곳을 정하고 허리를 고정하여 낚싯대
를 던졌다. 그 후에는 기척을 죽인 채 산천어가 물기를 기다렸다.
　도요코의 남편, 태어날 아기의 아버지, 부공장장이라는 것들
은 모두 낚싯대와 줄과 바늘 끝에 모인 의식에서 흘러나가 시간
이 멈춘 무심한 장소로 빨려들어 사라져간다. 잠시 후 자기 자체
도 사라지는 듯한 감각에 휩싸인다. 신지로는 물고기를 낚는 재
미를 넘어 자신을 잃는 감각을 찾으려 낚시를 하는지도 모른다.
그러나 날이 저물어가자 시계를 보며 귀가를 준비한다. 낚싯대
를 정리하면서 도요코와 아기를 생각한다. 자신이 혼자 집을 떠
나 있다는 사실을 의식한다. 여기에 곰이 나타나면, 하고 문득
공포심이 솟아난다. 뒤를 돌아보고 숨을 죽이며 귀를 기울이고
천천히 허리에 찬 구슬을 흔들어 울린다. 근처의 수목에서, 신지
로가 깜짝 놀라 어쩔 줄 모르는 모습을 보고 있었던 것 같은 큰
유리새의 야들야들한 울음소리가 들렸다.
　신지로는 매주 계곡 낚시를 가는 장소를 바꿨다. 강이 바뀌면
낚이는 물고기도 바뀌기 때문이다. 농장학교의 안쪽 깊숙한 곳
에 원류가 있는 작은 강과 에다루 남서쪽에 위치한 숲과 구릉지
를 따라 흐르는 큰 강에서는 물고기의 종류도 색조도 기질도 전

혀 다른 것 같았다.

"그건 간사이와 간토* 사람의 기질이 다른 것과 같지." 다니다가 말했지만 신지로는 그렇지 않을 거라고 생각했다. 말투나 행동은 주변을 보고 배우는 것이다. 물고기의 행동이나 모양을 결정하는 것은 피와 환경일 것이다. 오천 년, 만 년이나 걸려 같은 강에서 산란을 하고, 같은 강에서 자란 물고기. 간토에서 나고 자랐더라도 오 년만 간사이에서 살면 주변 사람이 눈치채지 못할 만큼 동화할 수 있는 사람도 있을 것이다. 그러나 강에 따라 다른 물고기의 양상은 천 년 단위로 만들어진 피의 연결이어서 같은 산천어라도 종류가 다르다고 하는 게 맞지 않을까. 신지로는 속으로 그렇게 생각했다. 학문적으로는 어떤지 모르지만 아무리 봐도 그 강의 산천어와 이 강의 산천어는 다르다.

올여름이 끝나갈 무렵 도요코는 자신들의 아기를 낳을 것이다. 아버지가 된다는 실감은 전혀 없지만 도요코의 배는 분명히 하루하루 불러간다. 인생에는 왜 되돌아가기가 없을까, 하고 신지로는 생각한다. 때가 되면 산란하고, 수컷은 서둘러 알에 정자를 뿌리고, 알은 곧 치어가 된다. 부모는 힘이 다하여 또는 늙어 죽어간다.

이요의 형제는 홋카이도견이 항상 그렇듯 젖을 때면 한 마리씩 뿔뿔이 흩어졌다.

분양되면 부모자식 관계는 혈통서 안에만 남는다. 형제를 다

---

* 간사이에 비해 도쿄를 중심으로 한 지역을 말함.

시 만났을 때 냄새로 서로의 가까움을 알고 다른 개와 만났을 때와는 다른 감정을 느낄까. 어미 개를 만났을 때 아주 흐릿한 기억이 조금이라도 되살아나 짖고 싶어지는 가슴 두근거림을 느끼는 일이 있을까.

드물게 술을 많이 마신 날 밤, 신지로는 다니다에게 그 의문에 대해 물어봤다. 다니다는 취한 탓인지 신지로의 어깨를 평소보다 세게 두드리고 웃으며 말했다.

"그런 건 전혀 남지 않네. 개한테 과거는 없어. 번식은 있어도 가족 같은 것은 없지. 같이 자라며 훈련을 쌓으면 썰매를 끄는 한 무리를 만들 수는 있겠지. 하지만 그건 가족과는 다르다네. 그냥 무리지, 무리.

혈통서라며 호들갑을 떠는 쪽은 인간뿐이네. 잔손이 많이 가는 인간의 놀이지. 홋카이도견은 평생 혈통서를 짊어지고 살지만, 개한테 그런 건 알 바 아니지. 물론 전람회에서 우승하는 개한테는 그 나름의 부모가 있어서, 조부모가 있어서, 라고 말하게 되겠지. 하지만 그것도 말이야, 홋카이도견은 이렇지 않으면 안 된다, 하는 인간의 규정에 기초한 것이고, 거기서 벗어나 아아, 이 개가 귀엽다, 누가 뭐라 해도 이 개가 예뻐, 하고 생각하지 않는 놈은 개를 키울 자격 같은 건 없어."

이렇게 말하고 다니다는 어조를 바꿨다.

"하지만 나는 말이야, 전람회에서 언젠가 우리 개를 우승시키고 싶네. 홋카이도견을 키우는 건 이것으로 고작 네 마리째지만, 그런 마음이 점점 강해져. 요즘에는 혈통의 의미를 알 것 같네.

아무리 귀여운 강아지라도 혈통을 통과하지 못하면 우승 가능성이 없거든. 선택의 여지가 없는 정말 잔혹한 일이네."

다니다와 술을 마신 다음 날 신지로는 이요의 혈통서를 옷장에서 꺼내 밥상 위에 펼치고 처음으로 찬찬히 읽었다.

둘로 접힌 통지표 같은 이요의 혈통서에는 부모 두 마리, 조부모 네 마리, 증조부모 여덟 마리, 고조부모 열여섯 마리의 이름과 등록 번호가 함께 기록되어 있었다. 이요의 특징은 '오른쪽으로 감긴 꼬리'라고만 적혀 있었다.

처음으로 이요의 혈통서를 봤을 때 신지로는 깜짝 놀랐다. 인간인 자신은 조부모의 이름까지밖에 모른다. 그런데 이요는 거기서 두 세대나 거슬러 올라가 고조부까지 더듬어갈 수 있다. 이요의 친족은 부모까지 포함하면 서른 마리가 확실하다. 수명의 차이가 있을지도 모르지만, 인간의 경우 고조부만큼 떨어지면 거의 남이나 같지 않을까.

물론 이요는 서른 마리의 친족 중 아무도 모른다. 그런데 앞으로 이요가 혈통서를 가진 홋카이도견과 짝짓기를 하게 되면 모든 강아지에게 혈통서가 나온다.

아침저녁의 공기가 가을의 기색을 띠기 시작했다. 도요코는 예정일이 지나도 전혀 산기가 없고 요네도 도요코의 배를 만져보지도 않고 "아직이야"라고만 말했다. 그리고 도요코의 배를 향해 몸을 구부리고 말을 걸었다. "아직이지만 이제 곧이야. 오랫동안 거기에 있으면 심심하지 않아? 엄마 얼굴 보고 싶지? 그럼 이제 곧 나오렴."

그다음 날 밤중에 진통이 시작되어 요네가 도요코를 맡았다. 신지로는 아침 일찍 집을 나가 이요를 데리고 시원한 공기 속을 걷고 있었다. 유베쓰가와를 따라 난 길로 나가 한참을 갔더니 이요가 멈춰 서서 귀를 살짝 움직였다. 뭔가가 들린 모양이었다.

이요는 느긋했지만 소리에는 민감했다. 산책을 하고 있으면 멈춰 서서 뭔가를 생각하는 얼굴이 된다. 신지로는 그것에 따라 귀를 기울이지만 이요가 들은 것 같은 소리는 들을 수 없다.

이요는 갑자기 세게 끌듯이 하며 왔던 길을 되돌아가려고 했다. 지금까지 자신이 앞에서 끄는 일은 없었다. 신지로는 이요를 따라 되돌아가기로 했다. 이요는 짧게 코끝으로 컹 하고 짓고는 잔달음질을 쳤다. 곧 집에 도착하자 이요는 뜰로 돌아가 앉는 자세를 취했다.

신지로는 분만실에서 나오는, 고통스러워하는 도요코의 목소리를 들었다. 진정되지 않은 이요를 개집에 넣고 손을 씻고 있으니 갓난아기의 울음소리가 울렸다.

진통 시작 후 몇 시간 만에 아유미는 무사히 태어났다.

남자아이라고만 생각했던 아기가 여자아이라는 사실을 안 도요코는 깜짝 놀랐다. 자기편이 되어줄 사람이 **이 아이**라는 걸 실감하자 눈물이 흘러넘치고 아들인지 딸인지는 전혀 마음에 걸리지 않았다. 배와 허리 언저리의 근질근질한 감촉이 가라앉지 않듯 도요코의 마음속에 소용돌이치는 회오리바람이 아직 자리 잡을 곳을 찾지 못하고 있었다.

아유미가 태어난 후에도 요네는 한동안 탯줄을 자르지 않고 손에 쥔 채 박동을 확인하려 했다. 그러고 나서 기누코에게 가위를 들고 탯줄을 자르게 지도했다.

요네에게는 첫 손녀였지만 평소의 수순과 하등 다르지 않았고 표정도 같으며 특별한 이야기도 없었다. 아유미가 세 살 생일을 맞이하기 직전에 요네는 뇌내출혈로 돌연 세상을 떠났다. 자신의 손주를 받아낸 것은 처음이자 마지막이었다.

나가노에서 태어나 도쿄의 남의 집에 수양딸로 갔다가 다시 집으로 돌아온 요네는 친족이라는 것을 피부로 믿을 수 없게 되었다. 그것을 심하게 슬퍼하는 일도 사라졌다. 가즈에게도 도모요에게도 왜 조산부가 되었는지를 말할 수 없는 채 헤아릴 수 없을 만큼 많은 출산을 도운 요네는 초겨울의 눈을 볼 때마다 철들기 전 마차 안에서 본 나가노의 눈을 다시 혼자 보는 듯한 적요감에 휩싸였다.

그러나 그 쓸쓸한 감정이 요네의 입에서 말이 되어 나온 적은 한 번도 없었다.

11

　에다루에는 혼잡이라는 것이 없었다. 삿포로에서 대학 생활을 시작한 아유미는 누구에게도 방해받지 않는 자유를 손에 넣었다는 걸 알았다. 처음에는 주위 사람들을 아무도 모른다는 사실에 다소 불안했다. 곧 학생들 각자가 자유롭게 대학 구내를 오가고 서로에게 무관심한 광경이 이상할 정도로 마음에 들었다.

　'앞으로 나란히' 하는 조례나 음악에 맞춰 행진하는 운동회만이 아니라 책상과 의자가 바둑판처럼 배치된 교실에 아침부터 계속 앉아 있는 것을 자신은 애초부터 좋아하지 않았다는 사실을 깨달았다. 대학에 들어와 새삼 자신이 무엇을 좋아하고 싫어하는지 하나하나 구체적으로 알아가는 느낌이었다. 하숙집에 밤늦게 도착해 아침이면 닫힌 창문을 열고 눈앞에 펼쳐진 광경을 그저 수동적으로 바라보며 심호흡한다. 그렇게 아유미는 새로운 일상을 만나갔다.

기숙사에 들어갈 생각은 없었다. 호기심에 한 번 견학했는데 발을 들여놓기 직전에 기숙사가 규율이 무너진 마을 같은 곳임을 알았다. 이런 곳에 몸을 내던지거나 뛰어들면 혼자 살아서는 만날 수 없는 재미있는 사건이 질릴 틈도 없이 줄줄이 일어날지도 모른다. 하지만 얼마나 주변에 신경 쓰지 않는지를 다투는 분위기에 휩쓸린다면 이번에는 그것에 매이게 되지 않을까. 자유인 듯한 부자유에서 빠져나오기는 한층 더 어려울 것 같았다.

　혼자가 되는 시간을 줄일 수 있는 장소에 스스로 속하고 싶다고 생각할 만큼의 불안이 자신 안에서는 발견되지 않았다. 최소한 대학 학비와 집세는 줄 테니 걱정하지 않아도 된다는 아버지의 뜻을 어머니에게 전해 들었다. 도모요 고모는 "공부에 필요하다면 얼마든지 도와줄 테니까 언제든 말해"라고 쾌활한 목소리로 말하고 다분히 연극조로 자신의 가슴을 손바닥으로 톡톡 두드렸다. "삿포로에 대해서는 오라버니나 도요코 씨보다 훨씬 잘 아니까. 사양하지 말고 뭐든 물어봐."

　고등학교 졸업식 전에 어머니에게 건네받은 메모에 따라, 아버지의 회사와 거래가 있는 듯한 삿포로의 부동산 중개업소로 가서 대학에서 조금 떨어져 있지만 지하철과 시영 전차를 갈아타면 이십 분도 안 걸리는 공동주택을 얻었다.

　삿포로는 정처 없이 걸어도 무료하지 않은 거리였다. 에다루에는 점과 점을 잇는 사이에 들르고 싶은 장소, 걷는 재미를 북돋우는 곳이 하나도 없었다. 자전거 또는 이치이의 오토바이가 필수품이었다. 삿포로에는 참새 울음소리 같은 소리를 내며 달리는 지하철이 남북으로 달리고 있었는데(그 소리는 전기를 흘리는 접지 볼트가 레일에 닿는 소리라는 사실을 한참 뒤에야 오가사와라 교수에게서 들었다) 한두 역을 걷는 것은 일도 아니었다.

혼자 생활하는 것도 아유미의 행동반경을 넓혀주었다. 지리적인 넓이라기보다는 감정적이고 심리적인 넓이였다. 몇 시에 돌아갈지, 뭘 먹을지, 누구와 함께 있을지, 매일 밤 이곳으로 돌아와야 할지, 이 모든 것을 혼자 판단한다. 그 결과를 보는 것도 혼자였다.

낮잠에서 절반쯤 깨어나 천장의 판자 무늬를 보며 공동주택 앞을 지나는 아이들 소리를 듣는 중에 눈꺼풀이 내려와 잠에 빠져든다. 혼자 생활하면서부터, 깬 후에도 계속 기억나는 꿈을 꾸는 일이 거의 없어졌다.

창 너머로 조금 떨어진 어딘가에서 구김살 없고 맑은 촉새의 가벼운 지저귐 소리가 들렸다. 반가운 울음소리. 참새가 어린 풀잎 색으로 물든 것 같은 촉새를 아유미는 좋아했다. 촉새의 울음소리를 들으면 에다루가 생각난다.

생각난다고 해도 그저 막연하게 펼쳐지는 장소가 어렴풋이 떠오를 뿐이었다. 오래 애용해서 낡은 가방이 입을 벌리고 방구석에 놓여 있는 모습을 그저 바라보는 마음. 버릴 마음도 없지만 왁스도 칠하지 않고 지퍼를 잠근 채 어딘가에 넣어두지도 않는다. 언제든 손에 들 수 있는 것. 에다루는 그대로 거기에 있는 변하지 않는 무엇이었다. 삿포로에 있으면 부모님을 생각하는 시간도 마음도 어딘가에 넣어둔 채 잊고 있는 일이 많아졌다.

에다루의 자기 방에는 초등학교 때부터 십 년 가까운 시간이 흐른 흔적, 햇볕에 바래고 바람을 맞은 흔적이 있다. 방 하나에 부엌과 식당이 딸려 있는 삿포로의 작은 공동주택의 방에는 바로 지금의 자신이 얇게 도려내져 임시로 고정되어 있을 뿐이었다.

어떤 커튼을 달지, 테이블과 의자는 어디에 둘지, 한정된 조건 안에서 인테리어를 꾸몄다. 어머니가 무미건조한 방이라고 어처구니없어할지 모를 만큼 간소하고 색조가 적은 방이다. 아유미는 에다루의 집에서보다 열심히 방을 청소하고 정리했다.

클럽이나 동아리에도 들어가지 않았다. 일주일에 이틀만 공동주택에서 도보로 십 분쯤 걸리는 상점가에 있는 가게에서 파트타임으로 일했다. 지하 1층, 지상 3층, 적갈색 벽돌의 조그마한 건물은 2층 건물이 많은 거리여서 멀리서도 눈에 띄었다. 2층이 양복점, 3층이 레코드점, 1층이 카페였다. 지하는 재즈 카페로 계단 중간에 붙여진 포스터를 보니 마침 라이브가 진행되고 있는 모양이었다.

거리에 면한 1층은 검은 철골 틀에 유리가 끼워져 있고 그 하나가 문이었다. 문 한가운데에 작고 검은 글자로 SEVEN ST-EPS라고 적혀 있다. TO HEAVEN이 추가되면 아유미가 처음으로 산 레코드 제목이다.

실제로 키가 큰 관엽식물이 놓여 있어 가게 안은 일부만 보인다. 마음에 두고 나서 몇 번째인가 그 앞을 지나갈 때 유리문을 밀고 안으로 들어갔다. 목관악기의 클래식 음악이 흐르고 있었다. 커피와 담배 냄새. 예닐곱 명이 앉을 수 있는 카운터와 벽 가에 작은 원탁이 세 개, 막다른 곳에 장작 난로가 있고 그 왼쪽 안쪽에 일고여덟 명이 둘러앉을 수 있는 커다란 탁자가 있다.

벽돌 벽에는 흑백사진이 여러 장 걸려 있었다. 연주중이거나 노래를 하거나 카메라를 정면으로 가만히 보고 있기도 하는 음악가의 초상이었다. 가게에서는 직접 만든 롤빵과 샐러드로 가벼운 식사를 할 수 있다. 아침 일찍 가면 빵을 굽는 달콤한 냄새가 났다.

커피와 홍차만이 아니라 오렌지, 멜론, 수박, 사과 등 계절 과일로 만든 주스도 맛있었다. 단골손님이 많은 것 같았지만 대화 소리가 조용해서 이 가게의 주역은 바로 음악이구나, 하고 아유미는 생각했다.

세 번째로 가게에 들어갔을 때 벽에 붙은 여종업원 모집 벽보에 눈이 머물렀다. 카운터 너머에서 묵묵히 커피를 내리고 간단한 요리를 하고 여종업원에게 지시를 하는 조용한 남자(여종업원이 '점장님'이라고 불렀다)에게 주뼛주뼛 물어보자 웃음기 없는 얼굴로 "언제부터든 좋습니다"라고 말했다.

다음 주 화요일, 잘 다려진 짙은 갈색의 짧은 앞치마를 받았다. 전표가 끼워진 가죽 패드를 넣는 호주머니가 달려 있고, 그 가장자리에 'SEVEN STEPS'라고 하늘색 실로 사수가 놓여 있었다. 아유미의 첫 아르바이트는 이렇게 간단히 시작되었다.

지하 재즈 카페에서는 오전 11시부터 밤 9시까지, 깜짝 놀랄 만큼의 음량으로 재즈를 틀었는데도 방음이 잘 되어서인지 소리는 1층까지 들려오지 않았다. 지하로 내려가는 계단이 가게

밖에 있을지도 모른다. 손님은 대부분 남자로, 대체로 혼자 찾아
온다.

지하에는 아유미와 마찬가지로 일주일에 이틀 아르바이트를
하는 사람이 있다. 오래 일한 모양으로, 점장이 '슈'라고 불렀다.
한눈에 혼혈임을 알 수 있는 용모였다. 언젠가 일손이 부족해서
아유미가 지하로 불려간 적이 있었다. 슈는 손님이 신청한 레코
드를 틀고 커피를 내리고(커피는 세 종류, 6시가 넘으면 맥주와 글라
스 와인도 나왔다) 컵을 씻는다. 한쪽 벽 가득 레코드 선반과 오디
오와 거대한 스피커, 피아노도 놓여 있어서 1층보다는 약간 답
답한 느낌이었지만 슈는 몸집이 점장보다 훨씬 큰데도 움직임
이 민첩해서 압박감이 없었다. 재즈가 큰 소리로 흘러나오는 데
다 손님들이 빽빽이 들어차 있어 짧은 대화 외에는 거의 말하지
않았다.

슈는 우유나 커피콩이 떨어졌을 때나 1층에 올라오기 때문에
얼굴을 마주치는 일은 거의 없었다. 어느 날 모카가 떨어졌다며
나타난 그에게 선반에서 커피콩이 든 병을 내려 건네자 아유미
의 눈을 똑바로 쳐다보며 "고맙습니다" 하고 말했다. 외모 때문
에 얼핏 거리감을 느끼고 있었는데, 그렇게 주고받은 일을 계기
로 갑자기 안개가 걷히고 보기 좋은 커다란 나무가 나타난 것
같았다. 다음에는 언제 1층으로 올라올까 하고 자기도 모르는
사이에 의식하게 되었다.

아유미가 일에 완전히 익숙해진 무렵이었다. 폐점 시간인 8시
가 되어 가게 정리를 마치고 나서 점장에게 인사하고 밖으로 나

오니 그곳에 붙임성 있게 웃는 얼굴의 슈가 서 있었다. 아, 하고 생각할 뿐 웃는 얼굴이 좀 늦었다.

"수고 많았지요? 이제 가요?"

아유미는 고개를 끄덕이며 당황한 탓에 확실히 나오지 않는 목소리로 "네" 하고 대답했다.

"오늘은 다운의 손님으로 왔어요."

슈는 지하를 가리키며 말했다. 정식으로는 SEVEN STEPS DOWN이었지만 다들 '다운'이라고 불렀다. 슈의 아르바이트 는 화요일과 금요일이라는 사실을 떠올렸다. 오늘은 토요일이 었다.

"지하는 가게를 닫고 정리하면 이미 10시잖아요. 한 시간 늦으니까 내가 끝나면 당신은 이미 없더라고요. 그래서 오늘은 저녁부터 손님으로 다운에서 커피를 마시고 신청받은 앨버트 아일러나 세실 테일러를 들으며." 슈는 여기서 우스꽝스러운 표정으로 양손 손가락을 따로따로 움직이며 머리와 귀 주변에서 빙빙 돌렸다. "드디어 8시가 지나서 여기서 기다리고 있었어요."

기다리고 있었다고 말한 후 흘러나온 치열 고른 입가와 기분 좋은 미소에는 어떤 주저함도 찾아볼 수 없었다. 아유미가 잠자코 있어도 그의 표정은 변하지 않았다. 아유미가 향하는 방향은 알고 있다, 걸으면서 이야기하자, 라고나 하는 듯이 슈는 움직였다. 연인이라면 팔을 어깨에 두르는 타이밍과 몸짓이었다. 뒤를 돌아보자 유리 너머의 어둑한 가게 안에 점장의 모습이 보였지만 이쪽을 주목하는 것 같진 않았다. 점장은 늘 뭔가를 보기보다는 뭔가를 보지 않으려 하는 사람이었지만.

"이학부라면서요? 저는 경제학부입니다."

얼굴을 이렇게 가까이, 바로 옆에서 보는 것은 처음이었다. 이마나 코, 볼이 흙손으로 다듬은 것처럼 아주 곧았다. 눈동자는 다갈색이어도 눈의 표정에는 동양인의 기색이 느껴진다. 연상일 거라고 생각했지만 이야기를 시작하자 동세대라고 해도 이상하지 않은 앳된 모습이 있었다. 내년에 4학년이라고 한다. 쓸데없는 말을 하지 않는 점장은, 같은 대학이라고 해서 일부러 가르쳐줄 필요는 없다고 생각했을 것이다. 걸으니까 풋풋하고 맑은 로션 냄새가 희미하게 났다. 그 안에서 아유미는 약간의 박하향을 맡았다.

대학 기숙사에서 일어난 듯한 어이없는 사건을 말하여 아유미를 살짝 웃기는 데 성공한 슈는 아유미가 에다루에서 왔다는 것, 이학부에서는 천문학을 전공할 생각이라는 것을 재빨리 캐물어 알아냈다. "천문학은 아마 학문의 최초, 원점 같은 것이지요. 지금은 우주물리학이라고 하나. 세계의 성립과 법칙을 밝히려는 최첨단 학문이지요. 지구가 전쟁으로 완전히 변해버려도 올려다볼 별이 가득한 하늘은 변하지 않아요. 천문학은 태양의 수명을 알고 있고요. 경제학은 십 년 후에 어떻게 될 것인지도 답할 수 없어요. 천문학에 비하면 **덧없는** 학문이지요." 우주에 대한 오해를 지적하는 것은 간단했지만 '덧없다'라는 의외의 말이 귓가에 남아 아유미는 그저 잠자코 있었다. 질문과 같은 분량으로 자신에 대해 말하지 않으면 안 된다는 기세로 슈는 자신에 대해 군말 없이 짧게 이야기했다. 환한 어조의 말투는 어느 어둠 속에 앉아 듣는 천체투영관planetarium의 내레이션을 연상시키는 건조한 것이었다.

태어난 곳도 자란 곳도 도쿄로, 고등학교는 전교생이 기숙사에서 생활하는 하코다테의 남학교였다. "암흑시대라고밖에 말할 수 없어요. 넓은 부지 안에 여자 단 두 명이었으니까요. 한 사람은 어머니보다 훨씬 나이가 많은 사무원이고 또 한 사람은 삼십대의 보건 선생이었어요. 조례 때 인플루엔자 예방을 이야기하기 위해 연단에 오르면 지축을 흔드는 듯한 탄성이 교정 가득 퍼졌죠." 아유미는 소리 내어 웃었다.

경제학부에서 배워 도움이 된 유일한 것은, 자본주의의 원동력, 추진력이 기독교, 개신교라는 걸 알았다는 사실이다. 라틴계 나라 즉 가톨릭 사람들이 일하는 것을 별로 좋아하지 않는 이유를 알 것 같았다. 대학을 졸업하면 직종에는 상관하지 않고 월급을 많이 주는 회사에 들어가 빨리 자금을 모아서 자신의 회사를 만들려고 생각한다. 가볍게 점점 새로운 것을 하는 것이 회사의 성공 비결이라고 슘페터라는 학자가 말했다. 형태가 만들어지면 그것을 부수고 다시 만든다. 안정을 추구할 때 그 회사의 운명은 다한다. "작은 회사라면 자신이 하고 싶은 것을 할 수 있다"고 슈는 말했다. 많은 돈을 벌면 회사를 누군가에게 팔고 자신은 뉴질랜드나 파타고니아나 마다가스카르 어딘가에 집을 짓고 놀며 사는 것이 꿈, "아니, 꿈이 아니라 목표입니다"라고 말했다.

이런 대학생도 있구나, 하고 아유미는 어안이 벙벙한 채 이야기를 들었다. 미래에 살고 싶은 나라까지 생각하고 있다니.

"왜 남반구죠?"

"그거야 지금까지 계속 북반구에 살았으니까요. 나머지 인생은 남반구에 사는 게 좋을 것 같아서요. 일할 때는 북반구, 노는 거라면 남반구지요."

농담 같았지만 아마 진심일 것이다. 뼈도 근육도 신경다발도 보통 일본인의 몇 배나 튼튼하고 황야에 자력으로 오두막을 짓는 일쯤은 힘들지도 않을 것 같았다. 게다가 이런 말을 하는 동기생은 주위에 아무도 없을 것 같다. '자본주의'라는 것은 좋지 않다, 어쩌면 나쁘지 않은 선택이라고 해도 해결해야 하는 문제가 너무 많다, 아유미조차 그렇게 생각하게 만드는 말의 울림이 있었다. 처참한 사건이 이어져 상당히 수그러들기는 했지만 학생운동에 가담해 숲속을 헤매듯 삿포로를 떠나 도쿄로 간 채 돌아오지 않은 학생이 지금도 있다고 들었다. 이치이가 다니는 신학부 주변에도 세상을 크게 변화시키기 위해서는 무엇을 해야 할까, 하며 사회 개혁을 지향하는 학생이 있는 모양이었다. 하지만 그쪽이 훨씬 알기 쉬웠다. 자신의 회사를 만들어 돈을 벌겠다니, 대체 어디 학생이 그렇게 생각할까. 이만큼 쾌활해도, 아니 쾌활하기에 슈는 대학에서 고립되어 있을 것이 틀림없다고 아유미는 생각했다.

"그럼 당신은 라틴계인가요?"

아유미는 이어서 질문했다. 슈는 웃었다.

"글쎄요, 그럴지도 모르지요. 제 아버지는 한국인이고 가톨릭 교도였어요. 어머니는 독일인이고 개신교도고요. 어느 쪽 요소나 있을지도 모르겠네요."

슈가 중학생 때 부모는 이혼했다. 어머니는 독일로 돌아가고 아버지는 지금도 도쿄에 있다. 원래 이름은 김수환이지만 부모가 이혼한 후에는 어머니 쪽 이름인 슈테판 김을 사용한다. 지금도 어머니와만 연락하고 지낸다고 한다.

"질문해도 돼요?"

아유미는 멈춰 서서 슈의 얼굴을 보았다.

"물론이죠."

"SEVEN STEPS는 아르바이트 보수가 직을 텐데 왜 일하는 거예요?"

슈는 웃었다.

"정말 그래요. 제 이야기와는 모순되지요. 답은 두 가지예요. 하나는 재즈를 좋아한다는 것. 하지만 이미 이건 아니라는 걸 알았어요. 듀크 엘링턴을 신청하는 손님은 한 달에 한두 명밖에 없어요. 다들 못마땅한 얼굴로 프리재즈만 신청하거든요. 또 하나의 답은, 당신을 만나기 위해서지요."

아유미는 어둑한 길에서 자신의 얼굴이 빨개지는 것을 알았다. 그걸 슈에게 들키고 싶지 않아서 앞서 걷기 시작했다. 말 많은 남자는 싫고, 그런 말을 하다니 경박하다고 생각했다. 슈는 뭔가를 알아채고 입을 다물었다. 아유미가 아무 말도 하지 않고 길을 꺾자 이미 공동주택 앞이었다.

"바래다줘서 고맙습니다."

아유미는 슈의 발밑만 보며 고개를 깊숙이 숙이고 애써 쌀쌀하게 말하고는 몸을 휙 돌려 그 자리를 떠나려 했다.

"내일 다시 만날 수 있을까요?"

가벼운 어조는 사라지지 않은 채 약간 얌전한 목소리로 슈가 말했다. 아유미는 시선을 들었다. 치열이 보이는 미소는 사라졌다. 가게 앞에 묶여 주인을 기다리는 개와 같은 눈이었다. 그 눈을 보고 경박하다기보다는 그저 솔직할 뿐일지도 모른다고 아유미는 생각했다.

전체적으로 보면 슈의 행동은 경박한 느낌이 아니었다. 되도록 가벼운 대화를 해서 아유미의 경계심을 풀려고 했다면 그것은 올바르고 적절하게 작용했다. 게다가 자신이 실수한 것 같다는 걸 금세 알아챘다. 억지로 뭔가를 강요하려고 한다거나 거짓말이나 속임수로 아유미를 속이려는 건 아닌 듯했다.

내일은 아르바이트도 쉰다. 월요일에 제출할 과제도 해두었다. 그렇지 않았다고 해도 다시 한번 둘이서 만나도 좋다, 슈테판 김의 이야기를 좀 더 들어보고 싶다, 하고 생각하여 내일 다시 만날 약속을 하고 헤어졌다.

아침에 일어나자 우편함에 편지가 들어 있었다. 삿포로를 걸어 다닐 테니 스니커즈 같은 운동화가 있으면 좋겠다, 빈손이거나 냅색이 좋겠다, 일기예보에서 날씨가 좋다니까 비 걱정은 할 필요 없다, 오후 1시에 SEVEN STEPS 바로 앞 우체국 앞에서, 라고 구체적인 내용만 적혀 있었다. 어젯밤에 편지를 넣은 것일까. 우뚝 일어선 곰 문장紋章의 엠보싱이 들어간 편지지였다. 봉투도 일본에서는 볼 수 없는 모양과 지질이었다. 만년필로 쓴 듯한 파란 잉크의 글자는 덩치에 비해 의외로 작고 아담했다.

냅색은 없지만 오래 신어 편한 덱 슈즈는 있다.

일요일 오후. 슈는 전날 밤과는 좀 다른 모습이었다. 얼굴에 웃음기도 이십 퍼센트 정도는 줄었다. 그래도 밝은 인상은 변하지 않았다. 어젯밤에는 술을 마셨을지도 모른다, 하고 아유미는 생각했다. 재즈카페는 6시가 지나면 술도 나온다. 빈속에 맥주나 와인을 마시며 1층의 폐점 시간을 기다렸을지도 모른다. 그렇게 생각하면 어젯밤의 밝은 기세도 이해할 수 있다.

약간 말수가 적었지만 그래도 슈는 여전히 솔직하고 쾌활했다. 생각에 잠겨 머뭇거리지도 않았다. 버스와 철도를 갈아타고 놋포로 삼림공원으로 가서 사람이 거의 없는 홋카이도 개척기념관으로 들어갔다. 오래된 흑백사진이나 낡은 지도, 본 적 없는 목재 도구를 바라보았다. 슈는 전시품 하나하나를 시간을 들여 열심히 보고 설명문을 읽었다. 그러고 나서 다시 서쪽으로 와 오쿠라 산의 스키 점프대로 갔다. 삿포로 시가지를 내려다보는 전망대에 서는 것은 처음이었다. 저물녘 시가지에 불빛이 드문드문 켜지기 시작했다. 시가지는 생각보다 작아 보였다. 선조한 바람 속에 서자 슈 쪽에서 어제와 같은 풋풋하고 상쾌한 향기가 날아왔다. 좋은 냄새라고 생각했다.

마지막으로 삿포로에서 가장 맛있다는 독일요리를 하는 가게로 갔다. 가게 자체가 슈처럼 밝았다. 여러 가지의 독일 맥주가 놓여 있었다. 큰 유리잔에 마시기 시작하고 얼마 지나지 않아 슈는 말이 부드러워지고 고개를 뛰어 올라갔다가 다시 뛰어 내려오는 듯한 기세로 웃음이 늘었다. 환하고 태평한 얼굴을 보고 있으니 이렇게 경쾌한 마음으로 남자와 이야기를 나누는 것은 처음이라고 아유미는 생각했다.

이후로 둘은 슈의 페이스로 급속하게 가까워졌다. 주말에는 부모의 소유라는 슈의 아파트에서 함께 지냈다. 그의 집에는 의외로 여자의 흔적이 없었다. 물론 사귀었던 여성이 한두 사람은 아니었을 거라는 건 슈의 모든 행동이나 몸짓으로 알 수 있다. 그런 것은 당연하다고 아유미는 생각했다. 하지만 지금 자신 외에 아무도 없다면 질투할 필요는 없었다.

늘 적당한 정도의 공간이 있는 청결한 냉장고에서 잽싸게 식재료를 골라낸 슈는 오래 사용해서 익숙한 프라이팬이나 냄비로 재빨리 음식을 만들었다. 채소도 고기도 거의 그대로의 형태로, 소금과 후추에 레몬이나 머스터드 또는 간장만으로 간단히 맛을 내는 것이 기본이었다. 그런데 열을 가하는 방법과 들이는 시간이 적절해서인지 뭘 먹어도 처음 먹는 맛이 났다.

어머니 도요코는 별로 요리를 잘하지 못했다. 고지식한 얼굴로 식칼을 쓰고 눈부신 듯한 얼굴로 볶는 요리를 했다. 완성될 때까지는 시간이 걸렸다. 그래도 아유미는 어머니가 만든 음식을 맛있다고 생각했다. "나는 재료가 뭔지 모르게 되는, 부수거나 몇 시간을 푹 삶거나 복잡한 요리는 잘 못해"라는 슈의 요리를 어머니가 먹는다면 어떻게 생각할까.

청소도 빨래도 부지런히 한다. 창이 흐리거나 더러워져 있는 게 싫어서 세탁기를 돌리는 잠깐 동안 닦고 만다. 긴 팔이 유리 위를 와이퍼처럼 느긋하게 움직이면 반짝반짝해진다. 셔츠도 잘 다린다. 힘을 주는 정도와 속도의 완급, 단추 주변 등 다리기 힘든 부분은 다리미 끝을 섬세하게 돌린다. 그 움직임을 아유미는 넋을 잃고 바라보았다.

아마도 눈앞의 사물이 막혀 괴어 있는 것을 좋아하지 않을 것이다. 망설일 시간이 있으면 우선 움직이고, 해보고, 실패하면 다시 한다. 이는 슈에게 무모한 것이 아니라 무척 자연스럽고 합리적인 일이 틀림없다.

토요일 밤에는 아유미도 음식을 만들었다. 에나루에 있을 때 부엌일을 거의 돕지 않았기 때문에 자신 있게 만들 수 있는 요리가 없었다. 큰 서점에 가서 순서를 알기 쉬운 요리책을 사와 우선 적힌 대로 만들어봤다. 슈가 좋아하는 양고기를 굽고 곁들일 채소를 삶고 당근 포타주를 만들었다. 연어 뫼니에르, 카르보나라, 하이라이스, 다키코미 밥*. 슈는 그저 맛있다, 맛있어, 하며 먹었다. 음식 만드는 재능이 있을 거라고 생각했어, 하며 아유미의 눈을 보았다. 어째서, 하고 묻자, 그건 비밀, 하며 웃었다. 아유미는 테이블 아래로 슈의 발을 찼다.

머지않아, 자신은 만들려고 생각하지 않는, 아이들이나 좋아하는 음식을 슈가 의외로 좋아하는 것도 알게 되었다. 햄버그스

* 생선, 채소, 고기 등 여러 가지 재료를 섞어 지은 밥.

테이크나 캐비지롤도 만들었다.

　슈와 함께 있는 것은 온몸으로 살아있음을 즐기는 경험이었다. 지금까지 활용하지 못한 것이 내 안에 이렇게나 많이 있나, 하고 생각했다.

　함께 살자는 제안을 받았을 때 그건 아직, 하고 아유미는 거절했다. 너무 빠르다, 만약 같이 살게 된다면 공부하는 시간도, 혼자 뭔가를 생각할 시간도 전혀 없는 생활이 된다. 잠깐만 상상해도 눈에 보이는 것 같았다. "아직은 좀 빠른 거 아냐?"라고만 했더니 "그렇지. 그럴지도 몰라. 미안, 성급하게 굴어서"라며 여느 때처럼 낙천적인 미소를 보였다.

　묵는 곳은 늘 슈의 집이었다.

　혹시 내 방에 오고 싶으면 언제든 와도 좋아, 라고 생각했지만 그 말은 일부러 하지 않았다.

　슈의 집에서 돌아온 일요일 밤, 아유미는 방 벽에 압정으로 붙여둔 그림을 뗐다. 이치이가 그려서 보내준 뵈젠도르퍼 피아노 그림이었다. 뚜껑이 열려 건반이 늘어서 있다. 전체의 삼분의 일 정도의 오른쪽 끝 고음부만 그려져 있고 아마도 금색일 뵈젠도르퍼라는 글자가 둔하게 빛나고 있다. 소리가 나지 않을 텐데도 소리가 들려올 것 같은 그림. 하나하나 연필로 선을 더해가는 중에 천천히 입체가 드러나는 그림. 이치이의 손이 움직이는 모습이 보이는 듯했다. 압정으로 뚫린 좌우의 작은 구멍을 손톱으로 메우고 나서, 오래 써서 낡은 큼직한 봉투에 넣었다. 잠깐 생각한 뒤 책상의 넓은 서랍에 넣어두었다.

신학부에서 배우는 사항이 이렇게나 넓은 범위로 가지를 뻗고 깊숙한 곳까지 뿌리를 내리고 있을 줄은 생각도 못 했다. 울창한 나무 전체가 어떤 윤곽을 갖고 있는지, 우듬지 같은 건 보일 리도 없었다. 줄기나 가지를 잡고 맨손으로 기어오르려 해도 피부가 얇은 손바닥이 대번에 까질 것 같았다.

교수진은 학생을 어딘가로 끌어가려는 것이 아니다. 물고 늘어지는 학생에게는 아낌없이 대응한다. 지금까지 혼자 생각하는 습관을 몸에 익혀 온 이치이는 교수들과 대화할 실마리조차 찾아내지 못하고 있었다. 과묵한 양은 중심에서 상당히 떨어진 작은 언덕 위에 내내 무료하게 서 있으며 그저 바람 냄새를 맡고 이따금 조심스럽게 풀을 뜯었다.

무엇을 논하고 있는지조차 알 수 없는 책이 교과서가 된다. 거기서의 논의는 눈앞의 책 한 권에서 갑자기 나타난 것이 아니다. 시대를 거슬러 올라간 어둠 속에서 낡은 책 몇 권이, 낮은 목소리나 굵은 목소리를 겹치며 같은 문제를 논한다. 책 한 권을 끝까지 다 읽기 위해서는 참조해야 할 책이 산더미처럼 대기하고 있다는 걸 알게 된다.

강의에서 무엇을 어떻게 다루는지는 전망할 수 있을 것 같아도, 논의 자체의 유래나 논리, 거기서 생겨나는 듯한 보편성이 현재의 교회에 어떤 의미를 가질 수 있는 걸까. 목사인 아버지의 모습과 에다루 교회의 모습, 찾아오는 사람들의 얼굴은 신학적인 논의의 핵심과 도저히 연결되지 않았다.

이치이가 들어본 적도 없는 유럽 신학자의 이름을 다들 대체 언제부터 알고 있었는지, 먼 친척 숙부라도 되는 것처럼 입에 담고 교수와 논쟁하는 학생도 한두 명이 아니었다.

말과 자신이 아는 현실의 간격을 느끼지 않아도 되는 것은 목회학 강의 정도였다. 오후 강의여서 조는 학생이 적지 않았고 출석도 부르지 않았기 때문에 갈수록 출석하는 학생이 줄었다. 나중에 안 것은 마지막까지 남은 학생은 모두 목사의 자녀라는 사실이었다.

이치이는 창가 중간쯤을 지정석 삼고 앉아 열심히 필기했다. 노트는 정기 시험이 끝나면 회수되었다. 목사와 신자의 대화에는 묵비 의무가 있으므로 설령 본인이 누구인지를 특정할 수 없다고 해도 입 밖에 내는 것은 허락되지 않았다. "이 강의는 학점을 줍니다. 하지만 여러분 안에는 흔적도 남지 않도록 해야 합니다. 처음부터 왜 이런 말을 해야 하는지 이 강의가 끝났을 때는 설명할 필요가 없어질 테니 미리 말할 것도 없겠지요."

사카자키 요시로 교수는 미국 중서부 위스콘신의 교회에 목사로서 오랫동안 적을 두고 있었다. 미국의 교회에서 실제로 이뤄졌던 신자와의 대화 사례에는 박진감 넘치는 감각이 있었다. 신자의 고뇌나 호소를 목사가 어떻게 받아들이고 대응해야 할까. 하나하나 케이스스터디를 하며 함께 생각해가는 유형의 강의였다.

이치이는 케이스스터디라는 말을 이 강의에서 처음 알았다. 신학에서 빠져나가는 자가 있다면 **케이스**가 아닐까, 하고 이치이는 생각했다. 한 사람 한 사람의 인생은 기묘하게 일그러지고

기묘하게 치우쳤다. 말도 신앙도 도저히 상대할 수 없는 케이스
는 흘러넘칠 정도로 많을 테다.

너무나도 끔찍한 사건이 있다. 신앙을 빼앗길 만큼의 절망이
있다. 자신이 지은 죄가 중할수록 그것에서 기쁨을 느끼는 인간
이 나타난다면 어떻게 해야 좋을까. 부모로부터 자식에게 무의
식중에 물려받은 죄가 있고 그것을 깨닫고 단절하려고 하면 딛
고 설 토대를 모두 잃게 된다. 그렇다면 누가 그 사람을 떠받쳐
줄까. 그때 신앙은 정말 도움이 될까.

"신앙이 반드시 사람을 구한다, 잔인하지만 그런 건 없습니
다. 각자에게 찾아오는 위기에 정답은 없는 것입니다. 모든 장면
에서 항상 정답은 없습니다. 만약 신앙보다 먼저, 빛보다도 먼저
길 잃은 사람에게 닿는 자가 있다면 그것은 연민을 느끼는 마음
도 아니고, 눈물을 흘리는 눈도 아닙니다. 그저 들어주기만 하는
귀입니다. 얼마나 귀를 쫑긋 세우고, 얼마나 귀를 기울일 것인
가. 이걸 잘못하면 바닥의 깊이를 알 수 없는 우물에 두레박을
떨어뜨리고 맙니다. 줄도 같이 말입니다. 두 번 다시 끌어올릴
수 없게 됩니다. 밑바닥에 있을 지하수도 바싹 말라버립니다. 듣
기에는 간단한 것 같지만 어렵습니다. 만약 입으로 말을 해야 한
다면 완전히 다 듣고 난 후 주뼛주뼛해야 하는 겁니다."

이치이는 세 번째 강의에서 필기하는 걸 그만두었다. 바닥의
깊이를 알 수 없고 무서울 정도로 얕기도 한 인간이 저지르는
범죄나 병적인 기호나 언동은 대체 무엇이 계기가 되는 걸까. 목
사는 그 원류를 더듬어 찾으려고 하지 않는다. 그러나 귀를 기울

이는 중에 고백하는 사람이 뜻밖의 발견을 할 수 있다. 그것은 그대로 내버려둔다. 다만 목사는 평정한 마음으로 귀를 기울이는 일을 그만두지 않는다. 신앙은 해결을 추구하는 게 목적이 아니기 때문이다.

사카자키 교수는 피아노를 쳤다.

그가 음악비평연구회의 고문이라는 것은 한참 뒤까지 알지 못했다.

사카자키 교수가 '듣는' 것에서 그만큼 깊은 의미를 찾아내는 것은 피아노를 치는 일과 무관하지 않은 것 같았다.

교회에 왜 음악이 있는 걸까. 말만으로 따라갈 수 없는 것이 있기 때문이다. 이치이는 신학부에 오기 전부터 그렇게 생각했다. 인간이 그림을 그리는 것도, 말이 되지 않는 것을 형태에 의탁하는 일이다. 말은 부자유하다.

이치이는 매일 아침 동아리방에 들렀다. 뵈젠도르퍼의 뚜껑을 열고 혼자 피아노를 쳤다.

건반에 손가락을 올리고 치기 시작하면 곧 오늘 자신의 상태를 알 수 있다.

건반을 두드리는 손가락이 뻣뻣하다. 건반이 무겁다. 그럴 때는 아무리 손가락에 의식을 집중해도 소리는 가라앉고 뿌옇게 흐려진다. 그런 날은 전용 천에 클리너를 묻혀 건반을 하나하나 닦는다. 건반이 반들반들해지고 손가락 끝의 터치가 변한다. 그것만으로도 소리의 울림이 달라지는 경우가 있다.

마음이 전혀 끓어오르지 않는 날이어도 첫 번째 음부터 무척 상태가 좋은 경우가 있다. 손가락 끝에서 소리가 떠나 그대로 상승하고 울려 퍼진다. 벽이나 천장에 부딪쳐 이쪽으로 똑바로 향하여 귀를, 두개골을 두드려 울리게 한다. 피아노가 현악기이자 타악기임을 실감하는 가운데 기분이 완전히 바뀌는 일도 있다.

피아노의 상태를 파악하는 데 가장 적당한 곡은 바흐의 '인벤션'이다. 아무리 가볍게, 적절한 속도로 연주하려고 해도 어딘가 치기 힘든 점이 있다. 바흐는 치는 일에 취하지 말라고 말하려고 이 곡을 쓴 게 아닐까 의심하고 싶어진다.

문을 노크하는 소리가 들렸다.

치는 손을 멈추고 귀를 기울인다. 누군지는 알고 있다. 계속 쳐야 하는지, 의자에서 일어나 문을 열러 가야 하는지 이치이는 꼼짝하지 못한다.

그것을 예측한 듯 문이 열렸다.

"어떻게 된 거야?"

이 목소리의 주인은, 이치이는 자신만이 은밀히 알고 있는 상대이고 이치이 역시 자신을 깊이 알고 있다는 걸 의심하지 않았다.

"어제 전화했는데 없더라. 어디 나간 거야?"

"응."

돌아보자 얼굴에 웃음도 띠지 않고 약간 피곤한 표정으로, 그러니 너는 뭔가를 생각해야 한다고 주장하는 듯한 여성이 거기에 있었다. 이치이가 음악비평연구회 회장과 친밀한 관계라는 건 누구나 알고 있었다. 회장도 그 점을 개의치 않는 듯했다.

이치이 안에 잠들어 있던 것이 꿈틀거리기 시작한다. 한숨과도 비슷한 숨을 소리 없이 내뱉으며 건반 위에 펠트 커버를 덮고 양끝을 가다듬고 뚜껑을 덮고 열쇠를 잠갔다. 바흐도 음악도 사라진다.

"너, 아침 안 먹었지?"

이치이는 묵묵히 고개를 끄덕였다.

"나도 안 먹었어. 그러니까 먹으러 가자."

어디로, 라는 말을 이치이는 삼켰다. 물어볼 것도 없는 일이었다. 그리고 이치이는 아침밥보다도 먼저 두 사람이 말도 없이 시작하고 계속하는 일을 그녀보다 강하게 원하고 있었다.

12

가즈에 언니는 요리를 잘한다. 오믈렛이라든가 비프스튜라든가 캐비지롤이라든가. 만두, 탕수육, 하루마키*라든가. 크로켓도 돈가스도 맛있다. 책을 보고 먹어본 적이 없는 것을 만들어주기도 한다. "어때? 이거 〈생활의 수첩〉에 실려 있었어. 맛있을 것 같아서." 가즈에 언니는 이렇게 말하고는 마지막에 늘 호호호하고 웃는다.

왜 웃을까? 부끄러운 걸까? 새로운 요리도 맛있지만 여느 때와 같은 것도 나는 괜찮다. 가즈에 언니에게 미안하니까 그렇게는 말하지 않지만.

가즈에 언니는 생선 요리는 하지 않는다. 생선을 싫어하니까. 회는 더 싫어한다고 한다. 왜, 하고 물었더니 어째서일까, 하고

---

* 다진 고기, 새우, 채소 등을 밀전병에 싸서 튀긴 요리.

남의 일처럼 말한다. "생선은 먹고 싶은 마음이 안 들어, 호호호."

도요코 씨에게는 단골 생선장수가 온다. "생선장수입니다"가 아니라 "아, 생선장수입니다아" 하고 노래하듯 말하며 부엌문에 서 있기 때문에 금방 알 수 있다. 비가 오나 날이 좋으나 장화를 신고 있다. 큼직하고 동그란 통 안에 얼음이 들어 있고, 뚜껑을 열면 약간 선뜩한 생선 냄새가 난다. 파릇파릇한 커다란 잎 위에 물고기가 늘어서 있다. 홍살치의 큰 눈이 희번덕거리며 이쪽을 보고 있는 것 같다. 하지만 사실은 어디도 보고 있지 않다. 왜냐하면 죽었으니까. 아무것도 보지 않는 생선의 눈. "오늘은 뭐가 좋아요?" 도요코 씨가 생선장수에게 묻는다.

어머니는 산파 일로 바빴기 때문에 늘 같은 요리만 만들어주었다. 전쟁이 끝나고 가즈에 언니가 부엌에 서게 되자 어머니는 더욱 요리를 하지 않게 되었다. 가즈에 언니가 도중에 어머니 역할을 맡게 된 것이다.

날이 저물 무렵, 생선조림 냄새가 난다. 찰가자미 조림은 어머니가 이따금 만들어주었다. 도요코 씨는 어머니에게 배웠을 것이다. 왜냐하면 도요코 씨는 오라버니와 결혼할 때까지 요리를 해본 적이 없었기 때문이다. 놀랍다니까, 하고 도모요가 말했다. 하지만 도요코 씨의 조림은 어느새 어머니가 한 깃과 같은 냄새가 났다. 짙고 달콤한 냄새.

가즈에 언니도 도모요도 어렸을 때는 조림을 먹었다. 왜 싫어하게 되었을까. 도요코 씨의 집에서 조림 냄새가 날 때 가즈에 언니나 도모요는 어머니를 떠올리지 않는 걸까. 나는 떠올린다. 또 먹고 싶다고 생각한다. 도모요는 이제 어머니를 완전히 잊은 듯한 얼굴이다.

도모요는 요리를 하지 않는다. 주산이나 거스름돈 계산, 세금, 숫자에는 밝다. 하지만 요리는 하지 않는다. 그런 것도 못해? 뭘 하는 거야? 이런 말을 내뱉으며 화를 내면서 자신은 요리를 하지 않는다.

돈 이야기로 흐르면 생기가 넘치고 목소리가 커진다. 나는 돈 이야기를 좋아하지 않는다. 사실은 그만두었으면 싶다. 쩨쩨한 소리처럼 들린다. 하지만 도모요는 돈 쓰기를 좋아한다. 삿포로에서 맛있는 것을 먹거나 비싼 옷을 사서 두 손에 들고 에다루로 돌아오면 시끄러울 정도로 기분이 좋다. 그래도 평소에는 비싼 옷을 입지 않는다. 도요코 씨와 함께 있게 될 때, 설날이나 우란분재 때는 비싼 옷을 입는다. 진주 목걸이도 한다. 미용실에도 간다. 좋은 옷을 갖고 있다는 걸 도요코 씨에게 보여주고 싶은 거다. 의기양양해한다고 생각한다.

다도를 가르쳤을 때도 비싼 도구를 갖추고 있었다. 이것은 이래서 비싸요, 하며 가격이 비싼 이유를 늘 뻐기듯 말했다.

나는 요리도 청소도 빨래도 잘 못한다. 차도 잘 못 끓인다. 사실 빨래는 좋아한다. 하나하나 거둬들여 하나하나 개는 것이 좋다. 빨래가 마르고 햇볕 냄새가 나는 것이 좋다. 하지만 도모요는 내가 개는 방식을 불평한다. 어머, 뭐야, 십 분이나 지났는데 아직도 개고 있어? 빨리 좀 해, 아아, 정말 느려 터졌다니까. 으

윽, 내가 미쳐.

도모요가 없을 때 빨래를 갠다. 있을 때는 개지 않는다. 도모요는 정성껏 개지 않는다. 하지만 그런 말을 하면 더욱 심한 말을 들으니 잠자코 있을 뿐이다.

바느질도 못한다. 작은 바늘귀에 실을 꿰는 것만도 한참 고생한다. 손이 떨린다. 단추를 달고 있었더니 도모요가 웃었다. "그렇게 하면 또 금방 떨어지잖아. 언니한테 해달라는 게 낫겠어." 소매 단추를 달고 있던 블라우스를 내 손에서 가져갔다.

"자기 일 정도는 자기가 할 수 있도록 해."

가즈에 언니도 도모요도 없을 때, 어머니는 내 얼굴을 보며 이렇게 말했다. 화를 내는 걸까, 하고 생각했다. 하지만 어머니는 화를 내고 있지 않았다. 걱정해서 한 말이라는 걸 알 수 있었다.

자기 일 정도라는 것은 알겠지만, 정말 자기 일을 자기가 한다면 요리도 바느질도 청소도 다 자기 일이라고 생각한다. 도모요가 없는 데서라면 할 수 있을 것 같다. 시간을 들이면 분명히 할 수 있다. 하지만 도모요는 가즈에 언니보다 집에 있는 일이 많다 보니 내가 하는 것을 보고 더디다거나 느리다며 가져가거나 그만두게 하려고 한다.

노기 사부로는 뭐든지 자기가 할 수 있는 사람이었다. 내가 하는 것을 보고 쓴웃음만 지었다. 그렇게 신경질적으로 뭐든지 할 수 있는 사람이 왜 재혼해야만 했을까. 그런 걸 하고 싶으니까 재혼하고 싶었던 거라는 걸 이내 깨달았다. 죽은 부인이 같은 일을 했다는 걸 생각하면 기분이 더욱 나빠졌다. 시계점이라 하루

276

종일 1층 가게에 있다. 그것도 싫었다. 한쪽 눈에만 쓰는 그 이상한 안경 같은 것도 싫었다.

우란분재 때 가즈에 언니에게 의논했다. 이야기하는 중에 눈물이 펑펑 쏟아졌다. 가즈에 언니는 어머니와 의논했다. 어머니는, 미리 다 설명했는데 참, 도저히 안 되겠다면 어쩔 수 없지, 돌아오라고 해, 하고 가즈에 언니에게 말한 모양이다.

노기 사부로는 가즈에 언니에게 그 사람의 정신병이 이유라면 해주겠다, 성격 차이가 이유라면 이혼하지 않겠다, 하고 말했다. 나는 상태가 나빠지면 병원에 가서 약을 받아왔다. 그래서 병이라는 것은 알고 있다. 그것이 정신병인지 어떤지 나는 모른다.

이혼 이야기가 나오고 나서 에다루의 집에 의논하러 갔더니 아버지가 질냄비를 뜰로 내던져 박살을 낸 참이었다. 가즈에 언니가 뜰로 내려가 깨진 질냄비를 줍고 있었다. 나 때문인지 다른 일 때문인지 화가 난 이유를 알 수 없었다. 가즈에 언니는 나를 보고 "마침 잘됐다. 개 산책 좀 시켜줄래?" 하고 난처한 듯이 웃는 얼굴로 말했다. 이요는 귀엽다. 암놈인데도 곰을 무서워하지 않는 이요에게 너도 언젠가 결혼하니, 하고 걸으며 물어봤지만 이요는 내가 무슨 말을 하는지 모르는 것 같았다. 척척 앞으로 걸어가기만 했다.

돌아오니 여전히 다들 분위기가 이상했다. 아버지는 이혼해도 좋다고도 이혼하지 말라고도 하지 않고 무서운 얼굴로 내내 신문만 보고 있었다. 신지로 오라버니는 팔짱을 끼고 잠자코 있었다. 나는 가즈에 언니와 이야기했다.

이혼한 후 가즈에 언니가 에다루 교회로 데려갔다.

목사님의 이야기는 잘 모르겠다. 예수님이 에다루로 와서 질문에 답해주면 좋을 텐데. 하지만 예수님은 아주 옛날에 태어난 사람이라 이제 없다. 그건 절대로 불가능한 일이야, 하고 가즈에 언니가 말했다. 어떤 사람이었을까. 어떤 식으로 웃고 어떤 식으로 화를 냈을까. 뭘 먹고 뭘 맛있다고 생각했을까. 손과 발에 못이 박히고 얼마나 아팠을까. 부활했다는 것은 정말일까.

어머니는 이제 없다. 오래전에 돌아가셨다. 몇 년 전인지 이젠 알 수도 없다. 아기를 많이 받아내고 돌아가셨다. 아직 할머니도 되지 않았는데. 쓰러진 그날로 세상을 떠났다. 아버지는 장례식을 위해 삿포로에서 돌아왔다. 오랜만에 아버지를 보았다. 그 아버지도 이제 없다. 이웃 아주머니 여러 명도 울었다. 우리는 아무도 울지 않았다.

＊

비디오카메라의 날짜와 시각을 체크한다. 2012. 06. 08. 배터리는 완전히 충전되었다. 촬영을 시작한 지 오늘로 거의 만 일 년이다.

산속 오두막은 삼림 한계를 넘어선 고도에 있다. 키가 큰 수목은 하나도 자라지 않는 광경.

관목과 바위가 드러나 있는 산의 표면은 삼 개월 전에는 하얀 눈으로 덮여 있었다. 눈보라가 치면 모양이 있는 것까지 보이지 않게 된다. 얼굴에 눈이 닿는 감촉과 귀를 제압하는 바람 소리. 그것만이 자신과 외부에 있는 것의 경계를 아는 실마리가 된다. 바로 지금 산의 표면 군데군데에 보이는 흰 것은 잔설이 아니다. 하얀 꽃을 피우는 고산식물의 군락이다.

산속 오두막을 나오자마자 등에 강한 햇볕을 느낀다. 태양 냄새가 나는 마른 바람이 거침없이 얼굴을 어루만지며 지나간다. 오랫동안 빙설에 덮여 있던 바위는 명상하는 승려의 이마처럼 두터운 침묵을 지킨 채 그저 햇살에 덮이고 있다. 디렉터도, 아직 젊은 기록 담당자도, 베테랑인 녹음 담당자도 네 번째가 되니 이 산 구석구석까지 아는 얼굴이다. 말수가 적은 이유는 이 일이 종반에 이르렀기 때문일 것이다. 언젠가 스틸 카메라를 갖고 다시 이곳에 오고 싶다. 가벼운 몸으로 혼자서.

삼림의 잎이 떨어지고 포개져서 썩은 낙엽은 미생물로 분해되어 습하고 부드러운 흙이 된다. 그것을 등산객이 밟아 굳힌다. 높은 산의 산길에는 그런 사이클이 없다. 풍설로 물러진 바위가 부서져 자갈이 된 곳을 등산화가 마른 소리를 내며 밟는다. 그저 무표정한, 짐승의 길 같은 물리적인 줄기가 뻗어간다.

숲속의 길을 걷고 있으면 아래쪽에서 계곡물 소리가 터져 나온다. 어떤 나무인지 알아맞힐 수 없는 수풀이 우거진 어둠 속에서 울새의 지저귐이 들려오고 숲속에서 메아리친다. 수액의 달콤한 냄새, 썩어 쓰러진 나무의 쉰 냄새가 주위에 떠돈다. 높은 산의 산길은 그렇게 사람의 귀나 피부나 후각을 달래는 것이 아니라 불필요한 것을 도려내며 앞으로 나아가도록 재촉한다. 삼라만상에 깃든 신은 어느새 어딘가에 버려진다. 눈에는 보이지 않으며 평소에는 느끼는 일조차 없는, 말로는 할 수 없는 뭔가에 확실히 다가가는 감각. 눈잣나무 위 쇠바위종다리의 울음소리도 아무것도 없는 상공으로 빨려들고 만다. 그런 기색에 지배되는 장소가 높은 산이라는 곳이다.

등산가가 8000미터 급의 산 정상을 목표로 하는 것은 거기에 수목이 없고 미생물이 꿈틀거리는 부엽토도 없으며 공기마저 상당히 희박하고 새가 지저귀는 소리나 물 흐르는 소리나 사람이 웅성거리는 소리도 귀에 닿지 않는 장소이기 때문이 아닐까. 몸을 통해 들려오는 것은 자신의 숨소리와 심장의 박동 소리뿐이다. 생물의 기미는 자신을 제외하면 한없이 제로에 가깝다. 모든 것이 물러나고 엷어지며 조용해진다.

다만 움직이지 않는 싸늘한 암석만이 확실한 것인데 목숨을 붙들어둘 만큼 확실하진 않다. 때로 목숨을 위태롭게 하는 정상의 암괴에 서면 아무것도 쉽게 따라올 수 없는 전방위의 광경이 펼쳐진다. 이 조망은 이미 이 세상 것이 아니다. 등산가는 산 정상에 서면 자신의 몸이 절반 이상 죽음 쪽에 서 있음을 피부로 느낀다. 죽음은 무표정한 채 아무 말도 하지 않는 중요한 이웃이다.

봄이 지나면 돌연 짧은 여름이 시작된다. 서둘러 잎을 뻗고 꽃을 피우는 고산식물이 바위틈이나 자갈 위에 군락을 이룬다. 얼마 안 되는 꽃의 꿀을 빨러 곤충이 찾아온다. 곤충의 날갯짓 소리가 귓가를 스치고 지나간다.

몹시 추운 겨울의 산은 이미 아주 오랜 옛날의 환상이다. 눈을 감아봐도 햇볕이 피부를 따뜻하게 하고 근육까지 부드럽게 하며 딱딱하고 차가운 겨울의 감각은 아무리 해도 되살아나지 않는다.

눈도 뜨고 있을 수 없는 세찬 눈보라가 며칠이나 계속되었다. 꼬박 이틀간 오두막에 갇혀 있었다.

식료품도 있고 물도 있고, 코크스를 때는 땅딸막하고 둥근 모양의 난로, 조개탄을 때는 고타쓰도 있다. 그래도 산속 오두막의 실온은 쑥쑥 내려간다. 녹음 담당자는 위스키를 마시고 잠들었다. 디렉터는 계속 수첩에 뭔가를 적고 있다. 기록 담당자는 오두막에 놓여 있던 오래된 책을 읽는다. 침낭에 기어들어 자려고 해도 땅울림 같은 바람 소리가 잠에서 되돌린다. 너는 뭐 때문에 여기에 있느냐.

사흘째에 고기압에 뒤덮인 설원을 걸었다. 스노슈즈를 신고 새로 쌓인 부드러운 눈 위를 천천히 내려간다.

먼눈으로 보면 하얀 세계에 생물의 기적은 없다. 그러나 400미터쯤 내려간 곳 부근에 사스래나무의 줄기와 가지가 눈 위로 내밀고 있는, 볼록한 굴곡이 있는 눈 더미에 몸을 파묻듯이 머리만 내밀고 숨을 쉬고 있는 것이 있다. 눈에서 살짝 비져나온 나뭇가지의 끝이나 겨울눈으로 보이는 까맣고 가느다란 것은 새의 눈과 부리다. 그 이외의 부분은 모두 하얀 깃털로 덮여 있다.

온통 눈으로 덮인 가운데 바람에 살짝 곤두선 하얀 깃털만이
동물의 기색을 보이고 있다. 눈 주위에는 눈의 결정이 들러붙은
채이고 그것을 흔들어 떨어뜨리려고도 하지 않는다.

설원에 앉아 잠시 뇌조의 머리만 보고 있었다. 호흡을 맞추는
것이 중요하다. 소리를 내지 않도록 삼각대를 고정하고 촬영을
시작한다.

뇌조가 기다림에 지친 듯 움직이기 시작한다. 파묻혀 있던 장
소에서 진저리치듯 나오더니 공기를 불어넣듯 하얀 날개를 부
풀린다. 여름 깃털의 뇌조를 엄청나게 키워놓은 듯한 윤곽이다.
지방을 비축해서 부풀린 것이 아니라 소름이 돋은 것처럼 깃털
을 세우고 체온으로 따뜻해진 공기를 휘감아 저체온 현상을 막
고 있다.

거기서 조금 떨어진 다른 네 곳에서 똑같은 크기의 뇌조가 발
견되었다. 서로 낮게 퀴이 하는 소리를 내며 설원을 천천히 걷
기 시작한다. 발에도 빽빽이 깃털이 나 있어 스노부츠를 신은 것
같다.

뇌조는 우리가 위해를 가하지 않는 인간이라는 걸 안다는 듯
이 설원을 걷는다. 금방이라도 쓰러질 듯한 가지에 다다르자 고
개를 뻗어 가지 끝을 쪼아댄다. 사스래나무의 겨울눈일 것이다.

뇌조가 막 기어 나온 구멍에 다다른다. 몸통의 형태 그내로 타
원인 밑바닥에 많은 똥이 떨어져 있다. 똥의 수를 보면 이틀간
눈보라가 칠 때 여기서 꼼짝 않고 있었는지를 알 수 있다. 눈보
라가 치기 전에 이 사스래나무의 겨울눈을 계속 먹고 있었을 것

이다. 그리고 지금 온화한 듯 보이는 그들은 한없이 배고픈 상태일 것이다.

그러나 몹시 추운 겨울은 뇌조의 생명을 결정적으로 위협하는 계절이 아니다. 포식자가 이곳까지 오지 못하고 먹을 것도 확보할 수 있으며 저온에 대한 대책도 빈틈이 없다. 번식기를 맞이하기 전이므로 수컷끼리 영역 싸움도 하지 않는다. 이 시기는 수컷끼리 느슨한 그룹을 이루고 붙지도 않고 떨어지지도 않는 관계를 유지한다.

빙하시대, 일본과 대륙이 이어져 있을 무렵부터 외양이 바뀌지 않은 뇌조는 몹시 추운 겨울 동안 동면도 하지 않고 온난한 지역으로 건너가지도 않으며 계속 같은 산에서 겨울에 몸을 맡긴다. 일만 년쯤 전 빙하기가 끝나고 일본 열도가 대륙에서 고립되었을 때 일본 열도 지역에 있던 뇌조의 일부는 대륙으로 돌아가는 동료를 전송하고 여기에 남았다. 그러나 기온의 상승과 함께 점차 표고 2500미터를 넘는 고산으로 서식지를 올렸다. 인간도 이 고도까지는 오지 못한다. 농작물을 망치지 않고 인간의 표적이 될 이유도 없는 뇌조는 결국 신의 새로 여겨지게 되었다.

＊

아유미도, 하지메도 귀엽다고 생각한다.

사실은 어렸을 때가 더 귀여웠다. 하지만 인간의 아이가 귀여운 것은 강아지가 귀여운 것과 같다고 생각한다. 둘 다 꽤 어른이 되었고 현명해진 것 같다. 가끔 만나면 여러 가지를 묻고 싶어진다.

얼마 전 재를 지내고 밥을 먹을 때 하지메가 비스듬히 앞쪽에 앉았다. 기다리는 동안 어떤 타입의 여자를 좋아하는지 물어봤다. 하지메는 난처한 표정이 되더니 곧 얼굴이 빨개졌다. "하지메는 타입 같은 거 없을 거예요, 아마. 성미가 너무 까다로워서. 에미코 고모, 그 대신 제 타입을 물어봐주실래요? ……저는 말이에요, 얼굴이나 외모는 아무래도 좋아요. 어쨌든 남자는 다정해야죠." 싱글벙글한 얼굴로 아유미가 말했다. 그래, 다정한 사람이 좋지, 하고 나도 말했다. 아유미는 교회 목사님의 아들이 모는 오토바이 뒤에 탄 적이 있는 모양이다. 도모요가 속삭이는 목소리로 가즈에 언니에게 말한 적이 있다. 가즈에 언니는 "어머, 그래? 이치이는 아주 좋은 아이야. 다정하고. 아버지 일도 야무지게 도와주고 말이야"라고만 대답했다.

남자 형제는 신지로 오라버니밖에 없다. 하지메 같은 남동생이 있었으면 좋았을 텐데. 얌전한 남동생. 지기 싫어하고 잔소리가 많은 여동생은 이제 필요 없다. 하지메는 멋쟁이에다 텔레비전에 나오는 사람처럼 어딘가 세련되었고, 아유미의 말처럼 성격도 까다롭지 않아 보인다.

하지메가 듣고 있는 영어 음악이 자주 들려온다. 외국에 가면 외국인과 영어로 이야기하지 않을까. 가즈에 언니도 도모요도 자주 외국에 가지만 영어는 할 줄 모르니까. 가즈에 언니에게 물었는데 도모요가 가로막듯이 대답했다. 그런 것은 가이드한테 맡기면 돼. 그래서 고용한 거니까. 무엇보다 우리는 독일이나 스위스, 이탈리아, 프랑스, 북유럽까지 갔어. 영어를 할 수 있어도 통하지 않는 곳이 아주 많아. 알겠어? 세계는 넓거든. 아침부터 밤까지 계속 비행기를 타야 간신히 도착할 정도로 멀거든. 그렇게 먼 나라에 가면 에다루 같은 곳은 세계지도에 점 하나도 찍을 수 없어.

도모요는 에다루를 좋아하는 건지 싫어하는 건지 잘 모르겠다. 그렇게 외국, 외국거릴 거면 외국에 나가 살면 될 텐데. 하지만 외국에서 살고 싶나는 말은 들어본 적이 없다. 역시 일본의 밥이 맛있어. 그치, 언니? 외국에서 돌아오면 도모요는 이런 말도 한다. 가즈에 언니는 웃으며 대답한다. 그럼, 밥은 일본이 최고지.

외국에서 돌아오면 일요일마다 가즈에 언니는 사진 정리를 한다. 큼직한 앨범에 한 장 한 장 여행에서 찍어온 사진을 늘어놓고 본다. 붙일 곳이 정해지면 그 옆에 설명하는 글을 쓴 종이를 붙인다. 가즈에 언니는 꼼꼼하다. 조그만 수첩을 펼치고 일기를 다시 읽으며 종이에 설명하는 글을 쓴다. 어려운 말은 쓰여 있지 않으니까 나도 읽을 수 있다. 부럽지 않은 것은 아니지만 모르는 나라에 간다고 해서 그게 왜 좋은지 모르겠다.

앨범 속의 코펜하겐. 오슬로. 스톡홀름. 텔레비전에서 들어본 적은 있지만 어디에 있는지는 모른다. 집 색깔이 예뻤다. 레몬 같은 노란색이나 무 같은 자주색의 벽. 텔레비전에서도 본 적이 없는 모양의 집이 찍혀 있다. 이렇게 가즈에 언니가 만든 앨범을 보는 것만으로 충분하다.

비행기를 탄 적이 없는 사람은 도요코 씨와 나뿐이다. 딱 한 번 도요코 씨에게 비행기 타보고 싶지 않아요, 하고 물었더니 "전혀"라고 말하며 웃었다. 나도 타고 싶지 않아요. 도요코 씨는 말했다. "그래요, 에다루가 최고예요. 그다음이 아사히카와고요."

아사히카와는 도요코 씨가 태어난 도시다. 아사히카와는 도로가 넓다. 빌딩도 많다. 도요코 씨는 때때로 기차를 타고 오라버니나 오라버니의 부인, 그 아이들을 만나러 가는 것을 고대하고 있다. 아유미나 하지메도 이따금 아사히카와에 간다.

겨울이 끝나고 봄이 왔다. 하지만 봄은 좋아하지 않는다. 눈이 다 녹고 뜰의 풀이나 나무가 싹을 틔우고 새가 예쁜 목소리로 울고 개털이 빠진다. 여러 가지로 변하는 것이 싫다. 나만 원래 그대로이고, 쓸모없는 채고, 방해가 되는 채라고 생각한다. 없어지면 좋겠다는 말을 들을 것만 같다.

숨 쉬는 것도 귀찮아진다. 아무도 도와주지 않는 땅굴의 깜깜한 밑바닥의 밑바닥으로 떨어져 움직일 수 없는 기분이 든다.

"늘 먹는 약을 처방해드리지요. 아무것도 할 생각이 없을 때까지 먹지 않고 있으면 오히려 좋지 않습니다. 언니분이 볼 때 좀 괴로워하는 것 같으면 먹게 해주세요."

가즈에 언니는 정말 감사합니다, 하며 고개를 숙인다. 나도 고맙습니다, 하고 말하려 했으나 목소리가 쉬어 제대로 말할 수 없다.

*

4월인데도 봄의 기미는 아직 어디에도 없다. 끝없이 펼쳐진 설원 속 뇌조의 하얀 겨울 깃털이 빠지기 시작한다. 수컷의 머리에서 목에 걸쳐, 목에서 가슴께를 향해, 까만 여름 깃털이 섞여간다. 얼마 후 설원에는 거무스름해진 그림자처럼 점점이 눈잣나무나 바위의 일부가 모습을 드러내기 시작한다. 하얀 뇌조에 드문드문 퍼지는 까만 깃털은 봄의 전조 같다.

뇌조의 움직임도 활발해진다. 바로 그때 삼림 한계 주변을 보금자리로 삼고 있던 수컷들은 들썩거리기 시작하고 확신에 찬 듯이 날아올라 하얀 산 표면을 핥듯이 날개를 치며 상승한다. 고요한 설원에 뇌조 수컷의 짧은 울음소리가 끊임없이 들려온다.

원래의 세력권인 고도 2500미터를 넘은 지역에서는 눈잣나무의 끝이나 돌출된 바위가 내비치는 부근에서 수컷끼리 격렬한 싸움이 시작된다.

한겨울에는 암컷과 수컷 모두 새하얀 모습이었는데 봄이 올 조짐이 보이자마자 수컷의 눈 위쪽에는 닭 볏을 연상시키는 선명한 붉은 볏이 군사처럼 부푼다. 몹시 추운 겨울철에는 느슨한 무리를 이루며 공존했을 수컷들은 꽁지깃을 세우고 부리를 쑥 내밀며 붉은 볏을 바르르 떨고 대립하는 상대를 쫓아낸다. 눈앞의 상대에게 너무 집중한 나머지 시야가 좁아져 상공에 대한 의식이 소홀해지면 기다리고 있었다는 듯이 급강하해온 검둥수리에게 순간적으로 낚아채여 먹이가 되는 수컷도 있다. 이 시기에는 아직 설원이 우세하므로 심하게 움직이면 상공에서 그대로 다 보이고 눈잣나무 안쪽에도 금방 숨어들 공간이 없다.

산등성이에서 서쪽으로 내려가는, 강풍이 부는 지대에서부터 본격적인 봄이 찾아온다. 바람이 눈을 날려버리기 때문에 원래 적설량도 적고 눈도 빨리 녹는다. 시로미, 미네즈오우Loiseleuria procumbens, 월귤나무 등의 고산식물이 기다리기라도 한 듯 싹을 틔우고 꽃을 피우고 열매를 맺는다. 싹도 잎도 꽃도 열매도 모두 뇌조가 쪼아 먹는 먹이가 된다. 꽃을 노리고 오는 벌레도 귀중한 단백질원이다.

세력권이 정해질 무렵에는 한 박자 늦게 삼림 한계에서 찾아온 암컷이 수컷을 고른다. 깃털갈이도 상당히 진행되어 암컷은 갈색과 검은색이 가느다란 줄무늬를 그리는 염주비둘기 같은 색이 되고 수컷은 더욱 새까만 광택을 띠고 볏도 붉은빛이 더욱 선명하게 눈에 띈다.

수만 년 전 빙하시대에 북극권의 식물이 일본 열도에도 들어와 뿌리를 내렸다. 빙하가 물러가고 일본 열도가 대륙에서 분리되자 남겨진 식물은 고산지대에만 살아남았다.

고산식물과 운명을 같이한 것이 뇌조다. 뇌조의 서식 분포와 고산식물 분포의 균형은 절묘하게 유지되고 있다. 포기를 뿌리째 먹어치우지 않을 뿐 아니라 똥에 포함된 씨가 장소를 이동하여 뿌려진 결과 새로운 포기를 늘리기도 한다. 관목과 고산식물과 바위가 지표를 서로 나눠가지며 고블랭 융단 같은 광경으로 변해가는 과정에는 뇌조도 역할을 한다.

5월이 되면 키가 작은 눈잣나무는 푸릇해지고 한 쌍이 된 뇌조는 둥지로 어울리는 공간을 고른다. 눈잣나무는 몸을 숨기기에 아주 좋은 관목이다. 둥지를 틀 장소가 정해지면 뇌조는 거기서 약간 떨어진 곳에서 출입하여 둥지의 소재를 알아채지 못하게 한다. 눈잣나무의 마른 잎을 이용해 다섯 개에서 여섯 개의 알을 늘어놓을 수 있는 둥지를 튼다. 암컷의 모습이 점차 보이지 않게 되면 6월의 알을 품는 기간이 시작된 것이다.

수컷은 세력권의 감시를 계속하지만 암컷이나 알 또는 부화한 새끼를 외적으로부터 지키려는 모습은 보이지 않는다. 관심이 있는 것은 세력권 안쪽보다는 바깥쪽인 듯하다. 알을 품는 시기, 암컷은 이따금 둥지를 떠나 먹이를 쪼아 먹고 다시 둥지로 돌아온다. 그러나 그사이 무방비가 되는 둥지를 한정적으로 지키고, 외적의 침입을 발견하고 쫓아내는 행동이 목격되는 예는 거의 없다. 북방족제비, 담비, 여우, 까마귀는 냄새나 낌새로 둥지를 찾아내 알을 포식한다. 불과 사오 분 사이에 둥지의 알이 전멸하는 경우도 있다.

7월이 되어 알이 무사히 부화하면 새끼는 어미 새 체온의 온기 밑으로 기어들어 깃털을 말린다. 그리고 확실히 눈을 뜨고 사물이 보이게 되면 바로 새끼는 어미 새의 뒤를 따라 둥지를 떠난다. 일단 둥지를 떠나면 어미 새도 새끼도 둥지로 돌아오지 않는다. 새끼는 부모에게서 먹이를 받아먹고 자라는 것이 아니라 부모의 먹는 행동을 흉내 내며 자신의 부리로 먹이를 쪼아 먹는다. 청모앵, 친구루마Geum pentapetalum, 고이와카가미Schizocodon soldanelloides f. alpinus의 꽃과 잎이 새끼와 어미 새의 먹이가 된다. 꽃으로 몰려드는 벌레도 먹는다. 막 부화한 새끼와 함께하는 무척 위험한 최초 원정에 수컷이 같이하는 일은 일단 없다.

아직 스스로 체온을 조절할 수 없는 새끼는 고산의 저온 환경에서 오랫동안 어미 새와 떨어져 있으면 체온이 저하된다. 졸린 얼굴이 되고 움직임이 둔해진다. 그것을 알아채면 어미 새는 새끼를 불러들여 전원을 몸 밑으로 넣고 한참 동안 따뜻하게 해준다. 체온이 돌아오면 다시 새끼는 어미 새 밑에서 튀어나와 먹이활동을 시작한다. 비가 잦은 덥지 않은 여름이면 새끼의 생존율은 뚜렷하게 저하한다.

어미 새에게는 상공을 날아다니는 포식자의 공격을 적극적으로 막을 방법이 없다. 다만 황조롱이, 검둥수리, 뿔매가 나타나 상승기류를 타며 지상을 관찰하기 시작하면 특별한 경계 울음을 통해 새끼들에게 그 자리에서 움직이지 않도록 명령한다. 새끼들은 최면술에 걸린 것처럼 미동도 하지 않게 되고 상공에서 그 모습을 분간하기란 거의 불가능하다. 포식자가 먹잇감을 찾지 못하고 사라지면 어미 새는 새끼들에게 다시 특별한 울음소리를 낸다. 새끼는 최면에서 풀린 듯 움직이기 시작한다.

이 시기에 드물게 한 쌍으로 행동하는 뇌조가 관찰되는 경우가 있다. 어떤 이유에선지 새끼를 부화하지 못한 쌍이 대부분이다. 수컷과 암컷 중에서는 수컷의 수가 많기 때문에 수컷과 쌍을 이루지 못한 암컷은 없다. 암컷을 얻지 못한 수컷은 적지 않다.

뇌조는 일단 둥지를 떠나면 거들떠보지도 않지만 무사히 자란 수컷이 이듬해 세력권을 정할 때 원래의 세력권과 겹치는 지역이 되는 경우가 많다. 한편 암컷은 태어난 지역에서 먼 곳으로 이동하는 일이 드물지 않다. 평생의 비행 거리는 암컷이 훨씬 먼 것으로 관찰된다.

뇌조에게 맑은 하늘은 위험의 징후다. 평소보다 강해지는 상승기류를 타고 아래쪽에서 검둥수리나 뿔매가 찾아오기 때문이다.

고산이 짙은 안개에 휩싸일 때 등산객은 방향감각을 잃는다. 동서남북도, 어디가 산의 정상인지 기슭인지도 모르게 되고 발밑조차 미덥지 않다. 그럴 때는 움직이지 않고 안개가 걷히기를 기다릴 수밖에 없다. 쓸데없이 걸어 다니다가는 안개가 걷혔을 때 자신이 어디에 있는지도 알 수 없게 된다.

그런 짙은 안개에 휩싸였을 때 뇌조의 새끼와 어미는 천적을 걱정하지 않고 먹이를 쪼아 먹는다.

부모 자식 관계는 약 두 달 반 만에 끝난다. 10월 초 가랑눈이 흩날리는 가운데 어린 새는 독립한다. 부모의 온기도, 형제 관계도 곧 희미해져 첫 겨울을 맞는다.

에다루에는 장마가 없다.

매일 비가 오는 건 생각도 할 수 없다.

그래도 비가 이삼일 계속 내려 커다란 물웅덩이가 생기는 일은 있다. 뜰에 매인 개가 코를 쿵쿵거린다. 공기가 눅눅해져 개냄새가 난다.

아유미가 삿포로의 대학에 간 후로 하지메가 개를 산책시킨다. 비옷을 입고 "지로, 가자" 하고 말하는 소리가 들린다.

아무것도 하지 않는 사람은 나뿐이다.

그저 텔레비전만 본다. 신문은 안 읽는다.

아유미는 대학을 나오면 어딘가로 가서 일을 할까. 아니면 목사님 아들과 결혼할까.

가즈에 언니는 매일 양로원에 간다. 일요일에는 교회에 간다. 도모요는 어딘가의 회사에서 경리를 하고 있다. 기회만 있으면 "언니, 삿포로 가자"라며 쇼핑을 간다. 맛있는 것을 먹고 돌아온다. 옆집의 도요코 씨는 직장에 다니지 않지만 두 아이를 낳았다.

만담가가 재미있는 말을 하면 나는 웃는다. 텔레비전 드라마에서 슬픈 장면이 나오면 울기도 한다. 하지만 텔레비전을 끄면 모두 사라진다.

비가 오는 토요일, 일요일이 지나고 월요일이 되었다. 기온이 갑자기 올라갔다. 비를 흠뻑 머금은 지면에서 무더운 증기가 올라온다. 이마와 목 언저리에 땀이 났다.

나는 사라져 없어지는 편이 낫다.

가즈에 언니가 호호호 하고 웃는 것은 내게 미소 짓는 것이 아니라고 생각한다. 스스로 웃고 있을 뿐이다. 슬픈 기분을 어물어물 넘기기 위해 웃는 거다. 가즈에 언니를 슬프게 하는 것은 나다.

나는 없어지는 편이 낫다.

자신이 아닌 것 같은 울음소리가 복받쳐 오른다.

내내 울고 있는 사이에 자신이 녹아 없어지는 것이 낫다.

우는 것은 언제까지고 끝나지 않았다. 내가 아닌 사람이 울고 있는 사이에 내가 되었다.

"에미코 씨, 무슨 일이에요? 괜찮아요?"

개의 쇠줄 소리가 들리고 나서 도요코 씨의 목소리가 들렸다.

눈물이 더욱 늘어나 나는 어떻게 할 도리가 없다. 도요코 씨는 내 손에 손수건을 쥐어주려 했다.

*

뇌조의 개체 수는 감소하고 있다.

예전에는 아사마 산에도, 야쓰가타케에도 서식했다. 이시카와 현과 기후 현에 걸친 하쿠 산에도 뇌조가 있었다. 그러나 하쿠 산의 뇌조는 1930년대에 모습을 감췄고, 하쿠 산을 서식지로

하는 그룹은 전멸한 것으로 여겨졌다.

2009년 5월, 한 등산객이 눈이 흩날리는 하쿠 산에서 뇌조 한 마리를 목격하고 카메라로 촬영했다. 암컷임을 확인할 수 있는 사진이 보호센터에 도착했다.

연구자는 일단 뇌조를 포획하여 깃털을 채집하고 DNA 분석을 했다. 수년 후에는 보호관찰을 위한 발찌를 채우고 놓아주었다. 눈잣나무 밑에 둥지를 틀고 알을 품은 흔적도 남아 있었지만 무정란으로, 상대가 될 수컷이 있었던 것은 아니다. 혈액을 채취하여 DNA를 한층 더 분석한 결과 하쿠 산에 단독으로 서식하는 이 뇌조는 북알프스에 서식하는 뇌조 그룹에 속해 있었을 거라는 게 밝혀졌다.

뇌조의 비행 거리는 기껏해야 20킬로미터 남짓이라고 한다.

북알프스에서 하쿠 산까지 대체 어떻게 날아왔을까. 북알프스에서 하쿠 산까지 줄지어 있는 열 개가 넘는 산들의 정상은 최장 20킬로미터쯤 떨어져 있다. 날아서 건너갈 수 없는 거리는 아니다. 이 암컷 뇌조는 산을 따라 하쿠 산까지 날아온 것으로 추측되었다. 각 산의 정상이 눈으로 덮여 있는 몹시 추운 겨울철에 하얀 봉우리를 목표로 건너갈 수는 있을 것이다. 그렇게 해서 하쿠 산에 당도했지만 돌아갈 수 없게 된 것이 아닐까.

암컷 뇌조는 대체 뭘 찾아 날아온 걸까. 연구자도 그 동기를 알 방도는 전혀 없었다.

13

존 F. 케네디 국제공항은 리놀륨 바닥과 스테인리스 벽에 수화물이나 카트가 스치고 부딪혀 생긴 무기질 냄새가 떠돌고 있었다. 제복을 입고 수신기를 손에 든 공항 관계자들만 여기저기에 멈춰 서 있을 뿐, 비행기에서 내린 승객은 잘 알고 있는 공항 내를 최단 거리의 직선을 그리며 목적지로 향하고 있었다.

천장 가까이에 있는 표지판에서 TAXI도 BUS도 아닌 JFK EXPRESS를 찾는다. 높은 곳으로만 시선이 가기에 입이 반쯤 열려 있었다. 헤맬 것 같아 갑자기 속도를 떨어뜨리고 돌연 방향을 바꾸는 하지메가 그리는 궤도는 직선이 아니다. 알다시피 이 젊은 일본인은 처음으로 뉴욕에 막 도착한 관광객입니다, 하고 크게 쓰인 간판을 짊어지고 걷는 듯했다.

난생처음 떠난 해외여행이었다. 기내에서는 설명할 수 없는, 몸이 자꾸 앞으로 기울어지는 흥분 상태가 이어져 한숨도 잘 수 없었다. 그런데 출입국심사를 위해 줄을 서기 시작하자 하지메의 호흡은 곧바로 얕아졌다. 누구나 일을 하거나 공부를 하고 있는 10월 1일 수요일에 '관광 목적'으로 입국하려 하는 자신은 자못 의심스러운 사람이다. 불법 취로의 가능성을 의심받을 것이다. 게다가 일할 생각이 없다는 것을 증명하는 서류도 방법도 없다. 순서가 다가오자 망상 같은 불안이 부풀어 올라 흥분도 순식간에 사그라졌다.

손짓을 한 흑인 담당자는 하지메의 출입국 카드와 여권에 시선을 떨어뜨린 채 상정한 문답 그대로의 질문 두 개를 던졌다. 쉰 목소리의 답을 듣고는 우체국과 같은 소리를 내며 입국 스탬프를 찍자마자 이미 아무 관심도 없다는 표정으로 여권을 돌려주었다. 세관 심사는 그냥 지나치는 것이나 마찬가지였다. 하지메는 싱겁게 해방되었다.

가장 싼 티켓이 저녁 7시 지나 도착하는 노스웨스트 항공편이었다. 호텔 체크인은 9시경에 하게 된다. JFK 익스프레스의 하차 역을 틀리면 큰일이었다. 여러 종류의 가이드북을 구해 여러 번 체크했기 때문에 맨해튼까지의 노선도는 이미 머릿속에 들어 있었다. 57번가 역에서 내려 지상으로 나가고 두 블록을 걸어가면 호텔이 있다.

가이드북과 같은 표시인지 확인하고 JFK 이스프레스에 올라타자 가슴팍의 두께가 강조되는, 조금의 빈틈도 없는 짙은 감색 제복을 입은 경관이 서 있었다. 차 안을 그대로 흘겨볼 수 있는 높은 위치에 있는 얼굴에서는 어떤 감정도 엿볼 수 없다. 누구를 누구로부터 지키려고 하는지조차 알 수 없다. 하지메는 경관의 시야에서 벗어나지 않는 위치에 가만히 있었다. 트렁크에서 손을 떼지 않은 채 더러워져 완전히 흐려진 창으로 밖을 내다보았다. 한순간 지나치는, 타일을 붙인 역 이름 표시가 눈에 들어오자 머리 안에 있는 노선도와 한 역 한 역 대조해나갔다.

열차가 57번가 역으로 미끄러져 들어간 것을 누구보다 빨리 알아챈 하지메는 플랫폼에 이상한 점이 없는지 둘러보며 주뼛주뼛 하차했다. 여기서부터는 차내 경관의 감시가 미치지 않는다.

누나 아유미의 시원시원한 목소리가 머릿속에서 재현된다. "뉴욕은 위험하잖아, 괜찮겠어?" "아니, '아이 러브 뉴욕' 캠페인 덕분에 굉장히 안전해진 모양이야. 브로드웨이도 예전에 없는 롱런을 계속하고, 뉴욕 마라톤도 굉장한 인기야. 이스트빌리지가 아니면 길을 잃어도 무섭게 생각할 것 없어. 우디 앨런의 〈맨해튼〉 봤어? 그런 느낌이야, 지금의 뉴욕은. 이제 〈택시 드라이버〉의 뉴욕과는 달라." 그렇게 이야기하는 동안에도 하지메의 머릿속에는 〈맨해튼〉의 오리지널 사운드 트랙이 울려 퍼졌다. 주빈 메타 지휘, 뉴욕필하모닉의 조지 거슈윈 메들리. 달콤하고 센티멘털하며 활기 있는 1920년대의 미국 음악. 동생 조지는 이미 없지만 형 아이라 거슈윈은 살아있다.

아유미에게 안전하다고 단언한 체면에 호텔에 도착하기 전에 죽거나 한다면 목불인견이다. 지금까지 아유미는 늘 부드러운 어조로 설복해왔다. 스무 살이 지나도 동생 취급은 여전했다. 연구자의 길로 나아가 내년부터는 미타카의 도쿄 천문대에서 근무하게 된 아유미가 하지메의 소극적인 태도를 답답해하는 것은 알고 있었다. 취직 활동도 하지 않고 뉴욕에 가는 것은 분명 단순 도피라고 믿어 의심치 않았을 것이다.

하지메가 문학부에 가고 싶다는 말을 꺼냈을 때 당연히 부모와 옥신각신했다. 하지메는 무슨 일이 있어도 물러서지 않을 생각이었다. 아유미는 의외로 아버지 편에 섰다. 게다가 직접 충고하지 않고 아버지를 통해 듣게 한 것이 하지메에게는 더욱 뜻밖이었다.

"문학은 대학에서 배우는 게 아니라고 아유미도 말했어. 모리 오가이도 아베 고보도 기타 모리오도 모두 의학부였잖아. 이제 와서 의학부는 어렵겠지만. ……취직도 그렇지, 문학부 같은 델 나와서 대체 어디서 채용해주겠느냐고."

하지메는 배신당한 기분이었다. 아버지가 언급한 세 사람의 책은 확실히 누나의 책장에 있었다. 그러나 세 명 다 의학부를 졸업했다고 아유미가 말한 적은 없었다.

도쿄의 대학 문학부에 들어가고 얼마 지나지 않아 하지메는 실망했다.

그처럼 고집을 부려 들어갔는데도 "문학은 대학에서 배우는 게 아니야"라는 말이 골수에 스미는 결과만 낳았다. 가족 누구에게도 문학부에 실망했다고는 말하지 않은 채 삼 년이 지나고 눈 깜짝할 사이 4학년이 되었다.

재미있다고 생각한 것은 '책의 역사'라는 매정한 제목의 대강의실 강의뿐이었다. 사해의 동굴에서 발견된 구약성경 두루마리의 단편에서부터 코덱스codex*라 불리는 책자 모양의 것이 만들어졌고, 현재 책의 원형이 어떻게 형성되어 왔는지. 완만한 커브를 그리는 가죽 장정 표지의 책등이, 한데 묶인 본문 종이에 커브를 만들어 손가락으로 넘기기 쉬운 곡선을 그리는 '책'의 원형이 완성될 때까지의 변천을 개관하는 내용이었다. 15세기가 되어 구텐베르크가 활판인쇄술을 발명하고 완전히 똑같은 책이 사본의 몇 배나 되는 속도로 만들어진다. 성전, 종교서로서 한 권씩 손으로 써서 특별히 만들어졌던 책이 판매도 가능한 상품으로서 가치를 지니게 된 것이다. 그 결과 종교개혁이 일어나고 누구나 소설을 읽는 시대가 찾아오는데, 그 역사를 더듬는 강의였다.

구텐베르크가 최초로 인쇄하여 제본한 것은 성경이었다. 백수십 부에 불과했지만 활자와 인쇄술의 발명은 콜럼버스의 아메리카 대륙 발견보다 이른 시기의 획기적인 사건이었다. 맨해튼은 아직 원주민이 수렵 생활을 하는 땅이었다. 네덜란드인이 입식하는 것은 인쇄술의 발명보다 훨씬 뒤의 일이다. 하지메가 뉴욕을 찾은 것은 아유미의 생각대로 취직 활동을 피하기 위해서였다. 자신은 도저히 사회인이 될 수 없다, 일하는 것이 불가능하다고 생각했다. 4학년이 된 해의 10월 1일에 회사 방문 금지가 풀린다. 여름까지 두툼한 취직 해설서 같은 것을 입수하고 거기에 덧붙여 철해진 엽서에 필요한 사항을 적어 기업에 보낸

---

* 고사본, 책사본.

다. 거기에서 모든 것이 시작된다는 사실은 알았지만, 자신이 회사라는 곳에 무엇을 바라는지 구체적인 이미지가 전혀 없었다.

애초에 회사에 들어가 일한다는 것이 어떤 건지 알 수가 없다. 극장 로비의 천장 청소나 운송회사에서 짐을 꾸리는 일의 보조 등 일급이 좋은 육체노동은 아르바이트로 경험해서 알고 있다. 그러나 회색 작업복을 입고 월요일부터 금요일까지 작업을 되풀이하는 것은 상상할 수 없었다. 자신에게는 그럴 체력도 기력도 없다. 화이트칼라가 되면 어딘가의 부서에 배속된다. 거기에는 과장, 부장이 있고, 여덟 시간은 회사라는 공간에 구속된다. 그다음에, 그러니까 그런 공간에서 뭘 하는지가 도저히 상상이 안 된다.

동급생들은 그 회사에서 어떻게 일하는가보다 그 회사가 뭘 만드는가, 뭘 취급하는가에 주목하는 것 같았다. 대우는 어떤지, 전근은 있는지, 이직률은 어떤지, 복리후생은 어떤지 등을 판단재료로 삼는 모양이다. 하지메는 복리후생이 뭘 뜻하는지 몰랐고 아직도 잘 모른다. 실제로 어떻게 일하고 있는가에 대해서는 아무도 화제로 삼지 않는다. 화이트칼라의 일은 실상 그런 것일지도 모른다고 하지메는 상상한다.

어깨까지 기르던 머리도 여름방학이 끝날 무렵 이발소의 샘플 사진 같은 머리 모양으로 잘랐다. 감색 양복을 맞추고 드디어 회사 설명회로 가는 절차인 모양이었다. 면접 대비라는 말도 자주 들렸다.

일하는 자신을 상상할 수 없는 이상, 회사원이 되기 위한 흐름에 올라탈 수는 없었다. 공동주택에서 책을 읽고 레코드만 들으며 영화관과 미술관, 공연장밖에 안 가는 인간이 사회에 도움이 될 거라고는 도저히 생각되지 않았다. 자신에게는 결정적으로 뭔가가 결여되어 있다. 사회도 회사도 그런 자신을 한눈에 알아볼 것이다, 다시 말해 자신을 채용할 회사는 어디에도 없을 것이다, 하고 하지메는 확신했다.

3학년이 되자 책이나 영화, 미술, 음악에 대한 관심의 필터에 뉴욕이라는 키워드가 자주 끼어들었다. 뉴욕은 그 모든 것을 포함했다. 게다가 자신의 기질에 친숙한 것은 대부분 거기에서 발생했다는 걸 깨닫자 망상이 부풀어 올랐다.

점차 무슨 일이 있어도 뉴욕에 가고 싶다는 생각이 커졌다. 에다루도 아니고 도쿄도 아닌 뉴욕에는 흑인도 아시아인도 흘러넘칠 만큼 살고 있다. 영어를 제대로 할 줄 모르는 사람도 적잖이 있는 모양이다. 자신의 영어 수준이라도 어떻게든 되지 않을까.

사 년 전 도쿄에 대한 막연한 기대감이 환상이었다면 뉴욕도 마찬가지일지 모른다. 자신 안에는 이렇게 중얼거리는 목소리도 있었다. 그래도 여전히 하지메를 마구 동요하게 하는 것이 진정될 기미는 없었다.

일본어로 쓰인 가이드북을 대충 다 읽고 이번에는 서양 책을 파는 서점으로 가서 〈뉴욕〉지나 〈더 빌리지 보이스〉지를 사서 봤다. 레코드로만 들었던 뮤지션, 음악가의 라이브나 콘서트도 일상적으로 열린다는 사실을 알았다. 아주 비싼 콘서트홀의 콘서트 티켓도 당일권이라면 싸게 구할 수 있는 모양이다. 영화관, 록펠러센터, 라이브하우스, 뮤지컬, 고서점, 델리카트슨, 자연식 레스토랑…… 센트럴파크를 내다볼 수 있는 곳은 호텔 메이플라워의 몇 호실일까, 존 레넌과 오노 요코는 다코타하우스를 나와 어떤 산책 코스를 걸어서 돌아올까…… 가보고 싶은 곳이 차례로 떠오른다. 지금까지 봐온 영상이 상상 속에서 짜 맞추어졌다. 간이 부엌이 딸린 호텔에 장기 체류하면 식비도 적게 들 것 같았다. 10월에 갈 수 있다면 뉴욕 마라톤이 열리고 결승점은 센트럴파크라는 사실을 알았다.

에다루에서 도쿄로 와서 가장 숨이 막혔던 것은 녹음이 적다는 점이었다. 뉴욕에는 거대한 센트럴파크가 있다. 주말에는 공원으로 나가 델리카트슨에서 산 샌드위치를 먹는 것도 가능하다. 공원 동쪽에는 메트로폴리탄 미술관도, 구겐하임 미술관도, 프릭 컬렉션도 있다. 윌리엄 사로얀의《엄마, 사랑해요Mama, I love you》에 나오는 더피에르 호텔도 센트럴파크의 맞은편에 있다. 널찍한 십메도우 한가운데쯤에 서서 주변에 늘어선 고층빌딩을 바라보고 싶다. 어디쯤에서 어떤 광경이 보일지도 가이드북 속 사진 도판으로 머리에 새겨져 있어서인지 점점 실제로 본 것 같은 느낌이 짙어졌다.

환한 녹음이 빛나는 센트럴파크와는 정반대인 어둑한 감방의 문 같은 지하철 출입구를 나온 하지메는 무거운 트렁크를 끌며 57번가의 플랫폼 밖으로 나갔다. 기름때에 찌든 먼지와 어두운 조명으로 거무스름하게 보이는 계단을 올라가자 싱겁게 지상이

나왔다. 그 순간 코를 찌르는 달콤한 냄새. 뉴욕은 항상 어딘가에서 달콤한 냄새가 감돌았다.

맨해튼은 **탁 트인 밤하늘**이었다. 영화에서 들은 순찰차의 사이렌 같은 소리가 멀리서 소용돌이치듯 울렸다. 어딘가에서 누군가를 부르는 큰 소리가 들린다. 도쿄보다 기온이 훨씬 낮다. 무슨 일이 있어도 맨해튼에 오고 싶다고 생각해 단단히 알아봤는데도 술렁거리는 밤의 기색은 그런 지식을 전혀 상대해주지 않는다. 포장도로를 비추는 조명은 어둡고 보도의 포석은 두껍고 딱딱하다.

트렁크를 오른손으로 끌며 여전히 들뜬 마음으로 밤거리를 걷고 있자니 목표로 하는 호텔이 어스레한 현관으로 하지메를 맞이했다. 상상했던 것보다 좀 작아 보였지만 현관 안쪽으로 보이는 로비에는 확연히 불이 켜져 있었다.

"저는 여기에 예약했습니다. 47박합니다."

이 말도 몇 번이나 외웠는지 모른다. 작은 프런트에 서 있던 호텔 직원은 직업적인 미소를 띠고 숙박대장을 손가락으로 더듬으며 하지메를 보고 말했다. "문제없습니다, 미스터 아지메소에지마."

한 달 반을 체류하기 때문에 식사는 되도록 해 먹으려고 생각해 간이 부엌이 딸린 방을 찾아 고른 고럼 호텔이었다. 빠듯한 예산 내에서 간신히 한 주 단위의 요금으로 들어갈 수 있는 낡은 호텔로, 미국 초저가 여행 가이드북에서 찾아냈다. 예상대로 창을 열면 맨해튼의 밤 풍경이 아니라 옆 건물의 벽돌 벽이 보였다. 이상할 정도로 푹신푹신한 침대 쿠션. 욕조에 적정한 온도의 물을 받는 데도 고생했다. 그래도 무사히 호텔 방에 도착한 것만으로 오늘 하루의 긴장이 풀리는 듯했다. 열어놓은 창으로 거리의 소음이 들려온다. 침대 커버를 벗겨내고 단단히 가다듬어진 톱시트를 들춘 하지메는 목욕을 하고 나온 몸을 뉘었다. 앞으로의 한 달 반이 터무니없이 긴 시간으로 느껴졌다. 회사에서 일하기 위한 관문에서 가장 멀리 도망쳐왔다. 도쿄의 일은 한동안 잊고 지낼 수 있을 것이다.

하지메는 어느새 깊은 잠에 빠져들었다.

다음 날부터 맨해튼의 바둑판 같은 거리를 가로로 세로로 오로지 걷기만 했다. 냅색 안에는 수동 카메라와 여권, 지도, 소액의 지폐가 들어 있는 지갑, 여행자수표, 볼펜만 넣었다.

때로는 Y자 모양의 구멍이 뚫린 동전 같은 토큰을 사서 지하철을 탔다. 두세 번 타는 사이에 무턱대고 긴장할 필요는 없으며 지하철이 못된 짓을 하는 일도 없다고 몸이 납득하게 되었다. 스테인리스제 세 개의 봉으로 된 개찰구 회전문을 허벅지 언저리로 밀어 돌리는 감각에 익숙해지자 차갑고 딱딱한 그 감촉마저 친근하게 느껴졌다. 어느새 자신이 겁쟁이 관광객이었다는 사실은 먼 옛날 일 같았다.

바깥 경치를 바라보며 이동하는 것이 어떤 감각일지 알고 싶어 버스도 탔다. 백인 점유율이 지하철보다 훨씬 높은 차내의 상황이 하지메는 거북했다. 하차할 때는 차창 상부에 휙 걸쳐진 노란색 줄을 당기면 하차 벨이 울린다. 줄 방식의 합리성이나 이점이 뭔지 당최 모르겠다. 결국 버스 탑승은 한 번으로 그쳤다.

이따금 향기로움을 포함한 프레첼의 달콤한 냄새가 감도는 거리를 자신의 속도로 걸어가는 것이 최고였다. 지나치는 여성의 향수 냄새도 신문, 잡지를 파는 매장의 잉크나 종이 냄새도 센트럴파크의 마차가 떨어뜨리고 간 말똥 냄새도 걷는 속도로 다가가고 멀어져간다. 센트럴파크를 따라 난 길을 걸으며 푸릇푸릇한 녹음의 냄새와 수목의 나무껍질에서 휘발한 코를 찌르는 냄새를 느낀다. 메트로폴리탄 미술관까지 그냥 북쪽으로 똑바로 올라가는 상당한 거리를 걷는 게 힘들지 않은 것은 경치나 냄새가 어지럽게 변화하기 때문이라고 생각한다.

메트로폴리탄 미술관에는 여러 번 갔다.

최초로 찾아갔을 때는 개관하기 십 분 전이었다. 기다리는 사람들은 줄을 서지 않고 입구 근처와 계단에 흩어진 채 따분하게 책을 읽거나 멍하니 하늘을 바라보거나 가방 안을 살펴보았다. 하지메 옆에 서 있던 동세대로도 보이는 여학생에게(풍성한 금발을 검은 리본으로 묶고 있었다) 서른 살 정도의 남자가 말을 걸었다.

더블 슈트를 입고 헤어젤로 매만진 새까만 머리를 빛내며 스르르 다가오더니 미술과는 아무 관계도 없는 말들을 빠르게 읊어댔다. 그사이에도 계속 그녀의 눈에서 시선을 떼지 않았다. 너는 왜 이런 곳에 서 있느냐, 움직이지 않고 죽은 거나 마찬가지인 것은 언제든지 볼 수 있으니까 얼마 전에 근처에 생긴 멋진 카페에 가서 맛있는 커피라도 마시며 이야기 좀 하자, 그리고 나서 다시 와도 되지 않느냐. 이런 말을 하는 것 같았다.

여학생은 말없이 얼굴을 반대쪽으로 돌렸다. 남자는 서둘러 그쪽으로 돌아가서 섰다. 걸어서 반원을 그리는 곳 앞에는 하지메가 서 있어 거치적거렸고 그녀의 반응도 신통치 않았으므로 그녀가 아니라 하지메가 들어도 상관없는 정도의 소리로 재빨리 작게 혀를 찼다. 여자를 꼬드길 때와는 전혀 다른 목소리였다. 개관 전 미술관 앞에 서 있는 여자라면 간단히 넘어올 것이라는, 아무 근거 없는 남자의 믿음에 연막을 치듯 여자는 핸드백에서 담배를 꺼내 피우기 시작했다. 남자는 어깨를 가볍게 으쓱거리고는 부루퉁해선 계단을 내려갔다.

개관 시각이 되어 들어가자 망연자실할 정도로 광대한 공간이 펼쳐져 있었다. 바깥에서의 사소한 사건은 바람에 날리는 먼지처럼 소리도 없이 사라졌다.

단번에 써내려가듯이 순로를 따라 전시실을 보며 걷는 중에 갑자기 머리의 퓨즈가 끊어진 것 같았다. 포화 상태가 된 하지메는 더는 계속 걸어갈 의욕을 잃었다. 무거워진 발을 옮겨 막연히 넓은 1층의 파운틴 레스토랑으로 들어갔다. 맛없는 요리를 절반만 먹고 미술관을 나왔다. 호텔 방으로 돌아가 침대에 누웠을 때 메트로폴리탄 미술관의 M 마크가 들어간 얇은 양철 배지가 아직 가슴에 달려 있는 것을 깨달았다.

두 번째는 꼭 봐두고 싶은 것을 가이드북에서 다시 조사해서 점과 점으로 관내를 잇듯이 걸었지만 미지의 작품을 우연히 만나는 경우가 없기 때문인지 해답을 보며 문제를 푸는 듯한 공허

함을 느꼈다. 관내는 너무나도 크고 넓은 미로 같았다.

세 번째는 차가운 비가 내리는 날이었다.

개관한 지 한참 지난 시간이다 보니 하지메 앞에서 흔들리며 움직이던 우산 몇 개는 그대로 입구 근처에서 접혔다. 사람들이 빨려들었다.

이집트 미술을 천천히 보고 싶었다.

유리를 끼운 케이스 너머에는 관이나 부장품이 빽빽이 늘어서 있다. 제작 연대, 디자인의 변천, 친족의 서열…… 모든 소장품에는 그만의 가치나 유래가 있다. 전시품 곁에 쓰인 설명이 아무리 꼼꼼하다 해도 여기 이렇게 놓여 있는 무언의 리얼리티를 도저히 따라갈 수 없다.

하지메는 하나하나 핥듯이 봤다.

심상치 않은 기색의 덩어리가 이쪽을 압박해온다. 그러나 그 압박은 하지메를 위협하지 않는다. 그 기색에는 **주저함**이나 의심, 불신 같은 것이 없다. 제사자祭祀者에게는 물론이고 왕과 그 일족에게도 죽음의 의미는 명확했으리라. 사후 세계가 생명이 있는 세계보다 깊고 무겁고 크게 느껴지는 일상은 어떠했을까.

새롭게 설계된, 유리를 끼운 공간에는 댐 건설로 수몰될 가능성이 있었던 이집트의 신전이 들어 있었다. 미국의 기술적, 재정적 지원으로 일단 이집트 국내로 이축移築된 후 미국에 기증하기로 정해져 육백 개 이상의 부분으로 해체되어 뉴욕으로 운송되었고 이 년 전 여기에 다시 모습을 드러낸 모양이다. 이제는 메트로폴리탄 미술관의 최대 컬렉션 중 하나가 되었다. 바깥의 비는 신전에는 쏟아지지 않고 유리창 외부에 물방울을 만들고 있었다.

신전과는 대조적인 작은 부장품에서는 방대한 노동량과 토목 기술과는 다른, 만드는 인간의 개인적인 기쁨이 전해진다. 이집트의 산 자들이 일상을 영위하는 모습을 미니어처로 만든 부장품은 밝고 활기가 있으며 어딘가 유머러스했다. 배를 모티프로 한 것이 많다. 사자死者가 무사히 당도해야 할 물가로 향하는 배에서 몇 명이 노를 젓고 있다. 사자를 고독하게 하지 않는 이미지가 공통점이다.

가로 세로로 늘어서 있는 관에 둘러싸여 있으니 살아서 움직이는 자신이 덧없이 느껴진다.

"이집트 묘를 좋아해요?"

간단한 영어이고 독특한 억양도 없으며 빠르지도 않아서 하지메도 알아들을 수 있었다. 자신에게 한 말이라고는 생각하지 않고 그대로 관을 보고 있었다.

"들려요? 당신한테 묻는 건데요."

돌아보자 고등학생인지 대학생인지 알 수 없는 여자애가 바로 옆에서 하지메를 보고 있었다. 주변에는 아무도 없다.

청바지에 하얀 셔츠, 심플한 카디건을 걸치고 있다. 갈색 셀룰로이드의 보스턴 안경. 입고 있는 옷에도 밤색 머리에도 하얀 볼에 흩뿌려진 주근깨에도 본인은 전혀 관심이 없는 듯한 얼굴이다. 굽이 낮은 하얀 컨버스 운동화.

놀라서 예스, 라고만 대답했다. 안경 너머의 영리해 보이는 그녀의 눈을 보았다.

"당신은 지난주에도 여기 있었죠?"

그녀의 말 그대로였다. 그녀도 우연히 같은 시간에 여기에 있었던 걸까.

"당신도 'Society for the Return of Egyptian Sarcophagi'의 회원이죠?"

무슨 말인지 몰라서 하지메는 상대의 진지한 얼굴을 보며, 뭐라고 했죠, 하고 되물었다.

"이집트 묘Sarcophagi는 이집트에 돌려주자, 협회."

그녀는 처음으로 약간 부끄럽게 웃는 얼굴이 되었다.

"당신도 멤버죠?"

하지메는 들어본 적도 없는 협회에 놀라 아뇨, 하고만 말했다.

"그렇지요. 회원은 아직 저뿐이니까요."

하지메를 상상 이상으로 혼란스럽게 한 것에 약간 당황한 듯 그녀는 시선을 피하며 관 쪽을 보았다.

이 정도 수의 관이나 부장품, 묘 자체가 전시되고 있다니, 문명국의 수치예요, 하고 그녀는 천천히 말했다. "투탕카멘의 발굴로 얼마나 끔찍한 일이 일어났는지 당신은 알고 있나요?" 그녀의 생각과 주장이 어느새 질문으로 바뀌어서 하지메는 다시 당황했다. 발굴이 시작된 직후에도, 발굴이 한창일 때도 그리고 끝나고 나서도 관계자가 차례로 사망했다는 유명한 이야기는 흥미 본위의 기사나 텔레비전 프로그램에서 본 적이 있다. 누가 어떻게 사망했는지는 완전히 잊어버렸지만.

"그 이야기는 알고 있어요."

당연하다는 얼굴로 그녀가 고개를 끄덕였다.

그녀, 메리 밴더빌트는 이 근처에 살고 있다고 한다. 고등학교 3학년으로 미술계 학교에 진학하기로 정한 모양이다. 메트로폴리탄 미술관에는 매주 순찰하러 온다며 처음으로 웃는 얼굴을 보였다. 경비원과도 알고 있는데 자신이 활동가라는 걸 알지만 지금까지는 우호 관계가 유지되고 있다고 덧붙였다. 오늘은 학교가 쉬는 날이고 게다가 비가 와서 왔다고 한다.

"비는 신의 분노를 진정시켜줘요. 전시된 모든 것들은 비를 느끼고 오늘은 편안해요."

하지메에게 이름first name을 물었다.

"하지메始? 무슨 뜻이죠?"

"최초beginning, 시작하다start랄까요."

메리의 눈이 동그래졌다. 그럼 성은요?

하지메가 대답하자 간발의 차이도 두지 않고 "소에지마添島의 뜻은 뭐예요?" 하고 물었다.

하지메는 잠깐 생각하고 대답했다.

"섬에 다가간다close to island, 라고 해야 하나."

"멋진 이름이군요. 그러니까 당신은 혼자alone라는 거네요."

하지메와 메리는 메트로폴리탄을 나와 메리가 가족과 함께 자주 간다는 센트럴파크 이스트의 베트남 식당으로 갔다. 당연히 망설이는 마음도 있었지만, 미리 결정한 듯한 메리의 태도에 이끌려 자연스럽게 따라가게 되었다.

비는 그쳐 있었다. 비로 깨끗해진 길이 빛나고 있다.

비에 젖은 거리를 자동차의 타이어가 촤촤 소리를 내며 지나
간다. 사람의 왕래는 거의 없었다.

큰길에서 좁은 길로 들어간 곳에 묵직해 보이는 문이 있었다.
지나는 길에 밀고 들어갈 용기는 도저히 안 날 것이다. 메리가
다가가자 그쪽에서 문이 열렸다.

베트남식 정장을 입은 웨이터는 메리를 보자마자 미소를 지
으며 고개를 끄덕이고 하얀 식탁보가 깔린 안쪽 자리로 안내했
다. 알아들을 수 없을 만큼 빠른 말투로 웨이터에게 뭔가를 전하
자 웨이터는 조용하고 나지막한 목소리로 "위, 마드무아젤" 하
고 말했다.

그녀는 식탁에 양 팔꿈치를 올리고 하지메에게 얼굴을 가까
이 대며 작은 목소리로 천천히 말했다.

"이집트인도 베트남인도 왜 좀 더 화를 내지 않을까요?"

생략이 많은 질문이었기에 하지메는 어떻게 대답해야 좋을지
알 수 없었다.

"왜 그렇게 생각하죠?"

"당연하잖아요? 베트남에서도 그렇게 많은 사람이 죽임을 당
했으니까요."

웨이터가 다가왔기 때문에 메리는 이야기를 잠시 멈췄다. 하
얗고 큼직한 접시가 놓였다. 몇 종류의 채소 전채가 예쁘게 담겨
있다.

"숲은 불태워지고 말았어요. 그래도 시간이 지나면 다시 숲이

되지요. 분노나 증오는 숲이 빨아들여요. 비가 내려도 지면이 마르는 것처럼요. 그래서 사람은 언제까지고 화를 내지는 않아요."

하지메는 전달되는지 어떤지 모르는 채 더듬더듬 말했다.

"그렇다면 이집트에는 숲 같은 게 없어요."

"그건 나는 모르겠어요. 숲이 없으면 화를 낼 때가 올지도 모르겠네요. 고대 나일강처럼."

잘 모르는 것을 아는 체 말하고 있다고 생각한 하지메는 화제를 바꾸려고 했다.

"이집트에 묘를 돌려준다면 엄청난 작업이 되겠네요."

"그림이라면 훔쳐서 반출할 수 있겠지요. 관이 얼마나 무거운지 알아요?"

하지메는 힘없이 고개를 저었다.

"도저히 반출할 수 없는 무게거든요."

메리는 숫자를 말하지 않고 단지 이렇게만 말했다.

"유리 케이스를 부수고 관을 반출한다고 해도 메트로폴리탄의 정면 계단을 내려가는 도중에 무게 때문에 숨을 쉴 수 없게 되어 손을 놓게 될 거예요. 거기서 작전 종료지요."

메리는 한동안 음식에 집중했다. 전채는 어느 것이나 먹어본 적이 없는 맛이었다. 메리는 왼손잡이로, 젓가락을 능숙하게 사용했다. 젓가락을 쥐는 손가락은 모범 샘플처럼 예뻤다. 매니큐어를 하지 않은 손톱.

메리는 홋카이도가 어떤 곳인지 듣고 싶어했다. 뉴욕보다 북

쪽에 있다, 겨울에는 눈이 내리고 유빙이 흘러온다, 뉴욕 같은
빌딩은 하나도 없다, 맨해튼에 원주민밖에 없었던 것처럼 홋카
이도에도 원주민이 있었다는 이야기를 했다.

디저트를 다 먹자 하지메는 메리에게 물었다. 이 가게의 메뉴
를 얻을 수 있는지.

메리는 의아한 표정을 지었다. "왜요?"

"기념으로 갖고 싶어요. 내가 뭘 먹었는지도 알 수 있으니까
요. 지금까지도 음식을 먹은 가게에서 부탁하면 대개는 다 주었
거든요."

메리는 어깨를 으쓱하며 말했다. "당신이 물어봐요."

하지메가 웨이터에게 부탁했다. 웨이터는 순간 당황하는 표
정을 짓더니 빠른 말투로 하지메에게 질문했다. 메리가 그 질문
을 받아서 웨이터에게 뭐라고 했다.

얼마 후 웨이터가 손으로 쓴 메뉴를 하지메에게 건넸다.

하지메는 여행자수표로 계산하려 했으나 메리가 손으로 막았
다. "제가 오자고 했으니까 당신은 손님인 거예요. 손님이 지불
하는 건 잘못이에요."

가게의 문에서 큰길까지 걷자 메리는 다시 하지메를 향해 오
른손을 내밀었다.

"또 언제 메트로폴리탄에 오나요?"

하지메는 뭐라고 대답해야 좋을지 몰랐다. 내민 손을 잡았다.
싸늘하게 마른 손이었다.

"모르겠어요. 하지만 앞으로 한 달은 있을 테니까 또 올 겁니

다."

하지메는 손을 뗐다.

"호텔은 어디에요?"

고럼 호텔이라고 알려주었다. 메리는 의아한 얼굴로 "들어본 적이 없어요" 하고 말했다. "철자는요?"

"G, O, R, H, A, M."

그래도 들어본 적이 없다는 얼굴이었다. 그녀 같은 유복한 집의 아가씨는 피에르나 플라자, 월도프 아스트리아 같은 유명한 호텔밖에 모를 것이다.

"그럼 이렇게 해요. 다음 주 토요일 정오쯤 덴두르 신전 앞에서 보는 건 어때요?"

하지메가 가장 질색인 것은 다음 약속이었다. 모호한 목소리로 예스, 하고만 말했다.

"다음에는 제가 점심을 사겠습니다."

계산이 마음에 걸렸기 때문에 실현될 수 있을지 어떨지는 차치하고 일단 이렇게 말했다.

메리는 웃는 얼굴로 오케이, 하고 말하고는 메트로폴리탄의 반대쪽으로 걷기 시작했다. 하지메는 잠시 뒷모습을 보고 있었지만 메리는 한 번도 돌아보지 않았다. 어딘가에서 검은색 차가 나타나는 것을 상상했지만 다음 길모퉁이에서 메리는 왼쪽으로 꺾어들어 보이지 않았다.

메리와 헤어진 하지메는 센트럴파크를 동쪽에서 서쪽으로 가로질러 걸어서 반대쪽의 센트럴파크 웨스트로 나갔다. 내일 갈 생각인 자연사박물관의 외관을 바라보고 안내소에서 몇 종류의 팸플릿을 받았다. 그러고는 센트럴파크 웨스트를 남쪽으로 다섯 가쯤 걸었다. 이윽고 가이드북에서 여러 번 봤던 오래된 건물이 눈에 들어왔다.

72번가에 있는 다코타하우스 앞에 멈춰 선 하지메는 그저 건물을 올려다보았다. 19세기에 세워진, 맨해튼에서는 가장 오래된 집합주택의 하나였다. 비틀스가 해산한 후 뉴욕으로 온 존 레넌은 1973년부터 오노 요코와 함께 여기서 살았다. 한 달도 안 되어 오 년 만의 앨범이 나올 예정이었다. 아마 어제도 오늘도 존 레넌은 이 건물에서 자고 일어나며 생활하고 있을 터였다.

하지메는 냅색에서 카메라를 꺼내 사진 몇 장을 찍었다. 맨해튼 주민이 아닌, 헤아릴 수 없이 많은 사람들이 하지메처럼 카메라를 들고 이곳에서 사진을 찍었으리라. 하지메는 주저하지 않고 파인더 너머로 다코타하우스를 넣고 몇 번이나 위치를 이동하며 셔터를 눌렀다. 그때마다 카메라의 몸체가 금속성 소리를 냈다. 그 진동이 양손을 통해 전해졌다.

그사이 다코타하우스에서는 아무도 나오지 않았다. 들어가는 사람도 없었다.

존 레넌도 오노 요코도 고국을 떠나 이곳으로 왔다. 사람은 가고 싶은 곳으로 어디로든 갈 수 있다, 하고 하지메는 생각했다.

비틀스의 레코드를 듣게 된 지 십 년쯤의 시간이 흘렀다. 이곳에 서 있는 바로 지금이 이제까지의 인생에서 존 레넌과 가장 가까운 장소에 있는 것이다. 하지메는 잠시 맞은편 건물에 등을 맡기는 듯이 하며 그 자리에 머물렀다. 저녁이 되어 으슬으슬 추워지자 하지메는 빠른 걸음으로 호텔로 향했다.

　귀국한 지 보름쯤 지나 12월 8일이 되었다.
　존 레넌을 살해한 남자는 하지메와 동세대였다.
　텔레비전에 비치는 다코타하우스 주변은 골똘히 생각하는 듯한 얼굴의 사람들이 흘러넘치듯 북적거렸다. 우는 사람도 있었다. 카메라를 들고 있는 사람은 한 명도 보이지 않았다.

14

온몸을 완전히 감싸는 반투명의 레인코트를 입은 아유미에게 굵은 낙숫물은 선율 없는 음악이다. 차도의 왼쪽, 무성한 벚나무 가로수 밑으로 자전거를 바싹 붙여 페달을 밟는다.

배낭에는 천 주머니에 넣은 모카신, 갈아 신을 양말, 수건, 점심 도시락, 호지차를 담은 작은 보온병, 읽고 있는 문고본이 빽빽이 담겨 있었다. 수건으로 쿠션을 대신하고 있어서 길의 굴곡에 내용물이 덜컹거리는 일은 없다.

개가 없이 사는 도쿄 생활도 꽤 오래되었다. 그래도 이렇게 비 오는 날에는 지로의 노린내가 코에 되살아난다. 젖은 몸을 격렬하게 떨며 물을 털어내는 소리도. 나무들의 풋풋한 냄새가 섞인 빗속에서 아유미는 자전거 페달을 밟으며, 푹 잠든 강아지 지로를 안고 동물병원으로 달려가는 자신을 상상한다.

개울을 따라 난 익숙한 길은 노인들이 이따금 산책하는 정도

이고 늘 한산하다. 오늘처럼 비오는 날은 아무도 마주치지 않는다. 여기서 미끄러져 넘어져도 한동안은 아무도 모를지 모른다. 천문대장에게 비오는 날 자전거를 타는 건 위험하다고 한소리 들었으나 혼잡한 버스에 탈 마음은 들지 않았다.

옛날부터 이륜차를 좋아했다. 에다루 읍내를 달리던 낡은 자전거는 아직도 본가 헛간에 있어 고향에 가면 바로 아유미의 발이 된다. 아버지가 가끔 기름을 치고 닦아주는 덕분에 어디에도 녹슬지 않았고 벨도 경쾌하게 울린다. 타이어의 공기압도 조정되어 있다. 가죽 안장도 반들반들하고 형태가 무너지지 않았다. 바큇살은 타이어의 원운동을 추진력으로 바꾸는 방정식처럼 정연하게 방사선 모양으로 빛나고 있다. 의문의 여지 없이 아름다운 형태라고 아유미는 생각한다. 바큇살은 전파망원경의 파라볼라 안테나보다 수천 년이나 전에 이름도 남기지 않은 누군가가 발명했다.

자전거 손질은 아유미가 부탁한 것이 아니다. 아버지, 신지로의 천성이다.

쓸데없는 말을 하지 않는 아버지는 청소든 장보기든 지로 돌보기든 아주 사소한 더러움이나 흐트러짐, 상처나 비뚤어짐, 비정상을 놓치지 않았다. 생선은 물론이고 채소나 과일 하나도 어머니가 사오는 것보다 아버지가 고른 것이 맛있다. 어머니도 그것을 인정했다.

다만 그것은 **말을 하지 못하는 것**에 한정되었다. 옆집에 사는 세 누이에게는 **그것**이 작용하지 않는다. 판단은커녕 제대로 보려고도 하지 않는다. 판단은 할지 모르지만 그 판단을 기초로 얼굴을 맞대고 무슨 말이나 충고를 하지 못하는 것이다.

남동생인 하지메를 보고 있으면, 말하고 싶은 것이 있어도 참을 수밖에 없는 역할은 누나를 가진 동생의 숙명인가, 하고 느낄 때가 있다. 동생은 다정하다. 하지만 그것은 누나에게 아무 말도 할 수 없는 심약함의 다른 말이기도 하다.

만약 지금 하지메가 자신에게 말하고 싶어도 말할 수 없는 것이 있다면 그건 뭘까. 연인은 있을까, 이제 슬슬 결혼하는 게 좋지 않을까 하고 하지메도 생각할까. 그런 기색을 느낀 적은 없었지만. 하지메는 그저 자기 일만으로도 버거워 누나에 관한 생각은 전혀 하지 않을지도 모른다. 고모들이 결혼하지 않고 같은 집에 사는 것을 아버지는 어떻게 생각하고 있을까, 아유미는 짐작도 할 수 없다.

자신의 마음조차 잘 알 수 없는데 남의 마음을 알 턱이 없다. 남의 마음에 대해 생각할 때마다 몰라서 다행이다, 하고 아유미는 생각한다. 알 수 있는 거라면 개나 고양이처럼 서로의 냄새, 울음소리, 몸짓이 더 믿음이 간다. 말 같은 건 사실상 아무 도움도 되지 않는다. 믿을 수 있는 것은 안거나 안기거나 할 때 자신의 감각, 감촉 정도가 아닐까. 상대가 무엇을 어떻게 생각하는지 몰라도 감각이나 감촉은 믿을 수 있다.

아유미는 아버지로부터 그런 생각을 물려받았는지도 모른다. 아버지는 자신이 본 것, 손으로 만지는 것, 자신이 쓰는 도구와 그 작용, 힘을 가했을 때 무엇이 어떻게 움직이는지, 그런 것을 믿는 것 같았다. 낚싯대를 휘둘러 계곡물에 낚싯바늘을 던져 넣는 각도, 계곡물의 깊이나 흐름, 바위의 위치를 보고 남이 보기에는 짐작할 수도 없는 뭔가를 판단했다. 도구의 손질 여부가 낚시의 성과를 얼마나 다르게 만드는지 아버지는 알고 있었다. 낚싯바늘에 산천어가 닿는 감촉, 미끼를 물어 줄을 끌어당기는 힘. 그때 그것을 느끼는 아버지의 손은 거의 산천어의 감각에 다가간 것임이 틀림없다. 더는 어린애가 아니게 되었을 무렵, 아유미는 그것을 깨닫고 낚싯줄이 전해주는 것을 상상하게 되었다. 낚시를 잘하고 못하고는 적대하는 능력이 아니라 동화하는 능력의 차이가 아닐까 생각했다.

아버지가 어머니를 사이에 두고 짧은 말로 결혼에 대한 상황을 물어오는 일도 거의 끊겼다. 그 덕분에 고향에 갈 때 마음의 부담이 상당히 줄었지만 그것과 동시에 아버지의 체념이 느껴져 쓸쓸한 기분도 든다. 이제 곧 서른이 된다. 자신이 빛이라면 여름의 대삼각형인 베가, 즉 직녀성에는 진작 당도했을 무렵이다.

레인코트 너머로 비를 느끼며 아유미는 살짝 페달을 밟아 속도를 올렸다.

혼자 자전거를 타는 기쁨은 자신의 힘으로 앞으로 나아가는 기쁨과는 다르다. 모든 것을 뒤에 내버려두고 가는 기쁨이다. 관성의 법칙으로 이미 진행 방향으로 나아가는 아유미는 단지 페달을 한 번 세게 밟는 것만으로 같은 장소에서 급속하게 멀어질 수 있다. 벚나무도 개울의 둑도 아유미를 그냥 보내며 그 자리에 머물러 있을 뿐이다. 아유미를 붙잡을 수는 없다.

고어텍스에 부딪치는 빗소리. 자전거 타이어가 젖은 길을 지나가는 소리. 그 소리는 아유미의 고막과 피부에 진동을 전한다. 우연히 아유미에게 맞은 빗방울은 고어텍스에 가로막혀 레인코트의 표면을 따라 불규칙한 속도로 흘러내리며 다른 빗방울과 만나 커지다가 중력을 거스르지 못하고 땅바닥을 향해 떨어진다.

자전거가 천문대 문 사이를 지나갈 때 수위실의 스즈모리 씨가 가볍게 고개 숙여 인사하는 모습이 아유미의 시야 가장자리에 들어왔다. 쓸데없는 말을 하지 않는 스즈모리 씨를 보면 때때로 아버지가 떠오른다.

아유미가 천문대에서 관측하는 별에서 오는 빛이나 전파는 허무할 만큼 약하다.

전파망원경은 그것을 수신하고 증폭하여 관측한다. 전파망원경이 등장하기 이전 시대, 그러니까 굴절망원경, 반사망원경이 최신 장비였던 무렵에는 관측하고 분석하는 대상이 그야말로 별의 수 정도였다. 그렇다고 해도 관측의 눈은 별에서 오는 빛만으로는 도저히 우주의 끝까지 다다르지 않는다. 그것을 천문학자가 절감한 것은 20세기에 접어든 직후의 일이다.

관측을 통해 우주가 폭발적으로 팽창하고 있다는 결과를 이끌어내고 세기의 발견으로 연결한 사람은 에드윈 허블이었다. 아유미가 태어나기 일 년 전인 1953년에 세상을 떠난 천문학자 허블의 이름은 대학 강의에서 처음 들었다. 그 업적은 물론이고 오가사와라 교수를 통해 알려지지 않은 단편적인 프로필을 알게 되자 아유미는 특별한 관심을 갖게 되었다.

아유미가 천문대에 근무하게 된 후 대규모 전파망원경 설계 계획이 가동되었다. 아유미는 그것을 추진하는 부서에 배속되었다. 복수로 올라온 후보지 중에서 적합한 곳을 선정하기 위한 조사 때문에 비서와 같은 대우로 실장의 해외 출장에 동행하여 지난달에 마지막 여행에서 막 돌아온 참이었다. 하와이의 마우나케아, 히말라야의 오지도 다녀왔다. 그리고 남미의 안데스 산맥에도 발을 뻗은 긴 여정에서 돌아오는 길에 실장의 허가를 얻어 여름휴가를 받고 캘리포니아에 들렀다. 에드윈 허블이 마지막까지 관측을 계속했던 윌슨 산 천문대와 100인치 반사망원경을 자신의 눈으로 직접 보고 싶었기 때문이다.

미국, 캘리포니아 주의 산 정상에 세워진 윌슨 산 천문대는 1910년대 후반 세계의 최첨단이자 세계 최대급 크기를 자랑하는 100인치 반사망원경을 갖추고 있다.

에드윈 허블이 윌슨 산 천문대에 들어가기로 정해진 것을 전후한 1917년, 제1차 세계대전에 미국이 참전하게 되자 그는 스스로 육군에 지원하여 연구자들을 놀라게 했다. 지구상의 한 지역에서 생사를 걸고 싸우는 전쟁과 천문학은 너무나도 동떨어지지 않는가. 천문대의 동료나 상사는 허블의 선택에 적잖은 의문을 품었으나 물론 그것을 공언할 수 있는 시대는 아니었다. 종군은 일반적으로 칭찬받았으며 허블은 복귀 후 천문대에서의 지위를 확약받고 전장으로 향했다. 허블은 처음으로 경험하는 전쟁에서 육백 명이나 되는 병사를 이끄는 연대의 제2 보병 중

대장으로 종군했다.

허블에게 조준기scope를 통해 조준하는 것은 망원경telescope을 들여다보는 것과 같은 일이었다. 원형의 표적을 겨냥하는 군대 내의 사격 경기에서 타의 추종을 불허하는 만점을 획득하여, 이례적으로 단기간에 소령으로 진급했다.

허블은 아무 근거도 없이 자신이 전투에서 죽는 일은 없으리라고 생각했다. 만일 뜻밖의 죽음을 맞이하게 된다고 해도 우주 전체의 물질과 에너지의 총량에는 아무런 영향도 주지 않는다. 아내도 자식도 없는 자신은 혼자 생애를 마치고 매장된다. 어머니는 슬퍼할지도 모른다. 아들을 자랑스럽게 생각할지도 모른다. 그것조차도 어머니의 뇌 안에서 일어나는 현상으로, 신경세포에 발생하는 활동 전위에 의한 것이다. 그 활동 전위를 관측하고 분석해도 어머니의 실제 감정의 움직임을 재현하고 설명하는 일은 아무도 할 수 없을 것이다. 지구의 대기권 밖으로도 나갈 일이 없는 하루살이 정도의 상념은 우주 전체에서 보면 없는 것이나 마찬가지다.

20세기에 들어 밝혀지기 시작한 뇌의 신경세포 구조는 유럽에서 찬사를 받고 있는 프로이트나 융의 주장을 모조리 뒤집고 무효로 만들 것이 틀림없다. 십 년쯤 전에 노벨상을 수상한 카할과 골지의 신경세포 연구는 뇌라는 우주의 기본적인 구조를 밝히는 획기적인 것이다. 허블은 이렇게 생각했다.

카밀로 골지는 신경세포의 일부를 다이크로뮴산 칼륨과 질산은의 수용액을 사용한 염색으로 가지 돌기나 세포체의 식별을

가능하게 하는 방법을 확립했다. 신경해부학자 산티아고 라몬
이 카할은 어렸을 때부터 화가를 꿈꿀 만큼 그림에 재능이 있고
관찰 대상의 미세한 디테일에 뛰어난 주의력을 발휘했다. 골지
가 개발한 염색법을 이용한 연구로 신경세포가 그물처럼 생긴
모양으로 연결되어 있다고 생각한 골지와는 정면으로 대립하
는, 신경세포의 뉴런설을 주창했다. 1906년 두 사람은 노벨생리
의학상을 동시 수상한다. 그 팔 년 후인 1914년, 제1차 세계대
전이 시작되고 삼 년 후에는 미국도 참전한다.

　종군한 허블은 실제 전투를 경험한 일이 없었다. 허블이 이끄
는 블랙홀 중대가 프랑스에 착륙하여 작전을 개시한 직후 독일
이 항복했기 때문이다. 그러나 그 직전에 독일군이 설치한 지뢰
를 밟은 부하 병사가 사망한다. 폭발한 지뢰 근처에 있던 허블은
폭풍爆風을 직접 맞아 혼절하고 오른팔에 부상을 입었다. 부상
에서 회복한 후에도 오른팔을 마음대로 구부리고 뻗을 수 없게
되었다. 그러나 주위에 걱정을 끼치기 싫어서 지뢰 폭발로 쓰러
진 일을 무용담처럼 말하기는 해도 부상의 후유증에 시달리고
있다는 사실은 결코 말하려 하지 않았으며 사람들이 눈치채지
못하게 하려고 했다.

　복귀하여 관측과 연구 생활로 돌아온 후에도 190센티미터의
신장, 80킬로그램이 넘는 체구의 허블은 군복 코트를 그대로 걸
치고 군대용 부츠를 신고 파이프 담배를 피우며 관측을 했다. 예
사로운 체력으로는 도저히 견딜 수 없는 장시간 동안 100인치
반사망원경을 독점하여 천체 관측과 촬영을 계속했다.

군대의 임무에서 벗어나서도 허블은 마치 현역 소령처럼 행동했다. 천문대라는 직장에는 전혀 어울리지 않는 태도였다. 그에 더해 옥스퍼드 대학에 유학할 때 익힌 영국식 발음도 굳이 모국 미국의 발음으로 되돌리려고 하지 않았다. 위압적으로 받아들일 수도 있는 이런 태도가 학구적인 기질의 동료나 상사들 사이에서 이따금 시비를 낳았다. 뒤에서는 이름이 아니라 '소령'이라고 막 부르는 사람도 있었다.

대체 이런 남자가 왜 우리와 같은 천문학 분야로 와야만 했던 것일까. 누구나 그렇게 느끼면서도 뛰어난 지구력과 직감력으로 관측에 몰두하고 집중력을 잃지 않는 허블의 커다란 등을 성가신 짐이라도 보는 듯이 바라볼 수밖에 없었다.

고등학생 무렵 허블은 공부보다는 스포츠로 주목받았다. 각종 육상 경기에서 천재적인 능력을 발휘했는데, 그중에서도 높이뛰기는 일리노이 주 기록 보유자이기도 했다. 시카고 대학에 입학해서는 권투에서도 두각을 나타내 헤비급 프로복서 권유까지 받았다. 대전 상대로 첫 흑인 헤비급 챔피언 잭 존슨의 이름도 후보에 올랐다고 한다.

타고난 좋은 체격, 뛰어난 운동신경을 가졌고 학업도 상위권이어서 흐린 구석이 하나도 없는 인생 같지만 허블은 어렸을 때 적잖은 정신적 충격을 받은 적이 있었다. 미국에서 간행된 허블의 평전을 대학도서관의 서가에서 발견하고 잠깐 읽어나가다가 소년 시절의 사건에 이르자 아유미는 허를 찔린 듯했다.

허블은 여덟 형제 중 세 번째인 둘째 아들로 태어났다.

여섯 살 허블은 바로 아래의 남동생 윌리엄과 쌓기 놀이에 열중하고 있었다. 둘이 협력하며 시간을 들여 성을 만들고 다리를 만들었다. 완성하자 둘은 그 나라의 왕이 되고 병사가 되었다. 그때 십사 개월이던 어린 여동생 버지니아가 다가와 두 오빠의 눈앞에서 손발을 휘저었고 그들의 지난한 작업의 성과이자 상상의 왕국 속 그들의 근거지인 성과 다리를 눈 깜짝할 사이에 무자비한 일격으로 무너뜨리고 말았다.

화가 난 허블과 윌리엄은 보복과 징계의 의미를 담아 버지니아의 손을 짓밟았다. 버지니아는 불에 덴 듯이 울음을 터뜨렸고 둘은 어머니에게 들켜 심한 꾸중을 들었다.

그러고 나서 머지않아 버지니아는 유아기 특유의 병에 걸려 죽고 만다. 물론 손이 밟힌 것은 전혀 상관없었지만 여동생의 갑작스러운 죽음은 어린 두 오빠에게 커다란 충격을 주었다. 그 죄책감으로 허블은 한동안 노이로제 같은 상태가 되었고, 몹시 우울해져 어머니를 걱정시켰다.

버지니아의 죽음이 낳은 공백을 메우듯 셋째 딸 헬렌, 넷째 딸 엠마, 다섯째 딸 엘리자베스가 차례로 태어났다. 포용력 있는 어머니 덕에 허블은 시간이 흐르면서 소년다운 쾌활한 모습을 되찾았다.

에드윈 허블의 인생 최대의 위기는 천천히 사그라졌다. 상처를 받은 것으로 보인 벽은 성장하는 과정에서 회반죽을 덧칠하여 보이지 않게 되었다. 그러나 눈에 띄지 않을 뿐, 상처가 사라진 것은 아니었을지도 모른다. 허블이 몸을 마구 혹사하여 스포츠에 빠진 일, 자원하여 종군한 일, 남들보다 두 배는 관측과 연구에 몰두한 일, 서른네 살이 될 때까지 결혼하지 않은 일 등 사람을 쉽게 다가오게 하지 않도록 괴팍하게 행동하는 허블의 고독은 소년 시절의 상처와 무관하지 않을 거라고 아유미는 상상했다.

허블이 건방진 태도 그대로, 그러나 은밀하게 마음을 허락한 사람은 관측 조수인 밀턴 휴메이슨이었다.

허블보다 두 살 아래인 밀턴 휴메이슨은 원래 윌슨 산 천문대 건설을 위해 고용된 노동자로, 천문학을 배운 적이 전혀 없는 것은 물론이고 고등학교조차 나오지 않고 윌슨 산 기슭의 호텔 종업원으로 만족스러운 나날을 보내고 있었다. 휴메이슨은 산의 자연 속에서 지내는 것이 최상의 바람이었다.

초대 대장이 선정한 천문대 건설 예정지는 캘리포니아 주 산 가브리엘 산맥에 줄지어 있는 표고 1742미터의 윌슨 산이었다. 건설 자재나 기재를 나르려면 좁은 산길을 올라야만 하고 운송 수단으로 노새를 이용했다. 노새를 부리는 사람으로 고용된 휴메이슨은 성실하고 정직한 태도를 인정받아 나중에 천문대의 잡무를 담당하는 사람으로 채용된다. 원래 호기심이 많아서 관측이 이루어지는 야간에 천체 관측을 위한 기술이나 실제 작업을 도우며 실질적으로 배워나갔다. 휴메이슨은 쓸데없는 말을 하지 않는 조용한 남자였지만 웃음을 머금으면 상냥한 얼굴이 되었다. 관측의 보조 작업을 묵묵히 해내는 모습은 개성이 강한 허블과는 좋은 대조를 이루었다.

허블과 휴메이슨의 관측이 곧 십 년이 될 즈음, 먼 쪽에 있는 은하일수록 빠른 속도로 지구에서 멀어져간다는 것, 즉 태양계, 은하계를 포함한 우주가 폭발적으로 팽창하고 있다는 것을 알려주는 관측 결과를 얻었다. 이것은 훗날 빅뱅 이론으로 이어지는 큰 발견이었다.

우주는 왜 폭발적으로 팽창하고 있을까, 그리고 폭발적인 팽창은 최후에 어떤 결말을 맞이할까. 20세기의 인간은 그때까지 아무도 손을 뻗지 않던 문의 손잡이를 잡고 열어젖힌 것이다.

연결된 전파망원경 안테나의 하나처럼 아유미가 지금 관계하고 있는 20세기 후반의 천문학은 허블과 휴메이슨처럼 하나의 천문대 내의 콤비가 큰 발견을 이끌어낼 수 있는 목가적인 시스템은 아니다. 전파망원경 관측은 여러 나라의 연구자와 천문대의 기술자가 제휴하여 관측하고 분석한 결과를 출발점으로 하여 다시 그 너머의 탐구를 계속하고 있다. 그러나 그 길을 최초로 개척한 것은 그들이었다.

허블이 마지막까지 애용했던 100인치 반사망원경은 하늘을 향해 뛰쳐나가려는 골조 기관차 같았다. 큰 사진으로 봤기 때문에 알고는 있었지만 구조나 세부를 눈으로 직접 확인한 지금 아유미가 관계하고 있는 전파망원경보다 훨씬, 사람이 공구를 사용해 손으로 만들어낸 것이라는 실감이 든다. 이 거대한 반사망원경 앞에 앉아 네 시간이고 다섯 시간이고 관측을 계속하고 때로는 수백 매의 촬영을 하는 일은 몹시 힘이 센 허블이 아니라면 어려웠을 것이다.

한겨울에 관측할 때면 기온은 물론 영하가 된다. 점차 손가락이 곱고 동상에 가까운 상태가 되는 경우도 있다. 하얀 입김을 토해내며 관측을 계속하기 때문에 하얗게 얼어붙는 속눈썹이 그대로 접안렌즈에 들러붙는 경우도 있었다. 그러나 허블은 추위에 죽는소리를 하는 일이 없었다. 동료에게 노여움을 산 군용 방한 코트는 어쩔 수 없이 필요했는지도 모른다.

아유미가 윌슨 산 천문대를 방문했을 때 안내해준 사람은 푸에블로 인디언의 피가 섞인 듯한 여성 연구원이었다. 동세대로 보이는 흑발의 연구원은 약간 비밀스러운 표정을 지으며 "그러고 보니 말이에요" 하며 속삭이듯이 말했다.

"사실로 믿으라고는 하지 않겠지만, 모처럼 허블 박사가 생활하던 공간 겸 천문대에 왔으니까 특별한 에피소드를 말해줄게요."

그러고는 가슴 아래에서 끼고 있던 팔짱을 풀고 가볍게 심호흡을 했다.

"밤이 되면 말이에요, 100인치 반사망원경이 있는 이 방에서 파이프 담배의 빨간빛이 보이는 일이 있어요. 빨간빛만이 아니라 달콤한 파이프 담배 냄새까지 맡은 사람도 있어요. 지금 천문대의 스태프 중에서 파이프 담배를 피우는 사람은 한 명도 없거든요. 뇌졸중으로 갑작스럽게 세상을 떠난 허블은 관측의 귀재였으니까 미련이 남았던 게 아닐까요?"

"그건 여름밤이었나요?"

"왜 여름이냐고 묻는 거죠?

"일본에서는 유령이 여름밤에 나타나거든요."

"그거 재미있네요. 허블은 봄이든 여름이든 가을이든 겨울이든, 언제든지 나타나요."

"당신도 만난 적 있나요?"

연구원은 한 박자 쉬고 예스, 라고 말했다.

"허블은 천체 관측에만 관심이 있어서 우리 같은 사람은 시야에 들어오지 않는 것 같아요. 그가 말을 걸어온 사람은 한 명도 없어요. 그래서 이제 아무도 무서워하지 않고 실제로 무섭지도 않아요."

천문대에서 나와 부지 안에서 가장 전망이 좋은 장소로 안내되었다. 들어본 적이 있는 새의 울음소리가 가까운 나무 우듬지에서 들려온다. 건조한 바람이 지나간다. 멀리에 점점이 퍼져 있는 시가지가 보인다. 남아메리카의 안데스 산맥에서 인적이 전혀 없는 광대한 붉은 사막 같은 고지대를 바라보고 온 직후였기 때문에 사람이 사는 시가지가 멀리 바라보이는 것만으로도 조금은 안도감이 들었다. 물론 이런 거리이기 때문에 아름답게 보이는 것이다. 멀다는 것에는 보고 싶지 않은 것을 작게 하여 보이지 않게 하는 작용이 있다. 은하계도 수십, 수백 광년이나 떨어져 있기 때문에 소용돌이 모양의 형태를 아름답다고 느낄 수 있는 것이다.

허블 또한 여기서 하계를 바라본 적이 있었을까. 파이프 담배를 피우기에도 아주 좋은 장소였다.

그날 밤 특별히 열린 것인지, 아니면 정기적인지 몰랐지만

100인치 반사망원경이 있는 방에서 천문대에 근무하는 사람들이 모여 캐주얼한 디너파티를 열었다. 손님인 아유미는 인사말을 요구받아 의자에서 일어나 생각한 것을 그대로 말했다.

"저는 지금도 허블이 촬영한 은하 사진집을 이따금 펼쳐봅니다. 허블은 제가 천문학의 세계로 들어올 계기를 만들어준 큐피드였습니다. 그렇게 거대한 큐피드는 전대미문이지만요(참석자 사이에서 유쾌한 웃음이 터졌다). 지금보다 훨씬 정밀도가 떨어지는 흑백으로 촬영된 은하의 다양한 소용돌이를 볼 때마다 허블의 숨소리와 고동을 느낄 수 있습니다. 아무리 촬영의 정밀도가 높아져도 허블이 찍은 것과 같은 것은 이제 누구도 찍을 수 없습니다. 동경하는 천문대에 올 수 있어서 저는 천문학을 전공하게 된 이유를 다시 만날 수 있었습니다. 여러분의 후의에 감사드립니다."

허블은 서른 살 때, 천문대 도서관에서 훗날 결혼하는 그레이스 리브와 만난다. 유복한 가정에서 태어난 그레이스는 스탠퍼드 대학 영문과를 우수한 성적으로 졸업하고 허블을 만났을 때 이미 결혼한 상태였다. 남편은 지질학자였다.

이듬해 그레이스의 남편은 탄갱에서 조사하던 중 아래로 떨어져 죽고 말았다. 내려가면 곧 산소가 부족해진다는 사실은 충분히 예측할 수 있었을 텐데도 지질학자인 남편은 산소마스크를 쓰지 않고 탄갱을 내려갔다. 사인은 추락인지 질식인지 특정할 수 없었다.

삼 년 후 그레이스와 허블은 결혼했다. 두 사람 사이에 아이는 없었다. 다양한 성과를 올려 가장 유명한 천문학자로 이름을 떨친 허블은 언젠가 윌슨 산 천문대의 대장이 되는 것을 확신하고 있었다. 그러나 인망이 높지 않았던 것과 외유가 늘어나 천문대에 있는 시간이 극단적으로 적었던 것 등이 요인이 되어 확신이 빗나갔다. 허블은 크게 낙담했다.

휴가의 즐거움은 그레이스와의 계곡 낚시였다. 한창 낚시를 즐기던 중 심근경색으로 쓰러진 허블은 담배를 끊지만 그로부터 사 년 후인 1953년 뇌졸중으로 세상을 떠났다. 그의 나이 예순셋이었다.

그레이스는 필시 남편의 유언에 따라 당시에는 드물던 화장을 하고 은밀히 장례를 치렀다. 어디에 묻었는지는 아무에게도 말하지 않았다. 지금도 허블의 묘가 어디에 있는지 아니, 애초에 묘를 만들었는지 어떤지조차 알 수 없다.

"수소, 산소, 암모니아 등 물질은 각각 개별적으로 정해진 파장의 빛을 방출합니다. 방출할 뿐 아니라 흡수도 합니다."

대학 1학년이 끝나갈 무렵, 오가사와라 교수는 강의 마지막에 이렇게 말했다.

아유미는 교단으로 다가가 질문해도 될까요, 하고 물었다. 칠판의 글씨와 그림을 지우고 있던 오가사와라 교수는 아유미의 얼굴을 보며 다음 말을 재촉하는 표정을 지었다.

"교수님은 산소, 수소, 암모니아라고 말씀하셨는데 인간의 몸도 물질로 이루어졌습니다. 그러니까 인간의 몸에서도 각각 파장이 다른 빛이 나온다는 말씀이십니까?"

오가사와라 교수는 눈가에 평소보다 많은 주름을 만들며 뭐라 말할 수 없는 웃음을 지었다.

"자네, 인간의 몸이 물질이 아니라면 뭐라고 생각하나?"

물질이라는 말을 듣고 아유미는 어쩐 일인지 화장된 인간을 상상했다. 그것은 한 번 조사한 적이 있다.

"타면 재가 됩니다. 재에는 칼슘과 칼륨, 마그네슘, 나트륨과 철도 포함되어 있습니다."

오가사와라 교수는 다소 진지한 얼굴을 아유미를 보았다.

"나도 앞으로 십 년쯤 지나면 재가 되겠지. 어떤 빛을 방출할지, 하지 않을지, 나는 볼 수 없네. 확실한 것은 그뿐이네."

15

그들이 예루살렘에 도착한 뒤, 예수께서는 성전 뜰 안으로 들어가 거기에서 사고팔고 하는 사람들을 쫓아내시며 환전상들의 탁자와 비둘기 장수들의 의자를 둘러엎으셨다.

또 물건을 나르느라고 성전 뜰을 질러 다니는 것도 금하셨다.

그리고 그들을 가르치시며 "성서에 '내 집은 만민이 기도하는 집이라 하리라'고 기록되어 있지 않느냐? 그런데 너희는 이 집을 '강도의 소굴'로 만들어버렸구나!" 하고 나무라셨다.

이 말씀을 듣고 대사제들과 율법학자들은 어떻게 해서라도 예수를 없애버리자고 모의하였다. 그들은 모든 군중이 예수의 가르침에 감탄하는 것을 보고 예수를 두려워하였던 것이다.

저녁때가 되자 예수와 제자들은 성 밖으로 나갔다.

(마가복음 11장 15 – 19절)

유다인들의 과월절이 가까워지자 예수께서는 예루살렘에 올라가셨다.

그리고 성전 뜰에서 소와 양과 비둘기를 파는 장사꾼들과 환금상들이 앉아 있는 것을 보시고 밧줄로 채찍을 만들어 양과 소를 모두 쫓아내시고 환금상들의 돈을 쏟아버리며 그 상을 둘러엎으셨다.

그리고 비둘기 장수들에게 "이것들을 거두어가라. 다시는 내 아버지의 집을 장사하는 집으로 만들지 마라" 하고 꾸짖으셨다.

이 광경을 본 제자들의 머리에는 '하느님이시여, 하느님의 집을 아끼는 내 열정이 나를 불사르리이다' 하신 성경 말씀이 떠올랐다.

그때에 유다인들이 나서서 "당신이 이런 일을 하는데, 당신에게 이럴 권한이 있음을 증명해보시오. 도대체 무슨 기적을 보여주겠소?" 하고 예수께 대들었다.

예수께서는 "이 성전을 허물어라. 내가 사흘 안에 다시 세우겠다" 하고 대답하셨다.

그들이 예수께 "이 성전을 짓는 데 사십육 년이나 걸렸는데, 그래 당신은 그것을 사흘이면 다시 세우겠단 말이오?" 하고 또 대들었다.

그런데 예수께서 성전이라 하신 것은 당신의 몸을 두고 하신 말씀이었다.

제자들은 예수께서 죽었다가 부활하신 뒤에야 이 말씀을 생각하고 비로소 성서의 말씀과 예수의 말씀을 믿게 되었다.

예수께서는 과월절을 맞아 예루살렘에 머무르시는 동안 여러 가지 기적을 행하셨는데, 많은 사람들이 그것을 보고 예수를 믿게 되었다.

그러나 예수께서는 그들에게 마음을 주지 않으셨다. 그것은 사람들을 너무나 잘 아실 뿐만 아니라 누구에 대해서도 사람의 말은 들어보실 필요가 없으셨기 때문이다. 예수께서는 사람의 마음속까지 꿰뚫어 보시는 분이었다.

(요한복음 2장 13 – 25절)

16

　대학 서문 옆의 숲에 쓰러져 있는 남학생을 발견한 사람은 당직이 끝난 경비원이었다. 술자리에서 술을 지나치게 마신 탓에 휘청거려 그대로 쓰러진 건가, 막 사복으로 갈아입었기 때문에 눈앞에서 토하기라도 하면 안 되는데, 이렇게 생각하며 "괜찮나? 이런 데서 자면 안 되는데……" 긴 머리에 가려 보이지 않는 얼굴을 향해 말을 걸며 옆에 쭈그려 앉았다. 숲 냄새와 흙냄새가 났다. 술 냄새는 나지 않았다.

　어깨에 손을 대려 하자 오른쪽 뺨을 땅바닥에 찰싹 붙인 남자가 이를 악물고 신음 소리를 냈다. 혼절한 고주망태가 낼 것 같지 않은 절박한 울림이었다. 다시 학생의 몸을 살펴보았다. 청바지 여기저기에 젖은 듯 거무스름한 얼룩이 보였다. 게다가 무릎 언저리에서 발목에 이르는 부분이 확실히 이상하다. 불길한 낌새를 챈 경비원은 소름이 끼쳤다. 심장이 두근거리고 선하품과도 비슷한 메슥거림이 느껴지고 현기증이 났다.

긴급 이송된 병원에서 엑스레이 사진을 본 젊은 외과의사는 이건 심한데 하고 반사적으로 작은 목소리를 흘렸다. 스키장에서 충돌하고 계단에서 떨어지고 풀장 가장자리에서 넘어지고 자동차 사고를 당하는 등 다양한 상황에서 야기된 골절을 되풀이해서 봐왔지만 이런 사진을 본 것은 처음이었다. 두 다리의 뼈가 여러 군데에 걸쳐 부서지고 골절되어 있었다.

명확한 의도와 확고한 의지를 가진 사람이 여러 명의 공범자와 함께 저지른 폭력이 돌이킬 수 없는 물리적인 상처를 남겼다. 실행한 범인은 쇠지레 같은 단단한 금속봉으로 머리나 상반신은 완전히 무시한 채 오로지 넓적다리 아래에 위치하는 다리의 모든 부분을 계속해서 몇 번이나 내리쳤다. 직업적이라고도 할 수 있는 냉정하고 한정적인 공격은 목숨을 노린 것이 아니었다. 공포와 고통을 주고 몇 달을 입원하게 만들어 피해자의 정신과 행동을 철저하게 파괴하려는 것이었다. 게다가 만일 체포된다고 해도 살인미수만큼의 양형조차 받지 않을 가능성이 있었다.

광범위한 내출혈이 몇 군데나 있고 림프샘도 심하게 손상되었다. 두 다리의 표면은 검푸르게, 부분적으로는 검붉게 변색해 익었는데도 수확하지 않은 가지처럼 땡땡 부어 있었다. 링거 주사를 통해 통증을 완화하는 진통제가 투여되어 의식이 몽롱한 동안은 별도로 하고, 골절로 인한 동통이 가라앉으려면 수술이 끝나기를 기다려야 했다.

동급생에게서 쓰카다 도루가 긴급 입원했다는 소식을 들은 구도 이치이는 그날 바로 병원을 찾았다. 쓰카다 도루는 약 기운에 취해 허연 얼굴로 잠들어 있었다. 하반신에는 어묵 틀 같은 것이 씌워져 있어서 두 다리의 상태는 짐작할 수 없었다. 얼굴에는 상처 하나 없었다. 일단 처참한 상태를 보지 않아서 이치이는 약간 안도했다.

이렇게 잠들어 있는 쓰카다의 모습은 처음 보는 것 같았다. 이치이의 눈앞에 나타난 쓰카다는 항상 눈을 크게 뜨고 누군가를 똑바로 쳐다보며 무슨 말을 계속하는 중이었다.

쓰카다는 아주 사소한 논쟁의 발단이라도 찾아내면 끌어당겨지듯 다가간다. 짚더미를 쌓아놓고 익숙한 손놀림으로 불을 붙인다. 금세 커다란 불꽃이 일어난다.

거기서 되풀이되는 쓰카다의 말은 풀무로 보내는 공기와도 같았다. 화르르 타오르는 논쟁의 새빨간 불이 반사되는 것을 받으며 쓰카다는 점점 더 생생해진다. 책에서 얻은 지식을 뒷배 삼아 어떻게 해서든 단련하고, 구성한 논리 위에 발판을 만들고, 적진 안에 아주 작은 틈이나 공백 지대를 찾아내면 단박에 긴 사다리를 쭉쭉 뻗어 그 부분에 직접 들어가려 한다. 이것이 평소 그의 방식이었다.

반론 자체가 덧없어질 만큼 철저하고 집요한 비판이 핵심에 다가가면 갈수록 쓰카다는 냉정해진다. 대부분의 논적은 도중에 버티지 못하고 격앙되어 분연히 자리를 박차고 일어서거나 말을 이을 기회를 잃고 침묵해야 했다. 거기까지 이르면 쓰카다는 아무 일도 없었다는 얼굴로 돌아와 상대를 전송하고 논쟁을 끝낸다.

시종일관 냉정했다. 인신공격은 절대 하지 않았다. 게다가 다음에 만났을 때는 맥빠질 만큼 아무 일도 없었다는 듯 환한 얼굴로 말을 걸어오기 때문에 논쟁한 상대는 반격의 기회를 노리거나 멀어지려는 태도까지 힘없이 빼앗기고 만다. 빼앗긴다기보다는 화학적인 변화를 일으킨 것처럼, 구름이나 안개가 흔적도 없이 사라지는 것처럼 산산이 흩어진다. 누군가에게 원한을 샀다고 해도 이런 집단 폭행으로 이어지는 일은 생각하기 힘들다.

이치이는 늘 쓰카다의 논쟁을 멀리서 지켜볼 뿐이었다. 이야기를 한다면 영화나 야구, 만화 이야기 정도였다. 논쟁에 신경을 집중하고 있을 때와는 딴사람 같은 얼굴로 마음 편하고 시시한 대화를 이어갔다. 쓰카다는 자주 웃는다. 순진무구한 웃음소리에 사람됨이 드러난다고 이치이는 생각했다. 쓰카다가 논리만으로 구성된 인간이 아니라는 것은 잘 안다. 사실은 논리 같은 건 아무래도 좋다고 생각하는 건 아닐까. 사상이나 철학에 그렇게까지 깊이 빠져 있는 이유는, 끝까지 파고들어 언젠가 그것을 모두 내팽개치려고 하는 것인지도 모른다. 아무래도 좋은 이야기를 하고 있을 때가 더 생기 넘치고 매력적이었다.

쓰카다는 인간이 동물에 한참 미치지 못하다고 생각했다.

"인간이 볼품없는 건 말이야, 새가 노래하는 것처럼 말할 수 없기 때문이야." 쓰카다는 반쯤 웃는 듯한 목소리로 말을 이었다. "〈쉘부르의 우산〉처럼 노래하며 말할 수 있으면 되는 거지.

심각한 일도, 뭔가를 부탁할 때도. 은밀한 마음을 전하고 싶을 때도. 싸움도 노래로 하면 금방 시시해질 거야."

쓰카다와 이치이는 학생식당에 가서 엄청나게 맛없는 카레를 먹었다. 논쟁할 때도 노래로 해보는 게 어때, 하고 물어보고 싶었지만 이치이는 잠자코 카레를 입으로 가져갔다.

쓰카다의 하숙집 벽에는 사상서, 철학서 들로 가득 찬 책장이 쭉 늘어서 있었다. 헌책방 냄새가 났다. 유일하게 비어 있는 책상 앞 벽에는 〈쉘부르의 우산〉 포스터가 붙어 있었다. 예술영화를 상영하는 어딘가의 극장에 붙어 있는 것을 뜯어온 모양이다. 카트린 드뇌브의 허무적인 눈매는 너무나 쓰카다다운 취향이라고 생각했지만 그런 감상은 말하지 않았다.

쓰카다 도루는 지금 하얀 침대 위에서 노래를 하기는커녕 말을 할 기미도 없었다. 수염을 기른 창백한 얼굴을 드러내며 잠들어 있다. 그저 눈을 감고 있을 뿐인 쓰카다는 받침대에서 치워져 옆으로 눕혀진 오줌싸개 동상 같았다. 목적을 잃은 그 하얀 얼굴을 이치이는 잠시 바라보았다. 쥐기에 딱 좋은 모양을 한 콧방울은 이렇게 큰 부상을 입었다는 사실을 모르는 듯 느린 호흡을 위한 출입구 역할을 조용히 수행하고 있었다. 이치이는 발소리를 죽이며 병실을 나갔다.

거의 하루가 걸린 수술은 무사히 끝났다. 병실로 돌아온 쓰카다의 두 다리에는 까만 파이프 같은 것이 몇 개나 관통하고 각각의 파이프가 구조물처럼 접속되어 나사로 고정되어 있었다. 질 나쁘고 치밀하게 의도한 짓궂은 농담 같은 광경이었다. 이 상태로 뼈가 재생해 붙기를 기다린다. 뼈가 이어졌는지 확인되면 기능 회복을 위한 본격적인 물리치료를 시작한다고 한다. 사용되지 않고 있던 관절이나 근육이 다시 제 역할을 하게 만드는 훈련이다. 이 구조물 같은 파이프도 언젠가 다시 수술을 해서 제거해야 한다고 한다.

쓰카다는 다른 사람으로 오인되어 습격당했다. 과격파 학생 분파들이 대립하며 산발적으로 일어나고 있던 폭력적 내분 와중에, 사람을 잘못 보고 발생한 사건의 희생자인 모양이라는 소문이 퍼져나갔다. 한편 쓰카다는 분파에 속해 있지 않았지만 활동의 중심 인물과 교류가 있었기 때문에 대립하는 분파가 경고와 본보기로 일부러 노리고 공격했다, 라며 내부 사정에 밝은 듯 뽐내는 얼굴로 넌지시 말하는 사람도 있었다.

왜인지는 모르지만 신문에는 기사가 실리지 않았다. 그때까지 서문에 하나밖에 없었던 대학 구내의 외등이 새로 하나 더 설치되고 무성했던 수풀이 깎여 앞이 확 트이게 되었다. 여기서 일어난 일에 대한 대응이라는 건 분명했지만, 학내에서도 이 사건을 마치 일어나지 않은 것처럼 다루지 않나 하고 이치이는 의심했다. 쓰카다 도루는 중상을 입었지만 죽진 않았다. 천만다행이라며 쉬쉬하는 것은 쓰카다를 죽이지는 않으면서 철저하게 혼내주는 일에 가담하는 것이나 다름없지 않은가. 학내에 있을지 모르는 사건 관계자를 그냥 내버려두는 게 좋을 리 없다. 이치이는 다른 사람과는 공유하기 힘들지 모르는 감정을 안고 조용히 분개하고 있었다.

오른쪽 뺨을 맞으면 왼쪽 뺨을 내밀라는 예수의 말을 이치이는 도저히 이해할 수 없었다. 철저한 비폭력을 주장하는 것은 아닐 테다. 일방적인 폭력을 당했는데 거기에다 상대에게 왼쪽 뺨을 내밀면 도발로 받아들여질 수도 있지 않을까.

현실적으로 자신이 폭력을 휘두르는 상대가 뺨을 내미는 태도를 보인다면 무의식적으로 당황하여 손이 멈추는 게 아니라 불에 기름을 붓는 결과가 될 가능성이 더 높다. 아버지가 딱 한 번 에다루 교회 예배에서 남의 자유를 빼앗는 것으로서의 폭력에 대한 설교를 했을 때 이치이는 예수의 '왼쪽 뺨을 내밀라'는 말의 진의를 헤아릴 수 없어 적잖은 위화감을 느꼈다. 그 기억은 이치이의 가슴에 계속 남아 있었다.

대학 역사신학 강의에서 오랫동안 의문이었던 것을 나름으로 이해할 실마리를 얻은 것 같았다. 로마에 지배당하고 있던 예루살렘에서 낡은 율법하에 지내던 유대인은 지상 모든 것의 종말과 머지않아 하느님과 함께 찾아올 영광을 고대하고 있었다. 그런 시대와 장소에 태어난 예수라는 남자가 폭력을 어떻게 파악했을까. 이치이는 이렇게 생각했다. '예수는 현실 세계에서 이루어지는 폭력을 피안에서의 시점에 의해 없는 것으로 파악하는 견해를 보여준 것이 아닐까. 자신의 신체가 없어져도 다시 살아난다는 강한 신념도 역시 같은 뿌리에서 나온 것일지도 모른다. 그 신념 앞에서는 타자에게 받은 폭력을 **없는 것**으로 간주할 수 있다. 예수는 현실에 살고 있으면서 현실에 살고 있지 않았던 것이다.'

쓰카다는 비열한 습격에 대해, 실행한 범인에 대해 거의 말하려 하지 않았다. 찾아온 경찰에게도 범인은 세 명 같다, 헬멧을 쓰고 얼굴 대부분을 수건으로 가리고 있어 인상은 전혀 기억나지 않는다, 옷은 검정 셔츠에 청바지 같았지만 늦은 밤이라 진짜 검은색인지는 모르겠다, 누구 하나 말을 하지 않아서 목소리는 못 들었다, 도중 한 명이 기침을 하고 트림 같은 소리를 크게 냈다, 기억하는 것은 그것뿐이었다.

"친구나 동급생하고 자주 논쟁했어요. 그것으로 원한을 사진 않았을 거라고 생각합니다." 형사에게는 이렇게 대답했다. "상대가 누구인지 제대로 모르니까 이런 일을 할 수 있었는지도 모르겠네요." 면식범의 소행이 아니라고 믿는 것밖에 쓰카다의 불안과 공포를 해소할 방법은 없는지도 몰랐다.

쓰카다는 침대 위에서 희미하게 웃음 띤 얼굴로 중얼거리듯 이치이에게 말했다.

"그런 완력과 실행력이 있는 놈은 우리 주변에 한 사람도 없어. 그렇지?"

쓰카다는 오랜 입원 생활을 한탄하지 않았다. 이치이가 병실에 나타날 때마다 천진난만하게 웃었다. 이치이가 침대 옆에 앉아 까만 파이프가 관통된 두 다리를 세밀하게 스케치하고 있자, 쓰카다가 미안하지만 하고 말을 꺼내며 여러 가지를 부탁했다.

사세보에 사는 부모님에게는 연락하지 말아달라, 공동주택으로 찾아오는 길고양이에게 이따금이라도 좋으니 물과 먹이를 주었으면 한다, 냉장고 안에 있는 음식을 모두 처분해주었으면 좋겠다, 아르바이트를 못 하게 되었으니 사실은 공동주택의 계약을 해지하면 좋겠지만 방 정리를 할 수 없으니 적어도 전류 차단기라도 내려서 기본요금 이외에는 나오지 않도록 해달라.

쓰카다는 병실 천장을 보며 하나하나 이치이에게 부탁했다. 이치이는 그때마다 수첩에 메모했다.

그리고 그것들을 모두 떠맡아 이따금 자전거를 타고 쓰카다의 공동주택으로 갔다.

이치이의 은밀한 목적지로 가는 도중에 그 공동주택이 있었기 때문에 전혀 부담스럽지 않았다. 자전거로 이동하는 표면적인 이유가 생겨서 오히려 이치이에게는 고마운 우연이었다. 도중에 누군가를 만나도 어디 가느냐는 말에 당당히 대답할 수 있었다.

처음 공동주택에 갔을 때는 아직 환한 오후였다. 만일 우편함 옆에서 누군가가 덮친다고 해도 큰 소리를 지르며 도망치면 된다. 이렇게 생각했다. 대낮이라면 분명히 누군가 도와줄 것이다.

쓰카다가 귀여워하던 길고양이는 두 마리로, 검은색과 흑갈색 줄무늬였고 모두 암컷이었다. 이치이와도 곧 친해져 자전거를 세우는 소리만 나도 어딘선가 달려왔다.

이 사건을 계기로 어느새 이치이는 쓰카다에게 가장 마음 편한 이야기 상대에서 믿을 수 있는 가까운 사람이 되어 있었다.

병원 앞 버스 정류장에 서서 버스를 기다리며 자신은 왜 쓰카다와 같은 일을 당하지 않았는지, 지금까지 우연히 운이 좋았을 뿐인지, 문득 이런 생각이 들자 이치이는 그곳을 떠날 수 없게 되었다.

홋카이도의 기억도 퍼 올리는 지하수처럼 흘러나온다. 눈보라 속에서 조난당해 죽은 농장학교의 이시카와 다케시가 어디에서랄 것도 없이 모습을 드러내고 다가와 보이지는 않지만 바로 옆에 서 있는 기분이 들었다. 다케시는 아무 말도 하지 않는다. 가까운 사람이 둘 다 똑같이 부당한 폭행을 당한 것은 대체 무슨 운명일까.

이시카와 다케시는 도쿄의 고등학교를 중퇴하고 아르바이트를 하던 무렵 잠복하고 있던 괴한의 습격을 받아 얼굴 여러 군데에 수십 바늘을 꿰매는 부상을 입었다. 본인에게 그 이유를 물어볼 수는 없었다. 여자 문제가 원인이라는 소문은 나중에 들었다. 도쿄를 떠나 친척의 주선으로 에다루의 농장학교에 온 다케시는 동료와의 커뮤니케이션은 최소한으로 했지만 성실하게 일했다. 묵묵히 일한 결과 모범생으로 평가되어 농장학교의 낙농 부문 책임자가 되기도 했다. 에다루 교회에서 판매하는 버터를 만들기 위해 이치이와 공동 작업을 시작했고 성과도 내고 있었다. 엄청난 눈보라가 치던 밤, 농장학교를 탈주하여 에다루 역으로 가는 도중에 목숨을 잃은 것은 생이별한 어머니를 만나기 위한 반쯤 충동적인 행동이었던 듯하다. 어머니와 사별한 이치이는 그 충동을 이해할 수 있을 것 같았다. 하지만 죽은 사람은 결코 만날 수 없기에 사실 제대로 알 수 없다.

마찬가지로 모르는 남자들에게 습격당한 쓰카다 일에 단순한 놀람만이 아닌 감정이 자꾸만 겹쳐졌다. 어울리지도 않은 자책감 같은 것이었다. 단순한 우연이라고 딱 잘라 결론지어도 좋을 텐데, 우연이 아니라고 속삭이는 목소리가 자신 안에 분명히 존재한다. 거기에는 타인에게는 말할 수 없는 새로운 이유도 포함되어 있었다. 이치이는 자신이 누군가에게 습격당하는 장면을 지금 쉽게 상상할 수 있었다.

이시카와 다케시의 얼굴이 그어진 원인과 마찬가지로 이치이도 지금 다른 남자의 연인과 은밀한 관계를 맺고 있었다.

이치이의 일상은 무척 조용했다.

누구와 논쟁하지도 않는다. 목회학 강의에는 반드시 출석했지만 다른 강의는 학점을 딸 수 있을 만큼만 나가고 빼먹는 것을 배웠다. 그 이외의 시간은, 날에 따라서는 아침부터 그리고 늦잠을 잤을 때는 점심시간 전에 학내에 있는 음악비평연구회 동아리방으로 악보를 들고 갔다. 평일은 거의 매일 뵈젠도르퍼를 쳤다. 비평을 쓰지 않는 대신 너는 피아노만 치면 돼, 회장 호소카와 미노루에게 이렇게 권유받고 입회한 기억은 거의 잊었다. 그저 자신이 치고 싶은 곡을 쳤다. 최근에는 아침이면 바흐를, 점심시간이면 슈베르트의 소나타를, 저녁이면 브람스의 간주곡을, 밤이면 베토벤의 소나타를 쳤다. 어느 것이나 같은 스타일로 쳤다. 악보에 그려진 음표를 그대로 덧그리듯이 빠르지도 늦지도 않게, 강하지도 여리지도 않게, 어딘가 무뚝뚝한 터치로 담담하게 쳤다. 파이프오르간을 친다는 생각으로 쳤다. 잘못 치면 돌아가 거기서부터 다시.

월요일 아침에는 피아노를 치기 전에 동아리방의 재떨이나 쓰레기통을 깨끗이 비웠다. 청소는 에다루 교회에서 몸에 밴 일이라 하나도 힘들지 않았다. 나무 바닥은 물론이고 먼지가 쉽게 쌓이는 소파에도 청소기를 돌리고 물걸레질과 마른걸레질을 했다. 먼지는 습기를 모아두어 피아노에 백해무익하다. 물론 건반도 깨끗이 닦는다. 청소를 끝내고 나서 치는 피아노는 소리가 맑은 것 같다. 지금 이치이에게 매일 빼놓지 않고 피아노를 치는 것은 일요일 예배보다 훨씬 중요한 습관이 되었다. 쓰카다가 중상을 입고 입원한 후 그 의미가 점점 더 커졌다.

이치이의 피아노 연주를 듣기 위해 동아리방에 얼굴을 내미는 부원이 점차 늘어났다. 연주가 끝나도 아무도 감상을 말하지 않는다. 바흐의 에피소드를 말하는 사람, 악보의 필적으로 보아 바흐가 혼자 쓴 것이 아니라 아내인 안나가 쓴 것도 있는 모양이라고 말하는 사람, 다들 이치이의 연주는 안 들은 것 같은 얼굴로 이야기했다. 레코드로 듣는 명연주와는 견줄 수 없기 때문이라고 이치이는 생각했지만 사실 대부분의 부원들은 이치이의 피아노에 감동하고 있었다. 다만 어떻게 비평해야 좋을지 몰랐던 것이다.

쓰노이 요리코는 음악비평연구회의 부원이 아니라 초등학교부터 이 재단의 학교를 나니는 문학부 학생으로, 테니스 동호회 중에서 부속중고등학교에서 온 학생들만 모이는 동호회에 속해 있었다. 신학부 학생에게는 엄두가 안 나는 옷을 입고 늘 희미한 향수 냄새를 풍기고 있다. 회장 호소카와 미노루는 고등학교부터 이 재단의 학교에 들어와 쓰노이와 사귀게 된 모양이다. 헤어졌다 사귀기를 되풀이하는 불안정한 관계로, 그 주도권은 분명 쓰노이 요리코가 쥐고 있었다.

이치이는 피아노를 치고 그 소리가 울리는 동안에는 세상의 소리가 들리지 않는다. 떠들썩하고 술렁거리며 언제 무슨 일이 일어나도 이상하지 않는 무조無調의 덩어리. 밤이 되어도 서로 겹치고 섞인 잡음이 어딘가에서 끊임없이 들려온다. 에다루는 밤이 깊어지면 인공의 소리는 거의 들리지 않았다. 바람을 타고 희미하게 들려온다면 유베쓰가와의 강물 소리 정도였다. 멀리서 울리는 기차 소리조차, 들릴 것으로 기대하지 않는 자연의 소리와 비슷했다.

개들도 밤의 무거운 장막 안에서 조용히 지냈다. 동이 틀 때까지는 가족 모두 깊이 잠들어 있다는 것을 알고 있기 때문이다. 가끔 일어나 쿵쿵거린다면, 여우가 몰래 집 뒤를 가로지르거나 멀리서 여느 때와는 다른 동물 냄새가 떠돌 때였다. 그래도 어지간한 이변이 아닌 한 개들은 짖지 않았다.

대학 구내는 항상 흥분해서 이야기하지 않으면 안 되는 규칙이라도 있는 듯 떠들썩했지만 쓰노이 요리코의 말투는 무척 차분했다. 호소카와와 나란히 앉아 다른 사람의 이야기를 가만히 주의 깊게 듣고 있다. 이따금 한두 마디 끼어든다. 이치이는 금세 쓰노이 요리코의 목소리와 말투에 끌렸다.

연구회의 멤버와 식사한 후 2차를 가면 거기에 쓰노이 요리코가 나타날 가능성이 높다는 것을 알게 된 이치이는 반드시 2차에 따라갔다. 그리고 몇 번인가 쓰노이 요리코의 옆자리에 앉았다. 일대일이 되면 뜻밖에 말을 많이 하는 사람이었다. 이치이가 피아노를 친다는 걸 알자 쓰노이 요리코는 자기 언니도 피아노 공부를 하고 있다며 음악 이야기를 했다.

"안단테라는 건 이탈리아 사람의 걷는 속도를 말하는 건가요? 그렇다면 일본인이 연주할 때는 일본인이 걷는 속도에 맞춰야 하나요? 이탈리아인과 일본인은 걷는 방식도 속도도 다르겠지요. 홋카이도와 교토도 아마 다를 거고요."

이런 말도 했다.

"반대로 아다지오는 일본인에게 견딜 수 없을 만큼 느린 것 같아요. 일본인이 그렇게 천천히 하는 건 없지 않나요? 그러니까 일단 일본인이라는 것을 그만두고 유럽 사람인 것처럼 연주해야 한다는 걸까요?"

들어보니 이탈리아에 가족과 함께 두 번 가본 적이 있다고 한다. 부모님은 한큐 전철이 지나는 슈쿠가와에 살고 있다고 하지만 슈쿠가와가 대체 어떤 동네인지 이치이는 아무런 지식도 없었다.

쌀쌀하게 느껴지는 가을밤, 2차에서 고주망태가 된 호소카와를 부원이 공동주택까지 데려다주게 되었을 때 쓰노이 요리코는 그들의 뒷모습을 지켜보며 집에 있는 피아노를 쳐보지 않을래요, 하고 아무렇지 않은 말투로 이치이에게 말했다. 소리를 죽이지는 않았지만 가까이에 연구회 사람이 아무도 없었기 때문에 쓰노이 요리코의 목소리는 누구의 귀에도 닿지 않았을 터였다. 조율은 했지만 전혀 치지 않아 불쌍하기도 하고. 다들 당신이 치는 피아노를 들었는데 듣지 않은 사람은 나뿐인 것 같기도 하고요. 부원들이 삼삼오오 귀가하는 발걸음이나 표정을 보면 취기가 많이 돌지 않은 사람은 둘뿐인 것 같았다.

익숙한 모습으로 택시를 잡은 쓰노이 요리코는 미끄러지듯이 안쪽 자리로 들어가며 운전기사에게 행선지를 말했다. 달콤한 향기가 차내에 가득 찼다. 팔짱을 낀 쓰노이 요리코의 손목에서 가느다란 금팔찌가 둔하게 빛났다. 아유미는 팔찌도 반지도 귀걸이도 하지 않았다. 팔찌를 두른 팔을 잡으면 어떤 느낌일까, 이치이는 순간적으로 이리저리 상상하며 눈을 감았다. "이봐요, 잠들면 안 돼요. 이따가 피아노를 쳐야 하니까요."

쓰노이 요리코가 혼자 사는 아파트는 놀랄 만큼 넓었다. 이치이의 공동주택 방이 넷 정도 들어갈 것 같았다. 작년까지 언니와 함께 살았다고 한다.

열어둔 문 너머에 깨끗하게 정돈된 침대가 반쯤 엿보였다. 거실 벽 쪽에 스타인웨이의 업라이트피아노가 놓여 있었다. 언니가 이탈리아에 유학하고 있는 동안 제대로 조율하고 돌봐주지 않으면 안 된다고 요리코는 말했다.

"벌써 새벽 3시인데 근처에 민폐이지 않을까요?"

방의 플로어 램프 빛 안에서 요리코를 보자 상당히 취기가 돈 얼굴임을 알 수 있었다. 목소리 톤은 변함이 없었다. 달콤한 향기가 진해진 것 같았다.

"여기 사는 부자들은 모두 일찍 자고 일찍 일어나서 지금쯤 죽은 듯이 자고 있을 거예요. 저세상에 있는 것이나 마찬가지예요."

요리코는 일부러 표정을 누그러뜨리고 말을 이었다. "방음이 제대로 되어 있으니까 괜찮아요."

이치이는 피아노 앞에 앉아 뚜껑을 열고 악보 없이도 칠 수 있는 곡을 떠올렸다. 브람스의 조용한 간주곡을 한 곡만 평소보다 훨씬 느린 템포로 나직하게 쳤다. 건반 하나하나가 탁하지 않고 청결감이 있는 소리의 피아노였다. 뵈젠도르퍼보다 잔향이 맑았다.

곡을 끝낸 이치이는 두 손을 무릎 위에 놓고 심호흡을 했다.

"좋은 곡이네요." 팔찌를 한 손이 이치이의 어깨에 내려앉았다. 가벼운 손바닥이 깜짝 놀랄 만큼 따뜻해서 이치이는 그것이 신호인 듯 천천히 의자에서 일어나 돌아보았다. 요리코의 얼굴이 눈앞에 있었다.

두 사람은 정오가 지날 때까지 아파트에 있었다.

전화벨도 울리지 않고 찾아오는 사람도 없었다. 귀를 기울이자 호수의 밑바닥에 있는 것처럼 조용했다. 다른 사람은 아무도 살고 있지 않은 게 아닐까 의심스러울 정도였다.

동틀 무렵 목이 말라 침대에서 살짝 빠져나온 이치이는 커튼 너머로 새벽녘의 빛이 가늘게 들어오는 거실을 지나 부엌으로 갔다. 호소카와가 여기 온 적이 있다는 것을 보여주는 명백한 흔적은 발견되지 않았다. 호소카와는 아마 지금도 공동주택에서 술에 곯아떨어져 있을 것이다.

이치이는 이제 음악비평연구회에는 못 있겠다고 생각했다. 그만둘 이유를 누구에게 어떻게 알려야 좋을까. 그것을 생각하는 답답함을 훨씬 상회하는 어쩔 도리 없는 감정이 요리코가 잠들어 있는 침대 안에서 온기가 되어 꿈틀거렸다. 침대를 떠나 부엌을 갔다 온 사이에 차가워진 이치이의 몸을 기다리고 있던 그것이 뒤덮었다.

요리코가 샤워를 하는 동안 거실의 커튼을 열었다. 멀리 나지막한 산줄기가 보였다.

가을이 깊어가고 있었다.

예전이라면 예쁜 잎이나 꽃을 보면 스케치를 하고 근황을 전하는 편지를 덧붙이고 봉투에는 아유미가 기뻐할 듯한 기념우표를 붙여 삿포로로 보냈는데, 이제 길에서 선명한 색의 낙엽을 봐도 손을 뻗지 않게 되었다. 쓰카다의 다리 장비 스케치는 완성했지만, 그것은 쓰카다에게 퇴원 기념으로 건넬 생각이었다.

아유미로부터도 편지가 오지 않았다. 마지막으로 받은 편지에 만년필로 쓴 파란색 가는 글씨 '친구'는 아마 남자인 친구라는 뜻일 거라고 이치이는 상상했다. 아유미는 이치이가 그렇게 생각할 거라는 걸 예상하며 '친구'라고 썼으리라. 아유미는 아무렇지 않게 이치이에게 뭔가를 전하려고 했던 것이다.

스케치북을 펼치는 일에서 멀어지는 것처럼 음악비평연구회의 동아리방 피아노를 칠 기회도 뜸해졌다. 호소카와 미노루는 그 후로도 몇 번이나 만났다. 원래 안경 너머의 눈에서 감정의 변화가 그대로 엿보이는 타입은 아니었지만 지금까지와 같은 태도가 변하지 않은 것만은 분명했다. 요리코에게 새로운 상대가 생긴 것을 알아채도 그가 이치이라는 사실은 눈치채지 못했을지도 모른다. 만약 눈치챘는데 이치이가 있는 데서는 모르는 척하는 거라면 오히려 그게 더 무서운 일이다.

동아리방에서 멀어지고 요리코의 아파트에 가는 날이 늘어나고 스타인웨이를 치는 시간이 길어졌다. 요리코가 강의를 들으러 가서 저녁때까지 없는 날에도 그 집에서 혼자 지냈다.

평일 오후, 이치이가 피아노를 치고 있을 때 전화가 울렸다. 이치이는 건반에서 손을 뗐다. 요리코가 옆방으로 전화를 받으러 갔다. 낮은 목소리로 대화하는 상대는 아마 호소카와 미노루일 것이다. 요리코는 만날 수 없는 이유를 짤막하게 전하고 곧 전화를 끊었다. 요리코는 거실로 돌아와 미안, 하고 짧게 말했다. 이치이는 악보의 처음부터 다시 피아노를 쳤다.

피아노를 치면서 부딪칠 상대가 없는 분노의 덩어리가 돌연 가슴 안쪽에서 새까맣게 올라오는 것을 느꼈다. 자신의 내부에서 일어난 분노가 아니었다. 어딘가에서 흘러내려 우연히 자신의 가슴으로 찾아온 낯선 타인의 분노였다. 이치이의 팔과 손과 손가락이 단단히 굳어 움직이지 않았다. 분노라고 생각했던 새까만 감정이 순간적으로 반전하고 크게 넘실거리는 파도 같은 죄의식으로 바뀌었다. 드높은 파도가 정점에 달하면 파도 전체가 이치이를 향해 무너진다.

자기도 모르는 사이에 이치이는 온몸에 식은땀을 흘리고 있었다. 호흡도 엄청나게 빠르고 깊지 않았다. 피아노 치는 것을 도중에 그만두고 스타인웨이의 무거운 덮개를 아무런 조심도 손 어림도 하지 않고 그저 손을 떼듯 떨어뜨렸다. 큰 소리가 났다.

"무슨 일이야?" 요리코도 가시 돋친 목소리를 냈다.

이치이는 아무 말 없이 요리코의 방을 나왔다. 요리코는 본 적 없는 뭔가를 본 것 같은 겁먹은 눈으로 이치이를 쳐다보았다.

이치이는 자전거의 페달을 힘껏 밟고 자신의 공동주택으로 돌아갔다. 머릿속에서는 요리코에게 나쁜 짓을 했다고 생각했 지만, 이제 이대로 자전거를 돌려 아파트로 돌아가 요리코를 안 는 일은 할 수 없었다.

그날 밤 이치이는 저녁도 먹지 않고 혼자 이불 속에 드러누워 요리코가 에다루 교회로 찾아오는 광경을 마음에 그렸다.

발이 쳐져 있는 낡은 목조 교회의 현관 앞에는 장화도 들어가 는 큼직한 신발장이 놓여 있다. 쓰노이 요리코는 특별히 선택한 수수한 색깔의 앙상블을 입고 굽 낮은 구두를 신고 서 있다. 귀 걸이도 팔찌도 하지 않았다. 향수 냄새도 나지 않았다. 그래도 여전히 에다루 교회의 현관 앞에 선 요리코는 너무나 이질적이 었다.

물리치료실에서 쓰카다 도루는 얼굴을 찡그렸다. 기능 회복 을 위한 여러 종류의 운동을 참을성 있게 하나하나 해내고 있었 다. 조금은 친숙한 소파에 앉아 이치이는 그 움직임을 눈으로 좇 았다. 쓰카다가 이렇게나 고지식하게 고통을 참으며 운동에 몰두하는 모습에 이치이는 감동했다.

목발을 능숙하게 사용하며 이치이 옆에 앉은 쓰카다는 여느 때처럼 웃는 얼굴을 보여주었다.

"이 외부 고정기라는 건 정형외과 의사가 어떤 종족인가를 일목요연하게 보여주지. 인간이 부품으로 만들어졌다고 생각하니까 이렇게 꼬챙이에 꿰는 것을 생각해낸 거야. 분쇄골절에는 이것밖에 없다는 설명을 들었지만 일 년 후에는 또 이걸 하나하나 뺀다더라. 파이프를 꽂은 구멍은 빼낸 뒤에 대체 어떻게 되는 거지? 풀장에서 헤엄치고 나오면 여기저기 구멍에서 물이 줄줄 새어나오는 거 아냐?"

이치이는 오랜만에 자신의 웃음소리를 들었다.

쓰카다 도루는 대학을 졸업하고 사세보의 집으로 돌아가 자신이 졸업한 중학교의 사회과 교사가 되었다. 연하장에는 매년 학생들이 얼마나 귀여운지에 대해 말을 바꿔가며 써서 보냈다.

17

첫 손녀인 아유미를 받아낸 삼 년 후 뇌내출혈로 홀연히 세상을 떠난 할머니 요네가 나가노에서 태어나 도쿄에서 교육을 받고 에다루에서 조산부가 되기까지는 대체 어떤 과정이었는지 아유미는 아무것도 듣지 못했다.

아유미가 철들기도 전에 돌아가신 할머니의 얼굴은 불단에 놓인 한 장의 흑백사진으로만 알고 있다. 요네의 남편 신조는 사별 후에도 한동안 살았지만, 집에 없는 시간이 길고 과묵하기도 해서 쾌활하게 이야기하거나 웃는 얼굴을 본 기억이 없다. 그러므로 신조에 대해 생각하면 선향 냄새가 찌든 불단의 유영만 떠오른다. 신조는 액자 틀 안에서 감정을 엿볼 수 없는 얼굴로 그저 이쪽을 보고 있다. 요네는 이쪽을 똑바로 바라보는 모습도 아니다. 오려내진 것처럼 얼굴 주변이 부자연스럽게 하얀 것으로 보아 정말 어떤 단체 사진에서 오려냈는지도 모른다.

잠자코 이쪽을 보고 있는 두 사람은 거기서 시간이 멈춰 있다. 요네의 목소리도 신조의 목소리도 들리지 않는다. 살아있었을 때의 기억이 없다면 죽은 사람은 단지 한 장의 사진일 수밖에 없다고 아유미는 생각한다.

요네가 조산부가 되기 위해 도쿄로 올라왔고 나가노에서 아주 멀리 떨어진 에다루까지 온 것은 은사의 권유 때문인 모양이다. 은사란 누구이고 어떤 인물이었을까. 에다루와는 대체 어떤 인연이 있었을까. 아버지나 고모들은 그런 얘기조차 듣지 못한 것을 다소나마 부끄러워할지도 모른다. 가즈에에게 할머니의 내력을 물어도 "글쎄, 어땠을까" 하고 마치 남의 일처럼 쌀쌀맞은 목소리로 곧장 되물을 뿐이었다.

에다루에서 요네는 일단 살아가는 일에서 벗어나 과거의 기억에 잠길 틈이 없었고, 특히 전후戰後에는 뭔가의 뚜껑을 연 것처럼 줄지어 찾아오는 임산부들을 돌보며 쫓기듯 아기를 받아내는 일만도 벅찼다. 아유미가 상상할 수 있는 것은 그 정도였다.

"남의 아기 받는 일에만 매달려 우리한테는 요만큼도 신경 쓸 시간이 없었지."

재를 올리는 자리에서 도모요가 의기양양한 웃음소리와 함께 이렇게 이야기한 적이 있다. 도모요가 이야기한 내용보다 왜 **웃으며 이야기할까**, 아유미는 그게 더 이상했다. 끼어들 수 없는 감정적인 비밀이 거기에 숨어 있다면 웃음의 의미도 알지 못할 것은 아니다. 도모요의 웃음은 늘 어딘가 공격적이었다. 무뚝뚝한 얼굴의 사진밖에 남아 있지 않은 신조나 요네는 아이들 앞에서 어떻게 웃었을까. 요네는 웃을 여유도 없었던 걸까.

신조는 기본적으로 생활력이 부족한 둘째 딸 에미코를 뒷받침해주려 했을 것이다. 그와는 또 다른 의미에서 막내딸 도모요를 염려했다는 것은, 도모요가 열심히 뭔가를 배우러 다녔던 일에서 엿볼 수 있다. 다도를 배워 면허증을 따고, 거문고를 배우고, 우타이謠*를 배운 것은 도모요뿐이었다. 부모의 입장에서 보면 그것은 신부로 보낼 때의 구색, 상자에 붙이는 리본 같은 것이지 않았을까.

요네는 무슨 일이 있을 때마다 공부를 잘하고 성격도 온화한 가즈에를 우선하고 성원하며 자신과 공통된 뭔가를 기대했을 것이라고 아유미는 상상했다. 할머니는 다른 집으로 시집을 보내기보다는 평생의 일을 갖고 자립할 수 있는 맏딸이 지금까지 자신이 살아온 인생을 뒷받침해주게 될 것이다, 하고 생각했다고 해도 이상하지 않다. 남편이 되었을지도 모르는 많은 남자를 전쟁에서 잃은 세대인 맏딸의 앞날을 걱정하기도 했을 것이다. 조산부로서 일하며 얻은 커리어우먼의 감각과 인생을 헤쳐 나가는 방법을 맏딸에게는 전하고 싶었을 것이다. 이런 마음도 상상할 수 있었다.

도모요는 "언니만 기모노 맞춰주고, 맏딸은 이득이라니까" 하며 맏이이자 딸인 아유미에게 말한 적이 있다. 하지만 가즈에가 기모노를 입은 모습은 별로 본 적이 없다. 도모요가 언니의 기모

---

* 일본 전통 예능 '노能' 성악(말, 대사)에 해당하는 부분을 가락을 붙여 노래하는 것.

노에 대해 여러 차례 말하는 것을 듣는 중에 기모노는 가즈에가 혼자 살아야 할 처지가 되면 기회 있을 때 돈으로 바꿀 수 있으니 예금 대신이라는 생각으로 요네가 맞춰줬는지도 모른다, 하고 생각한 적도 있다.

가즈에는 좀처럼 쓸데없는 말을 하지 않는다. 그러므로 사실은 뭘 어떻게 생각하는지 모르는 점이 있었다. 아유미가 에다루 교회에 다녀도 기독교에 대해 이렇다 저렇다 강요하는 듯 말한 적도 없다. 가즈에와 함께 있는 것은 힘들지 않았고, 세 고모 중 자신과 가까운 사람은 가즈에일지도 모른다, 하고 느낀 적도 있다.

아유미는 가끔 자신이 없었던 세계를 상상한다. 아유미가 없는 세계는 부족한 게 아무것도 없다. 새로이 사람이 태어나고 새로이 사람이 죽어도 세계는 변하지 않는다. 이 세상에 태어나 자신을 둘러싼 세계를 느끼는 쪽이 더 덧없고 계량할 수 없고 환상에 가까운 현상이 아닐까. 아유미는 그저 암흑의 소리 없는 우주를 똑바로 나아가는 별빛에 대해 이리저리 상상한다. 누구의 망막에도 닿지 않는, 관측되지도 않는 빛이 최후에 당도하는 곳은 어디일까.

이요도 에스도 지로도 태어난 순간에는 조상으로부터 이어져 온 개의 가장 선두에 있게 된다. 하지만 그것은 벼랑 끝이기도 하다. 새끼를 낳지 못하면 이어져온 것은 거기서 끝난다. 개는 자신의 부모가 대체 누구인지 생각하지도, 떠올리지도 않을 것이다.

혈통서가 붙은 강아지는 부모 개로부터 떨어져 단 한 마리의 고독한 가치를 살아간다. 새로운 집에 익숙해지면 어미 개의 기억은 며칠 만에 흐릿해지고 결국 사라지고 말 것이다.

무리를 짓는 일은 있어도 개에게 **가족**이라는 의식이 생기는 일은 없다. 홋카이도견은 주인과 함께 야외에 있을 때 외양이 다른 인간을 주인, 리더로 인식하고 어디까지나 따라간다.

이요는 세 번 새끼를 낳았다고 들었다. 아유미가 아직 어렸을 때 이요가 낳은 강아지는 차례로 다른 사람에게 분양되었다. 어린 아유미에게 강아지가 분양되어 가는 것은 언제나 부당한 일이었다.

가족이란 환상 같은 것일지도 모른다. 이런 생각은 홋카이도견을 가까이서 봐온 탓일지도 모른다. 대체 같은 부모에게서 태어난 동생 하지메의 어디가 자신과 공통될까 하고 생각한다. 눈매, 코, 입매 등의 부분을 끄집어내 "역시 남매야"라는 말을 들으면 그 말 그대로일지도 모른다. 그래도 남들이 닮았다고 생각할 만큼 자신과 동생은 닮았을까. 성격도 다르다. 운동 능력도 다르다. 아유미는 수학을 잘하지만 하지메는 전혀 못한다. 하지메는 때때로 재미있는 말을 하지만 아유미는 남을 웃기는 데에 영 소질이 없다. 하지메보다는 훨씬 솔직하고 스스럼없다. 하지메는 대체로 겁쟁이고, 아유미는 종종 대담하다. 상자가 비슷해도 열어보면 내용물이 다르다. 그런 게 아닐까.

왜 자신이 지금 여기에 이렇게 있는지를 생각하는 일은, 그림을 보는 걸까, 그림에 사용되고 있는 화재畵材를 보는 걸까, 하는 것의 차이와 비슷하다. 이미 그려진 그림의 디테일을 구성하는 물감의 겹쳐진 정도나 녹은 정도가 이 색과 저 색의 혼합에 의해서라는 해석을 듣는다고 해도, 그것은 그림 자체의 표현을 설명하지 못한다. 그림이 그림으로 보일 때 물감이나 캔버스는 원래 물질로서의 질량이나 가치, 의미를 잃는다. 화재를 조합하여 그려진 것이 그림이 되었을 때 그림은 화재에서 분리되어 사람의 머릿속에서 환상을 맺는다.

전파를 받아 천체를 관측하는 것도, 화재로 그림을 보는 것과 어딘가 유사하다. 전파망원경은 측정된 수치만을 전해준다. 최초의 데이터만으로는 별들의 모습이 드러나지 않는다.

"사람은 숫자나 계산에 빠지기 쉽다네. 하지만 그건 실마리에 지나지 않지. 항성, 성운의 모습을 파악할 때는 일단 숫자를 떠나보지 않으면 안 되네. 떠나보내면 이제는 상상력이야. 점과 점을 잇는 것은 숫자가 아니지. 가설은 상상력에서만 생겨난다네. 마지막에는 언제나 자, 어떤 재미있는 거짓말을 해볼까, 하는 정도로 생각하는 편이 낫지."

늘 안경을 신경질적으로 닦는 것에 비해 대화 어딘가에 농담을 넣어야 직성이 풀리는 천문대 대장은 진지한 목소리로 아유미에게 이렇게 말한 적이 있다.

밤을 새워 관측을 끝낸 아유미는 집으로 돌아갈 준비도 하지 않고 로비의 소파에 잠깐 누웠다.

싸늘한 합성 가죽 소파에 머리를 대자 활발하던 뇌세포의 혈류가 점차 완만해지고 진정되는 듯했다. 일출 시간이 지나자 높은 위치에 있는 유리창이 희어지기 시작하고 잎을 떨군 지 얼마 안 된 느티나무 가지가 보였다.

아유미의 몸은 토요일 아침 지구의 자전에 맡겨지고, 쌀랑해지는 공기와 유리 너머에서 비쳐드는 희미하고 약한 빛에 휩싸여 있었다. 부지 내에 서식하는 참새, 박새, 쇠딱따구리의 울음소리가 귀에 닿는다. 수백억 광년 저편의 소리 없는 은하는 아유미의 머릿속에만 남아 있었다. 그것은 뇌세포가 남겨두고 있는 단순한 환영이고, 게다가 지구가 탄생하기 전인 아찔할 정도로 먼 옛날의 형상일 수밖에 없다. 그 빛이 지구에 도달하는 사이에 블랙홀에 삼켜져 사라져버린 별도 무수히 많을 것이다.

아유미는 결혼하지 않기로 결심했다.

왜 그렇게 생각하게 되었는지 지금에 와서는 막연하다. 상대가 점차 결혼을 언급할 기색이 보일 때마다 그렇게 말하는 사이에 그렇게밖에 생각할 수 없게 되었다.

그러나 말은 단지 암시적인 것으로밖에 파악할 수 없는 점이 있다. 괴로워하며 침울해져 있어도, 눈물을 짓고 있어도, 분노로 입술을 꽉 깨물고 있어도 보는 사람에 따라 그것이 살아있는 것에서 넘쳐흘러 떨어지는 **물방울**이나 빛으로 바뀌는 일이 있는 것처럼. 어떤 상태도, 말도 다른 의미를 띤다고 하면 '결혼하지 않겠다'고 목소리를 내서 말하는 것도 남자들 앞에서 암시적으로 행동하는 것과 같아지고 만다.

아유미는 그것을 몰랐다. 한동안 눈치도 못 챘다.

자신은 깨닫지 못한 무의식의 춤. 멈춘 손가락이 우연히 뭔가를 가리키면 거기에 암시가 생겨난다. 가볍게 움직인 타이밍에 머리 냄새가 퍼지면 남자 안의 뭔가에 불이 붙는다. 이십대일 때는 그것을 알아채지 못했다. 이윽고 그런 걸지도 모른다고 피부로 느끼게 되어 무턱대고 '결혼하지 않겠다'고 말하기를 그만두었다.

그래도 다루기 힘든 남자들의 감정으로부터 자유로워지진 않았다. 남자는 왜 자신에게 다가오는 것일까. 뭘 하고 싶은지는 안다. 그것은 싱거울 만큼 그럴 수밖에 없다고 해도, 그것이 왜 바로 자신이 아니면 안 되는지는 알 수가 없다. 짐짓 시치미를 떼는 것이 아니라 아무리 이해하려 해도 납득이 안 되었다.

이치이는 왜, 하고 생각하지 않은 단 한 명의 상대였다. 어렸을 때부터 소꿉친구처럼 가까이에 있기도 했지만 이치이 안에 있는 공동空洞 같은 것을 아유미는 가슴이 저릴 만큼 알고 있었다. 그러므로 아유미는 이치이를 안고, 이치이에게 안길 때 그 공동이 작아지고 찌부러져 없어지면 좋겠다고 느꼈다. 그것은 아유미 특유의 직감과 이해에 뒷받침된 애정으로, 이치이 외에 다른 누구에게도 줄 수 없는 무언가였다.

그러나 공동은 언제까지고 거기에 있었다. 머지않아 이치이를 사랑하는 것 안에 어딘가 애처롭다는 감정이 섞이게 되었다. 함께 있어도, 메워도 메워도 채워지지 않는 구멍이 무수히 뚫린다. 그때 말로 할 수 없었던 감정을, 지금이라면 그런 것이었다고 말할 수 있을 것 같다. 얼마 후 아유미는 삿포로의 대학에 진학했고, 이치이는 교토의 대학에 진학했다. 물리적인 거리는 서로의 인력을, 멀어서 미치지 않게 만들었다.

그리고 머지않아 슈테판 김이 나타났다. 슈테판은 신기한 남자였다. 쾌활하고 생명력이 넘치며 무슨 일에도 망설임이 없어 보였다. 아유미는 그냥 그대로 있을 수 있었고, 거기에는 메워야 할 구멍도 공동도 없었다. 자신이 남에게 이만큼의 기쁨을 줄 수 있다는 것을 아유미는 처음 알았다. 이만큼의 기쁨을 자신에게 줄 수 있는 사람이 옆에 있다는 것에 놀라고 마음이 움직였다. 그것은 양지바른 잔디밭 위에 하늘을 보고 누워 눈을 감아도 여전히 보이는 햇빛 같은, 강하고 따뜻하고 단순한 것이었다.

머지않아 두 사람이 있는 장소가 너무나도 빛의 양이 많고 그림자가 없는 세계로 느껴졌다. 여기에 이대로 있어도, 어디에도 출구가 없는 기분이 들었다. 아유미는 점차 이치이와 함께 있던 시절 교회의 어둑함이 그리워졌다.

눈부신 빛이 오는 방향을 보면 아무래도 슈테판 김의 안쪽은 아닌 것 같았다. 슈테판의 바깥쪽을 빙 둘러싸는 것처럼, 보이지 않는 투명한 고치 같은 것이 있다. 그것은 그의 신체적인 매력과 분리하기 힘든 무언가였다. 그 자신도 알아채지 못한, 그 사람 전체를 에워싼 커다란 공동일지도 모른다고 아유미는 생각했다.

슈테판 김은 경영학 박사학위를 따기 위해 미국 서해안 지역 대학의 대학원에 진학했다. 그곳에서 스페인계 미국인 여자친구가 생겼고 얼마 후 결혼했다. 그로부터 불과 육 년쯤 사이에 두 번의 이혼이 있었고 재혼이 있었다. 그때마다 아유미는 슈테판에게 짧은 편지를 받았다. 헤어진 이유는 한마디도 쓰여 있지 않았다. 두 번의 결혼 상대와의 사이에 아이는 없었지만 세 번째 아내에게는 여자아이 하나가 있어 슈테판은 처음으로 아버지가 되었다. 슈테판은 딱 한 번 세 가족이 찍은 사진을 몇 장 보냈다. 밝은 사막 같은 야외 동물원의 굴이 있는 작은 언덕 위에서 프레리도그가 서서 뭔가를 보고 있는 사진. 그것을 가만히 보고 있는 소녀의 옆얼굴 클로즈업 사진. 세 명이 나란히 찍은 사진에서 슈테판은 약간 눈이 부신 듯 웃는 얼굴로, 세 명을 하나로 묶는 듯이 팔을 크게 벌린 채 찍혀 있다. 하늘이 지독하게 파랬다. 가족사진이 든 그 편지를 경계로 슈테판에게서 소식이 끊겼다. 언젠가 다시 그 사진 속의 모녀와 헤어질 날이 올까. 아니면 아유미에게 편지를 보낼 만큼의 작은 틈도 없는, 그저 행복한 나날을 보내고 있을까. 어느 쪽이든 이상하지 않으며 그것은 이미 그림에 그려진 세계와 같다고 아유미는 생각했다.

도쿄에서 대학원에 다니던 시절에도 아유미에게는 친밀한 상대가 있었다. 판구조론과 화산을 연구하는 한 살 위의 대학원생이었다. 혼고에 있는 오래된 세탁소 집 외동아들로 늘 청결한 듯한 짙은 남색이나 회색 옷을 입고 있었다. 처음으로 얼굴을 맞대고 이야기했을 때 아유미를 눈부신 듯이 바라보는 눈이 아주 살짝 이치이의 어린 시절의 모습을 떠올리게 했다.

"매일 다리미의 스팀을 봐와서 화산에 눈이 갔을지도 모르지."

진지한 얼굴로 농담을 하는 마음씨 좋은 남자였다. 공동주택을 오가게 되자 셔츠를 다리는 다리미질 솜씨에 시선을 빼앗겼다. 어딘가에서 본 적이 있다고 생각했더니 슈테판 김의 다리미질이었다. 슈테판보다는 상당히 꼼꼼하고 시간도 걸렸지만 마무리는 더 윗길이었다. 화산학자가 되지 못하면 아버지의 뒤를 잇겠다고 했던 그는 박사학위를 취득한 후 교수의 강력한 추천도 있고 해서 규슈의 대학에 자리를 얻어 씩씩하게 도쿄를 떠났다. 그 이래 연하장만은 매년 보내온다.

노베야마의 관측소에 근무하는 동안, 다섯 살 위인 태양의 흑점 연구자와 사귀었다. 마지막 반년은 동거했다. 과묵하고 재주가 없는 남자였지만 그 조용함이 좋았다. 못마땅한 얼굴로 눈을 뜬 채 소파에 몸을 뉘고 있을 때 무슨 일 있어요, 하고 묻자 흑점의 확대와 이동과 판의 관계를 생각하고 있었어, 하는 대답이 돌아왔다. 얼마 후 그는 청혼해왔는데 아유미는 이렇게 말했다.

"고마워요. 하지만 저는 결혼하지 않을 생각이에요. 앞으로도. 정말 미안해요."

흑점의 활동과 판을 생각할 때와 같은 얼굴로 잠자코 아유미의 얼굴을 쳐다보았다. 포기하지 않고 계속 문을 노크할 것처럼은 보이지 않았다. 바로 그 무렵, 아유미의 도쿄 전근이 결정되었다.

아유미에게는 지금까지 거의 항상 남자친구나 연인이 있었다. 그래도 뭔가의 외적 요인으로 헤어지면 서로가 뒤쫓아가거나 붙잡을 정도의 집착이 생기지는 않았다. 아마 자신 쪽이 뭔가 부족하거나 결여되어 있기 때문이라고 아유미는 생각했다.

아유미는 시간이 좀 지나자 이치이 안의 공동이나 슈테판을 바깥쪽에서 감싸고 있던 공동이 아무래도 누구에게나 있진 않은 것 같다고 느꼈다. 그것을 깨달아도 두 사람은 이미 아유미의 연인이 아니다.

이치이가 결혼할 때까지, 아유미는 그가 에다루로 돌아올 때마다 교회로 찾아가 만났다. 대체로 차를 마시고 아유미가 선물로 들고 온 과자를 함께 먹고 돌아온다. 누군가 그것만으로 쓸쓸하지 않느냐고 묻는다면 쓸쓸하다고 대답할지도 모른다. 누군가와 연애 관계에 있을 때도 이치이와의 그런 일은 계속되었다. 그것이 이치이에게 좋은 일이었는지 어떤지는 모르지만 적어도 아유미에게는 소중한 일이었다.

도쿄의 천문대에 근무하고 나서 아유미에게는 남자친구가 없었다. 흑점 연구자와도 연락이 뚝 끊겼다. 현재진행형인 국제 공동 프로젝트, 칠레에 건설 예정인 대형 전파망원경 계획에 젊은 연구자로 관여하며 노가와 공원의 녹음에 면한 자신의 공동주택과 미타카의 천문대 사이를 자전거로 왕복하기만 하는 나날이 수채화의 그러데이션처럼 끊이지 않고 계속되었다. 아유미는 서른다섯을 지나고 있었다.

천문대의 아침 로비는 으슬으슬 추웠다. 걸치고 있던 오리털 점퍼의 지퍼를 올리려다가 오른손 약지와 새끼손가락 언저리가 저려오는 것을 깨달았다. 왼손으로 만져보자 살짝 차가운 느낌이었지만 문지르는 사이에 차가운 것은 마음에 걸리지 않게 되었다. 계측기기를 확인하며 자판을 두드리는 동작을, 하룻밤 내내 거의 같은 자세로 계속한 탓일지도 모른다. 봄이 끝나갈 무렵부터 약간 저린 듯했다는 사실을 전할 상대가 없는 채 시간이 지나갔다. 벽시계를 올려다보니 오전 6시를 지난 참이었다.

집으로 돌아가면 쌀 한 홉으로 밥을 짓는다. 욕조에 물을 받아 그대로 몸을 담근다. 이 순서를 머릿속으로 상상해도 몸이 움직이지 않았다. 생각보다 훨씬 지쳐 있었던 것이다.

소파에서 눈을 감는 순간 이런 데서 혼자 뭘 하는 건가, 하고 오랜만에 생각했다. 토요일 아침이라 아마 오후가 되기 전에는 직원은 아무도 오지 않을 것이다. 그렇게 생각하자 아유미는 곧 잠에 빠져들었다.

그로부터 두 시간쯤 아유미는 꼼짝도 하지 않고 소파에서 푹 잤다. 눈을 뜨자 유리창 너머의 햇빛이 눈이 부실 만큼 강해져 있었다. 아유미는 배낭에 짐을 넣어 짊어지고, 평소보다 천천히 자전거를 타고 공동주택으로 돌아갔다.

토요일 오후부터 일요일 내내 아유미는 아무것도 하지 않고 음악을 듣거나 책을 읽으며 보냈다. 전화도 울리지 않고 찾아오는 사람도 없었다. 거의 하루 반 동안 식사는 아마 세 번밖에 챙기지 않았을 것이다. 먹는 것을 잊을 만큼 식욕이 없었다.

다음 월요일 천문대장, 기술 주간, 칠레 관측소의 추진 실장, 이렇게 네 명이서 회식을 했다. 회식이라고 해도 역의 상점가 끝자락에 있는 단골 꼬치구이집 '다카기'에서였다. 전화를 해두면 비워주는 칸막이된 다다미방 자리는 네 명만 앉으면 꽉 찼다. 항생제가 첨가되지 않은 모이로 키운 토종닭이라는 대장의 말은 벌써 두 번째다. 그런 말을 듣지 않아도 '다카기'의 네기마*는 맛 있다. 네기마를 생각하자 아유미는 오랜만에 공복을 느꼈다.

그날 오후 회의에서 아유미는 대장성의 담당관에게 제출할 제안서의 시안 작성을 맡게 되었다. 칠레의 대형 밀리파 준밀리파 간섭계 계획은 이미 큰 틀의 예산을 확보하기 직전까지 거의 계획이 서 있었지만, 공동 연구를 진행할 유럽과 미국 사이에서 계획의 주도권과 예산 규모를 연결시키는 물밑싸움이 시작되었다. 미국은 당연하다는 듯 일본 측의 출자 증액을 요구하고, 항상 태도를 명확히 할 수 없는 일본 측은 이를 대장성 차원에서 해결해달라며 통째로 위임하기로 하고 사전 교섭도 이미 끝냈다.

천문대장은 대장성에 재적하는 대학 후배인 공무원과 은밀히 연락을 취했고, 제안서 내용은 차세대 연구자, 그것도 여성이 되도록 알기 쉬운 말로 쓰는 편이 좋다는 조언을 들었다. 남녀고용기회균등법이 시행된 후 국립대학이나 연구소에서 남자만으로 조직된 프로젝트가 이미 몇 군데나 중단이 요구되어 대학 안에서도 일부 화제가 되었다. 대장은 그 말은 하지 않은 채 아유미에게 그 역할을 맡긴 것이다. 물론 아유미의 능력을 믿고 한 일이다.

꼬치구이집의 꼬치를 입으로 가져가는 천문대장은 회의 때와는 딴 사람처럼 마음 편한 표정이었다. 대장은 남자가 선천적으

---

* 닭고기와 파를 한 꼬챙이에 꽂아 구운 것.

로 문장 능력이 낮다고 진작부터 의문을 품고 있었다는 사실을 거리낌 없이 마구 지껄이듯 이야기했다. 점차 취기가 돈 기술 주간은 대장의 탈선에 맞장구치듯이 파라볼라 안테나는 애초에 여성명사가 아닌가, 아니 그렇지 않다고 해도 상대가 보내오는 것을 우선 원래 그대로 받아들일 수 있는 것은 여성성이 아닌가, 하고 평소라면 절대 입에 담지 않을 이야기를 하고, 아유미는 듣는 둥 마는 둥한 얼굴로 묵묵히 꼬치구이만 먹었다.

동료들로부터 오만한 사람이라거나 말하는 법을 모르는 사람이라는 딱지가 붙은 허블과 비교하면 천문대에서 일하는 남자들의 빈약한 대화 능력은 분개할 정도는 아니라고, 아유미는 반쯤 흘려들으며 오랜만에 마신 맥주로 누그러져가는 자신을 즐기고 있었다.

추진 실장이 잠자코 두 사람의 거리낌 없는 이야기를 들으면서 아유미 앞에 있는 잔이나 접시에 신경을 쓰고 이따금 벽에 걸린 시계를 올려다보았다. 아유미는 그가 자신에게 마음을 쓰고 있다는 사실을 알 수 있었다.

몇 개째인가의 꼬치를 큰 접시에서 옮기려고 할 때 아유미의 손에서 꼬치가 떨어졌다. 그로부터 잠시 후에는 컵을 들다 놓쳐 탁자와 접시 위에 맥주를 흩뿌리고 말았다. 얼마 남아 있지 않았기 때문에 누런 거품은 탁자 가장자리에서 멈췄다. 컵도 깨지지 않았다. 대장과 기술 주간이 놀란 얼굴로 탁자를 보고, 그러고 나서 아유미를 쳐다보았다. "죄송합니다" 하고 당황해하는 아유미 옆에서 즉각 추진 실장이 컵을 세우고 "괜찮아요? 피로가 쌓여서 그럴 거예요. 오늘은 빨리 돌아가는 게 좋겠네요. 대장님, 잘 먹었습니다. 지금 택시를 잡겠습니다" 하고 말하며 일어났다. 시계를 보니 8시 반을 지나고 있었다.

가게 사람이 건네준 행주로 테이블 위를 닦으며 아유미는 토요일부터 심하게 저린 오른손이 미심쩍었다. 병원에 가서 검사를 받아보려고 생각했다.

대장과 기술 주간을 택시로 보낸 후 실장이 아유미를 보았다.

"한동안은 자전거로 통근하는 건 그만두는 게 좋겠어요."

"네, 죄송합니다."

실장은 아유미가 왼손으로 오른손을 문지르고 있는 모습을 보았다.

"아니, 사과할 일이 아니에요. 어떻게 된 거죠? 손은 괜찮아요? 저리고 그래요?"

"네, 조금요. 약지와 새끼손가락, 어쩌면 엄지도요."

실장의 안색이 흐려졌다.

"그거 걱정이군요. ……노가와 병원이라면 아는 의사가 몇 명 있어요. 진찰을 받아보는 게 좋을 겁니다. 내일은 쉬고 병원에 가보는 게 어떨까요?"

실장은 안쪽 호주머니에서 작은 수첩을 꺼내 다소 난폭한 손놀림으로 한 장을 찢고 거기에 의사의 이름 둘을 적었다. 아유미의 공동주택에서 자전거로도 갈 수 있는 큰 병원이었다.

"내일 아침까지 어느 한쪽에 연락을 해둘 테니까 접수대에서는 소개받고 왔다고 하면 됩니다."

"네."

아유미는 갑자기 불안해졌다. 작은 목소리로 "정말 고맙습니다" 하고 말하며 자신에게 뭔가 중대한 변화가 일어나고 있는 것 같다고 느꼈다. 실장은 지나가는 택시를 잡아 아유미의 공동주택까지 바래다주었다. 택시에 흔들리며 아유미는 칠레로 출장을 갔을 때도 내내 실장이 이렇게 마음을 써주었다는 사실을 떠올렸다. 이미 사십대 중반을 지나 아들 둘이 있다. 도쿄의 명문고를 다니고 있다고 들었다. 이렇게 성실한 사람과 결혼해서 아들 둘을 낳고 전업주부로 사는 것은 어떤 인생일까, 하고 창밖에 흐르는 야경을 보며 생각했다. 이따 귀가하여 맞이하는 아내에게 오늘 내게 일어난 일을 이야기할까. 가능하면 말하지 않았으면 싶다. 문득 이렇게 생각했다. 실장은 말하지 않을 것이다. 왜 그런 생각이 들었는지는 알 수 없지만, 아유미는 은밀히 그렇게 확신하고 실장과의 사이에 작은 비밀이 생긴 기분이 들었다. 그러나 이 작은 비밀은 며칠 안에 엷은 수채화 같은 색조를 급속히 잃어갔다.

실장의 고등학교 동급생이라는 내과 의사는 아유미에게 우선 뇌 CT 검사를 받게 했다.

정오에 가까운 시각에 다시 진찰실로 부른 내과 의사는 아침보다 더 신중한 얼굴로 CT 영상을 보고 있었다.

"소에지마 씨는 연구자니까 쓸데없는 배려는 하지 않는 편이 좋겠지요. 이걸 보세요. 여기하고 여기. 두 군데입니다. 작은 음영이 보이지요? 이건 아마 뇌에 생긴 종양일 거라고 생각합니다. 손가락이 저리는 원인일 가능성이 높습니다."

아유미는 잠자코 살짝 고개를 끄덕였다. 난생처음 찍은 CT에서 이런 병을 발견할 거라고는 상상도 하지 못했지만, 의사의 이야기를 듣는 중에 이렇게 될 가능성을 무의식적으로 상상하고 준비하고 있었다는 생각이 드는 것도 신기했다.

"다행히 아직 아주 작은 범위의 소견입니다. 어떤 치료를 시작할지 뇌신경외과 선생과 의논하겠습니다. 오늘은 이대로 귀가해도 좋습니다만 내일은 검사를 위한 입원을 해야 합니다. 입원에 대해서는 나중에 간호사가 설명해드릴 겁니다."

혼자 집으로 돌아가 전화로 실장에게 간단히 연락했다. 실장은 천문대 일은 걱정할 것 없으니까 치료에 전념하라, 사카모토에게는 나중에 전화해두겠다고 말했다. 사카모토가 내과 의사의 이름이라는 것을 순간적으로 떠올리지 못했다.

다음 날 검사에서 폐 엑스레이 사진을 찍었다.

폐암이 뇌로 전이했을 가능성을 진단하기 위해서였다. 전날과 같은 표정과 목소리로 의사는 폐에도 작은 음영이 여럿 발견되었다고 설명했다. 일부는 뇌종양보다 크고 수도 많았다.

내과 의사는 뇌신경외과 의사와 방사선 담당 의사와 검토해서 우선 뇌종양에 방사선 치료를 시작하고 싶다고 아유미에게 알렸다.

한 코스가 끝나고 나서 다시 CT를 찍고 뇌종양의 범위와 크기를 보고 이후에 치료 방침을 정하겠다는 설명이었다.

자기 손이 저리는 원인과 의사가 보여준 영상 사이에 아무런 모순도 없었기 때문에 그것이 최선의 처치인지 어떤지는 모르지만, 아유미에게는 약간 나약한 느낌이 드는 내과 의사의 제안에 반대할 만한 지식이나 정보가 없었다. 다만 언제까지고 내과 의사가 주치의라는 것이 다소 불안했다. 폐암에 어떻게 대처할지도 설명하지 않았다.

백 엔짜리 동전을 잔뜩 준비하여 병원에서 에다루의 어머니에게 전화로 입원 사실을 전했다. 작은 뇌경색이 보여 치료하게 되었다, 걱정할 필요 없다, 하고 아유미는 밝은 목소리로 말했다. 어머니는 "너무 바쁜 거 아니니? 느긋하게 쉬고 몸조리 잘해. 병실이 정해지면 알려주고. 필요한 게 있으면 뭐든지 보내줄 테니까" 하고 말했다.

어머니는 이후 바로 하지메에게 전화를 했던 모양이다. 다음 날 하지메가 병원으로 찾아왔다. 아유미는 의사의 이야기를 간단히 전했다. 하지메의 표정이 바뀌었다.

"엄마한테는 말하지 않았지?"

"응. 깜짝 놀라잖아."

"……하지만 담당이 왜 내과 의사야?"

"천문대 상사의 동급생이래."

아유미는 억지로라도 웃으려고 했지만 잘 되지 않았다.

"치료 방침에 대한 설명도, 판단도 그 사람이 하는 거지?"

"그렇겠지…… 아마."

"방사선 치료는 언제 시작해?"

"모레부터래."

"……알았어. 그럼 다시 올게. 몸조리 잘해."

방사선 치료를 시작하는 날 오전에 하지메가 다시 병실에 왔다. 뭔가를 정할 때의 얼굴을 하고 있다고 아유미는 생각했다.

"사카모토 선생과 이야기하고 왔어. 의논하지 않아서 미안하지만, 병원을 옮기겠다고 양해를 구했어."

"병원을 옮긴다고?"

하지메는 잠깐 입을 다물고 있다가 아유미에게 살짝 다가가듯이 의자를 끌어당기고 목소리를 낮췄다.

"누나의 지금 상태에 대한 치료를 전문으로 하는 최첨단 기술을 가진 선생이 있어."

하지메는 아유미의 눈을 똑바로 쳐다보고 있었다. 단 사흘 동안 하지메는 재직하는 대학의 인맥으로 뇌신경외과의 명의를 찾아내 소개받았다고 한다. 하지메의 얼굴을 정면으로 보는 것은 정말 오랜만이었다. 이런 눈을 하고 있었나, 살짝 놀랐다.

"실은 벌써 그 선생하고 오늘 아침에 전화로 이야기했어. 선생은……" 하고 말하고는 목소리를 더욱 낮췄다. "……방사선 치료는 의심스럽다는 거야. 그 사람은 레이저 메스를 제약회사와 공동으로 개발한 의사인데, 뇌종양 수술로는 일본에서 손꼽히는 솜씨를 갖고 있어. 누나의 종양은 다행히 작아. 몇 군데 있다고 해도 뇌에 부담을 주지 않고 처치할 수 있는 가능성이 높다고 했어. 언제든지 그쪽으로 데려오라고 하더라. 내 멋대로 해서 미안하지만, 사카모토 선생한테서는 검사 자료도 다 넘겨받기로 했어."

아유미는 작은 목소리로 여유를 주지 않고 다그치듯이 말하는 하지메를 가만히 지켜보았다. 사실이라면 그렇게 해서 목숨을 건질 수 있다고 생각할 만한 이야기였다. 그런데도 아유미는 직감적으로 자신이 죽을 거라고 느꼈다.

18

삼백 명이 넘는 후기시험의 채점과 집계가 셋이나 겹친 데다 연구실 조교가 독감으로 일주일 넘게 나오지 않아서 아직 안정된 입장이 아닌 하지메에게까지 이것저것 잡무가 여파를 미쳤다. 책은 물론이고 신문을 펼칠 시간조차 없었다. 귀가하면 욕조에 들어가기도 귀찮아 잠옷으로 갈아입고 이를 닦고 얼굴과 발만 씻고 침대에 들어가는 일도 드물지 않았다.

시부야 구의 고지대에 있는 철근콘크리트 공동주택은 아침에는 몹시 춥다. 겨울 동안 에다루에서는 거실에 있는 등유 난로를 이십사 시간 땠다. 도쿄에서는 어디에 있어도 으슬으슬 춥다. 완전히 눈으로 뒤덮인 에다루에서는 기온이 훨씬 낮아도 확실히 따뜻하게 지냈다.

서너 시간쯤 자고 이불에서 손을 내밀어 자명종 시계를 끄고 나서 그 손을 옆으로 뻗어 스테레오의 앰프 스위치를 올린다. 거실과 이어진 부엌의 가스난로를 켜고 나서 서둘러 침대로 돌아와 조명이 없는 하얀 천장을 잠시 올려다본 채 피아노와 베이스와 드럼 소리를 그저 듣고만 있었다.

이런 일상의 연속이어서 누나가 새로 옮긴 병원에 다니는 일은 더욱 부담이 될 것 같았지만, 대학의 좁은 세계로부터 벗어나는 일종의 해방감을 주었다.

하지메는 누나의 병을 안 뒤 최단 시간에 최선의 선택을 했다는 보람을 느꼈다. 그 자부심이 나날의 피로를 마비시켰다. 생각해보면 지금까지 자신이 선두에 서서 가족을 이끈 적이 없었다. 부모에게 이끌리고, 누나 뒤를 따라가고, 교수의 지시에 따라 즉자기 나름의 생각이 있어도 일단은 어디까지 얌전히 있을 수 있을까 하며 움직이기 시작하는 버릇이 붙어 있었다.

도쿄에서 혼자 지내면서 자신이 소에지마 신지로와 도요코의 맏아들이고 아유미의 남동생이라는 사실을 평소에는 의식하지 않고 살았다. 에다루에서 1000킬로미터 넘게 떨어져 있다는 사실이 그 감각을 초래했다고 할 수 있지만, 전철을 갈아타면 한시간도 걸리지 않는 도쿄 도내에 살고 있는 누나에 대해서도 거의 마찬가지였다. 서로가 작은 점이 되어 어수선한 도쿄 안에 뒤섞이면 1000킬로미터와 그다지 다르지 않은 거리가 된다.

홋카이도에 사는 부모님은 누나의 병에 대해 하지메를 의지할 수밖에 없다는 태도를 정한 것 같았다. 특히 아버지 신지로는 하지메를 오랫동안 이해하려 하지 않았기 때문에 지금까지는 전화 통화하는 것도 생각할 수 없는 모습이었다. 부모님에게는 상경한다고 해도 검사 결과가 나오고 치료 방침이 정해지고 나서가 나을 거라고 말한 체면상, 하지메는 거의 매일 에다루에 전화를 걸어 상세하게 보고했다. 수화기 너머로 들려오는 부모님의 목소리는 깊은 해저에 가로놓인 긴 케이블을 타고 들려오는 듯한, 어딘가 미덥지 못한 울림이었다. 특히 어머니의 목소리가 불안했다. 이따금 떨리는 듯 들리는 순간이 있고, 그때마다 하지메는 자신까지 새까맣고 커다란 그림자에 뒤덮인 기분이었다.

원래 도요코는 그다지 비관적으로 생각하지 않는 성격이었다. 미리 최악의 경우를 상상한 나머지 자신을 좁고 어두운 공간으로 몰아가는 것이 신지로의 방식이라면, 도요코는 확정되지 않은 사항에 대해서는 자신에게 유리하도록 작고 적게 뭉쳐 이해했다. 도요코의 근거 없는 낙관성은 종종 신지로를 짜증나게 하고, 때로는 가즈에나 도모요에게까지 업신여김을 당하는 이유가 되었다. 하지만 낙관적이라는 것은 도요코 자신보다 신지로를 구원해왔을지도 모른다. 저 멀리 서쪽 하늘에 검은 구름이 보이고 천둥소리가 한 번 들렸을 뿐인데 신지로는 창문을 닫으려 한다. 아직은 이렇게 해가 비치니까, 하며 도요코는 뜰로 내려가 지로에게 말을 걸며 천천히 빗질을 해준다. 비가 내리기 시작하고 바람이 거세지기까지는 되도록 창이나 문을 열어두고 싶다, 하고 도요코는 생각했다. 닫아버리면 여기에 갇히고 빛도 잃고 나갈 수도 없게 된다고 말하듯.

그러나 이번 아유미의 입원은 그런 도요코도 낙관할 수 없는 모양이었다. 전화를 걸 때마다 나날이 목소리가 침울해지는 것을 알 수 있었다.

하지메를 태운 오다큐 선 전철은 종점인 신주쿠 역이 다가오자 큰 커브를 그리며 속도를 떨어뜨린다. 차창 밖으로 높은 빌딩이 눈에 들어온다. 얼마 후 긴 건널목 너머의 왼쪽 건너편에 커다란 병원이 보인다. 지금까지 여러 번 옆을 지나다녔는데도 아유미가 입원하고 나서야 그곳이 병원이라는 걸 알았다. 아유미의 병실이 있는 곳쯤을 올려다봐도 어느 창인지는 알 수 없다. 하지메는 주치의인 아라키의 설명을 듣기 위해 이십 분 후에는 그 빌딩 안에 있을 예정이었다.

아유미의 종양이 처음 발생한 부위는 엉뚱한 데에서 판명되었다.

최초로 입원한 병원의 주치의는 하지메의 요청에 따라 검사 결과 일체를 선뜻 준비해주었다. "종양이 처음 발생한 부위를 알 수가 없습니다" 하고 되풀이해서 말하며 '일단' 뇌종양에 방사선을 쏜다고만 간단히 설명했던 내과 의사는, 하지메가 담당 뇌신경외과 의사의 이야기를 듣고 싶다고 말해도 "의논하면서 할 테니까요" 하며 얼버무릴 뿐이었다. 병원을 옮기는 일이 너무 원활하게 진행되자 하지메는 오히려 불신이 들었다. 병원 이전이 주치의에게는 오히려 지옥에서 부처를 만나는 듯한 일이 아니었을까.

여러 장의 엑스레이 사진이 들어간 묵직한 봉투를 막상 받아들자 이대로 종양이 처음 발생한 부위를 알 수 없는 게 아닐까,

하고 하지메는 불안에 휩싸였다. 아유미는 병원 이전을 납득하고 있는 모양이었지만 상사에게 소개받은 병원에서 나가는 것을 송구스러워하는 것 같았다. "무슨 일이 있어도 네가 그렇게 해야 한다고 하면 그래도 좋지만" 하며 처음에는 아유미의 반응도 소극적이었다.

"하지만 누나, 목숨이 걸린 문제야."

이렇게 말한 하지메는 아유미의 눈에 작은 놀람의 빛이 스치는 것을 보았다. 아차 싶었지만 일단 입에서 나온 말은 돌이킬 수 없다.

"나, 죽어?"

하지메는 어색해도 어쩔 수 없다고 생각하며 웃음을 지어 보였다. 그리고 한 번 숨을 삼킨 뒤 되도록 조용하고 천천히 말을 이었다.

"수술을 받는 건 큰일일지 몰라도 치료하기 위해 하는 수술이니까. 걱정할 것 없어."

아유미는 하지메에게 옆얼굴을 보이며 입을 다물었다. 생각에 집중할 때 시선을 옆으로 돌리는 것은 아유미의 버릇이었다.

아유미는 여느 때의 누나 얼굴로 돌아가 하지메의 얼굴을 보며 낮고 쉰 목소리로 말했다.

"알았어. 네 말대로 병원을 옮길게."

아유미의 눈에서 놀람의 빛은 사라져 있었다.

하지메는 잠자코 아유미의 오른손을 잡았다. 누나의 손을 잡은 것은 초등학교 저학년 무렵 이후 처음이었다. 손은 차갑지도 따스하지도 않고 그저 말라 있었다. 하지메의 손을 마주 잡아주 지는 않았다.

민간 구급차에 아유미를 태우고 그 옆에 보스턴백을 놓고 자 신은 조수석에 앉았다. 한 시간 넘게 걸려 병원에 도착해 구급차 에서 내려진 아유미는 불안한 얼굴로 큰 병원 건물을 올려다보 았다.

"괜찮아. 이 병원의 선생이라면 최소한의 부담으로 낫게 해줄 테니까…… 아니, 돈이 아니라 몸의 부담을 말하는 거야."

하지메는 농담을 섞어 보충하려고 했으나 잘 되지 않았다. 아 유미는 응 하며 조그맣게 중얼거렸다.

아라키는 명의라는 분위기를 몸에 걸친 사람은 아니었다. 에 다루 중학교에서 기술 과목을 가르쳤던 다키타 선생과 어딘가 닮았다. 중국 전선에 있었던 적 있는 다키타 선생은 학생을 꾸짖 을 때 큰 소리로 "너희는 정수리가 파열된 거야!" 하고 말했다. 그래도 대체로 기분이 좋고 고함을 친 후에도 천연덕스럽게 웃 는 얼굴을 보였다. 눈썹이 짙고 정수리 부분의 머리가 약간 엷었 으며 손끝은 의외로 섬세해 보였다. 아라키도 약간 적극적인 기 세가 있고 이야기에 허식이 없으며 때때로 아낌없이 웃는 얼굴 을 보였다. 목소리가 우렁찬 것도 다키타 선생과 닮았다. 하얀 옷은 청결했지만 발끝의 솔기가 뜯어진 샌들을 아랑곳하지 않 고 신고 있었다.

"아, 안녕하세요. 생각보다 빨리 종양이 처음 발생한 부위 를 알 수 있었습니다. 검사 기사 덕분이지만요." 뇌신경외과의

부장실을 혼자 방문한 하지메를 보자마자 아라키는 쾌활한 목
소리로 말했다.

하지메에게 의자를 가리키며 하지메가 앉기도 전에 말을 이
었다. "소에지마 씨, 운동합니까, 하고 질문했습니다, 검사 기사
가요." 검사 기사는 엷은 파란색 검사복을 입은 아유미의 오른
쪽 대퇴부가 부풀어 있는 것을 알아챘다고 한다.

"펜싱 같은 걸 하십니까?"

특별히 하는 운동은 없습니다, 통근할 때 자전거를 타지만요,
하고 아유미는 대답했다. 검사 기사는 담담하게 "그렇습니까"
하고 말을 받았다.

오른쪽 넓적다리가 왼쪽 넓적다리와 확실히 다르다. 오른쪽
이 훨씬 굵다. 펜싱 선수라면 있을 수 있는 비대칭이지만 평소
자전거를 탄다면 이런 불균형은 이상하다. 이렇게 생각한 검사
기사는 아유미의 오른쪽 넓적다리의 MRI 검사를 추가하는 게
좋겠다고 판단하여 아라키에게 승낙을 얻었다.

MRI 검사 결과 아유미의 오른쪽 넓적다리를 굵게 보이게 하
는 것은 내부에 있는 육종이었다. 그것이 그동안 알 수 없었던,
종양이 처음 발생한 부위라는 것을 알 수 있었다. 병원을 옮긴
다음다음 날의 일이었다.

미세하게 다리를 떨며 이야기하던 아라키는 뚝 멈추고선 책
상 오른쪽 끝에 있는 스위치를 눌러 하지메에게 영상을 보여주
었다.

"소에지마 씨의 암은 연부조직육종이라는 건데, 일본인한테

는 드문 암입니다. 연간 통틀어도 수백 명이 될까 말까 하는 정도지요. 근육이나 힘줄, 인대, 혈관이나 림프관, 신경, 윤활막, 지방, 몸의 부드러운 부분이라면 어디든지 생깁니다. 넓적다리에서 발견되는 경우도 있습니다."

아라키는 한 박자 쉬고 나서 다소 동정적인 목소리가 되었다.

"건강검진 때 팔이나 다리에 종양이 생겼는지 아닌지 살펴보지 않잖아요. 응어리를 느끼거나 부자연스럽게 부풀어 오른 걸 알았을 때는 이미 상당히 커진 겁니다. 소에지마 씨의 경우도 그렇습니다."

아라키는 MRI 영상을 보여주며 설명을 이어나갔다. 하지메가 설명을 따라오고 있는지는 확인하려 하지도 않는다.

"이걸 보면 아시겠지만, 소에지마 씨의 연부조직육종에는 새로 생긴 혈관이 밀집해 있습니다. 연부조직육종은 혈관을 통해 영양을 받아 커집니다. 암세포는 혈관의 혈류를 타고 전이하지요. 폐는 필터가 되어 암세포를 받아들이기 때문에 이런 상황이 되는 겁니다."

MRI 영상 옆에 폐 엑스레이 사진이 나란히 있다.

"콩을 뿌린 듯 암이 전이되어 있습니다. 한동안 폐에 머물러 있어도 조만간 필터가 가득 차면 다음에는 폐에서 뇌로 전이됩니다. 종양이 처음 발생한 부위가 아닌 뇌종양은 폐에서 전이된 경우가 많습니다."

전혀 거리낌 없는 말투였지만, 상황을 솔직히 전하려는 점은 알 수 있었다. 하지메는 아라키의 말 하나하나가 신뢰할 만하다고 느꼈다.

"뇌종양은 다행이라고 해야 할지, 아직 그렇게 커지지는 않았습니다. 이 정도라면 수술 자체는 전혀 어렵지 않습니다. 레이저 메스를 사용하니까 암세포 이외의 정상 뇌세포를 손상시키는 일은 거의 없을 겁니다. 그리고 지금 정형외과 선생과 협의를 시작했는데 종양이 처음 발생한 부위의 연부조직육종을 적출해야 합니다. 그다음에 폐 수술을 할 겁니다. 이건 한쪽씩 해야 하기 때문에 두 번에 나눠 해야 할 필요가 있습니다. 여기에 대해서는 호흡기외과 선생님과 의논하고 있습니다. 수술 후에는 항암제도 병용하게 될 겁니다. 그리고 최종적으로는 소에지마 씨가 사회에 복귀할 수 있도록 하는 겁니다. 이것이 제가 생각하는 현재의 목표입니다. 소에지마 씨는 젊고 총명하니까 자신의 병상과 어떤 수술이 필요한지를 이해하게 하고, 수술 후에는 체력을 회복하여 사회에 복귀하는 과정과 목표를 지금부터 떠올리게 했으면 합니다."

하지메는 사회 복귀라는 말에 적잖은 충격을 받았다. 거기에는 입원하고 퇴원한다는 것 이상의 큰일이라는 뉘앙스가 깔려 있었다. 일단 '사회'에서 떠난다는 말은, 아유미가 지금 어디에 있고 어디로 갈지 모른다는 걸까. 아유미도 '사회 복귀'라는 말을 아라키에게 들었을까.

아라키는 자리에서 일어나 샌들을 신은 발로 부리나케 찬장으로 가서 인스턴트커피 병을 꺼내고 탁자 위에 커피 잔 두 개를 놓았다. 스푼으로 잔 알갱이의 커피를 떠서 컵에 넣고 포트에

든 뜨거운 물을 부었다. 조급하지 않게 스푼으로 젓고는 하지메 앞의 탁자에 놓았다. 꽤 오래전에 맡은 듯한 인스턴트커피 향이 났다. 분말 상태의 크림 병과 스틱 설탕이 꽂혀 있는 머그컵을 탁탁 늘어놓는다. 지금까지 천 번이고 만 번이고 되풀이해온 동작처럼 보였다. '커피, 드시겠습니까?'나 '자, 드세요'라고도 하지 않는다. 하지메는 블랙으로 한 모금 마시고는 크림과 설탕을 넣었다. 아라키는 블랙 그대로 마셨다.

아라키가 느닷없이 입을 열었다.

"사회에 복귀한 뒤에도 재발이라는 문제가 따라다닙니다. 지금 제 환자 중에 가장 많게는 열여섯 번, 이십 년 넘는 시간에 걸쳐 재수술을 되풀이하고 있는 사람도 있습니다. 가엾게도 말이지요. 하지만 본인은 가엾다는 말을 듣고 싶어하지 않습니다. 암과의 인내력 싸움이라고 생각하지요. 제가 격려를 받을 정도로 잘 지냅니다. 이런 케이스, 이런 사람은 드물지만, 그래도 있습니다. 소에지마 씨의 경우도 재발에 대해서는 어느 정도 각오하는 게 좋습니다."

하지메는 지금까지 고개만 끄덕이고 있다가 처음으로 입을 열었다.

"선생님, 누나한테 재발에 대해서 이야기했습니까?"

"아뇨, 하지 않았습니다."

하지메는 그제야 숨을 쉴 수 있을 것 같았다. 아라키가 말을 이었다.

"아직 자신이 이런 암에 걸렸다는 걸 받아들이는 것만으로도 벅찰 겁니다. 이번 수술이 성공해도 조만간 재발할 가능성이 있다고 지금 말하는 건 너무 잔인합니다. 다만 가족에게는 말해두는 것이 나을 것 같아서 전하는 겁니다. 물론 재발이 정해진 것은 아닙니다. 뭐랄까, 신만이 안다고 할까요."

마지막 말은 아라키가 자기 자신에게 말하는 것처럼 들렸다. 그 순간 전화가 울렸고 아라키는 수화기를 들고 두세 마디 짧게 전하고는 전화를 끊었다.

"병동으로 가봐야겠습니다. 언제든 다시 오세요. 어떤 질문이든 상관없으니까요. 저한테는 거리낄 필요 없으니까 언제든지 물어보러 오세요."

"고맙습니다."

이렇게 말하며 아라키는 잔 두 개를 회수하여 개수대에서 능숙하게 씻었다. 그리고 물기를 빼는 곳에 잔을 거꾸로 놓았다. 수건으로 손을 닦는 데까지 채 일 분도 걸리지 않았다. 꼼꼼한 사람임을 알 수 있었다.

병실로 돌아오자 아유미는 침대 위에서 상반신을 일으키고 두 무릎을 세워 양쪽 넓적다리 언저리에 편지지를 올린 채 뭔가를 쓰고 있었다. 하지메를 보자 편지지를 덮고 옆에 있는 작은 탁자 겸 수납장 서랍에 넣었다.

"신생이 뭐래?"

"응, 앞으로 치료를 어떻게 진행할지 하는 얘기지 뭐."

"수술하자는 얘기였겠네?"

"응."

"……미안."

"뭐가?"

"아니, 바쁠 테니까."

"그건 괜찮아."

아유미는 침대 안에서 몸을 뻗고 머리를 베개에 올렸다.

"소에지마 씨는 젊고 총명하니까, 하고 말하던데."

아유미는 살짝 웃었다. "이제 젊지도 않은데."

"하지만 아라키 선생은 인사치레를 하는 타입이 아니니까 정말 그렇게 생각하는 걸 거야."

아유미는 잠자코 있었다.

"설명이 알기 쉬워. 실력에도 자신이 있을 거라고 생각해."

"……그래도 너무 확언하는 설명이면 마음이 따라가지 못해."

하지메에게 연락을 받은 부모님은 병원 옆 비즈니스호텔에 머물렀다.

다음다음 날 오후 병원 로비에서 만났다.

멀리서도 부모님이라는 걸 알 수 있는 실루엣이 자동문 너머에서 들어왔다. 신지로의 외투도, 도요코의 외투도 십 년이 넘은 것이었다. 묵직한 울 소재와 시대에 뒤처진 무늬와 실루엣. 에다루에서 봤다면 그렇게 느끼지 않았을지도 모르는 시간이 외투에 떠올라 있었다. 두 사람의 걸음걸이는 같았지만 살짝 늦었다는 기색이 더해진 듯했다. 하지메가 계속 보고 있는데도 두 사람은 좀처럼 알아채지 못했다. 하지메가 다가가서 말을 걸고 나서야 도요코가 고개를 들며 "어머, 여보, 하지메" 하고 다소 화난

듯이 목소리를 높였다. 신지로는 어쩔 줄을 모르는 얼굴을 숨기려고 하지 않고 하지메 쪽으로 향했다. 두 사람에게서 에다루의 겨울 냄새가 떠도는 것 같았다.

엘리베이터 안에서 신지로는 층을 표시하며 점멸하는 숫자를 가만히 올려다보고 있었다. 도요코는 "부족한 게 있으면 바로 백화점에 가서 사오려고"라고만 말하고 입을 다물었다. "지로가 있었다면 도쿄에 두 분이 같이 올 수 없었겠네요" 하고 하지메가 말했다. 지로는 재작년 노화로 죽었다. 열일곱 살까지 산 것은 홋카이도견치고는 상당히 장수한 경우였다. "그랬겠지, 지로가 있었다면." "……지로 이야기는 됐잖아." 신지로는 신경질적으로 헛기침을 했다.

부모님은 하지메의 뒤를 따라 병실로 들어갔다. 하지메가 접이식 의자 두 개를 침대 옆에 놓았다. 침대 옆에 앉은 신지로는 "어떠냐?" 하고만 말하고, 그다음 말이 좀처럼 나오지 않는 모양이었다.

"죄송해요. 먼 데서. 피곤하죠?"

아유미가 말했다.

"도쿄는 정말 오랜만이야. 꽤나 변했어. 사람도 많아진 것 같고. 여긴 역에서 가까워 다행이야. 에다루의 중앙병원하고는 전혀 딜라. 여기라면 나도 안심이다."

이렇게 말하지만 도요코의 얼굴은 조금도 안심한 표정이 아니었다. 아버지가 간신히 입을 열었다.

"지금은 이런 병원을 자신들이 직접 선택할 수도 있구나."

"하지메가 찾아줬어요."

아유미는 살짝 웃음을 띠었다.

"최첨단 기술이 있다더구나."

"좋은 의사예요."

하지메가 아유미 대신 대답했다. 아유미는 입을 다문 채 얼굴에 살짝 웃음을 띠고 있었다.

아라키의 설명대로 사흘 후 수술이 시작되었다.

뇌종양 수술은 무사히 끝났지만 난항을 보인 것은 넓적다리에 관한 컨퍼런스였다. 담당 정형외과 의사는 오른쪽 넓적다리를 절단해야 한다고 주장했다. 아라키가 그것에 정면으로 반대했다. 사회 복귀가 힘들어질지도 모른다, 전이성이 높은 육종이라 현미경적인 완전 절제가 유효하고 레이저 메스는 그런 수술에 적합하다, 이 두 가지가 아라키의 생각이었다. 결과적으로는 이례적인 경과로 뇌신경외과 의사인 아라키가 오른쪽 넓적다리 수술을 집도하게 되었다.

"정형외과 사람들은 목수 같아서 쇠망치, 톱의 세계거든요. 자르고 잇고 매듭지으면 끝이지요. 이런 것만 하니까 기본적으로 하는 일이 난폭합니다. 우리는 0.1밀리미터 범위의 수술뿐이니까요. 소에지마 씨의 종양이 처음 발견된 부위의 적출은 뇌종양 못지않은 정밀도로 하게 됩니다. 본인의 부담 면에서도, 사회 복귀에도 그게 좋을 겁니다."

아라키가 아유미와 하지메를 필요 이상의 동정심으로 대한다고 느낀 하지메는 몇 번이나 부장실을 찾아갔다. 상세한 경과와

향후 전망도 물었다. 아라키는 자꾸 본론에서 벗어나 열 시간에 이르는 수술을 하게 되면 도중에 주먹밥을 먹고 맥주를 마시는 일조차 있다, 등의 이야기를 했다. 탁 털어놓고 친밀한 태도를 대하다 보니 하지메는 막연하게 아유미의 암을 비관적으로 여길 필요는 없지 않을까 생각하게 되었다.

뇌종양 수술이 무사히 끝나고, 다음에 이루어진 첫 번째 폐암 수술이 끝나기 직전 수술실에서 집도의와 조수가 나타나 설명을 해주었다. 신지로와 도요코는 최초의 뇌종양 수술 직후의 설명은 직접 들었지만 그 후에는 하지메에게 나중에 설명을 듣는 게 낫겠다고 말했다. 어머니의 말투로 보아, 아버지는 아무래도 아라키를 마음에 들어하지 않거나 성격이 잘 안 맞는다고 느끼는 듯했다.

하지메는 수술실 앞에 있는 조그만 방에서 쟁반 위 거즈에 올린 여러 개의 암세포를 보며 이야기를 들었다.

"아무리 해도 다 잘라낼 수는 없었습니다."

처음으로 들은 말이었다. 호흡기외과 의사는 아라키와 반대로 아주 조용한 사람이었다. 쓸데없는 말을 하지 않고, 그렇다고 중요한 설명을 피하지도 않았다. 콩을 뿌린 듯한 전이성 암이기 때문에 폐의 호흡 기능을 유지하며 절제해나가면 저절로 한계가 있다고 했다. 전이만 되지 않으면 소에지마 씨의 폐는 무척 깨끗합니다만, 하고 안타까운 듯 말하며 가볍게 고개를 숙였다.

재수술 가능성이 있다는 아라키의 설명은 이런 의미였나, 하고 하지메는 현실에 직면하여 이렇게 이해했다.

폐 수술을 끝내 인공호흡기를 떼고 마취가 풀리기 시작할 무렵, 집중치료실에서 다양한 튜브와 선을 달게 된 아유미는 자력으로 호흡하는 괴로움 속에 있었다. 다 절제하지 못한 암이라고 해도 상당수의 폐 세포를 절제했기 때문에 그게 그대로 호흡의 곤란함으로 나타나는 것 같았다. 수술을 받지 않은 폐가 부족한 산소를 요구하는 듯 아유미는 턱을 들고 격렬하게 숨을 쉬고 있었다. 하지메는 아유미의 팔에 가볍게 손을 얹으려다가 그만두었다. 눈을 감자 계측기의 전자음과 아유미의 호흡 소리와 산소마스크 소리만 들려온다.

일주일 후 집중치료실에서 일반 병실로 옮겼다.

아유미의 안색이 조금씩 돌아오는 것을 알 수 있었다. 신지로와 도요코가 도쿄에 올라온 지도 이 주가 지났다.

링거를 꽂지 않은 아유미의 오른팔에 손을 얹으며 도요코가 말했다.

"지로가 말이야, 꿈에 나왔어. 젊었을 때의 지로였는데 들판을 이리저리 뛰어다니더라. 뭔가 좋은 일이 있었던 모양이야."

천장을 보고 있는 아유미의 눈가에 살짝 눈물이 맺혔다.

"지금 지로 이야기는 됐잖아."

신지로가 도요코를 봤다.

"……그렇겠네요."

"괜찮아요. 듣고 싶어요, 지로 이야기."

아유미는 알아듣는 게 고작일 정도의 목소리로 헐떡이듯이 말했다. 도요코는 아유미의 손을 잡았다.

"지로가 말이야, 배 주변이나 얼굴 주변, 꼬리에 온통 들풀 씨 앗을 묻히고 돌아온 거야. 목이 말랐는지 사발에 가득 찬 물을 꿀꺽꿀꺽 맛있게 마시고는 몸을 부르르 떨고 나서 나를 올려다 보는 거야. 아유미는 괜찮나요, 하고 묻는 게 얼굴에 쓰여 있더 라. 그래서 쭈그리고 앉아 지로를 두 팔로 안고는 괜찮아, 이제 수술도 끝났으니까 괜찮아, 라고 말해줬어."

아직 끝나지 않았어, 폐를 한 번 더, 그리고 넓적다리를 해야 해, 하고 하지메는 생각했지만 잠자코 있었다.

"지로, 정말 지로의 냄새가 났어. 그래서 이 지로는 진짜 지로 구나 생각했지. 그래서 내가 열심히 전했어. 아유미가 정말 애썼 다고 말이야."

도요코가 소리 없이 눈물을 흘렸다. 그것을 본 아유미의 눈가 에서도 눈물이 흐르기 시작했다. 신지로와 하지메는 잠자코 있 었다.

집에서 병원에 다니며 재활 치료를 하는 기간을 포함하여 석 달쯤 지나 아유미는 사회에 복귀했다.

도요코가 한동안 아유미의 공동주택에서 함께 살게 되었다. 아침저녁 식사를 함께하고 낮에도 외식하지 않아도 되도록 도 시락을 싸주었다. 출퇴근할 때도 도요코는 버스정류장까지 아 유미를 데려다주고 데려왔다. 첫 일주일만 아유미는 목발을 짚 고 그다음 주부터는 다리를 약간 끌며 목발 없이 버스를 탔다.

하지메는 아유미가 천문대에 있는 낮 동안 이따금 어머니에게 전화를 걸어 상황을 묻기로 했다.

병원에는 한 달에 한 번 갔다. 아유미의 고민은 의자에 앉아 있으면 기습적으로 넓적다리에 동통을 느끼는 일이었다. 일단 통증을 느끼면 버스를 타고 내리기가 힘들 만큼 고통스러웠다. 앉아 있는 것이 무서워 집에서도 의자에 앉지 않고 서 있거나 침대에 누워 있는 시간이 늘어났다. "아파서 우울해지는 것 같더라. 처음에는 살살 문질러줬는데 지금은 문지르는 것도 아프대. 불쌍해서 볼 수가 있어야지." 도요코는 이렇게 말했다.

아라키는 큰 수술을 했기 때문에 한동안 넓적다리에 통증이 있는 것은 어쩔 수 없다. 통증은 정신적인 요인으로도 증폭되는 일이 있기 때문에 통증을 찾아내려고 하지 말 것, 가능한 한 항상 그렇게 유의해달라고 말하며 진통제 외에 신경안정제를 처방해줬다.

그래도 통증은 전혀 가라앉지 않았다.

아라키와 아유미 사이에 확실히 불협화음이 생겼다. 하지메는 아라키에게 섬세한 면이 부족하다고 느끼는 한편, 아유미가 느끼는 통증에 아라키가 지적한 심리적 요인이 있지 않을까 생각했다. 이따금 아유미의 공동주택으로 찾아가 어머니와 셋이서 저녁을 먹으면 아유미가 통증에 대한 설명에서 시작하여 구렁텅이에 빠지듯이 퇴행적인 말을 했다. 그 어두운 얼굴은 지금껏 아유미에게서 본 적이 없었다.

십 개월 후 아유미는 다시 입원했다.

면담실로 불려간 하지메는 호흡기외과 의사에게 설명을 들었다. 폐의 암세포가 맨 처음에 본 엑스레이 사진과 같은 정도로 늘어났고, 그중 하나가 예상외의 속도로 커졌다. 오른쪽 넓적다리에도 육종이 재발했다. 뇌에도 종양의 하얀 음영이 나타났다. 새로운 뇌종양은 시신경을 관장하는 위치에 접해 있다는 사실을 알았다.

부장실의 아라키는 이제 웃는 얼굴을 보이지 않았다. 아유미가 젊기 때문에 암세포의 전이와 성장이 예상보다 훨씬 빠르고, 종양이 처음 발생한 부위의 재발도 심각해서 정형외과 의사는 여전히 넓적다리의 절단을 주장하는 모양이었다. 그러나 설령 절단한다고 해도 폐암의 상태, 뇌종양의 증식으로 볼 때 채 두 달도 지나지 않아 심각한 상태에 이를 수도 있다고 말하며 아라키는 팔짱을 꼈다. 이제 커피는 내놓지 않았다.

하지메는 부모님에게 상황을 전했다.

병원 1층의 차 마시는 공간에서 하지메는 다시 상경한 부모님과 이야기를 나누었다.

"살지 못할 수도 있는데 이제 와서 다리를 자르다니."

신지로는 거기서 일단 입을 다물었다.

"되도록 아유미를 힘들게 하고 싶지 않다. 그렇게 해주지 않을래?"

도요코는 그치지 않는 눈물을 손수건으로 막고 "그래, 그렇게 해" 하고만 말했다.

그러고 나서 하지메는 부장실로 아라키를 찾아갔다. 호흡기 외과 의사도 동석하고 있었다. 하지메는 부모님의 생각을 전하고 자신도 그렇게 생각한다는 것을 짧게 이야기했다.

"알겠습니다. 최대한 고통을 적게 하는 방침으로 소에지마 씨를 보살피겠습니다."

호흡기외과 의사가 담담하게 말했다.

호흡기외과 의사가 나간 후 의자에서 일어서려는 하지메를 제지한 아라키는 인스턴트커피 두 사람 분을 만들었다. 잠자코 커피를 마시는 아라키 앞에서 하지메는 무슨 말을 할지 알 수 없었다. 커피를 다 마시고는 "그럼 앞으로도 잘 부탁드리겠습니다" 하고 말하며 자리에서 일어서려 했다. 아라키는 거기에는 대답하지 않고 앉은 채 말하기 시작했다.

"지금 이후 병원을 나가 횡단보도에서 당신이 택시에 치여 누님보다 빨리 죽을 수도 있습니다. 저도 내일 수술중에 쓰러져 심폐가 정지될지 모릅니다. 누님의 생사 가능성을 말하는 쪽이 먼저 죽는 일도 있는 겁니다. 그게 죽음의 평등성과……." 아라키는 말을 이을 계제가 없다는 듯 일단 입을 다물었다. 그리고 혼잣말처럼 나지막한 목소리로 말했다. "알 수 없음입니다."

아라키의 등 뒤 창문 너머로 회색으로 보이는 뭔가가 어른거리는 것처럼 보였다. 하지메의 머릿속은 텅 빈 것 같기도 하고 뭔가 보이지 않는 것이 꽉 차 있는 것 같기도 했다.

부장실을 뒤로하고 복도를 걸어가 엘리베이터 버튼을 눌렀다. 바로 멈춘 엘리베이터에 탔다.

내려가는 엘리베이터 안에서 하지메는 새삼 생각했다. 종양이 처음 발생한 넓적다리 부위의 적출 수술은 적절했던 걸까. 그때 다리를 절단했다면 누나는 살 수 있었을까. 그러나…… 폐암 수술도 애초에 전체의 칠십 퍼센트에도 미치지 않는 암세포밖에 절제, 적출하지 못했다. 폐에서 뇌로의 전이도 계속되었을 것이다. 이렇게 되는 것은 시간 문제였던 걸까.

아유미의 병실로 갔다.

진통제의 링거 양이 늘었기 때문에 아유미는 일어나 있기보다는 잠들어 있는 시간이 길어졌다. 아유미는 병실로 들어온 하지메를 보고 바로 말을 걸었다.

"저기, 서랍 안에 편지가 들어 있어."

하지메는 서랍을 열었다.

겉봉투는 아유미의 글씨로 홋카이도 몬베쓰 군 에다루초의 주소와 에다루 교회의 구도 이치라는 이름이 쓰여 있었다. 봉해지기는 했지만 우표는 붙어 있지 않았다.

"그것 좀 부쳐줄래?"

"알았어."

하지메는 병원 밖으로 나가 차갑고 신선한 공기 속에서 횡단보도를 건넜다.

가랑눈 같은 덧없는 것이 이따금 볼에 닿았다. 차도를 자동차가 달리고 보도를 사람들이 걷고 있다. 모든 것이 환영처럼 느껴졌다. 오 분쯤 걸어 우체국에 도착해 직원에게 편지를 건네고 요금을 지불했다. 병원으로 돌아오는 길, 눈이 내려 온통 하얗게 된 에다루로 아유미를 데리고 돌아가면 어떨까, 부모님과 함께 있을 수 있는 따뜻한 거실에 침대를 놓으면 어떨까, 상상해본다.

이미 현실적인 이야기는 아니었다.

다음 주가 되자마자 이치이가 병원으로 찾아왔다.

아유미가 잠깐 둘만 있게 해달라고 해서 하지메는 이치이를 맞이하고는 휴게실로 갔다. 휴게실에는 텔레비전이 켜져 있었다. 놀랄 만큼 건강한 환자 몇 명이 웃으며 이야기를 나누고 있었다.

약 한 시간쯤 지나 이치이가 휴게실에 얼굴을 내비쳤다.

"이번 주는 금요일까지 도쿄에 있기로 했습니다. 아유미 씨는 하지메 씨를 걱정하더군요. 매일 여기에 와서 대학은 괜찮은가, 잠은 제대로 자는가 하고요."

"그런 걱정을 하는군요. 괜찮습니다. 지금은 시험이 끝나 방학이니까요."

하지메는 이렇게 말하며 웃는 얼굴을 보였다.

"피곤하시죠? 혼자 이렇게까지 하느라 애쓰셨네요. ……병만은 생각대로 되지 않겠지만 하지메 씨 같은 동생이 있어서 다행입니다."

이치이는 하지메의 어깨에 손을 얹었다.

"제가 할 수 있는 일이 거의 없겠지만 뭐든지 말해주세요."

그러고 나서 하지메를 두 손으로 끌어당겨 안았다. 하지메는 누나의 병을 알고 나서 처음으로 시름에서 해방된 것 같았다. 아무 말도 나오지 않았다.

이치이는 다음 주에도 에다루에서 찾아왔다. 도쿄의 교회에 묵으며 매일 몇 시간쯤 병실에 있다가 돌아갔다.

아유미의 오른쪽 넓적다리는 땡땡 부어 있었다. 임파선이 부어올랐는지, 연부조직육종 자체인지, 이제 아라키에게 상세히 물어볼 생각도 들지 않았다. 호흡기외과 의사가 병실로 찾아와 잠깐 아유미를 진찰하고는 복도에 서서 하지메에게 이야기하기 시작했다. 뇌종양 때문에 오른쪽 눈은 거의 보이지 않을지도 모른다, 폐도 암으로 뒤덮여 호흡에도 영향이 있다, 언제 심각한 상황이 되어도 이상하지 않다, 그리고 통증을 억제하기 위해 의식을 완만하게 떨어뜨려가기 때문에 이야기를 하려면 지금이라고 최종적으로 알려주었다.

상경한 신지로와 도요코는 병원 옆 호텔에 묵으며 교대로 병실로 들어와 아유미 옆을 지켰다. 이대로 간병이 계속되면 부모님의 몸 상태도 걱정이다. 하지메의 우려는 강폭이 넓어지고, 어두운 물은 소리도 없이 하류를 향했다.

죽기 사흘 전의 일이었다.

이치이는 보스턴백을 병실로 가져와 아유미가 편지에 쓴 희망사항을 들어주기 위해, 원래는 가톨릭 의식인 마지막 기도를 했다.

병실 안은 조용했다. 그래도 이따금 문의 불투명 유리 너머에서 사람 그림자가 살짝 움직이는 것을 알 수 있었다. 이치이의 온화한 목소리가 희미하게 들려왔지만 무슨 말인지는 알 수 없었다.

잠시 후 문이 열렸다. 이치이는 상반신에 하얀 옷을 입고 있었다. "들어오세요" 하며 바깥에서 기다리고 있던 도요코와 하지메를 불러들였다.

병실 안에는 어딘가 달콤한 향기와 에다루의 여름 풀밭을 걸을 때 코를 간질이던 풋풋한 냄새가 떠돌았다.

코와 입에 산소흡입기를 대고 있는 아유미는 눈을 감고 있었다. 하지메의 눈에는 오전과 달리 고통스러운 표정이 사라지고 온화해 보였다.

그 후 이치이는 하얀 옷을 벗고 보스턴백을 들고 그대로 하네다 공항으로 향했다.

그리고 이틀이 지난 날 밤이었다. 호흡의 간격이 점차 짧아지기 시작하고 아유미의 턱이 위를 향했다.

호흡기외과 의사에 이어 아라키도 병실로 들어왔다. 호흡기외과 의사가 말했다. "오늘 밤을 넘길지 어떨지 모르겠습니다." 아라키는 아유미의 이마에 오른손을 대고 잠자코 있었다.

날짜가 바뀌고 곧 혈압이 떨어지기 시작했다. 60이 되고 50이 되고 40까지 내려갔다.

계측기의 붉은 램프가 들어왔다.

간호사가 서둘러 들어와 말했다. "의사를 부르겠습니다."

아유미의 호흡이 더욱 거칠어지고 불규칙해졌다.

하지메가 아유미의 얼굴에 자신의 얼굴을 가까이 대자 산소마스크 너머로 희미한 목소리가 들렸다. 무슨 말을 하고 있다.

영차, 영차를 되풀이하는 것처럼 들렸다.

환상의 뭔가를 나르고 있는 걸까. 아니면 산길이나 어딘가를 오르고 있을까.

삼 년만 집에 있다가 사슴 사냥꾼에게 넘겨진 홋카이도견 에스. 아유미가 에스를 들어 올려 옮기고 있는 뒷모습을 따라간 적이 있었다. 영차, 영차, 하며 아유미는 에스를 옮겼는데 대체 어디로 가려 했던 걸까. 하지메는 아무것도 기억하지 못했다. 에스는 넘겨진 지 일 년 후에 산자락에 뿌려진, 들개를 잡기 위한 독만주를 먹고 죽었다.

턱을 상하로 움직이며 가까스로 숨을 쉬고 있는 아유미는 이따금 영차, 영차 하고 말했다. 살고 싶다는 소리인지도 모른다. 그러나 이제 누구도 어찌 해볼 도리가 없다.

병실 구석의 의자에 앉아 있는 신지로와 도요코에게 하지메가 말했다. 두 사람은 침대 옆에 섰다.

호흡기외과 의사가 병실로 들어왔다.

심박 파형의 사이가 뜸해지는 것이 보였다. 하지메는 서둘러 부모님에게 말했다. "말을 걸어봐요." 신지로와 도요코는 당황한 목소리 그대로 호흡도 맞지 않게 "아유미짱" "아유미" 하고 각자 말을 걸었다. 나란히 아유미의 침대 난간을 잡은 채.

심박 파형이 평평해지는 것을 본 의사는 심장에 전기 충격을 주었다. 곧 파형이 돌아왔다. 얼마 후 호흡이 멈췄다. 의사는 인공호흡을 시작하려는 자세 그대로 하지메를 보았다. "어떻게 할까요?"

"고맙습니다. 이제 됐습니다."

아유미에게 연결된 계측기는 모두 평평한 파형이 되었고 혈압도 맥박도 제로를 가리키는 붉은 숫자가 되었다. 호흡기외과 의사는 자신의 손으로 맥박을 재고 아유미의 눈에 펜라이트 불빛을 비췄다. 그리고 이렇게 말했다.

"2월 27일 오전 4시 25분, 운명하셨습니다."

간호사 두 명이 머리를 깊숙이 숙였다.

하지메는 오 년이 지나고 십 년이 지나고 이십 년이 지나도 아유미의 임종 장면을 생생하게 그대로 떠올릴 수 있었다.

자신이 보고 경험한 일을, 자신의 머릿속만으로 말한다면 이런 것이었다.

가족은 가족을 어색하게 보낼 수밖에 없다. 이치이는 아유미가 숨을 거두기 전에 아유미를 편안하게 보내는 절차를 조용히 혼자, 아니 누나와 둘이서 순조롭게 밟았다. 그때 누나는 이미 죽음을 받아들였던 것이다, 라고.

19

구도 이치이에게

오랫동안 소식을 전하지 못했어.

올해 교회의 강림절 달력에는 어떤 그림을 그렸니? 달력의
날짜가 들어간 작은 창을 열면 네가 그린 동물들이 있겠지.
주일학교 아이들이 소리 지르는 모습이 눈에 선해.

도쿄는 아직 눈이 한 번도 내리지 않았어. 공기는 아주 건
조해. 카디건을 벗을 때마다 찌릿찌릿 정전기가 일어나지.
그곳은 이미 눈이 쌓여 있는 것 같더라. 어머니에게 전화로
들었어. 눈으로 하얗게 된 교회의 붉은 지붕이나 온통 눈으
로 뒤덮인 뜰의 경치, 장화와 눈이 스치는 소리가 그리워.

돌연 놀라게 하는 것 같아 미안하지만, 한참 전에 입원해서
지금은 병원 침대에서 이 편지를 쓰고 있어.

봄이 끝날 무렵 손끝이 저렸어. 그다지 신경 쓰지 않고 있

었더니 가을이 되고 말았어. 추워질 무렵부터 심하게 저려
서 병원에 갔지. 검사 결과 뇌에 작은 종양이 발견되었어.
폐에도 하얀 음영이 여기저기 흩어져 있는 것을 알았고.
상상도 못 한 일이라 무척 놀랐어. 하지만 검사 결과를 직
접 눈으로 봤기 때문에 사실을 받아들일 수밖에 없었지.
처음 간 병원에서는 어딘가 종양이 처음 발생한 부위가 있
을 거라는 데서 진단이 멈춰버려 우선 뇌종양에 방사선을
쐬는 치료를 하기로 방침을 정했어. 그때 하지메를 통해 최
신 기술로 뇌종양을 안전하게 수술할 수 있는 선생을 알게
되었고, 동생이 병원을 옮기자고 강력하게 권해서 그렇게
했어.
그리고 얼마 전에 받은 검사에서 오른쪽 넓적다리가 종양
이 처음 발생한 부위라는 사실을 알았어. 무척 드문 암인데
넓적다리 폐포성 연부조직육종이라는 암이라고 하더라. 이
암이 폐로 전이되고, 거기서 또 뇌로 옮겨갔다는 설명을 들
었어.
앞으로 순서대로 수술을 해나가게 될 거야. 먼저 뇌종양이
고 다음이 넓적다리, 마지막이 폐라고 들었어. 주치의는 어
쩐지 밝고 성급하며 원기가 왕성한 사람이야. 수술하면 어
떻게든 되지 않을까 하고 실낱 같은 기대를 하는 것은 그
선생의 기세에 동화된 탓일지도 몰라.
나도 모르는 사이에 그런 게 생겼다니 정말 놀랐어. 하지만
인간은 동물이고 세포도 여러 가지로 잘못을 일으킬 테니

어쩔 수 없는 일이지.

몸은 자신의 것이 아니라 주어진 것이라는 걸 절감해. 마태복음에 '마음은 간절하나 몸이 말을 듣지 않는구나'라는 예수님의 말씀이 있었지.

전에도 편지에 쓴 대로 나는 칠레에서 시작된 국제공동연구의 거점이 되는 전파망원경 천문대 계획의 일원으로 일하고 있었어. 하지만 한동안 일에서 멀어지게 되었지. 안타깝지만 멀리 떨어진 곳에서 프로젝트를 지켜보는 즐거움을 누리겠다고 생각하기로 했어.

아타카마 사막의 관측 지점은 표고 5000미터인 곳이라 공기도 희박하고 하늘은 이상할 정도로 파랬어. 사막은 적갈색이고. 여기가 정말 지구일까 하는 생각이 들었어. '죽음의 계곡'이라 불리는 장소가 있는 것도, 그렇게 부르고 싶어진 옛날 사람들의 마음도 잘 알 수 있지.

일몰을 맞이하기 전에 3000미터 지점에 있는 캠프까지 내려왔는데, 거기서 올려다본 별이 총총한 밤하늘은 너무나 눈부신 것 같아서 이번에 돌아가면 다시 에다루의 밤하늘을 올려다봐야지 생각했어. 불과 몇 년 전의 일이지만 이제는 아주 먼 환영 같아.

예전에 너의 오토바이를 타고 함께 큰 목장에 간 일이 떠올라. 헤드라이트를 끄고 시동을 껐더니 소도 목장도 우리도 보이지 않았지. 벌레 울음소리만 들려오고 머리 위에는 온통 별이 총총한 밤하늘이었지. 별이 총총하던 그때의 밤하늘을 지금도 잊을 수 없어. 조용히 별을 볼 수 있어서 정말 행복했어.

길어졌다. 오늘은 이만 줄일게.

교회의 일도 있고 가족의 일도 있을 테니 부디 문병은 오지 말기를 바라. 이런 식으로 쓰는 게 다소 실례인지 모르겠지만 부디 용서해줘.

병원 소등이 9시여서 그런지 밤에는 여러 가지 것들을 생각하게 돼.

또 편지 쓸게.

1988년 12월 15일
소에지마 아유미

이치이가 목사가 되고 나서 에다루 교회로 찾아오는 사람이 조금씩 늘어났다. 필시 음악을 좋아하는 사람들로, 이치이가 연주하는 파이프오르간이 목적인 모양이었다. 소형이지만 소리가 좋은 독일제 중고 파이프오르간을 몇 가지 우연이 겹쳐 손에 넣은 이치이는 예배나 결혼식, 장례식이 있고 없고를 떠나 시간만 있으면 건반 앞으로 향했다. 주일 예배와 주일학교를 마치면 때로는 한 시간 넘게 연주하는 것이 상례가 되었다. 물론 거창한 연주회가 아니라 일주일을 무사히 끝낸 것에 대한 감사와 한동안 치지 않은 곡의 복습을 겸한 것에 지나지 않았다. 홋카이도 신문 에다루 지국의 기자가 파이프오르간과 이치이의 연주를 칼럼에서 다루고 나서 몬베쓰나 기타미에서 연주를 들으러 일부러 찾아오는 신자들이 생겨났다.

목사는 오르가니스트가 아니다, 우선순위를 잘못 생각하는 것이 아닌가, 하는 비판의 목소리도 간접적으로 귀에 들어왔다. 얼굴을 마주하고 들은 적이 없으니 이치이는 개의치 않았다. 파이프오르간 레슨 의뢰도 있었지만 정중히 거절했다.

주일 예배에서의 설교는 늘 삼십 분이 넘지 않고 끝난다. 성경의 일부를 읽고 그 배경을 해설한다. 설교 원고는 시간을 들여 쓴다. 어려운 말은 쓰지 않는다. 현대사회에서 막 일어난 사건이나 사항을 예화로 삼아 성경의 말을 알기 쉽게 설명하지도 않는다. 이치이는 구석구석까지 선명하게 알지 못하더라도 뭔가 하나라도 마음에 남는다면 그것으로 충분하다고 생각했다.

아내 사라는 교토 시절의 신학부 동급생이었다. 교원 자격을 갖고 있어서 졸업한 후에는 삿포로의 개신교 계열 학교의 성경과 교사로 일하고 있었다. 학교에도 익숙해질 무렵 삿포로에서 열린 기독교 교단의 모임에서 이치이와 재회하여 서로 삿포로와 에다루 사이를 오가게 되었다.

이치이의 아버지가 심근경색으로 쓰러져 세상을 떠난 후 일 년이 지나기를 기다렸다가 두 사람은 결혼했다. 아직 이십대 중반인 두 사람에게 곧 맏아들 다케시가 태어났다. 이치이 혼자 생활하고 있던 사택이 셋이 사는 집으로 바뀌었다. 어수선한 육아에 가까스로 익숙해진 무렵 세 살 터울의 둘째 아들 히카리가 태어났다.

일반적으로 남자아이는 몸이 약하다는 말을 증명이라도 하듯 다케시는 자주 아팠다. 침대에 누운 다케시의 희고 얇은 살갖 안쪽에 푸른 혈관이 비쳐 보이는 관자놀이를 볼 때마다 명명의 유래가 된 친구의 조난을 떠올렸다. 이치이는 아들의 이름에 얽힌 개인적인 기억을 아내에게 이야기할 기회를 놓치고 말았다. 그러나 다케시는 초등학교의 학년이 올라가면서 부쩍부쩍 체격이 좋아졌고 좀처럼 열도 나지 않았다. 여전히 과묵한 것은 이치이와 마찬가지였다. 그림을 잘 그리는 것도 이치이와 같았다.

꾸중을 들을 때 입에서 반론이 나오는 대신 맺힌 감정이 너무 부풀어 올라 꼼짝도 못하게 되는 다케시의 표정은, 젊어서 돌아가신 어머니를 꼭 빼닮았다. 아련한 기억으로 남아 있는 어머니의, 웃는 얼굴이 아닌 그 표정의 의미가 다케시와의 대화 속에서 떠오른다. 이치이는 숨을 삼켰다. 어머니가 어린 아들 앞에서 종종 그런 얼굴을 보여준 이유는 무엇이었을까. 같은 얼굴을 잘 알고 있었을 아버지는 이제 없다. 등신대로도 느껴지는 어머니가 눈앞에 있어도, 목소리도 들리지 않을 뿐 아니라 생각하고 있는 것도 알 수 없다.

둘째 아들 히카리는 사라를 닮아 붙임성이 좋고 웃는 얼굴이었다. 찬송가를 부르면 보이 소프라노가 느긋하게 울려 퍼졌다. 사라가 웃으며 히카리는 변성기를 맞지 않으면 좋겠다고 말하는 것도 무리는 아니었다. 학교에서 히카리는 동급생 여자아이에게 조그맣게 접힌 편지를 받거나 예쁜 리본이 달린 봉지 과자를 받기도 하는 모양이다. 주일학교에서도 어린 여자아이들이 등에 올라타거나 무릎 위에 앉으려고 하는 쪽은 으레 히카리였다. 사라가 "히카리 때문에 풍기가 문란해져"라며 절반은 진심으로 쓴웃음을 지을 정도였다. 다케시라고 해서 선물을 받은 적이 없진 않겠지만 동생의 모습을 보고 무슨 생각을 할까, 하고 이치이는 생각한다.

이치이에게는 형제가 없다. 어머니가 살아있었다면 나이 차가 나는 남동생이나 여동생이 태어났을지도 모른다. 두 아이를 지켜보며, 형제가 있는 생활이 활기차고 바람직하구나 싶은 한편, 형제가 있는 것은 때로 괴로움의 씨앗이 될 수도 있겠다 생각한다.

이치이는 지금도 일주일에 한 번씩 농장학교에 계속 다니고 있다.

어느새 교원 중에는 자신보다 어린 청년이 섞이게 되었다. 해마다 입학자 수가 줄고 있다. 농업 체험을 하며 공동생활을 하고 사회에 복귀한다는 방법에 기대하는 부모가 줄고 있는 건지, 졸업생 통계 자료를 보고 반드시 다시 일어서는 학생만 있는 게 아니라는 사실을 알고 주춤하게 되는 건지, 탈출하려고 마음만 먹으면 언제든지 할 수 있는 개방형 교내 시설에 불안을 느끼는 건지, 어느 것이나 교장과 이사장으로부터 들은 이야기뿐이라서 보호자나 본인이 어떻게 생각하는지 이치이는 알 수 없다.

학생들도 이치이를 목사로만 보기 때문에 과도할 정도로 부딪쳐오거나 의지하는 일이 없었다. 이치이가 그들과 비슷한 나이였을 무렵 학생이던 이시카와 다케시와 친해져 낙농부의 책임자인 그와 교회에서 버터 판매를 하게 된 일 등을 모르는 교원들도 있다. 단지 목사의 아들로서 다녔을 때처럼 뜨거워지거나 한기를 느끼는 듯한 긴장감 있는 관계는 이제 없다.

아버지와 둘이 도쿄에서 에다루로 이사를 오자 신자를 비롯한 사람들에게 이치이는 눈 깜짝할 사이에 에다루 교회 목사 아들로 인식되었다. 그 후에도 다른 동세대 아이들보다 자신이라는 존재가 집 바깥에 노출되어 있다고 느끼는 일이 많았다. 그것은 아버지와 둘만의 집에서 해방되는 일인 동시에 어딘가 숨 막히는 일이기도 했다. 그럴 때 가볍게 창을 열어준 사람이 아유미였다. 단순한 소꿉친구였던 아유미는 같은 고등학교에 진학한 직후 급속히 가까워져 이치이를 뒤흔드는 존재가 되었다.

이치이는 아유미에게 강하게 이끌렸고, 그 기세를 빌미로 밖으로 뛰쳐나가려고 했다. 오토바이 면허를 따고 중고 오토바이에 아유미를 태우고 거리를 달리게 되었을 때 자신이 처음으로 아버지에게서 벗어난 한 사람의 인간이 된 것 같았다.

그러나 대학 진학을 계기로 멀리 떨어지게 되자 둘 사이에 생긴 열기는 서서히 식어갔다. 두 사람은 따로따로 새로운 상대를 만났다. 이윽고 이치이는 결혼을 하고 아유미는 언제까지고 결혼하지 않았다.

교회 뒤에 지은 주택에는 이치이가 아버지와 둘이 살았던 사택의 모습이 남아 있지 않다. 엄청나게 어질러지고 방의 어딘가에는 먹을거리나 마실 것, 항상 살아있는 것의 냄새가 났다. 나무 바닥에는 카펫이 깔리고 그 위에는 미니카나 장난감, 벗어놓은 양말이 굴러다녔다. 심야에는 취침 전에 정리하지 않은 장난감을 밟아 종종 따끔한 맛을 보기도 했다. 이치이의 그림이 담겨 벽에 걸려 있던 액자는 떼어지고 히카리가 크레용으로 그린 그림과 에다루의 학년별 마라톤 대회에서 받은 다케시의 준우승 상장으로 대체되었다. 두 사람의 시간표와 행사 내용이 적힌 달력이 매년 같은 장소에 압정으로 고정되었다.

하루에 두 번 세탁기를 돌리고 빨래를 말리는 일은 이치이의 역할이었다. 사라는 아침저녁으로 부엌에 서서 음식을 만든다. 설거지는 이치이가 한다. 아이들이 깨어 있는 동안은 조용해지는 순간이 거의 없다. 막 잠이 들려 하다가도 갑작스러운 울음소리에 깨어버리는 경우도 있다. 전날까지 뛰어다니던 다케시가 이튿날 아침, 보이지 않는 뭔가에 삼켜졌다가 토해내진 것처럼 40도 가까운 열을 내기도 한다. 한시라도 마음 편할 틈이 없다. 부모의 비호가 없으면 살아갈 수 없는 아이가 있는 일상은, 일시정지를 할 수도 없고 한숨을 쉬며 등을 돌린 채 내팽개칠 수도 없는 일이었다.

항상 쫓기는 나날 속에서 마르틴 루터 시대까지 성직자에게 결혼이 허락되지 않았던 의미를, 이치이는 신학적이 아니라 일상의 감각으로서 조용히 납득했다. 이런 환경에서 하느님과 대화하고 신자들에게 성경 말씀을 전하는 일은 상당히 강한 의지와 일종의 둔감함이 없으면 아무도 감당할 수 없으리. 루터의 시대에는 아이가 아홉 명, 열 명도 태어나고 그중 절반이 역병 등으로 죽었다. 가정을 꾸리고 아이를 갖는 것은 틀림없이 성직

자의 역할을 하루하루 흐리게 만들고 지체하게 하는 일이었으리라.

예배 전날에는 사라의 **공인**公認 아래 식사 시간을 제외하고는 교회의 목사실에 틀어박혀 설교 원고를 썼다. 사라가 엄격하게 금지했기 때문에 다케시도 히카리도 목사실로 들이닥치는 일은 없었다. 일요일 저녁에는 파이프오르간을 친다. 이것도 원래는 이치이가 혼자 되는 시간이었다.

아유미에게서 온 편지는 겨울 저물녘 아주 짧은 한순간에 비쳐든 기묘하게 눈부신 빛과 같았다. 이치이는 금요일 오후 교회 청소를 마치고 목사실로 들어가 가위로 깨끗이 개봉하여 편지를 읽었다.

그러고는 얼마 후 퇴원했음을 알리는 짧은 편지가 도착했다. 문병을 거절한 아유미의 희망에 따라 이치이는 에다루에서 회복을 기도할 뿐이었다. 머지않아 일상에 쫓겨 아유미의 그 후 몸 상태에 대해 걱정하는 일도 점차 뜸해졌다.

최초로 입원을 알리는 편지를 받고 나서 거의 일 년이 지났을 무렵, 같은 크림색 봉투의 편지가 도착했다. 글씨는 약간 흐트러져 있었고 봉투도 삐뚤게 접혀 있었다. 이치이는 목사실에 들어가자마자 가위를 쓰지 않고 손으로 뜯어 편지를 꺼내 읽었다. 편지를 다 읽고 나서도 편지지를 봉투에 넣지 않은 채, 성경 구절에 대해 이리저리 생각할 때와 같은 자세로 몸을 의자 등에 기대고 눈을 감았다.

그날 밤 두 아이를 재우고 마지막으로 욕조로 들어가기 전, 이치이는 잊고 있던 일을 생각해낸 것처럼 아무렇지 않게 사라에게 말을 걸었다. 거실은 쥐 죽은 듯 조용했다. 카펫 위에는 오늘 아침 신문이 한 번도 펼쳐지지 않은 상태 그대로 떨어져 있었다. 신문을 집어 탁자에 올리며 이치이가 말했다.

"삿포로의 가톨릭 성당에 동급생의 지인이 있다고 했지?"

소파에서 빨래를 개고 있던 사라는 당황한 얼굴로 이치이를 올려다봤다.

"응…… 사카가와의 초등학교인가 중학교 때 동급생. 그 친구가 지금도 삿포로에 있는지 어떤지는 모르겠지만."

"좀 만나서 의논할 일이 있어. 사카가와의 연락처는 동창회 명부를 보면 알 수 있을까?"

이치이는 사라가 이유를 묻기 전에 에다루 고등학교 때 동급생이었던 소에지마 아유미에 대해 가능한 한 짧게 이야기했다.

"아아…… 가끔 당신한테 편지를 보낸 사람이구나."

사라는 이전부터 아유미의 이름을 마음에 담아두었던 모양이다. 연하장은 보내지 않았는데 이따금 봉투에 넣은 편지를 보낸다. 기다리고 있었다는 듯한 빠른 반응에 이치이는 살짝 주춤했다. 좀 더 자세히 이야기하는 게 나을 것 같아 아유미에 대해 사라가 알아도 좋을 내용을 선별해 이야기하기로 했다.

아유미가 삿포로의 대학에 진학하고 도쿄에서 일하게 되었기 때문에 오랫동안 만나지 못했다는 것, 국립천문대에서 일하는 천문학자라는 것, 암이 발견되어 일 년 남짓 치료를 계속하고 있다는 것 등을 **혼잣말처럼** 이야기했다. 일단 퇴원했지만 다시 입원했다는 말은 하지 않았다. 편지는 종유終油의 비적秘跡을 의뢰하는 내용이었다고 사라에게 말했다.

"그렇구나."

사라는 빨래를 다시 개기 시작하며 뭔가를 생각하는 표정이었다. 아유미 씨가 가톨릭 세례를 받아 가톨릭 신부한테 받는 게 낫잖아, 왜 개신교 목사인 당신이 맡아야 해, 하고 물어보면 어떻게 대답해야 할지 생각하며 이치이는 사라의 손놀림을 보고 있었다. 사라는 다케시의 옷보다 한참 작은 히카리의 속옷을 개며 말했다.

"사카가와의 동급생이 아직 삿포로에 있고 이해해준다면 모르겠지만, 신자가 아닌 사람한테 그런 걸 해주려 할까?"

"그거야 그렇지. 의논해보고 안 된다면 어떻게든 하는 방법이라도 배워서 내가 하려고 해."

처음부터 자신이 하려고 마음먹은 것을 밝히지 않아서 오히려 강한 어조가 되고 말았다. 사라는 잠시 입을 다물고 그저 이치이를 쳐다보았다.

"그렇게 생각한다면 그렇게 하면 되겠네."

이치이는 사라의 진의를 파악하는 마음을 누르며 말했다.

"그렇지. 그렇게 하지 뭐."

목욕탕에는 아이들이 쓰는 샴푸모자, 띄우며 노는 보트, 코끼리 모양의 스펀지 등이 젖은 채 방치되어 있고, 비누 냄새와 샴푸 냄새로 가득 차 있었다. 과도할 정도인 살아있는 것의 기운. 이치이는 완전히 미지근해진 욕조 물을 다시 데우며 평소보다 오래 몸을 담갔다. 아유미를 생각하는 동안 에다루 고등학교의 교가가 귓가에 되살아났다. 특별히 좋아하지 않는데도 소리를 내지 않은 채 한 번도 막히지 않고 2절까지 부를 수 있었다. 고등학교의 옥상에서 미술부원으로서 아유미와 둘이서만 그림을 그렸던 일도 기억난다. 이치이는 왜 자신이 옥상의 펜스를 세밀히 그렸는지 그 이유를 전혀 떠올릴 수 없었다.

이튿날 아침 네 가족이 분주하게 아침을 먹으며, 이치이는 언젠가 시간 있을 때 아이들의 초상을 그려볼까 생각했다. 아이들의 앨범 사진은 대부분 사라가 찍어 앨범에 붙였다. 이치이는 자신이 애정이 적은 아버지가 아닐까 하고 처음 생각했다. 아침을 먹은 후 설거지를 끝내고 잠깐 있으니 사라가 동창회 명부를 이치이에게 내밀었다. 사카가와 도요히코의 연락처가 있었다.

스테인드글라스를 하나하나 올려다보며 성당 안을 빙 다 둘러보자 옆문이 조용히 열리고 사카가와에게 소개받은 스즈키 신부가 나타났다. 도수가 높아 보이는 안경을 꼈고 언뜻 보기에도 고지식해 보이는 용모였다. 이치이는 이름을 말하고 고개 숙여 인사했다. 아유미가 부탁한 일에 대해서는 미리 편지를 보내두었다.

"잘 오셨습니다."

설교를 하면 잘 전달될 것 같은 목소리였다. 이쪽을 보는 스즈키 신부의 표정이 누그러지는 것 같았다. 이치이는 의논이 어렵지 않겠다고 생각했다.

"주임 신부께 구도 씨의 이야기를 전했습니다. 괜찮으시면 만나서 이야기하고 싶다고 합니다. 어떻습니까?"

그러고 나서 주임 신부의 방으로 안내되었다. 이치이는 돌아가신 아버지보다 한참 나이가 많아 보이는 노령의 신부에게 아유미의 병과 관련된 지금까지의 경위를 한 시간 남짓 이야기했다. 멋진 백발에 일본인치고는 신기하게도 푸른빛을 띠는 눈동자를 가진 신부는 병자에게 베풀어지던 성사聖事가 점차 임종에만 행해지게 되어 '종유의 비적'이라 불리게 되었지만, 이십 년 쯤 전에 본래의 '병자성사'로 되돌아가도록 호칭도 바뀐 것, 고대부터 중세를 거쳐 몇 번인가의 공의회에서 정의가 변천된 것 등까지 자세히 설명했다. 이치이는 공손하게 이야기를 진행해가는 모습에서 권위를 내비치려는 의도 없이 병자성사를 공적인 일로 파악하는 공정함 같은 것을 느꼈다.

"장황하게 이야기했지만 지금 말씀드린 것처럼 병자성사는 이래야만 한다는, 의거할 만한 교회법은 존재하지 않는다고 말해도 좋습니다. 마르코의 복음서에 그려진 성사도 병약한 사람에게 기름을 발라 병을 고쳤다고 쓰여 있을 뿐입니다. 신기하네요. 당신 같은 목사분께 이걸 전하는 날이 올 줄은 상상도 하지 못했습니다.

당신의 친구가 어떻게 종유의 비적을 알고 있었는지는 모르겠지만 신자가 아니라고 해도 기독교에 대해 또는 신에 대해 뭔가 특별한 생각이 있는 분이겠지요. 개신교의 목사라는 걸 알면서도 당신한테 종유의 비적을 부탁하고 싶어한 것도 당신을 신뢰하기 때문일 테고요. 당신이 친구의 개인적인 부탁을 들어줄 수 있는 것은 같은 종교인으로서 감사할 수밖에 없습니다.

앞으로 스즈키 신부한테 입회하게 해서 기록을 남기게 하겠습니다. 그걸 참고로 해서 소에지마 씨의 바람을 들어주세요. 물론 한 자 한 구가 같아야 할 이유는 전혀 없습니다. 당신의 언어로 정리해서 다시 해줘도 상관없습니다.

······부디 신의 가호가 있기를."

주임 신부는 느린 동작으로 자리에서 일어나 주름진 손을 이치이 위로 올리려다가 일단 동작을 멈추고 푸른빛을 띤 눈으로 이치이를 보며 이해를 구했다. 이치이는 망설이지 않고 두 손을 깍지 끼고 신부 앞으로 머리를 내밀었다. 신부의 따뜻한 손을 느꼈을 때 이치이는 눈물이 핑 돌 것 같았다. 잠시 머리를 숙인 채 눈을 감고 눈물을 참으려 했다.

돌아갈 때 주임 신부는 작은 병에 담긴 향유를 이치이에게 건넸다.

"괜찮으시다면 유향과 몰약을 드리겠습니다. 아시다시피 옛날에는 진통제로도 쓰였습니다. 이것도 규칙은 아니고 제가 쓰는 것에 지나지 않지만, 이걸 붓고 나서 병자성사를 하면 그 자리의 공기도 정화되는 것 같습니다.

혹시 필요하다면 제가 오래 입어서 낡은 성의聖衣를 빌려드리지요. ······그럭저럭 제 체격하고 비슷한 것 같기도 하고요."

주임 신부는 상냥한 얼굴이 되었다. 이치이는 기꺼이 제안을 받아들였다. 언제 돌려줘도 된다며 성의를 포함한 세트를 낡은 가죽 가방에 넣어 돌아가려는 이치이의 손에 맡겼다.

아유미의 바람이 편지로 전해지지 않았다면 이 신부를 만날 수도 없었다. 에다루로 돌아가는 길에 흔들리는 열차 안에서 이치이는 가슴 호주머니에 넣어둔 채 신부에게 보여주지 않은 아유미의 편지를 의식했다. 신부가 이 편지를 읽는다면 반응이 다르지 않았을까, 하고 생각했다.

차창에는 잠시 야경이 이어졌지만 시내에서 멀어지자 깜깜해져 자신의 얼굴만 비쳐 보였다. 이치이는 눈을 감았다. 시트 밑에서 올라오는 따뜻한 공기와 적당한 흔들림과 여행의 피로로 어느새 잠에 빠져들었다. 짧은 꿈속에서 몇 번인가 아유미가 나온 것 같은 감촉이 희미하게 남았다. 눈을 떴을 때는 그것이 대체 뭐였는지 하나도 떠올릴 수 없었다.

구도 이치이에게

어떻게 지내?

퇴원하고 천문대에 복귀했다는 연락을 하고 나서 시간이 꽤 지나고 말았네.

의사한테 미리 그 가능성을 들어 알고 있기는 했지만 안타깝세노 암이 재발하고 말았어.

다시 입원하기로 했고, 개인 병실 벽에는 하지메가 가져온 브뤼헐의 그림이 있는 커다란 달력이 걸려 있어.

너도 브뤼헐을 좋아했지. 얼어붙은 연못이 멀리에 있고 사람들이 모여 놀고 있는 그림이야.

오늘은 부탁이 있어 이 편지를 쓰고 있어.

개신교 목사인 너한테 엉뚱한 부탁이라는 건 잘 알지만, 나를 위해 종유의 비적을 맡아줄 수 없을까?

나는 세례를 받지 않았어.

내게 신과의 관계는 아주 개인적인 것이야. 그래서 교회에 속해 기도할 필요를 느끼지 않았어.

그런데도 이제 와서 목사인 너에게 생떼를 써서 종유의 비적을 해달라니, 진짜 제멋대로지. 나도 정말 그렇다고 생각해.

지금 나를 구원해주는 것은 말이 아니라는 생각이 들어. 구원보다는 바람이랄까. 지금은 그저 두 손 모아 기도한다거나 누군가가 내 어깨에 손을 올리고 기도해주는 것만 떠올라.

그리 멀지 않은 미래에 나는 누구와도 말을 주고받을 수 없게 되겠지.

문병은 오지 말라고 쓴 내가 이런 것을 바라다니, 바람이 이루어질 무렵에는 이미 너를 못 알아보게 되어 있을지도 몰라. 그러니 여기에 먼저 고맙다는 말을 써둘게.

지금까지 정말 고마웠어.

언젠가 예상할 수도 없는 곳에서 재회한다면 또 이야기 나누고 싶어. 안녕.

1월 10일
아유미

만약 시기를 놓쳐 못 하게 된다면 그건 내 탓이야.

제발 부탁이니, 네가 그 일로 자책하지 않기를.

"스케이트, 일등 했어."

아직 외투도 장갑도 모자도 그대로인 채 현관에서 신발을 벗으려던 이치이에게 히카리가 뛰어왔다.

"형도 일등, 형제가 일등 상을 받았어!"

어느새 조금 떨어진 곳에 서 있던 다케시가 눈부신 듯 웃고 있었다. 오늘 오후에 스케이트 대회가 있었다는 것을 이치이는 까맣게 잊고 있었다.

"선생님이 그러는데, 코너링을 잘한대."

이치이는 쭈그리고 앉아 히카리의 양 어깨에 손을 얹었다. 볼과 목에 히카리의 입김을 느꼈다. 이렇게 추운데 히카리는 열을 내고 있었다. 이미 끝난 사건이 반복해서 되살아나 피의 순환을 왕성하게 하고 손발 끝을 덥히고 있다. 볼도 귀도 빨갛다.

그들은 대사를 되풀이하며 계속 성장하고 있다. 죽어가는 세포도 있을 것이다. 하지만 그것은 햇볕에 탄 피부가 벗겨져 떨어지는 것과 다르지 않다. 그들에게는 아무런 피해도 주지 않는다.

장갑을 벗고 히카리의 복슬복슬한 머리에 손을 얹었다. 그 순간 신부에게서 받은 안수가 되살아난다. 히카리의 머리 전체가 열을 띠고 있었다. 이치이는 손을 뻗어 옆에 있는 다케시의 어깨를 톡톡 두드렸다.

"형제가 일등이라니 대단한걸."

다케시는 고개를 끄덕이고 이치이가 오른손에 들고 있는 보스턴백을 봤다. "선물은?"

이치이는 선물을 까맣게 잊고 있었다.

"미안. 오늘은 시간이 없어서 못 샀어. ……그 대신 우승 기념으로 뭔가 선물을 줄게."

다케시와 히카리는 서로 쿡쿡 찌르듯이 뛰어올랐다. 그러고는 "와와" 하고 짐승 같은 소리를 지르며 사라가 있는 부엌으로 달려갔다.

몇 시간 전, 비행기가 혼슈 상공을 떠나 바다 위를 나아가 홋카이도에 다가가는 것을 기내에서 보고 있던 이치이는 이제 아유미와 다시는 만나지 못하리라고 확신했다. 앞으로 착륙할 홋카이도는 아유미가 끝내 돌아올 수 없는 대지다.

침대 위의 아유미는 꼼짝도 하지 않고 그저 누워 있기만 했다. 이치이를 알아보고 살짝 눈만 향했다. 말을 하지는 않았다.

성의를 입고 식사용 탁자를 아유미의 발밑까지 내리고는 거기에 향로를 놓고 유향을 피웠다. 눈을 가늘게 뜬 아유미가 산소마스크를 떼라는 기색을 보여서 이치이는 양 귀에 걸린 하얀 고무 끈을 벗겼다. 아유미는 살짝 고개를 끄덕였다. 유향 냄새가 퍼져갔다.

신부에게 받은 성유는 올리브 향이 났다. 간호사에게 양해를 구한 대로 아유미의 겉옷을 옆으로 치웠다.

기도를 올리고 성경의 한 구절을 낭독했다. 그리고 아유미의 머리 위에 손을 살짝 올리고 다시 기도했다.

보이지 않는 증표를 놓듯이 눈꺼풀, 이마, 관자놀이, 입, 귀에 천천히 성유를 발라나갔다. 이치이는 기름을 계속 발랐다. 엷은 파란색 잠옷을 살짝 옆으로 치우고 목, 심장 근처, 팔, 팔꿈치, 손등, 손바닥, 허리, 허벅지, 무릎, 정강이, 발등에 보이지 않는 환약을 올리듯이 성유를 발랐다.

이치이의 손가락이 닿는 아유미의 몸은 이미 아유미의 것이 아닌 느낌이었다. 아유미는 여기서 조금씩 떠나려 하고 있다. 아유미의 눈가에서 눈물이 흘렀다.

마지막에 기도를 올리고 아유미의 얼굴에 자신의 얼굴을 바짝 붙였다. 아유미는 잊을 수 없는 반가운 미소를 희미하게 띠고 있었다. 입가에 귀를 가까이 댔다. "고마워" 하는 희미한 목소리가 들렸다.

이치이는 아유미의 오른손을 살짝 쥐고 아유미의 목덜미에 입술을 댄 채 잠시 그대로 있었다. 아유미의 목덜미 혈관의 박동이 이치이의 입술로 전해졌다. 아유미는 아직 이렇게 살아있다. 아유미의 목덜미에 바른 성유가 이치이의 볼에 묻었다.

얼굴을 들고 다시 아유미를 보니 눈을 감고 있었다.

이치이는 "다시 끼울게" 하고 말하고는 산소마스크를 끼웠다. 아유미는 살짝 고개를 끄덕였다.

"몰약은 싸서 머리맡에 놓을게. 통증이 조금 누그러질지도 몰라. 간호사한테 말해두었으니까 괜찮을 거야.

또 올게.

아유미, 고마워. 만나서 반가웠어."

또 올게라고 말했을 때 아유미는 희미하게 고개를 가로저은 것처럼 보였다. 그리고 입가가 떨리고 주름이 깊어지며 웃는 얼굴이 되었다. 그렇게는 안 되겠지, 라는 듯한 움직임이고 표정이었다.

"다녀왔어요? 수고했어요."

다케시와 히카리를 양 옆구리에 안듯이 하며 사라가 거실로 들어왔다.

이치이는 모자를 벗으며 잠자코 고개를 끄덕일 뿐이었다. 지금 이 순간 목소리를 내서 뭔가를 말할 수는 없다. 이치이는 온갖 것에 용서를 구하는 심정으로 그저 깊이 숨을 들이쉬고 깊이 숨을 내뱉었다. 두 손으로 얼굴을 씻듯 자신의 차가운 얼굴 전체를 문질렀다. 아이들 앞에서 울 수는 없다. 볼에 남아 있었을 성유는 이제 어디에도 없다.

"선물은 이미 정했어."

히카리의 목소리가 온갖 것을 빛의 속도로 앞질러 간다.

"그래? 뭘까?"

이치이는 타인의 목소리 같은 자신의 소리를 들었다.

20

책가방을 든 오른손에 힘을 주고 있던 탓에 허옇게 된 손바닥에 발그스름한 주름이 졌다. 현관에서 신발을 벗고 들리지 않을 정도의 목소리로 "다녀왔습니다" 하고 말했다. 발소리도 내지 않고 계단을 오른다.

먼저 돌아왔는지 하지메는 헤드폰을 낀 뒷모습으로 침대에 발을 올린 채 레코드를 듣고 있었다. 헤드폰에서 희미하게 소리가 새어나오고 있다. 아유미를 알아차리지 못한다. 신경질적인데도 둔감한 동생.

아유미는 방에 가방을 놓고 옷도 갈아입지 않은 채 계단을 내려갔다. 부엌에서 "아유미니?" 하는 어머니의 목소리가 들린다. 응 하고 대답하고는 신발을 신고 현관에서 뜰로 갔다. 지로를 긴 줄에서 풀어 산책용 줄로 바꿔 맸다. 하얀 지로는 꼬리를 흔들며 이따금 입을 벌리고 다시 다문다. 아유미가 평소와 다르다는 걸 알고 있다. 아유미의 등에 "산책 가려고? 다녀와" 하는 어머니의 목소리가 닿는다.

아유미는 지로와 나갔다.

지캬쿠이와에 오르는 산책로에서 지로는 이따금 비스듬히 뒤에 있는 아유미를 돌아보고 곧 앞으로 몸을 돌려 앞장서 걸어간다. 지로는 아유미가 어디로 가고 싶어하는지 알고 있다. 아유미의 기분도.

아유미는 지로를 끄는 줄을 손에 쥔 채 이미 울고 있었다.

정상 가까이에 있는 벤치에는 아무도 없었다. 아유미는 벤치에 앉아 손수건을 눈에 대지 않고 흐르는 눈물을 그대로 두고 있었다. 아유미의 왼쪽에 있는 지로는 흐릿하게 하얗다. 주택과 상점이 늘어선 에다루 거리는 파란색과 초록색과 빨간색의 곰팡이가 핀 식빵이다. 언젠가는 죽어갈 바보들은 그저 북적거릴 뿐 알아채지도 못한다.

이렇게 울고 있는 자신을, 나는 언제까지고 기억할 것이다.

아버지도 어머니도 하지메도 모른다. 알지도 못하는 일로 나는 울고 있다.

지로는 알고 있다. 지로밖에 모른다. 둔감한 인간들은 모른다.

누구에게도 말할 생각은 없다. 울고 있는 것도 알리고 싶지 않다. 이치이에게도. 이치이가 지금 여기에 있다면 왜 그래, 하고 물을 것이다. 나는 절대 대답하지 않는다. 왜 그래, 가 아니다.

내가 어른이 되면 지금의 이 기분에 적당한 이름을 붙여 정리할 것이다. 그것은 결코 아니다. 그래서 나는 이렇게 울고 있는

자신을 멋대로 덮쳐 누르는 것을 여기에 모두 버리기 위해 찾아
왔다. 누구도 줍지 못하게 하려고.

지로가 아유미에게 다가와 앞발을 들고 무릎께에 올렸다. 적
갈색 발톱, 근육으로 뒤덮인 굵은 뼈의 무게. 짧고 하얀 털이 빽
빽한 지로의 앞발.

아유미는 지로를 끌어당겨, 지로의 하얀 볼, 하얀 귀밑에 얼굴
을 들이댔다. 지로의 냄새를 맡는다.

멀리 바위 밑에서 디젤차가 출발하는 소리가 들렸다.

지로. 지로. 말하자마자 눈물이 흐른다. 지로는 아유미의 볼과
입을 핥았다. 눈물도 함께. 언젠가 내가 죽으면 이 기분도 영원
히 사라져 없어질 거야. 그러니 지로, 핥아줘.

21

"이상하네. 숫자가 안 맞아."

이렇게 말하자마자 신지로는 의자에서 일어난다. 전철 손잡이를 붙잡은 노인의 자세로 커튼 끝자락을 잡은 채 그대로 옆으로 이동하며 커튼을 친다. 작년보다, 재작년보다 훨씬 느려진 속도로.

거실 탁자 앞의 의자에 다다르기까지 몇 걸음을 떼는 동안 커튼 대신 뭔가를 붙잡으려는 무의식적인 손이 공중에 어정쩡하게 떠 있다. 바로 몇 년 전까지 계곡 낚시를 했다고는 도저히 생각되지 않는 팔의 움직임이었다. 지금은 강가로 내려갈 수조차 없을 것이다.

탁자 위에는 은색과 오렌지색의 알약 캡슐, 사각의 약포장지에 든 열 종류 이상의 약이 몇 개의 완만한 언덕을 이루며 퍼져 있다. 신지로는 얼마간 분류와 정리를 하며 약을 헤아리려 했다.

커튼을 닫은 것은 약에 빛이 닿지 않도록 하기 위해서였다.

초겨울의 낮은 태양은 유리창 너머 거실 절반까지 들어와 탁자 위를 눈이 부실 만큼 비춘다. 크림색 커튼으로 창을 막으면 천이 오렌지색으로 비쳐 보인다. 탁자에는 뜰의 나무 그림자가 흐릿하게 비칠 뿐이다. 신지로는 거실이 어둑해진 것에 납득했는지 어떤지를 엿볼 수 없는 표정인 채 펼쳐진 약에 손을 가까이 가져간다. 수첩을 펼치고 거기 적힌 것과 대조하며 수를 헤아리고 고무 밴드로 묶어간다.

도요코는 막 끓인 차를 거실로 나르는 것을 그만두었다. 이 타이밍에 차를 내가면 "필요 없어" 하고 매정하게 나오는 것은 그런대로 괜찮으나 "지금 뭘 하는지 알고 그러는 거야!" 하고 고함을 지를지도 모르기 때문이다. 그런 소리를 일부러 끌어내 듣고 싶진 않다. 부엌에 선 채 몹시 불쾌한 기분으로 전차煎茶*를 두세 모금 마셨다. 찻잔 두 개가 나란한 쟁반을 개수대 옆에 둔 채 아침에 쓴 식기를 설거지하기 시작했다.

신지로의 관심사는 아침, 낮, 저녁의 혈압 측정과 약 복용 그리고 저녁 이후의 수분 제한이다. 최근에는 된장국을 그릇에 담은 후 건더기만 남기고 국물은 모두 냄비에 따라버리고 내오라고 한다. 자다가 다섯 번이고 여섯 번이고 화장실에 가는 게 번거롭다며 말이다. 나중에 생각하면 이런 까탈스러움 자체가 이상 조짐이었다고 이해할 수 있지만, 수분을 줄이고 싶다는 신지

---

* 현대 일본에서 가장 대중적으로 많이 마시는 녹차의 일종.

로의 주장에 일단 모순은 없었기 때문에 도요코는 시키는 대로 했다. 그리고 병원에 가는 금요일을 앞두고 이번에는 약의 종류와 수를 확인하기 시작했다. 오전 내내 약을 헤아린다. "이상하군. 맞지 않아. 의사가 틀린 거 아닌가." 점심 드세요, 하는 도요코의 말이 들리자 투덜거리며 커다란 비스킷 깡통에 다시 약을 담는다.

확인 작업을 시작한 지 오늘로 사흘째였다. 모처럼 오전 중에 들어오는 햇볕을 막고 작업하자 신지로에 대한 불만이 도요코 안에서 점점 커져갔다.

도요코에게 무엇보다 마음에 드는 조망은 오전부터 오후에 걸쳐 유리창 너머에서 거실로 햇빛이 들어오는 풍경이었다. 태양을 등지고 거실에 앉으면 등만이 아니라 몸 안쪽까지 따뜻해지는 것 같다. 뜰에서 가장 볕이 잘 드는 툇마루의 섬돌에 하얀 털의 등을 기대고 앉은 노견 하루도 해가 비치는 동안은 눈을 가늘게 뜨고 그저 볕을 쬔다. 따뜻한 곳을 찾아 그 안에서 가만히 있는 시간을 하루도 도요코도 좋아했다.

뜰로 나가 하루의 목덜미를 쓰다듬는다. 표면의 털은 싸늘해도 기어든 손가락 끝에 닿는 살갗은 따뜻하다. 하루도 나도 암컷이어서 다행이라고 도요코는 생각한다. 인간 남자도 개 수컷도 양지의 온기만으로는 만족할 수 없는 동물이다. 세력권이나 서열, 명예라는 것이 남자를, 수컷을 몰아댄다. 살갗에 직접 닿는 햇볕의 실제 감각에 비한다면 거의 없는 것이나 마찬가지인 것에 집착하고 그것이 뜻대로 되지 않는다며 벌컥 화를 낸다. 자기 앞을 가로막으려고 하는 보이지 않는 벽을 망상하고 그것을 공격한다. 남자, 수컷의 공격성은 순간적으로 화학반응을 일으켜 발생하는 알 수 없는 검은 연기 같은 것이다. 도요코에게는 보이지 않는 벽보다 햇빛을 막는 커튼이 훨씬 더 괘씸하다.

그러나 신지로의 분노는 공격적인 것과는 다르다. 안일한 전망에 의한 손실을 막으려 하고 지켜야 하는 것을 지키려 하는, 이른바 방어적인 분노였다. 아내가 고가의 쓸데없는 물건을 사는 것에 대한 분노. 하지메가 취직할 가망이 없는 문학부에 진학한 것에 대한 분노. 전립선 비대증과 빈뇨 증상을 완화시켜주지 못하는 의사에 대한 분노. 사전에 의논도 없이 가즈에와 도모요가 영대공양묘를 산 일에 대한 분노. 신지로가 조타를 맡은 작은 배는 물고기 떼를 쫓기보다는 암초에 좌초하지 않고, 폭풍에 휩쓸리지 않으며, 쓸데없는 경유를 사용하지 않는 것을 최우선으로 한다. 어딘가를 향해 출항하기보다 가능한 한 만 안에 머물러 있는 것이 안전하고 돈도 들지 않는다, 라고 말하듯.

오후 3시를 지날 무렵, 햇살은 이제 거실로 들어오지 않는다. 기온도 순식간에 내려가기 시작한다. 하루는 개집으로 돌아가 얌전히 산책 시간을 기다린다. 늙고 나서는 하루가 그다지 산책을 기뻐하지 않는다고 느끼는 날이 늘었다.

하루의 산책은 도쿄에서 에다루로 돌아온 하지메의 일이 되었다. 하지메는 작은 출판사에서 책을 내기로 결정되었다고 했다. 그런데 무슨 책인지 물으면 "뭐, 전문서 같은 거예요"라고만 건성으로 대답한다. 고등학교 시절 매일 다녔던 읍내 도서관에 가서 문을 닫는 오후 6시까지 틀어박혀 있었다. 도서관에서 돌아오면 그대로 저녁을 먹는 7시까지 하루를 데리고 산책을 간다. 산책이라고 해도 유베쓰가와까지 가서 잠시 강물을 보는 정도였다.

하지메가 에다루로 돌아왔을 때 도요코가 먼저 놀란 것은 백발이 늘었다는 점이었다. 오십대에 그렇게까지 하얘지는 건가. 신지로는 원래 정수리에 숱이 별로 없었고 길이도 짧아서 백발이라는 인상이 그리 강하지 않았다. 그러나 하지메는 젊은 시절의 인상이 아무래도 가시지 않는다. 삼십대에 죽은 아유미도 젊은 모습 그대로 멈춰 있어서 하지메의 백발이 진행되는 모습은 한층 더 마음 깊이 느껴졌다.

도쿄 생활이 힘들었음이 분명하다. 도요코는 그렇게 생각하고 그 나이에 혼자 돌아오게 된 것은 심각한 일이 있어서라고 어렴풋이 상상했다. 무슨 일이 있었는지, 이제 어린애가 아니니 캐물을 수도 없다. 그래서 지금은 가만히 내버려두고 옛날과 마찬가지로 묵묵히 밥을 먹이는 것이 자신이 할 수 있는 일이라고 도요코는 생각했다.

도쿄의 물이 맞지 않았던 게 아닐까. 아유미가 입원할 때마다 상경하여 비즈니스호텔에 묵으며 가장 놀란 것은 수도꼭지에서 나오는 물의 죽은 것 같은 맛이었다. 매일 그런 물을 마신다면 머리가 하얘지는 것도 무리는 아니다. 그런 것도 모르냐고 말하는 듯 신지로가 말해준 빌딩 저수조의 구조 같은 건 머리에서 완전히 사라져버렸다.

돌아온 하지메에게 신지로가 던진 질문은 단 하나, 돈은 있느냐였다. 하지메는 "아이도 없고 구미코도 계속 일하고 있어서 돈은 있어요"라고 적당히 그 자리를 넘기려는 목소리로 대답했다.

도요코는 하지메 부부가 삼십대인 동안은 그래도 희미한 기대를 품고 있었다. 그러나 사십대에 접어들자 소에지마 가의 대를 이을 가능성은 거의 사라졌다고 체념할 수밖에 없었다. 신지로는 아무 말도 하지 않는다. 시집온 도요코가 조바심쳐야 하는 걸까. 옆집의 세 누이, 에미코조차도 관심을 갖고 있다. 조심스럽게, 그러나 "이제 슬슬 생기려나" 하고 기탄없이 물어보는 게 괘씸했다. 그것만으로 설명할 수 없는 찝찝한 감정이 자신의 깊은 곳에 파문을 그리고, 가능성이 사라지고 한참 시간이 지나도 평온하게 가라앉지 않았다.

열두 살 위의 큰 오라버니 장례식 때 도요코는 신지로, 하지메와 셋이서 아사히카와의 친정에 갔다. 이웃해 사는 조카 가족과 옆 동네에 사는 조카딸 가족에게는 합해서 다섯 명의 아이가 있었다. 익숙하지 않은 상복과 교복을 입고 있는 큰 오라버니 손자들의 입김이나 먼지나 냄새까지 피어오르는 듯한 소란스러운 분위기는 장례식을 싫지 않은 밝음으로 감싸고 있었다. 친족 중에서 손자가 없는 것은 소에지마 뿐이었다. 경야의 독경이 끝난 후, 식사하는 자리에서도 섰다 앉았다 하는 아이를 나무라는 소리가 나지 않는 곳은 소에지마 가의 세 명이 앉은 자리였다. 그곳은 물결이 일지 않는 작은 호수 같았다. 도요코는 자신도 활기찬 측에 속해 있을 터라고 느끼며 자리에 앉은 채 친척의 왕성한 대화나 웃음소리를 묵묵히 듣고 있었다.

삿포로나 도쿄로 흩어진 오라버니와 언니의 가족에게는 장례식에 참석하지 않은 조카들도 있었기 때문에 경야 자리에서 귀에 들어오는 근황을 정리하여 속으로 헤아려보니 부모와 핏줄이 이어진 손주는 적어도 열여섯 명이나 되었다.

소에지마 가에는 한 명도 없다. 신조 형제의 자녀 중에서 소에지마라는 이름을 쓰는 친족은 세 명뿐이지만 한 사람은 독신인 채이고 또 한 사람은 교통사고로 죽었고, 나머지 한 사람은 이혼하여 독신이며 원래 아이는 없었다.

경야 자리에서 하지메는 담담한 얼굴로 스시를 먹고 친척이 따라주는 맥주를 고개까지 숙이며 순순히 받아 마셨다. 활기찬 대신 사려 깊은 사람들이었기에 동석하지 않은 하지메의 아내 소식을 노골적으로 물어오는 사람이 한 명도 없었다. 도요코에게는 고마운 구원이었다. 그리고 친족의 그런 기질을 남몰래 자랑스럽게 생각했다. 신지로는 도요코의 집안 모임에서는 항상 꿔다놓은 보릿자루처럼 얌전하다. 재치 있는 말도 못한다. 평소에는 어딘가 미덥지 않은 하지메가 이렇게 아무렇지 않은 듯 있어주는 것만으로도 거북함을 달래주는 쿠션이 되었다. 도요코에게는 그것이 작지만 기쁜 발견이었다.

그러나 하지메가 장례식 자리에서 뭘 느끼고 생각했는지 도요코는 알 수 없었다. 아들이 무슨 생각을 하는지 모르게 된 것은 중학생 무렵부터다. 얼굴을 들여다봐도 호수 밑바닥에는 잔뜩 경계하며 민첩하게 헤엄치는 물고기도 없을 뿐 아니라 물결에 살랑거리는 물풀도 없다. 그저 아련히 물이 있을 뿐이다. 생각해보면 남편조차 뭘 싫어하는지는 잘 알고 있어도 뭘 낙으로 삼고 있고 어떻게 하고 있으면 안락을 느끼는지가 보이지 않게 된 지 오래되었다. 젊을 때는 아이를 키우느라 바빴고 남편도 일을 했기 때문에 필요한 최소한의 대화밖에 하지 않았다. 쉬는 날이면 낚시하러 가버렸다. 그래도 마음이 통한다는 감각이 있었다. 그런데 그것도 이제 와서 보면 의심스럽기만 하다.

하지메는 장기간에 걸친 촬영으로 집을 비우고 있는 아내와 멀리 떨어져 사는 것이 난처하지 않은 모양이다. 사실은 이미 이혼하지 않았을까 하는 의심도 도요코의 뇌리를 스친다. 그렇다고 이제 와서 캐물을 마음도 없고, 설령 그렇다 해도 도요코가 할 수 있는 일이 뭐가 있을까.

신지로는 하지메에 대해 걱정하는 것을 수십 년도 전에 그만둔 것 같았다. 쌓인 일을 하기 위해 에다루에서 잠시 지내고 싶다고 하지메가 전화를 걸어왔을 때도 도요코에게 이것저것 묻는 일은 없었다. 저녁도 6시까지 혼자 먼저 마치는 일이 많았고 욕조에 들어갔다 나오면 9시에는 거실 옆방에서 코를 골며 잤다. 하지메와 함께 식사하는 사람은 도요코였다.

뜰 중앙의 안쪽에는 이 집이 아직 낡은 단층집이던 시절부터 있던 석등롱이 있다. 그 앞쪽에 방공호의 입구가 있었다는 사실을 아는 사람은 신지로와 옆집 누이들뿐이다. 그러나 석등롱 주위는 완전히 나무들로 뒤덮였기 때문에 누구도 지금은 방공호의 입구를 떠올리지 않는다.

구십 년쯤 전에 석등롱의 위치를 그곳으로 정한 사람은 신지로의 아버지 신조였다. 빈집이었던 이 집을 구입하자 신조는 살풍경했던 뜰을 갑자기 손대기 시작했다. 회사 상사의 본가가 석재상과 정원사를 겸하고 있었기 때문에 상담해서 정원수를 늘리고 석등롱을 놓고 징검다리와 섬돌을 들여왔다.

본채로 이어진 동쪽의 방과 별채를 사용해 요네가 조산원을 열기로 정해져 있었다. 그런데 단층집의 방들을 구획하는 것은 미닫이문과 기둥뿐이었다. 어린애가 서쪽 끝 방에서 동쪽 방을 향해 미닫이문을 차례로 열어 가면 조산원으로 들어가게 된다. 그렇다고 단층집 중앙쯤의 미닫이문을 전부 떼고 일부러 회벽을 만들 수도 없다. 조산원과의 경계에 있는 미닫이문을 닫은 다음 오동나무 옷장 둘을 나란히 놓아 더는 갈 수 없게 했다. 동서로 길게 이어지는 툇마루 중앙에는 한 쌍의 등나무 의자를 서로 마주 보게 놓고 다시 한 번 확실히 하기 위해 칸막이를 세웠다. 그리고 신조는 정원사와 의논하여 뜰 안쪽 중앙에 석등롱을 놓고 그곳을 기점으로 동서를 나누는 키가 작은 산울타리를 새로 준비했다. 그렇게 하면 조산원과의 심리적 경계가 더욱 확실해지리라 생각한 것이다.

뜰의 석등롱은 본채에서도 조산원에서도 볼 수 있었다.

태평양전쟁이 시작되기까지 조산원에는 임부가 끊이지 않고 찾아왔다. 그래도 하루에 몇 번쯤 숨을 돌릴 수 있는 때가 찾아온다. 그럴 때 요네는 자주 뜰을 바라봤다.

요네는 가끔 **이 석등롱을 본채의 어린아이들도 보고 있다**고 느꼈다. 정신을 차리고 보면 산울타리 너머의 툇마루에 혼자 의기소침한 모습으로 무릎을 안고 멍하니 있는 신지로가 보였다. 요네의 시선을 알아차리지는 못한다. 저녁을 먹을 시간에 '무슨 일 있었니?'라고 물어볼 수도 있었지만 요네는 묻지 않았다. 신지로는 정말이지 세 자매 사이에 끼인 남자아이로, 첫째 딸의 말에 그저 고개를 끄덕이고 제멋대로 구는 셋째 딸에게 지기 일쑤다. 상냥하지만 패기가 없고 믿음직스럽지 못한 아이라고 느꼈다.

신조의 희망대로 대학의 공학부에 진학하여 전쟁에는 소집되지 않아도 되었다. 전쟁이 끝나고 몇 년이 지나 결혼한 신지로는 아유미가 태어나자 요네의 생각보다는 약간 가장답게 행동했다. 머지않아 쓰러진 요네는 하지메를 받아주지 못하고 죽었다.

하지메가 아직 어렸을 때 낡은 단층집이 헐리고 가즈에 세 자매와 신지로 일가의 두 세대용 2층 주택이 신축되었다. 조산원이 있던 동쪽이 세 자매의 거주 공간이 되었다.

석등롱은 변함없이 같은 장소에 있었다.

어느 해 겨울이 시작되어 한꺼번에 내린 눈으로 뜰이 새하얗게 뒤덮였다. 신지로는 아직 초등학생이었던 아유미와 하지메를 데리고 나와 툇마루에서 석등롱 주변까지 눈을 쓸었다. 세 자매의 집에서도 석등롱까지 올 수 있도록 한 것이다. 그리고 날이 저물기를 기다려 석등롱에 초 몇 개를 세우고 불을 켰다. 뜰의 눈이 촛불을 반사하여 눈을 쓸어 생긴 굴곡을 비추었다.

"어떠냐, 예쁘지?" 하며 아이들에게 눈에 반사되는 빛으로 밝아진 뜰을 보여주는 동안 가즈에, 에미코, 도모요가 한 사람씩 띄엄띄엄 나왔다. 도모요가 제일 먼저 "아, 예쁘다" 하고 소리를 질렀다. 저녁 준비를 하던 도요코는 부엌에 틀어박혀 있었다. "엄마, 엄마도 와봐!" 하고 아유미가 불러도 "지금은 손을 뗄 수가 없어" 하고 말할 뿐이었다.

그날 밤 아유미도 하지메도 2층으로 올라가 잠든 뒤 도요코는 거실의 텔레비전을 끄면서 "시누이들 뜰 쪽까지 눈을 쓸 거라면 우선 부엌 출입구나 현관 앞부터 쓸어주세요"라고 말하며 자리에서 일어나 부엌으로 향했다. 신지로는 떠나가는 도요코의 발밑에 느닷없이 찻잔을 내던졌다. 빈 찻잔은 그냥 굴러가 도요코를 앞지르더니 부엌 벽에 부딪치고 멈췄다.

신지로가 화를 내며 물건을 내던지는 것은 꼭 도요코의 지적이 이치에 맞았을 때였다. 반론할 수 없으니 물건에 푸는 것이다. 그러나 신지로가 가즈에나 도모요에게 물건을 던지는 일은 본 적이 없다. 도요코는 신지로가 물건을 던질 때 그 뒤에 가즈에나 도모요가 있는 느낌이었다.

세 시누이와 같은 부지에 살고 있는 한 도요코의 그런 느낌이 거둬지지 않았다.

아유미와 하지메가 도쿄로 떠나자 도요코는 혼자가 되었다고 느꼈다.

아유미의 병이 발견되어 심각해져감에 따라 도모요는 자꾸 신지로를 찾아와 병상을 캐물었다. 아유미는 내 딸이고, **당신들**

과는 관계없다고 소리치고 싶은 마음을 억누르는 게 고작이었다. 신지로는 내 남편이라기보다 세 시누이의 형제일 수밖에 없다, 도요코는 이따금 이렇게 생각했다.

2층의 작은 공간에서 세탁물을 너는 일은 에미코의 몫이었다. 도요코도 같은 시간대에 서로 이웃하는 공간에서 빨래를 넌다. 각각의 빨래 너는 곳은 1미터쯤의 간격이 있고 독립된 구조다. 도요코와 에미코는 약간 떨어진 채 서로 말을 주고받는다. 신지로가 오는 일은 좀처럼 없었고, 가즈에도 도모요도 뜰에는 빈번히 나와도 이곳에 올라오진 않았다. 에미코는 빨래 너는 곳에서 도요코를 보면 "올케" 하며 말을 걸어온다. 어딘지 느릿하고 쉰 목소리로. 갓 시집 왔을 무렵 도요코는 그런 말투의 에미코와 어떤 식으로 대화해야 할지 당혹스러웠다. 그러나 이제는 에미코가 시누이 셋 중 가장 마음 편히 이야기할 수 있는 상대가 되었다.

빨래를 너는 손을 그대로 움직이며 도요코는 "왜요?" 하고 다소 연극조의 밝은 목소리로 응한다. 밝은 목소리를 내자 도요코의 기분도 가벼워진다.

"오랜만에 화창해서 기분이 좋네요."

에미코가 느릿하게 말한다. 빨래를 너는 손놀림도 어딘가 어색하지만 정성스러웠고, 도모요에게 여러 차례 잔소리를 들은 다리미질도 시간은 걸리지만 나아졌다.

"그러게요. 기분 좋네요."

에미코가 세 살 위지만 신지로의 아내이니 도요코는 에미코의 올케언니다. 머리 회전도 느리고 말투도 느린 에미코는 자연스럽게 도요코와 대등한 말투를 쓰게 되었다. 에미코도 그것을 불쾌하게 느끼지 않는 듯했다.

가즈에나 도모요가 해외여행을 떠나 있는 동안 에미코의 우울증이 심해져 흐느껴 우는 소리가 들려온 적이 있었다. 도요코는 들여다보러 샌들을 꿰고 뜰을 따라 옆집으로 향했다. 허락을 구하고 들어가서는 소파에 앉아 울고 있는 에미코 옆에 앉았다. "왜 그래요?" 도요코가 다정한 목소리로 묻자 에미코는 좀 더 큰 소리를 내서 울었다. 흐느껴 울며 "나 같은 사람은 살아있어 봐야 아무 소용이 없어요. 죽는 게 나아요" 하고 말했다. 아무 말도 하지 않고 듣고만 있던 도요코는 에미코의 팔에 손을 얹었다.

"그렇지 않아요. 설거지하고 청소하고 빨래하고 널고 개고. 에미코 씨가 없어지면 가즈에 씨도 도모요 씨도 어쩔 도리가 없어요. 다리미질도 그렇고요."

잠시 위로한 뒤 에미코가 안정을 되찾자 차를 끓여 둘이서 마셨다. 고급 찻잎을 써서 그런지 도요코는 집에서 마시는 것보다 맛있다고 생각했다. 찻종도 사기 주전자도 훨씬 좋은 것이었다. 도요코가 사온다면 신지로가 화를 낼 물건이다.

"찬장에 모나카*가 있는데 지금 둘이서 먹어버리면 큰일 나겠지요. 참기로 하죠."

---

* 찹쌀로 만든 얇게 구운 과자 껍질 사이에 팥소를 넣어 만든 과자.

도요코가 이렇게 말하자 에미코는 그렇죠, 큰일 나겠죠, 하고 말하며 살짝 웃었다.

에미코는 늘 자매에게 짐짝 취급을 받았다.

도모요가 '언니'라고 부르는 사람은 가즈에뿐이었다. 에미코는 '이 사람'이라고 불렀다. 신지로가 그 자리에 있어도 에미코를 '이 사람'이라 불렀다. 언니로 인정하지 않는 마음이 그 말에 분명히 드러났다. 신지로는 그 일로 도모요를 타이르지 않고 그냥 내버려두었다. '이 사람'이라는 말을 들을 때마다 도요코는 도모요보다 신지로에게 더욱 분노를 느꼈다.

분개하면서도 도요코는 신지로에게 아무 말 하지 않았다. 에미코의 천성적인 **문제**는 자신이 끼어들어 이러쿵저러쿵 말할 일이 아니라고 느꼈기 때문이다.

도요코가 걱정했던 것은 아이들이 어떻게 느끼고 있는가 하는 점이었다. 중학교에 들어간 지 얼마 안 되었을 무렵 아유미가 무슨 이야기를 하다가 에미코 고모가 불쌍해, 하고 툭 말한 적이 있다. 아유미도 알고 있구나, 하고 도요코는 안도했다. 중학생이 된 하지메는 부모도 세 고모도, 때로는 누나인 아유미까지도 불편하다는 태도로 변모했기 때문에 에미코에 대해 어떻게 느끼고 있는지 전혀 알 수 없었다.

아유미와 하지메는 도쿄에서 직장 생활을 하게 되었다. 아유미가 죽은 후 하지메는 결혼했다. 손자를 보여줄 필요나 구실이 없다면 우란분재나 세밑에 귀성하는 의미도 점차 흐릿해진다. 바쁘기도 해서 머지않아 하지메는 좀처럼 집에 돌아오지 않게 되었다.

　가즈에는 양로원 원장을 그만두고 나서도 계속 이사직을 맡고 있었다. 그러나 칠십대 중반을 맞이할 무렵에는 모든 직책에서 물러났다. 그리고 나서는 오직 집과 에다루 교회를 왕복하는 나날이었다. 도모요도 회사의 사무직을 그만둔 지 오래였다. 도모요는 취직이든 퇴직이든 영대공양묘든 사전에 신지로에게 의논하거나 보고하는 일이 없었다. 한참 지나서야 밝혀지는 것이 보통이었다.

　낮에 혼자 있는 것이 에미코의 상태를 악화시킨다고 도요코는 생각했다. 하지만 늙은 세 사람이 집에 모여 있을수록 에미코를 괴롭히는 도모요의 행동이 한층 늘어났다.

　환갑을 지난 무렵부터 에미코의 우울증이 심해졌다. 말수가 적어지고 동작도 완만해지고 눈빛도 일정하지 않았다. 상태가 이상해질 때마다 가즈에가 에미코를 단골 정신과에 데려갔다.

　일흔이 넘고 나서는 우울한 상태가 일상이 되어 표정도 멍하고 눈의 초점도 사라졌다. 머지않아 단골 정신과 의사는 "에미코 씨는 치매 증세를 보이고 있습니다"라고 알려주었다.

　에미코와 집에 돌아온 가즈에는 이튿날 혼자 관청에 가서 앞으로의 일을 상담했다. 반년쯤 기다려 에미코는 특별 양로원에 들어가게 되었다.

　그리고 나서 오 년쯤 에미코는 그곳에서 지냈다. 가즈에와 도모요는 하루걸러 버스를 타고 면회하러 다녔다. 도요코에게는 다소 의외였다. 그만큼 방해라는 듯 짐짝 취급을 했으면서 왜 뻔질나게 다니는 걸까. 기독교인인 가즈에가 다니는 것은 이해할 수 있다. 양로원에서 일한 경험에서 여동생이 공영 양로원에서 어떤 보살핌을 받고 있는지 확인하고 싶은 직업의식도 있을 것이다. 가엾은 일을 했다는 후회도 어딘가에 숨어 있었을지 모른다. 그렇다면 도모요는 어떤 마음으로 다녔던 걸까.

가즈에는 이따금 신지로에게 에미코의 상태를 알리러 왔다. 때로는 도요코도 함께 이야기를 들었다.

"가리는 것이 많아서 때때로 좋아하는 장어나 명란을 가져가면 밥을 잘 먹어"라든가 "백내장이 심해져서 수술을 권하는데 본인은 수술이라는 말만 들어도 싫어서 눈을 꼭 감으니 안약도 넣지 못해"라는 구체적인 이야기뿐이었다. 신지로는 여러 번 "그런데 입소 비용은 얼마야?" 묻고 가즈에는 그때마다 질린다는 얼굴로 "너, 벌써 세 번째 묻는 거야"라고 짚은 후 매월 비용의 평균액을 말했다. 신지로는 "역시 공영이라 싸구나" 하고 안심한 듯한 목소리로 말했다.

"나도 가볼까?"

에미코가 입소한 지 두 달쯤 지났을 때 신지로가 가즈에에게 이렇게 말했다. 가즈에는 "말은 고맙지만 우울증과 치매에 구금 반응이라는 것이 나타나서, 얼굴을 아는 직원이라도 남자임을 아는 순간 무서워하고 심할 때는 찻잔까지 던지려고 해. 아무튼 거부 반응이 강해" 하고 말했다.

도요코는 그 자리를 벗어나는 게 좋을 것 같아 "차를 내올게요" 하며 부엌으로 갔다. 가즈에는 "고마워요"라고 말하며 약간 소리 죽여 이야기를 계속했다.

"옛날에 결혼해서 혼이 났잖아. 아무래도 그 무렵의 나쁜 기억이 되살아나는 모양이야. 아마 혼란에 빠져 있는 걸 거야."

가즈에의 목소리는 아무래도 도요코의 귀에 들리고 만다.

도요코가 지금도 이해할 수 없는 것은, 신지로와 도요코가 결혼한 이듬해에 가벼운 지적장애가 있는 듯한 에미코가 맞선 같은 형태로 갑작스럽게 결혼한 일이다. 그때까지의 경과를 거의 듣지 못했던 도요코로서는 깜짝 놀랄 만한 결과였고 사건이었다.

에미코를 받아줄 사람이 나타났으니 그런 사람과 가정을 이루는 건 좋겠지만, 하고 신지로는 자신을 타이르듯이 말했으나 정말 그럴까 하고 도요코는 걱정했다. 얼마 후 집으로 찾아온 남자는 고지식해보이는 핼쑥한 삼십대 중반으로, 시계점을 물려받은 이웃 동네 사람이었다. 맥주 한 잔만으로 잘 익은 홍시 같은 안색이 되었고 흰자까지 충혈되어 거의 이야기다운 이야기도 나누지 못한 채 다다미 위에 드러눕고 말았다.

생각대로 결혼 생활은 단기간에 끝났다. 에미코의 우울증이 발생한 계기는 결혼 생활의 파탄임이 틀림없었다. 그리고 도모요는 돌아온 언니를 전보다 더 들볶았다. 가즈에와 빈번히 삿포로에 가거나 해외여행을 가는 것도 도요코의 눈에는 에미코가 돌아온 것이 하나의 계기가 된 것처럼 느껴졌다. 먼저 나간 사람은 너야, 이번에는 우리가 나갈 차례니까.

"그러나 난 에미코의 오빠야. 그래도 안 될까?"

신지로는 특별 양로원에 있는 에미코가 치매에다 구금반응까지 보이고 있다는 말을 들어도 그게 어떤 건지 실감하지 못했다.

"아마 안 될 거야. 오랫동안 신세를 지고 있던 야치 선생이 왕진을 와도 눈을 꼭 감아버리고 얼굴조차 안 보려 하거든. 남자는 누구든 무서운 모양이야."

"그래…… 무리하면 안 되겠지."

신지로는 순순히 가즈에의 의견에 따라 에미코의 문병을 포기했다.

그러고 나서 얼마 있다가 도요코는 혼자 문병을 가보려고 생각했다. 자신은 여자이고 구박하지도 않았으니 괜찮지 않을까. 가즈에와 도모요에게 한마디 양해를 구하고 가볼까 한다며 신지로에게 말을 꺼냈다. 신지로는 "내가 안 가는데 당신 혼자만 가는 건 이상해"라며 읽고 있던 신문을 접고 팔짱을 끼었다. "무엇보다 가즈에 누님도 도모요도 괜찮다 하지 않을 거야" 하고 언짢은 목소리로 말했다. 왜요, 하고 물으니 "에미코는 자신들이 돌보겠다고 했어. 그렇게 말했는데 당신이 갈 필요는 없지"라고 말했다.

신지로의 이야기가 무슨 뜻인지 몰라 "그건 무슨 의미예요?"라고 묻자 신지로는 질문이 끝나기가 무섭게 눈앞의 신문을 탁자에 내동댕이쳤다. "무슨 의미기는. 모르겠어? 내 말이 무슨 뜻인지?"

얼마 후 가즈에가 화요일, 목요일, 토요일, 도모요가 월요일, 수요일, 금요일에 양로원에 가는 것이 패턴이 되었다. 가즈에는 일요일에 교회에 갔다.

도모요가 에미코의 상태를 전해주러 오는 일은 없다. 신지로 는 한 달에 한 번쯤 혼자 옆집으로 가서 이런저런 소식을 듣는 모양이었다. 기분 좋게 돌아왔을 때 "무슨 이야기 했어요?" 하고 묻자 "내 병원 이야기. 약이 대여섯 종류나 되어 질린다고 했더니 누님은 약 같은 건 하나도 안 먹는대. 도모요는 심장약과 가끔 변비약을 먹는 정도고. 둘 다 의사를 싫어하니까. 그래도 어떻게든 되겠지, 라고 생각하니까 낙관주의랄까 마음이 강하다고 할까"라고 말했다.

그런 이야기를 하고선 왜 기분 좋게 돌아오는지 몰랐지만 가즈에도 도모요도 양로원에 다녀오는 것이 일상의 리듬이 되어 신지로와 도요코의 생활이나 하지메의 근황에까지는 주의가 미치지 않는 듯해 도요코는 약간 마음이 편해졌다.

가즈에와 도모요가 언제까지 양로원에 다니나 하는 생각을 할 무렵, 에미코는 흡인성 폐렴이 악화해 불과 일주일도 안 되어 죽고 말았다.

장례식은 신지로와 도요코, 도쿄에서 달려온 하지메, 가즈에와 도모요, 이렇게 다섯만 참석해 치렀다.

경야와 장례를 하루에 끝내는 간략한 식이었다. 관에 들어간 에미코를 보낼 때 유일하게 운 사람은 도모요였다. "에미코 씨가 불쌍해. 왜 죽어, 왜 이렇게 된 거야. 이렇게 가엾은 일이 어딨어?" 에미코의 관을 덮치듯이 하며 소리 내어 울었다. 도요코는 '에미코 씨'라고 말하는 도모요를 처음 봤다. "나도 곧 갈 테니까. 쓸쓸하겠지만 조금만 기다려."

가즈에도 신지로도 잠자코 있었다. 도요코도 하지메도 입을 다물고 있었다.

자동차로 화장장으로 가서 대기실에서 차에 곁들여 나온 과자를 먹으며 영대공양묘가 있는 절의 승려와 이야기했다. 승려는 아직 삼십대 중반으로, 독경에 성실한 울림이 있었다.

하지메는 이십 년쯤 전에 있었던 누나 아유미의 장례식을 떠올렸다.

병원 지하 2층의 영안실에서 신지로와 도요코가 멍하니 앉아 있는데 천문대의 상사가 찾아왔다. 장례식을 도와주겠다는 것이었다. 하지메는 아유미에게서 이야기를 들은 상사를 처음 만나 감사를 표하며 명함을 받았다. 누나의 인생은 끝났지만 누나가 관계해온 사람이 이렇게 와줌으로써 누나가 아직은 정말 죽은 게 아닌 것 같았다. 상사는 고개를 깊숙이 숙이고 "저녁에 다시 전화를 드리겠습니다" 하고 말했다. 그리고 아유미에게 작별인사를 하고 돌아갔다.

때마침 걱정되어 상경했다는 도모요가 나타났다. 상사가 가는 것을 지켜보고 돌아본 두 눈에서 눈물이 뚝뚝 떨어졌다. 신지로는 한동안 말없이 도모요를 바라보았다. 도요코는 아유미에게 얼굴을 향한 채 도모요를 돌아보려 하지도 않았다.

잠시 후 도모요는 울음을 그치고 하지메와 상사의 대화를 듣고 있었던 듯 "지인한테 도쿄의 장의사를 물어봤어. 괜찮다면 연락해볼 테니까 나한테 맡겨" 하고 말했다. 신지로는 "그래, 도쿄는 통 모르니까" 하고 말했다. 도모요는 영안실 밖으로 나가서 아마도 이럴 때 사용하기 위한 핑크색 공중전화에 주저하지 않고 손을 뻗었다.

"여보세요, 아, 그제 연락했던 소에지마라고 합니다. 네, 담당자인 사이토 씨 계신가요?"

묘하게 생기 있는 목소리가 문 너머로 들려왔다.

도요코는 신지로를 노려보듯이 바라봤다. 하지메도 이런 식의 전화는 문제라고 생각했다. 신지로는 판단을 정지한 듯 영안실 천장만 쳐다볼 뿐이었다.

잘 준비된 듯한 전화를 마친 후 도쿄의 장의사와 협의하여 경야와 장례 일정을 정하고, 그러고 나서 에다루의 보리사에 연락했다. 주지는 순서가 틀리다며 울분을 감추지 않는 목소리로 말했다. 자신이 도쿄의 장례식에 가지 못하더라도 같은 종파의 친하게 지내는 절이 있다, 장례는 먼저 절에 의논하는 것이 순서라는 말이었다.

결국 장의사가 짠 일정은 그대로 하고 장례식장을 변경하여 보리사의 주지가 소개해준 절의 주지가 독경을 했다.

아유미가 죽고 경야, 고별식으로 이어지던 날, 자신이 어디서 잤는지 하지메는 확실히 기억하지 못한다. 다만 유골이 든 항아리를 안고 비행기에 올라 에다루로 돌아온 것은 기억한다. 비행기가 활주로에 착지하는 가벼운 충격 속에 누나의 여행이 끝났음을 느낀 일도.

에미코의 장례식에서 눈물을 흘린 사람은 도모요뿐이었다. 가즈에도 신지로도 침통한 얼굴이었지만 울지는 않았다.

에미코가 화장되고 있었고, 그것을 기다리는 동안 화장실에선 도요코는 혼자가 되자마자 눈물이 나왔다.

화장실에서 나오며 가즈에와 마주쳤다.

"올케…… 고마워요."

가즈에는 도요코의 눈을 보고 말하며 고개를 숙였다.

"올케, 에미코한테 아주 다정하게 대해주었잖아요. 에미코한테 들었어요. 혼자 집을 보게 했을 때…… 신세 많았어요. 고마워요."

도요코는 다시 북받치려는 눈물을 억누르려 애썼다. 가즈에는 도요코의 팔에 가볍게 손을 얹듯 하고서 화장실로 들어갔다.

화장장 대기실에서 도모요의 웃음소리가 희미하게 들려왔다.

도요코는 심호흡을 하고 나서 대기실로 돌아갔다.

22

일요일 아침 오전 9시가 되는 것을 기다리지 못하고 가즈에
는 집을 나선다. 에다루 교회 장로회의 일원이고 여성 신자 모임
인 시온회의 고문을 맡았기 때문에 예배 시작 훨씬 전에 교회에
도착해도 일단 할 일이 없어 따분해지는 일은 없었다.

가즈에는 꼼꼼하고 빈틈이 없으며 인내심이 강한 성격이었
다. 동생 신지로도 고지식하기는 하지만, 그것은 주위의 상황에
과도하게 반응해서라는 걸 가즈에는 어렸을 때부터 알고 있었
다. 결혼하여 살림을 차리고 나서도 그런 성격은 변하지 않은 듯
했다.

금전에 대한 불안, 병에 대한 불안, 집안사람들이 망가지고 세
상에서 밀려나는 것에 대한 불안…… 신지로를 쉽게 좌우하는
것들에 가즈에는 신기할 정도로 영향을 받지 않았다. 아마 신앙
심 때문은 아닐 것이다. 원래부터 대범한 성격이다. 살림은 동생

인 도모요에게 맡겨두면 되었고, 내년에는 아흔을 맞이하지만 상용하는 약은 하나도 없었다. 마지막으로 입원한 때가 언제였을까. 자신에게는 뭔가 지켜야 할 것이 있다고 생각한 적도 없었다.

교회에 도착하자마자 가즈에는 로비나 집회실에서 누구에게나 말을 걸고 담담하게 이야기를 듣지만, 주일학교에 모이는 아이들의 얼굴을 보고 목소리를 듣는 것이 가장 큰 즐거움이었다. 일주일 전에 만났는데도 그립고 가슴이 설렌다. 잠자코 보고 있는 사이에 얼굴에 웃음꽃이 피어난다. 문득, 무람없이 아이를 응시하는 자신을 깨닫고 퍼뜩 정신을 차리고는 서둘러 가까이에 있는 동료에게 말을 걸어 기분을 진정시키는 일도 종종 있다.

자신은 결혼을 하지 않았다. 아이도 낳지 않았다. 아흔이 되었다고 해서 이삭*을 낳는 일도 없을 것이다. 아브라함이라는 이름의 남편이 없으니까. 문득 생각하니 소에지마 가 주변에는 아이가 한 명도 없다. 조카딸인 아유미는 결혼도 하지 않고 죽었다. 조카 하지메는 결혼했지만 아이가 생기지 않았다. 쉰이 넘어 대학을 그만두고 도쿄에서 혼자 돌아온 이유는 뭘까. 집으로 돌아온 아들에 대해 신지로가 거의 아무 말도 하지 않는 것은 아들을 이해하지 못하기 때문이라고 가즈에는 생각한다. 아들을 이해할 수 없을 뿐 아니라 다른 사람이 뭘 생각하고 어떻게 느끼는지를 상상하는 것은 원래부터 신지로가 잘하지 못하는

---

* 성경에 나오는 아브라함의 아들이자 야곱의 아버지. 창세기에 따르면 아브라함이 백 세, 사라가 구십 세일 때 이삭을 낳았다.

일이다.

젊었을 때부터 신지로는 누나나 동생의 이야기에 맞장구를 치는 일이 없고 그 대신 "그런가" 하고 석연치 않은 태도로 응수했다. 가즈에게 "그런가"는 "나는 모르겠어"의 다른 말로 들렸다. 누나와 동생이 무엇을 생각하고 어떻게 느끼는지 **사실은** 아무것도 모른다. 강에 숨어 있는 물고기의 마음은 알면서 말도 표정도 있는 사람의 마음은 모르다니, 참 가엾다고 가즈에는 생각한다.

어느 시기부터 아버지는 가끔 집을 비웠다. 산파 일에 쫓기는 어머니 대신 가즈에가 신지로, 에미코, 도모요를 돌봤다. 요네는 가끔 가즈에의 손을 끌듯이 포목점에 가서 당사자의 의향과는 상관없이 기모노를 맞춰주었다. 평소 어머니다운 일을 해줄 수 없다는 것, 그 대신 가즈에가 동생들을 돌보고 있다는 것을 성급하게 벌충하려는 행동 같았다. 한창 사춘기였던 가즈에는, 점점 늘어나는 기모노를 보고 이래서는 단순한 응석이 아닐까 생각했다.

한편 신지로는 사실 엄하게 야단을 맞고 거기에 저항하거나 반항하거나 하는 시기에 아버지가 거의 집에 없었기 때문에 어렴풋한 불안 속에 그저 방치되었다. 기수를 잃은 말이 막연히 마장을 천천히 돌고, 곧 그것도 싫증이 나 멈춰 서버리는 것처럼.

예수는 가족을 떠나고 고향도 떠났다. 신이 맡긴 사명을 짊어지고 갈 때 강인한 마음과 의지를 가진 예수에게 집은 필요 없었다. 예수를 따르는 사도들은 가족과는 전혀 다른 타인이다. 예수와 사도들의 세계에는 쓸데없는 것, 느슨한 것, 어리석은 것, 쉬는 것은 존재하지 않는다. 가즈에가 예전에 읽은 책에 그런 것이 쓰여 있었다. 그렇기에 예수를 배신하는 자가 등장한다고 그 책은 지적했다. 선한 것만으로 신앙을 지킬 수 없다고. 그렇다면 주변에 가족밖에 없는 세계에서 산다면 어떻게 될까. 그 책을 읽은 옛날, 가즈에는 물의 드나듦이 없는 호수를 상상했다. 평온한 수면은 여름 동안 서서히 수위가 내려가고 투명도를 잃으며 잔뜩 흐려지기 시작하고 곧 바닥이 보인다. 갈라져 있고 물도 없을 뿐 아니라 식물도 자라지 않는, 희끄무레하게 펼쳐지는 우묵한 곳이 되어간다.

한동안 에다루에서 도쿄의 교회로 옮겨갔던 목사 구도 이치이는 재작년 에다루 교회로 돌아왔다. 구도 목사의 아들로 에다루에 온 것은 이미 오십 년 가까이 전이다. 머리는 상당히 벗어졌고 웃으면 눈가에 주름이 깊었다. 예전 구도 목사 같은 관록은 아직 없지만 다정한 풍모는 아버지를 능가하는 점이 있었다. 오토바이 뒤에 아유미를 태우고 달리는 모습을 봤을 때 아, 하고 소리가 나올 것 같았던 일은 지금도 또렷이 기억하고 있다. 아유미가 살아있고 목사가 된 이치이와 결혼하여 아이를 낳았다면 지금쯤 그 아이가 다시 아이를 낳았을까.

이치이의 두 아들은 그대로 도쿄에 남아 직장 생활을 한다고 들었다. 맏아들은 병원에서 종말기 의료의 카운슬러로 바쁘게 일한다고 한다. 대학을 도중에 그만둔 둘째 아들은 동료와 함께 음악의 길로 들어섰지만 그것으로 먹고살진 않는 것 같다. 에다루로 돌아왔다는 말도 전혀 들리지 않는다. 교회의 잡무는 아들들의 어머니가 혼자 떠맡았다. 주일학교 일도 즐기며 잘 처리하고 있다. 아유미가 같은 일을 하는 모습을 상상하려고 해보지만 아유미는 젊은 아가씨 그대로고 생생하게 그려지는 일은 없다.

에다루의 인구는 오십 년 전의 삼분의 이쯤 되었다. 그래도 이치이가 전임 목사로 복귀하고 나서는 교회 신자 수가 약간 회복된 것 같다. 예배당에 늘어서 앉은 사람들의 뒷모습에 백발이나 대머리의 비율이 상당히 많아진 것은 어쩔 수 없는 일이리라. 주일학교에 다니는 아이들 수는 확실히 줄었다. 가즈에를 그저 할머니라고 생각할 뿐일지도 모르는 남의 아이들을 가즈에는 그저 사랑스럽게 여겼다.

주일학교의 리더 격으로 보이는 6학년 여자아이가 가즈에에게 다가온다. 가즈에는 1학년 때부터 알고 있는 그 아이의 이름을 부르려고 한다. 하지만 머릿속이 새하얘지고 이름을 어디에서도 찾을 수가 없다.

도요코가 노견 하루를 빗질하고 있는데, 빨간 경고등을 켠 순찰차가 뜰 건너편 도로를 천천히 가로질렀다. 사이렌을 울리지 않고 무음으로 다니니 오히려 시선을 끌었다. 하루도 돌아보며 귀를 세우고 꼬리를 꼿꼿이 뻗었다. 곧 옆집의 초인종이 울렸다. 도모요의 "네" 하는 분명치 않은 목소리가 실내 어딘가에서 들렸다. 남자 목소리가 들리는데 경찰일 것이다. 무슨 일인가 하고 하루까지 온몸을 긴장하고 있다. 도요코는 일어나 거실에 있는 신지로를 창문 너머로 보았다. 신지로는 소파에서 졸고 있었다. 아침부터 도서관에 간 하지메가 집에 없는 것은 알고 있었다.

뜰에 면한 옆집 창문이 열렸다. 그 순간 도모요의 쩌렁쩌렁한 목소리가 들렸다.

"여기가 아니에요. 그게 아니라 이 위 교창으로 들어왔다니까요."

"지금은 닫혀 있군요." 경찰관의 차분한 저음이 들렸다. "자물쇠도 잠겨 있네요. 도둑이 여기로 드나드는 것을 목격했습니까?"

경찰이 묻자 그 순간 도모요의 목소리는 불분명해진다. 직접 본 것은 아닌 모양이다. 또 한 명의 경찰이 유리문 밖으로 얼굴을 내밀고 뜰 전체를 바라보았다. 도요코의 모습을 보자 가볍게 고개를 끄덕였다. 도요코는 불안한 표정으로 고개를 숙였다. 하루가 코를 킁킁거려서 목을 가볍게 쓰다듬었다. 도모요의 목소리가 이어진다.

"왜냐하면 여기서 갈색 가방 같은 것을 휙 던져 마루에 떨어뜨렸거든요. 그러고 나서 방으로 들어온 거라고 생각하는데요."

"없어진 게 가계부란 말이죠?"

도요코는 거실로 들어가 신지로를 흔들어 깨웠다. 졸다 깨서 언짢은 신지로에게 경과를 설명하는 사이 현관의 초인종이 울렸다. 성가신 듯한 얼굴인 채 신지로는 현관으로 가서 문을 열었다. 잠시 알아듣기 힘든 낮은 목소리로 대응했고 경찰은 곧 돌아갔다.

"이봐, 잠깐 옆집에 갔다 올게." 그대로 현관에서 샌들을 신고 신지로는 누이들 집으로 갔다. 최근에는 거의 가지 않았다. 도요코는 불길한 느낌이 들었다.

약 한 시간쯤 지나 신지로가 돌아왔다. 석연치 않은 얼굴로 옆집 상황을 설명하며 몇 번이고 "이상하군" 하고 중얼거렸다. 가계부가 도난당하는 일이 있을까, 한동안 안 간 사이에 방이 상당히 어질러져 있어, 어떻게 된 거지? 누님도 잠꼬대 같은 소리를 하고. 혼잣말이 되어가는 신지로의 의문에 다른 단서를 주듯 도모요가 경찰관을 향해 호소했던 도둑 이야기를 도요코는 아무렇지 않게 전했다. 기분 상하게 하지 않으려고 아무것도 단정 짓지 않도록 주의하면서.

"뜰에 면한 교창의 창문으로 들어왔다고 도모요 씨가 설명하던데요."

"……그런 말을 했었다고?"

신지로는 옆집에서 돌아오고 나서 처음으로 도요코의 얼굴을 봤다.

바깥에서 사다리를 걸쳤다고 해도 교창의 유리창은 머리를 옆으로 해도 들어갈까 말까 할 만큼 좁고, 머리가 들어간다고 해도 고양이도 아닌데 그대로 몸이 들어갈 것 같지 않다. 빠져나간다고 해도 실내에 발판이 없다. 천장과 거의 같은 높이의 그곳에서 뛰어내리면 어디가 부러진대도 이상하지 않다. 그리고 도난당한 것은 수십 년 분의 가계부라고 한다.

그날 저녁식사 자리에서 도요코는 도둑 소동에 대해 하지메에게도 담담히 전했다. 하지메는 "그거 참 이상하네요. 침입 경로도, 가계부 이야기도요" 하고 놀란 듯 말했지만 잠자코 있는 신지로를 보고 입을 다물었다. 신지로가 가만있는 이유는 방책이 떠오르지 않기 때문이라는 걸 하지메는 알고 있었다. 그렇다고 그대로 내버려두는 게 좋을 리 없다.

같은 주 토요일 오후, 이번에는 경찰이 여성 경찰을 동반해 찾아왔다. 신지로가 낮잠을 자서 도요코가 응대했다. 이것으로 네 번째 신고인데, 오늘은 다구茶具를 도난당했다고 말한 모양이다. 확실히 하기 위해 묻습니다만 수상한 소리 같은 거 못 들었습니까, 하고 도모요의 주장 자체를 의심하는 말투였다.

뜰에 면한 유리문 틀이 모두 목재라는 것, 나사를 조여 잠그는 자물쇠가 낡고 나무틀이 일그러지기도 해서 잠그기 어렵게 되어 있다는 것, "노인도 열고 닫기가 편하고 방범도 확실한 새시로 한다거나 적어도 보조 자물쇠라도 다는 것······"라고 말하며 직업적인 표정 안에 살짝 웃음기가 떠올라 있었다. 입 밖에 내지는 않았지만 이미 사건성이 없는 것은 분명하다고 판단한 표정이었다. 도요코는 시누이들의 치매가 의심되었지만 신지로에게는 경찰에게 들은 말만 전했다.

옆집에 가서 보조 자물쇠에 대해 설명하고 설치를 하는 것은 생활용품점에서 물품을 사온 하지메의 일이 되었다. 하지메는 집 안의 목수 일에는 서툴렀지만 나무틀에 다는 보조 자물쇠 정도라면 어떻게든 될 거라고 생각했다. 미리 전화를 해두었는데 현관에서 초인종을 눌러도 안에서는 아무 소리가 나지 않았다. 세 번째로 초인종을 울렸을 때야 현관 옆 창문의 레이스 커튼이 살짝 움직였다. "누구세요?" 하는 도모요의 경계하는 목소리가 들렸다. "하지메입니다." "아아, 하지메." 두 군데에 있는 자물쇠가 풀리는 딱딱한 소리가 들리더니 도어체인이 풀리고 현관문이 열렸다.

"안녕하세요. 보조 자물쇠를 가져왔습니다."

"어머, 고마워. 큰 도움이 될 거야. 자, 들어와."

하지메 뒤에 사람이 없는지 확인하려는 듯 도모요는 고개를 기울이고 내다보려고 했다.

현관으로 들어가 왼쪽에 있는 외투걸이에는 재킷이나 원피스가 몇 벌이나 겹쳐진 채 걸려 있었다. 맨 위에 걸려 있는 플라스틱제 검은 옷걸이는 겹쳐진 옷이 불룩해져 금방이라도 떠밀려 날아갈 것만 같았다. 서양식 방의 바닥에는 쇠망치와 톱이 든 도구상자가 열린 채 놓여 있었다. 톱은 완전히 녹이 슬어 사용할 수도 없어 보였다. 고모들이 쇠망치나 톱을 사용하는 걸 하지메는 한 번도 본 적이 없었다. 크고 작은 다양한 건전지, 녹막이·윤활용의 붉은 스프레이 깡통 세 개가 여기저기 굴러다니고 있고, 신문과 전단지는 묶이지 않은 채 쌓여 있었다. 하얀 벽에 걸려 있던 인상파 화가의 복제화는(하지메가 아직 고등학생이었을 무렵 고모들이 삿포로의 백화점에서 사온, 마음에 드는 것이었다) 벽에서 떼어져 뒤집힌 채 세워져 있었다.

고모의 집에 들어갈 때마다 어린 마음에도 자신의 집보다 사치스럽다고 생각했다. 책장이나 소파, 스테레오 세트 등은 자기 집에 있는 것보다 훨씬 고급이었다. 집 안은 언제나 구석구석까지 정리되고 청소기로 깨끗하게 청소되어 있었으며 유리문도 반짝반짝 닦여 있었다. 다다미방에는 이로리*가 만들어져 있었다. 도코노마**의 족자도 화병도 하지메의 집에는 없는 것이었다. 도코노마 옆에는 검은색 불단이 있고 그 위에 감실龕室도 있다. 어렸을 때는 의식하지 않았지만 이렇게 보니 오래되고 격식 있는 불단으로, 소에지마 가의 원래 불단은 이쪽이 아닐까 하는 생각이 들었다. 그러나 고모의 불단에는 조부의 위패도 조모의 위패도 두 사람의 유영조차 없다. 그것들은 모두 하지메 집의 불단에 있다.

이 집을 개축한 것은 도쿄 올림픽이 열리던 무렵이니까, 전쟁이 끝나고 곧 세례를 받았다는 고모는 그때 이미 기독교인이었을 것이다. 그런데도 불단뿐 아니라 이렇게 근사한 감실까지 설치한 것은 왜일까. 에미코 고모가 그런 말을 꺼냈을 리 없으니 도모요 고모가 주장했을까.

바닥에 잡다한 물건들이 떨어진 채 흩어져 있는 것을 신경 쓰지 않고 도모요는 흥분한 어조로 말하며 걸어갔다.

"정말 곤란하다니까. 벌써 몇 번이나 도둑이 늘어서 마음 놓고 잠을 잘 수가 있어야지. 이층침대 머리맡에 야구방망이를 놔

---

* 일본의 전통적인 난방 장치의 하나로, 방바닥의 일부를 네모나게 잘라내고 난방이나 취사를 위해 재를 깔아 불을 피웠다.
** 일본식 다다미방 한쪽 바닥을 한 층 높게 만든 곳으로, 벽에는 족자를 걸고 바닥에는 꽃이나 장식물을 꾸며놓는다.

두었어. 만약의 경우에는 때려눕히려고. 에잇, 이놈, 하고 말이 야."

팔을 휘두르는 모습을 보고 예전보다 상당히 말랐다는 것을 알았다. 위팔이 이랬었나. 여름이 되면 볼을 붉게 하고 이마에 구슬 같은 땀을 흘리며 화려한 무늬의 원피스 차림으로 여기저기 나다니던 모습을 또렷이 기억하고 있다. 약간 통통한 느낌의 도모요는 심장이 안 좋아 쓰러져서 삿포로의 병원에서 관상동맥에 풍선을 넣는 처치를 받았다. 그건 언제 일이었나. 지금은 완전히 기름기가 빠지고 분같이 하얀 얼굴이다. 머리 전체가 하얘지고 풍성함도 없어졌다.

그대로 뜰에 면한 방으로 들어가자 옛날에는 무엇 하나 올려 있지 않았던 옻칠을 한 탁자에 탁상용 달력에 마시다 남은 찻잔, 신문, 잡다한 서류나 우편물이 든 상자 등이 서로 밀쳐내듯이 늘어서 있었다. 텔레비전이 큰 소리로 틀어져 있고, 그 앞에 방석 세 개를 길게 깔아놓고 가즈에가 드러누워 있었다.

깜짝 놀란 하지메는 "괜찮아요?" 하고 가즈에에게 말을 걸었다. 가즈에는 벌떡 일어나 "어? 당신 누구요?" 하고 말했다. "하지메입니다." 하지메를 가만히 들여다본 가즈에는 "어머, 하지메, 무슨 일이야?" 하며 졸린 눈으로 물었다.

지역포괄지원센터에 연락을 취해 케어 매니저와 상담하고 두 사람을 병원에 데려간 사람은 하지메였다.

가즈에도 도모요도 루이소체 치매dementia with Lewy body 진단을 받았다.

병세는 두레박이 떨어지듯 악화했다. 도둑만이 아니라 낯선 노부부가 뜰에 서성거리는 것을 보게 되었다. 가즈에의 배회도 시작되었다.

자신들이 이상하다는 자각은 없다. 일상적인 대화도 대체로 가능하다. 처음부터 환각을 부정하지 않고 대화할 필요가 있어서 오히려 성가셨다. 서둘러 개호 인정을 받아 도우미를 요청하고 일상의 개호 체제를 갖추기 시작했지만 배회나 환각을 막는 근본적인 대책은 되지 않았다.

하루에 한 번 도우미가 방문해도 두 사람을 지켜보는 눈은 스물네 시간 중 한 시간밖에 되지 않았다. 신지로는 도우미나 개호 상황에 대해 들을 뿐 이전처럼 옆집에 가는 건 그만두어버렸다. 가즈에와 도모요를 돌보는 것은 하지메와 케어 매니저, 도우미의 손에 맡겨졌다.

짧은 가을이 끝나가고 있었다.

눈이 본격적으로 내리기 시작하기 전 짙푸르게 펼쳐진 하늘 아래 온통 노란 잎으로 뒤덮인 산림 속에 상궤를 벗어난 듯한 붉은 단풍이 점점이 섞여들고 있었다. 일기예보에서는 주말에 눈 올 가능성이 있다고 했다. 월요일 오전에 하지메는 자동차를 몰고 물건을 사러 다녀왔다. 옆집 우편함에 시선을 주자 신문이 투입구에서 많이 비져나와 있었다. 우편함 안에는 손도 대지 않은 신문이 또 한 부 들어 있었다.

현관 초인종을 눌렀다. 한 번에 나오는 일은 없어서 두 번, 세 번 누르고 문의 손잡이를 돌려보았다. 잠겨 있었다. 집으로 들어가자 도요코는 거실 소파에서 재방송하는 텔레비전 드라마를 보고 있었다. 신지로는 신문을 보고 있었다.

"고모들, 여행이라도 간 거예요?"

도요코가 하지메를 올려다보며 말했다. "여행? 나갈 때는 반드시 말을 하고 가는데."

"뭐라고?" 귀가 어두워진 신지로는 하지메가 한 말이 들리지 않은 모양이었다.

"고모들이 여행을 갔느냐고요." 큰 소리로 이렇게 말하고는 하지메를 향해 돌아선 도요코는 "그리고 보니 오늘은 하루 종일 어쩐지 굉장히 조용하다 싶었는데" 하고 덧붙였다. 일주일에 사흘을 오는 도우미는 토요일과 일요일은 쉬었다.

불길한 예감이 든 하지메는 이번에는 뜰 쪽으로 내려가 샌들을 신고 옆집으로 갔다. 유리문 너머의 미닫이문이 닫혀 있어서 실내는 보이지 않았다. 유리문에 귀를 대도 쥐 죽은 듯 조용했다. 이 시간대라면 텔레비전을 큰 음량으로 틀어놓을 터였다. 하지메는 똑똑 하고 처음에는 가볍게 두드렸다. 아무 소리도 들리지 않았다. 더욱 세게 두드려보았다. 진동으로 생긴 풍압으로 건너편 미닫이문이 바스락바스락 소리를 냈다. 그래도 아무 기척이 없었다.

일단 집에 돌아가 물어보니 옆집 열쇠는 우리 집에 맡겨두지 않았다고 한다. 신지로는 "그거 참 이상하네" 하며 곤혹스러운 얼굴을 할 뿐 움직이지 않았다. 하지메는 움직일 사람은 자신밖에 없다는 걸 깨닫고 열쇠수리점을 찾아 전화를 했다. 라이트 밴을 타고 찾아온 작업복 차림의 업자는, 자물쇠를 열고 실내로 들어가려면 경찰의 입회가 필요하다고 말했다. 도모요의 신고로 여러 번 방문했던 경찰에게 연락해서 사정을 설명하고 입회를 요청했다.

얼마 후 안면이 있는 경찰이 여경을 대동하고 찾아왔다. 평소와는 달리 웃는 얼굴이 아니었다. 하지메는 경찰의 표정을 보자마자 가즈에와 도모요가 이미 숨을 거둔 장면을 떠올렸다.

업자가 두 군데에 있는 자물쇠를 열었다. 안쪽의 체인은 걸려 있지 않았다. 실내는 어둑했다. "고모" 하고 하지메가 큰 소리로 불렀다. "도모요 씨" 하고 불렀다. 반응이 없었다. 경찰이 "여기서 기다려주세요. 저희가 실내를 둘러보고 오겠습니다" 하고 말했다. 하지메는 "부탁합니다" 하며 고개를 숙였다. 놀랍게도 두 경찰은 구두를 신은 채 실내로 들어갔다.

하지메는 멈칫하며 일단 현관 밖으로 나갔다. 심박이 빨라졌다. 업자가 휴대전화로 도중의 경과를 사무실에 보고하고 있었다. 하지메의 얼굴을 보자 조심하듯 천천히 등을 돌리고 그대로 통화를 계속했다. 하지메는 다시 현관으로 들어갔다.

2층을 구둣발로 걷는 소리가 잠깐 들리더니 경찰이 천천히 계단을 내려왔다.

"목욕탕이나 화장실, 벽장, 옷장 안까지 모두 봤습니다만 고모님들은 안 계시네요. 어딘가로 나갔다가 돌아오지 않으신 것 같습니다. 2층의 침대도 1층의 방석, 담요도 아주 차갑고 부엌

싱크대나 목욕탕, 세면대가 말라 있는 걸 보면 만 하루 이상 댁을 떠나 있었을 가능성이 있는 것 같습니다."

"그렇습니까?"

한 박자 쉬고 나서 경찰이 하지메를 보며 말했다.

"실종 신고를 하겠습니까? 그렇게 하면 홋카이도 내의 모든 경찰서에 연락이 갈 겁니다."

하지메는 아버지와 의논할 필요도 없다고 생각해서 신고서를 내기로 했다. 서류에 기입하는 동안에도 경찰의 휴대용 무전기는 스위치를 넣은 상태였다. 지지직거리는 소리로 서로 연락을 취하는 소리가 들려왔다. 자신이 뭔가 사건을 일으킨 듯한 착각이 들었다.

"만약 고모님께서 댁으로 돌아오시면 간단히 알려주시기 바랍니다."

하지메는 집으로 돌아와 도요코가 아니라 신지로의 얼굴을 보며 보고했다.

"삿포로에 갔나?"

신지로는 이렇게 말했다.

하지메는 곧바로 삿포로 시내의 주요 호텔에 전화를 했다. 예전부터 자주 이름을 들었던 그랜드 호텔 외에 다섯 군데의 호텔에 문의했다. 프런트에서 개인정보 보호라는 명목으로 대답해줄 수 없다는 곳이 있었지만 경찰에 실종 신고서를 냈다는 사실을 전하자 숙박하고 있지 않다고 간단히 알려주었다.

삿포로의 호텔에 묵은 흔적은 없었다. 이런 추위 속에 고모들은 어디로 간 것일까.

"조잔케이일지도 모르겠는데."

신지로가 이렇게 말하자 도요코가 언짢은 표정을 지었다. 신지로는 도요코의 표정을 모르는 체하며 "최근에는 안 갔을 거라고 생각하지만 말이야" 하고 말을 이었다. 삿포로 교외의 온천을 갑작스럽게 화제로 삼는 의미를 몰라서 하지메는 "왜 그렇게 생각하세요?" 하고 물었다. 그러자 신지로는 하지메가 전혀 모르고 있던 사정을 이야기했다. 고모들은 삿포로에서 버스를 타고 남서쪽으로 한 시간쯤 가는 조잔케이에 온천이 딸린 아파트를 갖고 있다. 아유미와 하지메가 도쿄에서 살게 되고 얼마쯤 지났을 때 가즈에와 도모요는 늘 다녀서 익숙한 삿포로에서 더욱 먼 조잔케이로 종종 가게 되었다. 그러다가 온천이 딸린 아파트를 발견하고 마음에 들어 별장으로 구입했다고 한다.

그날 밤 신지로가 목욕하는 동안 도요코는 "가즈에 고모가 셋이서 조잔케이에서 살고 싶다고 말한 적이 있었어. 하지만 도모요 고모가 별장으로 된 거 아냐, 난 에다루를 떠날 생각이 없어, 하고 말했거든"이라고 덧붙였다. 처음에 신지로가 조잔케이라고 하는 말을 듣고 도요코가 언짢은 표정을 지은 이유를 알았다. 가즈에 고모는 두 여동생인 에미코와 도모요를 데리고 이 집을 떠나려 한 적이 있었던 것이다.

도요코가 메모해둔 아파트의 전화번호로 전화해봤지만 호출음만 울릴 뿐이었다. 관리인의 전화번호도 알았지만 그쪽도 받지 않았다.

9시가 지났을 무렵 관리인과 전화가 연결되었다. 말이 빠른 관리인은 하지메가 가즈에 자매의 조카라는 것을 알고 덤벼들 듯이 목소리의 톤을 바꿔 강한 어조로 단숨에 말을 쏟아냈다.

"이야, 다행이네요. 난감했거든요. 소에지마 씨 집은 전에도 작은 화재를 냈어요. 냄비를 불에 올려놓고 잠들어버렸거든요. 문과 창문에서 검은 연기가 자욱하게 흘러나와 제가 마스터키로 열고 뛰어들었더니 냄비에서 불과 연기가 나고 방 벽으로 번지기 직전이었어요. 복도에 있는 소화기를 가져와 바로 껐습니다. 그런데 그런 연기 속에서도 잘 자더라니까요. 조합의 이사장도 정말 화를 냈지요. 가족한테 연락하겠다고 해도 그분들은 '그럴 필요는 없다'고만 하시고. 이야, 그땐 정말 난감했습니다. 오랫동안 기분 좋게 사용해주셔서 지금까지는 아무런 문제도 없었거든요. 적어도 지난 십 년은 아무런 고충도 없었지요. 올해 들어서부터입니다. 좀 이상해진 것은요."

여기까지 숨도 안 쉬고 말을 해대더니 헛기침을 했다.

"어제는 창문을 올려다보니까 불이 켜져 있었지요. 어젯밤까지는 있었을 겁니다. 일단 전화를 끊고 집을 보고 오겠습니다. 이야, 난감하셨겠군요. 하지만 이렇게 말하고 있을 수도 없겠네요. 아무튼 일단 끊겠습니다."

오 분도 지나지 않아 전화가 왔다.

집 안은 발 디딜 데도 없을 만큼 어질러져 있고 밥을 먹다만 듯 탁자 위에 접시와 밥공기가 그대로 있다는 것, 부엌도 목욕탕도 급탕 스위치가 올려진 채라는 것, 여기까지 이야기하더니 관리인은 그때 깨달았다는 듯이 "짚이는 데가 있습니다. 장을 보러 갈 때는 늘 택시를 불러서 나갔기 때문에 늘 가는 슈퍼마켓은 알고 있습니다"라고 했다. 다시 그쪽에서 전화를 할 테니 기다려주었으면 좋겠다고 말하자마자 전화는 일방적으로 끊어졌다. 성급하고 남의 이야기를 제대로 들으려 하지 않는 사람이었지만 부탁하지 않아도 이렇게까지 움직여주다니 상당히 친절하다고 하지메는 생각했다.

전화를 기다리는 동안 조잔케이가 있는 삿포로 시 미나미 구를 관할하는 경찰서에 전화하자 '소에지마'라고 하는 고령의 두 여성을 조잔케이 파출소에서 보호하고 있다고 했다.

장을 보러 슈퍼마켓까지 택시로 간 두 사람은 돌아올 때는 택시를 부르지 않고 길을 걷는 중에 자신들이 어디 있는지 잊어버려 도요히라 강을 건너는 다리 옆에서 우두커니 서 있었던 모양이었다. 수상히 여긴 중년 여성이 파출소까지 데려다주었다고 했다.

관리인에게 전화를 하려고 하자 마침 그쪽에서 걸려왔다. 하지메는 고모들이 발견되었다는 사실을 짧게 전했다.

"그거 참 다행이네요. 그럼 제가 지금 파출소로 데리러 가겠습니다. 아아, 정말 다행이네요. 그럼 전화 끊겠습니다."

한 치의 망설임도 없이 빠른 말투로 그렇게 말했다. 관리인에게 그렇게까지 의지해도 될까 하고 한순간 주저했지만, 에다루에서 조잔케이까지 오늘 안에 가는 것은 불가능했다. "정말 감사합니다. 수고를 끼쳐드려 죄송합니다." 하지메는 이렇게 말하며 수화기를 쥔 채 고개를 숙였다.

"아닙니다, 그런 건 상관없습니다. 소에지마 씨한테는 신세를
졌으니까요. 하지만 사람은 나이가 들면 자기 혼자 뭐든지 할 수
있다고 생각하면 안 되겠네요. 그렇게 고상하고 훌륭한 사람들
도 집 안은 엉망이고 빈 냄비를 태우기도 하니까요. 조카분께 이
런 말을 하면 실례일지 모르겠지만요. 그럼 오늘은 그렇게 하기
로 하고 내일 오시겠습니까?"

하지메는 "예, 찾아가겠습니다" 하고 대답했다.

밤 10시가 지나 기온이 한층 내려갔을 무렵 다시 관리인에게
서 전화가 왔다. 두 사람은 무사하다, 내일 오전 중에 조잔케이
에서 삿포로행 버스를 타기로 했고 자신도 동행한다, 삿포로 역
의 버스터미널까지 데려다줄 테니 데리러 와달라고 말했다. 그
렇게까지 해주다니 이례적인 일이라고 또 한 번 생각했지만 조
잔케이가 아니라 삿포로로 데리러 가면 하지메는 상당히 편해
진다. 후의를 고맙게 받기로 했다.

신지로는 "무사해서 다행이야. 역시 조잔케이였군" 하고 안도
한 듯 말했고 도요코는 그저 입을 꾹 다물고 있었다.

하지메는 아침 일찍 에다루를 출발했다. 집을 나서자 내뱉는
입김이 하얬다. 열차를 타고 있는 내내 하지메는 잠을 잤다.

삿포로 역에 도착하자마자 백화점으로 가서 크고 작은 상자
에 든 선물용 과자를 샀다.

조잔케이에서 오는 버스에서 내린 가즈에와 도모요의 얼굴은
야위어 있었다. 두 사람의 짐을 두 손에 들고 뒤따라 내린 관리

인은 하지메보다 나이가 많아 보였다. 버스 안에서 이 세 사람을 부모 자식과 친척이라 생각한 사람도 있었을까. 관리인에게는 폐가 되는 이야기일 거라며 죄송하게 생각하면서 다소 웃고 싶어지기도 해 하지메는 서둘러 얌전한 표정을 지었다.

"이야, 이거 먼 데까지 고생하셨습니다. 관리인 이무라입니다. 이야, 정말, 다행입니다. 이제야 안심이 됩니다. 두 분은 아직 석연치 않은 것 같지만, 그래도…… 이제는 좀 무리일 테니까요." 관리인은 '이제는 좀 무리일 테니까요'라는 부분만 목소리를 죽였다. "앞으로의 일은 조합 이사장의 생각도 있고 하니 다시 의논하십시오. 전화드리겠습니다. 오늘은 두 분도 피곤하실 테고, 에다루로 돌아가셔서 천천히 쉬게 해드리십시오. 조카분이 데리러 와주셔서 저도 정말 살았습니다."

버스의 왕복 요금에 다소 더해 준비한 교통비와 과자 상자를 건네자 관리인은 몇 번이고 고개를 숙이며 "이야, 이거 고맙습니다" 하며 감사하게 받았다. 하지메가 고맙다고 인사하자 관리인은 "아니, 이것도 제 일이니까요" 하고 몇 번이나 말했다. 고모들은 한마디도 하지 않았다. 가즈에는 멍한 표정이고 도모요는 불만스러운 얼굴로 입을 다물고 있었다.

"소에지마 씨, 그럼 조심해서 가세요." 이렇게 말하며 버스를 타는 관리인의 뒷모습을 보며 이렇게까지 해주는 것은 이미 일의 범주가 아니라 분명히 개인의 선의에서 기인했다고 새삼 생각했다. 하지메는 헤어질 때 다시 한 번 깊숙이 고개를 숙였다. 하지메는 고모들을 '소에지마 씨'라고 부르는 관리인의 목소리

톤에서, 십 년으로는 불가능할지도 모르는 긴 세월의 관계를 느꼈다. 그러나 고모들의 정상이 아닌 모습에서 그 관계도 무너져 가고 있었다.

돌아오는 열차에서 계속 말을 한 사람은 도모요뿐이었다.

가즈에가 갑자기 '조잔케이에 간다'는 말을 꺼내서 자신은 끌려가듯이 갔다. 신문지 사이에 끼워진 광고지에 조잔케이의 '노인 시설'이 실려 있었는데(이야기에서 유추해보면 개호가 딸린 노인 시설 같았다) 그곳이 아주 쾌적해 보여서 보러 가자고 가즈에가 말을 꺼냈다. 널찍한 온천도 있고 뒤는 아사히다케, 내려다보이는 곳에는 도요히라 강이 흐르고 있고 맞은편에는 유히다케가 있어, 그곳이라면 둘이서 사는 것도 좋겠다고 생각했단다. 그런데 입주 전에 건강진단을 받게 되었고 대변 검사를 받아야 한다느니 지정 병원으로 가야 한다느니 하는 짓궂은 말을 들었다. "아니, 그렇잖아? 건물을 사는데 대변 검사를 받아야 한다는 얘기는 들어본 적도 없어. 완전히 싫어져서 이런 지독한 일을 당할 바에는 그만두자고 언니한테 의논한 참이었어. 관리인 이무라 씨도 오랫동안 알고 지냈는데 뭐가 마음에 안 드는지 모르겠지만 요리를 하지 말라느니 불조심을 하라느니 갑자기 시끄럽게 굴기 시작하고, 정말 실례잖아. 이제 조잔케이에는 가고 싶지 않아."

도모요의 오기에 찬 어조는 평소와 같았지만 이야기의 내용이 확실히 이상했다. 냄비를 불에 올려놓은 채 잠들어버려 작은 불을 낸 일은 모르는 걸까. '방도 엉망진창'이라는 관리인의 이야기는 아마 에다루의 고모들 집으로 들어가 놀랐던 난잡함과 같을 것이다. 노인 시설에 들어가려고 하다가 그만두었다는 이야기도 이상했다. 눈앞의 현실을 보고 사물을 인식하고 대응할 수 없게 된 것이다. 그토록 깨끗한 것을 좋아하던 두 사람이 방을 정리할 수 없게 된 것은 명백한 인지력의 부조화를 드러낸 것이리라.

둘째인 에미코 고모의 죽음을 경계로 네 남매를 묶어주고 있던 보이지 않는 균형이 무너져버린 것이 아닐까. 하지메는 그렇게 생각했다. 아마 신지로에게도 같은 이상이 나타나고 있을 것이다. 하루에 몇 번이나 혈압을 재고 저녁 이후에는 극단적으로 수분을 제한한다. 약 숫자를 반복해서 헤아린다. 도요코만이 그 영향을 받지 않은 것으로 보인다. 하지메를 제외한 전원이 이미 여든을 넘겼다. 언제 무슨 일이 일어나도 이상하지 않다. 그러나 언제 어떻게 끝날지는 아무도 모른다.

열차에 흔들리는 중에 곧 졸기 시작한 가즈에는 아사히카와에서 눈을 뜨자 열차의 창으로 거리를 보며 "아사히카와? 많이 변했구나"라고 말했다. 진행 방향을 등지고 앉은 하지메 앞에서 열차가 움직이기 시작하자 다시 잠에 빠져든다. 가즈에의 오른쪽에 있는 차창 밖의 광경은 속도를 내며 뒤로, 뒤로 멀어진다. 언니 왼쪽에 앉은 도모요는 밖의 경치에는 아무 관심도 없는 듯했다.

아사히카와를 지나자 차창은 삼림을 가르듯이 나아가기 시작하여 똑바로 뻗은 새까만 나무들이 가까이 다가왔다가 멀어진다. 나무 사이로 이시카리 강이 시야에 들어온다. 삼림을 빠져나가자 익숙한 농지, 목초지가 완만하고 단조로운 물결을 그리며 펼쳐지고, 물결 사이로 떠오르는 작은 배 같은 농가, 헛간이 모습을 드러낸다. 붉은 지붕의 사일로. 녹슨 함석 가건물. 한 사람이 겨우 지나갈 수 있을 만큼 좁은 농로. 그 건너편에 이어진 산들은 노란 잎과 짙은 녹색으로 또렷이 채색을 달리하며 갈색이나 붉은 단풍이 이따금 얼굴을 내밀고 있다. 광대한 밭에서 혼자뭔가의 작업을 하고 있는 노인이 눈 깜짝할 사이에 먼 풍경이 되어 멀어진다. 먼 산의 표면을 강한 바람이 훑고 지나간 것 같다. 바람이 지나가는 방향으로 대량의 노란 잎이 날린다. 그 잎들은 지면에 떨어지기까지의 짧은 시간 동안 햇빛을 받아 금색으로 빛난다.

　맥락 없는 이야기를 계속하는 도모요에게 어정쩡하게 맞장구를 치며 자신은 여기에서 어디를 향하고 있는지 하지메는 생각했다. 잠자코 있어도 에다루 역에는 시각표대로 도착한다. 기차를 타고 흔들리고 있는 동안은 그저 수동적으로 있으면 된다. 그러나 목적지에 도착하고 고모들의 짐을 양손에 들고 자리에서 일어나 플랫폼으로 내려서는 모습을 상상하는 것만으로도 가슴이 답답해진다. 시각표도 동력도 노선도 갖지 못한 자신이 여기서부터 한 발짝도 움직이고 싶지 않다고 결정하면 어떻게 될까. 치매인 고모들은 뭐라고 할까. 흐릿한 상태의 머리로 둘은 집으로 돌아갈 수나 있을까. 열차의 난방이 하지메에게도 저항하기 힘든 졸음을 몰고 온다. 의식이 멀어지기 직전까지 눈을 감고 있는 하지메를 향해 도모요가 개의치 않고 끊임없이 무슨 말을 했다.

머지않아 완성될 책 한 권이 무사히 간행된다 해도, 많은 사람이 찾는 책이 아니라는 사실은 하지메도 잘 알고 있다. 유럽의 책 역사에 비집고 들어가 각각의 시대에서 얼마간의 역할을 한 인물의 생애를 스케치하는 것이 하지메의 집필을 지탱해온 은 밀한 기쁨이자 책의 커다란 모티프였다.

예컨대 활판인쇄를 발명한 구텐베르크가 빚을 갚지 못하거나 약혼을 이행하지 못해 소송을 당한 일, 비밀리에 인쇄기 개발을 진행했기 때문에 공방을 포도주 양조장으로 등록한 일, 또는 종교개혁의 발단이 된 마르틴 루터가 가톨릭교회를 비판한 문서로 인해 끝내 국외 추방이나 마찬가지인 처분을 받게 되어 잠시 몸을 숨기려고 마차로 이동할 때, 지나치는 거리마다 자신의 저작물 소지를 금지하는 완전히 동일한 칙령이 붙어 있는 것을 보고 처분의 혹독함에 전율하기보다는 활판인쇄의 위력에 흥분한 일, 그러고 나서 곧 시작된 일 년에 걸친 은둔 생활중에 신약성경의 독일어판을 완성한 일 등. 어느 것이나 하지메의 관심은 어딘가 균형이 맞지 않은, 그러나 이상할 정도의 열의에 의해 움직여지는 인물이 아무도 시도한 적 없는 새로운 뭔가에 몰두하고, 그것이 원인이 되어 주위와 불화를 일으키고, 그 풍압이 역사의 페이지를 넘긴 장면에 있었다. 바로 그 자리에 있던 인간의 호흡, 표정, 마음의 움직임을 그리고 싶었다.

논고라기보다는 문학이나 소설에 한없이 가까운, 체온이 느껴지는 역사를 쓰고 싶었던 것이다. 대학이나 학회에도 이미 자신의 자리는 없다. 학문으로서는 지나치게 상상력에 의지한다, 방법이 낡다, 하며 비아냥거리거나 아니면 깨끗이 무시한다고 해도 그것은 각오한 바다.

그것만 다 쓸 수 있다면 이어서 쓰고 싶은 것은 없다. 차례로 책을 써서 이름을 남길 생각은 전혀 없다. 나머지는 부모와 고모들을 한 명 한 명 떠나보내며 에다루에서 소에지마 가의 마지막 사람으로 살아가면 그것으로 족하다. 그러나 자신이 최후가 된다는 보장은 없다. 집을 정리하고 끝내는 사람이 자신이 될지 어떨지는 신만이 아는 일이다.

사라질 준비. 그것은 큰 고리를 중간 정도의 고리로 줄이는 일, 작은 고리를 중심을 향해 더욱 축소해가는 일, 고리였던 것은 결국 점이 되고 그 작은 점이 사라질 때까지가 그 일이었다. 하지메의 등에서 뻗은 보이지 않는 선 끝에 있는 소실점은 지금 에다루 어딘가에 더는 움직이지 않도록 핀으로 고정되어 있을 터였다.

어렸을 때는, 거슬러 올라가 갓난아기였을 때는, 누구나 어머니나 그에 준하는 존재에 의해 무상으로, 일방적으로 보호받고 키워진다. 갓난아기는 너무나 무력하다. 그 최후 역시 다양한 사람의 손을 빌려 또는 성가시게 하며 숨을 거둘 때까지 누군가의 보호를 받아야 한다. 대학생이던 아유미가 "난 아버지와 어머니를 돌볼 수 없으니까, 하지메, 잘 부탁해"라고 말했던 것

을 하지메는 사십 년 가까운 시간이 지났어도 아직 잊지 않고
있었다.

23

　낡은 집의 마루 밑을 조용히 파먹어가는 흰개미처럼 가즈에와 도모요의 뇌세포 이변은 소리 없이 진행되었다. 미세한 변화여도 두 사람의 감각이나 행동에는 커다란 이상이 나타났다.

　조잔케이에서 돌아온 후에도 가즈에의 배회는 멎지 않았다. 오히려 빈번해졌고, 게다가 넘어지는 일이 더해졌다. 아주 작은 높낮이 차나 경사에도 맥없이 넘어졌다. 넘어진 가즈에를 발견한 사람이 경찰에 신고해준 덕에 순찰차가 집까지 데려다준 일도 있고, 하지메를 호출하여 차로 데리러 간 일도 있었다. 집에 도착하자마자 "아니, 언니, 대체 어딜 갔었어?" 하고 도모요가 노골적으로 낙심한 목소리로 맞이한다. 가즈에는 순간적으로 어딘지 모르게 어색한 표정을 짓지만 아무 대답도 하지 않는다. 배회라서 본인에게도 행선지가 확실하지 않다. 도모요의 험악한 목소리나 표정에 수동적으로 방어 반응을 보이는 것만으로 벅찼을지도 몰랐다.

길거리에서만 넘어지는 것이 아니었다. 자택 화장실 문 앞에서도 넘어졌다. 욕실의 옷 벗는 곳에서, 방석을 넘어가려다가, 현관에 늘어선 신발 위에서도 넘어졌다. 그때마다 도모요가 영차, 영차 하는 어딘가 연극조의 소리를 내며 가즈에를 일으켜 거실로 데려간다. 체중이 가볍고 동작이 느려 넘어질 때의 충격이 가벼운 건지, 아니면 원래 뼈가 튼튼한 건지 노인에게 많다는 낙상 골절은 없었다. 본인도 그다지 타격을 받지 않은 것 같아 다행이었지만 배회에 제동은 걸리지 않았다.

사고가 가즈에게만 일어난 것은 아니다. 거기에 **없어야 하는 것**을 보게 된 것은 아마도 도모요가 가즈에보다 먼저였을 것이다. 도모요가 보는 환각은 다양해졌고 점차 대규모의 스펙터클이 되어갔다.

심야에 2층 침실에서 자고 있던 도모요가 무슨 소리에 잠에서 깨자 뜰이 환하고 시끌벅적하다. 유리문을 열고 내려다본 뜰에 만나본 적 없는 수많은 젊은 남녀가 모여 있다. 터키나 어딘가의 활기찬 음악에 맞춰 춤을 추며 노래를 부른다. 석등롱에 손을 짚고 춤을 바라보는 여자아이도 있다. 여러 색의 빛이 그 얼굴에 비친다. 삿포로에서 묘목을 사온 후박나무 줄기에 기대선 남자아이. 연인 사이도 있는 듯하다. 뜰의 나무 여기저기에 형형색색의 풍선이 매달려 있다. 취해서 흐리멍덩한 얼굴을 한 젊은 남녀에게 도모요가 "당신들 누구야?" 하고 물어도 들리지 않는지 얼굴을 들려고도 하지 않는다. "아, 싫어, 나는 친절한 사람이니까 특별히 용서해주겠지만, 남의 집이니까 함부로 들어오면 안 돼" 하고 도모요는 혼잣말처럼 말한다.

하지메에게 '밤의 소동'을 열심히 알려도 하지메는 아리송한 얼굴로 입을 다물고 있을 뿐이다. 도모요는 도움을 청하는 듯이 가즈에를 돌아보며 "저기, 언니, 며칠 전 밤에 젊은 사람들로 가득 찼었지? 뜰에 말이야" 하고 말한다. 가즈에는 "그래, 가득 찼었지" 하고 얌전한 목소리로 대답한다. 여동생의 이야기를 듣는 중에 언니도 같은 광경을 본 것 같아졌을지도 모른다.

집 열쇠가 없어졌다며 도모요가 찾아온 일도 있다. 실내 어딘가에 떨어뜨린 게 아닐까 해서 하지메는 옆집으로 찾으러 갔다. 얼마 후 불단의 경상經床에 놓여 있는 열쇠를 찾았다. 불단 앞에 있었을 에미코의 유영은 도코노마로 옮겨져 있었다. 액자에서 떼어낸 사진만 불안정하게 다른 선반에 세워놓았다. "에미코 고모 사진은 여기 둬도 괜찮아요?" 하지메가 이렇게 묻자 도모요는 질문에는 대답하지 않고 "에미코 씨가 말이야, 몸이 아주 작아져서 거기 선반에 앉아 있을 때가 있어"라고 말하며 사진이 놓인 다른 선반을 봤다. "그 사진에서 나와, 에미코 씨가. 하지만 아무 말도 안 해. 거기에 오도카니 앉아 있기만 해." 도모요는 이상하다고도 무섭다고도 생각하지 않는 것 같았다. "왜 작아졌을까?"

"에미코 고모는 돌아가셨어요."

하지메는 되도록 조용한 어조로 말했지만, 도모요는 그 자리에서 눈을 동그랗게 떴다.

"뭐, 돌아가셨다니, 죽었다고? 언제? 왜? 어머, 나는 몰랐어. 세상에! 무슨 일이 있었던 거야?"

거의 외치듯이 말하고 눈물을 뚝뚝 흘리기 시작했다. 하지메는 쓸데없는 말을 했다고 생각하며 돌아가신 경위나 장례식 상황에 대해, 나아가 납골된 영대공양묘에 대해서도 시간을 들여 설명했다. 듣자마자 주저앉아버릴지 모른다고 생각하면서도 설명하지 않을 수 없었다.

도모요는 하지메의 말허리를 간단히 꺾으며 에미코가 죽은 것을 몇 번이나 확인하고 캐물었다. 그때마다 자신은 몰랐다, 아무도 알려주지 않았다, 하고 레코드가 튄 것처럼 되풀이해서 말한다. 치매에 의한 기억의 결락만이 아니라 에미코의 죽음이라는 사건을 담는 적절한 상자가 도모요 안에 없을지도 모른다. 에미코와 도모요를 잇는 가느다란 실이 에미코의 죽음으로 녹아서 뚝 끊어져도, 그것을 주워 다시 감을 실패가 없다. 그 실을 다른 누군가가 주울 수도 없다.

가즈에는 나날이 허약해졌다. 다리의 힘과 평형감각이 위태로워져 침대가 있는 2층까지 계단을 오를 수도 없게 되었다. 두 사람은 1층 다다미방에 이불을 깔고 잤다. 얼마 후 가즈에는 드러눕는 시간에 밤낮의 경계가 없어졌다. 이로리가 있는 다다미방에는 방석이나 담요나 목욕타월, 빨래, 신문지나 전단지가 겹쳐 어질러지고 두 사람은 그 위에 뒤섞여 잤다. 옆의 서양식 방 소파 위에는 가즈에의 기모노가 두꺼운 포장지에서 꺼내진 채 쌓여 있었다. 하루에 한 번 오는 도우미는 빨래, 먹을거리와 마실 것 준비, 최소한의 청소를 정해진 시간 내에 하는 것이 고작이었다. 텔레비전은 밤낮으로 큰 소리로 켜져 있는 상태였다. 낮에는 그런대로 괜찮으나 밤이 되면 아마 신지로도 벽 하나 너머의 텔레비전 소리를 매일 밤 듣고 있을 터였다.

"이제 더는 언니를 돌볼 수 없어. 오라버니 집에서 돌봐줄 수 있어?"

어느 날 저녁, 초인종 소리가 울린 현관 너머에 오렌지빛을 띤 저녁 하늘을 등지고 도모요가 서 있었다. 마구 화풀이라도 하는 듯이 말하며 인사도 없이 집으로 들어온다. 하지메 뒤에 서 있던 도요코는 분개한 얼굴을 감추지 않고 아무 말 없이 2층으로 올라가 아유미가 썼던 방으로 들어가 문을 닫았다. 거실의 탁자에서 신문을 보던 신지로는 "뭐야, 어떻게 된 거야?" 하고 물었다. 도모요는 탁자 맞은편에 앉았다.

아침, 점심, 저녁, 가즈에 언니가 하는 일은 모두 엉망진창이고 잠깐 눈을 돌린 틈에 어딘가로 나가버린다, 밥도 짓지 않는다, 빨래도 하지 않는다, 혼자 목욕도 못 한다, 화장실도 영차, 영차 하며 데려가야 한다, 온종일 언니 뒷바라지를 하느라 내 일은 **하나도** 못 한다……. 이야기가 이리저리로 튀었지만 도모요는 이렇게 말했다. 오라버니 집에는 도요코 씨도 있고 하지메도 있으니 인력이 세 배나 되지 않느냐, 남자가 둘이나 있으니까. 여기는 병든 아버지가 있을 뿐이다.

도모요의 '아버지'라는 말을 들었으면서도 신지로는 꿈쩍도 하지 않았다. 신문을 덮고 팔짱을 꼈다.

"그렇게 말해도 나도 이런 상태니 누님을 돌보는 건 무리야."

"그럼 어떻게 하라는 거예요? 내가 전부 해야 하는 거예요? 앞으로 죽을 때까지 계속 해야 하는 거냐고요?"

"일상적인 일이라면 도우미가 도와줄 겁니다. 방문 횟수도 늘리겠습니다."

도우미가 이미 오고 있다는 것도 모르는 모양이었다.

"누가 해준다고?"

"도우미입니다."

"그게 누군데? 일본말로 해줄래?"

하지메는 숨을 한 번 쉬고 나서 말했다.

"이런 일을 전문으로 하는 가정부입니다."

"가정부? 그럼 기누코가 돌아와주는 거야? 그러면 어머니도 기뻐할 거야."

도모요는 돌연 허공에 뭔가 떠오른 것을 보는 듯한 표정이 되었다.

"……언니가 불러…… 이제 그만 갈게." 불쑥 일어선 도모요는 현관에서 신발을 신으며 "아, 짜증난다니까, 정말!" 하고 내뱉듯이 말하고는 뒤도 돌아보지 않고 옆집으로 돌아갔다. 하지메의 귀에는 가즈에 고모의 목소리가 들리지 않았다.

신지로는 아무 일도 없었다는 듯한 얼굴로 신문을 펼치고 묵묵히 읽기 시작했다. 하지메가 신지로에게 말했다.

"이젠 가즈에 고모만이라도 개호가 딸린 시설에 보내야 할 것 같아요. 제가 준비할게요. 괜찮죠?"

도요코가 2층에서 내려왔지만 이야기에 가세할 기색은 보이지 않고 부엌으로 들어갔다.

"그래…… 부탁한다."

신지로는 신문에서 얼굴도 들지 않고 말했다. 하지메는 머리에 피가 끓어오르는 것 같았지만, 코로 숨을 내쉬고 입에서 나올 뻔한 말을 삼켰다.

하지메는 포괄지원센터를 통해 개호 인정 구분 변경을 신청했다. 분명히 개호가 필요한 등급으로 올라갔을 터였다.

제출 서류의 '본인과의 관계'를 쓰는 난에 몇 번이고 '조카'라고 써넣었다. 가까이에 자식이나 친족이 없는 치매에 걸린 고령자는 어떻게 할까 하지메는 처음으로 자신의 삼십 년 후에 대한 경고를 구체적으로 받은 것 같았다.

매일 아침, 점심, 저녁으로 세 번 도우미가 집으로 찾아와 식사, 빨래, 청소, 가즈에의 입욕을 거들어주었다. 절차가 진행되어 가즈에는 개호가 딸린 시설에 들어가게 되었지만, 도모요는 그것을 완전히 남의 일로 받아들였다. "내가 들어갈 때? 언니를 말하는 거겠지?" 도모요는 웃었다. "어디도 나쁘지 않아. 뭐든지 스스로 할 수 있어." 이렇게 말했다. "나는 이 집에서 살 거야."

보름 후 휠체어에 앉은 가즈에는 개호가 딸린 시설에 들어갔다. 혼자가 된 도모요의 보살핌은 하루에 세 번 방문하는 도우미에게 맡겨졌다. 그러나 하루 스물네 시간 중 스물한 시간은 머리가 혼란스러운 도모요가 혼자 옆집에 있다. 하지메는 뭔가 기다리는 개처럼 이따금 옆집 소리에 귀를 기울이는 자신을 깨닫고 이런 일을 언제까지 해야 하지, 하고 누구에게도 물을 수 없는 질문을 머릿속에서 되풀이했다.

자매의 생활이 타인의 손으로 그럭저럭 유지되는 가운데 신지로 역시 동물원 우리 속을 왔다 갔다 하는 흰곰과 비슷하게 얼굴에서 표정이 사라졌다.

혈압 측정을 시작하면 "텔레비전, 라디오, 컴퓨터 스위치를 꺼라" 하고 도요코나 하지메에게 명령했다. 전자기기에서 발생하는 전자파가 혈압계 숫자를 잘못되게 한다는 것이 그 이유였다. 하지메도 도요코에게는 "그런 말도 안 되는 소리가 어디 있어요!" 하고 강하게 말하지만, 전기 기술자였던 신지로가 자신들의 반론에 귀를 기울일 리 없다는 건 알고 있었다. 신지로가 혈압 측정을 시작하자 하지메는 2층으로 물러가고 도요코는 부엌에 서게 되었다. 신지로는 하루에 네다섯 번이나 혈압을 쟀고 그때마다 미세하게 떨리는 손으로 낡은 수첩을 펼쳐 연필로 숫자를 써넣었다. 그 외의 시간은 거실 탁자에 진을 치고 약을 헤아리거나 연금 관련 서류 다발, 보험 증권, 오래된 예금통장 다발을 뒤집는다. 깨어 있는 동안에는 자신을 에워싸고 자신을 지키고 자신을 위협하는 '숫자'에 사로잡혀 있다.

피폐해지는 도요코를 보다 못한 하지메는 건강진단의 일환이라며 신지로를 설득하여 에다루 중앙병원의 뇌신경외과에서 진료를 받게 했다. 치매의 진단 기준이 되는 대면 테스트를 받자 신지로는 엄청난 집중력을 발휘했다. 검사하는 의사와의 대화에 딴사람처럼 등줄기를 쫙 펴고 시원시원한 태도로 임했다. 빼기를 되풀이하는 테스트에서는 동석한 하지메도 잠자코 암산해 봤지만 신지로는 모두 정답을 말했다. 사과, 자전거, 잠자리 등 제각기 다른 단어를 들려주고 어느 정도 시간이 지난 다음에 떠올리게 하는 테스트에서는 정답률이 극단적으로 낮아졌다. 들은 지 얼마 안 된 단어를 까맣게 잊어버리자 신지로는 쓴웃음을 지으며 고개를 갸웃거렸다. 하지메는 그 웃음이 아버지의 자존심을 표현한다고 생각했다.

순간적인 노력으로는 커버할 수 없는 CT 스캔 영상에서는 뇌의 위축이 보였다. 의사는 알츠하이머형 치매의 초기 상태라는 진단 결과를 내렸다. 그렇게 알려주어도 신지로의 표정은 변하지 않았다. 귀로 듣기는 했어도 그 의미를 이해하기 전에 셔터를 내려버렸는지 모른다. 병원을 나선 후 집으로 돌아올 때까지 신지로는 아무 말도 하지 않았다. 신지로가 예전에 하지메의 생각을 이해할 수 없었듯이 지금은 하지메가 신지로의 머릿속을 이해할 수 없었다.

내려진 진단이 마치 구령이기라도 한 듯 이번에는 신지로의 배회가 시작되었다.

아침을 먹고 나면 갑자기 옷장 앞에서 옷을 갈아입는데, 이제 좀처럼 매지 않는 넥타이까지 매고 "관청의 연금과에 다녀올게" 하며 집을 나섰다. 행선지도 알리고 옷차림도 단정했기 때문에 외출을 말릴 이유를 찾을 수 없었다.

세 시간이 지나도 돌아오지 않아서 걱정한 도요코가 관청에 전화를 걸자 한참 전에 돌아갔다고 한다. 도요코가 경찰에 연락하는 게 좋지 않을까, 하고 말하자 곧 신지로에게서 전화가 걸려왔다. 기타미의 공중전화였다. 열차를 한 시간 반 남짓 타고 기타미에 있는 연금사무소까지 일부러 찾아간 모양이다. "이제 돌아갈게"라고만 말하고 일방적으로 전화를 끊었다.

신지로는 석양이 옆집 벽에 비치기 시작할 무렵에야 돌아왔다. 나중에 들으니 먼저 읍내 관청으로 찾아갔다는데 아마 요령부득인 신지로의 질문에 직원이 어련무던한 대답을 했으리라. 그래서 "에다루의 관청에서는 말이 안 통한다"고 분개하며 기타미의 연금사무소까지 직접 찾아간 것이 아닐까.

혈압을 측정한 후 초췌한 표정으로 저녁을 먹더니 신지로는 일찌감치 잠자리에 들어 곧 크게 코를 골기 시작했다.

누님이나 여동생이 머리에서 사라진 것처럼 신지로는 예뻐하던 하루를 돌보는 것도 도요코와 하지메에게 맡기고 뜰에는 눈길조차 주지 않았다.

명색이나마 일가의 가장이었을 신지로는 이미 자신 이외에는 관심이 없는 듯했다. 세 누이와 이웃해 살며 딸아들의 진학과 진로를 걱정하고, 고르고 골라 뽑은 홋카이도견을 네 마리나 키우며 계곡 낚시에 개들을 데려간 것도 이미 의식에는 없지 않을까.

아유미의 죽음을 신지로는 어떻게 기억하고 있을까. 하지메는 생각을 시작하다가 곧 그만두었다.

"걸음이 구십 보가 넘으면 가슴이 답답해서 더는 걸을 수가 없어."

강변을 걷겠다며 나갔다가 이십 분도 안 되어 돌아온 신지로는 거실 의자에 앉아 침울한 목소리로 하지메에게 말했다. 다리가 약해졌는데도 배회인지 산책인지 알 수 없는 외출은 전보다 늘어났다. 바깥을 걷다가 돌아오면 신지로는 살짝 입이 가벼워진다. 도요코는 신지로가 외출할 때마다 걱정했지만, 하지메는 아마 괜찮을 거예요, 하고 말했다.

"잠자리에 들어도 아침까지 대여섯 번이나 눈이 떠지고 그때마다 소변을 보러 가야 해. 의사한테 말해서 약을 받았는데도 전혀 나아지지 않아."

열 종류가 넘는 약 중에 전립선 비대에 대응하는 약도 있다는 것을 하지메는 알고 있었다.

"차가워지는 것도 안 좋아요. 배에 핫팩을 붙여 따뜻하게 해서 편해지는 경우도 있어요."

"그런가."

백내장용 눈약을 두 종류나 넣기 위해 천장을 올려다보며 신지로는 내키지 않는다는 듯 김빠진 목소리로 말했다. 신지로에게서는 무슨 약 덕분에 편해졌다는 이야기를 들어본 적이 없었다. 의사에게도 항상 불만이 있는 듯했다. 그래도 흘러넘칠 정도의 약을 성실하게 계속 먹었다.

얼마 후 "오십 보만 걸어도 숨이 차. 발도 못 들겠고" 하고 말하게 되었다. 하지메가 통신판매에서 삼발이 지팡이를 구입했지만, 신지로는 힐끗 보자마자 쓰지 않겠다는 표정을 지었다. 외견이 마음에 걸린 모양이다. 사용하기 싫다면 어쩔 수 없지만,

팔십대 후반의 남자가 마음에 들어하는 외견이란 어떤 것일까.

하지메는 걸음 수를 헤아리는 것도, 뭔가를 비판하려는 태도도, 남의 시선에 신경 쓰며 지팡이를 쓰지 않겠다는 판단도 신지로답다고 생각했다. 본인은 아주 진지하지만 우스꽝스럽고 슬픈 일이다. 하지메는 이렇게 생각했다. 자신에게도 그런 경향이 깊숙이 파묻혀 있어 이미 발동하기 시작한 게 아닐까, 하고 의심하는 마음도 커진다. 그것을 거리낌 없이 지적하는 사람은 주변에 없다. 도요코는 기회가 있을 때마다 "너는 아버지를 손톱만큼도 닮지 않았어"라고 말하지만, 하지메는 그렇게 생각하지 않았다.

걷지 않을 때도 가슴이 답답하다고 호소하는 신지로를 하지메는 병원으로 데려갔다. 관상동맥에 막히기 시작한 부분이 있어 언제 심근경색을 일으켜도 이상하지 않다는 진단이었다. 가슴을 열어 수술하는 것이 아니라 샅굴 부위의 동맥에서 처치할 수 있는 스텐트 시술을 권유했다. 치료를 받기 위한 승낙서를 설명할 때 의사가 삽입 후에 혈전이 뇌로 퍼져 뇌경색이 되는 경우가 있다고 말하자 신지로는 안색을 바꾸었다. "그건 곤란하니까 스텐트는 그만두겠소" 하고 신지로가 말했다. 뜻밖이라는 듯 표정이 변한 의사는 "아니, 그건 만일의 경우이고, 일단 그런 일은 일어나지 않습니다. 그보다는 관상동맥이 막혀 심근경색을 일으켜 사망할 위험이 훨씬 높습니다"라고 설명했지만 신지로의 굳은 표정은 바뀌지 않았다.

하지메는 이십 년도 더 전에 아유미의 담당 의사와 여러 차례

이야기를 주고받은 일을 떠올렸다. **신지로에 대한 판단은 그렇게까지 어렵지 않다.** 하지메는 그렇게 생각했다.

"아버지는 이미 팔십대 후반입니다. 본인이 이렇게 말하는 이상, 심근경색이 일어난다고 해도 어쩔 수 없을지도 모릅니다."

의사는 이 말에 대답하지 않고 신지로의 심장과 혈관 영상을 보고 있었다.

"여기는 상당히 굵은 혈관입니다. 완전히 막히면 치명적이지요. 하지만 스텐트 삽입의 위험성은 높지 않습니다. 스텐트를 넣는 것은 수술이 아니라 유치留置라고 합니다. 위험성이 정말 낮은데 말이지요."

이 말을 들어도 신지로의 마음은 바뀌지 않았다.

스텐트 유치는 보류되고 약이 한 종류 더 늘어났다.

의사의 걱정대로 곧 발작이 일어났다.

새벽 2시가 지나 도요코가 하지메를 깨웠다. 하지메가 계단을 내려가 신지로의 침실로 들어가자 신지로는 이불 위에 주지앉아 그렁그렁 기관지를 울리며 헐떡이듯이 숨을 쉬고 있었다. 소아천식을 앓은 적이 있는 하지메는 그 괴로움을 안다. 관상동맥경색에 의한 증상을 미리 책이나 인터넷으로 알아봤기 때문에 신지로의 기관지가 지금 어떤 상태인지도 상상할 수 있었다. 심장 기능이 저하된 결과 폐에 물이 차 몸 안에서 익사하려는 소리가 아닐까. 이대로 죽을지도 모른다고 하지메는 생각했다.

아버지의 임종에 입회하는 한정된 시간이 돌연 시작된 것 같았다. 의식 배후에도 의식 앞쪽에도 휑뎅그렁한 새까만 공동만이 펼쳐진 것 같았다. 구급차를 기다리는 동안 하지메는 신지로의 등을 문지르려 했다. 신지로는 하지메의 손을 약한 힘으로 뿌리치려고 했다. ……됐다, …… 이대로, 하며 단편적으로 쥐어짜는 탁한 목소리로 신지로가 말했다. 하지메는 손을 떼고 신지로에게서 약간 떨어졌다. 곧 도착한 구급대원들에게 옮기는 작업을 맡기고 구급차에 올라탔다. 도요코는 그 모습을 지켜보고 집에 남았다.

신지로의 입원은 석 달에 이르렀다.

집중치료실에서 일반 병동으로 옮긴 직후 치매 노인에게 일어나기 쉬운 구금반응이 나타났다. 한밤중에 신지로는 링거와 산소마스크를 모두 잡아떼고 침대에 앉아 있었다. 쉰 목소리로 간호사에게 "집에 돌아갈 거야" 하고 말했다. 달래려는 간호사가 어깨에 손을 올리려 했는데 그 손을 뿌리치려던 신지로의 손이 간호사의 뺨에 닿았다.

하지메는 병원에서 연락을 받고 구금반응 등으로 폭력적이 될 때는 치료와 안전 확보를 위해 일시적으로 몸을 구속하는 데 동의한다는 서류에 사인했다. 침대에서 멋대로 내려올 수 없도록 몸통, 그리고 몸에 다는 관이나 선을 떼어내지 못하도록 양 손목에 벨트가 채워지는 구조였다. 낮에는 몸통 벨트에 더해 납작하고 큰 벙어리장갑 같은 것을 양손에 끼우게 되었다. 이렇게 하면 자력으로 관을 뺄 수 없다. 신지로는 이따금 얼빠진 눈으로 벙어리장갑을 낀 자신의 양손을 치켜들고 바라보았다. 그러고는 벗으려고 한다. 하지만 벗겨지지 않는다. "그건 치료를 위한 거니까 벗겨지지 않아요" 하고 말해도 곧 부채 같은 손을 자꾸 움직여 벗겨내려고 한다. 하지만 사태는 아무것도 변하지 않는다. 간호사는 "가족분이 계실 때는 벗겨드려도 괜찮아요"라고 했지만 하지메는 그렇게 하지 않았다.

폐의 물이 빠져 심장 상태가 개선되자 구금반응이 더욱 악화했다. 문병을 가보면 간호사실 벽을 등진 채 침대용 탁자에 끼인 듯이 의자에 앉아 있는 일이 많아졌다. 그 상태로 졸고 있다. 간호사는 웃는 얼굴로 "밤에 활발해져 팔을 휘두르거나 하셔서요"라고 말했다. "낮에는 가능한 한 깨어 계시도록 하고 싶거든요. 소에지마 씨! 소에지마 씨! 아드님이 왔어요!"

구금반응이 정상화되고 나서는 깨어 있어도 신지로와 대화는 불가능했다. 표정이 사라지고 눈의 초점도 맞지 않았다. 침대에 누워 있으면 잠잘 때 외에는 숨을 쉴 때마다 턱을 들고 목을 뻗으려고 하며 호흡에 맞춰 우우, 우우, 아아, 하고 신음 소리를 냈다. 간호사에게 물으니 "호흡이 힘든 게 아니라 그냥 신음 소리를 내는 것뿐이에요, 고령의 환자분 중에 가끔 계세요" 하고 말했다. "아버지!" 하고 큰 소리로 부르면 순간적으로 눈을 뜨고 목소리가 나는 방향을 찾으려 한다. 신음 소리가 그친다. "왜 소리를 내세요? 어디 아프세요?" 하고 물으면 잠시 조용해지지만, 부르지 않으면 숨을 쉬는 리듬으로 아아, 우우, 아아, 우우 하고 규칙적으로 신음 소리를 내기 시작한다.

문병을 갈 때마다 신지로가 내는 신음 소리를 듣다 보니, 갓난 아기가 울음소리를 내서 불안이나 불만, 공복을 알리는 것과 같은 게 아닐까 하는 생각이 들었다. 갓난아기를 키운 적이 없는 하지메는 육아로 노이로제에 걸리는 사태란 이런 건가 하고 상상했다. 하지만 하지메는 신지로에게 식사를 주지도, 기저귀를 갈아주지도, 목욕을 시켜주지도 않는다. 그저 한 시간쯤 울음소리가 아닌 신음 소리를 듣고 있을 뿐이다. 그런데도 이렇게 기분이 우울해진다. 도요코는 대화도 안 되는 문병을 하지메에게 맡겼다.

일반 병동으로 옮기고 나서도 입으로 식사를 할 수 없는 채 두 달이 지나자 병원에서는 위루관 삽입을 제안했다. 링거 영양에 의존하는 현 상태로는 영양 상태가 더욱 악화하여 전신 쇠약으로 이어진다고 했다. 하지메가 알아본 사례에도 있는 내용이었다.

하지메는 아버지의 심장 상태로 볼 때 회복하고 퇴원하여 일상생활을 할 가능성은 거의 없다고 생각했다. 다시 말해 그런 상태로 위루관을 삽입해봤자 오히려 고통을 연장시킬 뿐인 것은 아닐까. 하지메는 도요코에게 자신이 아는 위루관의 실태를 설명했다. 심장 질환으로 점차 쇠약해져가는 과정은 언덕길을 내려가는 것에 가깝다고 말했다. 도요코는 말했다. "아버지한테 물어봐."

하지메는 신지로의 침대 옆에 의자를 놓고 말을 걸었다. 반복되는 신음이 그치기를 기다렸다.

"아버지, 어떠세요?"

신지로는 가늘게 눈을 뜨고 천장을 보려고 했다.

"지금 입으로 식사를 하지 못하잖아요. 그럼 점점 수척해져요. 링거로 영양을 섭취한다고 해도요."

신지로에게서 마른침 냄새가 풍겼다. 하지메는 자신의 침 냄새와 비슷하다는 것을 깨닫고 당황했다.

"위루관이라고 들어본 적 있으세요?"

신지로는 눈동자만 옆으로 움직여 생기 없는 눈으로 하지메를 봤다.

"영양을 제대로 섭취하기 위해서 위에 작은 구멍을 뚫고 파이프를 통해 직접 영양분을 넣는 처치예요. 그렇게 하면 지금 팔다리가 상당히 가늘어진 아버지의 영양 상태가 개선될 거라고 의사가 설명하는데, 어떻게 생각해요?"

신지로는 하지메에게서 시선을 돌려 그저 허공만 올려다보고 있었다.

"그렇게 하고 싶으면 병원에 부탁할게요. 바라지 않으면 거절하고요. ……어떡할까요?"

하지메는 이렇게 말하고 입을 다물었다.

무슨 말을 하는지 알아듣지 못할 가능성이 더 높다. 하지메는 일단 의자에서 일어나 병실 창가로 가 밖을 내다봤다. 유베쓰가와는 보이지 않지만 산이 보였다. 건너편 건물의 상공을 솔개가 천천히 선회하고 있다. 신지로는 다시 호흡에 맞춘 규칙적인 신음 소리를 내기 시작했다. 하지메는 의자로 돌아가 좀 더 큰 소리로 물었다.

"아버지, 배에 작은 구멍을 뚫고 위에 직접 영양분을 넣어달라고 할까요?"

신지로는 약하고 희미하게 고개를 가로저었다. 입원 후 처음으로 하지메도 알 수 있는 반응이었다. 우연히 고개를 움직였을 뿐일까.

"위루관은 삽입하고 싶지 않다는 뜻이에요?"

신지로는 어설프게 고개를 끄덕이고 아아, 하고 신음 소리를 냈다. 하지메는 다시 한번 확인하기 위해 질문을 바꿨다.

"위루관을 삽입했으면 좋겠어요?"

신지로는 베개 위의 머리를 움직이지 않았다.

"……저도 그건 안 하셨으면 좋겠어요. 그럼 그렇게 전할게요."

벙어리장갑을 낀 신지로의 왼손을 톡톡 가볍게 두드렸다. 그런 마음 편한 인사는 지금까지 한 번도 한 적이 없다.

이튿날 면회에서 담당 의사가 말을 걸어왔다. 별실에서 이야기를 나누었다.

"더는 개선이 보이지 않고 위루관 삽입도 하지 않으면, 죄송하지만 석 달을 넘는 입원은 불가능합니다. 위루관을 삽입하지 않은 상태로 받아들여줄 병원이 있을지 사회복지사를 찾아보겠습니다."

아무런 치료를 하지 않는다면 병원이라고 할 수 없다는 말은 일리가 있다. 그렇다고 집에서 자연스럽게 죽음을 맞이하기엔 가족의 부담이 너무 크다. 그래도 옛날에는 다들 집에서 죽었다.

사회복지사가 몇 군데 병원에 연락했고 받아주겠다는 기타미의 병원 한 곳을 찾아냈다. 자동차로 한 시간 남짓 걸리는 곳이었다.

병원을 옮기고 나서도 신지로의 신음 소리는 그치지 않았다. 시든 나뭇가지처럼 가늘어진 다리가 병원을 옮긴 후 점차 부어올랐다. 의사의 설명으로는 심장이 상당히 약해졌다고 했다. 전신이 허약해진 상태로 링거만 맞고 있어서 링거의 수분 배출이 어려워져 붓는 것이리라.

병원을 옮긴 날, 담당 의사와의 면담에서 무리한 연명 조치는 바라지 않는다는 뜻을 전해두었다. 그런데 이 주일째에 접어들었을 때 담당 의사가 엄중한 표정으로 말을 전했다.

"폐에 물이 차기 시작했습니다. 이대로는 환자가 힘듭니다. 적어도 배액관으로 빼내는 처치를 하는 게 나을 듯한데, 어떻게 할까요?"

폐에 찬 물로 익사하 듯 죽는 것은 정말 고통스러울 거라고 하지메는 생각했다. 그날 바로 신지로의 옆구리에 물을 빼는 배액관이 삽입되었다.

이틀이 지난 날 아침, 병원에서 전화가 왔다. 위험한 상태이니 와달라고 수화기 너머의 간호사가 긴박한 목소리로 말했다.

나가기 전에 깨닫고 서둘러 하루에게 먹이와 물을 주었다. 하루는 딱 두 번 먹이에 입을 대더니 물만 마시고 그 이상은 먹지 않았다. 하지메는 하루의 목덜미를 한 번 쓰다듬고는 도요코를 차에 태우고 병원으로 향했다.

산소 마스크를 쓴 신지로는 턱을 앞으로 내밀듯이 고통스럽게 숨을 쉬고 있었다. 혈압도 이미 40으로 떨어져 있었다. 하지메는 아유미가 숨을 거두던 날을 떠올렸다. 도요코도 아마 떠올렸을 것이다. 신지로의 손과 발이 이미 사체처럼 차가웠다. 곧 신지로의 겨드랑이에 달려 있었을 배액관이 없어진 것을 알았는데 그것은 담당 의사의 판단일 거라고 생각했다. 이제 끝인 것이다.

한 시간 남짓 지나 신지로는 포기한 듯이 심폐를 정지시켰다. 담당 의사가 맥과 동공을 확인하고 임종을 알렸다.

"뜨거운 물 좀" 하고 요네가 말했다.

기누코는 성냥을 그어 솜씨 좋게 가스풍로에 불을 붙였다. 확하고 낮은 소리를 내며 푸른 불꽃이 원을 그렸다. 성냥의 유황 냄새가 기누코의 코를 찔렀다.

기누코는 우물물이 가득 담긴 커다랗고 묵직한 주전자를 두 손으로 들어 원형의 푸른 불꽃 중앙에 올렸다. 갓난아기를 목욕시킬 대야를 준비한 다음 오동나무 옷장의 서랍을 열고 거즈 네 장을 꺼내 대야 옆에 나란히 놓았다.

요네는 선생에게 배운 출산 경험을 조금씩 기누코에게 전해주었다.

'사실 갓난아기를 목욕시키는 물은 필요 없어. 갓난아기의 태지는 바깥 공기에 익숙하지 않는 살갗을 보호하는 역할도 하니까 그대로 두어도 상관없거든. 공기가 건조한 겨울에는 특히 그렇고. 언젠가 자연스럽게 떨어지니까. 눈이나 코나 귀 주위에 붙은 태지를 닦아내는 정도면 충분해. 목욕물에 담그려면 수온에 주의해야 해. 태내의 양수와 같은 37도 정도가 좋아. 어른의 감각으로 하면 깜짝 놀라 울 거야. 그걸 아기가 건강해서 그렇다고 하면 어리석지.'

선생의 말이나 나직한 목소리가 요네 안에 남아 있었다.

일본식 버선에 하얀 옷을 입은 기누코는 다시 별채의 분만실로 돌아가 환기를 위해 열어둔 창문을 닫고 커튼을 쳤다. 남쪽과 서쪽의 툇마루에 있는 미닫이문도 닫았다. 서두르지 않으면서 되도록 소리를 내지 않도록. 방이 어두컴컴해지고 새벽을 앞지르는 새들의 떠들썩한 울음소리가 겨우 작아졌다.

'개도 고양이도 새끼는 양지에서 낳지 않아. 어둑한 곳에서 낳으면 산모도 아기도 안심하지. 강한 빛은 갓난아기를 놀라게 할 뿐이야. 산모의 눈에도 좋지 않고. 동트기 전 정도의 어둠이 딱 좋아. 그건 덧문이나 미닫이문, 커튼으로 조정하는 거야.'

'주위에서 달리면 안 돼. 바람이 들어오게 해서도 안 되고. 되도록 소리를 내지 않아야 해. 목소리는 나지막하게 천천히 내고. 산파가 진정되지 않으면 산모와 아기도 진정되지 않아. 거드는 사람은 험한 얼굴을 해서는 안 돼. 산파가 당황하면 임산부도 당황하거든. 출산은 병이 아니라는 걸 잊지 않도록.'

분만실 중앙의 침대에는 도요코가 누워 있었다. 일단 진통의 물결이 물러가고 미간 주름은 펴져 있었다. 이마나 관자놀이에 머리카락이 붙어 있는 얼굴에 뭔가를 찾는 듯한 표정이 떠올랐다. 과거로 되돌리는 것도, 현재를 멈추게 하는 것도 불가능한 시간의 흐름에 떠밀려 도요코는 이제 아무것도 생각하지 않게 되었다. 동틀 녘 가까운 시각에야 분만실에 들어갔다. 진통이 시작된 지 이미 다섯 시간 남짓 지났다. 도요코가 목구멍 안쪽을 울렸다. 다시 진통이 시작되었다.

도요코에게는 첫 출산이었다. 요네의 첫 손자를, 요네 자신이 받아내려 하고 있었다. 몇 번인가 역아 상태가 되었지만 그때마다 요네가 태아에게 말을 걸어 방향을 바로하게 했다. 요네가 확인하니 자궁구 너머에 있는 것은 태어날 갓난아기의 머리였다. 도요코의 호흡 소리가 점차 커졌다.

'너는 이렇게 차가운 손으로 갓난아기를 받으려는 거야? 산파 손이 차가우면 갓난아기가 태어나 최초로 느끼는 감각이 차갑다, 두렵다가 되는 거야. 손을 따뜻하게 해둬.'

'자연은 이쪽 사정으로 움직이지 않아. 내리는 비를, 바다의 파도를 누가 멈출 수 있겠어. 임신은 물론이지만 낳게 하자, 낳아야 하는데, 하는 마음이 난산이 되게 하는 거야. 예정일보다 두 달 가까이 늦어진 출산도 있어. 오랫동안 어머니 안에서 자랐다고 해서 난산이 되는 건 아니야. 출산은 기다리는 일이지.'

분만실의 오동나무 옷장 위에 놓인 종이로 만든 개 인형이 요네의 일련의 동작을 그저 보고 있었다. 꼿꼿이 선 동그란 두 귀는 붉고 머리는 가선이 둘러진 듯이 까맣다. 둥근 눈동자 주위는 회색 가선이 둘러져 있는데 종이 인형인데도 의지를 가진 것처럼 보이는 이유는 그 가선 때문일 거라고 생각했다. 웃는 듯 웃지 않는 얼굴은 그저 천진난만하게 앞을 보고 있다. 개 인형은 방울이 달린 작은북을 짊어지고 있다. 갓난아기를 어르기 위해서라지만 그 유래가 진짜인지 어떤지 요네는 알지 못했다. 요네는 나가노 집의 이로리가 있는 어둑한 마루방의 그을려 까매진 옷장 위에 종이 개 인형이 놓여 있는 것을 본 기억이 있다. 등에 방울 달린 작은북이 아니라 바구니 같은 것을 짊어진 인형. 요네가 도쿄에 수양딸로 보내졌다가 얼마 후 나가노로 돌아왔을 때 종이 개 인형은 없었다. 원래 없었는지도 모른다는 생각도 들었지만 어딘가에서 본 것은 분명했다. 자신을 맞아준 부모에게 종이 개 인형에 대해 물어본 일은 없었다.

자궁구가 더욱 열리기 시작했다. 진통의 간격도 짧아지고, 호흡할 타이밍과 그것을 멈추고 배에 힘을 주는 타이밍이 저절로 맞도록 도요코는 요네의 부드러운 목소리의 지시에 마음을 집중했다. 호흡을 가다듬고 아기의 머리가 우회전하며 나오는 것을 마음속에 그린다. 후우, 후우우, 후우, 후우우. 도요코는 자신의 목소리인데도 자신의 목소리가 아닌 것 같았다. 자, 나왔다, 나왔어, 딱 좋아. 배에 힘을 주지 않아도 돼. 나왔다, 나왔어. 그래, 그래, 이제 됐어. 도요코는 자신의 것이 아닌 듯한, 경련을 일으킨 듯한 목소리를 머릿속에서 들었다. 태어난 것을 알았다. 요네의 부드러운 목소리가 들려온다.

"자, 잘 왔어. 넌, 잘 온 거야. 봐, 자, 그래 편하게 있어. 자, 보라고. 봐, 태어난 거야. 여자아이구나, 축하해. 수고했어. 아주 잘 왔어."

도요코는 요네의 목소리를 들으며 자신이 울고 있다는 것을 깨달았다. 하반신에서 뭔가가 쑤욱 빠지고 허리 언저리가 기댈 곳 없는 상실감에 휩싸여 있었다.

여자아이가 울고 있었다. 내 아기의 목소리.

"공기가 맛있지. 이제 편하게 공기를 마실 수 있어. 잘 왔어."

요네가 이렇게 부드러운 목소리도 내는구나, 하고 도요코는 건성으로 듣고 있었다.

요네는 탯줄을 감싸듯 쥐고 맥을 재고 있었다. 맥이 느껴지지 않게 되었을 때 탯줄을 천천히 바싹 당기듯 하고서는 기누코의 손을 빌려 처리했다.

"이 아기는 튼튼해. 좋은 얼굴이야. 부드럽고 심지가 굳어. 아주 훌륭한 아기를 낳았구나."

'한창 출산하는 동안은 그렇게까지 신경질적일 필요는 없지만 출산하고 한동안은 산모의 눈에 빛이 닿는 방에는 들어가지 않는 게 좋아. 산모에게 바느질을 시키거나 신문을 보게 하거나 자잘한 것을 보게 해서도 안 돼.'

아유미라는 이름이 붙여진 여자아이는 기어다닐 수 있게 되었다. 다다미 위보다는 복도 마루를 기어가는 것을 좋아했다. 다다미에서보다는 마룻바닥이 빨리 기어갈 수 있어 기분이 좋다.

신기한 냄새가 났다. 젖 냄새와 비슷한데 조금 더 짙고 강하다. 기어가니 눈부신 데가 나왔다. 그곳은 현관의 가장자리였다. 이대로 나아가면 밑으로 떨어져 다친다. 가장자리 끝에 이르렀다.

유리문의 현관에 내리쬐는 오후의 햇빛 속에 눈부신 덩어리

여러 개가 뒤엉켜 있다. 갓 태어난 강아지들. 후터분한 짙은 냄새. 어미 개가 유리문을 등지고 강아지들을 지켜보고 있다. 빛이 눈부셔 아유미에게는 강아지들이 잘 보이지 않는다. 아유미는 아직 말을 할 수 없으므로 강아지라는 말도 모르고 그저 보고 듣고만 있었다. 아유미는 우우, 아아, 우우, 하고 말했다.

뒤에서 어머니의 짧은 외침 소리가 들렸다.

바닥을 쿵쿵 울리며 황급히 다가온 어머니는 다짜고짜 두 손으로 아유미를 안아 올렸다. 아유미의 시야에서 강아지가 사라지고 아유미는 심하게 울기 시작했다.

하지메는 에다루의 단골 이발소의 삐걱거리는 의자 위에서 천장을 보고 누워 면도를 받고 있었다. 삶은 타월로 얼굴 전체가 뒤덮인 채 루이소체 치매 환자의 평균 여명에 대해 생각했다. 책에 적힌 대로라면 앞으로 몇 년이면 도모요 고모는 죽는다. 가즈에 고모도 아마 하늘의 부름을 받을 것이다. 그 무렵에는 자신도 환갑이 지난 상태다. 그러나 집에 남아 있는 노파 세 사람과 초로의 남자 한 사람 중 누가 먼저 죽을지는 아무도 모른다.

중학생인 하지메의 수염을 처음으로 깎았을 때 삼십대였던 이발소의 다나카 씨는 이제 칠십대 중반을 지났다. 다나카 씨는 왼손으로 볼과 턱 밑 수염을 밀어내듯이 하며 오른손에 쥔 면도칼로 바짝바짝 밀어간다. 젊었을 때는 면도한 후 볼이나 턱 밑이 빨개졌다. 지금은 아무리 세게 면도를 해도 빨개지지 않는다.

하지메는 예전에 책에서 읽은 에피소드를 떠올렸다.

아직 스무 살 안팎의 시인이 경애하는 소설가를 만나러 간다.

적극적으로 자신을 찾아온 젊은 시인에게 소설가는 "어이, 자네, 그 다박나룻 좀 깎게" 하고 말한다. "남자의 본질은 자상함, 모성이네…… 어이, 자네, 그 다박나룻 좀 깎게."

나중에 물로 뛰어든 소설가는 죽은 날 아침, 수염을 깎았을까, 다박나룻을 기른 채였을까. 멍하니 생각하는 중에 하지메는 잠에 빠져들었다.

주요 등장인물

요네 よね　　　　메이지 34년(1901년) 나가노 출생. 5남 4녀의 막내딸.
　　　　　　　　　홋카이도 에다루에서 소에지마 조산원을 운영.

소에지마 신조 添島眞蔵　　요네의 남편이자 1남 3녀의 아버지.
　　　　　　　　　에다루 박하주식회사에서 근무.

소에지마 가즈에 添島一枝　　요네와 신조의 큰딸. 1923년생. 양로원에 근무. 독신.

소에지마 신지로 添島眞二郎　요네와 신조의 아들. 직업은 전기 기사.

소에지마 에미코 添島恵美子　가즈에와 신지로의 여동생. 이혼 후 자매들과 함께 생활.

소에지마 도모요 添島智世　가즈에와 신지로와 에미코의 여동생. 숫자에 밝음. 독신.

도요코 登代子　　　홋카이도 아사이카와 출신. 5남매 중 막내.
　　　　　　　　　신지로의 아내. 주부.

소에지마 아유미 添島歩　　신지로와 도요코의 딸.
　　　　　　　　　할머니 요네가 산파를 맡아 세상에 태어남. 1954년생.

소에지마 하지메 添島始　　아유미의 남동생이자 신지로와 도요코의 아들.
　　　　　　　　　1958년생.

구미코 久美子　　　하지메의 아내. 영상제작회사의 제작 부문 책임자.

구도 이치이 工藤一惟　　에다루 교회 목사의 아들. 아유미의 동급생.

이시카와 다케시 石川毅　　에다루 소재 농장학교의 학생.

이요　　　　　　신지로가 데려온 소에지마 가의 첫 번째 홋카이도견.
　　　　　　　　　암컷.

에스　　　　　　소에지마 가의 2대 홋카이도견. 암컷. 아유미가 초등학
　　　　　　　　　생 시절부터 중학생 시절에 걸쳐 소에지마 가에서 키운 개.

지로　　　　　　소에지마 가의 3대 홋카이도견. 수컷.
　　　　　　　　　아유미의 대학생 시절, 소에지마 가외 개.

하루　　　　　　소에지마 가의 4대 홋카이도견. 암컷.

옮긴이 **송태욱**

연세대학교 국어국문학과를 졸업하고 동 대학원에서 문학박사 학위를 받았다. 도쿄
외국어대학 연구원을 지냈고, 현재 대학에서 강의하며 번역가로 활동하고 있다. 지
은 책으로《르네상스인 김승옥》(공저)이 있고, 옮긴 책으로 나쓰메 소세키의《나는
고양이로소이다》《마음》, 미야모토 테루의《환상의 빛》《풀꽃들의 조용한 맹세》, 니
시 가나코의《사라바》, 스가 아쓰코의《밀라노, 안개의 풍경》, 강상중의《도쿄 산책
자》, 시오노 나나미《십자군 이야기》, 엔도 슈사쿠의《엔도 슈사쿠의 문학 강의》등
이 있다.

우리는 모두 집으로 돌아간다 블랙&화이트 094

1판 1쇄 발행 2021년 4월 2일 **1판 4쇄 발행** 2022년 1월 26일

지은이 마쓰이에 마사시 **옮긴이** 송태욱
펴낸이 고세규
편집 장선정 **디자인** 박주희
마케팅 이헌영 백미숙 **홍보** 이혜진

발행처 김영사
주소 경기도 파주시 문발로 197(문발동) 우편번호 10881
등록 1979년 5월 17일 (제406–2003–036호)
구입 문의 전화 031)955-3100 **팩스** 031)955-3111
편집부 전화 02)3668-3295 **팩스** 02)745-4827 **전자우편** literature@gimmyoung.com
비채 카페 cafe.naver.com/vichebooks **인스타그램** @drviche
트위터 @vichebook **페이스북** facebook.com/vichebook
ISBN 978-89-349-9006-2 03830 책값은 뒤표지에 있습니다.

비채는 김영사의 문학 브랜드입니다.